Leah möchte eine gute Tochter sein. Aber als ihr Vater sie mit Jotham, dem reichsten Kaufmann von Ugarit, verheiraten will, kann sie nicht gehorchen. Auch wenn sie damit ihre ganze Familie ins Elend stürzt. Im Geheimen liebt sie David, den Kämpfer und Schriftgelehrten. Doch David hat eine Mission: er will die mächtige, aber korrupte Bruderschaft der Schreiber reformieren. Er ersinnt eine neue, einfache Schrift: das Alphabet. Und er lehrt Leah diese Schrift, damit sie ihre Heilrezepte aufzeichnen kann. Doch dann wird Leah entführt. David folgt ihrer Spur, und beide geraten in den Eroberungszug der Ägypter. Als Gefangene werden sie vor den Pharaonenthron gebracht. Im Angesicht der Sonnenkönigin Hatschepsut müssen Leah und David ihre Fähigkeiten beweisen – oder mit dem Leben bezahlen …

»Barbara Wood entführt uns in ferne Welten, sie entfaltet Leidenschaft und große Gefühle.«   *Meins – Frauen wie wir*

»Einen Dank an die Erfinder der Schrift, die solche Bücher möglich gemacht haben!«   *Literaturtipps.de*

Barbara Wood ist international als Bestsellerautorin bekannt. Allein im deutschsprachigen Raum liegt die Gesamtauflage ihrer Romane weit über 13 Mio., mit Erfolgen wie ›Rote Sonne, schwarzes Land‹, ›Traumzeit‹, ›Kristall der Träume‹, ›Das Perlenmädchen‹ und ›Dieses goldene Land‹. 2002 wurde sie für ihren Roman ›Himmelsfeuer‹ mit dem Corine-Preis ausgezeichnet. Barbara Wood stammt aus England, lebt aber seit langem in den USA in Kalifornien.

Im Fischer Taschenbuch Verlag ist das Gesamtwerk von Barbara Wood erschienen: ›Rote Sonne, schwarzes Land‹, ›Traumzeit‹, ›Herzflimmern‹, ›Sturmjahre‹, ›Lockruf der Vergangenheit‹, ›Bitteres Geheimnis‹, ›Haus der Erinnerungen‹, ›Spiel des Schicksals‹, ›Die sieben Dämonen‹, ›Das Haus der Harmonie‹, ›Der Fluch der Schriftrollen‹, ›Nachtzug‹, ›Das Paradies‹, ›Seelenfeuer‹, ›Die Prophetin‹, ›Himmelsfeuer‹, ›Kristall der Träume‹, ›Spur der Flammen‹, ›Gesang der Erde‹, ›Das Perlenmädchen‹, ›Dieses goldene Land‹ und ›Die Schicksalsgabe‹, sowie die Romane von Barbara Wood als Kathryn Harvey, ›Wilder Oleander‹, ›Butterfly‹ und ›Stars‹. ›Die Insel des verborgenen Feuers‹ ist ihr neuer Roman bei Krüger.

Weitere Informationen, auch zu E-Book-Ausgaben, finden Sie bei
www.fischerverlage.de

Barbara Wood

Im Auge der Sonne

Roman

Aus dem Amerikanischen
von Veronika Cordes

FISCHER Taschenbuch

Erschienen bei FISCHER Taschenbuch
Frankfurt am Main, November 2015

Die Originalausgabe erschien 2013 unter dem Titel
›The Serpent and the Staff‹ im Verlag Turner Publishing Co,
Nashville, Tennessee
© Barbara Wood 2013
Published by Arrangement with Barbara Wood
Dieses Werk wurde vermittelt durch die Literarische Agentur
Thomas Schlück GmbH, 30827 Garbsen.

Für die deutschsprachige Ausgabe:
© S. Fischer Verlag GmbH, Frankfurt am Main 2013
Satz: Pinkuin Satz und Datentechnik, Berlin
Druck und Bindung: CPI books GmbH, Leck
Printed in Germany
ISBN 978-3-596-18127-8

Für meinen lieben Mann Walt

PROLOG

In der Nacht, als Jericho fiel, war ich sechzehn Jahre alt. Ich war unsterblich verliebt.

Meine Gedanken kreisten nicht im Entferntesten um Krieg, als ich mich in meinem Bett hin- und herwarf und die Geräusche der Stadt an mein Ohr drangen – Jericho am Jordanfluss schlief niemals –, sondern kehrten immer wieder zurück zu Benjamin, dessen schönes Gesicht mir den Schlaf raubte.

Aus der Ferne war Donner zu hören. Ein Frühlingsgewitter, das vom Meer her aufzieht, dachte ich. Schwarze Wolken, die sich über den Küstenstädten, über Jerusalem zusammenballen und bald auch Jerichos Durst stillen würden. Dem Allerhöchsten sei Dank, betete ich im Stillen. Die Dattelhaine meines Vaters brauchten dringend Regen.

Er befand sich zu jener Stunde im Tempel, um ein fettes Frühjahrslamm zu opfern und den Allerhöchsten um Erlösung von der Dürre zu bitten. Sein Bruder, mein Onkel und ein angesehener Arzt hier in Jericho, hielt sich im Armenviertel auf, wo das Fieber, das mit der Trockenheit einherging, am ärgsten wütete. Die Armen kannten seine Gestalt und begrüßten ihn mit der Anrede »verehrter Heiler«.

In jener schicksalsschweren Frühlingsnacht kreisten meine Gedanken jedoch nicht lang um die wohltätigen Verrichtungen frommer Männer. Sobald ich die Augen schloss, sah ich Benjamin vor mir, seine Gesichtszüge, sein Lachen, die breiten Schultern, seinen Gang. Oh, er war wunderbar! Ich war jung, und ich träumte vom Heiraten. Benjamin war der Sohn einer wohlhabenden

Familie, die das Monopol auf Jerichos florierenden Textilhandel besaß. Sein Vater war ein enger Freund des Königs.

Wir waren uns versprochen.

An jenem Abend hatte Papa mir einen Gutenachtkuss gegeben und versichert, er werde nun mit Benjamins Vater über das Datum für die Hochzeit sprechen. Sie sollte im Sommer stattfinden, die verheißungsvollste Zeit für Eheschließungen. Das Leben konnte nicht schöner sein. Mein Vater war einer der reichsten Bürger von Jericho, meine Mutter von königlichem Geblüt: Sie stammte von einem König aus dem im Norden gelegenen Syrien ab. Wir bewohnten ein palastartiges Haus mit marmornen Säulen innerhalb der hohen Mauern von Jericho. Es war die sicherste Stadt der Welt, und unser hochherrschaftliches Haus, das an Eleganz nur vom Palast des Königs übertroffen wurde, lag im schützenden Schatten von Jerichos mächtigem Südwestturm, von dem aus Soldaten die Mauern seit Jahrhunderten verteidigt hatten. Wir verfügten über Diener und erlesenes Mobiliar, meine Schwestern und ich kleideten uns in weichste Wolle. Wir trugen Goldschmuck, speisten von silbernen Tellern. Gleich einem festlich gedeckten Tisch sah ich deshalb einem Leben in Überfluss und Freude und unbegrenzten Möglichkeiten entgegen.

Kein Mädchen konnte glücklicher sein als ich.

Das Donnern in jener Nacht kam näher, rollte über die Hügel im Westen. Als ich Rufe und Geschrei auf den Straßen unter meinem Balkon hörte, wunderte ich mich, warum sich irgendwer vor einem Frühlingsregen fürchtete.

Aber dann schrie jemand direkt unter mir laut auf. Ein Poltern. Schritte, die über den polierten Sandsteinboden stampften. Ich sprang aus dem Bett, rannte auf die Galerie, die um das Innere des oberen Stockwerks verlief, schaute hinunter in die große Halle, in der wir Gäste empfingen und üppige Bankette ausrichteten. Entsetzt riss ich die Augen auf, als ich sah, wie dort Soldaten hereinstürmten und rücksichtslos vorandrängten. Sie trugen nicht die grünen Tuniken der Kanaaniter-Truppen, sondern weiße Faltenröcke, lederne Bruststücke und eng anliegende Helme. Den Befehlen nach, die sie den verschreckten Dienern entgegenbellten, schien es sich um Ägypter zu handeln.

Jetzt begriff ich endlich, dass der Donner, den ich gehört hatte, nicht Regen für Jericho versprach, sondern vom Lärm der Streitwagen herrührte, die über die Ebene auf die Stadt zuhielten.

Wie versteinert beobachtete ich, wie ein Soldat eine unserer Dienerinnen an den Haaren packte und sie über den Boden schleifte, obwohl sie sich verzweifelt zu wehren versuchte. Wie eine Amme unten auftauchte, mit einem Baby auf dem Arm, meiner jüngsten Schwester, die noch keinen Namen erhalten hatte. Ein Soldat riss ihr den Säugling aus den Armen, umfasste mit einer Pranke die winzigen Füßchen und schleuderte ihn an die Wand. Ich sah, wie der weiche Schädel aufplatzte, Gehirnmasse und Blut heraussspritzten.

Als ich Schritte hinter mir hörte, fuhr ich herum. Es war Tante Rakel, die sich mit einer Lampe näherte. Ihre Sandalen glitten lautlos über den Marmorfußboden. Ihre weißen Gewänder umwogten sie wie eine Wolke. Ihr Gesicht war kreidebleich.

»Rasch, Avigail«, sagte sie. »Zieh dich an. Wir müssen uns in Sicherheit bringen.«

Hastig kleidete ich mich an, und wir verließen über eine Hintertreppe das obere Stockwerk. An der Tür zu einem Geheimgang wartete bereits die restliche Familie. Meine Mutter hatte die Arme um meine beiden jüngeren Schwestern gelegt. Die Angst, die aus ihren Augen sprach, verriet mir den Ernst der Lage. Meine Mutter war eine Schönheit und von königlichem Geblüt. Jeder rühmte ihr selbstsicheres Auftreten, ihre Eleganz. In jenem Augenblick strahlte sie jedoch nichts als Entsetzen aus.

Zitternd und bebend hörten wir mit an, wie Geschrei unser Haus erfüllte, wie Gegenstände zerschmettert wurden, wie auf Ägyptisch herumgebrüllt wurde. Bestimmt war das nur ein Traum. Ein Albtraum, aus dem ich bald erwachen würde. Der König hatte uns Frieden zwischen Jericho und Ägypten zugesichert. Man hatte ein Abkommen unterzeichnet.

Unser Hausverwalter Avraham, der seit zwei Generationen

unserer Familie diente, erschien. Sein langes schwarzes Gewand war ramponiert, die rote Schärpe hing nachlässig herunter. »Das Haus bietet keinen Schutz mehr, Herrin«, sagte er zu meiner Mutter. »Die Ägypter dringen in alle Wohnstätten ein. Außerhalb der Mauern sind wir sicherer. Ich werde euch zu den Hügeln führen.«

»Aber mein Gemahl …«

»Rasch, Herrin.«

Tante Rakel fasste mich am Arm. »Komm, Avigail, wir müssen uns in Sicherheit bringen.«

Ihr Gesicht war leichenblass. Furcht brannte in ihren Augen. Ihr Mann – mein Onkel – hielt sich im Armenviertel auf, mein Vater im Tempel. Würde der Allerhöchste sie beschützen?

Wir folgten Avraham durch einen schmalen Gang, den man vor langer Zeit als Fluchtweg innerhalb der Mauern angelegt hatte, war doch Jericho im Laufe der Jahrhunderte häufig überfallen worden. Wir rannten los, verängstigt, mit pochendem Herzen, in den Ohren die Schreie unserer Dienerschaft.

Wir gelangten ins Freie, in eine Nacht voller Chaos und Grauen. Menschen hetzten durch die Straßen, gejagt von feindlichen Soldaten hoch zu Ross. Wir drängten uns aneinander, warteten darauf, dass Avraham eine günstige Gelegenheit abpasste, um uns auf die Felder jenseits der Mauern zu bringen. Die Stadttore standen weit offen, und dort bot sich uns ein grauenvoller Anblick … lodernde Fackeln, Soldaten im Kampf Mann gegen Mann, Generäle in vergoldeten Streitwagen, ohrenbetäubendes Geschrei und Blut, entsetzlich viel Blut …

Wir rannten los.

Die Bewohner von Jericho flohen in alle Richtungen, die Straßen entlang, über Felder, die der Frühjahrsernte entgegensahen, mit Kindern und Besitztümern bepackt, einige nur notdürftig bekleidet, gejagt von den Schwertern und Speeren ägyptischer Soldaten.

Als unsere Gruppe im Licht des Vollmonds über ein Zwiebelfeld hastete, tauchte aus dem Nichts ein ägyptischer Kavallerist auf und lenkte sein Pferd im Galopp auf uns zu. Ich wich seitwärts aus, entkam um Haaresbreite den donnernden Hufen. Meine Mutter sprang zur anderen Seite, aber da senkte sich das Schwert des Soldaten in einem unheilvollen Bogen, die Klinge durchtrennte den Hals meiner Mutter so sauber wie eine Sichel eine Garbe Weizen. Ich sah ihren Kopf in die Luft fliegen, den überraschten Ausdruck auf ihrem Gesicht. Das Kriegsross stürmte weiter, während der weißgekleidete Körper meiner Mutter gleich einer umstürzenden Statue zu Boden sank.

Mit offenem Mund stand ich da. Ich konnte in jenem Augenblick nicht begreifen, was sich da abspielte, was gerade geschehen war. Wie betäubt sah ich mich nach Mutters Kopf um. Warum, weiß ich nicht. Aber es schien mir wichtig festzustellen, wo er hingeflogen war.

Alles, woran ich mich danach erinnere, ist, dass ich von starken Armen umfangen wurde, dann wurde es dunkel um mich herum.

Als ich wieder zu mir kam, befand ich mich inmitten einer Gruppe von Flüchtlingen in den Bergen westlich von Jericho. Noch war es Nacht. Viele hatten Zuflucht in Höhlen oder in dicht bewaldeten Hainen gesucht, wo sie aneinandergeklammert voller Entsetzen mit ansahen, wie Jericho der Armee des Pharaos erlag.

Aus der Dunkelheit tauchte eine hochgewachsene Gestalt auf. Dem Allerhöchsten Preis und Dank, es war Rakels Sohn, mein Vetter Yacov. Er war es, der mich zu den Hügeln getragen hatte, ehe er wieder in die Stadt zurückgekehrt war, um sich ein Bild von der Lage zu machen. »Sprich ein Gebet«, sagte Yacov. »Die Männer sind tot. Sie wurden zusammengetrieben und zum Tempel des Mondes gebracht und dort erschlagen. Ich habe es mit eigenen Augen gesehen.«

»Papa?«, fragte ich.

Aus Yacovs Blick sprach Hoffnungslosigkeit. »Ja, Avigail. Und meinen Vater haben sie von der Bettkante eines Patienten gezerrt und zum Schlachten abgeführt. Dafür sind sie jetzt beim Allerhöchsten, gepriesen sei Sein Name.«

Tante Rakel schlug die Hände vors Gesicht. »Allerhöchster«,

murmelte sie, »nimm ihre Seelen gnädig bei dir auf.« Ihr Schleier war verrutscht, gab volles kastanienbraunes Haar preis. Die gleiche Farbe wie die von Yacovs Haar und seinem Bart.

»Das ist das Ende von Jericho!«, erklang ein verzweifelter Ruf neben uns. »Das ist das Ende der Welt.«

»Der Pharao hat nicht die Absicht, die Stadt zu zerstören«, entgegnete Yacov. »Er hat vor, Jericho zu belagern. Schließlich ist es eine reiche Stadt an der Kreuzung vieler einträglicher Handelsrouten. Das bedeutet, dass unsere Häuser nicht zerstört werden, aber wir werden nicht dorthin zurückkönnen, denn die werden an ägyptische Bürger vergeben.« Und verbittert fügte er hinzu: »Der Pharao erweitert sein Imperium, indem er große und kleine Städte in Kanaan erobert und sie zu Vasallen Ägyptens macht.«

Meine Schwestern, neun und elf Jahre alt, wippten vor und zurück und wimmerten in ihre vors Gesicht geschlagenen Hände: »Was wird dann aus uns? Wo sollen wir hin?«

»Können wir nicht erst einmal abwarten, Yacov?«, fragte Tante Rakel. »Können wir nicht ausharren, bis die Feindseligkeiten abgeklungen sind, und dann vielleicht über die Rückgabe unseres Hauses verhandeln?« Ich sah, wie sie die Hände rang und um Haltung bemüht war. Meine Eltern tot, Rakels Ehemann erschlagen. Ihr und ihrem jungen Sohn kam es jetzt zu, dafür zu sorgen, dass wir, die mit heiler Haut davongekommen waren, überlebten.

Yacov schüttelte den Kopf. »Die Ägypter vergewaltigen die Frauen. Es geht ihnen darum, ägyptischen Samen zu verbreiten und durch ihre Bastard-Mischlinge die Loyalität zum Pharao zusätzlich zu untermauern. Mutter, du und die Mädchen dürft auf keinen Fall zurück.«

»Aber was soll das alles bezwecken, mein Sohn?« Rakel suchte verzweifelt nach einer Begründung für diese Katastrophe.

»Es heißt, der Pharao benötigt Arbeiter für den Aufbau seiner neuen Stadt im Nildelta. Seine Truppen überfallen die Länder südlich von hier, um Gefangene zu machen und sie in einem Gewaltmarsch nach Ägypten zu bringen. Hauptsächlich handelt es sich dabei um Habiru, nomadische Schäfer, die leicht zu überrumpeln sind, weil sie sich nicht verteidigen können. Aber auch Kanaaniter sind ihnen in die Hände gefallen.«

»Der Pharao muss verrückt sein«, stellte ich ernüchtert fest und legte die Arme um meine beiden kleinen Schwestern. »Die Habiru sind ein ungehobeltes Volk, das sich nur darauf versteht, Zelte aus Ziegenhäuten zu errichten. Aber doch nie und nimmer Gebäude aus Stein!«

»Avigail, sprich ein Gebet!«, wies mich Tante Rakel zurecht. »Es gehört sich nicht, abschätzig über ein Volk zu reden, von dem du nichts weißt.«

»Man wird die Habiru im Bau von Häusern unterweisen«, sagte Vetter Yacov.

Als meiner Tante Tränen über die Wangen liefen, fügte er hinzu: »Sorge dich nicht um Jericho, Mutter. Könige kommen und gehen, Königreiche erstehen und fallen. Jericho aber wird ewig sein. Keine Macht auf Erden kann diese gewaltigen Mauern zum Einstürzen bringen.«

Er richtete den Blick auf die Stadt, in der die Kämpfe bereits abebbten, und während er von »Überraschungsangriffen« und »gebrochenen Abkommen« sprach und sich darauf berief, auf welch heimtückische Weise Ägypten schon so oft den Frieden mit Jericho gebrochen hatte, spähte ich auf den Feldern vor der Stadt nach meiner Mutter aus. Eine Schönheit war sie gewesen, von allen geliebt, jetzt brutal niedergemetzelt. Ich wollte weinen, aber weder Tränen noch Trauer wollten sich einstellen. Es war, als hätte der Soldat hoch zu Ross mich ebenfalls erschlagen, als ob mein Leichnam neben dem meiner Mutter läge, schemenhaft und gefühllos.

Und wo war Benjamin? Mein Liebster, mein Verlobter?

»Wir müssen von hier weg«, sagte Yacov und stand auf. Er war erst achtzehn, wirkte aber, als er sich in seiner knielangen, in der Mitte gegürteten braunen Tunika und dem schwarzen Umhang um die Schultern über uns erhob, wie ein Riese. Er holte goldene Ringe aus seiner Schärpe. »Ich habe Geld. Wir werden uns zum Schutz mit anderen Familien zusammentun.«

»Wir können doch nicht einfach unser Zuhause aufgeben!«, rief Rakel.

»Mutter, sobald die Truppen des Pharaos die Stadt gesichert haben, werden sie diese Hügel nach Flüchtigen durchkämmen. Wir haben keine Wahl.«

Sie dachte darüber nach, sagte dann sehr ernst: »Ich hatte einen Traum, der diese Nacht voraussagte. Als ich meinem Gatten davon berichtete, meinte er, das habe nichts zu bedeuten, ich solle es vergessen. Jetzt aber habe ich begriffen, dass Träume Botschaften aus der unsichtbaren Welt sind. Möglicherweise sogar vom Allerhöchsten. Nichts auf sie zu geben ist falsch. Ich für meinen Teil werde nie wieder die prophetische Macht der Träume unterschätzen.«

An ihren Sohn gewandt, fuhr sie ruhig fort: »Wir haben Verwandte im Norden. Lass uns aufbrechen.« Sie, die Älteste von uns, bewahrte einen kühlen Kopf, und auch wenn sie jetzt Witwe war, durfte sie sich nicht den Luxus erlauben, ihren Gefühlen weiterhin freien Lauf zu lassen.

Dies hat sich mir von jener Nacht am tiefsten eingeprägt. Tante Rakels Kraft. Ihre Präsenz, die durch nichts aus der Ruhe zu bringen war. »Avigail«, sagte sie zu mir, »dir kommt es ab sofort zu, dich um deine Schwestern zu kümmern. Wir haben einen langen Weg vor uns. Wir müssen aufeinander achtgeben. Verlier nicht den Glauben. Der Allerhöchste wird uns zu einem neuen Zuhause im Norden führen. Und jetzt wollen wir beten und uns dann nach Ugarit in Syrien aufmachen.«

Ich schaute auf die Stadt, in der ich das Licht der Welt erblickt und in der ich nur Glückseligkeit und Sicherheit kennengelernt hatte, und spürte, wie mir das Herz brach. Der Schmerz war unerträglich. Mein Vater tot, mein Onkel tot. Meine Mutter, deren kopfloser Leichnam auf einem Acker lag. Und wo war Benjamin, mein Liebster? Obwohl Tante Rakel uns versicherte, dass die Verwandten in Ugarit uns aufnehmen würden, wusste ich, dass ich in jener fernen Stadt, in einem Haus, das nicht das unsere war, niemals glücklich sein würde.

Wir kehrten also Jericho den Rücken und begannen unseren kummervollen Exodus, klammerten uns aneinander, weinten, verließen unser angestammtes Zuhause mit nichts weiter als dem, was wir am Leibe trugen. Wir gingen auf in einem Strom heimatloser Flüchtlinge, ohne zu wissen, was die Zukunft für uns bereithielt. Aber auch wenn wir unsere wertvollen Besitztümer – Möbel aus Zedern- und Pinienholz, Vasen aus Alabaster und Malachit, Juwelen, die über Generationen hinweg weitervererbt worden waren – zurückließen, nahmen wir dennoch etwas Kostbares mit: die Geschichte unserer Familien, Namen, Ereignisse, Tragödien und Triumphe – aber auch Geheimnisse, die jede Familie hat –, alles immer wieder in Erinnerung gebracht und in unseren Herzen bewahrt. Wir mochten zwar unsere Häuser verlieren, unsere Identität hingegen niemals. Wir würden uns immer bewusst sein, dass wir Kanaaniter waren, Nachfahren von Shem, dem Sohn Noahs, und deshalb auserwählt von El, dem Allerhöchsten.

Für mich, Avigail bat Shemuel, geschah es nicht in jener Nacht, als Jericho an Ägypten fiel, nicht auf unserer Flucht nach Jerusalem, wo uns Freunde aufnahmen und mit Proviant für die vor uns liegende beschwerliche Wanderung versorgten, sondern irgendwo in den Ebenen von Sharon und Jesreel, irgendwo im Bergland westlich von Galiläa, als wir bei Nomaden und Schafhirten unser Lager aufschlugen – der alte Avraham, meine verwitwete Tante Rakel, ihr Sohn Yacov, meine beiden Schwestern, drei Diener und ich –, als ich zum Allerhöchsten für die Seelen meines Vaters, meines Onkels, meiner Mutter und meines geliebten Benjamin betete, als ich unter kalten, mir unbekannten Sternen schlief und meine Gedanken um meine ungewisse Zukunft kreisten, als ich in meine Hände schluchzte und glaubte, mein gebrochenes Herz würde nie wieder heilen – in jenem Moment geschah es, dass ich einen Schwur ablegte: heimlich, leise flüsternd, nur für mich bestimmt.

Ich schwor, mir nie wieder mein Zuhause wegnehmen zu lassen. Nie wieder zuzulassen, dass eine feindliche Macht meiner

Familie ein Leid antat. Bis zum Ende meines Lebens, wo immer mein Weg mich hinführen, welch unbekannte Stadt, welch fremdes Land auch immer ich betreten würde, ich schwor mir, Wurzeln zu schlagen, einen Platz für mich und meine Familie zu beanspruchen und mich nie wieder vertreiben zu lassen wie in jener verhängnisvollen Nacht, als Jericho fiel ...

ERSTES BUCH

1

»Woran denkst du, Großmutter?«

Als sie keine Antwort erhielt, drehte Leah sich um. »Großmutter?«

Avigail riss sich aus ihren Gedanken. Es war eine Nacht
im Frühjahr, und in der Ferne grollte Donner. Jedes Jahr, wenn
Frühlingsgewitter über Ugarit niedergingen, musste sie an jene
furchtbare Nacht denken. Damals, als Jericho fiel. Vor so vielen
Jahren und doch in ihrer Erinnerung noch so deutlich, als wäre sie
erst gestern aus der Stadt geflohen.

Avigail betrachtete das kleine Fruchtbarkeitsamulett aus fein
gehämmertem Gold in ihrer Hand, in das über zwei Brüsten und
einem Schamhügel das Gesicht einer Frau eingraviert war – die
vertrauten Züge von Qadesch, der Heiligen Hure, Göttin der Liebe und sinnlichen Freuden. Ein Glücksbringer, der sicherstellen
sollte, in arglosen Männern Leidenschaft zu entfachen, und Avigail hoffte, dass er heute Abend bei Jotham, dem wohlhabenden
Schiffbauer, Wirkung zeigte.

Die Bürger von Ugarit verehrten die Göttin. Als Allerhöchster
wurde zwar El, der Gott Jerichos, gepriesen, aber er war nicht
Ugarits einzige Gottheit. Seit langem mit einem Anhänger Baals
verheiratet, hatte Avigail im Laufe der Zeit gelernt, zu den vielen
Gottheiten des nördlich gelegenen Kanaan zu beten.

»In Gegenwart unseres Gastes«, sagte sie zu ihrer Enkelin, als
sie Leah das Amulett in den Gürtel schob, »hältst du die Augen
gesenkt. Jotham wird dich prüfend anschauen, und wenn dein
Blick sich mit seinem kreuzt, wird er das als ungehörig werten

und gekränkt sein. Sprich nicht, zapple nicht herum. Halt die Hände still und dein Gesicht verborgen.«

»Ja, Großmutter«, murmelte Leah. Ihr Herz klopfte. Von einem der reichsten Männer in Ugarit auserwählt zu sein! Und dies zu einem Zeitpunkt, da sich ihre Eltern bereits Sorgen machten, dass kein Mann um sie anhalten würde. Mit achtzehn hatte Leah das gängige Verlobungsalter bereits überschritten. Sie war einem jungen Mann aus einer anderen Familie versprochen gewesen und hätte ihn im vergangenen Sommer auch geheiratet, wenn er nicht von dem Fieber, das damals in der Stadt grassierte, dahingerafft worden wäre. Leah hatte schon befürchtet, als alte Jungfer zu enden, wäre es nicht zu dieser unerwarteten Kontaktaufnahme aus dem Hause Jotham gekommen.

Und jetzt herrschte im Haus von Elias geschäftiges Treiben. Familienmitglieder und Dienerschaft überstürzten sich vor Eifer in Erwartung der Ankunft eines solch erlauchten Gastes.

Leah und ihre Großmutter hielten sich in dem den Frauen vorbehaltenen Trakt der palastartigen Villa auf, einer in sanftes Licht getauchten abgesonderten femininen Welt mit lichtdurchlässigen Vorhängen, die sich in der Frühlingsnacht sanft bewegten, wo sich süßer Blumenduft mit dem zarten Parfüm der Frauen mischte und das Klimpern von Armreifen an schlanken Handgelenken mit dem Plätschern von Springbrunnen.

Mit den festlichen Vorbereitungen waren zwei weitere Frauen sowie zwei junge Mädchen beschäftigt: Leahs Mutter Hannah, die betagte Tante Rakel sowie Leahs jüngere Schwestern Tamar und Esther, die alle Leah beim Ankleiden halfen, bei der Auswahl des Schmucks und beim Schminken.

»Wenn du unseren Gast bedienst«, fuhr Leahs Großmutter fort, »bring durch deine Haltung Unterwürfigkeit und Demut zum Ausdruck. Zeig ihm, dass du ihm eine gehorsame Ehefrau sein wirst. Und vergiss nicht, dass eine gute Ehefrau niemals spricht, es sei denn, das Wort wird an sie gerichtet.«

Avigail hielt inne, um zur Beruhigung ihrer Nerven einen Schluck Wein zu nehmen. Noch war über die Heirat keine Einigung erzielt worden. Im Verlauf zahlreicher Nachrichten von Jotham, dem wohlhabenden Schiffbauer, an Elias, dem erfolgreichen Winzer, hatte Ersterer lediglich sein Interesse bekundet, die älteste Tochter des Letzteren zu ehelichen. Jetzt war dieser Besuch vereinbart worden, um dem ehrenwerten Jotham Gelegenheit zu geben, Leah, die er bereits mehrmals auf den Basaren von Ugarit in Begleitung ihrer Mutter, ihrer Schwestern und Dienerinnen erblickt hatte, näher in Augenschein zu nehmen. *Halla!*, befand Avigail, die jetzt bemüht war, die Falten und Säume von Leahs langen Röcken und Schleiern zu ordnen. Wenn Jotham Leah heiratet, wird durch die Verbindung unserer beiden Häuser die mächtigste Familie in Ugarit, vielleicht sogar in ganz Kanaan begründet! Mit unseren Weingärten und Jothams Schiffen können wir uns dann das Monopol auf den Weinhandel von hier bis zum Oberlauf des Nils sichern.

Während sie eine einzelne Locke, die sich aus dem dichten Haar der Enkelin verselbständigt hatte, zurück unter Leahs Schleier schob, sagte sie: »Ich habe den ehrenwerten Jotham wissen lassen, dass deine Mutter siebenmal empfangen hat – und dass sie jetzt sogar zum achten Mal guter Hoffnung ist. Das wird ihm verraten, dass unsere Frauen fruchtbar sind.« Avigail hatte nicht erwähnt, dass aus Hannahs sämtlichen Schwangerschaften Mädchen hervorgegangen waren, von denen lediglich drei das Säuglingsalter überlebt hatten. Sie warf ihrer Schwiegertochter, die wegen ihrer Schwangerschaft in einem bequemen Sessel saß, einen Blick zu. Alle hofften, dass es diesmal ein Sohn würde.

Leah, die der Fürsorge der Großmutter allmählich überdrüssig wurde, biss sich auf die Lippen. In das Gefühlschaos, das ihr das Herz bis zum Halse klopfen ließ, mischte sich Beklemmung. Sie wusste, wie sich Männer und Frauen verhielten und was hinter Schlafzimmertüren vor sich ging. Und sie schwor sich, eine gute, gehorsame Ehefrau zu sein und ihr Bestes zu geben, um Söhne zu gebären. Dies war nicht nur zum Wohle der Familie von Bedeutung, sondern für Leah selbst. Kanaanäische Frauen wurden nämlich nicht mit ihrem eigenen Namen angesprochen, sondern mit dem ihres männlichen Beschützers. Leah kannte man als »Bat Elias«, Tochter des Elias. Wenn heute alles nach Wunsch verlief, würde sie »Isha Jotham« heißen, Ehefrau von Jotham. Und mit der Geburt ihres ersten Sohnes würde ihr der ehrenwerte Titel »Em« verliehen werden, was »Mutter von« bedeutete. Mit Frauen, die nicht wenigstens einen Sohn zur Welt gebracht hatten, empfand man Mitleid, erfuhr ihr Status doch keine zusätzliche Aufwertung; sie wurden weiterhin lediglich als Ehefrau bezeichnet, ungeachtet dessen, wie viele Töchter sie hatten.

»Ich erinnere mich noch gut«, sagte Avigail und nahm erneut einen Schluck von dem kräftigen Rotwein, »wie es war, als mein Yosep kam, um mich zu begutachten. Weil es noch weitere junge Mädchen aus anderen Familien gab, die er in die engere Wahl gezogen hatte, ließ er sich bei mir viel Zeit. Als er mich ganz frech in den Hintern kniff, so als erwäge er den Kauf eines Fettsteißschafs, quietschte ich auf. Ich glaube, genau das war es, weshalb er sich für mich entschied. Wir waren dreißig Jahre lang verheiratet, und er nahm sich lediglich zwei Konkubinen. Möge er in der Glückseligkeit der Götter ruhen.«

Avigail seufzte und dachte zurück an den langen Weg, den sie in diesen letzten vierzig Jahren seit ihrer Flucht aus Jericho zurückgelegt hatte.

Nach einer beschwerlichen, von Not und Rückschlägen gezeichneten Wanderung hatten sie nach vielen Monaten die Stadt Ugarit erreicht und bei Verwandten Aufnahme gefunden. Dort hatten sie erfahren, dass die Ägypter mittlerweile die Leichen aller hingemetzelten Kanaaniter eingesammelt und auf einem mächtigen Scheiterhaufen verbrannt hatten. Es hieß, der Qualm sei bis nach Jerusalem zu sehen gewesen. Sie erfuhren, dass auch Benjamin und seine Familie erschlagen worden waren. Ägypter wären in die Häuser der Reichen eingezogen und hätten alles an kanaanäischen Töpfereien, Möbeln und Göttern gegen ihre eigenen Töpfereien, Möbel und Götter ausgetauscht. Dem König von Jericho habe man gestattet, auf dem Thron zu bleiben, er sei jedoch ab sofort lediglich eine Art Aushängeschild, während die

Regierung Jerichos und der umliegenden Distrikte von Vertretern des Pharaos übernommen worden sei.

Zwei Jahre später hatte die achtzehnjährige Avigail die Aufmerksamkeit eines wohlhabenden Winzers namens Yosep geweckt. Obwohl sie mittellos war, wollte er sie unbedingt heiraten. Gewiss, sie war arm, aber sie besaß etwas ungemein Wertvolles: In ihren Adern floss königliches Blut. Die Kunde, dass Avigail von Ozzediah, einem beliebten König von Ugarit, abstammte, machte sie als Ehefrau umso begehrenswerter. Nach der Hochzeit führte Yosep sie heim in diese Villa hier, am Ausläufer der Berge gelegen und von üppigen grünen Weinbergen umstanden. Damals hatte Avigail gespürt, dass sie hier, in ihrem neuen Zuhause, Wurzeln schlagen würde, und sich geschworen, nie wieder von hier wegzuziehen.

Mit gerunzelter Stirn nahm sie ihre Enkelin in Augenschein. »Deine Hüften sind erbärmlich schmal, Leah. Tamar, Liebes, reich mir mal den Schleier dort drüben.« Avigail rollte das Tuch der Länge nach zusammen und schob es Leah unter das Kleid. »Schon besser«, sagte sie und betrachtete ihr Werk.

»Wird Jotham nicht verärgert sein, wenn er die Schummelei bemerkt?«

Avigail lachte. »Glaub mir, liebes Kind, in der Hochzeitsnacht bemerkt kein Mann mehr den genauen Hüftumfang seiner Braut. Und jetzt hör gut zu: Um den Klang deiner Stimme zu beurteilen, wird Jotham eine Frage an dich richten. Wenn du antwortest, sprich ihn mit ›Mein Gebieter‹ an, so als wärest du bereits seine Ehefrau.« Sie zupfte Leahs Schleier zurecht. »Wunderschönes Haar hast du. So dicht und lang. Ich wünschte, du könntest es Jotham zeigen. Er würde es sich nicht zweimal überlegen, dich zur Frau zu nehmen.«

Sie trat einen Schritt zurück, um ihre Enkelin zu bewundern. Leah war bildhübsch. Groß und schlank, mit klaren Gesichtszügen und großen glänzenden Augen. Ihre Stirn war so ebenmäßig, dass Avigail hoffte, sie würde eines Tages mit goldenen Ringen geschmückt sein, um wie bei Avigail selbst den Reichtum ihres Ehegatten zur Schau zu stellen. »Sprich ein Gebet, Leah. Wenn heute Abend alles nach Wunsch verläuft, wirst du bald die Herrin eines prächtigen Hauses mit Blick über den Hafen sein. Du wirst viele Sklaven und Diener befehligen. Und wenn du mit deinem ersten Sohn niederkommst, wird dich jede Frau in Kanaa beneiden.«

Tiefste Zufriedenheit erfüllte Avigail. Zum ersten Mal seit Jahren fühlte sie sich ganz im Einklang mit der Welt und genoss die sichere Überzeugung, dass ihre Familie weiterbestehen würde.

Der Albtraum von Jericho war nie ganz von ihr gewichen. Und so hatte sie alles daran gesetzt, die Sicherheit und den Schutz ihrer Familie zu gewährleisten. Von dem Moment an, da sie als Jungvermählte in diese Villa eingezogen war, hatte sie entschlossen und zielstrebig diese Aufgabe angepackt. Das Haus von Elias wurde inzwischen von einer starken und loyalen Schutztruppe bewacht, die in regelmäßigen Abständen um die äußeren Mauern patrouillierte. Sie war bewaffnet und darauf eingeschworen, jedweden Eindringling bis auf den Tod zu bekämpfen. Um ganz sicherzugehen, dass ihre Familie wirklich beschützt wurde, hatte Avigail darüber hinaus jedem Wachhabenden, der sich im Ernstfall bewährte, eine großzügige Belohnung zugesagt. Schlau, wie sie war, hatte sie außerdem dafür gesorgt, dass Angehörige aller Wachposten als Sklaven oder als Diener im Haus lebten und arbeiteten – ein zusätzlicher Anreiz, Überfälle entschlossen abzuwehren.

Weitere Sicherheitsvorkehrungen umfassten ein versteckt gelegenes und mit Vorräten gefülltes Haus oben in den Bergen – ein Zufluchtsort für ihre Familie, falls Ugarit einmal von feindlichen Truppen überrannt werden sollte. Auch Gold war auf diesem abgelegenen Grundstück vergraben; sollte also die Familie flüchten müssen, hätte sie immerhin Geld für Nahrung und Unterkunft. Seit Jericho war Avigail besessen von dem Gedanken, alles zu tun, damit ihrer Familie nie wieder jene Schrecken widerfahren würden, die sie selbst, ihre Schwestern und Rakel hatten ertragen müssen.

– 26 –

Und jetzt, heute Abend, sah sie sich auf dem Gipfel des Erfolgs für all ihre Bemühungen und ihre Entschlossenheit. Leah würde mit einem der reichsten Männer Syriens verlobt werden, ihre Zukunft war gesichert. Danach galt es, einen Ehemann für Tamar zu suchen. Zum ersten Mal seit Jahren würde Avigail, wenn es donnerte, nicht an Streitwagen denken und zu Tode erschrecken. Sie würde wissen, dass es nur der Regen war, der geräuschvoll niederging, und die Nacht damals, vor vielen Jahren, würde sie nur noch daran erinnern, dass sie im Bett gelegen und an ihren geliebten Benjamin gedacht hatte.

Sie lächelte. Der Kreis schloss sich. Das Leben war angenehm, ihre Familie gesegnet.

Vielleicht könnte sie dann sogar eine Reise nach Jericho unternehmen. Ihre Schwestern waren zu den Göttern gegangen, ihr Cousin Yacov war vor langer Zeit bei einem Unfall gestorben. Avigail und Tante Rakel waren die Einzigen, die von jener furchtbaren Nacht übrig geblieben waren. Jericho stand wieder unter kanaanäischer Verwaltung. Nach jenem so ungeheuerlichen Überfall hatte es keine weiteren gegeben. Es hieß, Ägypten verfüge über ausreichend Sklaven zur Errichtung seiner Bauwerke. Nach und nach waren Bewohner, die hatten fliehen müssen, wieder in ihre Häuser zurückgekehrt, zumal viele Ägypter die Stadt rasch verließen, so dass letztendlich nur noch eine Handvoll Vertreter des Pharaos in Jericho darüber wachte, dass jährlich der volle Tribut an die Staatskasse Ägyptens entrichtet wurde. Wie schön es doch wäre, ihr Elternhaus wiederzusehen, sinnierte Avigail wehmütig vor sich hin.

Eine Sklavin trat ein und raunte ihrer Herrin etwas zu. »Asherah sei gelobt«, sagte Avigail lächelnd. »Jotham ist eingetroffen und lässt sich bereits den ersten Becher Wein schmecken. Wir können jetzt hinuntergehen. Erflehe den Segen der Götter und denk daran, dir den Schleier vors Gesicht zu halten.«

»Warte!«, rief die zwölf Jahre alte Esther. Sie stellte sich auf die Zehenspitzen und steckte Leah eine eben aufgegangene süß duftende Jasminblüte ans Ohr.

»Ich danke dir, Esther«, sagte Leah. Die arme Esther war mit einer gespaltenen Lippe zur Welt gekommen, weshalb es ihr bestimmt zu sein schien, unverheiratet zu bleiben und sich später einmal um ihre alten Eltern zu kümmern.

Die hübsche Tamar, sechzehn Jahre alt, wollte nicht zurückstehen. Mit einem »Hier, für dich, liebe Schwester« zog sie sich einen Ring ab und schob ihn auf Leahs Finger.

Verwundert sah Avigail ihre zweite Enkelin an, die für ihren Egoismus bekannt war. »Das ist aber wirklich selbstlos von dir, Tamar.«

»Ist auch nur für heute Abend. Danach will ich ihn zurückhaben.«

Als sie erkannte, weshalb sich Tamar derart großzügig gab – sie durfte nämlich nicht heiraten, ehe nicht ihre ältere Schwester verheiratet war –, dachte Avigail einen Moment lang über die Enkeltochter nach, der sie weniger zugetan war als den beiden anderen. Wie sie wusste, hatte Tamar ihr Herz an den Sohn eines Olivenanbauers verloren. Eine weitere glänzende Verbindung wäre das, überlegte Avigail, obwohl sie das unbestimmte Gefühl hatte, dass Tamar, ganz gleich, wen sie heiratete, niemals so ganz glücklich werden würde.

»Es ist Zeit«, wandte sie sich erneut an Leah, ihren Liebling. »Erflehe den Segen der Götter.«

Die Villa war um einen zentralen Hof gebaut, der nach oben hin offen war, um das Tageslicht und die Sonne hereinzulassen und auch den Regen, der in Abständen die Zisterne in der Mitte füllte. Um diesen gepflasterten Hof herum zog sich eine von Säulen getragene Loggia, von der aus Türen zu den inneren Räumlichkeiten führten. In dieser westlichen Hälfte des Hauses spielte sich das tägliche Kommen und Gehen ab, auch Besucher wurden hier empfangen. Die Küchen, die Wäscherei, Vorratslager und, in einem umzäunten Hof, Laufställe für Tiere sowie ein Schuppen, in dem geschlachtet wurde, befanden sich in der östlichen Hälfte des Anwesens, so dass der meist vom Meer kommende Wind die Gerüche vom Haus forttrieb.

Ursprünglich war das herrschaftliche Haus ebenerdig gewesen, ehe man dann im Laufe von Generationen Räume auf dem Dach errichtet hatte, so dass ein vollständiges oberes Stockwerk entstanden war. Hier befanden sich die Privaträume von Elias, dem Hausherrn, sowie leere Schlafkammern, die darauf warteten, von Söhnen und Enkeln bewohnt zu werden. Auf der anderen Seite des offenen Hofs lagen die Schlafkammern der Frauen und ihre abgeschirmten Höfe und Gärten, deren Betreten Männern grundsätzlich untersagt war.

Über dieses obere Stockwerk zog sich ein mit viel Grün bepflanztes Flachdach, von dem aus sich ein Blick auf die familieneigenen Weinberge bot, die sich über die Hänge der umliegenden Hügel erstreckten und, weiter entfernt, auf die Stadt Ugarit. Das Haus von Elias, dem Kanaaniter, war eines der höchsten und geräumigsten im Lande, und seine prachtvolle Ausstattung erregte den Neid vieler wohlhabender Familien.

Avigail begleitete Leah in die Empfangshalle, in der ihr Sohn Elias den Gast unterhielt. Im Schein glänzender Bronzelampen lagerten die beiden Männer, den Rücken an dicke Kissen gelehnt, auf kostbaren Teppichen, derweil Sklaven goldene Platten mit Köstlichkeiten aus der Küche auftrugen: Kammmuscheln, speziell geformte Brotlaibe, künstlerisch arrangierte gebratene Spargelspitzen, Schweinekoteletts, Spanferkel und nicht zuletzt die in Ugarit beliebten Blutwürste. Dass Leah gleichzeitig mit dem Auftragen der Speisen im Saal erschien, symbolisierte ihre Rolle als diejenige, die ihren Herrn bedient.

»*Shalaam*, Em Elias«, sagte Jotham zu Avigail, nicht ohne das schweigsame Mädchen an ihrer Seite mit einem kurzen Blick zu streifen. Im Gegensatz zu seinem Gastgeber, der eine braune Tunika unter einem konservativen Gewand mit einer Schärpe um die Mitte trug, hatte Jotham seinen massigen Körper in eine flammend rote Tunika gekleidet und darüber einen gestreiften Umhang geworfen. Da er seine Sandalen an der Tür abgelegt hatte, war er barfüßig. Sein dunkelbraunes Haar und der Bart waren geölt und gekräuselt, und seine kräftigen Handgelenke umschlossen breite Goldreifen. Auf dem niedrigen Tischchen vor ihm funkelte im Schein der Lampe sein Geschenk für Leahs Familie: fünf Kugeln eines duftenden Gummiharzes, Weihrauch genannt. Ein ungemein großzügiges Geschenk.

»*Shalaam*. Möge Dagon dich segnen«, erwiderte Avigail und bemühte sich, angesichts der zweiten Person, die, angetan mit einem langen schwarzen Gewand und einem schwarzen Schleier über Kopf und Schultern, auf einem Hocker saß – Jothams Schwester Zira –, nicht die Stirn zu kräuseln. Dass sie den Bruder begleiten würde, war Avigail entgangen. Hinter dem Paar standen Jothams Schreiber und ein Anwalt bereit, um das Treffen schriftlich festzuhalten und einen Vertrag auszufertigen. Elias' eigener Schreiber saß auf einem Hocker hinter seinem Herrn und wartete ebenfalls darauf, das Treffen auf Tontafeln aufzuzeichnen.

»Willkommen im Hause meines Sohns, Em Yehuda«, sagte Avigail zu Zira, auch wenn sie die Zurschaustellung von ausnahmslos goldenen Ringen auf der Stirn dieser Frau – nicht einem einzigen aus Kupfer oder Silber! – reichlich übertrieben fand. Zira hatte keine Ähnlichkeit mit ihrem Bruder, den man, wäre er nicht so fett gewesen, als durchaus gutaussehend hätte bezeichnen können. Zira dagegen war zaundürr, hatte kantige Wangenknochen und einen schlimmen Überbiss.

Auch wenn sie Jothams Schwester bisher nur bei großen Festen gesehen hatte, war sie selbst erstaunt, wie heftig ihre spontane Abneigung gegen Ziras Anwesenheit in ihrem Haus war. Avigail zog sich mit einer Entschuldigung hinter einen aufwendig geschnitzten Wandschirm zurück, wo sie sich zu Hannah und Tante Rakel und den beiden jüngeren Mädchen setzte, um mit ihnen von dort aus das weitere Geschehen zu beobachten, ohne selbst gesehen zu werden. Als sie Platz nahm, hörte sie die betagte Rakel murmeln: »Asherah stehe uns bei, Jothams Schwester gefällt mir nicht. Ihre Mutter muss von einem Esel verschreckt worden sein.«

Avigail und Rakel wandten ihre Aufmerksamkeit Leah und den Gästen zu, als Hannah sich plötzlich vorbeugte und die Hände

– 30 –

schützend auf ihren Bauch legte. Ihr Gesicht verriet höchste Bedrängnis.

Vergangene Nacht hatte sie einen Traum gehabt, der sie noch immer verstörte: *Sie wird wach, als ein Rabe in ihre Bettkammer fliegt, die sie mit ihrem Ehemann Elias teilt. Der Rabe hockt sich ans Fußende des Bettes und sagt zu ihr: »Zweihundert Amphoren deines besten Jahrgangs sind angemessen.«*

Gleich darauf betritt ein Mädchen, das ihrer Tochter Leah ähnelt, mit einer Schüssel voll dampfender Suppe die Kammer. Der Duft von Muscheln breitet sich aus. Als das Mädchen auf das Bett zugeht, fliegt der Rabe unvermittelt wie närrisch krächzend auf und flattert heftig mit den schwarzen Flügeln. Das Mädchen stößt einen Schrei aus, lässt die Suppenschüssel fallen und sinkt, von einem Krampf geschüttelt, zu Boden.

Hannah ist zu keiner Bewegung fähig. Elias wacht nicht auf. Fassungslos sieht sie mit an, wie sich das Mädchen auf dem Boden windet, wie ihr Schaum und Speichel über die Lippen quellen, wie sie mit Armen und Beinen um sich schlägt und ein durchdringender Laut ihrer Kehle entweicht.

Dann war Hannah aus dem Schlaf hochgeschreckt und hatte den ganzen Tag in Angst und Schrecken über die Bedeutung dieses Traums nachgegrübelt.

Jetzt war der Traum wieder da, in allen Einzelheiten und mit all seinen qualvollen Momenten, denn Jothams Schwester in ihrem Witwenkleid ähnelte einem großen schwarzen Vogel, und ihre Nase erschien wie ein Schnabel. Hannah presste die Hand auf den Busen und spürte, wie ganz plötzlich ihr Herz zu rasen begann.

Jetzt bediente Leah die Gäste, immer darauf bedacht, ihr Gesicht verschleiert zu halten, während sie ihrem Vater, Jotham und Zira Platten mit Essen anbot. Jotham nahm sich eine mit Knoblauch gespickte, ölig schwarz glänzende Olive, und während er sie sich in den Mund schob, erklärte er: »Eins sag ich dir, Bruder, die Ägypter sind pervers. Man stelle sich das mal vor – das mächtigste, das reichste und fortschrittlichste Land der Welt wird von einer Frau regiert!«

– 31 –

»Für die Fortschrittlichsten würde ich sie nicht gerade halten«, erwiderte Elias und griff nach einer rohen Auster in Essig. Ende dreißig und barttragend wie alle Kanaaniter, war Elias der Winzer ein kräftiger Mann mit gradlinigem Charakter. In Ugarit schätzte man ihn überall als unparteiisch und klug.

»Frauen fehlt es an komplexem Denkvermögen und an der Befähigung, ein Land zu regieren. Hatschepsut dürfte eine Menge Berater auf Trab halten.«

»Der Knabe, der den Thron geerbt hat, ist einfach zu jung«, sagte Elias, der stets eine Situation von beiden Seiten aus zu beurteilen pflegte. »Thutmosis braucht einen Mitregenten. Seine Stiefmutter steht ihm nur so lange bei, bis er sich selbst behaupten kann.«

»Elias, mein Freund, mit einer Königinwitwe kann ich mich ja noch abfinden. Aber dieses überspannte Weib hat sich selbst zum König ausgerufen! Hatschepsut trägt Männerkleidung und schmückt sich sogar mit einem falschen Bart! Was sind die Ägypter doch für Schwächlinge, dass sie eine derartige Verirrung hinnehmen? Puh! Sorgen sich nur darum, woher der nächste Becher Bier kommt. Keiner Frau sollte derart viel Macht zugestanden werden. Das ist gefährlich.«

»Immerhin versteht sich Königin Hatschepsut darauf, Ugarit aufgrund von angeblich freundschaftlichen Handelsbeziehungen einen jährlichen Tribut aus der Nase zu ziehen.«

»Ja. Und überall in Kanaan murrt man darüber und schwört, sich eines Tages dagegen zu erheben.«

»Genug von Politik«, sagte Elias. »Lass uns trinken, auf dass die Traube uns Flügel verleihe!« Er forderte Jotham auf, einen neuen Wein zu verkosten. Der Schiffbauer schaute in seinen Becher und runzelte die Stirn. »Hast du mir da Wasser eingeschenkt?«

»Beileibe nicht! Probier mal!«

Jotham trank zögernd. Dann: »Das ist ja Wein! Tatsächlich! Aber diese Farbe, oder soll ich sagen, Farblosigkeit?«

»Das ist *weißer Wein*, mein Freund, eine spezielle Lese, an deren Verfeinerung ich gearbeitet habe. Es begann mit einem Experiment, bei dem ich von den gepressten Trauben vor Beginn der Gärung die Haut entfernte. Aus reiner Neugier, was dann passieren würde. Und dies ist das Ergebnis. Die Götter seien gepriesen!«

Ein weiterer Schluck. Jotham schnalzte mit den Lippen. »Leicht. Frisch. Süßlich. Ich glaube, das wird ein großer Erfolg. Wie du weißt, mein Freund und Bruder, habe ich vor, eine neue Werft auf Zypern zu bauen und von dort aus neue Handelswege über das Meer zu erschließen. Welch einträgliche Geschäftsverbindung das werden könnte – du mit deinen legendären Weinen und ich mit meinen schnellen Schiffen. Schon bald wird die ganze Welt diesen außergewöhnlichen Tropfen genießen.« Bei dem Wort »Verbindung« schielte er zu Leah und legte ein wenig mehr Betonung auf diesen Ausdruck.

Elias grinste und hob seinen Becher. »Auf den Wein und die Schiffe, mein Freund und Bruder! Heute Abend sind die Götter mit uns.«

Jotham wiederholte den Trinkspruch und leerte seinen Becher. »Köstlich«, murmelte er mit einem Seitenblick auf Leahs Hüften.

Während sich Elias und seine Gäste gebratenes Schweinefleisch, Muscheln in Soße und Riesenkrabben schmecken ließen, setzte ein Frühlingsregen ein, der zunächst wie ein Flüstern anmutete, bald jedoch in anhaltendes Rauschen überging. Kalter Wind wehte ins Haus.

Jothams Schwester Zira tupfte sich die Lippen mit einem Tuch ab und ergriff zum ersten Mal das Wort. »Du solltest froh sein, dass wir bereit sind, dir Leah in Anbetracht ihres Alters abzunehmen.«

Elias runzelte die Stirn. »Meine Tochter ist nicht so alt.«

Zira reckte das Kinn. »Dennoch wird man sich fragen, woran es liegt, dass sie mit ihren achtzehn Jahren noch nicht verheiratet ist. Wir müssen schließlich an unseren guten Ruf denken.«

»Mein Haus ist in ganz Kanaan wohlbekannt. Jeder angesehene Bürger weiß, was meiner Tochter widerfahren ist.«

»Weshalb man sie bedauern muss?«, fragte Zira spitz.

»*Halla!*«, zischelte Avigail hinter dem Wandschirm. »Das Weib dreht meinem Sohn das Wort im Mund um. Und Jotham weist sie nicht zurecht!«

Avigail hatte angenommen, dass Zira, die, seit sie verwitwet war, im Hause ihres älteren Bruders lebte, einen niedrigeren Rang einnahm. Aber dem schien keineswegs so zu sein. Während Jotham unter seinesgleichen hohes Ansehen genoss und ein wohlhabender Geschäftsmann mit Beziehungen zum Adel und Königshaus war, schien er in seinem eigenen Haus unter der Knute seiner Schwester zu stehen.

»*Halla*, Mutter Avigail!«, flüsterte Hannah. »Ich finde diese Frau grässlich.«

Avigail musterte ihre schwangere Schwiegertochter. Sie stammte aus dem Norden, ihr Vater baute Datteln an. Hannahs gekrümmte Haltung und die Art, wie sie sich die Hände auf den geschwollenen Leib presste, gaben ihr zu denken. Wo sie doch achtundzwanzig Tage hintereinander im Tempel der Asherah ein männliches Kind erfleht hatte! »Sprich rasch ein Gebet, Tochter.«

Jetzt war wieder die scharfzüngige Frau zu hören: »Versteht sich deine Tochter auf harte Arbeit, Elias? Ich dulde nämlich keine Faulheit unter meinem Dach.«

»*Halla!*«, stieß Hannah abermals leise aus und presste die Hände auf den Leib. »Sie wird meine Tochter wie eine Sklavin schuften lassen. Ein angenehmes Leben dürfte Leah nicht bevorstehen.«

»Hannah, such deine Kammer auf. Sprich ein Gebet. Du musst an dein Kind denken.«

Hannah jedoch blieb sitzen. »Mir gefällt nicht, wie Jotham meine Tochter anstiert«, tuschelte sie wütend. »Mögen die Götter ihr beistehen.«

Avigail tätschelte den Arm ihrer Schwiegertochter. »Er ist ein Mann. Da muss er sie doch so ansehen.«

»Und wie er sich die Lippen leckt! So unverkennbar lüstern, einfach widerlich! Seine früheren Frauen sollen ja daran gestorben sein, dass er sie in der Schlafkammer über alle Maßen traktiert hat.«

– 34 –

»Beruhige dich, Hannah«, sagte Avigail beschwichtigend. Erstaunlich, welche Wirkung Qadeschs Fruchtbarkeitsamulett zeigte, denn Jotham glotzte Leah tatsächlich mit unverhohlener Begierde an. »Du regst dich nur unnötig auf. Ruf die Götter an. Denk an dein ungeborenes Kind.«

»Er ist so alt. Fünfundvierzig. Und keines seiner männlichen Kinder hat überlebt! Über seinem Haus schwebt Unheil.«

Avigail unterdrückte die Bemerkung, dass es im Hause Elias nicht anders stand und dass sie in Gebeten Qadesch und Asherah anflehte, eine Verbindung der beiden Häuser möge diese Pechsträhne beenden. Da sie sah, wie verstört ihre Schwiegertochter war, sagte sie jedoch: »Mach dir keine Sorgen, Hannah, Liebes. Ich werde schon dafür sorgen, dass Leah in Jothams Haus gut behandelt wird. Denk lieber an das Kind in deinem Leib. Es muss noch zwei Monate darin ausharren. Bring ihm keine bösen Träume. Ruf Asheras gesegneten Namen an.«

Aber Hannahs Erregung steigerte sich immer mehr. Alle Farbe war aus ihrem Gesicht gewichen. Der Albtraum geisterte durch ihre Gedanken – der Rabe, der von Weinamphoren sprach, das Mädchen, das Leah ähnelte und das sich in Krämpfen auf dem Boden wand …

In diesem Augenblick wollte Leah gerade Jotham eine Schale mit Muschelsuppe zureichen. »Mutter Avigail –«, hauchte Hannah so kraftlos, dass ihre Worte die Schwiegermutter nicht erreichten.

»Du wirst wohl ein bisschen mehr für die Mitgift aufbringen müssen.« Auf diese unverschämte Bemerkung Ziras hin erwarteten Elias und auch die Frauen hinter dem Wandschirm, dass Jotham ihr zu schweigen gebieten würde. Aber der dicke Schiffbauer beschäftigte sich mit einer Blutwurst und ließ seine Schwester gewähren.

»Wieso sagst du das?«, fragte Elias, der nicht gewohnt war, Geschäftliches mit einer Frau zu besprechen.

»Mein Bruder wird ein Mädchen heiraten, das weitergereicht wurde. Was sollen denn die Leute denken?«

– 35 –

»Weitergereicht?«, empörte sich Elias. »Der junge Mann *ist gestorben.*«

Zira zuckte mit den Schultern. »Mein Bruder fordert eine Entschädigung dafür, dass wir sie dir abnehmen. Zweihundert Amphoren deines besten Jahrgangs sind angemessen.«

»Was?!«, fuhr Elias auf. Und hinter dem Wandschirm flüsterte seine Ehefrau Hannah Avigail zu: »Mutter Avigail, der Traum, von dem ich dir heute Morgen erzählte – genau das hat der Rabe zu mir gesagt! Und dann sah ich, wie das Mädchen, das Leah so ähnlich sah, einen Anfall bekam und zu Boden sank. Jetzt weiß ich, was der Traum zu bedeuten hat. Er weist darauf hin, dass die Fallsucht Jotham im Blut liegt. Das Mädchen, das wie Leah aussah, ist bestimmt die Tochter, die sie irgendwann bekommt, und die Götter warnen uns, dass bei einer Heirat zwischen Leah und Jotham ihre Kinder diese Fallsucht erben könnten.«

Avigail schwieg betroffen. Jeder in Ugarit wusste von dem Gerücht, dass Ziras Sohn unter Anfällen litt. Da Zira aber politische Ambitionen für ihren Sohn hegte, durfte man, wenn es um Politik ging, Gerüchten nicht unbedingt Glauben schenken. Andererseits hatte Tante Rakel seit ihrer Flucht aus Jericho Avigail immer wieder eingeschärft, die prophetische Bedeutung von Träumen ernst zu nehmen. Deshalb schien es ihr jetzt einleuchtend, Hannahs Traum tatsächlich als Warnung der Götter zu verstehen.

»Mutter«, sagte Hannah, »das Mädchen in meinem Traum trug Muschelsuppe auf. Und jetzt sieh doch, was Leah gerade tut.«

Avigail nickte ernst, tätschelte dann beruhigend Hannahs Hand. »Das werden wir sofort klären.«

Zum Entsetzen ihres Sohnes und seiner Gäste trat sie hinter dem Wandschirm hervor und baute sich kerzengerade vor ihnen auf. »Verzeih die Störung, Sohn«, sagte sie, »aber bevor weiterverhandelt wird, sollte etwas Wichtiges zur Sprache gebracht werden.«

Sie wandte sich an Zira. »Entschuldige vielmals, Em Yehuda, aber ehe ich meine Enkelin deinem Bruder zur Ehe gebe, muss ich eine etwas heikle Frage stellen. Vergib mir, dass ich darauf zu

sprechen komme, aber du wirst verstehen, dass dies von höchster
Bedeutung ist. Es wird behauptet, dein Sohn Yehuda leide an der
Fallsucht. Ist das wahr?«

»Mutter!«, brauste Elias auf.

Zira sprang hoch. »Wie kannst du es wagen!«

»Ich wage es, weil ich es mir, wenn es sich so verhält, noch
einmal überlegen muss, ob ich meine Enkelin deinem Bruder
anvertraue. Es heißt, dass Fallsucht vererblich ist. Wenn dem so
ist, riskiert Leah, Kinder zu gebären, die diese Krankheit in sich
tragen. Deshalb frage ich dich, Zira Em Yehuda: Leidet dein Sohn
an dieser Krankheit?«

Zira presste die Lippen zu einem Strich zusammen. »Das ist ein
bösartiges Gerücht, sonst nichts.«

Die Blicke der beiden Frauen kreuzten sich. Avigail sah, wie
Zira die Hände verkrampfte, wie sie zitterte. »Du schwörst bei
Asherah, dass dein Sohn diese Krankheit nicht hat?«

Zira öffnete den Mund, schloss ihn dann wieder.

»*Halla*«, flüsterte Avigail. »Dann stimmt es also. Yehuda leidet
an der Fallsucht.«

Hinter dem Wandschirm war ein schriller Aufschrei zu hören, dann Tamars Ruf: »Großmutter! Mit Mutter stimmt etwas
nicht!«

Avigail wandte sich an einen Diener. »Sag Jeremia, er soll sofort
den Arzt holen. Sag ihm, es geht um eine Entbindung. Rasch!«
Dann eilte sie Hannah zu Hilfe.

Beim Aufschrei ihrer Mutter hinter dem Wandschirm war Leah
so heftig zusammengefahren, dass ihr die Schale mit der heißen
Muschelsuppe entglitt und auf Jothams Schoß landete. Verärgert
sprang er auf. Sofort eilten Sklaven mit Leintüchern auf ihn zu.
Elias war entsetzt, Ziras Gesicht verfärbte sich vor Zorn tiefrot.

Wie versteinert blickte Leah zu der Trennwand. Als das
Schluchzen und Stöhnen der Mutter allmählich verklang, schloss
sie daraus, dass man Hannah zur anderen Seite des Hauses brachte.

»Tochter!«, wies Elias sie zurecht.

– 37 –

Sie wandte sich um und sah, dass sich die Muschelsuppe über Jothams scharlachrote Tunika ergossen hatte und Sklaven emsig dabei waren, das Malheur mit Tüchern zu beseitigen. Elias hatte sich erhoben und bedachte die Tochter mit einem vorwurfsvollen Blick. »Entschuldige dich sofort bei unserem Gast.«

Gerade als Leah der Aufforderung nachkommen wollte, hörte sie wieder einen Schrei. Hatten bei ihrer Mutter die Wehen eingesetzt? Dafür war es doch noch viel zu früh!

Ohne zu zögern, kehrte sie ihrem Vater und seinen Gästen den Rücken zu und stürmte aus der Empfangshalle.

Hannah lag auf dem Bett in der Kammer, in der üblicherweise Geburten stattfanden, und schrie erneut auf, derweil Avigail und mehrere Sklavinnen sich um sie bemühten. Noch ganz außer Atem, trat Leah hinzu, kniete neben dem Bett nieder und griff nach der Hand der Schwangeren. »Wie geht es dir, Mutter?«

Hannah bewegte den Kopf hin und her. Leichenblass war sie, ihr Gesicht schweißnass. »Die Schmerzen sind diesmal unerträglich«, hauchte sie. »Irgendetwas scheint nicht wie sonst zu sein.«

Jetzt schob Avigail Hannahs Gewand hoch, entblößte den geschwollenen Unterleib. »*Halla*«, sagte sie leise, als sie sah, wie sich die gespannte Haut kräuselte.

Angst zeichnete sich auf den Gesichtern von Tamar und ihrer jüngeren Schwester ab, die im Hintergrund knieten.

»Schafft gewürzten Wein herbei und ein Schüreisen, um ihn zu erwärmen«, wies Avigail in ruhigem Ton die Umstehenden an. »Und ich brauche eine Schüssel Wasser und frisches Leinen. Rasch! Tamar, mach dich nützlich und zünde Weihrauch vor Asheras Schrein an. Esther, bete für deine Mutter.« Obwohl sie sich nichts anmerken ließ, befürchtete Avigail das Schlimmste. Man wusste ja, dass sich Worte, sobald sie ausgesprochen sind, verselbständigen und ihre Wirkung entweder wohltuend oder verletzend sein kann. Ziras Worte hatten Unheil ausgelöst und sich gleich einem boshaften Wind verbreitet, hatten durch Hannahs Ohren Eingang gefunden und waren bis in ihren Bauch gedrungen, wo sie jetzt ihre dämonische Wirkung auf ihr ungeborenes Kind entfalteten.

Avigail beugte sich über ihre Schwiegertochter, legte ihr die Hand auf die Stirn. »Hannah, ruf die Götter an. Komm zur Ruhe. Wir müssen die Wehentätigkeit zum Stillstand bringen. Das Baby darf noch nicht geboren werden. Es würde nicht überleben.«

»Dieses abscheuliche Weib«, stieß Hannah mit zusammengebissenen Zähnen aus. An ihrem Hals traten Adern hervor. »Ich werde ihr nicht meine Tochter überlassen. Sie ist ein Rabe, der meinen Enkeln die Fallsucht anhängt.« Sie schrie auf, als sich zwischen ihren Beinen Wasser ergoss und auf dem Bett verteilte.

»*Halla*«, kam es kaum vernehmbar von Avigail, die sofort ein Schutzzeichen in die Luft malte und sich dann in der Kammer umschaute. »Wo bleibt der Wein? Wo ist das Mädchen mit der Wasserschüssel und dem Leinenzeug? Esther und Tamar, hört nicht auf zu beten. Ruft Asherah und Dagon an. Schnell! Erfleht den Beistand der Götter.«

Sie nahm eine Kerze von einem Leuchter, um überall in der Kammer Weihrauch zu entzünden, so dass alsbald die Luft mit süßem Rauch zur Abwehr böser Geister erfüllt war. Dann eilte sie in den äußeren Korridor und spähte unruhig die von Fackeln erhellte Säulenreihe hinunter.

Leah, die angstvoll neben dem Bett ihrer Mutter hockte, spürte eine Hand auf ihrem Arm. Es war Tante Rakel, die Älteste in Elias' Haus, in dem sie seit zwanzig Jahren lebte. Ihr Gesicht war mit der Zeit schrumpelig geworden, ihr verrutschter Schleier gab krauses weißes Haar frei. »Mera, Liebes, lauf in die Küche und hol mir das Elixier der Asherah.«

»Das Elixier der Asherah? Was meinst du damit, Tantchen?«

»Spute dich. Das Rezept stammt von meinem Mann. Er war Arzt und pflanzte alle möglichen Büsche und Blumen und auch ein paar Bäume an. Damals in Jericho, wo ich herkomme. Die Leute besuchten unser Haus, um sich von meinem Mann behandeln zu lassen. Wenn er hier wäre, würde er Hannah das Elixier der Asherah verabreichen.«

»Was ist das Elixier der Asherah?«

Rakel legte ihre von weißen und blauen Adern durchzogene Hand auf Hannahs Unterleib. »Durch die Gnade der Göttin werden damit die Wehen zum Stillstand gebracht. Als meine Schwester im siebten Monat schwanger war, verirrte sich ein Falke ins Haus und fand nicht mehr heraus. Wir versuchten ihn einzufangen, aber er flog von einem Zimmer ins andere, bis er an einen Pfeiler stieß und tödlich verletzt zu Boden fiel. Bei meiner Schwester setzten daraufhin die Wehen ein, und um ein Haar hätten wir das Kind verloren, wenn nicht mein Ehemann ihr das Elixier verabreicht hätte. Aber nachdem sie es genommen hatte, kamen die Wehen zum Stillstand, und das Baby konnte voll ausgetragen werden. Er lebt noch und ist kerngesund, mein Neffe Ari.«

Avigail kam vom Korridor zurück. »Worüber spricht Tante Rakel da? Wer ist Ari?«, fragte sie stirnrunzelnd.

»Mera, geh sofort in die Küche!«, rief die alte Frau. »Noch einmal dürfen wir Rebekka nicht verlieren!«

»Rebekka?« Avigail sah sie verdutzt an, dann hellten sich ihre Züge auf. »Ari, Rebekka. *Halla*, die sind schon seit Jahren tot. Wenn ich mich recht erinnere, war Mera, als ich klein war, eine Dienerin. Leah, schau nach, wo der Arzt bleibt. Rakel, du gehst jetzt in deine Kammer. Mit deinem Gerede jagst du Hannah nur Angst ein.«

»Aber das Elixier der Asherah wird ihr helfen! Es wird das Kind retten.«

»Komm schon, sei so gut und leg dich hin. Bete zu den Göttern. Ah, da ist ja der Wein.«

Avigail nahm den Becher entgegen und eilte zum Bett, setzte sich neben ihre Schwiegertochter und hielt ihr den Wein an die Lippen. »Trink, so viel du kannst, Liebes, und rufe dabei die Götter an. Das wird die Wehentätigkeit verlangsamen und dich so weit beruhigen, dass du das Baby in dir behalten kannst.«

»Asherah, hilf mir, ich kann nicht!«, schrie Hannah. »Das Kind kommt!«

Mit zitternder Hand stellte Avigail den Becher ab und trat zum Fußende des Bettes. Der Schleier war ihr vom Kopf gerutscht, kastanienbraunes Haar mit silbernen Strähnen glänzte im Schein der Lampe auf. Zum Handeln bereit, beugte sie sich vor. »Oh, Hannah! Aufhalten lässt es sich nicht mehr. Alles liegt in der Hand von Asherah. Komm, Leah, hilf mir.«

Mit vor Angst weit aufgerissenen Augen kniete sich Leah neben die Großmutter und sah fassungslos mit an, wie das Baby kam, schnell und zusammen mit viel Blut.

»Die Götter seien gepriesen! Es ist ein Junge!«, rief Avigail, ehe sie das kläglich wimmernde Kind in eine Decke wickelte und es Leah überreichte. Überschwänglich hatte sich ihr Ausruf nicht angehört.

Sie wandte sich wieder Hannah zu und schnitt mit einer scharfen Kupferklinge die Nabelschnur durch, während Leah das kleine Leben in ihren Armen in Augenschein nahm, das rote Gesichtchen, die geschlossenen Augen, das mit Blut und Geburtsflüssigkeit verschmierte Körperchen. Aus dem offenen Mündchen des Winzlings drangen Schreie, die denen junger Katzen ähnelten, und bei jedem Luftholen überlief ihn ein Zittern.

Wie klein er war, wie hilflos. Leahs Tränen tropften auf ihn, als sie mit einem stummen Gebet Asherah anflehte, ihn am Leben zu lassen.

Der Hausverwalter trat ein, atemlos, seine Gewänder vom Regen durchnässt. »Der Arzt war nicht zu Hause, Herrin«, sagte er zu Avigail. »Sein Diener verwies mich auf einen Arzt in der Nähe, den ich auch antraf und der zusagte, unverzüglich zu kommen.«

»Nicht zu Hause?« Wie alle wohlhabenden Familien hielt sich auch die von Elias einen Arzt in ständiger Bereitschaft. Er hatte Tag und Nacht zur Verfügung zu stehen, um ihnen zu ersparen, sich wie gewöhnliche Bürger an einen der Ärzte wenden zu müssen, die im Haus des Goldes praktizierten. Sie rümpfte die Nase und blickte zur Tür. »Und? Wo ist der Mann? Wir benötigen dringend ...«

Die Worte blieben ihr im Halse stecken, sie riss die Augen auf, als sie den Fremden erblickte, der leise eintrat. Er war hochgewachsen, in Weiß gekleidet, trug eine lange schwarze Perücke und an einem Riemen über der Schulter einen Kasten.

»Du schleppst uns einen Ägypter an?«, herrschte sie den Verwalter an. »*Halla!* Damit bringst du Fluch über unser Haus!«

Schon wollte sie mit einer abweisenden Geste den Fremden fortschicken, als dieser jedoch näher trat und mit schwerem Akzent sagte: »Ich habe meine Ausbildung im Haus des Lebens in Theben absolviert. Ich kann helfen.«

Avigail überlief ein Schauer. Unwohlsein überkam sie. Draußen ging ein Frühjahrsregen nieder, begleitet von Donnergrollen, und hier drinnen baute sich ein Ägypter vor ihr auf. Wie seinerzeit in Jericho.

Etwas abseits stand Leah mit dem Baby im Arm und lauschte dem Wortwechsel. Der Arzt schien keinerlei böse Absichten zu verfolgen. Er war sauber gekleidet und höflich und schien bereitwillig helfen zu wollen. Allerdings wusste sie, wie sehr die Großmutter das Volk verabscheute, dem dieser Mann hier angehörte und der jetzt Avigail kurz zunickte und daraufhin die Kammer verließ. Was für Wundermittel mochte er in dem Kasten an seiner Schulter aufbewahren?

»Mein Sohn«, flüsterte Hannah. »Bitte reich ihn mir.«

Leah genügte ein Blick auf den Kleinen, um zu erkennen, dass er nicht länger zitterte. Seine Ärmchen waren erschlafft und der winzige Mund entspannt.

»Großmutter!«, rief sie leise.

Avigail eilte zu ihr und wusste sofort Bescheid. »Er ist zu den Göttern gegangen«, murmelte sie und malte ihm das heilige Zeichen Asherahs auf die Stirn.

»*Halla!*«, hörte man einen Mann rufen. In voller Größe und in einer Frauenkammer eher nutzlos und unbeholfen wirkend, stand Elias an der Tür.

»Elias«, erschrak Avigail, »du darfst hier nicht hereinkommen. Das bringt Unglück.«

»Als Hannah zu schreien aufhörte, habe ich auf Nachricht ge-wartet, aber niemand sagte etwas.«

Avigail ging ihm entgegen, schloss ihn in die Arme und sagte: »Mein Sohn, das Kind ist gestorben. Wir konnten es nicht retten.«

Elias kniete am Bett seiner Frau nieder, küsste sie und ließ seine Tränen auf das leblose Kind tropfen. Dann presste er das Gesicht an den Busen seiner Frau und fing hemmungslos zu schluchzen an. »Meine Geliebte! Du meine Geliebte! Ich danke den Göttern, dass du lebst! Schlag mich dafür, dass ich froh bin, dass, wenn schon einer von euch beiden sterben musste, es das Kind war! Ich kann dich nicht verlieren, mein Lieb!« Er hörte nicht auf zu weinen.

Obwohl sie erschöpft war, hob Hannah den Arm und strich ihrem Ehemann über das dichte Haar. »Bitte schick Leah nicht zu diesem grässlichen Weib. Sonst werden unsere Enkel von der gleichen Krankheit befallen wie Ziras Sohn.«

Avigail mischte sich ein. »Du hast unsere Gäste sich selbst überlassen, Elias«, wies sie ihn zurecht. »Geh sofort wieder zu ihnen. Ich komme nach, sobald ich kann.«

Schweren Herzens kehrte Elias in die Empfangshalle zurück, wo er sich für das unterbrochene Mahl entschuldigte und seine Gäste bat, das Haus zu verlassen. »Bei uns herrscht jetzt Trauer. Mein Sohn ist zu den Göttern gegangen.«

»Wie ungehörig«, zischte Zira. »Als mein Yehuda geboren wurde, hatten wir Prinzessin Sahti und ihre Familie zu Gast. Beim Abendessen verlor ich mein Fruchtwasser, worauf ich höflich bat, mich zurückziehen zu dürfen, ohne den Grund dafür anzugeben. Ich suchte meine Schlafkammer auf, wo ich *ganz allein* meinen Sohn zur Welt brachte. Unsere Gäste wussten nicht einmal, wie es um mich stand, derart rücksichtsvoll verhielt ich mich ihnen gegenüber. Nicht nur, dass deine Tochter Leah höchst ungehor-sam war, du selbst hast uns einfach hier sitzen gelassen. Und dann hat mich deine Mutter auch noch mit ihren Lügen über meinen Sohn beleidigt!«

Elias war außerstande, darauf zu antworten. Seine Hand fuhr

zum Hals, zerrte dort so lange an seiner Tunika herum, bis sie zerriss. Später würde er sich den Bart scheren und sich Asche aufs Haupt streuen.

»Tut mir leid, dein Verlust, Elias«, sagte Jotham mürrisch. »Ich werde dafür beten, dass dein Sohn bei Dagon ist. Aber du hast mir eine Menge Ärger eingebrockt. Deinetwegen stehe ich nun blamiert da. Wenn du mir deine Tochter gibst, werde ich das als Wiedergutmachung betrachten.«

Elias sah ihn entgeistert an. Über die Heirat war ja noch kein Wort verloren worden! Er schüttelte den Kopf und sagte resigniert: »Es tut mir leid, mein Freund, aber das geht nicht.«

Jothams Gesicht verdüsterte sich. »Das wirst du bereuen, Elias. Deine Tochter und deine Mutter sollten sich schämen, wie sie sich deiner wie meiner Familie gegenüber verhalten haben. Bist du denn so ein Schlappschwanz?«

»Bei den Göttern!«, entfuhr es Elias. »Ich habe gerade meinen Sohn verloren. Muss ich mir das jetzt auch noch anhören?« Er rieb sich übers Gesicht, erschöpft, tief verwundet von seinem Unglück. »Wenn sich hier einer schämen sollte, Jotham, dann bist du es, weil du diesem Haus, das allen Grund hat zu trauern, keinen Respekt erweist.«

Jotham neigte den Kopf leicht zur Seite. »Du bist schuld, dass ich vor meiner Schwester gedemütigt dastehe. Wie soll ich mich jetzt in meinem Haus behaupten?«

Am liebsten hätte Elias geantwortet: Du hast dich in deinem Hause noch nie behaupten können. Aber er biss sich auf die Lippen. Es kam ihm vor, als lastete das Gewicht der ganzen Welt auf seinen Schultern. Er war zu keinem vernünftigen Gedanken mehr fähig. Sein einziger Sohn – tot …

»Lass dir eins noch gesagt sein, Elias.« Ehe er weitersprach, beugte sich Jotham vor. »Irgendwann wirst du mich noch anflehen, deine Tochter zu nehmen. Und vor Dagon und Baal verspreche ich dir hiermit, dass entweder *ich* Leah bekomme oder niemand!«

2

»So kann es nicht weitergehen, Elias. Irgendetwas muss unternommen werden, sonst kommen unsere Töchter nie zu einem Ehemann.«

Avigail und ihr Sohn hielten sich im Sonnenzimmer des Frauentrakts auf. Während es Männern, die nicht zur Familie gehörten, grundsätzlich untersagt war, diesen Teil der Villa zu betreten, durften männliche Verwandte dies mit dem ausdrücklichen Einverständnis der Frauen tun. Eine Tradition, begründet vor langer Zeit von damaligen Hausherrinnen, die einen Lebensbereich nur für sich beanspruchten, um sich dort für die Dauer ihres Zyklus zurückziehen und abseits der Stürme, die in der Welt draußen tobten, zum Wohle ihrer Familie wirken zu können. Dieser Bereich unterstand Avigail; ihr Sohn war auf ihre Einladung hin erschienen. Genauer gesagt: Er war dazu aufgefordert worden.

Elias spielte an dem schweren Siegelring herum, der seinen Daumen schmückte, einem Karneol, in den Elias' Erkennungszeichen graviert war – ein Mann, der unter einer weinumrankten Laube saß, die Arme lobpreisend zu den Göttern erhoben. Dieses Siegel benutzte er, um Verträge zu unterzeichnen, Briefe, Belege, juristische Dokumente. »Ich weiß nicht, was ich tun soll, Mutter. Dass Jotham derart nachtragend sein würde, hätte ich nicht für möglich gehalten.«

Auch Avigail wunderte sich über das Ausmaß von Jothams Feindseligkeit. Bestimmt wurde er von Zira darin bestärkt und getrieben. Avigail hatte zwar die Krankheit von Ziras Sohn zur Sprache gebracht, ihr anschließend aber versichert, sie werde

– 45 –

kein Wort mehr über Yehudas Fallsucht verlieren. Aber allein die Tatsache, dass sie Ziras Geheimnis gelüftet hatte, war Anlass genug, Vergeltung zu üben. Und Jothams Einfluss reichte sehr weit. Freunde von Elias bekundeten zwar Mitgefühl, fürchteten jedoch Jothams Zorn.

Avigail hatte gehofft, dass in Anbetracht ihrer Herkunft Elias gegen Jothams Rachefeldzug gefeit wäre. Sie selbst stammte von Ozzediah ab, einem der bedeutendsten Könige Kanaans, weshalb auch ihre Enkelinnen besonderes Ansehen genossen. Aber nein. Mögliche Heiratskandidaten hielten sich vom Haus des Elias fern.

Diese Situation bekümmerte Avigail zutiefst. Da hatte sie so viel dazu beigetragen, die Zukunft ihrer Familie zu sichern, war überzeugt gewesen, ihr Ziel erreicht zu haben, und hatte darüber vergessen, wie launisch das Schicksal sein konnte. Sie hatte ein verstecktes Haus im Bergland erworben, einen echten Zufluchtsort, hatte Gold vergraben, Wachen eingestellt – sie hatte sich auf das *körperliche* Wohlergehen ihrer Familie konzentriert und niemals einen Schicksalsschlag wie diesen in Erwägung gezogen! Und jetzt war das Haus von Elias dem Winzer ein Haus voller Frauen. Der einzige Mann, der hier lebte, war Elias selbst. Räume für Bärte und tiefe Stimmen standen leer. Göttliche Asherah, betete Avigail, bring uns Söhne ins Haus, sonst stirbt unsere Blutlinie aus!

Sie richtete ihre Gedanken wieder auf die Gegenwart, auf die Krise, die die Familie überschattete. Weil Jotham Leah nicht bekommen hatte, sollte sie auch kein anderer bekommen. Ein Wort hier, eine versteckte Drohung da, auf diese Weise sorgte Jotham dafür, dass die Männer in Ugarit es für ratsamer hielten, sich anderswo nach einer Ehefrau umzusehen, anstatt sich gegen den einflussreichen Schiffbauer zu stellen.

Sie warf einen Blick auf Esther, ihre jüngste Enkelin, die gerade dabei war, eine Perlenkette aufzufädeln. Ein liebes junges Mädchen, gehorsam und bescheiden. Eine gute Ehefrau, wenn es nicht so aussichtslos wäre, dass die Dreizehnjährige mit ihrer gespaltenen Lippe und den dadurch ständig entblößten Zähnen jemals heiraten, geschweige denn Kinder bekommen würde. Ihr Weg war vorgezeichnet. Um sie brauchte sich Avigail keine weiteren Gedanken zu machen.

Umso mehr um Tamar, ihre siebzehn Jahre alte Enkeltochter, die in der Sonne an ihrem Webstuhl saß. Feuer loderte in diesem gertenschlanken Körper. Jung wie sie war, strahlte sie verführerische Reife aus und war mit einem sinnenfreudigen Appetit gesegnet. »Großmutter, erzähl mir doch noch mal, wie es in meiner Hochzeitsnacht sein wird.« Es gab nichts gegen eine Frau mit ausgeprägter Fleischeslust einzuwenden, beileibe nicht. Schließlich konnte sich in Ugarit eine Ehefrau rechtmäßig scheiden lassen, wenn ihr Mann sie im Bett nicht befriedigte. Aber für ein jungfräuliches Mädchen schickte es sich nicht, derartige Neugier an den Tag zu legen. Mit welchen Blicken Tamar auf dem Markt die Männer bedachte und dabei auch noch ihren Schleier lüftete! Ebenso wenig war Avigail entgangen, wie die Männer ihrerseits Tamar ansahen. Kein Wunder, sie war ja auch bildhübsch. So hübsch, dass dies durchaus verhängnisvoll hätte sein können. Aber Tamar verstand sich darauf, ihre Schönheit zu ihrem Vorteil zu nutzen. Schon als Kind hatte sie sich gern Männern auf den Schoß gesetzt, sie am Bart gekitzelt und dafür Süßigkeiten eingeheimst. Für Avigail stand fest, dass Tamar bald heiraten musste, um angesichts ihres Naturells eine Katastrophe zu verhindern.

Nur dass Tamar nicht heiraten konnte, ehe nicht ihre ältere Schwester verheiratet war. Das lieferte einen Grund mehr für die Eile, einen Ehemann für Leah zu finden. »Ich werde meiner Cousine in Sidon schreiben«, sagte sie abschließend. »Sie hat fünf gesunde Söhne. Einer von ihnen sollte doch bereit sein, Leah zu heiraten. Schick Shemuel den Schreiber zu mir, damit ich ihm umgehend einen Brief diktiere.«

Während Leah ihrer Mutter das Haar kämmte, versuchte sie sich daran zu erinnern, was sie über die Cousine ihrer Großmutter – und vor allem über deren fünf Söhne – in Sidon wusste. Sie hatte das Diktat mitbekommen, das Shemuel der Schreiber aufgenommen hatte: »Leah ist ein kerngesundes Mädchen, gehorsam und in Handarbeiten geschickt.« Welchen Sohn würde die Cousine wohl entsenden? Hoffentlich einen, der einigermaßen gut aussah und freundlich war. Mit neunzehn, das sah Leah ein, durfte sie nicht wählerisch sein.

Sie und ihre Mutter saßen in der Frühjahrssonne und lauschten den Lerchen auf der anderen Seite der hohen Mauer, die den Hof umgaben. Zwei Frauen, durch Lehmziegel und Kummer von der Welt abgeschottet.

Sie waren nicht allein. Tamar arbeitete an ihrem Webstuhl, Esther fertigte eine Kette aus blauen und roten Tonperlen, die sie auf dem Markt erstanden hatte. Tante Rakel saß an einem niedrigen Tisch und knackte unter Zuhilfenahme eines kleinen Holzhammers Mandeln, die sie zum Kuchenbacken verwenden wollte.

Während sie mit dem Kamm aus Elfenbein durch die dichten Flechten der Mutter fuhr, wanderten Leahs Gedanken zurück zu jener turbulenten Nacht vor einem Jahr, die so unerwartete, weitreichende Folgen gehabt hatte. Beim Aufschrei der Mutter damals hatte sich ihr Herz entschieden. Sie bedauerte nicht, wie sie reagiert hatte, aber es tat ihr aufrichtig leid, dadurch ihrem Vater so viel Ärger bereitet zu haben. Immer mehr Freunde mieden ihn, und auch geschäftlich gab es Schwierigkeiten: Einstmals treue Kunden bezogen ihren Wein neuerdings von anderen Winzern. Leah hatte ihrem Vater sogar erklärt, sie würde Jotham heiraten, sollte der noch dazu bereit sein, aber das hatte der Vater abgelehnt. Das habe er ihrer Mutter versprochen …

»Welchen Schleier möchtest du heute tragen?«, fragte sie. Ob die Mutter sich wohl für den blassblauen entscheiden würde, der ihr so gut stand?

»Meinen Hausschleier, Liebes. Der genügt mir für heute.« Hannah hatte sich wegen ihrer Monatsblutung zurückgezogen, während der sie weder das Haus verließ noch Besuche empfing. Eine heilige Zeit war das, eine, die Männer verstörte und erschreckte, Frauen aber in engeren Kontakt mit dem Mond und der Göttin brachten. Dieselben weiblichen Vorfahren, die die Hälfte des Hauses für sich allein reklamiert hatten, hatten ebenfalls bestimmt, dass sich eine Frau während ihres monatlichen Mondflusses der Ruhe hingeben sollte. Dies sei ihre Zeit für Meditation und Reflexion. Dementsprechend durfte sie nicht zur Arbeit angehalten werden, keinen Besuch empfangen, keine Verantwortung übernehmen. Es war eine Zeit, auf die sich Frauen freuten, in der sie Alltagssorgen und Haushaltspflichten hinter sich ließen, um Körper und Geist zu erfrischen und angenehmen Beschäftigungen nachzugehen. Männer bezeichneten diese Zeit als tabu, Frauen nannten sie heilig.

Für Leahs Mutter hingegen war dies auch eine Zeit der Trauer und eine schmerzvolle Erinnerung. Seit dem Tod ihres kleinen Jungen waren zwölf Zyklen vergangen. Sie hatte Elias viele Male in ihrem Bett willkommen geheißen, doch sie war nicht erneut schwanger geworden. Jetzt ging sie auf die vierzig zu und wusste – wie alle anderen im Hause auch –, dass ihre fruchtbaren Tage gezählt waren.

Und noch immer war es ihr nicht vergönnt gewesen, Elias einen Sohn zu schenken.

Leah merkte, wie niedergeschlagen die Mutter war. Trug nicht auch sie mit Schuld daran? Obwohl Ziras Unverschämtheiten und das zukunftsdeutende Traumgesicht bei der Mutter die Wehen ausgelöst hatten, war sie, Leah, in jener Nacht mehr als ungehorsam gewesen. Und bekanntlich wurde Ungehorsam von den Göttern bestraft. War *sie* etwa für den Tod des Babys verantwortlich?

Avigail betrat den sonnigen Hof. Ein Lächeln umspielte ihre Lippen. »Ich habe eine Familie ausfindig gemacht, die zu einer Hochzeit nach Sidon muss, weshalb sie ein gutes Tempo anschlagen und nur kurze Pausen einlegen wird. Sie haben mir versichert, sofort nach ihrer Ankunft meinen Brief an meine Cousine auszuhändigen.« Sie griff nach einem Korb mit Flicksachen. Mochte die Familie auch wohlhabend sein und sich neue Kleidung leisten können, Avigail war sparsam und hielt nichts von Verschwendung. »Leah, Liebes, morgen fangen wir mit der Arbeit an deinem Brautkleid an.«

»Ja, Großmutter.«

»Und sobald du mit dem Segen von Dagon und Asherah verheiratet bist, wird Jotham seine Feindseligkeiten gegen uns aufgeben.« Sie nahm sich den ausgefransten Saum einer der knöchellangen Tuniken von Elias vor, hielt inne, um Tamar bei der Arbeit am Webstuhl zuzuschauen. Durch die Kettfäden aus schwarzer Wolle, die am oberen Ende eines einfachen Holzrahmens befestigt, unten mit Steinen umwickelt und dadurch straff gespannt waren, ließ die Enkelin mit Hilfe eines glattpolierten Führungsschiffchens braune Schussfäden auf und ab durch die Ketten gleiten. Ungemein flink bewegten sich ihre Hände, übersprangen aber schon mal den einen oder anderen Faden, weil das junge Mädchen lieber den Lauf der Sonne beobachtete, die langsam über der Gartenmauer abtauchte. Sie hat es eilig, sinnierte Avigail. Sie verfolgt ungeduldig, wie die Stunden verstreichen. Weshalb? Hoffentlich schickte die Cousine in Sidon so bald wie möglich einen Ehemann für Leah, damit anschließend Tamar mit einem Mann verheiratet werden konnte, der das unbeherrschte Mädchen bändigen würde.

»Übrigens habe ich auf dem Heimweg Keena getroffen«, sagte Avigail, über den ausgefransten Saum gebeugt. »Sie erzählte mir, dass Ziras Sohn vergangene Nacht erneut einen Anfall hatte. Drei Ärzte wurden gerufen, um ihn zu behandeln. Aber sie konnten nichts ausrichten.«

»Er leidet eindeutig an der Fallsucht«, warf Tante Rakel ein und legte eine Mandel auf einen runden flachen Stein, um sie gleich darauf mit einem gezielten Hammerschlag zu zertrümmern.

Avigail, die gerade eine geeignete Bronzenadel aus dem Nähkästchen heraussuchte, nahm die Bemerkung kommentarlos hin. Auch wenn sie erleichtert war, Leah ein leidvolles Schicksal erspart zu haben, zerrte bereits die kleinste Anspielung auf jene unheilvolle Nacht vor einem Jahr an ihren Nerven. »Wie kann sie darauf hinarbeiten, ihren Sohn auf den Thron von Ugarit zu bringen, wenn er mit so etwas geschlagen ist?«, sagte sie verbittert. »Man erzählt sich, dass er bei einem Anfall zu Boden stürzt, dass ihn ein Zittern überfällt und aus seinem Mund Schaum austritt. Heilen lässt sich das nicht.« Wie konnte Zira es wagen, ungeachtet dieser erblichen Belastung über einen Ehevertrag verhandeln zu wollen?

»Oh, doch, Fallsucht kann geheilt werden«, widersprach Rakel und holte die unbeschädigte Mandel aus der zersplitterten Schale. »Mein Ehemann verwendete dafür eine Heilpflanze aus seinem Garten. Wir besaßen damals herrliche Gärten. Inzwischen habe ich mir hier auch einen angelegt«, sagte sie und griff sich eine weitere Mandel aus dem Korb, »an der südlichen Mauer, unterhalb der Küchen. Kennst du die Stelle, Avigail, Liebes?«

»Ich muss mich um andere Dinge kümmern, Tante Rakel. Um Leahs Hochzeitsgewand.« Mit einem »Halla!« schaute sie unvermittelt auf. »Wird eigentlich ihr Ehemann hier bei uns leben, oder wird er mit Leah nach Sidon zurückkehren? Das habe ich noch gar nicht bedacht!«

»Falls es überhaupt einen Ehemann *gibt*«, kam es gereizt vom Webstuhl, an dem Tamar saß.

»Ruf die Götter an, Kind«, fuhr Avigail sie an. »Worte können fatale Auswirkungen haben. Über diesem Haus schwebt schon Unheil genug, noch mehr anzurichten ist wirklich nicht nötig.« Bei Asherah! Warum nur war das Mädchen derart garstig?

»*Ich* weiß, wie Leah mit Sicherheit zu einem Ehemann kommt«, sagte Tante Rakel und lächelte. »Mit Hilfe eines wundersamen Tranks, den ich aus Jericho kenne. All unsere Frauen, die ihn zu sich nahmen, haben gute Ehemänner gefunden.«

»Wirklich, Großmutter?« Leah ließ den Schleier der Mutter, den sie in der Hand hielt, sinken. »Gibt es tatsächlich solch einen Trank?«

»Aber gewiss doch«, versicherte Rakel. »Avigail, weißt du noch, wie wir Glückselixiere für alle möglichen Zwecke mischten? Unsere Familie war dadurch gegen vieles gefeit.«

»Schon möglich. Aber Gebete ersetzen solche Tränke nicht«,

sagte Avigail und wünschte, ihre betagte Tante möge sich zu einem Nachmittagsschläfchen zurückziehen. Sie musste so viel überlegen, so viel planen, und Rakels Geplapper störte da nur. Vor allem, wenn sie unangenehme Erinnerungen an die Vergangenheit aufleben ließ.

»Leah, Liebes« – Rakel legte den Hammer beiseite und stand auf –, »hilf mir, die Kräuter für den Glückstrank zu pflücken. Ich weiß sogar noch, welchen Spruch man aufsagen muss, wenn man ihn trinkt.«

Leah wandte sich an Hannah. »Mutter, darf ich Tante Rakel begleiten?«

Hannah bedachte die alte Frau mit einem neidvollen Blick. Rakel hatte ihr »weises« Alter erreicht, und allein schon deswegen verehrte man sie und erwartete von ihr nichts weiter, als dass sie weiterhin am Leben blieb, zum Beweis dafür, dass man sehr alt werden konnte. Bei mir dagegen geht es nur noch um meinen Leib, überlegte sie. Wenn mein Leib unfruchtbar geworden ist, wozu bin ich dann noch nütze? Werde ich für den Rest meines Lebens Isha Elias bleiben und niemals Em Ari genannt werden oder wie immer mein Sohn hätte heißen können?

Sie zwang sich zu einem Lächeln. »Natürlich, Liebes. Geh nur. Ich glaube, ich werde mich kurz hinlegen.«

Leah folgte ihrer betagten Tante, deren Schleier vom Kopf gerutscht war, so dass das zerzauste weiße Haar nach allen Richtungen abstand. Trotz ihres fortgeschrittenen Alters war Rakel noch rüstig und voller Energie. Der Grund dafür lag, wie Leah wusste, in dem allmorgendlichen Trank, den die Tante seit ihrer Kindheit zum Frühstück zu sich nahm. Diesem speziellen Gebräu, behauptete Rakel, habe sie es zu verdanken, so alt geworden zu sein, ohne an Schmerzen in den Gliedern oder an Verdauungsproblemen zu leiden, und sich obendrein ein gutes Gehör und ein scharfes Auge zu bewahren. Es handelte sich dabei um ein uraltes Rezept, das von Generation zu Generation weitergereicht, allerdings von allen anderen im Hause verschmäht wurde. Avigail, die den Trank einmal probiert hatte, fand ihn abscheulich. Zudem war er kostspielig, denn die für die Zubereitung entscheidende Pflanze war schwer aufzuziehen und in Ugarit als Import nur auf dem Ägyptischen Markt zu bekommen, um den Avigail einen großen Bogen machte. Rakel dagegen fand nichts dabei, ihre goldenen Ringe gegen Waren von ägyptischen Kaufleuten einzutauschen, handelte es sich doch, wie sie immer wieder betonte, nicht um die gleichen Ägypter wie die vor vierzig Jahren. Außerdem wollte sie nicht auf den Saft dieser seltenen Pflanze verzichten, die sich Sellerie nannte. Sie vermischte ihn allmorgendlich mit dem Saft von ausgepressten Wacholderbeeren, mit Petersilie und Karottensaft und fügte auch noch Mohnsamen und Kreuzkümmel – ein weiterer Import aus Ägypten – hinzu. Das genaue Rezept – wie viel von jeder Zutat – war nur ihr bekannt. Und Avigail beließ es gern dabei.

»Wohin gehen wir, Tante Rakel?«, fragte Leah.

»In meinen besonderen Garten, Liebes. Du wusstest nichts davon, nicht wahr? Keiner kennt ihn. Ich habe ihn letztes Jahr angelegt, zum Gedenken an den kleinen Schatz, der in der Nacht, als dieser fürchterliche Jotham und seine eselsgesichtige Schwester bei uns zu Gast waren, zu den Göttern ging. Gleich wirst du sehen, was daraus geworden ist.«

Leah freute sich, wie lebhaft und angeregt ihre Lieblingstante plauderte, und sie war auch erleichtert, dass sie den eigenartigen Verlust des Zeitempfindens überwunden hatte, der sie in der Nacht von Hannahs Sturzgeburt heimsuchte. Danach gab sich Rakel so wie immer, hatte an ihrem Webstuhl gearbeitet, über das vielköpfige Küchenpersonal gewacht, alle Türschwellen gekehrt, um böse Geister fernzuhalten, schon weil ihrer Meinung nach eine Frau, so wohlhabend sie auch sein mochte, niemals untätig sein sollte.

Und auf alles schien sie eine Antwort zu haben. Es gab nichts, wofür sie nicht eine Lösung fand. Als Leah vor Jahren mit einer streunenden Katze nach Hause gekommen war und sie behalten wollte, die Katze sich jedoch widersetzte und das Weite zu suchen drohte, hatte Tante Rakel gesagt: »Streich ihr Salbe auf die Pfoten, dann bleibt sie.«

Auch wenn Leah bezweifelt hatte, dass mit Salbe bestrichene Pfoten eine Katze zum Bleiben bewegen würden, hatte sie den Rat befolgt. Als sie dann sah, wie sich die Katze putzte und sich hingebungsvoll die Salbe von den Pfoten leckte, war ihr ein Licht aufgegangen: Bis nämlich die Katze ihr ausgedehntes Reinigungsritual beendete, würde sie sich an die Gerüche und Geräusche des Hauses gewöhnt haben und glauben, sie habe schon immer hier gewohnt. Die Katze blieb acht Jahre, fett und zufrieden, bis zum Ende ihres Lebens.

Ein andermal war Esther in Panik geraten, weil sie etwas im Auge hatte. Mutter und Großmutter bemühten sich vergeblich, den Fremdkörper zu entfernen – bis Tante Rakel eine aufgeschnittene Zwiebel vor Esthers Gesicht hielt und dadurch bei dem Mädchen einen Tränenstrom auslöste, der mühelos den Schmutzpartikel aus dem Auge geschwemmt hatte.

Nicht zum ersten Mal befand Leah, wie hilfreich es war, über solch umfangreiches Wissen verfügen zu können.

»Der Glückstrank beruht auf einem ägyptischen Rezept«, merkte Rakel an, als sie ihre Großnichte durch die Villa, über Gänge, um Säulen herum und durch Türen führte. Wohin wollte die Tante nur, wunderte sich Leah. An den zahlreichen Gärten im und um das Haus waren sie inzwischen auch vorbeigegangen. »Die Ägypter verstehen sich auf den wirksamsten Zauber überhaupt. Wusstest du das, Kind? Ich werde dir zeigen, wie du die Blätter richtig zerkleinerst und in heißem Wasser einweichst. Alles muss genau nach Vorgabe erfolgen, damit der Glückszauber wirkt. Du kannst dir nicht vorstellen, welch wundersame Dinge mein Garten birgt, Kindchen! Auf dem Markt habe ich Samen und Setzlinge aus fernen Gebieten erstanden. Schwarznesseln aus Kreta! Sandelholz vom Indus! Papyrus aus Ägypten! Von Arbeitern aus den Weinbergen deines Vaters habe ich mir einen Teich für Seerosen und Goldfische anlegen lassen. Auch einen Springbrunnen, der ständig in Betrieb ist, haben sie mir gebaut. Darüber hinaus Spaliere für Kletterpflanzen. Eine steinerne Vogeltränke. Bänke und Statuen. Ein Garten, der der Götter würdig ist!«

Rakel zählte die Heilkräuter auf, die Blumen, die sie angepflanzt hatte, wies darauf hin, dass sie den Garten, der ein regelrechtes Paradies zu sein schien, ganz allein pflegte. Ob sie wohl einverstanden wäre, überlegte Leah, ihrer bekümmerten Mutter ebenfalls Zutritt zu gewähren, damit sich Hannah an so viel Schönheit aufrichten konnte?

Am östlichen Ende des äußeren Schutzwalls der Villa angelangt, an dem sich Leah bislang nur selten aufgehalten hatte und von dem aus sich Brachland und weiter entfernt die Ausläufer der Berge erstreckten, sagte Rakel: »Medizinische Rezepturen wurden in meiner Familie seit Generationen von Mutter zu Tochter weitergegeben. Leider dürften viele davon wohl in Vergessenheit geraten sein. Aber das, woran ich mich, die Letzte meiner Linie, erinnere – zumal ich mit einem Mediziner verheiratet war –, werde ich an dich weitergeben, liebes Kind, wenn du mir hilfst, die kostbaren Zutaten zu ernten, zu mischen und einzulagern.«

Das hölzerne Tor befand sich in einer hohen Steinmauer. Weinranken, die hier vor langer Zeit hochgeklettert waren, hatten ihre Spuren hinterlassen. Rakel hatte sie, wie sie erzählte, eigenhändig weggerissen, damit die Geister des Gartens merkten, wer ihre neue Herrin war.

»Denk daran, liebes Kind, dass es nicht nur darauf ankommt, die Pflanzen bestimmen zu können. Man muss auch wissen, wann genau man den Samen ins Erdreich auszubringen hat. Wie viel Regen er benötigt, welche Mondphase die beste für die Ernte ist. Einige Pflanzen blühen nur nachts, hast du das gewusst? Wiederum andere wimmern leise auf, wenn du sie aus der Erde ziehst. Und dann wären da natürlich noch die Zaubersprüche, die man beim Pflanzen und Ernten singen muss. Von meinem Garten kannst du wirklich eine Menge lernen, liebes Kind.«

Die alten Holzangeln knarzten, als sich das Tor öffnete. Leah hielt den Atem an und riss die Augen weit auf, um den Anblick, der sich ihr gleich bieten würde, voll und ganz zu würdigen. Ihr Herz klopfte bei dem Gedanken an den Glückstrank – den Garanten für einen Ehemann aus Sidon!

Und dann sackte ihre Kinnlade nach unten. Sie starrte in den Staub, auf die knorrigen Wurzeln, das vertrocknete Laub. Auf das schotterübersäte Stück Brachland. Auf den verwitterten Baum in der Mitte. Alles war tot. Mitnichten ein Paradies.

Sie schaute ihre Tante an, die ihr, strahlend vor Stolz, einen durchlöcherten Korb in die Hand drückte und sagte: »Also dann, Rebekka, sollen wir anfangen?«

Tamar vergewisserte sich, dass Esther schlief, ehe sie leise aus dem Bett glitt, in ihre Sandalen schlüpfte, sich ein Gewand überwarf und die Kammer verließ.

Die Olivenhaine, in denen Baruch sie erwartete, befanden sich am Rande der Straße, die in die Stadt führte, weshalb der Weg dorthin nur kurz war. Die Freude und die Erregung eines jungen Mädchens, das heftig verliebt war, beflügelten ihre Schritte. Seit einem Jahr traf sie sich heimlich mit Baruch. Und jetzt war es so weit. Heute Nacht wollte sie sich ihm hingeben. Ein Ehemann für Leah war unterwegs hierher – aus Sidon! Nichts mehr konnte Tamar daran hindern, ebenfalls zu heiraten.

Und da wartete er ja schon, trat unruhig wie ein Hengst vor einem Rennen abwechselnd ins Mondlicht und wieder in den Schatten der Olivenbäume. Heute Nacht werden wir uns lieben, sagte sich Tamar und rannte auf ihn zu. Ein ganzes Jahr über haben wir uns unsere Keuschheit bewahrt. Länger kann ich nicht warten.

»Halt mich fest«, sagte sie und warf sich in seine ausgebreiteten Arme. Wie berauschend allein, einen männlichen Körper zu spüren! Die breiten Schultern, die harten Muskeln! Ganz anders als die Umarmung einer Frau, die um so vieles zarter gebaut war, deren Berührung man kaum spürte.

Ich hätte ein Junge werden sollen. Leah ebenfalls. Aber Vater liebt sie trotzdem. Als ich unterwegs war, sagte er: »Diesmal werden mir die Götter einen Sohn schenken.« Sie taten es nicht. Auf

– 56 –

mich folgte ein Mädchen, das nicht überlebte. Als Esther mit ih-
rem entstellten Mund kam, rührte sie Vaters Herz. Danach zwei
weitere Mädchen, denen nur ein kurzes Leben vergönnt war, vor
einem Jahr dann endlich ein Junge, der zu früh kam und starb.
Vater hofft noch immer auf einen Sohn. Wenn er mich anschaut,
verrät sein Blick immer eine Spur jener ersten Enttäuschung.

Tamar kannte Baruch von Kindesbeinen an. Ihre Väter waren
in ihrer Jugend Freunde gewesen, heute bekleideten sie beide unterhalb der Priesterschaft das hohe Amt der Aufsichtführenden
im Tempel des Dagon. Wann sie sich in den mittleren Sohn des
Olivenanbauers verliebt hatte, wusste sie nicht mehr. War es im
Verlauf eines Festes zu Ehren von Asherah gewesen oder auf einer der vielen Hochzeiten, Namensgebungen oder Geburtsfeiern?
Wie ein Bruder war Baruch für sie gewesen, bis er urplötzlich ein
sinnliches Verlangen in ihr geweckt hatte.

Von da an hatten sie sich heimlich getroffen, erst nur um miteinander zu plaudern, dann um sich verstohlen an den Händen zu
halten. Vor kurzem hatten sie sich zum ersten Mal geküsst und
dann bald umarmt, hatten angefangen, sich gegenseitig zu betas-
ten, zu streicheln, die warme Haut unter den dünnen Kleiderstof-
fen zu fühlen. Als sie schließlich spürte, wie Baruch sein hartes
Glied an sie presste, stand Tamar in Flammen. So etwas hatte sie
noch nie empfunden. Und in letzter Zeit erlosch das Feuer nicht
mehr, wenn sie sich trennten. Es brannte Tag und Nacht, durch-
glühte Tamar, wo immer sie auch ging und stand. Für sie gab es
nur eine Möglichkeit, es zu löschen.

»Großmutter hat einen Brief an eine Cousine in Sidon geschrieben, mit der Bitte, einen Ehemann für Leah zu schicken.
Dann können wir beide endlich heiraten.«

»Tamar …«

Sie musste ihn immer wieder küssen, ihre Hände erkundeten
verführerisch seinen Körper, als sie sich an ihn schmiegte. Sie
spürte die aufreizende Männlichkeit unter seiner Tunika. »Bitte …«, raunte sie ihm ins Ohr, »ich möchte dich in mir spüren.«

»Warte«, sagte er mit belegter Stimme. »Das dürfen wir nicht.«

»Ich verzehre mich nach dir. Zeig mir, dass du mich liebst.«

»Ich liebe dich, aber …«

»Beweise es mir, bitte, beweise es mir.«

Er stöhnte auf. Seine noch bartlosen Wangen brannten. »Tamar, wir müssen stark bleiben. Du musst dir deine Jungfräulichkeit bis zu deiner Hochzeitsnacht bewahren.«

»Ich bin es leid, stark zu sein! Das hier ist unsere Hochzeitsnacht. Wenn Leah Jotham nicht den Respekt versagt hätte, wäre sie längst mit ihm verheiratet, und du und ich wären verlobt.«

»Aber …«

Sie erstickte seinen Protest mit einem Kuss. Und als sie ihm mit der Hand zwischen die Schenkel fuhr und ihre Finger sich um seine Erektion schlossen, gab er einen gurgelnden Laut von sich und sank, Tamar mit sich ziehend, auf die Knie.

Jedwede Gedanken an Vernunft und Zurückhaltung waren wie weggeblasen. In Baruch loderte das Begehren ebenso heftig wie in Tamar, und alles, was er wahrnahm, war dieser aufreizende Körper, der sich unter ihm wand, die seidige Haut, als er ihr Oberteil wegschob und ihre Brüste umfasste. Ein Stöhnen kam aus ihrer Kehle, während er über ihre Brustwarzen strich, spürte, wie sie hart wurden. Er liebkoste ihre Brüste, erkundete mit der Zunge ihre Halsbeuge und küsste sie erneut, mit immer heftigerer Leidenschaft. Sie drängte sich noch enger an ihn, als er ihren Rock hob und die Oberschenkel befühlte. Dass sie sich ihm so rückhaltlos öffnete, war für ihn zunächst verwirrend, schürte aber umso heftiger sein Verlangen, bis er meinte, sein gesamter Körper würde gleich explodieren. Seine Zunge fuhr über ihre Brustwarzen, sie stöhnte – und dann war er in ihr, und ihre Beine umschlangen ihn, hielten ihn fest, drückten ihn tiefer in sie hinein. Sie schrie vor Schmerz kurz auf, dann küsste sie heißhungrig seinen Hals, vergrub ihre Zähne in sein Fleisch. Heftige Laute entrangen sich ihrer Kehle, und auch er brummte und stöhnte, als er in sie hineinstieß.

Da er jung war und dies sein erstes Mal, war alles schnell vorbei. Mit einem erstickten Schrei brach er auf ihr zusammen, während Tamar voller Zufriedenheit tief aufseufzte. Obwohl sie selbst nicht zum Höhepunkt gelangt war, sagte sie sich, dass mit genügend Übung und Erfahrung ihr Liebesspiel wunderbar werden würde.

Als er sich schließlich aufrichtete und im Mondlicht auf ihr Gesicht herabschaute, murmelte er: »Tamar, Tamar, meine schöne und durchtriebene Tamar.«

Sie kicherte geschmeichelt. Er strich ihr übers Haar, während ihre Hand unter seiner Tunika seine Schenkel liebkoste. Nichts fühlte sich so gut an wie der Körper eines Mannes. Sie konnte es nicht erwarten, seine Frau zu sein, ihn jede Nacht zu spüren.

Er stützte sich auf einem Ellbogen auf und sagte ungewohnt ernst: »Bei Dagon, es tut mir leid, dir das sagen zu müssen. Aber es muss sein. Ich liebe dich, Tamar, aber heiraten kann ich dich nicht.«

Sie zwinkerte.

»Mein Vater hat mit Jotham enge geschäftliche Beziehungen. Seine Oliven und sein Öl werden mit Jothams Schiffen in die ganze Welt verschickt. Wenn ich ins Haus des Elias einheirate, wird Jotham nicht länger mit meinem Vater zusammenarbeiten.«

Tamar rang nach Luft. »Du machst Witze!«

Er setzte sich auf, seine Miene war bekümmert. »Dagon sei mir gnädig, aber ich kann nicht anders. Deine Schwester und dein Vater haben Jotham und Zira gekränkt. Und sie haben sich nicht dafür entschuldigt. Ganz Ugarit spricht davon.«

»Dafür kann ich doch nichts! Ich liebe dich, Baruch.«

»Und ich liebe dich.« Damit stand er auf und ordnete seine Kleidung. Verständnislos starrte Tamar den jungen Mann an, den sie anbetete, der durch ihre Träume geisterte, ihre Gedanken beherrschte, sie vor Verlangen erbeben ließ. Und der ihr soeben ihre Unschuld geraubt hatte.

Halla! Was habe ich denn getan? »Bitte«, hob sie an, und Tränen liefen ihr über die Wangen.

»Es tut mir leid, Tamar. Dagon ist mein Zeuge, wie sehr es mir leidtut. Aber ich muss die Anordnungen meines Vaters befolgen.

Ich darf dich nicht wiedersehen. Meine Mutter hat Vorkehrungen getroffen, dass ich eine Cousine in Ebla heirate. Ich breche noch vor Ablauf des Monats auf.«

Er sank auf die Knie, umschloss mit den Händen impulsiv ihr Gesicht und sagte mit belegter Stimme: »Für eine Weile wird dein Kummer groß sein, aber mit der Zeit wirst du mich vergessen, Tamar. Schon weil andere Männer kommen und deinem Zauber erliegen werden.«

Sie hielt den Atem an, gebannt von Baruchs eigenem überwältigenden Zauber. »Bei meinen Ahnen, liebste Tamar, schwöre ich, dass das, was ich sage, die Wahrheit ist. Du kannst es an meiner Stimme hören, in meinen Augen lesen. Du wirst es wissen, wenn du schläfst, wenn du träumst. Du bist schön, Tamar, auch wenn dir das noch keiner in deiner Familie gesagt hat. Weil du nicht als Knabe geboren wurdest, hältst du dich für minderwertig. Ich dagegen schwöre bei Dagon und Baal, dass du mehr als nur schön bist, Tamar. Du bist stark, stärker, als du meinst. Die Männer werden dir zu Füßen liegen. Reichtümer werden sie dir bieten. In deiner Hand wird die Welt zu einer köstlichen Frucht. Und Baruch wird in Vergessenheit geraten.«

Er stand auf und wandte sich zum Gehen. Tamar verharrte kniend auf dem mit Laub bedeckten Boden und sah zu, wie der Geliebte mit seinen breiten Schultern, den kräftigen Schenkeln und dem aufrechten Gang durch den Olivenhain entschwand. Sie konnte keinen klaren Gedanken fassen. Was geschah hier gerade mit ihr? Wie konnte er sie verlassen?

Tamar rang nach Atem. Die Worte, die er ihr zum Abschied gesagt hatte, brannten sich in ihr Gedächtnis ein. Dass sie stark war. Dass sie schön war. Wirklich? Werden mir die Männer tatsächlich zu Füßen liegen?

Regungslos kniete Tamar unter dem Olivenbaum, zitterte noch vom Nachklang der Erregung und spürte gleichzeitig den frischen, unfassbaren Schmerz, der in ihr aufwallte. Sie war allein. Ja, sie war schön und begehrenswert für viele Männer. War das ein Trost?

Nein, befand sie, hin- und hergerissen zwischen Traurigkeit und Wut. Ich will keine anderen Männer. Ich will Baruch. Und bei Asherah schwöre ich, dafür zu sorgen, dass er mich nicht verlässt. Ich werde alles daransetzen, dass Baruch seinem Vater die Stirn bietet und zu mir zurückkommt.

Shemuel der Schreiber bewohnte mit seiner Ehefrau und einem Stab Bediensteter ein eigenes Haus. Er war ausschließlich für Elias tätig, da im Weingeschäft viel Schriftliches anfiel – Krüge und die Weine selbst mussten mit Etiketten versehen, Bestandsaufnahmen katalogisiert, Versanddokumente und Empfangsbestätigungen ausgestellt werden; ferner war Shemuel als Buchhalter tätig, als der er die vielen Konten von Elias zu führen und den Überblick darüber zu bewahren hatte, wer was schuldete und wer bezahlt werden musste; in die Namenslisten der Sklaven und Bediensteten trug er ein, wem welcher Lohn für wie viele Arbeitsstunden zustand, und er verantwortete die private wie geschäftliche Korrespondenz der Familie des Elias.

Auch schriftliche Mitteilungen in die Stadt zu bringen und aufbrechenden Karawanen mitzugeben fiel in Shemuels Aufgabenbereich. Den Brief, den Avigail heute Morgen diktiert und den er sorgfältig in Ton geritzt hatte, hatte sie allerdings persönlich in der Karawanserei abgegeben, weil sie Shemuel bei ihrer verzweifelten Suche nach einem Ehemann nicht zutraute, eine Karawane ausfindig zu machen, die so schnell wie möglich Sidon zu erreichen gedachte.

Diese Mühe dürfte vergeblich sein, argwöhnte der Schreiber. Bis die Cousine den Brief in Händen hielt, stand zu befürchten, dass die Schwierigkeiten, in denen das Haus des Elias steckte, übermächtig werden könnten.

Deshalb beschloss er nun, seine Kündigung einzureichen und nach fünfundzwanzig Jahren Abschied von seinem Dienstherrn zu nehmen.

Ein Mann muss schließlich an sich selbst denken. Shemuel war es egal, ob man ihn mit einer Ratte verglich, die das sinkende Schiff verlässt. Zum einen wurde es sowieso für ihn Zeit, sich aufs Altenteil zurückzuziehen, zum anderen durchschaute er, was Jotham *wirklich* vorhatte – weitaus Schlimmeres, als lediglich Elias' Weinhandel und seinen Ruf zu schädigen. Die Familie ging zweifellos dem Untergang entgegen, und wenn dieser Zeitpunkt gekommen war, wollte Shemuel weit weg sein.

Er überlegte kurz, ob er Elias vor dem bevorstehenden Desaster warnen sollte, der unter Umständen einen heftigen Streit nach sich ziehen und letztendlich vor Gericht ausgetragen werden würde. Jahrelang könnte sich so etwas hinziehen, und Shemuel müsste sich während dieser Zeit als Zeuge zur Verfügung halten. Nein, lieber nichts sagen und sich beizeiten dem Ärger entziehen.

Er fand seinen Dienstherrn in der Gärkammer, einem aus Stein errichteten Gebäude, das zur Weinkellerei hinter der Villa gehörte. Hier drinnen war es kühl, es roch nach Hefe und überreifem Obst. Facharbeiter behandelten die zerquetschten Trauben, die in großen hölzernen Bottichen lagerten, rührten die Mischungen durch, prüften ihre Reife und schmeckten sie ab – eine zeitaufwendige Tätigkeit. Elias war damit beschäftigt, die Erstabfüllung eines neuen Jahrgangs in Amphoren zu überwachen, als Shemuel die Gärkammer betrat. Respektvoll zog er das Käppchen ab, mit dem er seinen kahlen Schädel vor der Sonne schützte, und sagte: »Lieber Freund, ich sehe mich gezwungen, meine Kündigung einzureichen. Du warst immer gut zu mir, aber eingedenk der Tatsache, dass die Jahre mir zugesetzt haben, möchte ich mich aufs Altenteil zurückziehen.«

Elias zeigte sich tief betroffen. »Hast du nicht immer gesagt, du würdest mit einem Ritzstift in der Hand sterben?«

»Gewiss doch, aber meine Augen sind nicht mehr so scharf wie früher.« Eine Lüge, wiewohl eine glaubhafte. Shemuel ging auf die fünfzig zu. »Ich habe eine Villa auf Zypern erworben.«

»Auf Zypern! Dazu musst du über das Große Meer. Da werde ich dich wohl nie wiedersehen.«

Sie tauschten einen langen Blick, dann sackten Elias' Schultern ein. »Ich versteh schon, alter Freund. Du hast nichts damit zu tun, dass ich Jotham gekränkt habe und er deshalb einen ehrenrührigen Krieg gegen mich und mein Haus angezettelt hat. Ich kann es dir nicht verdenken, dass du gehen möchtest.«

Bar jeglichen Mitgefühls war Shemuel allerdings nicht. »Ich habe mich bereits nach einem Nachfolger umgesehen und in diesem Sinne an einen Freund von der Bruderschaft in der Stadt Lagasch am Euphrat geschrieben. Dort gibt es jede Menge guter Schriftkundiger, aber nicht genug freie Stellen. Der Freund schrieb zurück, dass er einen sehr fähigen jungen Mann empfehlen könne, der zudem bereit sei, nach Ugarit zu kommen.«

»Frisch aus der Schule?« Elias runzelte die Stirn.

»Elias, es dürfte sehr schwer sein, einen Schreiber meines Alters und mit meiner Erfahrung dazu zu bewegen, für dich zu arbeiten.«

»Wann kommt er?«

»Er ist bereits unterwegs und sollte in wenigen Tagen hier eintreffen. Elias, mein Freund, schau doch nicht so bedrückt. In deiner angespannten Situation könnte ein junger Schreiber, der für seine Dienste lediglich Unterkunft und Verpflegung verlangt, ein Segen sein. Und sein Eifer, es dir recht zu machen, dürfte dir zum Vorteil gereichen.«

Noch eine Lüge, wenngleich eine kleine. Shemuels Freund in Lagasch hatte zu bedenken gegeben, dass es sich bei diesem David, um den es ging, nicht nur um einen veritablen Schriftgelehrten handelte, sondern dass er seiner Herkunft nach ein Prinz war und zudem reichlich arrogant und ungemein ehrgeizig. Aber er verkniff es sich, eigens darauf hinzuweisen. Bis Elias die ganze Wahrheit herausgefunden hat, dachte er, habe ich mich längst in meiner Villa auf der anderen Seite des Meers gemütlich eingerichtet.

3

»Die Königin von Ugarit soll ja unersättlich sein«, sagte Nobu und angelte sich ein Lammkotelett aus den Kohlen. »Angeblich nimmt sie sich jeden Tag einen anderen Liebhaber, manchmal sogar einen morgens und abends dann einen anderen. Am liebsten sind ihr die, die vor Männlichkeit strotzen. Es heißt, sie lässt die Kandidaten nackt vor sich hintreten, damit sie ihre Geschlechtsteile in Augenschein nehmen kann.«

»Glaub doch nicht alles, was man sich über eine Königin erzählt«, wehrte David ab und nahm einen Schluck Wein.

Nobu, der geräuschvoll auf dem knusprigen Fleisch herumkaute, schielte über die Glut des Lagerfeuers hinweg zu seinem Herrn. Gut sah er aus, der vierundzwanzigjährige David mit seinen dunklen Augen und der markanten Nase. Wie es sich für einen Prinzen aus königlichem Haus gehörte. Fragte sich nur, ob Davids Missbilligung über das, was er, Nobu, gerade geäußert hatte, mit seiner Mutter, der Königin von Lagasch, zusammenhing, die für ihre hohen Moralansprüche bekannt war. Sogar in ihrer Ehe, so hieß es, halte sie es mit der Keuschheit. Nachdem sie dem König zwölf Kinder geschenkt hatte, habe sie ihm erklärt, dass sie »mit alldem nichts mehr zu tun« haben wolle, und eine eigene Bettkammer für sich gefordert.

Nobu zuckte mit den Schultern und zog seinen Umhang fester um sich. David schien die kalte Frühlingsnacht nichts auszumachen – er trug lediglich eine wollene Tunika, die, wie in Lagasch üblich, einen Arm unbedeckt ließ. Um diesen entblößten Arm war zum Zeichen für Davids Zugehörigkeit zu einer heiligen und

– 64 –

elitären Bruderschaft, die sich Zh'kwan-eth nannte, eine lederne Scheide geschnallt, in der ein Dolch steckte.

»Bleibt uns nur zu hoffen, dass der Blick von Ugarits Königin nicht auf *dich* fällt, Meister. Sie würde alle anderen Männer vergessen und dich in ihrem Bett festhalten, bis deine Hoden auf die Größe von Rosinen zusammenschrumpeln.« Er warf den Knochen weg und griff sich ein weiteres fetttriefendes Kotelett aus der Glut. Die beiden Männer waren allein unterwegs, mit lediglich zwei Pferden und einem Packesel. Morgen würde die lange Reise von Lagasch nach Ugarit zu Ende sein.

Knuspriges Fett zwischen den großen, kräftigen Zähnen zermalmend, schüttelte Nobu beim Gedanken an eine Frau, die gut und gern an die siebenhundert Mal im Jahr ihre Sinnlichkeit auslebte, den Kopf. Aber er schwieg, da er mutmaßte, dass eine diesbezügliche Bemerkung auf taube Ohren stoßen würde. Sein junger Herr, der, einen goldenen Weinbecher zwischen den Händen, in die Flammen des Lagerfeuers starrte, schien mit seinen Gedanken ganz woanders zu sein.

Was ihm im Kopf herumging, war leicht zu erraten. Nobu hatte als Sklave im Palast gedient, bis man ihn mit der Fürsorge des jungen Prinzen betraut hatte, als dieser im Alter von sieben Jahren in die Schule des Lebens eintrat, um Schriftgelehrter zu werden. Seither wich Nobu dem jungen Mann nicht von der Seite.

»Stell dir das mal vor, mein Freund«, sagte David jetzt und bedachte Nobu mit einem Blick aus seinen dunklen Augen, aus denen Leidenschaft und Lebensfreude sprühten. »Da macht sich der große König Gilgamesch auf die Suche nach dem Heilkraut, das Alter-Mann-wird-wieder-jung heißt und immerwährende Jugend verspricht, und entdeckt es schließlich auf einer Sandbank im Meer. Aber dann, als Gilgamesch schläft, kommt eine Schlange und frisst dieses Heilkraut. Und deshalb ist die Schlange unsterblich – weil sie ihre Haut abstreift und neu geboren wird –, die Menschen hingegen sterben, weil man ihnen das Kraut der Unsterblichkeit vorenthalten hat. Ich habe gehört, dass in Ugarit, in der Bibliothek im Haus des Goldes, eine Karte von jener Sandbank im Meer aufbewahrt wird, mit Angabe der Stelle, wo Gilgamesch geschlafen hat und wo das Heilkraut, das ewige Jugend verspricht, weiterhin zu finden ist!«

Nobus Augen unter den schweren Lidern wurden kugelrund. »Wirst du dir die Karte anschauen, Meister? Werden wir dann diese Sandbank aufsuchen? Ich würde nämlich recht gern ewig leben.«

»Shubat möge deine lästerliche Zunge im Zaum halten, mein einfältiger Freund. Das Kraut ist heilig. In Ugarits Bibliothek gibt es aber noch viel mehr, *sehr viel* mehr. Bei Shubat, über zwanzigtausend Schriftrollen sollen dort aufbewahrt werden! Darunter solche, die vor so langer Zeit geschrieben wurden, dass gemunkelt wird, die Götter selbst hätten sie verfasst. Schriftsammlungen, mein zweifelnder Freund, in denen jede Frage beantwortet wird, die ein Mensch je gestellt hat.«

Nobu rümpfte die Nase und kratzte sich am Gesäß. Seiner Meinung nach war die einzige Frage von Bedeutung die, woher die nächste Mahlzeit kam. Aber das behielt er für sich und ließ seinen jungen Herrn weiterhin schwelgen, weil er ahnte, dass ihnen noch früh genug eine herbe Enttäuschung bevorstand und David entmutigt und misstrauisch wie jeder andere sein würde.

Mag sein, raunte eine Stimme in Nobus Kopf, *aber vergiss nicht, dass dein Herr seinen Beruf liebt und sich ihm verschrieben hat. Ehre und Rechtschaffenheit gehen ihm über alles. Als ihm mit sieben Jahren das erste makellose Schriftzeichen gelang, vernahm er einen Ruf, eine Berufung. Wozu? David war sich nicht sicher, aber er vertraute darauf, dass sein Gott ihm ein Zeichen geben würde. Als Jahre später aus Ugarit verlautete, ein wohlhabender Winzer suche einen privaten Schreiber, sagte David, dies sei das Zeichen. Schau ihn dir nur mal an. Freudig erregt, erfüllt von Lebenslust und Visionen, wie ein Kind am Vorabend des Winterfests, wenn es nicht einschlafen kann und nur an die Süßigkeiten denkt, die es nach dem Aufwachen erwarten. Ein junger Schriftgelehrter, der darauf brennt, nach Ugarit zu kommen und dort seinem Gott zu dienen.*

Dabei ist es gar nicht so gut, fuhr die flüsternde Stimme fort, *wenn ein junger Mann derart religiös ist. Das engt seinen Lebensraum ein. David sollte in Gasthäusern feiern und so viele Frauen wie möglich beglücken. Stattdessen sucht er Bibliotheken auf und nimmt liebevoll Tontafeln zur Hand! Wenn ihn bislang tatsächlich mal die Sehnsucht nach einem weiblichen Körper überkam, hat er die heiligen Huren der Ishtar aufgesucht!*

Nobu griff nach seinem ledernen Weinsack und trank so lange, bis die Stimme in seinem Kopf verstummte.

Er hatte durchaus Verständnis dafür, dass sein Meister aufgeregt war. Morgen würden sie das Haus von Elias am Stadtrand von Ugarit erreichen und David dort seine einjährige Lehrzeit als persönlicher Schreiber des reichen Winzers absolvieren. Anschließend die Bruderschaft.

Der Bruderschaft beizutreten war nicht so einfach; David vertraute dennoch darauf, aufgenommen zu werden, weil der hoch geachtete Shemuel, dessen Position er übernahm, für ihn bürgen wollte. Und ein Bürge war entscheidend – ohne Fürsprecher gab es keine Chance. Nobu wusste, dass mit der Aufnahme Davids Ehrgeiz noch nicht gestillt war, sondern dass er vorhatte, eines Tages zum *Leiter* der Bruderschaft aufzusteigen, jenes elitären Kreises, der die Bewacher und Beschützer der großen Bibliothek von Ugarit stellte, in der Zehntausende Tontafeln lagerten, ein Archiv, das dem Vernehmen nach die Geschichte vom Anbeginn der Welt enthielt, die Zaubersprüche, die Leben auf der Erde bewirkt hatten, das Geheimnis der Unsterblichkeit, die Örtlichkeiten, an denen weiterhin das göttliche Heilkraut wuchs, das Tote wieder zum Leben erweckte und alten Menschen ihre Jugend wiederschenkte. Eine Fundgrube an geheimem und geheiligtem Wissen, dank Ugarits zentraler Lage für Handelsrouten und Schiffslinien aus allen Himmelsrichtungen zusammengetragen. Dennoch hatte Nobu den Verdacht, dass es David weniger um den Schatz ging, den die Bruderschaft in Verwahrung hatte, als vielmehr darum, seinem Gott zu dienen. Eine derartige Leidenschaft hegte sein Herr für das geschriebene Wort, dass er eine höhere Berufung spürte als nur die zum Schriftgelehrten – und es gab keine höhere Berufung als die, als Rab der Bruderschaft zu dienen.

Der Rab, was auf Kanaanäisch »Meister« bedeutete, war der oberste Priester und Lehrer der Bruderschaft der Schriftgelehrten. Dieses Amt strebte David an. Und warum sollte ihm nicht gelingen, dieses Ziel zu erreichen? Schon weil er vier Sprachen beherrschte, auch schriftlich – selbst die verzwickten ägyptischen Hieroglyphen! Sobald er der Bruderschaft beigetreten war, würde nichts seinen Aufstieg ins höchste Amt aufhalten.

Nobu erhob sich von seinem Schemel und suchte ein Gebüsch auf, um dort seine Notdurft zu verrichten. »Ja, ja«, murmelte er, »ich weiß Bescheid.«

Mit seinen vierundvierzig Jahren war er zwanzig Jahre älter als sein Herr. Sein kurzgeschorenes braunes Haar wies ihn als Sklaven aus. Trotz seines gewölbten Bauchs konnte man ihn nicht als dick, sondern eher als stämmig bezeichnen. Seine Gestalt wirkte jedoch irgendwie komisch: Wegen seines schlurfenden Gangs und weil er bei jedem Schritt ruckartig den Kopf vorstreckte, hatte man ihm den Spitznamen »Schildkröte« verpasst. Über seinen blinzelnden Augen hingen schwere Lider, und weil er, um seine Umgebung besser wahrzunehmen, die Brauen heben musste, hatten sich tiefe Falten in seine Stirn gekerbt. Am bekanntesten war Nobu jedoch nicht wegen seines merkwürdigen Äußeren, sondern wegen der göttlichen Stimmen in seinem Kopf, denen er hin und wieder leise antwortete und die man allgemein als ein Geschenk der Götter wertete. Nobu brachten die Stimmen einen großen Vorteil ein: Frauen begehrten ihn als Vater ihrer Kinder. Wenn die Götter ihn mit dieser Gabe bedacht hatten, so hofften sie, würden vielleicht auch ihre Kinder Stimmen hören. Man war es gewohnt, dass Nobu vor sich hin brummelte, wenn er bei der Arbeit war oder in ein Feuer starrte, sogar wenn andere sprachen. Man wusste ja, dass er dann seinen inneren Stimmen Rede und Antwort stand.

Was jedoch niemand wusste, nicht einmal David, war, dass

Nobu diese Stimmen gar nicht hören wollte – ob sie nun von den Göttern kamen oder nicht. Er wollte, dass in seinem Kopf Ruhe herrschte. Und seit er entdeckt hatte, dass Alkohol diese Stimmen dämpfte, gab er sich genüsslich dem Wein hin.

Allerdings achtete er darauf, dass ihn der Wein nicht daran hinderte, seine Pflichten als Davids persönlicher Sklave zu erfüllen. Er sorgte dafür, dass die umfangreiche Garderobe seines Herrn in gutem Zustand war und dass sein Schreibzeug bereitlag, und er begleitete David überallhin. Eine der schwierigsten Aufgaben für Nobu war, das Haar seines Herrn in Form zu bringen. In diesem Punkt war David wie die meisten jungen Männer sehr eigen. Ihn zu frisieren erforderte besondere Geschicklichkeit und Zubehör, außerdem viel Zeit, um perfekte Ringellocken zu zaubern: Das lange schwarze Haar wurde über einen im Feuer erhitzten Bronzestab gerollt, dann jede einzelne lange Locke mit Öl zum Glänzen gebracht und schließlich mit einem goldenen Ring befestigt. Am Ende der Prozedur sah sein Herr in der Tat wie der Prinz eines sehr edlen und königlichen Hauses aus.

Während Nobu seine Blase entleerte und über so manches nachdachte, wurde er von fünf Augenpaaren beobachtet.

Die Wegelagerer grinsten einander beim Anblick des kleinen Lagers an. Lediglich zwei Männer hielten sich dort auf! Sie besaßen sogar Pferde – ein Zeichen für Reichtum – und trugen Schmuck. Vornehmlich der Jüngere, in dessen Haar es golden glänzte! Der Anführer der zerlumpten Bande lachte leise auf. Geschieht ihnen ganz recht, diesen beiden Reisenden. Das wird sie lehren, sich ohne jeglichen Begleitschutz auf eine Reise zu begeben.

Nobu brachte seine Kleidung wieder in Ordnung, kehrte ans Feuer zurück. Er genehmigte sich einen weiteren Schluck aus dem Weinbeutel und schaute in die erlöschende Glut. Hoffentlich erwartete sie ein prächtiges neues Zuhause – jemand, der Weinberge besaß und seine Erzeugnisse in die ganze Welt verschiffte, musste doch reich sein! Und von jungen hübschen Sklavinnen umsorgt werden. Zumindest sollte es in der Stadt ein annehmbares Bordell geben. Ugarit besaß schließlich einen Hafen und war deshalb eine Stadt für Seeleute.

David schaute auf, als er Schritte hörte, und sah fünf stämmige Männer in verdreckten Tuniken auf das Lager zukommen. Ihre bärtigen Gesichter umspielte ein Grinsen. »Na, wen haben wir denn da«, sagte einer von ihnen. »Einen jungen Mann aus gutem Hause mit seinem Sklaven.« Er sah sich nach allen Seiten um. »Ohne jedweden Begleitschutz.«

»Freund«, kam es leise von David. »Ihr werdet doch wohl nicht vorhaben … Zieht in Frieden, die Götter seien mit euch.«

Der Vorderste, den David für den Anführer hielt, warf den Kopf zurück und lachte. »Ich erzittere förmlich vor dir, *Freund*. Zumal ich und meine Brüder gegen einen Riesen wie dich keine Chance haben.«

»Ehrlich gesagt«, gab David zurück, »möchte ich nichts weiter als in Ruhe gelassen werden. Deshalb bitte ich euch nochmals, in Frieden weiterzuziehen. Ein drittes Mal werde ich euch nicht darum bitten.«

»Dann lass es bleiben. Gib uns einfach alles Gold, das du hast. Silber und Kupfer nehmen wir auch. Um eure edlen Pferde möchten wir euch ebenfalls erleichtern. Außerdem gefällt mir der hübsche Umhang, auf dem du sitzt.«

Langsam stand David auf. »Nobu, bring dich in Sicherheit.«

»Sehr wohl, Meister«, erwiderte der Sklave und verzog sich.

Die Wegelagerer lachten. »Was bist du denn für einer? Reist ohne Begleitschutz, und nicht mal dein dickwanstiger Sklave ist bereit, zu deiner Verteidigung …«

Sie bemerkten nicht einmal, wie David sich bewegte, wie er blitzschnell nach dem Dolch an seinem linken Arm griff, wie das gebogene Stilett durch die Luft flog und sich in die Schulter des Anführers bohrte, der überrascht aufschrie und von der Wucht des Treffers umgeworfen wurde.

Noch während seine Gefährten verdutzt blinzelten, fuhren Davids Hände an seine Mitte, und ehe sich die Banditen ihm nähern konnten, schwirrten zwei weitere Dolche durch die Luft und landeten bei einem im Oberarm, bei einem anderen im Schenkel. Beide Männer brüllten auf, taumelten unter der Wucht der Waffen ebenfalls zurück.

Jetzt, da drei Männer zu Boden gegangen waren und sich vor Schmerzen krümmten, rückten die beiden übrigen zusammen, kamen im Schulterschluss wütend und mit geballten Fäusten auf David zu. Weitere Waffen waren an dem Edelmann nicht auszumachen. Außerdem war er kleiner als sie und auf sich allein gestellt.

David schüttelte den Kopf. »Ihr solltet euch angewöhnen, zuzuhören, meine Freunde. Und lernen, Warnungen zu befolgen.«

»Wir sind nicht deine Freunde!«, rief einer der beiden und rannte wie sein Kumpel mit drohend geballten Fäusten gegen David an.

David wich ihnen geschmeidig aus. Erwischte den Ersten, dem er einen Schlag am Kopf verpasste. Dann wandte er sich dem Zweiten zu und zog ihm die Beine weg. Gleich darauf stand er über den beiden, abermals mit einem Dolch in der Hand, den er hinten am Rücken aus seinem Gürtel gezogen hatte. »Ich habe nur noch diesen einen«, sagte er. »Deshalb überlasse ich es euch zu entscheiden, wer ihn zu spüren bekommen soll.«

Hinter ihm rappelte sich einer der zu Boden gegangenen Wegelagerer auf, zog sich wimmernd das Stilett aus der Schulter. Noch ehe die Klinge ganz heraus war, wirbelte David herum und schleuderte den ihm verbliebenen Dolch direkt in die Brust des Mannes. Als dieser rückwärts niedersank und Blut aus seiner Kehle spritzte, eilte David zu den beiden noch auf der Erde Liegenden, zog dem einen den Dolch aus dem Schenkel, dem anderen den, der in seinem Arm steckte, um dann auf die Knie zu sinken und ihnen auf kurze Entfernung jeweils einen Dolch an die Brust zu halten. Mit Blick auf die beiden, die versuchten, wieder aufzustehen, sagte er: »Beim Schleudern meiner drei ersten Dolche konnten euren Freunden noch Zweifel kommen«, sagte er. »Dabei hätte ich sie dort, wo sie standen, töten können, denn meine Zielsicherheit ist derart gut, dass ich sogar jetzt, wenn ich einen

– 71 –

dieser Dolche werfe, einem von euch die Haare über dem Ohr abschneiden könnte, ohne dass er das spüren würde. Mir geht es nicht darum, dich oder deine Freunde umzubringen. Aber ich kann und werde es tun, wenn ihr mich und meinen Sklaven nicht in Ruhe lasst.«

Die beiden, die er mit einem Schlag an den Kopf und durch Wegziehen der Beine zu Fall gebracht hatte, keuchten; der junge Edelmann hingegen atmete gleichmäßig, kein Schweißtropfen zeigte sich auf seiner Stirn. Und die Dolche, die er über die offen und wehrlos daliegenden Oberkörper der beiden am Boden liegenden Räuber hielt, waren in seinen Händen bedrohlich ruhig.

Einer der beiden Opfer des Handgemenges wollte sich ergeben, sein Gefährte keinesfalls. »Deine Prahlerei fällt auf taube Ohren, junger Mann«, sagte er mürrisch. »Wenn du jetzt einen Dolch schleuderst, bietet sich für einen meiner Freunde die Gelegenheit, dich zu packen.«

»Wenn du taube Ohren hast, dann bestimme, welches der beiden du am ehesten entbehren kannst.«

»Was?!«

David zuckte mit den Schultern. »Also gut, dann eben das linke.«

»Was hast du ...« Noch ehe er Davids Handbewegung verfolgen konnte, spürte der Mann den Schmerz. Einen brennenden, stechenden Schmerz an der linken Seite seines Kopfes. Als er hochfuhr, um sein Ohr zu bedecken, durchbohrte Davids zweiter Dolch die rechte Wade des anderen. Beide Männer wanden sich auf dem Boden, während David die beiden ersten mit den Knien festhielt. Blut ergoss sich in den Sand.

In seinem Versteck schüttelte Nobu den Kopf. *Sie lernen es einfach nicht*, sagte seine göttliche Stimme. *Aber eins steht fest: Von jetzt an werden diese Schurken nicht mehr wagen, sich einem Krieger und Schriftgelehrten in den Weg zu stellen.*

»Du hast mir das Ohr abgeschnitten!«, brüllte der eine, während sich der andere unter Wimmern den Dolch aus der Wade zog. Verängstigt blickten sie erst zu David, dann hinüber zu ihren blutenden Gefährten, tauschten zuletzt einen Blick untereinander. »Du stehst in der Gunst der Götter«, kam es resigniert von beiden, und sie hoben ihre blutigen Hände, um anzuzeigen, dass sie sich ergaben.

Sie halfen ihren verwundeten Freunden aus dem Lager, schleppten den Toten weg und verschwanden in die Nacht. Als sie außer Reichweite waren, ging David daran, seine Dolche zu reinigen. Nobu kehrte, nachdem er das abgetrennte Ohr mit einem Fußtritt ins Dunkel befördert hatte, zum Feuer zurück. »Von Lagasch bis zum Meer«, sagte er, »in allen besiedelten Gebieten erkennt man einen Schriftgelehrten, der in der Kunst der Selbstverteidigung bewandert ist, an dem Dolch, den er um den Arm trägt, und weil man weiß, dass er sich auf die uralte Kampfsportart Zh'kwan-eth versteht, belästigt man ihn nicht. Ganz anders diese Flegel, die nicht die geringste Ahnung hatten, mit wem sie sich da einlassen wollten. Hoffentlich bleibt dies der einzige derartige Zwischenfall auf unserer Reise, Meister, und hoffentlich respektieren die Bewohner in Ugarit deine herausragende Stellung. Denn einem solchen Gefecht zuschauen zu müssen«, fügte Nobu noch hinzu und strich sich über den Bauch, »schlägt einem doch gewaltig auf den Magen.«

⁂

»Wir müssen herausfinden, wo es grüne Minze zu kaufen gibt, Rebekka, Liebes«, sagte Rakel, als sie mit Leah durch die belebte Straße ging. »Dein Onkel Yacov leidet an Sodbrennen.«

Yacov war Rakels Sohn, der vor vielen Jahren bei einer Löwenjagd aus einem Wagen gestürzt und gestorben war. Dennoch blieb Rakel der ehrenvolle Titel Em Yacov erhalten. Leider konnte sie mit diesem Titel niemand mehr ansprechen – ihre Altersgenossen waren samt und sonders bereits zu den Göttern gegangen, und in der Familie war sie die »Tante«. Zur Strafe oder aber zur Belohnung für ein so langes Leben, wie Leah vermutete. Rakel schien sich damit abgefunden zu haben, schien sogar anzunehmen, dass die Verstorbenen alle noch lebten. Leah, die um den Geisteszustand ihrer Tante besorgt war, sah dennoch davon ab, dem Arzt der Familie dieses Problem vorzutragen, weil sie befürchtete, er würde Avigail einweihen, und dann müsste die arme Rakel endlose Untersuchungen über sich ergehen lassen, Priester und Wunderheiler würden hinzugezogen und Rituale abgehalten werden, um die Dämonen auszutreiben, die ihren Geist verschatteten.

Deshalb hatte Leah vor, mit Rakel heimlich das Haus des Goldes aufzusuchen, in der Hoffnung, dort einen Arzt ausfindig zu machen, der sich darauf verstand, die Tante rasch und schmerzlos zu heilen.

Vor langer Zeit, als Ugarit noch eine kleine Stadt war, hatte man in die Westmauer des Palastes ein Gewölbe für die Aufbewahrung des königlichen Schatzes gebaut. Über die Jahrhunderte waren weitere Gebäude hinzugekommen: eine Schule des Lebens, ein Dokumentensaal, ein Gerichtshof sowie die Zentrale der Bruderschaft der Schriftgelehrten mit ihrer Bibliothek, die zwanzigtausend Bücher, also Schriftrollen und Tontafeln, umfasste. Die Bezeichnung »Haus des Goldes« wurde für diese inzwischen gewaltige Anlage beibehalten, in deren Zentrum sich ein großer öffentlicher Hof befand, in dem allmorgendlich in Ugarit ansässige Ärzte, Anwälte und Schriftkundige auf Patienten, Mandanten und Auftraggeber warteten. Jeder Bürger konnte hier einen Fachmann aufsuchen, der ihm beim Abfassen von Briefen, bei der Buchführung, bei Rechtsfragen und gesundheitlichen Problemen half.

Als Leah auf das Tor in den hohen Steinmauern zuging, durch das lärmende Menschen drängten, hatte sie keine Ahnung, an wen sie sich wenden sollte. Einen Arm schützend um Rakels Schultern gelegt, gefolgt von den beiden sie begleitenden Sklaven, ließ sie sich von der Menge, die ins Innere strebte, erst einmal mitziehen. Wie viele Menschen sich bereits hier eingefunden hatten! Und diese schier unendlichen Säulenreihen, diese Ansammlung erlesen gewandeter Männer! Sie diskutierten, gestikulierten oder

– 74 –

saßen einfach nur mit überkreuzten Beinen da und hielten Ton und Griffel, Papyrus und Feder bereit.

»*Halla*«, entfuhr es Rakel leise. »Die Götter mögen uns beschützen. Wo sind wir hier eigentlich?«

»An einem Ort, an dem wir finden werden, was wir suchen, Tante Rakel.« Es klang ein wenig verunsichert.

Wie sollte man in diesem Durcheinander einen Arzt entdecken?

»Dort drüben, Herrin«, sagte einer der Sklaven, ein älterer Mann, der auch als Leibwächter fungierte, drohten doch in einer Hafenstadt, in der zwei Frauen allein unterwegs waren, immer Gefahren. Leah folgte dem hinweisenden Finger und sah im Schatten einer Loggia eine Reihe Männer auf Schemeln sitzen. Jeder von ihnen beschäftigte sich mit einem Patienten, horchte an der Brust, schaute prüfend in einen Mund, legte Wickel an, extrahierte einen Zahn. Einer kniete über einem auf dem Rücken liegenden Kind, ein anderer zog ein Tuch auseinander und betrachtete den Inhalt. Leah sah, wie winzige Gefäße und Beutel aus Holzschachteln gegen Ringe aus Kupfer und Gold ausgehändigt wurden. Sie bemerkte, wie Wartende husteten, niesten, hinkten, wimmerten, sich den Arm hielten, sich Wollbüschel an die Nase drückten. Wie sie sich in Geduld übten, bis sie an der Reihe waren, um bei den Männern auf den Schemeln vorstellig zu werden.

Den Ärzten.

Für Leah stellte sich die Frage, welcher von ihnen der Richtige war, um mit ihm über Rakel zu sprechen. Schier ohrenbetäubender Lärm herrschte auf dem Hof – nicht nur von den Kranken, sondern auch von gegenüber, wo sich Anwälte Beschwerden anhörten und Ratschläge erteilten und wo mit erhobener Stimme den dort sitzenden Schreibern Briefe diktiert wurden, Verträge, Empfangsbestätigungen. Konnte in diesem chaotisch anmutenden Gedränge überhaupt professionelle Arbeit geleistet werden?

Leah fasste sich ein Herz und führte Rakel näher an die Ärzte heran. Schon war der Geruch von Krankheit und Siechtum wahrzunehmen. Als sie hin und her überlegte, welchem der Ärzte sie

– 75 –

sich anvertrauen sollte – der, der da eben einen Zahn extrahierte, war vielleicht nur ein Dentist und auf anderen Gebieten nicht versiert, ebenso wie der daneben, der einen gebrochenen Knochen schiente, vermutlich nichts von Geisteskrankheiten verstand –, trat ein hochgewachsener Mann in langen weißen Gewändern zu ihr. Über seiner Schulter hing ein Kasten. Mit schwerem Akzent sagte er auf Kanaanäisch: »*Shalaam*, gute Frau. Kann ich dir irgendwie behilflich sein?«

Bei seinem Anblick wäre Leah um ein Haar zurückgewichen. Der Fremde hob sich schon dadurch von den anderen ab, dass er eine lange schwarze Perücke trug und im Gegensatz zu kanaanäischen Männern um die Augen herum geschminkt war. Außerdem war er glatt rasiert, wohingegen die Kanaaniter stolz ihre Bärte zur Schau trugen. Dieser Mann hier war ein Ägypter, und auch wenn sich Leah bewusst war, dass ihre impulsive Reaktion dem Einfluss ihrer Großmutter zuzuschreiben war, ging sie innerlich auf Abstand. Er war nicht der Arzt, der in der Nacht, da das Baby gestorben war, zu Hause vorgesprochen hatte. Ägyptische Ärzte hielten es in Ugarit nicht lange aus; zu tief saß der Hass, den die Kanaaniter ihnen gegenüber hegten. Da auch auf diesen hier kein Patient wartete – die Kranken und Verletzten standen lieber Schlange vor einheimischen Ärzten, als sich einem ägyptischen anzuvertrauen –, war abzusehen, dass er Ugarit bald verlassen würde.

Noch ehe sie sich abwenden konnte, ergriff Tante Rachel das Wort. »Du scheinst mir ein netter junger Mann zu sein«, sagte sie und lächelte ihn an. »Meine Mutter hat mir aufgetragen, Mohnsaft zu besorgen, aber ich kann nirgends einen Stand entdecken, wo ich welchen kaufen kann.«

Er schürzte die Lippen und blickte Rakel unter grün geschminkten Augenlidern an. »Deine *Mutter?*«, fragte er angesichts ihres schlohweißen Haares, ihrer verrunzelten Züge und ihres gekrümmten Rückens nach.

»Meine Tante«, mischte sich Leah ein, »hat Gedächtnislücken. Ansonsten ist sie recht gesund.«

– 76 –

Er erwiderte Rakels Lächeln, und Leah merkte, wie sich die Schultern der Tante, um die sie den Arm gelegt hatte, entspannten. »Wofür benötigst du denn diesen Mohnsaft, gute Frau?«, fragte er.

»Für eine Salbe, die die Augen vor Trockenheit und blendender Sonne schützt. Um sie herzustellen, muss man zu gleichen Teilen Blätter und Blüten von Akazien zerstampfen, Mohnsaft darunter rühren und nach dem Auftragen das Auge mit Mull abdecken. Wenn die Mischung zu dick gerät, kann man sie mit ein paar Tropfen Akaziensaft verdünnen.«

»In der Tat.« Der Ägypter war sichtlich beeindruckt. »Das ist genau das richtige Rezept. Viele meiner Landsleute leiden an Augenkrankheiten.«

Rakel kicherte wie ein junges Mädchen. »Du erinnerst mich an meinen Onkel, einen Gerber in Jericho. Er ist so groß wie du und sieht genauso gut aus.«

Leah konnte es nicht fassen. Ihre hochbetagte Tante schäkerte mit dem Ägypter!

Prompt vertiefte sich dessen Lächeln, dann wandte er sich an Leah. »Ich kenne das. Bei älteren Menschen kann es aus nicht bekannten Ursachen zu einer Rückentwicklung des Gedächtnisses kommen. Man nimmt an, dass sich die Seele, wenn sie sich bereitmacht, zu den Göttern zu gehen, der Fürsorge wie den leiblichen Beeinträchtigungen und damit diesem Leben entzieht. Wie bei deiner Tante werden mit dieser Absage an das, was man im Laufe der Jahre an Erfahrungen gesammelt hat, längst vergessene Erinnerungen wach. Es ist, als begebe man sich auf eine Zeitreise zurück in die Vergangenheit. Schon bald dürfte sich deine Tante wieder wie ein kleines Mädchen vorkommen, und alles, was sie äußert, wird sich auf weit zurückliegende Jahre beziehen. Dieser Prozess ist weder schmerzhaft noch betrüblich, er kann sogar durchaus erfreulich sein. Aber eine Heilung ist ausgeschlossen. Deine Tante wird sich so lange zurückversetzen, bis ihr keine weiteren Jahre bleiben, die sie erneut durchleben kann.«

Mit hochgezogenen Augenbrauen brach er ab, aber Leah konnte sich denken, was unausgesprochen blieb: Dass Rakel dann sterben würde.

Sie bedankte sich bei ihm und führte die alte Tante zurück auf den Weg, auf dem weitaus weniger Gedränge herrschte. Hätte sie dem Arzt etwas bezahlen sollen?, fiel ihr verspätet ein. »Was ist mit der Minze und dem Mohnsaft?«, quengelte Rakel.

Leah gab keine Antwort. Statt ein Heilmittel ausfindig zu machen, hatte der Besuch im Haus des Goldes ihre Besorgnis um die Tante nur noch gesteigert. Tagtäglich war Nachricht aus Sidon und damit Antwort auf die Anfrage nach einem Ehemann zu erwarten, und obwohl die Familie hoffte, dass der neue Schwiegersohn bei Elias einziehen würde, stand ihm das Recht zu, sich anderswo niederzulassen – und wenn dies der Fall war, musste Leah ihm folgen, und die verehrte Tante würde hinübergleiten in ein geistiges Gefängnis, aus dem es wohl keine Rückkehr gab.

Ich muss ihr helfen.

Sie musste sich etwas einfallen lassen, was die Tante geistig anregte und möglicherweise den Verfall aufhielt.

Sie hakte Rakel unter, drückte ihren Arm und sagte fröhlich: »Das werden wir alles selbst anbauen! Wir können anpflanzen, was immer wir wollen, liebste Tante. Wie wäre es auch mit Sellerie für deinen Morgentrunk? Den müssten wir dann nicht mehr bei ägyptischen Händlern besorgen.«

Und wenn ich denn das Haus meines Vaters verlassen muss, wird Tante Rakel wenigstens in ihrem eigenen Kräutergarten gut aufgehoben sein.

⁂

»Warum braucht er so lange?«, murrte Nobu ungeduldig. »Wie lange sollen wir noch hier rumstehen?«

David und Nobu hatten die palastartige Villa am Fuße der Berge, die Ugarit mit seinem Hafen umstanden, erreicht und sich bei den bewaffneten Wachposten am Tor gemeldet. Jenseits der hohen Mauern, die das Haupthaus umgaben, befanden sich Außengebäude, Gärten und Tiergehege. Soweit das Auge reichte, zogen sich über die Hänge üppige Weingärten mit schweren Trauben; zwischen den einzelnen Reihen waren Sklaven damit beschäftigt, Rebstöcke zu beschneiden, Unkraut zu jäten, Vögel von den empfindlichen Beeren fernzuhalten.

Einer der Wächter benachrichtigte den Verwalter, und als der nach einer Weile erschien, bat David ihn, zu Shemuel dem Schreiber vorgelassen zu werden. Sie wurden in die Empfangshalle gebracht.

Als sie Schritte hörten, meinten die beiden Besucher, gleich würde ein würdiger älterer Herr auftauchen. Umso erstaunter waren sie, als eine junge Frau an ihnen vorbeihuschte. Ihre bis zum Gürtel gerafften Röcke gaben den Blick auf nackte Beine und Füße preis, ihr Gesicht war schmutzverschmiert, das unverschleierte Haar fiel ihr über die Schultern. Was sie in den Armen hielt, schien ein mit Kieselsteinen gefüllter Korb zu sein. David und Nobu starrten verblüfft.

Leah, die in Eile war und deshalb die Abkürzung durchs Haus genommen hatte, blieb jäh stehen und starrte ihrerseits die Fremden an. Der fransenbesetzten Kleidung und dem Goldschmuck im Haar nach zu schließen, schienen sie nicht von hier zu sein. Vor allem der Jüngere, dessen Aufzug derart auffällig war, dass Leah sich fragte, ob sie sich nicht in der Adresse geirrt hätten.

»Du da, Mädchen!«, rief der Ältere. »Richte deinem Herrn aus, dass man David von Lagasch nicht warten lässt!«

Leah tauschte einen Blick mit dem Jüngeren, dessen Tunika so drapiert war, dass sie eine Schulter und einen Arm unbedeckt ließ. Ausländer, eindeutig! Gleich darauf wurde sie sich bewusst, wie unmöglich sie selbst aussah. Mit einem gemurmelten »Ich werde Bescheid sagen« hastete sie davon, bekam aber noch mit, wie der Ältere gut vernehmlich sagte: »Dieser Elias kann nicht besonders kultiviert sein, wenn er seine Sklavinnen in einem derartigen Aufzug rumlaufen lässt.«

David, dessen Blick dem Mädchen folgte, fand, dass ihre Kleidung für eine Sklavin eigentlich zu erlesen war und ihr Haar zwar verstrubbelt, aber glänzend und gepflegt. Und dass ihre Augen während des kurzen Blickkontakts einen wachen Verstand und vielleicht auch einen Anflug von Trotz verraten hatten.

Jetzt betrat tatsächlich ein würdevoller Herr das Atrium. »*Shalaam*«, sagte er, »ich bin Elias. Willkommen in meinem Haus, mögen die Götter mit uns sein. Du bist der neue Schreiber? Es gibt viel zu tun. Kannst du mir sagen, was das hier ist?« Damit drückte er David eine Tontafel in die Hand.

Obwohl er sich über das Fehlen jeglicher Förmlichkeit wunderte und auch darüber, dass man ihnen nach einer derart langen Reise keine Erfrischung anbot, bewahrte David Haltung und studierte das handtellergroße Tontäfelchen, das mit Keilschrift in kanaanäischer Sprache abgefasst war. »Ja, das kann ich lesen. Aber dürfte ich vorher Shemuel kennenlernen, damit er mich in meine Aufgaben einweist?«

»Shemuel ist nicht mehr hier. Er hat sich auf die Insel Zypern zurückgezogen.«

David starrte verblüfft seinen neuen Dienstherrn an. Shemuel nicht mehr hier? Wie sollte er dann in sein Aufgabengebiet eingewiesen werden? Höchst sonderbar. Für gewöhnlich wurde ein Lehrling, wenn er seine erste Stelle antrat, für eine Weile von einem altgedienten Schriftkundigen eingearbeitet.

Er schaute Nobu an, erntete einen skeptischen Blick.

»Nun? Was steht da?«, fragte Elias. Kenntnisse im Lesen waren bei ihm nicht sonderlich ausgebildet, aber immerhin konnte er die kleine Tafel als Wechsel, versehen mit Jothams Siegel, ausmachen. Was sollte das? Wo er Jotham doch kein Geld schuldete?

»Das ist ein Wechsel, Herr«, sagte David. »Für den Kauf von Amphoren.«

»Aber ich habe von Jotham keine Amphoren gekauft.«

David war sich sicher, richtig gelesen zu haben. »Diese Quittung weist die Waren als Amphoren mit Sockel aus und dass die dir gelieferte Anzahl fünfhundertfünfzig Stück beträgt.«

»Unsinn! Seit Jahren beziehe ich meine Amphoren für den Export von Thalos dem Minoer. Er liefert sie mir aus seinem Betrieb an, und nach der Weinlese bezahle ich ihn. So haben wir es

immer gehalten. Warum auf einmal Jotham damit ankommt –«
Elias brach ab. »Sagtest du fünfhundertfünfzig Amphoren *mit
Sockel*?«

»So steht es hier.«

»Genau die Anzahl, die ich bei Thalos bestellt habe! Und alle
mit Sockel! Bei Dagon, was geht da vor?« Er nahm die Tafel wieder an sich. »Ich muss den Mann sofort aufsuchen. Du begleitest
mich.«

Der Betrieb von Thalos dem Minoer, südlich von Ugarit gelegen, umfasste Werkstätten, Brennöfen, Lagerschuppen, Aus-
stellungsräume sowie die Unterkünfte für die vielen Arbeiter, die
tagsüber mit Ton und Töpferscheiben hantierten. Als Thalos seinen alten Freund Elias inmitten der im Freien arbeitenden, vom
Geruch von Keramikstaub und heißen Feuern eingehüllten Töp-
fer aus einer Sänfte steigen sah, hob er die Säume seiner langen
blauen Gewänder und eilte ihm entgegen.

»*Shalaam*, mein Freund und Bruder!« Die knubbeligen Hände
ineinander verschlungen, vollführte er eine tiefe Verbeugung.
Wie alle Minoer trug Thalos sein Haar zu einem langen Pferdeschwanz am Hinterkopf zusammengefasst. »Ich darf doch annehmen, dass es dir und deiner Familie gutgeht und ihr es euch wohlsein lasst.«

Elias stand der Sinn nicht nach Höflichkeiten. »Ich erhielt heute diese Mitteilung«, sagte er schroff und wies die Tontafel vor.
»Sie besagt, dass ich Jotham den Gegenwert für die Amphoren
schulde, die ich von *dir* gekauft habe.«

Thalos rang die Hände, Schweiß lief ihm über das bartlose Gesicht. »Lieber Freund und Bruder, die Götter sind meine Zeugen,
ich konnte nicht ablehnen! Wie du weißt, habe ich vier Töchter
im heiratsfähigen Alter und muss jeder eine Aussteuer mitgeben.
Als Jotham sich erbot, deinen Schuldschein für den eineinhalb-
fachen Betrag zu übernehmen, konnte ich schlecht nein sagen!«

In Elias loderte Empörung auf, verebbte aber ebenso schnell
wieder. Er konnte Thalos keinen Vorwurf machen. Vier Töchter – vier Aussteuern! Verständlich, dass er auf ein solches An-

gebot eingegangen war. Vielleicht hatte Jotham ihn zusätzlich unter Druck gesetzt. So viele Gefäße, Becher, Krüge, Kannen und Amphoren aus Keramik, die in diesem Betrieb hergestellt wurden. Wenn Jotham sich weigerte, sie auf seinen Schiffen in fremde Länder zu bringen …

Als er sich zum Gehen wandte, legte Thalos ihm die Hand auf den Arm. »Gib auf dich acht, mein Freund und Bruder«, sagte er ernst. »Stell dich unter den Schutz Dagons.«

»Es ist Jotham, der Dagons Schutz benötigen wird«, knurrte Elias und eilte zurück zu seiner Sänfte.

Das hochherrschaftliche Haus von Jotham und Zira thronte auf einer Anhöhe oberhalb des Hafens. Von hier aus konnte Jotham nicht nur seine Flotte im Auge behalten, sondern auch die Launen des Meeres. Ugarit war ein wichtiger Knotenpunkt für die Schifffahrt, und Jotham hatte den Platz an ihrem Puls inne, beobachtete jede kleinste Veränderung auf dem Wasser, ob es nun Gefahren verhieß oder sich wohlwollend gab. Schon deshalb pflegte er täglich Yamm, dem kanaanäischen Gott des Meeres, ein Opfer darzubringen und zur Sicherheit auch Baal, dem Gott des Himmels und des Regens.

Er war gerade dabei, im Schrein seines Hauses Weihrauch zu entzünden, als sein Oberster Verwalter eintrat und den Besuch von Elias dem Winzer vermeldete.

Der Schiffbauer grinste hämisch. Ein Jahr war es her, dass sich die beiden zuletzt gesehen hatten. Dass Elias nach Präsentation des Wechsels – Gold für die Amphoren – bei ihm vorsprechen würde, war abzusehen gewesen.

In den Monaten nach jenem für ihn so ärgerlichen Abend war Jothams Wunsch, die Tochter des Winzers zu besitzen, noch größer geworden. Liebe empfand er für Leah nicht, auch keinerlei Zuneigung. Sein Begehren war elementarer und fleischlicher Natur. Er wollte Leah in seinem Bett haben. Und je länger Elias durchhielt, desto mehr gierte Jotham nach dessen Tochter. Jetzt sah es so aus, als würde sie bald ihm gehören.

»Er soll im Atrium warten«, beschied er den Verwalter und begab sich in seine Gemächer, von denen aus er auf das blaugrüne Meer, auf weiße, in einer frischen Brise dahintreibende Wolken sah und das Lärmen vernahm, das vom betriebsamen Hafen aufstieg.

Er ließ sich Zeit, schwere Goldringe an seine Finger zu stecken, seinen Bart zu parfümieren, sich einen goldenen Reif auf Haupt und Stirn zu drücken, allen Zierrat eines ungemein wohlhabenden Mannes. Als er sich noch einen purpurnen Umhang um die Schultern drapierte, befand er, er sehe geradezu wie ein König aus. Er wollte seinen Sieg über Elias auskosten.

Er eilte durch marmorne Säle, wo Sklaven beiseitetraten, um ihn vorbeizulassen. Gut, dass Zira nicht zu Hause war. Seine Schwester konnte es einfach nicht lassen, sich in die Angelegenheiten von Männern einzumischen. Das war ihr nicht unbedingt vorzuwerfen, wenn man bedachte, dass ihre Mutter gestorben war, als beide noch Kinder waren, und Zira, obwohl jünger als Jotham, deren Rolle übernommen hatte. Er nahm ihr nicht übel, dass sie ihn bevormundete. Hin und wieder enthob ihn das sogar manch schwerwiegender Entscheidung. Hinsichtlich der ältesten Tochter des Winzers jedoch wollte Jotham das letzte Wort behalten.

Ziras Drängen, Jotham solle mit Leah die Ehe eingehen, hatte nämlich ganz andere Gründe. Sie schätzte das Haus des Elias nicht, aber Avigail, die Mutter von Elias, gehörte als Nachkömmling des legendären Königs Ozzediah einer unbestritten hoch angesehenen Blutlinie an. Durch Einheirat in diese Blutlinie würden Jotham und seine Familie einen höheren Status erlangen und Ziras Sohn den Weg zum Thron von Ugarit ebnen. Und weil für Ugarits Könige nicht die Abstammung den Ausschlag gab, sondern die Stimmen der begüterten und mächtigen Familien Kanaans, musste um sie geworben werden. In dieser Mission war Zira im Augenblick unterwegs.

Das war es auch, dachte Jotham, wofür seine Schwester lebte – Tag und Nacht dafür zu sorgen, dass sein nichtsnutziger Neffe dereinst die Krone von Ugarit tragen würde. Es kümmerte

Zira nicht, dass König Shalaam beim Volk ungeheuer beliebt war und man seinen Namen auf Schritt und Tritt pries. Sie war nicht davon abzubringen, dass ihr Sohn ein besserer König sein würde. Soll sie sich doch ihre Träume und Vorstellungen bewahren, sagte sich Jotham, solange sie ihn nicht damit behelligte und er Leah für sich hatte.

»Du gehst zu weit!«, legte Elias unter Verzicht auf Formalitäten und Etikette los, als Jotham das Atrium betrat. David und Nobu, die eine heftige Auseinandersetzung heraufziehen sahen, blieben diskret im Hintergrund.

»Dagon ist mein Zeuge, dass ich dich gewarnt habe«, keuchte Jotham, der wegen seines Leibesumfangs, der im vergangenen Jahr noch zugenommen hatte, an Kurzatmigkeit litt. »Du hättest meine Worte beherzigen sollen. Du hast mich beleidigt. Du hast zugelassen, dass mich deine Tochter beleidigt. Deine Mutter hat meine Schwester gekränkt. Ich verlange Genugtuung.«

Er zog aus den Falten seines purpurnen Gewandes die Tontafel, auf der der ursprüngliche Auftrag für die Amphoren einschließlich Elias' Siegel vermerkt war und die Jotham Thalos für einen höheren Preis abgekauft hatte. »Du wirst mir dieses Gold sofort bezahlen. Wenn nicht, bringe ich dich vor Gericht.«

Wie durch einen vor Wut rot gefärbten Nebel warf Elias einen Blick auf die Tontafel. Zunächst brachte er keinen Ton heraus. Schließlich sagte er: »Also gut, dann schicke ich meinen Verwalter zum Zahlhaus. Wir werden das noch heute bereinigen, und dann sind wir quitt.«

»Bevor du zu überheblich wirst«, sagte Jotham und zog zwei weitere Tafeln mit Keilschrift aus seinem Gewand, »wirst du mir auch diese Schulden begleichen.«

Elias war wie vom Blitz getroffen. Dann begriff er, was Jotham vorhatte: alle Schuldscheine von Elias aufzukaufen und umgehend auf Bezahlung zu bestehen. Dann wäre er ruiniert.

»Elias, der du dereinst mein Freund warst«, sagte Jotham jetzt mit ernster Miene, »diese Schuldscheine werde ich vernichten, wenn du mir Leah zur Frau gibst. Denk darüber nach. Solltest du mit meinen Bedingungen nicht einverstanden sein, *werde* ich dich ruinieren. Wenn du dich dann gezwungen siehst, dich und deine Familie als Sklaven zu verdingen, werde ich Leah kaufen. Meine ehrenwerte Ehefrau wird sie dann allerdings nicht mehr sein, sondern vielmehr meine kleine Dienerin der Lust. Die Entscheidung liegt ganz bei dir.«

Ungeduldig wartete Avigail am Eingang zum Anwesen ihres Sohnes auf dessen Rückkehr. Kurz nach der Ankunft des neuen Schreibers war er heute Morgen aus dem Haus gestürmt, um mit Thalos dem Minoer etwas Geschäftliches zu klären. Eigentlich sollte er längst zurück sein. Außerdem musste Avigail umgehend die Fähigkeiten des neuen Schreibers in Anspruch nehmen. Eine Botschaft aus Sidon war eingetroffen, und sie wollte so schnell wie möglich erfahren, was sie besagte.

Hoffentlich waren es gute Nachrichten – dass ein Mann für Leah auf dem Weg hierher war! Sie würden unverzüglich die Verlobung bekanntgeben und, statt das übliche Jahr bis zur Ehe-schließung abzuwarten, in etwa drei Monaten – das sollte aus-reichend sein – für Elias' und Hannahs Erstgeborene die Hochzeit ausrichten.

Danach wollte sich Avigail umgehend mit Tamar befassen. Sie machte sich Sorgen um ihre mittlere Enkeltochter. Das Mädchen war in letzter Zeit auffallend still und kapselte sich ab, und auch wenn sie behauptete, es fehle ihr nichts, weinte sie viel.

Sie behielt die Straße im Auge. Berittene Soldaten zogen vorbei, Familien auf Eseln, Schafhirten, die ihre Herde trieben, Adelige in verhängten Sänften auf dem Weg zu Freunden. Jetzt tauchten mehrere zerlumpte Gestalten auf, die wegen ihrer rot-braun gestreiften Gewänder als Angehörige des Stammes der Habiru auszumachen waren.

Avigail konnte sich nicht erklären, woher ihre Abneigung ge-gen die Habiru stammte und weshalb sie sich in Gegenwart dieser

Wüstenbewohner stets unwohl fühlte. Sie lebten in Zelten, waren nirgendwo zu Hause, hingen einem Glauben an, in dem es lediglich einen einzigen Gott gab. Der noch nicht einmal ein Gesicht hatte! Man stelle sich vor – nur ein einziger unsichtbarer Gott! Es hieß, die Habiru beteten einen brennenden Busch an und ihr einziges Symbol sei ein siebenarmiger Baum. Außer einem entfernten Ahnen im alten Ur hätten sie keine Wurzeln. Angeblich blieben sie unter sich und hielten geheimnisvolle Rituale ab. Woher ihre Abneigung gegen die Ägypter stammte, wusste Avigail dagegen sehr wohl.

Aber gegen die Habiru …

Es war fast so, als wäre sie mit einem Widerwillen gegen diese umherziehenden Nomaden geboren worden, weil er eher instinktiv denn begründet war. Darüber nachzudenken, versuchte sie erst gar nicht, weil bereits bei ihrem Anblick Ekel in ihr hochstieg. Wenn sie sich, was selten genug vorkam, in der Stadt aufhielten, ging man ihnen aus dem Weg und schloss die Fensterläden.

Eigenartigerweise bedienten sich die Kanaaniter derselben Sprache wie die Habiru. Niemand wusste, warum das so war. Einer Legende zufolge hatte ein gewisser Sem die Große Flut überlebt, die die Götter ausgelöst hatten, um die Menschheit zu bestrafen. Sem hatte sich zusammen mit seinen Brüdern auf eine Arche gerettet und, als das Wasser zurückwich, das Zweistromland erreicht, wo er ein neues Geschlecht begründete, die Semiten, von denen die Kanaaniter abstammten. Es war Avigail nicht bekannt, wie oder warum die Habiru die Sprache der Semiten übernommen hatten; immerhin versetzte sie das in die Lage, sich in kanaanäischen Städten aufzuhalten.

Avigail schüttelte ihre brütenden Gedanken ab. Da war sie ja endlich, Elias' Sänfte! Auf den Schultern sechs starker Sklaven und gefolgt von seinen Leibwächtern und dem persönlichen Diener des neuen Schreibers.

Avigail eilte ihnen entgegen. Sie wollte so schnell wie möglich erfahren, was das Gespräch mit Thalos dem Minoer ergeben hatte. Als Elias ihr von Jothams neuester Übeltat berichtete, hielt sie ihm die eben eingetroffene Nachricht entgegen. »Das hier dürfte unsere Rettung sein! Ein Ehemann aus dem Hause meiner Cousine in Sidon dürfte Jothams Plan vereiteln. Zumal meine Cousine wohlhabend ist und viele treue Freunde hier in Ugarit hat.«

Sie begaben sich in die Empfangshalle, in der Leah damals Muschelsuppe auf Jothams Schoß verschüttet hatte. Avigail ließ Wein und Honigkuchen auftragen und ihre Schwiegertochter sowie die drei Enkeltöchter rufen. Alle sollten beim Verlesen des Briefes der Cousine zugegen sein.

Als Leah, jetzt in sauberen Gewändern und einem Schleier über dem sorgfältig frisierten Haar, eintrat und auf einem ausladenden Sitzkissen Platz nahm, entging ihr nicht, wie der neue Schreiber sie anstarrte und sein Begleiter raunte: »Und die habe ich Sklavin geheißen. Eine Tochter des Hauses!«

Sie tauschte einen Blick mit David und schlug dann, plötzlich befangen, die Augen nieder. Was war denn nur so besonders an dem neuen Schreiber?

Auf dem Rückweg, nach dem Besuch bei Jotham, hatte Elias ihn in die Schwierigkeiten der Familie eingeweiht. »Als unser persönlicher Schreiber sollst du wissen, wie es um uns steht. Ich nehme an, dass die Schriftgelehrten in Lagasch nicht anders als die in Ugarit schwören, Diskretion zu wahren, du folglich anderen gegenüber kein Wort über unsere familiären Angelegenheiten verlierst.« Als David jetzt Leah über den Tisch hinweg musterte, sagte er sich: Das ist also die Urheberin einer Feindschaft, die sehr wohl zum Ruin von Elias dem Winzer führen kann.

Er musste daran denken, wie Jotham getönt hatte, er werde das Mädchen zu seiner Dienerin der Lust machen, und empfand unwillkürlich Mitleid mit ihr.

Alle wandten ihre Aufmerksamkeit Avigail zu, die den Ehrenplatz einnahm. Da alle Anwesenden zur Familie gehörten oder hauseigene Bedienstete waren, brauchte sich keiner hinter den Wandschirm zurückzuziehen. Kaum waren Hannah, Esther und Tamar hinzugekommen – nur noch Rakel fehlte, aber die ruhte sich nach ihrem Besuch im Haus des Goldes aus – und hatten

Sklaven begonnen Wein auszuschenken, händigte Avigail David die Nachricht der Cousine aus.

Auch über die einzelnen Familienmitglieder hatte Elias David auf dem Heimweg aufgeklärt. Das also war Avigail, die Großmutter. Sie war klein und rundlich, wohingegen die Mutter – Elias' Ehefrau Hannah – zwar ebenfalls mollig, aber hochgewachsen war und dieses Merkmal ihren drei Töchtern, vor allem der ältesten, Leah, vererbt hatte.

David musterte die Ehefrau seines neuen Dienstherrn. Ihr verschatteter Blick verriet Traurigkeit, die bei dieser so gutaussehenden Frau wie angeschminkt wirkte. Er konnte sich vorstellen, dass sie eine gefügige Ehefrau war, es aber auch verstand, ihren Mann auf ruhige, besonnene Art zu beraten. Ein zänkisches Weib war sie bestimmt nicht. Den Ton gab sie in der Familie jedenfalls nicht an.

Es war zweifellos Avigail, Elias' Mutter, die hier das Zepter schwang.

Im Saal breitete sich Schweigen aus, als David die Zeichen studierte, die in den gehärteten Ton eingeritzt waren, die Sprache und die Schriftart sowie spezielle Zeichen und den Rhythmus der »Stimme« des Verfassers. Wie immer nutzte Nobu die Wartezeit, um seinerseits die Anwesenden näher in Augenschein zu nehmen.

Der Winzer schien durchaus umgänglich zu sein, auch wenn er sich beim Verhandeln mit dem arroganten Schiffbauer reichlich ungeschickt angestellt hatte. Die drei jungen Mädchen dürften seine Töchter sein. Die Älteste hatte Nobu für eine Sklavin gehalten, die Jüngste wies eine deformierte Oberlippe auf, wodurch ihre Zähne auf unschöne Weise ständig zur Schau gestellt wurden. Die Mittlere, die Avigail mit Tamar angesprochen hatte, weckte Nobus besondere Aufmerksamkeit. Dass sie eine außergewöhnliche Schönheit war, beeindruckte ihn im Augenblick weniger. Aber wie sie David anschaute! Verschlagenheit lag in diesem Blick.

Diese Familie hat mehr als nur ein Problem. Wenn sie glaubt, einzig der fette Schiffbauer würde ihr Kummer bereiten, sollte sie lieber auch auf die Mädchen achtgeben.

»Was hat denn dein Sklave?«, fragte Elias.

»Er lauscht den Göttern. Er hört Stimmen.«

»Bitte untersag ihm, ihnen zu antworten.«

David bedachte seinen Gefährten mit einem strafenden Blick, der Wirkung zeigte: Um weiteres Murmeln zu unterbinden, biss sich Nobu auf die Lippe. Jetzt schloss David die Augen zu einem kurzen Gebet zu Shubat, seinem persönlichen Gott. Das tat er immer, wenn er es mit geschriebenen Worten zu tun bekam, war er sich doch wie jeder andere der Macht des Wortes bewusst. Ein impulsives oder unangebrachtes Wort konnte dem, der es äußerte, Verderben bringen. Noch mehr Wirkung zeigte das geschriebene Wort, weil es, anders als das gesprochene, unvergänglich war. Entsprechend respektvoll und bedacht ging David deshalb an alles Schriftliche heran. Shubat leite meine Augen und meine Zunge, betete er still.

Dann räusperte er sich und hob an zu lesen. »Geliebte Cousine, Frieden und der Segen Dagons seien mit dir. Meine Söhne sind alle verheiratet. Deshalb kann ich dir zu meinem Bedauern keinen schicken. Die Familie ist wohlauf.«

Nachdem er geendet hatte, breitete sich Schweigen aus, wie erstarrt saßen sie da. Bis Avigail »*Halla!*« wisperte und ein Schutzzeichen in die Luft malte.

Elias schaute seine Mutter an. »Und was jetzt?«

Sie reckte das Kinn. »Ich habe noch eine Cousine. In Damaska. Wenn sie sich außerstande sieht, einen Sohn herzuschicken, wird sie bestimmt jemanden finden, der das kann. Und ab sofort werde ich *zwei* anfordern, denn auch Tamar muss verheiratet werden.« Sie wandte sich an David: »Ich werde dir einen Brief diktieren.«

»Wenn du erlaubst, Herrin«, erwiderte dieser, »würde ich vor Aufnahme des Diktats gern baden und beten. Mein Sklave und ich haben eine lange Reise hinter uns, und in meinem Beruf gilt es als respektlos, noch mit dem Reisestaub auf den Schultern zu Stift und Ton zu greifen.«

»Dafür ist keine Zeit. Ich muss den Brief noch vor Sonnen-untergang in die Karawanserei bringen.«

David verbarg seinen Unmut und gab Nobu ein Zeichen, wo-rauf dieser den Kasten brachte, in dem sich Schreibzubehör und anderes befand. Als Erstes holte David eine aus einem Dioritblock gemeißelte Götterstatue heraus, die nicht größer als eine männ-liche Hand war. Der Gott war in sitzender Position und mit über der Brust gekreuzten Armen abgebildet. Er trug einen Bart und auf dem Kopf einen Turban; sein langes Gewand war mit keilför-migen Symbolen beschriftet, die ihn als Shubat auswiesen, den Gott der Weisheit, des Wissens und des Schreibens. Seine starren und unnatürlich großen Augen wiesen auf seine Göttlichkeit hin. Ohne Shubats Gegenwart nahm David kein Diktat auf.

»Soll ich Ton nehmen oder Papyrus, Em Elias?«, fragte er. »Und in welcher Sprache wünschst du die Niederschrift?«

»Ton«, sagte sie. »Kanaanäisch.«

David bat um Wasser. Als es gebracht wurde, betete er leise zu Shubat, während er dem Kasten ein versiegeltes Päckchen entnahm. Er öffnete es, und zum Vorschein kam ein Klumpen feuchten Tons, dem er etwas Wasser zufügte und dann so lange knetete, bis er in geeigneter Form in seiner linken Handfläche lag und feucht genug war, sich prägen zu lassen.

Er wählte aus seinem Schreibzubehör ein scharfkantiges Schilfrohr, nahm es in die rechte Hand, murmelte »Shubat führe meine Hand« und sah Avigail erwartungsvoll an.

Sie begann zu diktieren. Wieselflink bewegte sich Davids Hand über den feuchten Ton, drückte den Stift hinein, zeichnete ver-tikale, horizontale und schräge Striche, die in Dreiecken endeten. Zwischendurch nahm er das Rohr hochkant, um nur das drei-eckige Ende in den Ton zu drücken. So schnell war er, dass seine Hand, sobald Avigail eine Pause einlegte, kurz darauf ebenfalls innehielt. Elias war beeindruckt, wie anstellig sich sein Schreiber erwies, andere aus der Familie waren hingegen weniger begeistert. Als Avigail diktierte: »Bitte schick uns zwei Söhne. Ein Braut-preis entfällt. Stattdessen werden wir entrichten, was immer du forderst …«, fühlte sich Leah tief beschämt, und Tamar kochte innerlich vor Wut.

Ihre Großmutter hatte vor, Ehemänner *zu kaufen.*

※

»Bedaure, Meister«, sagte Nobu, »aber ohne Feuer, um den Lockenstab zu erhitzen, krieg ich das nicht besser hin.«

David schaute prüfend in den Kupferspiegel. Nobu hatte sich darauf beschränken müssen, sich die Löckchen um den Finger zu wickeln und sie mit Öl zu festigen. Den Kopf nach rechts und nach links wendend, um zu überprüfen, dass die goldenen Spangen, mit denen die Löckchen im Nacken befestigt waren, in einer Linie ausgerichtet waren, musterte David jetzt das gekräuselte schwarze Haar, das von seiner Stirn aus über den Schädel nach hinten gekämmt war. Auch daran konnte man noch etwas verbessern. Außerdem musste sein Bart in Form gebracht werden. Aber Wasser, um die Seife aufzuschäumen, war ihnen nicht gebracht worden.

»Und was ist mit deinem Bad?«, maulte Nobu, während er Rasierklinge und Schere wieder in dem Kistchen mit den Barbierutensilien verstaute. »Sauberkeit hat mit Selbstachtung zu tun, und daran mangelt es den Kanaanitern eindeutig. Ebenso wie an Höflichkeit und Etikette, Tugenden, auf die wir aus Lagasch stolz sind. Alle in diesem Haus scheinen uns vergessen zu haben!«

David erhob sich von seinem Schemel und begab sich zu einer Wandnische, in der eine Öllampe brannte. »Bring mir den Gott«, sagte er. »Ich muss beten.«

Nachdem David den Brief in den Ton geritzt hatte, war die Tafel im Brotofen gehärtet worden. Kaum dass sie abgekühlt war, hatte sich Avigail, die Herrin des Hauses, aufgemacht, überzeugt, sie würde eine Karawane finden, die den Brief auf schnellstem Wege nach Damaska bringen würde. Reichlich zerstreut hatte Elias David in sein Aufgabengebiet eingewiesen und gesagt, der Erste Verwalter würde ihnen ihre Unterkunft für die nächsten zwölf

Monate zeigen. Wenn David an die finanzielle Bedrohung durch den Schiffbauer dachte, kamen ihm allerdings Bedenken, ob er und Nobu heute in einem Jahr noch einen Dienstherrn haben würden, von einer Unterkunft ganz abgesehen.

Sein neues Zuhause bestand lediglich aus einer kleinen Kammer, sechs Schritt breit, sechs Schritt lang. Das Bett war schmal, die schlichte Holztruhe für seine persönliche Habe nicht einmal lackiert. Und lediglich vier Holzzapfen an der Wand für seine Kleider. Für David war das nicht weiter schlimm. Allen Schriftgelehrten war nach Abschluss ihrer Ausbildung eine einjährige Lehrzeit auferlegt, erst danach konnten sie sich selbständig machen. Auch Ärzte und Anwälte mussten sich im Anschluss an ihr Studium im Dienst für andere erniedrigen, bevor sie Schilder aufhängen durften, die sie als eigenständige Geschäftsleute auswiesen.

»Ich habe Hunger«, grummelte Nobu, als er die Shubat-Figur aus seinem Kästchen entnahm und David brachte. »Gastfreundschaft ist für Kanaaniter wohl ein Fremdwort, wie?«

»Hab doch ein Einsehen«, sagte David und nahm den Gott in Empfang. »Wir sind zu einem denkbar ungünstigen Zeitpunkt hergekommen. Außerdem sind wir Dienende, keine Gäste.«

»Aber was wird jetzt aus dir, Meister? Der Mann, der sich bei der Bruderschaft für dich verwenden wollte, ist nicht mehr da. Und dein neuer Dienstherr scheint sich in Windeseile Feinde zuzulegen!«

»Ich werde wohl umplanen müssen.« Ehrerbietig platzierte er die kleine Shubat-Statue in die Wandnische. »Um vor Ablauf meines Lehrjahrs einen neuen Dienstherrn zu finden.« Nur wie? David war in Ugarit fremd, und um in die Bruderschaft der Schriftgelehrten aufgenommen zu werden, kam es darauf an, wen man kannte. Unter den gegebenen Umständen Freundschaften anzuknüpfen würde schwierig sein.

Wenn es nur nicht zum Zerwürfnis mit seinem Vater gekommen wäre! Der König von Lagasch hatte in Ugarit Freunde und gute Beziehungen, aber nach ihrem Streit wagte David nicht, sich auch nur an einen von ihnen zu wenden. Die Situation würde sich nicht ändern, wenn er sich nicht entschuldigte – und das war ausgeschlossen. Bei der Auseinandersetzung war es um seinen Status als Schriftgelehrter und Krieger gegangen.

Seit frühester Kindheit war David neben dem Studium seiner Bücher in der uralten Form der Selbstverteidigung – Zh'kwan-eth genannt – unterwiesen worden, deren Wurzeln bis weit zurück in die Zeit reichten, da das Militär Schriftkundige mit in die Schlacht nahm, auf dass diese ihre Eroberungen für alle Zeiten schriftlich festhielten. Da der Schreiber einer der Wichtigsten in der Armee war und wenn er fiel, dies bedeutete, dass die Tapferkeit eines Königs in den historischen Aufzeichnungen nicht in vollem Umfang gewürdigt wurde, erhielten diese Schreiber eine Ausbildung in Selbstverteidigung – allein schon deswegen, weil sie auch in die geheimen Strategien und Pläne der Armee eingeweiht waren. Geriet ein Schreiber in Gefangenschaft, drohte ihm Folter, um ihm diese Informationen zu entlocken. Niemand wusste um die Ursprünge von Zh'kwan-eth, einer harten und anspruchsvollen Kampfdisziplin, die in der Bevölkerung große Bewunderung genoss. David hatte sich durch seine Kunst, Dolche so waghalsig wie präzise zu werfen, einen Namen gemacht. Derart blitzschnell und zielsicher wusste er die Waffe zu führen, dass man von überall herbeiströmte, um solchen Vorführungen beizuwohnen.

In die Armee seines Vaters einzutreten, hatte David dagegen abgelehnt. Ihm stand nicht der Sinn nach Kriegsgetümmel, er mochte weder an Kampfhandlungen teilnehmen noch sie aufzeichnen. Er verspürte eine höhere Berufung. Und genau über diese Berufung und Davids Weigerung, Soldat zu werden, war es, ehe er nach Lagasch zog, zu einer bitteren Auseinandersetzung gekommen. Er hatte seinen Vater nicht nur enttäuscht, der König hatte zudem erklärt, sein Sohn habe ihn und die Familie entehrt.

»Haben wir das richtig verstanden«, unterbrach Nobu Davids Gedanken, »was der Schiffbauer Elias vorwarf? Dass ihm die Tochter deines neuen Dienstherrn versprochen war und ihre Familie dann einen *Rückzieher* machte?«

David antwortete nicht. Familienangelegenheiten gingen Nobu

nichts an. Nach dem Besuch bei Jotham hatte Elias erklärt, Jothams Verärgerung sei darauf zurückzuführen, dass es nicht zu einem Ehevertrag gekommen sei. Da jedoch eine diesbezügliche Zusage noch gar nicht erfolgt sei, sei auch kein Vertrag gebrochen worden, weshalb Jothams Anschuldigungen jeglicher rechtlichen Grundlage entbehrten.

Angesichts des Zorns und der Rachsucht des Schiffbauers musste aber noch mehr vorgefallen sein. Wenn nicht rechtliche Gründe die Ursache dafür waren, dann vielleicht persönliche?

»Meister, überleg doch mal, was die Frau dir diktiert hat!«, gab Nobu zu bedenken. »Sie bittet um Söhne! Dies hier ist ein Haus voller *Frauen*! Meinen die etwa, wir hätten keinen Stolz? In Lagasch, wo Väter über ihre Kinder bestimmen und Töchter *gehorchen*, wäre so etwas undenkbar! Meine Stimmen raunen mir zu, dass wir diesen Ort hier so schnell wie möglich verlassen sollten!« Er packte die restlichen Sachen aus und legte die Tunika und den Umhang seines Herrn für den Abend zurecht. Er selbst würde den angrenzenden kleineren Raum beziehen, schon um sofort zur Stelle zu sein, wenn sein Meister seiner bedurfte. Mit langsamen, geübten Bewegungen verrichtete Nobu seine Pflichten, reckte bei jedem Schritt den Kopf mit den blinzelnden Schildkrötenaugen vor, nicht ohne zwischendurch vor sich hin zu murmeln. Die Stimmen in seinem Kopf empfand er hier in Ugarit ebenso laut wie in Lagasch. »Wie du eine neue Stellung und Unterkunft findest, ist mir allerdings schleierhaft.«

Nicht anders erging es David. Dennoch sagte er: »Mir wird schon etwas einfallen«, ohne zu wissen, was das sein mochte.

Nobu strich sich über den Bauch. »Wann werden wir eigentlich zum Abendessen gerufen? Auch gegen einen Becher Wein hätte ich nichts einzuwenden.« Mürrisch grunzend stellte er Davids zweites Paar Sandalen vor das Bett und sagte: »Ich werde mal nachsehen, ob ich jemanden auftreiben kann.«

»Nein. Überlass das mir.« Die Lampe in der Nische hatte kein Öl mehr, und ohne eine reinigende Flamme konnte David nicht zu Shubat beten. Er warf sich den Umhang über die linke Schulter und verließ die Kammer, derweil Nobu seinen flüsternden Stimmen murmelnd antwortete.

Die Villa war ein weiträumiges Labyrinth – Korridore, Türen, Säulen, unvermutet auftauchende Gärten und Pfade, die nirgendwo hinführten, so als ob im Laufe von Generationen die jeweiligen Bewohner willkürlich mal hier, mal dort Erweiterungen durchgeführt hätten. Was für ein riesiges Haus für eine derart kleine Familie, wunderte sich David. Als in Lagasch bekannt geworden war, dass in der Hafenstadt Ugarit eine Epidemie wütete, hatte Davids Vater, der König, täglich den Göttern ein Opfer dargebracht und sie angefleht, die bösen Geister jenes Fiebers daran zu hindern, sich den Euphrat flussabwärts entlang einzunisten. Sein Flehen war erhört worden. Die Städte im Osten von Ugarit waren verschont geblieben, während in Ugarit jede Familie Tote zu beklagen hatte. Schon deshalb hatte David Verständnis dafür, dass die Großmutter bestrebt war, dieses Haus hier wieder mit mehr Leben zu erfüllen.

Er wollte gerade rufen, um auf sich aufmerksam zu machen, als er Stimmen hörte – die dunkle eines Mannes und die hellere einer Frau.

Er ging ihnen nach, gelangte in eine Halle, um die sich Säulen zogen, deren bemalte Kronen Blumen ähnelten, bis er merkte, dass die Stimmen aus einer offenen Tür kamen. Sobald er die seines neuen Dienstherrn erkannte, trat er näher, um Elias zu bitten, ihm einen Hausangestellten in seine Unterkunft zu schicken.

Als er sah, dass zu Füßen des Stuhls, auf dem Elias saß, das Mädchen namens Leah kniete, das Gesicht zum Vater erhoben, blieb er wie angewurzelt stehen. »Tochter«, sagte Elias gerade voller Wehmut, »in meinen neununddreißig Lebensjahren habe ich eins gelernt: dass Liebe kostbarer ist als Gold. Ohne Liebe sind wir nichts. Und ich meine nicht nur die Liebe eines Vaters für seine Tochter – die in meinem Herzen unermesslich ist, denn du bedeutest mir unendlich viel, Leah. Ich meine auch die Liebe zwischen Mann und Frau. Meine Liebe für deine Mutter reicht weiter als bis zu den Sternen. Sie wird die Zeit selbst überdauern.

Und ich bete dafür, dass eines Tages auch du, Leah, eine solche Liebe erfährst. Dass du einem Mann begegnest und dein Herz dir sagt, dass eure beiden Seelen eins sind. Wenn dieser Tag kommt, wirst du verstehen, dass ich niemals ein Versprechen, das ich deiner Mutter gegeben habe, brechen kann. Ganz gleich, was Jotham uns antut – es ist ohne Bedeutung im Vergleich zu dem Unheil, das ich anrichten würde, wenn ich das, was ich der Frau, die ich liebe, versprochen habe.«

Wie ein selbstbewusster Staatsmann saß Elias in seinem Armstuhl, während das Mädchen, das auf dem Boden kniete und ihren Körper an seine Beine schmiegte, so schmal wirkte, so verletzlich. Ihr dem Vater zugewandtes Gesicht war tränennass. »Aber Vater, ich bin doch bereit, Jotham zu heiraten. Du brauchst dein Wort nicht zu brechen.«

»Liebes Kind.« Zärtlich legte Elias die Hand an die Wange seiner Tochter. »Ich habe deiner Mutter versprochen, dich hierzubehalten. Wenn ich dich gehen lasse, breche ich dieses Versprechen. Außerdem befürchtet deine Großmutter, dass die Fallsucht Jotham im Blut liegt. Hab keine Angst, Leah, und vertrau auf die Götter. Alles wird sich zum Guten wenden. Jotham kann nicht ewig so weitermachen. Finanziell wird selbst er an seine Grenzen stoßen. Und ich habe noch Freunde. Nein, widersprich mir nicht.« Er legte ihr einen Finger auf die Lippen. »Ich bin dein Vater, Leah. Mir kommt es zu, dich zu beschützen. Was über uns hereingebrochen ist, ist nur ein Sturm, der vorbeiziehen wird. Du wirst schon sehen.«

Als Leah zusammensank und schluchzend ihr Gesicht in seinem Schoß barg, trat David lautlos den Rückzug an. Endlich hatte er begriffen, wie alles zusammenhing. Aus Liebe hatte Elias seiner Frau ein Versprechen gegeben. Und jetzt war er hin- und hergerissen zwischen Familienehre und der Liebe zu seiner Frau.

Er setzte seinen Weg durch die Säulenhalle fort. Seine Schwestern, die vier Prinzessinnen von Lagasch, kamen ihm in den Sinn, verzogene und verwöhnte Geschöpfe, deren Heiraten arrangiert worden waren. Obwohl sie bereitwillig in reiche und privilegierte Häuser übergewechselt waren – Königstöchter mussten ausschließlich innerhalb des Hochadels verheiratet werden –, bezweifelte er, dass sie dort die Liebe fanden, von der Elias gesprochen hatte, und ebenso bezweifelte er, dass sie zugunsten ihrer Familien persönliche Opfer bringen würden.

Warum musste er eigentlich plötzlich an Schwestern und Ehefrauen denken? Überlegungen wie diese hatte er doch noch nie angestellt! Es musste daran liegen, dass Avigails inständige Bitte um Ehemänner ihm nicht aus dem Kopf ging. Was wäre, wenn auch die Cousine in Damaska die Anfrage abschlägig beschied? Was würde Elias dann tun? Zu welchen Maßnahmen würde er in seiner Verzweiflung dann greifen? Wie würden seine Frau und seine Töchter reagieren?

Ein ihm bislang nicht vertrauter Begriff drängte sich David auf: Selbstaufopferung. Elias war bereit, seinen Wohlstand und seinen Ruf zu opfern, um seine Frau glücklich zu machen, und Leah wollte sich opfern und diesen verabscheuungswürdigen Jotham heiraten, um ihren Vater zu retten.

Sein eigener übermächtiger Vater, der auf dem Thron saß und von seinem Sohn Unterwürfigkeit verlangt hatte, war für ihn stets »Mein Gebieter« gewesen. Die Mutter unnahbar und mit ihren eigenen Interessen beschäftigt, mit ihren unzähligen Freundinnen, mit ihren endlosen Vorbereitungen für offizielle Einladungen und Feste. Außer dem Palast in Lagasch und den Unterkünften im Haus des Lebens hatte David kein anderes Zuhause kennengelernt. Jetzt bekam er zum ersten Mal eine Vorstellung von einem ganz normalen Familienleben.

Kann ich Elias nicht irgendwie helfen?, überlegte er.

Er überquerte einen Hof mit einem plätschernden Springbrunnen, folgte einem kühlen Korridor und ging weiter, bis er vor einem verwitterten Holztor stand. Um zu sehen, wohin es führte, stieß er es auf: Vor ihm lag ein Stück Land, das einmal ein Garten gewesen sein mochte, etwa zehn Schritt breit und zwanzig lang und von einer hohen Mauer umgeben. Das Laub auf den Wegen, die abgebröckelten Marmorbänke, der verdorrte Baum in der

Mitte, all dies deutete darauf hin, dass sich seit langem niemand hier aufgehalten hatte. Aber dort drüben …

Nein, völlig verwahrlost war dieses Stück Land nicht. Dort drüben war ein grünes Fleckchen. Ein kleines Viereck mit frisch aufgelockertem Erdreich, durch das sich winzige Keimlinge ihren Weg bahnten. Dem feuchten Boden nach zu schließen, war er erst kürzlich gewässert worden.

»*Halla!*«

Er fuhr herum. *Sie* stand dort, mit rot verquollenen Augen und noch tränenfeuchten Wangen.

»Mein Diener ist hungrig«, sagte er. »Ich wollte jemanden suchen und Bescheid sagen und bin darüber hier gelandet.«

»Das tut mir aber leid! Ich dachte, meine Großmutter würde –« Sie wischte sich mit dem Handrücken über die Augen. »Was musst du nur von uns denken?«

Er musterte das Mädchen, das bereit war, sich für die Familie zu opfern. Wie hübsch sie ist, befand er, und wie einfühlsam. Unter anderen Umständen könnte sie sich vor Verehrern nicht retten. Wäre sogar längst verheiratet. Wie ein Verbrechen kam es ihm vor, dass Jothams Rachsucht dem Mädchen derart übel mitspielte.

»Das steht mir nicht zu«, sagte er freundlich. »Aber wenn du es unbedingt wissen willst: Ich sehe eine Familie, die zu Unrecht in Schwierigkeiten geraten ist, und ich bete zu den Göttern, dass sie diesen feindseligen Machenschaften ein Ende bereiten.«

Obwohl Leah den Garten als weitläufig erachtet hatte, wirkte er plötzlich klein. Dieser breitschultrige Fremde füllte ihn mit seiner kraftvollen Erscheinung aus. Hatte sich jemals ein Mann hier aufgehalten? Wahrscheinlich nicht. Zum ersten Mal wurde sie sich der grundlegenden Unterschiede zwischen Männern und Frauen bewusst. Sie kam sich mit einem Mal sehr viel kleiner vor, verletzlicher. Sie bemühte sich, nicht auf seinen einen nackten Arm zu starren, auf seine Muskeln, die für einen Mann, der seine Zeit damit verbrachte, Briefe abzufassen, zu ausgeprägt waren.

Noch mehr Neugier erweckte der Dolch in der an seinem

nackten Arm befestigten Scheide. War er neben seinem Beruf als Schreiber auch ein Krieger?

Nicht weniger beeindruckend wirkte sein langes Haar, das ihm in schwarz glänzenden Locken über die Schultern fiel, von denen jede mit einer goldenen Spange am Kopf befestigt war. Eine elegante, aufwendige Frisur, für die bestimmt viel Zeit nötig war. Sein spärlicher, noch nicht voll entfalteter Bart war geschoren. Und diese fremdartige Kleidung! Die mit Fransen besetzte Tunika ließ eine Schulter und einen Arm unbedeckt, ein breiter Gürtel schloss sich eng um seine Taille. In Kanaan trugen die Männer so weite Gewänder, dass man ihre Statur nur erahnen konnte. Die jungen Männer von Lagasch schienen stolz auf ihren Körper zu sein.

»Und an allem bin ich schuld.« Unvermittelt drängte es sie, diesem gutaussehenden Fremden ihren Kummer anzuvertrauen. Und dann, beschämt über sich selbst, sagte sie rasch: »Vergib mir. Dein Diener ist hungrig. Wie nachlässig von uns!«

»So schnell wird Nobu schon nicht verhungern«, meinte David mit einem Schmunzeln.

Er rückte seinen Umhang zurecht. Leuchtend rot funkelte es an seiner Hand auf. Weil er merkte, dass Leah darauf aufmerksam geworden war, streckte er den Arm aus, so dass sie den Ring betrachten konnte. Als sie sich vorbeugte, um ihn genauer zu betrachten, und dabei leicht seine Hand berührte, zuckte er zusammen.

In den Siegelring mit dem Karneol waren zwei menschliche Wesen graviert, die sich mit wie zum Gruß erhobenen Händen gegenüberstanden. An ihren Rücken spreizten sich mächtige Schwingen. Ob diese Wesen männlich oder weiblich waren, konnte Leah nicht ausmachen. Aber sie erkannte sie dennoch, denn in Ugarits Pantheon waren sie ebenfalls präsent: Engel, Boten der Götter. Bei dem Stein musste es sich um das königliche Siegel Ugarits handeln, mit dem David Dokumente, Briefe, Empfangsbestätigungen gegenzeichnete.

Ihre leichte Berührung, ganz kurz nur und doch wirkungsvoll wie ein Blitzschlag, hatte ihn schier aus dem Gleichgewicht gebracht. Unerwartet. Erregend. Er sah auf sie, die sich über den Ring neigte, herab. Ihr glänzendes Haar verströmte einen süßen Duft. So dicht stand sie vor ihm, dass er ihr leises Atmen hören konnte. Die Welt verstummte. Ein Schmetterling, dessen blau und golden leuchtende Flügel wie Edelsteine funkelten, umflatterte erst seinen, dann Leahs Kopf, wie um beide mit einem unsichtbaren Faden zu verbinden, ehe er wieder das Weite suchte. Leah trat einen Schritt zurück. »Ein wirklich schöner Ring«, sagte sie.

Wie hübsch sie ist, durchfuhr es David, und was für eine warme Stimme sie hat. Grübchen, wenn sie lächelt. Wie anmutig sie sich eine Haarsträhne von der Wange streicht. Der fette, schmierige Jotham dagegen … allein die Vorstellung, dass so ein Kerl mit gierigen Händen dieses Mädchen betatschte! David dachte an das liebevolle Gespräch zwischen Vater und Tochter, das er mit angehört hatte. Diese unverhohlene Zuneigung. Seine eigene Mutter sprach seinen Vater ebenfalls mit »Mein Gebieter« an. Steif, förmlich, kalt, obwohl sie ihm zwölf Kinder geboren hatte. In ihrem Schlafgemach musste es ebenso steif und förmlich und pflichtbewusst zugegangen sein wie im Thronsaal beim Empfang von Gesandten.

Er schaute auf das verdorrte Erdreich in diesem vergessenen Garten und dann auf das gepflegte grüne Beet. »Und an allem bin ich schuld«, hatte sie gesagt. Er hätte gern Näheres erfahren, wollte aber nicht in sie dringen, sondern sagte nur: »Wie ich sehe, bist du dabei, einen Garten anzulegen.« Er war auf seiner Wanderung durch das Haus an mehreren Gärten vorbeigekommen und wusste, dass sich jenseits dieser hohen Mauer, dort, wo die Küchen und Tiergehege lagen, größere befanden. Wozu also diente dieses vernachlässigte Stück Erde?

»Es ist für meine alte Tante. Ihr Gedächtnis lässt nach, und ich glaube, wenn ich dies hier zu einem Garten umgestalte, wie sie ihn in jungen Jahren besaß, wird sich das wieder bessern.«

David hatte noch nie etwas angepflanzt. Er, der sein Leben in den stillen Sälen voller Bücher und Studierender verbracht hatte, wusste nicht einmal genau, wie man dabei vorging. Mit der Bedeutung von Symbolen und Linien und Zeichnungen aufs Beste vertraut, kam ihm der Anblick eines sprießenden Blättchens wie ein Wunder vor. Es muss eine Begabung sein, folgerte er, Erdreich zum Leben erwecken zu können.

»Wenn wir unser Haus behalten können«, ergänzte sie leise. »Du hast Jotham ja heute kennengelernt und weißt um unsere Schwierigkeiten mit ihm. Das ist alles meine Schuld. Durch mein ungehöriges Verhalten vor einem Jahr, als Jotham und seine Schwester uns besuchten, ist Unheil über meine Familie gekommen. Deshalb liegt es an mir, dies wiedergutzumachen. Nur wie? Mein Vater lässt mich nicht zu Jotham gehen, ich muss darauf warten, dass Großmutter einen Ehemann für mich auftreibt. Wie kann ich da seelenruhig zusehen, wie sie alle meinetwegen in den Ruin getrieben werden!«

»Alles wird sich zum Guten wenden.« Auf welche Weise hatte sie sich ihrer Meinung nach ungehörig verhalten? Sie kam David keineswegs eigensinnig oder aufsässig vor. »Rechtliche und finanzielle Angelegenheiten sind mir vertraut. Immerhin sind zwei meiner Onkel Anwälte, und ein dritter ist Geldverleiher. Dein Vater ist ein kluger Geschäftsmann und wird eine Lösung für seine Probleme finden. Er wird denjenigen seiner Gläubiger, die sich seiner Meinung nach allzu leicht von Jotham beeinflussen lassen, umgehend seine Schulden bezahlen. Über die, denen er vertraut, dass sie Jothams Versuch widerstehen, die Schuldscheine deines Vaters aufzukaufen, braucht er sich vorläufig nicht den Kopf zu zerbrechen.«

Zu seiner Überraschung schüttelte sie den Kopf. »Das reicht nicht. *Ich* muss etwas unternehmen, nur weiß ich nicht, was.«

»Wenn die Frage gestattet ist – inwiefern hast du dich ungehörig verhalten?«

Sie sah die Güte, die aus seinen dunklen Augen sprach. Ich kann diesem Fremden vertrauen, sagte sie sich und berichtete ihm von jener schicksalhaften Nacht, die von Tragik und Kummer heimgesucht worden war und in der sich ein Schatten über die Familie gelegt hatte. Nachdem David alle Einzelheiten des Dramas, wie es sich damals abgespielt hatte, kannte, stand für ihn fest, dass Leah nur ihrer Mutter hatte beistehen wollen. Sich richtig verhalten hatte. Dass Jotham Verständnis dafür haben müsste. Ebenso wie dessen Schwester, wenn das mit ihrem kranken Sohn der Wahrheit entsprach.

Umso erboster war er über den arroganten Schiffbauer, und gleichzeitig verspürte er den Wunsch, dieses Mädchen zu beschützen. »Könnte es sein, dass die Lösung deiner Probleme nicht bei Jotham zu suchen ist, sondern bei seiner Schwester? Hast du das mal erwogen?«

»Bei Zira?« Lea kräuselte die Stirn.

»Nach dem, was du mir erzählt hast, scheint sie ihren Bruder zu beeinflussen. Waren es nicht Ziras harsche Worte, die bei deiner Mutter solch unselige Folgen zeigten? Jotham hätte ihr gebieten müssen zu schweigen, hat es aber nicht getan. Vielleicht ist Zira der Schlüssel.«

Leah dachte nach – Ziras Sohn und sein Leiden und Tante Rakels Behauptung, ihr Ehemann habe gewusst, wie der Fallsucht beizukommen sei …

»Du bleibst doch bei uns, nicht wahr?« Unvermittelt hatte sie neuen Mut gefasst. Ziras Ehrgeiz für ihren Sohn war stadtbekannt. Was würde sie dafür geben, wenn seine Gesundheit wiederhergestellt wäre? Gleich morgen werde ich Tante Rakel nach dem Rezept fragen … »Auch wenn die gegebenen Umstände nicht deinen Erwartungen entsprechen dürften? Zumal du eigens dafür dein Zuhause verlassen und eine weite Reise auf dich genommen hast?«

Diese Frage kam für ihn überraschend. »Ich habe diese Reise weder deinem Vater noch mir selbst zuliebe unternommen, sondern zu Ehren meines Gottes. Aber was ich deinem Vater versprochen habe, werde ich einhalten.« Er trat ein wenig näher, hatte plötzlich das Bedürfnis, den Abstand zwischen ihnen zu verringern. »Nur damit du es weißt, Leah Bat Elias, das geschriebene Wort geht mir über alles. Ich lebe dafür, dem Beruf des Schriftgelehrten zu dienen.«

Leidenschaft sprach jetzt aus ihm. Leah fühlte seine Begeisterung, als er mit angespanntem Körper und funkelnden Augen sagte: »Wenn jemand etwas auf eine Tafel schreibt und dies ein anderer irgendwo weit weg oder vielleicht hundert Jahre später lesen und verstehen kann – wenn also zwei Fremde, verbunden durch ein unsichtbares Band, sich durch das Wunder des Schreibens, das der Menschheit als Geschenk der Götter gegeben wurde, austauschen können – dieses Wunder ist es, weshalb ich meinem ehrenvollen Beruf als Mitglied der Bruderschaft der Schriftgelehrten dienen und ihnen als würdiger Vertreter zur Ehre gereichen möchte. Für mich ist es das Höchste, Shubat auf diese Weise meine Ergebenheit zu bekunden. Mit jedem Zeichen, das ich in den Ton ritze, ehre ich meinen Gott und das Edle im Menschen.

Deswegen sage ich dir Folgendes, Leah Bat Elias: Nach meiner Abschlussprüfung im Haus des Lebens habe ich meinem Gott geschworen, eingedenk der Regeln und des Ehrenkodex meines Berufsstands niemals meine Kunstfertigkeit zum Schaden anderer zu missbrauchen und mir stets meine Rechtschaffenheit und Selbstachtung zu bewahren. Gehorsam gegenüber Shubat und meine Ehre gehen mir über alles. Um aber meinen Eid einzuhalten und meine Pflicht als Lehrling in diesem Haus zu erfüllen, muss ich sicherstellen, dass es das Haus des Elias in einem Jahr überhaupt noch gibt. Ich werde alles in meiner Macht Stehende tun, um dazu beizutragen ...« Seine Stimme wurde schleppend.

Sie legte den Kopf schief. »Stimmt etwas nicht?«

»Es wäre hilfreicher gewesen, wenn euer vorheriger Schreiber Shemuel meine Ankunft abgewartet hätte. Er sollte nämlich für meine Aufnahme in die Bruderschaft bürgen. Jetzt muss ich mir wohl oder übel einen anderen Bürgen suchen. Da ich in Ugarit fremd bin, weiß ich allerdings nicht, wie. Aber ich werde trotzdem mein Versprechen halten, deinem Vater zu dienen.«

»Gibt es niemanden in Ugarit, der dir helfen könnte?«

»Ich bin auf mich gestellt. Und aus persönlichen Gründen kann ich mich nicht an Freunde meines Vaters wenden.«

»In Ugarit leben sehr wohl Leute aus Lagasch. Vielleicht kennst du ja den einen oder anderen.« Sie hielt inne, musterte seine erlesene Kleidung, den Schmuck, die aufwendige Frisur. Er sei wohlhabend, ein Prinz von Lagasch, hatte Shemuel gesagt. Folglich kannte er nur Angehörige der Oberschicht. »Ein gewisser Izaak, der mit seiner Familie nicht weit weg von hier lebt und große Mandelbaumplantagen besitzt, stammt aus Lagasch.«

David dachte nach, schüttelte dann den Kopf. »An einen Izaak, der Mandeln anbaute, kann ich mich beim besten Willen nicht erinnern.«

»Dann gibt es noch einen Juwelenhändler, der unweit des Hauses des Goldes einen Laden hat. Er ist ebenfalls aus Lagasch und rühmt sich seiner Blutsverwandtschaft mit dem königlichen Haus. Sein Name ist Manthus.«

David runzelte die Stirn. Der Name kam ihm bekannt vor. Er durchforschte noch einmal sein Gedächtnis. »Bei Shubat!«, rief er plötzlich, »die Frau meines Onkels hat einen Bruder, der hier in Ugarit wohnt und tatsächlich mit Edelsteinen wie Karneol und Lapislazuli handelt. Ja, jetzt erinnere ich mich – sein Name ist Manthus. Das hatte ich völlig vergessen.«

Leah lächelte. »Ich kann dir beschreiben, wo er sein Geschäft hat.«

Versonnen sah David Leah an. »Ich glaube nicht an Zufälle«, sagte er nach einer Weile. »Unsere persönlichen Götter begleiten uns unser Leben lang auf Schritt und Tritt. Es ist also kein Zufall, dass ich in diesem Garten gelandet bin, sondern Shubat hat mich hierher geführt, damit wir beide uns begegnen. Und jetzt weiß ich auch, was ich als Nächstes tun werde. Gleich morgen werde ich Manthus dem Karneolhändler meine Aufwartung machen. Da wir mütterlicherseits verwandt sind, wird er mir seine Hilfe nicht versagen. Das ist selbst für weitentfernte Verwandte Ehrensache. Und vielleicht, Bat Elias, kann ich durch meine Verbindung mit Manthus auch *deiner* Familie helfen.«

»Ich heiße Leah«, sagte sie leise.

Er lächelte. »Ich danke dir für deine Hilfe, Leah. Ich weiß, dass ich morgen erfolgreich sein werde, denn Shubat, mein Beschützer und Lenker, wird mich geleiten. Er hat mich noch nie im Stich gelassen. Jetzt muss ich aber gehen. Friede sei mit dir. *Shalaam.*«

Aber noch rührte er sich, wie von unsichtbaren Fesseln gehalten, nicht von der Stelle. Es schien nicht genug zu sein, Hilfe zuzusagen und zu versprechen, hierzubleiben. Irgendwie drängte es ihn, diesem Mädchen, das ihm geradewegs in die Seele zu blicken schien, noch viel mehr zu sagen. Es war, als hielte die Erde den Atem an, als hätte sich ein Zauber in diesen vernachlässigten kleinen Garten eingeschlichen. War es wirklich erst heute Morgen gewesen, dass er Ugarit betreten hatte? Es kam ihm nicht so vor. *Er* kam sich verändert vor. Er war mit Plänen und voller Ehrgeiz und einem festumrissenen Ziel in diese ihm unbekannte Stadt gekommen. Aber in welch kurzer Zeit sich so vieles verändert hatte! Dieses bezaubernde Mädchen war in sein Leben getreten. In Lagasch hatte es auch hübsche und charmante junge Mädchen gegeben, Mädchen, die gehofft hatten, einen Mann wie ihn zu heiraten. Leah dagegen schäkerte nicht wie andere Mädchen herum, schien – im Gegensatz zu ihrer Großmutter – nicht auf der Jagd nach einem Ehemann zu sein. Sie schien, so Davids Eindruck, ihn nicht als Heiratskandidaten in Betracht zu ziehen, sondern uneigennütziges Interesse für ihn zu hegen. Was er als eigenartig, wiewohl schmeichelnd empfand.

»*Shalaam*«, murmelte er nochmals und nickte ihr zu, ehe er widerstrebend den Garten verließ.

Leah sah ihm hinterher. Es war ihr, als sei die Luft geladen mit einer Energie, die er wie ein warmes Fleckchen auf dem Gras zurückgelassen hatte und das auch noch Wärme verbreitete, nachdem die Sonne hinter einer Wolkenbank verschwunden war. Davids leidenschaftlicher Glaube beeindruckte sie tief. Andere redeten über Götter, plapperten Gebete, aber aufrichtige Hingabe *gesehen* hatte sie noch nie. Selber hatte sie noch gar nicht daran gedacht, die Götter um Hilfe zu bitten. Jetzt aber spornte Davids unerschütterliches Vertrauen in das Göttliche sie an.

Sie musterte den alten Maulbeerfeigenbaum in der Mitte des

Gartens, der zwar tot und unbelaubt, aber doch ein Baum war. Und der Baum war das Symbol Asherahs.

Ja!, sagte sie sich.

Sie wandte sich dem verwitterten Stamm zu, breitete die Arme aus und betete leise: »Gesegnete Asherah, ich bitte dich um Verzeihung für meinen Ungehorsam vor einem Jahr. Ich habe es den Gästen meines Vaters und damit ihm gegenüber an Respekt fehlen lassen. Das tut mir aufrichtig leid. Von jetzt an, Gesegnete Asherah, werde ich meinem Vater, deinem Willen und den Gesetzen der Götter gehorchen. Nur bitte ich dich, du unser Aller Mutter, dass du es dafür in deinem freigebigen Herzen möglich machen kannst, die Ehre und das Wohlergehen meiner Familie wieder ganz so aufzurichten, wie es vor jener Nacht war, in der durch mein ungehöriges Benehmen das Unglück über unser Haus hereinbrach.«

Aber selbst als sie bei ihrem Gebet die Stimme hob, wusste sie, dass ihr Versprechen, sich fortan zu fügen, nicht ausreichen würde, um ihre Familie zu retten. Sie musste die Götter von ihrem Gehorsam überzeugen. Und deshalb ging mit der unbestimmten Hoffnung plötzlich die panische Angst einher, dass man sie einer schweren Prüfung unterziehen würde, die zu meistern sie weder die Kraft noch den Mut aufbringen würde. Und dass sie, weil sie nicht wusste, was für eine Prüfung das sein mochte oder wann sie auf sie zukommen könnte, sie nicht als solche erkennen und deshalb auch nicht bestehen würde!

Vielleicht war es das, was sie mehr als alles andere befürchtete.

4

Der Flüchtige wartete, bis Kapitän und Mannschaft außer Sichtweite waren und nur noch ihr lautes Gelächter zu den Sternen emporstieg. Sie peilten die nächste Taverne an, wo sie dem Wein zusprechen und sich mit den Frauen aus der Gegend vergnügen wollten. Man hatte ihn aufgefordert, mitzukommen, aber er hatte abgelehnt.

Er war in der Küstenstadt Sidon an Bord gekommen, wo der Kapitän des Schiffes hatte anlegen müssen, weil er bei einem Unwetter einen Teil seiner Besatzung verloren hatte. Um Arbeitskräfte verlegen, hatte er keine Fragen gestellt, was dem Flüchtigen nur recht gewesen war. Ohne viel zu reden, tat er, was ihm angeschafft wurde, ob auf der Ruderbank oder beim Setzen der Segel. Im Hafen von Ugarit schließlich hatte er beim Löschen der letzten Ladung – Leinen und Papyrus aus Ägypten – mit angepackt. Jetzt würde der Kapitän sein leeres Schiff mit Zedernholz aus den nahen Wäldern beladen und wieder nach Süden segeln.

Der Flüchtige, ein Einzelgänger, warf einen Blick auf den Hafen, in dem Wasserfahrzeuge jedweder Größe und Herkunft ankerten, manche voller Menschen und hell erleuchtet, andere dunkel und verlassen. Die Hafenanlage war in Licht getaucht, das durch offene Türen, zusammen mit Musik und Gelächter, in die warme, feuchte Nacht drang. Mächtige Lagerhäuser zogen sich die Werft entlang, immer wieder unterbrochen von Gassen, die in die Stadt führten.

Wohin er gehen sollte, wusste er nicht. In Sidon hatte er eine Familie ermordet und war nur mit dem, was er am Leibe trug, geflohen. Vor allem musste er sich ein Versteck suchen, weil der Fürst von Sidon mit Sicherheit die Behörden anderer Städte informieren würde, dass ein mehrfacher Mörder frei herumlief. Sollte er gefasst werden, würde man nicht lange fackeln. In Kanaan wurden Urteile umgehend vollstreckt.

Er zog den Umhang, den er auf seiner Flucht aus Sidon auf einem Markt gestohlen hatte, fester um sich und steuerte auf eine erleuchtete Taverne an der Uferstraße zu.

Er hatte es eilig, ein Versteck zu finden und sich einen neuen Namen zuzulegen.

Seinen eigenen Namen kannte er nicht, er wusste auch nicht, wie alt oder wo er geboren war, ob seine Mutter ihn verkauft hatte oder ob er entführt worden war. Alles, woran er sich erinnerte, war, dass in einem Käfig eingesperrt gewesen und von verschiedenen Männern vergewaltigt worden war. Sie hatten gelacht, wenn er gequiekt hatte, und ihn deshalb Ferkel genannt. Als er alt genug war, gelang ihm die Flucht; seither zog er durch die Gegend. Er hatte nie in Erfahrung gebracht, wo dieser Käfig gestanden hatte, in welcher Stadt oder Provinz, nur dass dort Wolle gefärbt wurde und dass, wenn die Männer zu seinem Käfig kamen und ihn zum Quieken brachten, ihre Körper von den Bottichen, an denen sie arbeiteten, indigoblau gefärbt waren.

Das war die Geburt seiner Blauen Teufel gewesen – unsichtbare Dämonen, die in Abständen in seinen Körper eindrangen und ihm das Leben zur Qual machten.

Was die Teufel weckte, wusste er nicht. Nur dass ihm der Schädel brummte und er keine Luft bekam, wenn sie Besitz von ihm ergriffen. Was sie vertrieb, war einzig und allein das an Schweine erinnernde jämmerliche Quieken. Einmal waren sie ein Jahr lang weggeblieben, und er hatte sich gefragt, ob sie es etwa leid wären, ihn zu quälen, und sich verzogen hätten. Aber dann waren sie wieder wach geworden und hatten, heißhungrig, wie sie waren, nicht eher von ihm abgelassen, als bis sie das schweinegleiche Quieken sieben Nächte lang hintereinander vernommen hatten. Das war in Jerusalem gewesen. Er hatte Huren aufgegabelt, jeden

– 108 –

Abend eine andere, und war mit ihnen auf die Felder gegangen, um sie dort seinerseits zum Quieken zu bringen. In der siebenten Nacht, nachdem er das siebente »Ferkel« verscharrt hatte, klärte sich sein Kopf, er konnte wieder atmen und wusste, dass die blauen Teufel verschwunden waren.

Bei einem Bauernhof außerhalb von Sidon hatte er haltgemacht, um Wasser aus dem Brunnen zu trinken. Ganz plötzlich, ohne Vorwarnung, waren die Blauen Teufel wieder über ihn hergefallen. Deswegen hatte er den Bauern und seine Familie erschlagen. Erst als die kleinen Mädchen, die jüngsten Töchter des Bauern, unter seinem grausamen Griff aufquiekten, zogen die Teufel wieder ab. Und er musste weglaufen, war einmal mehr auf der Flucht.

Heute Abend waren es nicht die Blauen Teufel, die ihn auf der Suche nach einem Opfer in eine Hafenkneipe trieben. Er brauchte einen neuen Namen, einen neuen Unterschlupf. Im Laufe der Jahre hatte er sich alle möglichen Namen zugelegt, zu viele, um sie noch zu wissen. Heute Abend würde es nicht anders sein. Er stand in der Türöffnung und musterte durch das rauchgeschwängerte matte Licht die wenigen Gäste. Er musste sich sein Opfer wohlüberlegt aussuchen, damit ihm seine neue Identität dazu verhalf, möglichst viele zum Narren zu halten, vor allem die Behörden. Und nicht nur einen Namenswechsel musste er vornehmen, sondern auch sein Äußeres verändern. In den letzten Jahren hatte er sein Haar mal lang getragen, dann mal wieder kurz gestutzt, er hatte sich rasiert oder einen Vollbart gehabt, hatte an Gewicht zugelegt oder verloren. Das erinnerte ihn an etwas, was er einmal auf einem Markt gesehen hatte, auf dem Straßenkünstler für Kupferringe die Menge unterhielten. Ein Magier hatte eine braune Eidechse vorgeführt, die, als er sie auf ein grünes Blatt gesetzt hatte, grün geworden war! Als Chamäleon hatte der Magier das Tier bezeichnet. Genau das bin ich auch, dachte er, als er die Gäste musterte – einige waren zu dünn, zu klein, zu dunkelhäutig –, ich bin ein Chamäleon.

Das Einzige, was er nicht verändern konnte, war die Narbe über seiner linken Braue, wo eines seiner »Ferkel« ihn gebissen hatte.

Als sein scharfer, abwägender Blick auf einen lautstarken Angeber hinten in der Taverne fiel, verzogen sich seine Lippen zu einem Lächeln.

»Eins kann ich euch sagen, Leute«, prahlte der Reisende aus Damaska, »es gibt auf der ganzen Welt keinen größeren Glückspilz als mich! Da betraure ich den Verlust meiner Ehefrau und obendrein den Verlust meines Lebensunterhalts, weil es ihr Tuchhandel war und nach ihrem Tod an ihre Brüder zurückfiel – na, ich beklage also mein trauriges Schicksal, als für meine Schwester ein Brief aus dieser Stadt hier mit der Bitte eintrifft, sie möge doch Ehemänner für die Töchter einer entfernten Cousine schicken! Einer sehr reichen Cousine, wenn ich hinzufügen darf«, berichtete Caleb unbekümmert und gab dem Mädchen an der Theke einen Wink, Nachschub an Wein zu bringen.

Es war nicht das Mädchen, das den Krug und einen neuen Becher servierte, sondern ein bärtiger Fremder mit lederner Haut und verschatteten, tiefliegenden Augen. Er trug einen Umhang, der eher aussah, als könnte er ihn sich nicht leisten. »Deine Geschichte gefällt mir, Freund«, sagte der dunkelhäutige Fremde zu Caleb, als er den Krug vor ihn hinstellte, sich gegenüber auf einen Hocker setzte und anfing, Käse, Nüsse, Oliven und Brot von dem niedrigen Tisch zwischen ihnen zu essen.

Caleb aus Damaska ließ ihn gewähren. Sobald er sich in seinem neuen Zuhause am Fuße der Berge niedergelassen hätte, würde er mehr als genug zu essen haben. Er schenkte sich aus dem neuen Krug ein, trank einen gehörigen Schluck und sagte dann zu dem Fremden: »Meine Geschichte ist in der Tat bemerkenswert! Vor dir sitzt ein Mann, dem ein angenehmes Leben bevorsteht. Alles, was ich tun muss, ist, eine der Töchter zu heiraten und ihr ein Kind zu machen, um die Vorteile einzuheimsen, der Schwiegersohn eines reichen Mannes zu sein.«

Der Seemann war ein aufmerksamer Zuhörer. Als Caleb keinen Wein mehr hatte, opferte er seinen letzten Kupferring, um Nachschub anzufordern. Caleb nahm seine weitschweifende Geschichte wieder auf. »Sie wissen nicht einmal, dass ich komme! Ich habe meine Schwester überredet, nicht zu antworten. Warum sie vorzeitig darauf hinweisen, dass ich ein Witwer ohne Perspektive bin? Ist doch besser, wenn ich bei ihnen auftauche und ihnen keine Chance gebe, mich abzuweisen. Man hat mir gesagt, das das Haus des Elias am Rande eines der üppigsten Weinberge von Kanaan entlang der nach Süden führenden Straße steht. Dort werde ich gleich morgen früh hingehen und an die Tür klopfen.«

Während Caleb weiterhin dem Wein zusprach, wobei er den Becher mit beiden Händen umfasste, weil er bereits zittrig wurde, dachte der Flüchtige eingehend über das eben Gehörte nach. Er stellte fest, dass der Prahler nur wenige Jahre älter war als er selbst. Zwar nicht so breitschultrig wie er, dafür dicht behaart, und dass er mit einem Akzent sprach, der leicht nachzumachen war. Der Flüchtige aus Sidon grinste. »Erzähl mir mehr von dir, mein Freund. Du scheinst mir ein interessanter Bursche zu sein.«

Der Mann aus Damaska, Caleb, der vormalige Tuchhändler, berichtete dieses und jenes, erwähnte Namen, Orte und Ereignisse, sprang zeitlich beim Erzählen hin und her. Seine Sprechweise wurde zusehends schleppender, seine Zunge stolperte über Wörter. Schließlich schielte er sein Gegenüber an und sagte: »Ich bin betrunken.«

Der Seemann grinste und stand auf – ein großer Mann mit Schultern wie ein Ochse und Hände wie Bratpfannen. So kam es zumindest Caleb vor, der bereits doppelt sah. »Danke, mein Freund«, sagte er, als er schwankend die ausgestreckte Hand drückte. »Gut, dass ich in einem Gasthaus gleich vier Türen weiter übernachte. Im Obergeschoss. Wenn du mir in mein Zimmer hilfst, belohne ich dich mit einem goldenen Ring. Ab morgen werde ich goldene Ringe im Überfluss haben!«

In der Gasse hinter der Taverne, einem schmalen Durchgang zwischen zwei Gebäuden, in den kein Licht von den Sternen oder dem Mond drang, blieb der Mann, der auf der Flucht war, unvermittelt stehen, so dass Caleb mit ihm zusammenprallte. »Ich muss

–111–

mich erleichtern«, sagte er, und während Caleb auf unsicheren Beinen wartete, zog der Mann aus Sidon – der mehr Menschen erschlagen hatte, als er aufzählen konnte – ein Messer aus seinem Gurt. Caleb blinzelte, meinte, zwei Messer zu sehen. »Oh …«, hob er an.

»Womit fängt man beim Schlachten eines Schweins an?«, fragte der Fremde grinsend. Keine Blauen Teufel trieben ihn in diesem Augenblick; er tötete auch gern um des Tötens willen. Der Junge, der einst hilflos in einem Käfig gehockt hatte, hatte als Mann hin und wieder das Bedürfnis, Macht zu verspüren. Er ließ Caleb vor sich niederknien und um sein Leben flehen. Um zu vermeiden, dass es zu lange dauerte und man sie möglicherweise entdeckte, schlitzte der Seemann den Hals des Mannes aus Damaska von Ohr zu Ohr auf, langsam genug, um ihn das ganze Ausmaß an Entsetzen darüber, dass er sein Leben verlor, spüren zu lassen.

Anschließend befreite der Flüchtige die Leiche von Geldbeutel und Ringen, nahm auch Calebs schönen Umhang an sich, begab sich vier Türen weiter und stieg dort die Treppe hoch. Wenn ein Mann so dumm ist, sagte er sich, sich in einer Taverne vor Fremden mit seinem Glückstreffer zu brüsten, geschieht es ihm recht, wenn er umgebracht wird.

Im Zimmer im oberen Stockwerk schnarchte auf einer Pritsche Calebs persönlicher Diener. Ein rasches Knacken des Nackens, und der Mann war tot.

Jetzt ließ sich der Seemann Zeit, Calebs Gepäck in Augenschein zu nehmen. Die erlesenen Kleider, den Schmuck. Als er verschiedene Sachen anprobierte und sich darin wohlfühlte, wiederholte er für sich die Namen und Orte und Begebenheiten, von denen Caleb getönt hatte, und prägte sie sich im Gedächtnis ein, um bei Bedarf darauf zurückgreifen zu können. Wer konnte schon wissen, was Elias der Winzer über entfernte Verwandte in Erfahrung bringen wollte?

»Sie haben mich praktisch dafür bezahlt, dass ich komme«, hatte der Mann aus Damaska gesagt. Hörte sich an, als ob die Familie verzweifelt sei. Eine hässliche oder entstellte Tochter hätte.

Das machte dem Flüchtigen nichts aus. Für ein angenehmes Leben, ein Dach über dem Kopf und genug zu essen – und ein Versteck, wo ihn niemand finden würde – würde er auch ein Schwein heiraten. Er grinste über die Ironie, die darin lag. Er würde es sich gutgehen lassen, bis er zwangsläufig die Braut zum Quieken bringen musste, und dann weiterziehen.

Er löschte die Öllampe, legte sich ins Bett. Caleb, sagte er sich, war ein Name so gut wie jeder andere.

Auch sechsmal tausend Schritt entfernt, an der südlichen Straße am Rande von Ugarit, schickte man sich an, zu Bett zu gehen.

»Man nennt sie Liebesfrucht«, sagte Rakel, als Leah ihr sanft das lange weiße Haar kämmte. Es war bereits spät. Rakel ließ sich nicht gern von einer Sklavin ihr Haar für die Nacht zurechtmachen. Wegen ihrer empfindlichen Kopfhaut schätzte sie die zarte Hand ihrer Großnichte. »Weil die Alraune das Blut des Mannes erhitzt und den Leib der Frau erregt. Aber nimm dich in Acht, wenn du die Alraune erntest, Liebes. Sie muss vorsichtig aus dem Erdreich gezogen werden. Wenn sie herausgerissen wird, schreit sie, und es heißt, dass diejenigen, die die Schreie der Alraune hören, dem Wahnsinn verfallen. Mein Ari und ich genossen regelmäßig einen aus der Liebesfrucht hergestellten Trank, und das Ergebnis war mein Yacov. Er studiert Rechtskunde. Mein Sohn wird nämlich mal Anwalt.«

»Wir sind alle sehr stolz auf Yacov, Tante«, sagte Leah und legte den Kamm beiseite. Es widerstrebte ihr zu lügen, aber wenn sie merkte, wie glücklich die Greisin war, wenn sich die Großnichte auf ihre Phantasiewelt einließ, waren solche Schwindeleien verzeihlich. »Und was kannst du mir über Heilung der Fallsucht erzählen?« Diese Frage stellte Leah tagtäglich. Dass sie darauf keine Antwort erhielt, war enttäuschend und machte sie stutzig.

Zwei Monate und noch immer keine Antwort von der Cousine in Damaska. Der Sommer hatte seinen Höhepunkt erreicht, an den Rebstöcken reiften die Trauben, und im Hause des Elias herrschte eine gespannte Atmosphäre. Gab es auch in Damaska keine heiratsfähigen Männer? Oder aber reichte Jothams Gift-stachel derart weit?

Ein zusätzlicher Mann im Haus wäre willkommen. Elias stand allein in seinem Kampf gegen Jotham. Mit einem Schwiegersohn an seiner Seite, vor allem wenn er jung und stark war und viel-leicht über Geld und Einfluss verfügte, würde sich Elias' Position verbessern.

Leahs Vater war indes nicht untätig geblieben. Er hatte umge-hend Freunde aufgesucht und sie beschworen, standhaft zu blei-ben und ihm nicht in den Rücken zu fallen. So weit wie möglich hatte er Schulden beglichen, noch ehe Jotham ihre Schuldscheine aufkaufen konnte. Die wenigen Geschäftspartner, die sich nicht von Jotham hatten beeinflussen lassen, bezahlte er in Form von Wertgegenständen, und er war weiterhin im Weingeschäft tätig; nach der diesjährigen Lese standen die älteren Jahrgänge zum Verkauf an, und dann würde Elias wieder über genügend Geld verfügen.

Wenn sie so lange durchhielten. Das war ihrer aller Sorge. Denn inzwischen hatten drei weitere Kreditgeber ihre Wechsel an Jotham verkauft, und der legte sie jetzt Elias zur umgehenden Bezahlung vor. Nicht zuletzt deswegen hatte sich Leah erboten, Tante Rakel vor dem Schlafengehen das Haar zu kämmen. Sie musste schleunigst in Erfahrung bringen, wie Fallsucht geheilt werden konnte.

Sie war sich sicher, dass Zira ihren Sohn derart abgöttisch liebte, dass sie im Austausch für ein Mittel, das ihn von seinem Leiden befreite, zu allem bereit sein würde – sogar dazu, ihren Bruder zu überreden, seinen Rachefeldzug gegen den Vater zu beenden!

Aber die Rezeptur für dieses Heilmittel verbarg sich unter dem schlohweißen Haar, das Leah jetzt zu langen Zöpfen flocht.

Wie der ägyptische Arzt im Haus des Goldes vorhergesagt hatte, zog sich Rakel immer mehr in die Vergangenheit zurück, sprach von ihr, als fände sie gegenwärtig statt. Auch Heilmittel und althergebrachte Hausmittel erwähnte sie, ohne näher darauf einzugehen. Wenn sie anfing, sich darüber auszulassen, welche

Stelle sich besonders gut für das Pflanzen von Pfefferminze eignete, konnte es geschehen, dass sie gleich darauf erklärte, mit Weidenrinde versetztes Haarwaschmittel verhindere Schuppenbildung.

»Heute Abend wäre mir ein dünneres Kopftuch lieber«, sagte sie, als die Zöpfe geflochten waren. »Das für den Winter ist mir beim Schlafen zu heiß. In der Truhe dort drüben, Liebes, dort findest du meine Sommertücher.«

Rakels Kammer war mit einem Bett ausgestattet, mit Holzhaken an der Wand für die Kleidung, mit Nischen für Götter und Lampen, mit mehreren großen Holztruhen, in denen die alte Frau ihre gesamte Habe aufbewahrte. »Nein, Liebes, keines von denen«, sagte sie, als Leah den Deckel einer Truhe aus Zedernholz hob. »Bei diesem warmen Wetter ziehe ich das aus Leinen vor.«

Leah öffnete eine weitere Truhe, eine aus Ebenholz mit eingelegtem Elfenbein. Wunderschöne, sorgfältig zusammengefaltete Gewänder kamen zum Vorschein, dazu Schmuck und goldene Becher.

»Es müsste ganz unten sein«, sagte Rakel und befingerte ihre Zöpfe, um sich zu vergewissern, dass keine Haarsträhne übersehen worden war.

Leah machte sich zwischen Kleidern und Schleiern und Umhängen an die Suche. Ein Leinentuch fand sie nicht, dafür stieß sie, unter lederne Pantoffeln geschoben, auf Tontafeln. Es sah beinahe so aus, als wären sie hier versteckt worden. »Tante Rakel«, begann sie vorsichtig und nahm eine der Tafeln aus der Truhe, »kannst du mir sagen, was das hier ist?«

Rakel spähte durch das milde Lampenlicht, schüttelte dann den Kopf.

»Könnte das die Rezeptur für eine Medizin sein?«, bohrte Leah weiter und versuchte, sich ihre Erregung nicht anmerken zu lassen.

»Keine Ahnung. Warum gehst du damit nicht zu dem neuen Schreiber und lässt dir vorlesen, was darauf steht. Ich würde es auch gern wissen.«

Leah nahm nur allzu gern jede Gelegenheit wahr, David aufzusuchen. Auch wenn er seiner Position nach ein Bediensteter war, floss in seinen Adern königliches Blut. Er war ein Prinz und verfügte über eine höhere Bildung als der, dem er diente! Angehende Schriftgelehrte, Ärzte und Anwälte genossen während ihrer Lehrzeit einen besonderen Status in den Häusern von Ugarits Oberklasse und wurden eher wie Familienmitglieder behandelt. David zum Beispiel pflegte abends zusammen mit Elias und seiner Familie zu speisen, er nahm an ihren täglichen religiösen Ritualen teil und wurde allein schon durch seinen Beruf in alles mit einbezogen, was privat und geschäftlich besprochen wurde. Weshalb Leah mindestens einmal, oft sogar mehrmals täglich mit ihm zusammentraf.

Irgendwann während der letzten beiden Monate war der Samen der gegenseitigen Anziehung gelegt worden, vielleicht bei jenem ersten Zusammentreffen in dem kleinen Garten, als sie zwischen Unkraut und Kies auf dem frisch begrünten Fleckchen gestanden hatten. Seither war dieser Samen durch zufällige Begegnungen, Lächeln oder Grußworte gewässert worden, sie hatten sich besser kennengelernt, waren sich nicht mehr so fremd, hatten sich sogar ein wenig angefreundet, bedeuteten einander mehr als nur Bekannte, aber weniger als Familienmitglieder. Nach und nach und ähnlich einem Setzling, der zu einem Schössling wird, hatte sich eine respektvolle Zuneigung entwickelt, und es konnte vorkommen, dass sie sich, wenn sie zum Essen auf Sitzkissen Platz nahmen und sich mit dem bedienten, was auf dem kleinen Tisch stand, stillschweigend durch Blicke verständigten – ob das nun etwas Witziges war, was ihr Vater und die Großmutter an Ratsch und Tratsch zu berichten wussten, oder wenn Tante Rakel ein leiser Wind entfuhr. Dann warfen sich David und Leah einen amüsierten Blick zu. Kurze Momente über zwei Monate hinweg, die sich, wie es Leah vorkam, aneinanderreihten wie Perlen an einer Kette, bis sie auf einmal ständig an ihn dachte und spürte, dass die Saat der Zuneigung in ihr wuchs und erblühte. Durfte sie hoffen, dass es bei David ebenso war?

Ausgeschlossen, dass sie sich die Freude auf seinem Gesicht, wenn sie sich überraschend auf einem Flur begegneten, nur einbildete, dieses unwillkürliche »Oh!«, sein strahlendes Lächeln, sein verlegenes Zögern, sein unwillkürliches Erröten. Bestimmt machte sein Herz einen ebensolchen Satz wie ihres, wenn sie ihn erblickte. Ob er wohl auch nachts an sie dachte, wenn er im Bett lag und auf den Schlaf wartete? Betete er zu Shubat, er möge sie beschützen, so wie sie zu Asherah betete, über ihn zu wachen?

Als sie die steinerne Treppe hinauf aufs Dach stieg, weil sie wusste, dass David dort gern die Sterne beobachtete, hoffte sie, dass ihr heimlichster Wunsch in Erfüllung ging: dass aus Damaska kein Ehemann kommen würde.

Ein ungehöriger Wunsch, gewiss, aber der Ungehorsam, der damit einherging, war so geringfügig, dass Asherah bestimmt nachsichtig sein würde. Und es war ja kein ausdrücklicher Wunsch oder ein Gebet – Leah würde doch nie die Götter bitten, die Verwandte in Damaska davon abzuhalten, einen Ehemann zu schicken! –, sondern eher ein wunderschönes Hirngespinst, ein Gedankenspiel, dem sie sich hingab, wenn sie im Bett lag, eingehüllt in den matten Schein der Öllampen, die die bösen Geister abschrecken sollten – ein Jungmädchentraum, dass ein gutaussehender, glutäugiger Prinz aus Lagasch, der unter ihrem Dach wohnte und ihrem Vater zu Diensten war, sich in sie verliebte und sie am Ende seines Lehrjahrs bat, ihn zu heiraten. Sie wusste um seinen Ehrgeiz, der Bruderschaft beizutreten, und dass Schriftgelehrte Mitglieder sein konnten, ohne im Haus des Goldes zu leben. Und dass sie heiraten durften. David würde ein Haus im gediegeneren Teil der Stadt finden und sein Schild aushängen wie andere fachlich Versierte auch; er würde für wohlhabende Kunden Briefe schreiben, Verträge aufsetzen, Eheschließungen bezeugen, Vereinbarungen über Grundstücksgeschäfte schriftlich festhalten. Leah würde sich als seine Ehefrau um das Haus kümmern, sie würde für ihn sorgen und ihm viele Kinder schenken. Nein, das war kein ungehöriger Gedanke, lediglich ein Traum …

Und doch konnte sie, als sie auf das Dach trat und ihn dort

– 117 –

im Mondlicht stehen sah und ihre Kehle vor Verlangen wie zugeschnürt war, ihr ganz warm ums Herz wurde und sie glaubte, vor Sehnsucht nach ihm zu vergehen – konnte sie nicht anders, als ungehorsam zu beten: Bitte, lass keinen Ehemann aus Damaska kommen.

Der Anblick, der sich ihr jetzt bot, war so überwältigend, dass er ihr den Atem raubte und ihrem Gefühl nach obendrein ihr Herz.

David sah nicht zu den Sternen empor. Nur mit einem Lendenschurz bekleidet, absolvierte er ein seltsames wie kräfteraubendes Programm. Leah sah, wie er aufsprang und sich gleich darauf duckte, wieder aufsprang und sich duckte, aufsprang und sich blitzschnell umwandte. Sein geschmeidiger Körper glänzte schweißnass. Muskeln spannten und entspannten sich in fließender Abfolge und unglaublicher Eleganz. Er spurtete über das Dach, federte herum, bewegte blitzschnell die Arme in der Luft, so als schleuderte er imaginäre Waffen. Er tänzelte seitwärts, duckte sich, wand sich, rollte sich auf dem Boden ab und sprang auf, als kämpfte er gegen einen unsichtbaren Gegner.

Außer Rand und Band schien er zu sein, aber dennoch beherrscht. Leah meinte, noch nie etwas derart Erregendes, etwas derart Anmutiges gesehen zu haben.

Als er sie bemerkte, brach er seine Übung auf der Stelle ab. Schwer atmend sah er sie an.

»Verzeih«, flüsterte sie. »Ich störe dich.«

Er rang nach Luft und konnte den Blick nicht von ihr losreißen. Wie sie da im Mondlicht stand, Gewand und Schleier in Blassrosa, der Farbe von Sonnenauf- und Sonnenuntergängen, seinen Lieblingszeiten. Sie erinnerte ihn an kunstvoll bearbeitete Zypressen, gertenschlank, wie sie war, und irgendwie geheimnisvoll. Seit wann empfinde ich so?, überlegte er und spürte, wie Verlangen in ihm hochstieg. Seit wann sah er in ihr mehr als die Tochter seines Dienstherrn? Wenn er sich in Gedanken ganz auf die Aufnahme in die Bruderschaft konzentrierte, konnte es geschehen, dass er gleich darauf an nichts anderes als an Leah dachte.

Es hat sich langsam eingeschlichen, sagte er sich, dieses Hingezogensein zu ihr, so allmählich und unauffällig, dass er nicht wahrgenommen hatte, was in seinem Herzen heranwuchs und schließlich voll erblüht war. Seither verschaffte Leah ihm schlaflose Nächte und unruhige Tage. Sie spaltete seinen Verstand und seine Hingabe, hatte sich jetzt neben der Bruderschaft in seinem Leben eingenistet. Was genau aber war es, was ihn übermannt hatte? Was empfand er für Leah? Warum fühlte er sich zu ihr hingezogen? War es Neugier? Brüderliche Zuneigung? Diese Fragen raubten ihm den Schlaf, weil er versuchte, diese für ihn so ungewohnten und schwer festzumachenden Gefühlsregungen zu ergründen, sie zu erforschen und zu verstehen, um sein inneres Gleichgewicht wiederzufinden.

»Du störst doch nicht«, erwiderte er und griff nach seinem Umhang, um seine Schultern zu bedecken. »Das hier ist eine nächtliche Übung, die ich durchführe, um in Form zu bleiben.«

»Es hat mir gefallen. Wie ein Tanz und doch auch wie ein Kampf.«

»Es nennt sich Zh'kwan-eth und ist eine uralte Kampfdisziplin, die vor langer Zeit von Schriftgelehrten zur Selbstverteidigung entwickelt wurde. Mein Vater wollte, dass ich ein auch für den Kampf ausgebildeter Schriftgelehrter werde und mit seinen Generälen in die Schlacht ziehe, um Lagaschs Siege über seine Feinde aufzuzeichnen. Mir steht jedoch nicht der Sinn nach Krieg. Es ist das geschriebene Wort, das mir über alles geht. Zwischen meinem Vater und mir kam es deswegen zu einer unschönen Auseinandersetzung, die damit endete, dass mein Vater erklärte, solange ich nicht nachgäbe und in seine Armee einträte, werde er mich nicht als seinen Sohn anerkennen. Ich ehre ihn, aber ...«

»Das tut mir leid«, sagte sie leise.

Als beiden bewusst wurde, dass sie einen vertraulichen Kreis betreten hatten, den kein anderer teilen konnte, schwiegen sie eine Weile. Dann durchbrach Leah den Bann. »Ich habe dies hier gefunden«, sagte sie und versuchte, das Spiel seiner Brustmuskeln, die der Umhang nicht vollständig verdeckte, zu ignorieren.

Obwohl sie ihm eine Tontafel hinhielt, blieb sein Blick auf ihrem

Gesicht haften, bis er sich – ihrem Gefühl nach zögernd – zwang, sich die Tafel vorzunehmen. Ganz kurz sah sie, wie so etwas wie Besorgnis oder Furcht über sein Gesicht huschte. »Aus Damaska?«, fragte er.

Auf ihr »Nein« hin schien er erleichtert zu sein. Durfte sie annehmen, dass auch er hoffte, es möge kein Ehemann unterwegs zu ihnen sein? »Diese Tafel habe ich ganz unten in einer von Tante Rakels Truhen gefunden. Sie selbst erinnert sich nicht, was darauf steht.«

David hielt sich die Tafel dicht vors Gesicht, um die Symbole zu studieren und auch in welcher Sprache der Text abgefasst war. »Sie ist alt«, sagte er. »Südkanaanäisch.«

»Kannst du den Text entziffern?«

»Ja, das kann ich.« Leahs Blick ruhte auf Davids vorgeneigtem Kopf, dem dicken schwarzen Haar, den Locken auf seinen Schultern. »›Mein Liebster gleicht einer Zeder‹«, begann er vorzulesen. »›Er ist hart und beständig. Er füllt meine Furche mit seiner süßen Sahne.‹« David räusperte sich verlegen. »Das scheint mir ein Liebesgedicht zu sein.«

Ihre Blicke trafen sich. Leah sagte nichts. Unausgesprochene Worte flogen wie unsichtbare Tauben zwischen ihnen hin und her. Sie wollte, dass er weiterlas.

David neigte wieder den Kopf. »›Die Brüste meiner Liebsten gleichen zwei Monden. Sie sind mein Entzücken. Sie sind mit Honig gefüllt. Ich erwarte meine Liebste unter dem Tamariskenbaum. Ich warte auf ihre Küsse und ihre Umarmung. Sie hält mich die ganze Nacht über in ihren Armen. Und dann leert sie mich. Wenn sie geht, ist dies der kälteste Tagesanbruch. Kummer begleitet mich, bis mit ihr erneut Freude einkehrt.‹«

David starrte weiterhin auf die Tafel. Endlich hob er den Kopf und schaute Leah an. Seine dunklen Augen verrieten Sehnsucht, Hunger, Begehren. Sie teilten ein Geheimnis. Sie waren im Begriff, sich zu verlieben. Leah spürte, was mit ihr geschah. Wusste er es auch?

Dürfen wir es uns selbst und einander eingestehen?

Als er ihr die Tafel zurückgab, berührten seine Fingerspitzen ihre Hand. »Ich hätte das gern für dich geschrieben«, murmelte er. Ihr Herz machte einen Sprung.

Eine warme Bö aus den Weinbergen tanzte um sie herum, umfing die beiden, die in gegenseitigem Verlangen verharrten. Sie waren an einem entscheidenden Punkt angelangt. Beide wussten, dass sie in den Bann von Mächten geraten waren, die stärker waren als sie selbst, alten und heiligen Mächten. Und dennoch stand ihnen nicht zu, sich diesem Bann zu ergeben. Gesetze von Menschen und Göttern schrieben vor, wie sie zu handeln hatten. Leah musste auf einen Ehemann aus Damaska warten, Davids Bestimmung lag innerhalb der Mauern der Bruderschaft.

Leah wich einen Schritt zurück. Sie wollte sagen: Ich liebe dich. Drei schlichte Worte. Sie sah, wie Davids Lippen sich leicht bewegten, so als wollte auch er diese Worte aussprechen. Er hatte gedacht, die Tafel sei aus Damaska gekommen. Hatte es befürchtet. Das war ihm von den Augen abzulesen. Wenn aber kein Ehemann kam und ihr Vater sein Weingut und sein Haus retten und seinen guten Ruf wiederherstellen konnte, wenn sich in den nächsten Monaten alles Mögliche ereignete, würde sich vielleicht, aber nur vielleicht ihr Traum erfüllen.

»Gute Nacht, David«, flüsterte sie. »Möge Shubat über dich wachen, während du schläfst.«

David war wie erstarrt, völlig verwirrt. Dieser junge Mann, dessen Beruf das Schreiben war, dessen Leben sich um Wörter und Deutungen drehte, brachte keinen Ton heraus, als Leah gleich darauf in der Nacht verschwand. Erst als er hörte, wie ihre Sandalen die Treppe hinunterstiegen und dann immer leiser wurden und er nur noch den Wind gewahrte und das Aufheulen eines Schakals, erst dann konnte David der Schriftgelehrte und Prinz von Lagasch murmeln: »Möge Asherah über deinen Schlaf wachen, Leah Bat Elias …«

Der Flüchtige, der sich nun Caleb nannte, verließ sein Bett noch vor Tagesanbruch. Er machte einen Bogen um die Gasse, wo man, sobald es hell wurde, einen ermordeten Fremden auffinden und den Magistrat samt seinen Wachen herbeirufen würde, und begab sich zum Hafen, wo Männer auf Arbeitssuche herumlungerten. Um keinem von der Stadtwache unter die Augen zu kommen, verbarg er das Gesicht unter seinem Umhang. Nachdem er sich einen stämmigen Arbeiter ausgesucht hatte, ging er mit ihm zurück in den Gasthof, wo er ihm die Geschenke auflud, die der Mann aus Damaska für die Frauen im Hause des Elias mitgebracht hatte: Ballen des feinen Tuchs, für das Damaska berühmt war; aufwendige Ketten mit Perlen, Türkisen und Lapis; Armreifen aus Quarz, Topase und Amethyste; Kämme aus Elfenbein, Trinkbecher aus Gold; Gefäße mit kostbaren Ölen und Salben. Sie arbeiteten zügig, aber umsichtig. Obwohl Caleb eine Decke über die Leiche des erschlagenen Dieners geworfen hatte, würde sie, vor allem jetzt im Sommer, bald zu stinken anfangen.

Ohne ein Wort zu wechseln, zogen die beiden daraufhin zum Markt, wobei Caleb einmal mehr darauf achtete, nicht die Aufmerksamkeit der dort patrouillierenden Wachen zu erregen. Die ersten Händler wurden für ihr frühes Aufstehen belohnt. Was für Schätze, und der Mann, der sie verkaufte, versuchte erst gar nicht zu feilschen! Caleb war sofort mit allem einverstanden, was man ihm an Gold und Silberringen für seine Waren bot, nicht ohne immer wieder einen Blick über die Schulter zu werfen, um nach etwaigen Wachen Ausschau zu halten.

Nachdem er seinen Helfer entlohnt hatte, eilte er zurück zum Gasthof, schlich sich ungesehen hinauf in sein Zimmer, raffte den Rest der Habe des Mannes aus Damaska zusammen und verzog sich, noch ehe man wegen eines Mannes, den man erschlagen in einer Gasse aufgefunden hatte (und bald auch wegen dessen Diener), Zeter und Mordio schrie. Ohne von den Wachposten groß zur Kenntnis genommen zu werden, schritt er durch die Stadttore und schlug die Straße zum Hause des Elias ein, einem sicheren Versteck, wo ein angenehmes Leben und eine willige Braut auf ihn warteten. Bis zu dem Tag, da er weiterziehen musste.

»Unser Haus in Jericho hätte dir gefallen«, sagte Rakel zu Leah und führte geschickt die Bronzenadel durch das Gewebe.

Rakel, eine strenggläubige Frau und Schirmherrin des Tempels der Asherah, achtete darauf, dass die Priesterinnen ihrem heiligen Amt entsprechend gekleidet waren. Sie kaufte teure Angorawolle, die aus einem gebirgigen Land im hohen Norden importiert und per Karawane und Schiff nach Ugarit transportiert wurde. Das weiche und sehr kostbare Ziegenhaar brachte sie zu einem angesehenen Spinner und Weber, der aus der Wolle ein so zartes Gewebe herstellte, dass sein Gewicht dem gleichen Gewicht in Gold entsprach. Wenn diese Tuchbahnen angeliefert wurden, verbrachten Rakel und ihre Großnichten viele Nachmittage damit, die Gewänder mit feingesponnenem Wollgarn in allen Farben des Regenbogens zu besticken und ihre Säume und Ränder mit Blumen, Schmetterlingen und Phantasiemustern zu verzieren, um sie an Festtagen der Asherah den Priesterinnen des Tempels als Opfergaben zu überreichen.

Esther leistete ihnen an diesem sonnigen Nachmittag keine Gesellschaft; sie war mit ihrer Großmutter zum Sammelplatz der Karawanen aufgebrochen, wo Avigail nachfragen wollte, ob ein Brief von der Cousine in Damaska eingetroffen sei. Und Hannah, die Mutter der Mädchen, die geschickt winzig kleine Stiche zu setzen verstand, hatte sich mit monatlichen Krämpfen hingelegt.

Ohne auf die Bemerkung der Großtante einzugehen, griff Leah zu einem kleinen kupfernen Messer, um den Faden von der eben fertiggestellten Rose abzutrennen. In Gedanken war sie bei David. Nichts anderes schien in ihrem Kopf Platz zu haben, und mehr wollte sie auch gar nicht. Wenn sie an David dachte, wurde ihr vor Freude schwindlig. Sich ihn im Geiste vorzustellen löste süßes Erbeben in ihrem Körper aus. Sie liebte nicht nur den Mann, allein schon der Gedanke an ihn war überwältigend. Sein kraftvoller Körper, als er seine Zh'kwan-eth-Übungen absolviert

– 123 –

hatte! Wenn sie allein war, flüsterte sie seinen Namen, genoss das Gefühl, das sich dabei in ihrem Mund einstellte, seinen Klang in ihren Ohren. »Mein David«, pflegte sie zu flüstern, und dann verzogen sich ihre Mundwinkel erst zu einem Lächeln, ehe sie leise auflachte, weil es so wunderschön war und so erregend, verliebt zu sein.

»Leah, woran merkt man, dass man verliebt ist?«, hatte Esther sie unlängst gefragt. »Wirklich, wirklich verliebt? Woher weiß man, dass der Mann derjenige welcher ist, dass es nie einen anderen geben wird, ganz gleich, was geschieht oder wie lange man lebt? Woran merkt man das, Leah?«

Damals hatte Leah noch keine Antwort darauf gehabt. Aber seit gestern Abend auf dem Dach war alles anders – David hatte gesagt, er wünschte, er hätte das Liebesgedicht für sie geschrieben! Heute würde sie der kleinen Schwester sagen: »Du weißt, dass du wirklich verliebt bist, wenn du einen Mann anschaust und dir plötzlich bewusst wird, wie wenig Zeit uns auf Erden bleibt. Denn von jetzt an möchtest du ewig leben.« Die arme Esther, die wirklich eine Schönheit war – solange ein Schleier ihren Mund bedeckte. Auf den Straßen und Märkten und in den Tempeln sahen junge Männer sich durchaus interessiert nach ihr um. Sollte sie aber ihren Schleier lüften müssen, wären sie entsetzt, angewidert, bestenfalls voller Mitleid. »Ich möchte mich verlieben, Leah. Ich möchte erleben, wie das ist«, hatte Esther gesagt, und jetzt, da Leah wusste, wie es war, wirklich verliebt zu sein, die Erregung spürte, die damit einherging, all ihre Gedanken auf ihren Geliebten ausgerichtet waren und sie dem Augenblick entgegenfieberte, da sie ihn erblickte, da sich womöglich Gelegenheit bot, ihn zu berühren oder mit ihm einen Kuss zu tauschen – diese Freude wünschte sie auch Esther. Aber welcher Mann würde sich schon in sie verlieben?

»In Jericho waren wir glücklich. Bis die Ägypter kamen und uns aus unseren Häusern vertrieben«, sagte Rakel und hielt sich den Stoff dicht vor die Augen, um die Stiche zu überprüfen. Obwohl sich Angora schön weich anfühlte, hätte sie den Priesterinnen lieber Gewänder aus Leinen geschenkt. Leinen aber war nur aus Ägypten zu beziehen, und da Avigail sich weigerte, jegliche Erzeugnisse von »diesem verachtungswürdigen Volk« im Haus zu dulden, musste sich Rakel mit Angora abfinden. Sie nahm ihre Stickerei wieder auf. »In meiner Kindheit hatten wir Habiru-Sklaven«, sagte sie. »Ungemein auf Reinlichkeit bedachte Geschöpfe. Anders als andere Völker werden sie per Gesetz zum Baden angehalten. Die Gesetze stammen von ihrem unsichtbaren und überdies namenlosen Gott. Äußerst merkwürdig. Wie kann man zu einem Gott beten, der keinen Namen hat? Wie kannst du da seine Hilfe und seinen Segen erflehen?«

»*Halla!* Was treibt ihr denn da?«

In der Türöffnung stand Avigail. Leah legte eilends ihre Handarbeit beiseite. »Ist eine Nachricht eingetroffen, Großmutter?«, erkundigte sie sich. Bitte keine über einen Ehemann aus Damaska, damit ich David heiraten kann, flehte sie im Stillen.

»Kein Brief aus Damaska.« Avigail runzelte die Stirn. »Kind, worüber unterhältst du dich da mit Rakel?«

Leah ließ sich ihre Erleichterung nicht anmerken. »Ich glaube, ich kann Vater helfen, Großmutter! Tante Rakel kennt ein Mittel, um die Fallsucht von Ziras Sohn zu heilen. Vater kann es Zira unter der Bedingung anbieten, dass sie Jotham überredet, uns in Ruhe zu lassen.«

Mit geschürzten Lippen musterte Avigail Rakel, deren weißbehaartes Haupt sich wieder über eine aufwendige Stickerei beugte. »Jeder weiß, dass Fallsucht nicht geheilt werden kann, Leah. Dein Vater wird die Differenzen mit Jotham schon noch beilegen. Zerbrich du dir darüber nicht den Kopf. Stell ihr keine weiteren Fragen.«

»Aber Großmutter …«

»Sprich rasch ein Gebet und tu, was ich dir sage, Kind. Ich verbiete dir, deine Tante mit der Vergangenheit zu belästigen. Es ist ungehörig, schmerzvolle Erinnerungen in ihr wachzurufen. Keine weiteren Fragen, verstanden? Ruf Asherah an, damit sie dir dein vorwitziges Benehmen verzeiht.«

Avigail eilte zurück in den Küchentrakt, um die Vorbereitungen für das Abendessen zu überwachen. Sie war bitter enttäuscht, dass keine Nachricht von der Cousine eingetroffen war – und auch Leahs Versuch, Rakels Gedächtnis auf die Sprünge zu helfen, passte ihr ganz und gar nicht! Leise Zweifel keimten in ihr auf. Warum war sie so erschrocken, dass Leah die Tante mit Fragen bestürmte? Lag es wirklich nur daran, dass sie befürchtete, in Rakel könnten schmerzliche Erinnerungen geweckt werden? Vielleicht. Aber auch wegen etwas anderem …

Tante Rakels Gedächtnisschwund machte ihr zu schaffen. Wo war die starke Frau, die sie aus dem kriegserschütterten Jericho geführt hatte, die in den Dörfern entlang des Weges Schmuck gegen etwas zu essen eingetauscht hatte, die ihnen nachts, wenn sie unter den Sternen ihr Lager aufschlugen, Geschichten erzählt und ihren eigenen Kummer mit Rücksicht auf die anderen unterdrückt hatte? Ohne Tante Rakel hätten wir nicht überlebt …

Wenn sie an die Vergangenheit dachte, an die Zeit in Jericho und an das Haus, in dem sie geboren war, überkam Avigail eine namenlose Angst. Angst wovor? Sie schüttelte den Kopf. Es gab genug anderes, um das sie sich Sorgen machen musste. Um Jotham und seine Wechsel. Um Zira, die bei den Damen von Ugarits oberer Gesellschaft ihr Gift verspritzte. Avigails Familie war in Gefahr. Leah war ein gutes, gehorsames Mädchen. Sie würde ihre Großtante ab sofort in Ruhe lassen. Die Vergangenheit und was immer sie beinhaltete, würde Vergangenheit bleiben.

Ungläubig sah Leah ihrer Großmutter hinterher. Sie hatte fest angenommen, dass Avigail sich freuen würde zu erfahren, dass es möglicherweise eine Lösung für ihre Probleme gab. Warum hatte sie ihr untersagt, Tante Rakel über die Vergangenheit zu befragen?

Sie wandte sich Rakel zu, die den Wortwechsel nicht mitbekommen zu haben schien. Mit Blick auf das weiße Haar, das in der Nachmittagssonne leuchtete, keimte in Leah der Verdacht, dass die Lösung all ihrer Probleme in diesem empfindlichen

Schädel verborgen war. Wenn sie nur irgendwie dahinterkommen könnte!

Aber Großmutter hat es mir verboten, und ich habe Asherah Gehorsam gelobt …

»Leah, Liebes«, nahm Tante Rakel das Gespräch wieder auf. »Worüber haben wir uns gerade unterhalten? Ach ja, es ging um das Heilmittel für Fallsucht. Für diese Medizin benötigte man die Blätter von Molochs Traum.«

Leah war verblüfft. Wie oft schon hatte sie Rakel danach gefragt, und jedes Mal hatte die Greisin behauptet, sie könne sich nicht erinnern! Jetzt, nachdem Großmutter Leah verboten hatte, weiterhin in der Vergangenheit herumzustochern, fiel es ihr plötzlich ein!

Das Heilmittel, das möglicherweise die gegenwärtige Krise der Familie beilegte. Ein Angebot, das mit Geld nicht aufzuwiegen war. Zira würde alles tun, um es an sich zu bringen.

»Molochs Traum?« Leah überlegte, ob sie sich bereits wieder ungehorsam verhielt, wenn sie nachhakte. »Was ist das?«

»Eine heilige Pflanze, deren sich unsere Ahnen bedienten, wenn sie ihre Kinder auf dem Altar des Moloch opferten. Um ihnen zu ersparen, im Feuer zu leiden, wurde ihnen Molochs Traum verabreicht, der ihre Seelen aus ihren Körpern befreite, so dass sie wie kleine Engel herumschwirrten und zusehen konnten, wie ihr Fleisch vom Feuer verzehrt wurde.«

Leah hatte noch nie davon gehört. »Hat die Pflanze zufällig noch einen anderen Namen?«

»Bei uns in Jericho hieß sie nur Molochs Traum. Wie sie hier in Ugarit genannt wird, weiß ich nicht. Sie hat einen langen Stängel und lange, stachelige Blätter, die sich von einem einzigen zentralen Punkt aus entfalten.«

»Wenn wir nicht wissen, wie sie in Ugarit heißt, wie sollen wir sie dann finden?«

Auf Rakels Gesicht breitete sich ein Lächeln aus. »Ich erkenne sie, wenn ich sie sehe. Von gewöhnlichem Unkraut ist Molochs Traum nur schwer zu unterscheiden. Um ihn ausfindig zu machen, sollten wir dem Blumenmarkt in der Stadt einen Besuch abstatten.«

»Und du kannst mir zeigen, wie man aus Molochs Traum Medizin herstellt, Tante Rakel?«, fragte Leah mit wachsender Erregung.

»Ich kenne die Rezeptur. Wir müssen aber vorsichtig sein. Wenn wir zu viel von der Pflanze verwenden, entfernt sich die Seele zu weit vom Körper und findet nicht mehr zurück. Dann bleibt der Patient vom Schlaf umfangen und ist so gut wie tot.« Sie tätschelte Leahs Hand. »Morgen gehen wir in die Stadt und besorgen den Samen. Und jetzt möchte ich mich hinlegen.«

Leahs Garten, inzwischen nicht länger ein Geheimnis, da die neugierige Esther ihn schon vor Wochen entdeckt hatte, war grüner worden, wies mehr Buschwerk und großblättrige Pflanzen auf. Immer wieder hatte Leah von ihren Pflichten im Haushalt etwas Zeit abgezweigt, um Samen und Ableger in dem vernachlässigten Stück Acker einzugraben und zu bewässern. Aber noch immer erhob sich in der Mitte die alte Maulbeerfeige, ein knorriger toter Baum, der weder Laub noch Früchte trug. »Nicht mehr zu retten«, hatte der Oberste Gärtner ihres Vaters gemeint. »Bleibt nur noch, ihn zu fällen und den Stumpf rauszuziehen.«

Friedlich war es hier, weit weg vom Getriebe im Hause, wo Sklaven ständig hin und her liefen, Elias wichtige Besucher empfing, Großmutter sich sorgenvoll mit ihrem Sohn besprach. Hier, innerhalb dieser alten Mauern, auf dieser Bank unter dem alten Baum, konnte Leah ungestört ihren Gedanken nachhängen.

Sollte sie der Großmutter gehorchen oder nicht? Das Heilmittel für die Fallsucht würde die Familie retten. Um aber besagtes Heilmittel herzustellen, müsste sie der Großmutter gegenüber ungehorsam sein und damit auch das Versprechen brechen, das sie Asherah gegeben hatte!

»Große Göttin Asherah, du Allmächtige«, flüsterte sie und hielt sich ehrfurchtsvoll die Hände vor die Augen. »Bitte sage mir, was ich tun soll. Meine Familie befindet sich in einer schwierigen

Lage. Meine Schwester Tamar ist meinetwegen verbittert und voller Zorn. Sie spricht nicht mehr von Baruch, dem jungen Mann, den sie liebt. Dass er nach Ebla geschickt wurde, um dort zu heiraten, lastet sie jedoch mir an. Vater läuft Gefahr, meinetwegen seine Weinberge und seinen guten Ruf zu verlieren. Und Großmutters Freundinnen ziehen sich wegen Zira zurück – meinetwegen! Weil ich an allem schuld bin, sollte es mir also zustehen, alles wieder in Ordnung zu bringen. Wenn ich mich weiterhin um Tante Rakels Heilmittel gegen Fallsucht bemühe, können wir mit Zira und ihrem Bruder Frieden schließen. Das heißt aber, dass ich mich meiner Großmutter widersetzen muss. Dabei war es doch meine Widerspenstigkeit, die all diese Probleme ausgelöst hat! Gesegnete Mutter Aller, was soll ich tun? Welchen Weg soll ich einschlagen? Bitte, Asherah, gib mir ein Zeichen.«

Die Hände noch immer vor ihrem Gesicht, lauschte sie. Sie hörte Spatzen in nahe gelegenen Bäumen, die Stimmen von Sklaven in den Tiergehegen, das Rumpeln der Räder eines Karrens auf seinem Weg zum Weinberg. Aber kein Raunen, keine Botschaft von Asherah.

Leah ließ die Hände sinken und suchte den Garten nach einem Zeichen ab: die Sommerblumen, um die herum Bienen summten, die Maulbeerbüsche, die sie gepflanzt hatte, die aber noch keine Früchte trugen, Setzlinge und verheißungsvolle junge Triebe, das Kleebeet, das David aufgefallen war, als er zufällig diesen Garten entdeckt hatte.

David …

Halla! Ihre Gedanken schweiften ab! Wie konnte Asherah ihr Gebet ernst nehmen, wenn sich der junge Mann, in den sie sich verliebt hatte, urplötzlich in den Vordergrund schob. Sie sollte nicht an ihn denken.

Aber vergiss nicht, widersprach ihr Gewissen, dass es David war, der den Vorschlag gemacht hat, Jothams Zorn mit Hilfe von Zira zu besänftigen!

»Gesegnete Asherah«, murmelte Leah, die noch vor einem Jahr nur an Mutterschaft gedacht hatte und daran, eine gute Ehefrau

zu werden. Allein auf sich gestellt, schwierige Überlegungen anzustellen und Entscheidungen zu treffen, war für sie ungewohnt.
Verantwortung und welche Konsequenzen sich daraus ergeben
konnten, waren Männersache, nicht die eines jungen Mädchens,
dessen größtes Problem sein sollte, welchen Schleier sie zu welchem Kleid trug!

Sie ließ die Schultern hängen. Kein Zeichen von Asherah. Leah
war bei der Lösung ihres Problems nicht einen Schritt weiter-
gekommen …

Sie stutzte, als sie etwas sah, was sie bislang nicht bemerkt hatte. Aus dem trockenen Erdreich um den bröckelnden Stamm des
toten Maulbeerfeigenbaums spitzte etwas Grünes heraus.

Leah blinzelte, beugte sich von der Bank aus vor, glaubte ihren
Augen nicht zu trauen.

In dem vertrockneten Erdreich, an einer Stelle, an der Leah
nichts gesät oder gepflanzt hatte, kämpfte sich ein grüner Schössling himmelwärts. Jedes seiner Blätter besaß an der einen Seite
drei Zacken, an der anderen vier, wie für die Blätter der Maulbeerfeige typisch. Dieses Pflänzchen musste eine »Tochter« des
toten Baums sein. Hatte der Same die langen Jahre verschlafen
und darauf gewartet, mit Wasser geweckt zu werden? Denn wie
Leah jetzt einfiel, hatte sie auf dem Weg zu ihren anderen Pflanzen Wasser verschüttet und somit diesen vernachlässigten Boden
befeuchtet.

Angesichts der Wunder der Natur musste sie lächeln. Wie hatte
sie sich abgemüht, diesen vergessenen Garten wiederzubeleben!
Dabei ging das Leben auch ohne ihr Zutun weiter! Ab sofort würde sie den kleinen Keimling hegen und pflegen, ihn bewässern,
Unkraut und Insekten von ihm fernhalten, um eines Tages die
ersten süßen Feigen von seinen Ästen pflücken zu können. Der
alte tote Baum würde in seiner »Tochter« weiterleben.

Als sie dann sah, wie dicht der zarte grüne Spross am Mutter-
baum stand, geschützt vor zu viel Sonne, Wind und Regen, aber
doch genau das richtige Maß an Sonnenlicht und Wasser, um sich
zu entwickeln, wusste sie, dass dies ein Zeichen von Asherah war.

Die Göttin gibt mir zu verstehen, dass es sich so, wie der alte Baum durch den Spross weiterbesteht, auch mit den Menschen verhält. Die ältere Generation gibt ihr Wissen an die jüngere weiter. War das nicht das, was Großmutter immer wieder sagte? »Wir flohen aus Jericho mit nichts als den Kleidern, die wir am Leibe trugen. Aber in unserem Herzen und in unserem Gedächtnis bewahrten wir die Erinnerungen und das Wissen, das Generationen vor uns an uns weitergegeben haben.«

Ja, dachte sie zunehmend erregt. Die Göttin möchte, dass Rakel ihre Erinnerungen und ihr Wissen an mich weitergibt. Ich werde dabei so vorgehen, dass Großmutter nicht böse ist. Ich werde andere Wege zum Gedächtnis meiner Tante finden. Aber zuerst werde ich mit Tante Rakel auf den Markt gehen und Samen für Molochs Traum besorgen, ihn hier aussähen und sich entwickeln lassen. Zur Erntezeit dann werde ich Tante Rakel bitten, mir zu zeigen, wie man die Medizin herstellt, die Fallsucht heilt.

Ein Geschenk für Zira. Das Glück unserer Familie wird wieder gewährleistet sein. Und dann können David und ich …

»Leah!« Esther kam angerannt, ihr entstelltes Gesicht strahlte vor Begeisterung. »Komm schnell! Gepriesen seien die Götter! Der Vetter aus Damaska ist eingetroffen! Dein Ehemann, Leah!«

※

David hatte nicht damit gerechnet, dass er sich in Ugarit verlieben würde, dennoch war genau das eingetroffen, unumgänglich wie der blaue Sommerhimmel. Er hatte nach Leahs Besuch auf dem Dach nicht geschlafen, war dort oben unter den Sternen geblieben, hatte über die Geheimnisse einer Welt nachgedacht, in der ein Mann sein Ziel im Auge hatte, wusste, was ihm wichtig war, und sich selbst so gut kannte, dass er sich vor Überraschungen gefeit wähnte. Und im nächsten Augenblick wurde alles über den Haufen geworfen.

Als er über die nach Süden führende Straße ins Haus von Elias zurückkehrte, beschleunigten sich seine Schritte, weil er Leah dort wusste. Allein der Gedanke an sie erfüllte ihn mit süßer Erregung. Freudig sah er dem Abendessen entgegen, wenn Elias und seine Großmutter, gelegentlich auch seine Ehefrau Hannah, einander berichteten, was sie untertags an Neuigkeiten aufgeschnappt hatten, wenn sie eine neue Strategie entwarfen, um Jothams rachsüchtigem Vorgehen einen Riegel vorzuschieben, oder auch nur darüber sprachen, dass der lange Sommer ohne den üblichen Nebel vom Meer her für einen umso süßeren Wein sorgen würde. Und während es so weiterging, Nobu in der Ecke auf seinem Schemel hockte, beherzt dem Wein zusprach und seinen Götterstimmen murmelnd antwortete, Esther und Tamar sich über ein Mädchen vom Nachbargut ausließen, das kurz vor der Hochzeit mit einem auswärtigen Vetter stand – wenn sich also die Familie dem üblichen Geplauder bei Tisch hingab, sahen sich David und Leah über den Tisch hinweg an.

In der Bruderschaft gab es keine Vorschrift, die einem Schriftgelehrten die Ehe untersagte. Sogar dem Rab wurde eine Ehefrau zugestanden, manchmal sogar dringend anempfohlen, weil man der Ansicht war, eine Ehefrau unterstreiche die Honorigkeit des Mannes. David hatte noch nie einen Gedanken an Heirat verschwendet; er war mit seinem Studium viel zu beschäftigt gewesen. Jetzt aber, da er an nichts anderes als an die entzückende Leah denken konnte, fand er die Überlegung, Ehemann zu werden, durchaus reizvoll.

Es würde allerdings schwer werden. Als mittelloser Schriftgelehrter ohne Empfehlungsschreiben könnte er sie jetzt nicht bitten, seine Frau zu werden, sondern erst, wenn er ein Mitglied der Bruderschaft war und als solches hohes Ansehen genoss. Er hatte den Vormittag über versucht, jemanden in der Stadt aufzutreiben, der sich für ihn verwenden würde, aber sobald er auf die Frage nach seinem Dienstherrn »Elias der Winzer« geantwortet hatte, waren ihm die Türen vor der Nase zugeschlagen worden. Wie dem zusehends weiter gespannten Netz der Bosheit entkommen, das Jotham gegen seinen eingeschworenen Feind auslegte?

Über sich die warme Sommersonne, setzte David seinen Weg auf der belebten Hauptstraße fort. Sie schlängelte sich parallel zur Küste von Ugarit zu Städten wie Jericho und Megiddo, folgte einem Fluss, der in ein totes Meer mündete. Ein bedeutender Verkehrsweg für Reisen und Handel, eine Lebensader, die, so hieß es, die Ägypter einschlagen würden, sollten sie jemals einen Überfall in Erwägung ziehen. Aus diesem Grunde waren Ugarits mächtigste Mauern nach Süden zu mit bewehrten Türmen bestückt. Obwohl Ägypten unendlich weit weg war, spukte den Kanaanitern ständig die Bedrohung im Kopf herum.

Zwei Monate zuvor war David bei der Bruderschaft vorstellig geworden, um sich eintragen zu lassen und in Erfahrung zu bringen, ob er auch ohne Bürgen Mitglied werden könne. Das sei nicht möglich, hatte man ihm erklärt, Ausnahmen würden nicht gemacht. Daraufhin hatte David das Haus des Schwagers seines Onkels Manthus aufgesucht, dort aber feststellen müssen, dass der Juwelenhändler zu einer längeren Reise nach Goshen aufgebrochen war, wo man dem Vernehmen nach Smaragde gefunden hatte.

Jetzt, zwei Monate später, grübelte er noch immer, wie er weiter vorgehen sollte. Dabei war ein noch wichtigerer Grund hinzugekommen, der Bruderschaft beizutreten – würdig zu sein, Leah zu bitten, seine Frau zu werden.

Ein Sklave eilte ihm entgegen. »Meister Elias schickt nach dir«, keuchte er. »Es ist dringend.«

Hannah entstieg ihrem Reinigungsbad, das das Ende ihrer allmonatlichen Zurückgezogenheit anzeige. Der Gedanke, ihr normales Leben im Kreise der Familie wiederaufzunehmen, erfüllte sie diesmal nicht mit Freude. Ein weiterer Mondzyklus, eine weitere Enttäuschung. Sie wusste, dass ihr nicht mehr viel Zeit blieb, ihrem Ehemann einen Sohn zu schenken. Und kein Wort aus Damaska. Keine Ehemänner für ihre Töchter.

Sie hatte vorgeschlagen, ihrer im Norden beheimateten Schwester zu schreiben, schon weil dieser Zweig der Familie über genügend Männer verfügte. Aber Avigail hatte abgelehnt. Hannah entstammte keiner angesehenen Blutlinie, ihre Verwandten bauten Datteln an und hatten nicht viel Geld. Avigail pflegte Heiratskandidaten ausschließlich in ihrer eigenen Familie zu suchen, die sich vor drei Generationen mit dem allseits beliebten König Ozzediah verwandtschaftlich verbunden hatte. Hannah stritt keineswegs ab, dass ihre Schwiegermutter von hoher Herkunft war, aber konnte man es sich unter den gegebenen Umständen leisten, wählerisch zu sein?

Bedauerlicherweise pflichtete Elias in diesem Punkt seiner Mutter bei. Auch wenn er ansonsten seiner Frau keine Bitte abschlagen konnte, stand er, wenn es um die Bedeutung der Blutlinie ging, unter dem Einfluss seiner Mutter.

»Mama!« Esther kam angerannt. »Mama! Ein Vetter aus Damaska ist angekommen! Ein Ehemann für Leah!«

Gekleidet in den Gewändern Calebs aus Damaska, des Mannes, den er ermordet hatte, saß der Flüchtige aus Sidon auf dem Ehrenplatz in der Empfangshalle und ließ sich von einem Sklaven die Füße waschen. »*Shalaam*, und willkommen in der Familie, mein Sohn!«, sagte Elias, der Hausherr, überschwänglich.

»Der Segen der Götter sei mit euch«, erwiderte der falsche Caleb und lächelte selbstgefällig. Die Villa war größer als erwartet. Weiträumiger und luxuriöser. Von der Straße aus hatte er reiche Weinberge gesehen; eine Armee von Sklaven, so schien es ihm, kümmerte sich um die reifenden Trauben. Und jetzt wurde er wie ein König behandelt. Der Flüchtige aus Sidon konnte sein Glück kaum fassen.

Eine rundliche ältere Frau mit braunem Haar kam auf ihn zu, goldene und silberne Ringe schmückten ihre Stirn. Offenbar war sie die Hausherrin namens Avigail, von der der betrunkene Caleb gesprochen hatte. »*Shalaam*, Caleb«, sagte sie. »Die Götter sind mit uns. Ich hoffe, deine Reise ist ohne Zwischenfälle verlaufen. Wie geht es meiner Cousine?«

Der Flüchtige schöpfte aus dem Quell der Informationen, die er

– 134 –

in der Nacht zuvor gesammelt hatte. »Sie schickt dir Grüße, Em Elias. Ihre Gicht macht ihr nicht mehr so arg zu schaffen, und der Dattelanbau ihres Ehemanns entwickelt sich prächtig.«

Avigail strahlte. »Bitte nenn mich Großmutter, denn das werde ich ja bald sein.«

Sie klatschte in die Hände, dass die goldenen Armreifen an ihren Handgelenken klimperten. Gleich darauf erschienen Sklaven mit Platten voller Speisen. Auf dem niedrigen Tisch vor dem Ehrengast wurde ein Festmahl aufgetragen, dass ihm die Augen übergingen und ihm das Wasser im Munde zusammenlief: gebratene Schinkenstücke, warmes, mit Honig getränktes Brot, gebackener Fisch, der nach Knoblauch und Thymian duftete, in Öl gedünstete Kichererbsen und Linsen, eingelagerte Granatäpfel, die so gut wie frisch geerntete schmeckten. Dies alles begleitet von freizügigen Mengen süßen Weins.

Morgen, überlegte Avigail aufgeregt, morgen würde sie das neue Familienmitglied mit Ugarits Leibspeise verwöhnen: Blutwurst. Und ihm zu Ehren würde sie dieses Gericht persönlich nach ihrem eigenen Rezept zubereiten. Sie würde das Schweinefett würfeln, es mit Schweineblut, Zwiebeln und Gewürzen mischen und diese Masse dann in Darmhaut stopfen, die Enden zubinden und diese Würste dann über einem sorgsam abgestimmten Feuer kochen. Sie würde diese Aufgabe keinen Sklavinnen überlassen, die möglicherweise die Würste zu lange kochten und zu wenig Zwiebeln verwendeten.

»Greif zu«, forderte sie den Gast auf. »Ehre die Götter, indem du unser bescheidenes Mahl genießt.«

Caleb langte zu, schöpfte sich Kompott aus Birnen, Äpfeln und gerösteten Sesamsamen in den Mund und erklärte, dass Avigails Küche mit Sicherheit die beste in ganz Ugarit sei. Obwohl er in ärmlichen Verhältnissen aufgewachsen war, hatte sich der Mann, der sich selbst als Chamäleon betrachtete, die Verhaltensweisen der oberen Klasse angeeignet, hatte sich Manieren angewöhnt und Etikette verinnerlicht, so dass es ihm leichtfiel, sich in den vornehmsten Familien beliebt zu machen. Dem Blick, den Avigail und Elias tauschten, entnahm er, dass sie über ihren Verwandten aus Damaska hocherfreut waren.

Während er kaute und schluckte, kamen drei Mädchen in den Saal, zurückhaltende Dinger, die sich den Schleier vors Gesicht hielten und ihn kurz von seinem Mahl abhielten, weil er sich überlegte, welche von ihnen wohl seine Braut sein mochte. Jede wurde dem Ehrengast vorgestellt, jede lüftete ihren Schleier, um mit leiser Stimme Caleb in der Familie willkommen zu heißen. Die Jüngste, die mit der gespaltenen Lippe, kam wohl eher nicht als seine zukünftige Ehefrau in Frage. Die mit dem feurigen Blick und dem herausfordernden Auftreten vielleicht? Dann aber fiel sein Blick auf die größte und eindeutig die älteste der drei. Er blinzelte. Für dieses Mädchen musste die Familie einen Ehemann kaufen? Was stimmte mit ihr denn nicht? Irgendein verborgener Makel wahrscheinlich. Oder eine scharfe Zunge. Vielleicht war sie ungehorsam. Nun, derlei Fehler würde er in kurzer Zeit zu beheben wissen.

Eine Frau mittleren Alters, umweht vom Duft eines eben genossenen Bads, betrat den Saal und begrüßte ihn. Anhand der Ähnlichkeit mit den Mädchen musste es sich um deren Mutter Hannah handeln. Dicht hinter ihr folgte ein junger Mann mit dunklem Teint und stolzem Gang sowie ein Sklave, der bei jedem Schritt ruckartig den Kopf vorstreckte. Dem Kasten nach zu schließen, den der Sklave an einem Riemen über der Schulter trug, war der junge Mann der Schreiber der Familie.

»Ah, hier ist David«, sagte Elias. »Nimm es mir bitte nicht übel, Vetter, es handelt sich lediglich um eine Formalität.«

Caleb nickte verständnisvoll. Der Schreiber würde seine, Calebs, Identität und Abstammung überprüfen, indem er eine spezielle Tafel studierte, die alle Geschäftsleute mit sich führten. Auf der Tafel waren sein Name sowie der seines Vaters und seines Großvaters vermerkt, sein Geburtsort, sein Wohnort, sein Beruf, ob er als freier Mann geboren war oder von gleichem Rang. Zum Schluss war sein eigenes Siegel in den noch feuchten Ton gedrückt worden. David besah sich die Tafel, erkannte das königliche Siegel von Damaska und verglich dann das persönliche Siegel des Mannes mit dessen großem Obsidian an der rechten Hand.

»Alles in Ordnung, Herr«, sagte er zu Elias, der die Tafel an Caleb zurückreichte.

Während Elias nach Wein für alle rief und dann erklärte, dass dies der Tag der offiziellen Verlobung sei, nahm David Platz und bereitete sich darauf vor, Elias' Diktat aufzunehmen. Er bemühte sich, Leah nicht anzuschauen. Sein Blick hätte nur seine Enttäuschung verraten. Der erbetene Ehemann war gekommen – für David der dunkelste Tag seines Lebens. Er bekam mit, wie Leah, die Hände sittsam auf dem Schoß, den Neuankömmling namens Caleb durch ihre Wimpern musterte. Verunsicherung drückte ihr Blick aus, vielleicht ein wenig Furcht. Er schalt sich einen Narren, sich einer Illusion hingegeben zu haben, die der Wind verweht hatte. Leah begab sich in den Schutz dieses Mannes, um auf ewig für ihn, David, unerreichbar zu sein.

Im Bewusstsein seiner Pflichten zwang er sich, sich auf das Kommende zu konzentrieren. Er holte die Shubat-Figur aus der Schachtel und stellte sie neben sich. Schweren Herzens murmelte er ein Gebet, wählte einen feuchten Klumpen Ton aus und hielt den Ritzstift bereit.

Die tiefen Falten auf der Stirn von Nobu, der hinter seinem Meister saß, wurden beim Anblick des Neuankömmlings noch runzliger. Schildkrötengleich den Kopf vorgestreckt und mit blinzelnden Lidern befand er, dass die Kleidung des Gastes nicht seiner Statur entsprach.

Sie sieht aus, als wäre sie für einen kleineren Mann angefertigt worden. Der Saum seiner Tunika reicht nicht einmal bis zu seinen Knien. Und wie der Stoff an Rücken und Schultern spannt! Ringe trägt er nur an seinen rosa Fingern. Der goldene Reif scheint zu hoch auf seinem Kopf zu sitzen. Und in seinen tiefliegenden Augen, die mal hierhin, mal dorthin spähen, liegt etwas Verschlagenes.

»Ich traue ihm nicht«, murmelte Nobu. Als er merkte, dass er laut gesprochen hatte, trank er rasch etwas Wein, um die Götterstimme zum Schweigen zu bringen. Er schaute sich um. Zum Glück hatte ihn, da sich alle unterhielten, keiner gehört.

In diesem Augenblick betrat Tante Rakel den Saal. Als sie des Besuchers ansichtig wurde, strahlte sie übers ganze Gesicht. »Yacov!«, sagte sie und ging mit ausgebreiteten Armen auf ihn zu.

Avigail bedachte die Tante mit einem besorgten Blick. Jählings fiel ihr Leahs Wunsch ein, dem Gedächtnis der alten Frau auf die Sprünge zu helfen. Sie selbst war dagegen, und auch wenn sie darauf vertraute, dass Leah sich an ihren Befehl hielt, Rakel nicht über die Vergangenheit zu befragen, hielt sie es für angebracht, sich einen Plan zurechtzulegen.

»Elias, mein Sohn«, hob sie deshalb an, »ich finde, wir sollten mit der Hochzeit nicht lange warten. Leah wird immerhin bald zwanzig. Und wir müssen an Tamar denken. Von heute an gerechnet in einem Monat wäre das Beste.«

»In einem Monat!«, entfuhr es Hannah. »Mutter, eine derart kurze Verlobungszeit?«

»Eine Sommerhochzeit«, sagte Avigail und nickte nachdrücklich, »das ist genau das, was diese Familie nach einem sorgenvollen Jahr braucht. Mädchen«, damit wandte sie sich an ihre Enkeltöchter, »wir werden all unsere Zeit darauf verwenden, Leahs Hochzeitskleid anzufertigen. Keinen Augenblick lang werden wir müßig sein.« Keine Zeit, um Rakels Gedächtnis zu erforschen, keine Zeit, unerwünschte Erinnerungen aus der Vergangenheit, in der gewisse Dinge am besten begraben blieben, ans Licht zu zerren.

»Und jetzt wollen wir das Verlöbnis formell festhalten.« Sie wandte sich an David. »Bist du bereit?«

»Ich bin bereit, Em Elias.«

Elias streckte die Hände aus und winkte Caleb und Leah zu sich.

Zufrieden lächelnd verfolgten Avigail und Hannah, wie das Paar vor Elias trat. Esther kicherte hinter vorgehaltener Hand, Rakel nickte erfreut, dass ihr Sohn Yacov endlich heiratete.

Aber ein Mitglied der Familie war nicht glücklich.

Tamar verkrampfte die Finger ineinander, bis alles Blut aus ihnen gewichen war. Ihre Hoffnung, Baruch in ihre Arme zurückzuholen, war gescheitert, er hatte Ugarit längst verlassen. Seitdem hatte sie keine Gelegenheit gehabt, ihre Schönheit einzusetzen und ihre Macht über die Männer zu erproben.

Sie hatte kurz daran gedacht, David zu verführen, letztendlich aber davon abgesehen, weil er lediglich ein Bediensteter der Familie war und sie höhere Ansprüche stellte. Jetzt ruhten ihre schwarz bewimperten Augen auf Caleb aus Damaska, der hochgewachsen war, viel lächelte, teure Kleidung und an den Fingern goldene Ringe trug.

Ihr entging nicht, wie entzückt ihre Großmutter, ihr Vater und ihre Mutter von ihm waren, wie sie seine Schmeicheleien aufsaugten, wie sie seinem Charme erlagen. Und solch einen wunderbaren Mann würde Leah, durch deren Ungehorsam vor einem Jahr sie, Tamar, ihren geliebten Baruch verloren hatte, heiraten! Seither hasste sie Leah, und jetzt, an diesem denkwürdigen Nachmittag, keimte ein köstlicher neuer Gedanke in ihr auf: Warum sollte sie ihre Macht als Frau nicht an diesem charmanten Damaskaner erproben? Damit könnte sie sich selbst Genugtuung verschaffen und gleichzeitig ihre Schwester für das, was sie ihr angetan hatte, bestrafen.

Ohne etwas von der Hinterlist ihrer Schwester, von der Skepsis von Davids Sklaven, von der Besorgnis der Großmutter, weil lediglich ein Ehemann geschickt worden war, vom stummen Gebet der Mutter um einen Sohn aus dieser Verbindung innerhalb eines Jahres zu ahnen – ohne sich der Konsequenzen des verhängnisvollen Vertrags bewusst zu sein, den einzugehen sie im Begriff war, dachte Leah nur an eines: Mit diesem großen und durchaus imposanten Mann, der offensichtlich reich war und stark genug wirkte, um Elias beizustehen, Familie und Heim zu verteidigen, bestand endlich Hoffnung auf Erfolg in ihrer Auseinandersetzung mit Jotham.

Der Gedanke, durch diesen Schritt David zu verlieren, griff ihr ans Herz, aber sie schluckte ihren Schmerz hinunter und redete sich ein, alles sei nur ein törichter Traum gewesen. Jetzt war sie froh, David nicht gestanden zu haben, dass sie ihn liebte, froh, dass er ihr ebenfalls nichts dergleichen gesagt hatte, denn jetzt konnte sie den schmucken Schreiber seine Lehrzeit beenden und ihn ins Haus des Goldes ziehen lassen und ihn und ihre mädchenhafte Schwärmerei vergessen.

Umso intensiver konnte sie sich damit befassen, heilende Pflanzen anzubauen, besonders für das Heilmittel gegen die Fallsucht. Die Ehe würde ihr eine neue Freiheit verschaffen, die Großmutter Avigail ihr bestimmt zugestehen würde. Als Isha Caleb würde sie ohne Erlaubnis in die Stadt gehen und sich auf die Suche nach Molochs Traum machen können.

Der Flüchtige aus Sidon, der neben ihr stand und die Worte zur Verlobung, die Elias vorsprach, wiederholte und versprach, von heute an gerechnet in dreißig Tagen an derselben Stelle unter dem Hochzeits-Baldachin dieses Mädchen zu seiner Ehefrau zu nehmen – dieser Lügner, Mörder, Dieb, Vergewaltiger staunte erneut über sein unverschämtes Glück. Bislang auf sich allein gestellt, sah er durchaus freudig seinem Hochzeitstag entgegen. Als rechtmäßiger Schwiegersohn von Elias würde sich »Caleb« dann in der Familie seinen festen Platz erobern und seinen falschen Charme zu seinem Vorteil einsetzen.

Und sollte der Tag kommen, da die Blauen Teufel erneut Besitz von ihm ergriffen, hätten Elias und seine Familie, nicht anders als der Bauer und seine Weiberschar, genug Quiekende aufzubieten, um selbst die Hungrigsten unter ihnen zu befriedigen.

5

In leicht vorgebeugter Haltung hielt sich Jotham den Kupferspiegel zwischen die Beine und besah sich seine Hoden.

Schrumpften sie?

Mit der freien Hand untersuchte er sein Gemächt eingehender und fragte sich, ob er sich nur einbildete, dass seine Genitalien kleiner wurden.

Halblaut auffluchend, griff er nach einem zweiten Spiegel. Seinen fetten Körper mal so und mal so windend, hielt er sich den einen über den Schädel und fing mit dem anderen die Spiegelung ein. Da!

Er fluchte erneut. Die kahle Stelle wurde größer.

Elias der Winzer, schoss es ihm durch den Kopf. Obwohl altersmäßig kein Unterschied zwischen ihnen bestand, war Elias in guter körperlicher Verfassung, musste beim Gehen nicht nach Luft schnappen und, das Schlimmste überhaupt, er besaß dichtes Haupthaar. Mit beinahe vierzig war bei Elias zudem noch keine Spur von Grau zu erkennen, wohingegen Jotham an den Schläfen zwei weiße Stellen vorzuweisen hatte – Anzeichen von schwindender Manneskraft, wohingegen Elias, der einmal sein Freund gewesen war, noch voll im Saft stehen dürfte.

Allein der Gedanke, dass Elias' Hoden bestimmt nicht schrumpften, machte Jotham rasend.

Um seinen Feind war es nicht nur körperlich um einiges besser bestellt; hinzu kam, dass Elias bei Jothams Versuchen, ihn zu ruinieren, bislang nicht klein beigegeben hatte. Und die Krone von allem war, dass Avigail einen Ehemann für Leah aufgetrieben hatte! Einen Mann aus Damaska. Laut Jothams Spitzeln war es noch dazu ein gestandener Mann. Sobald das Mädchen verheiratet war, konnte Jotham sein Vorhaben vergessen, Leah zu besitzen.

Es musste doch möglich sein, diese Hochzeit zu verhindern!

Es gelüstete ihn nicht nur weiterhin nach Leah; jetzt, da sie verlobt war, begehrte er sie mehr denn je. Die Legende von der Schöpfungsgeschichte kam ihm in den Sinn, der zufolge El, der oberste Gott und Vater der Menschheit, in einem Paradiesgarten zwei menschliche Wesen erschuf. Alles, was in dem Garten wuchs, stand ihnen zur Verfügung, mit Ausnahme eines Baums, der Früchte trug, die den Göttern vorbehalten waren. Leah ist eine solche Frucht, befand Jotham. Prall, reif, köstlich. Verboten. Je mehr er eingedenk dieses Verbots an sie dachte, desto mehr gierte er nach ihr.

Er legte die Spiegel beiseite und winkte seinen Diener herbei, der ihm Lendenschurz und Gewänder brachte und ihm beim Ankleiden half. Als er seinem Herrn den Bart ölte, erschien der Hausverwalter und kündete einen Besucher an, den Jotham bereits erwartet hatte.

Er begrüßte den Gast im Empfangssaal. Nach Austausch der üblichen Höflichkeitsfloskeln wie dem Wunsch nach Frieden und Gesundheit sowie einer Anrufung der Götter sagte Jotham: »Ich muss alles über diesen Caleb in Erfahrung bringen.« Der Besucher war ein Vertrauensmann und bereits in der Vergangenheit für Jotham tätig geworden. »Mach Männer aus Damaska ausfindig, die hier in Ugarit leben, und auch solche, die auf der Durchreise sind. Frag sie aus. Caleb hat mit Stoffen gehandelt. Irgendjemand muss ihn kennen.«

»Ja, Herr«, sagte der Ermittler, ein hochgewachsener hagerer Mann mit fahler Haut und hängenden Schultern. »Ich werde mich in den Karawansereien nach Händlern und Reisenden umhören, die kürzlich aus Damaska gekommen sind. Und diejenigen, die hier wohnen, werde ich ebenfalls aufsuchen. Meine zahlreichen Spitzel sind wachsam und wissen über das Kommen und Gehen von Ugarits Bürgern bestens Bescheid.«

»Dieser Caleb soll zudem verwitwet sein. Finde so viel wie möglich über seine Frau und deren Familie heraus. Über seine Verbindung zu Avigail, der Mutter von Elias dem Winzer. Vor allem spür eine Schwachstelle auf. Ich kann nicht zulassen, dass dieser Mann ein Eheversprechen ablegt.«

»Ich werde sein wie der Wind und die Nacht, Herr. Mit Dagons Segen werde ich deine Wünsche binnen drei Tagen erfüllen.« Er grinste. »Jeder Mann hat ein Geheimnis. Das von Caleb wird aufgedeckt, das verspreche ich.«

Jotham grunzte und entließ ihn. Er verabscheute den schmierigen Kerl, vertraute ihm aber und fragte nie nach, wie er an seine Informationen herankam. Und da er bislang nie fehlerhafte Berichte bekommen hatte, würde es auch mit dem, was er über Caleb von Damaska in Erfahrung brachte, seine Richtigkeit haben.

Jotham griff sich ein Rosinentörtchen und schaute hinaus auf seinen geliebten Hafen, wo seine Schiffe beladen oder ihre Ladung gelöscht wurden. Bei der Vorstellung, in die Empfangshalle von Elias zu marschieren, die Hochzeitszeremonie zu unterbrechen und die schmutzigen Geheimnisse eines Mannes zu enthüllen, der kurz davor stand, Elias' Schwiegersohn zu werden, musste er lächeln.

»Wie mir zu Ohren gekommen ist, verlangt Ägypten von den Städten Kanaans einen höheren Tribut«, sagte Hadar, die Gattin eines wohlhabenden Färbers.

Sie und Zira hatten sich zu dem beliebten Fünfundfünfzig-Loch-Spiel getroffen. Das für dieses Spiel erforderliche runde Brett war aus Elfenbein und mit Gold und Lapislazuli eingelegt. Auch die Steine sowie die geschnitzten Stäbchen, die nach dem Wurf das Vorrücken des Spielers bestimmten, waren aus poliertem Elfenbein. Hadar war mittleren Alters. Wenn sie die Stäbchen warf, schepperten die vielen goldenen Armreife an ihren pummeligen Handgelenken wie rasselnde Schwerter.

»Verlangt!«, zischte Zira, die jetzt an der Reihe war und nach dem Wurf ihren Stein um fünf Löcher vorrückte. »Fordert meinst du wohl. Königin Hatschepsut bezeichnet so etwas als friedliche Diplomatie, und unser feiger König Shalaaman kapituliert. Ganz gleich, was die Leute von unserem König halten, wie sehr sie ihn verehren und Loblieder auf ihn anstimmen – wir brauchen einen stärkeren Herrscher. Wenn mein Yehuda erst König von Ugarit ist – und ich weiß, ich kann mich auf dich und deinen Ehemann verlassen, wenn die Wahl für den König ansteht …«

Hadar senkte den Kopf.

»Mein Yehuda würde den Ägyptern gegenüber nicht eine derartige Duckmäuserei an den Tag legen.«

Hadar malte ein Schutzzeichen in die Luft. »Mögen uns die Götter vor diesem Volk bewahren, das nichts von Reinlichkeit hält und niemals badet. Es heißt sogar, die ägyptischen Männer urinierten auf den Straßen. Völlig undenkbar, dass sich ein Kanaaniter jemals so verhalten würde!«

»Wie Hunde«, sagte Zira.

»Wie Hunde, in der Tat. Mein Mann muss beim Einkauf von Purpur notgedrungen mit hier ansässigen ägyptischen Exporteuren verhandeln, und wenn er dann nach Hause kommt, sagt er, er fühle sich besudelt.« Hadars Ehemann besaß das Monopol auf den Purpurextrakt einer seltenen Meeresmuschel und war dementsprechend wohlhabend und angesehen. Seine Frau war Ziras enge Freundin und ihr eine zuverlässige Unterstützerin in lokalpolitischen Angelegenheiten.

Zira warf erneut die Stäbchen, las die an ihnen eingeritzten Zahlen ab und rückte ihren Stein auf dem Spielbrett vor. Die beiden Frauen hielten sich in Hadars Villa in den Bergen auf, wo immer wieder eine kühlere Brise die sommerliche Hitze erträglich machte. Trotz der hohen Temperaturen und obwohl ihr Ehemann längst bei den Göttern war, war Zira wie immer in Schwarz gekleidet.

»Wenn wir schon bei Geschmacklosigkeiten sind«, merkte Hadar wohlüberlegt an, »ich habe aus dem Hause des Elias die Einladung zu einer Hochzeit erhalten.« Mehr sagte sie nicht, um erst einmal Ziras Reaktion auf diese Mitteilung abzuwarten.

Die beiden Freundinnen knabberten knusprige Brandteigkekse, die mit süßer Mandelpaste gefüllt waren. Zira hob einen an ihre vorstehenden Zähne, die unwillkürlich an die eines Esels denken ließen, und biss genüsslich davon ab. Kaute, schluckte, nahm einen Schluck Wein und sagte dann: »Diese Familie hat meinem armen Bruder endlosen Kummer bereitet. Kann man sich so etwas vorstellen? Erst eine Tochter zur Heirat anbieten und dann einen Rückzieher machen? *Nachdem* man hingenommen hat, dass das Mädchen sich uns gegenüber respektlos verhält, und ohne das Mädchen *danach* anzuhalten, sich zu entschuldigen.«

»Eine Beleidigung nach der anderen«, murmelte Hadar. »Wohin soll das führen, wenn störrischen Mädchen eine eigene Meinung zugestanden wird?«

Zira tippte sich an das knochige Kinn. »Bei Asherah! Was auch immer Männer untereinander aushandeln, Avigail jedenfalls hätte sich bei mir entschuldigen müssen. Sie hätte mich aufsuchen und mir im Beisein anderer Frauen ins Gesicht sagen müssen, dass ihr die Kränkung, die sie mir an jenem Abend zugefügt hat, leidtut. Ist ihr denn nicht klar, mit wem sie es zu tun hat?«

Zira war stolz darauf, mit Em Yehuda angesprochen zu werden, und noch stolzer war sie, dass ihr Sohn der nächste Anwärter für das Amt des Rabs der Bruderschaft der Schriftgelehrten war. Hatten nicht die beiden letzten Könige ihren Weg auf den Thron über die Bruderschaft gemacht? König Yehuda von Ugarit. Das hatte einen guten Klang.

Über ihr Gesicht flog ein Schatten. *Vorige Nacht war sie von dem eindringlichen Schrei ihres Sohnes geweckt worden.*

Als Mitglied der Bruderschaft musste Yehuda nicht in den Räumen der Schriftgelehrten nächtigen, sondern durfte seinen Wohnsitz selbst bestimmen. Keiner machte ihm einen Vorwurf, dass er die Villa seines Onkels bevorzugte, eine der schönsten Residenzen in Ugarit mit freiem Blick aufs Meer. Letzte Nacht war Zira in das Zimmer ihres Sohnes gestürzt und hatte ihn auf dem Boden liegend vorgefunden, zähneknirschend und mit Armen

– 145 –

und Beinen rudernd. Ein speziell in der Pflege solcher Kranker geschulter Sklave hatte neben ihm gekniet und dafür gesorgt, dass er sich nicht die Zunge abbiss oder anderweitig verletzte. Es brach Zira das Herz, ihren einzigen Sohn einem derartigen Anfall ausgesetzt zu sehen. Yehuda war dreißig Jahre alt, hochgewachsen und eigentlich recht gesund. Nur wenn ihn die Fallsucht überkam, war er hilflos wie ein Säugling, beschmutzte sich, war nicht in der Lage, seine Gliedmaßen zu kontrollieren. Sobald der Anfall vorüber war, fiel er in einen tiefen Schlaf, aus dem ihn lange Zeit nichts zu wecken vermochte.

Das ist ungerecht!, hätte Zira am liebsten gerufen. Mein Sohn ist edelmütig und gut. Er sollte auf dem Thron von Ugarit sitzen. Weshalb ist er mit dieser schrecklichen Krankheit geschlagen? Und sie selbst – tat sie nicht ihr Menschenmöglichstes, um Yehudas Ansehen in der Öffentlichkeit zu fördern, um ihn bei den wahlberechtigten Familien Ugarits zu einem aussichtsreichen Kandidaten zu machen, nicht zuletzt dadurch, dass sie die Meinung vertrat, dass es von Vorteil sei, einen König zu bekommen, der des Lesens und Schreibens mächtig war, eine Fertigkeit, über die nicht einmal der beliebte Shalaaman verfügte?

Aber sie presste die schmalen Lippen über ihren Nagezähnen zusammen. »Es versteht sich wohl von selbst«, sagte sie und nahm die Stäbchen wieder auf, »dass jeder, der an der Hochzeit im Hause des Elias teilnimmt, nicht länger mein Freund sein kann.«

»Selbstverständlich«, stimmte die Freundin bei, die zwar Elias und Avigail gern hatte, aber noch mehr Zira und ihren Bruder fürchtete.

※

Sie saßen in dem ihnen vorbehaltenen Trakt, die drei Frauen und die drei Mädchen des Hauses, außerdem junge Sklavinnen und Dienerinnen, alle emsig bemüht, innerhalb von nur vierzehn Tagen Leahs Hochzeitsgarderobe anzufertigen.

»Um den Garten vor Schnecken zu bewahren, muss man mit Bier gefüllte Schälchen auf den Boden stellen. Die Schnecken werden dann vom Bier angelockt und ertrinken«, hörte man die über eine Stickerei gebeugte Rakel sagen.

Keiner ging darauf ein, nur Leah nahm diese Information zur Kenntnis, um bei Gelegenheit Nutzen daraus zu ziehen. Eingedenk ihres Versprechens hütete sie sich, Tante Rakel mit Fragen zu bestürmen, und beschränkte sich darauf, die alte Frau auf den Markt zu begleiten, um das reiche Angebot an medizinischen Heilpflanzen zu begutachten und abzuwarten, ob sie darunter Molochs Traum entdeckten. Bislang war das nicht geschehen. Dafür hatte Leah jedoch viele interessante und möglicherweise wertvolle Hinweise erhalten (»Chicoree, vermischt mit Rosenöl und Essig, behebt Kopfschmerzen«), die sie wiederholte, wenn sie abends im Bett lag und die Formeln wie Gebete immer und immer wieder vor sich hin flüsterte, bis sie sich in ihr Gedächtnis eingeprägt hatten. Sobald sie in ihrem Garten ernten konnte, wollte sie aus den entsprechenden Kräutern medizinische Elixiere für die Familie herstellen.

»Unglaublich mühsam, diese Arbeit«, kam es plötzlich von Tamar. Das junge Mädchen klagte über Rückenschmerzen. Als männliches Gelächter zu ihnen hereinwehte, fügte sie wie aus heiterem Himmel hinzu: »Caleb ist so laut. Ich mag ihn nicht.«

»Sprich rasch ein Gebet«, wies Hannah sie zurecht. »Es bringt Unglück, so etwas über den Ehemann von jemand anderem zu sagen. Du solltest dich für Leah freuen. Außerdem wird Caleb bald dein Bruder sein. Ruf die Götter an, Kind, und nimm Rücksicht auf die Gefühle anderer.«

Tamar verdrehte die Augen und nahm ihre Näherei wieder auf.

Leah hätte es begrüßt, wenn ihre Schwester wie die anderen in der Familie Caleb mehr Sympathie entgegengebracht hätte. Er lachte nicht nur laut und oft, sondern war freundlich und umgänglich und ihrem Vater eine große Stütze. Elias freute sich, welchen Eifer Caleb an den Tag legte, um alles über den Weinhandel zu lernen, und wie rege er Anteil an ihrer finanziellen Notlage nahm. Alle hofften, dass sein Interesse ein Zeichen war, dass er nicht vorhatte, mit ihr nach Damaska und somit zu seiner Familie zurückzugehen – was ihm als ihrem Ehemann zustand und durch nichts im Ehevertrag untersagt werden konnte.

»Sie ist nur neidisch«, hatte Großmutter Avigail Leah mehr als einmal versichert. »Tamar fängt sich schon wieder, sobald sie selbst einen Ehemann hat.«

Wann aber würde das sein?, überlegte Leah, während sie an der Stickerei des Nachthemds arbeitete, das sie in ihrer Hochzeitsnacht tragen würde. Großmutter hatte das Datum für so kurz nach der Verlobungszeit festgesetzt, dass bis zur Fertigstellung der Garderobe nicht mehr viel Zeit blieb.

Ein Sklave trat ein. »Eine Nachricht für den Herrn ist gekommen«, sagte er und deutete auf die Tontafel in seiner Hand.

Avigail runzelte die Stirn. Gesegnete Asherah, lass es nicht eine weitere Absage sein! Was wäre, wenn zum Schluss kein einziger Gast der Einladung zur Hochzeit folgte? Nicht einmal Calebs Verwandte in Damaska würden an der Feier teilnehmen; er hatte Avigail erzählt, er habe ihnen von seiner bevorstehenden Hochzeit geschrieben und sie hätten geantwortet, dass die ganze Familie krank sei und deshalb keiner kommen könne. »Elias ist in der Stadt, und diese Nachricht könnte dringend sein. Ich werde sie sofort zu David bringen, um zu erfahren, worum es sich handelt.«

Aber Leah legte bereits ihre Näharbeit beiseite. »Das übernehme ich, Großmutter«, sagte sie. »Für dich ist es heute viel zu heiß.«

Sie hatte mitbekommen, wie David ihrem Vater gesagt hatte, dass er, sollte man ihn benötigen, auf dem Dach an der Nordseite des Hauses zu finden sei. Als Leah die steinerne Treppe hinaufhastete, klopfte ihr Herz wie wild bei dem Gedanken, wieder allein mit David zusammen zu sein. Sie wusste, dass sich solche Überlegungen nicht schickten, aber gegen ihr unberechenbares Herz kam sie einfach nicht an. Immerhin war es ihr gelungen, ihre Gefühle für ihn für sich zu behalten. Und ganz bestimmt würde ihre Liebe für David erlöschen, wenn sie erst einmal verheiratet war und sich auf ihren neuen Ehemann konzentrieren musste.

Die Sonne stand im Zenit, brannte auf die Dächer von Ugarit. Wegen der sommerlichen Hitze, die erdrückend, aber wichtig für das Trocknen der Tontafeln war, hatte David Umhang und Tunika abgelegt und trug lediglich einen Lendenschurz und Sandalen.

Seine Tätigkeit wurde überwacht von der kleinen dunkelgrünen Shubat-Statue, die David ehrfürchtig auf einer niedrigen Mauer aufgestellt hatte.

Womit beschäftigte sich David? Mit seinen Pfandscheinen, liebevoll gestaltet und beschriftet, wie es Tradition war, die er den Bürgern der Oberschicht von Ugarit anzubieten gedachte. Dieser Gedanke war ihm an dem Tag gekommen, da Caleb von Damaska vorstellig geworden war. Als David die Tafel, auf der die Identität des Mannes vermerkt war, beglaubigte, hatte er sich an die Pfandscheine erinnert, die in der Welt des Handels und Kommerzes sowie unter Männern von Rang und Ansehen gang und gäbe waren. Dreißig solcher Tafeln hatte er angefertigt, jede so lang wie ein Finger und drei Finger breit und alle mit dem gleichen Text in Keilschrift: »Die königliche Familie von Lagasch schuldet dem Inhaber dieser Tafel eine Gefälligkeit, die umgehend eingelöst wird.« Jede Tafel hatte David mit seinem Siegelring signiert, dem königlichen Wappen von Lagasch – den beiden geflügelten Engeln, die in der gesamten Geschäftswelt anerkannt waren. Das Kaufen und Verkaufen von Gefälligkeiten war in der Geschäftswelt allgemein üblich und förderte Handelsbeziehungen. Vor allem Davids Pfandscheine waren wertvoll – eine Gefälligkeit, die einem eine königliche Familie schuldete, war ein kostbarer Handelsartikel: Sie konnten beispielsweise an Karawanenführer auf dem Weg gen Osten für einen guten Preis verkauft werden. Und David wusste, dass sein Vater und König, auch wenn er sich mit ihm überworfen hatte, diese Pfandscheine einlösen würde.

Er hatte vor, diese Tafeln bei seiner Suche nach einem Bürgen für die Aufnahme in die Bruderschaft zu verwenden. Sollte das Angebot eines einzigen Pfandscheins in Anbetracht der Drohungen Jothams nicht ausreichen, konnte er zwei oder drei mehr anbieten – ein Entgegenkommen, dem niemand widerstehen konnte.

Er wollte unverzüglich bei den wohlhabenden, einflussreichen Familien in Ugarit vorsprechen, sich vorstellen, seine Situation erklären und als Gegenleistung für Unterstützung königliche Gefälligkeiten anbieten. Irgendjemand in Ugarit würde ihm bestimmt helfen!

Er runzelte die Stirn. Was wäre, wenn diese Tafeln hier nicht ausreichten? Was, wenn das Stigma, Elias' Schreiber zu sein, sogar für diese wertvollen Versprechen zu schwer wöge? Was sollte er nach Ablauf eines Jahres tun, wenn er erfolglos blieb?

Ich werde sein wie ein Priester, der seinen Gott enttäuscht hat. So weit darf es nicht kommen. Bei Shubat, ich *werde* einen Weg in die Bruderschaft finden!

Als es hinter ihm raschelte, drehte er sich um und erblickte Leah. Ihr weißes Kleid und der weiße Schleier hoben sich in der Hitze des Nachmittags leuchtend ab. Mit leicht geöffneten Lippen schaute sie ihn an. Sie hielt etwas in der Hand.

Der vertraute Schmerz des Begehrens wallte wieder in ihm auf. Wie jedes Mal, wenn er sie sah, ihre Stimme hörte, ihr Lachen an sein Ohr drang. Wenn er geglaubt hatte, durch reine Willenskraft seine Gefühle für sie verbannen zu können, waren sie stattdessen nur noch intensiver geworden. Der Gedanke, Caleb werde sie bald besitzen, brachte sein Blut zum Kochen und ließ ihn sie umso mehr begehren. »Kann ich behilflich sein?«, fragte er. Um jetzt, da sie einem anderen versprochen war, Abstand von ihr zu gewinnen, gab er sich ihr gegenüber betont förmlich.

Wie Geister schwirrten Lüftchen auf dem Dach am Fuße hoch aufragender grüner Berge herum. David sah, wie eine spielerische Brise an Leahs Schleier zupfte, so als wollte sie ihr Haar freilegen. Wie gern hätte er dieses Haar berührt, seinen Duft eingeatmet!

»Dies hier ist gekommen.« Sie deutete auf die Tafel. »Der Bote sagte, es sei dringend, aber mein Vater ist nicht zu Hause …«

»Ich werde die Nachricht lesen.« Er streckte den Arm aus.

Sie kam näher, wie ein verschüchtertes Reh kam es ihm vor, und als sie ihm die quadratische Tontafel überreichte, war ihm, als begebe auch sie sich in seine Hand. Er sah sie einen Augenblick länger an, sah den Himmel über ihnen, sah sich und Leah hoch über der fernen Stadt stehen und die Welt unter ihnen liegen, so als wären sie Götter. Eine so mächtige Welle widersprüchlichster Gefühle schlug über ihm zusammen, dass er zunächst keinen Ton herausbrachte.

Dann zwang er sich, einen Blick auf die Tafel zu werfen, auf die Unterschrift, die er als die eines wohlhabenden Importeurs von afrikanischem und indischem Elfenbein erkannte. Daraufhin las er den Text.

Leah spürte, wie die Nachmittagshitze durch ihre Kleider drang. Ihre Haut aufheizte, sie entflammte. Davids Oberkörper glänzte schweißnass. Seine Arme, die ausgeprägten Muskeln hoben sich gegen die Sonne ab. Einmal mehr stellte sie fest, dass sein Körper nicht dem eines Schreibers entsprach, sondern vielmehr dem eines Mannes, der hart arbeitete, der Streitwagen baute und Brücken, anstatt Ritzstifte in feuchten Ton zu drücken. Die Hitze schien ihr das Atmen zu erschweren, sie musste sich zwingen, Luft zu holen.

Als er den Kopf hob und seine dunklen Augen den ihren begegnete, durchfuhr sie ein eigenartiger Stich, gefolgt von einem süßen Schmerz. Ein schier unbezähmbares Verlangen stieg in ihr auf. Sie wusste, dass dies verboten war. Sie bemühte sich nach Kräften, diesen Mann nicht zu lieben.

»Er drückt sein Bedauern aus«, sagte David. »Der Elfenbeinhändler und seine Gemahlin können nicht an deiner Hochzeit teilnehmen.« Als er die Enttäuschung in ihren Augen sah, fügte er hinzu: »Das tut mir leid.« Wie Leah, wie alle anderen in der Familie fragte er sich, ob überhaupt jemand der Einladung Folge leisten würde.

Urplötzlich überkam ihn der Wunsch, sie in die Arme zu schließen, sie zu trösten, sie vor einer grausamen Welt zu beschützen. Er war in sie verliebt. In sie, die in vierzehn Tagen heiraten sollte.

»Danke«, sagte sie. »Ich werde es Großmutter ausrichten.« Die Gästeliste wurde mit jedem Tag kürzer.

Sie vermochte sich nicht zu bewegen. *Wollte* es gar nicht. Sie wollte für den Rest ihres Lebens in Davids beruhigender Gegenwart verharren. Sie schaute auf die Tafeln, die in der Sonne trockneten. Sie kannte ihre Bedeutung. Ihr Vater verwendete ebenfalls Pfandscheine, auch wenn sie in letzter Zeit kaum noch etwas wert zu sein schienen.

»Ich werde sie dazu verwenden, um mir einen Bürgen für meine Aufnahme in die Bruderschaft zu sichern«, sagte David. »Es sind Gefälligkeiten des königlichen Hauses von Lagasch. Irgendjemand wird sie zu schätzen wissen und mir helfen.«

»Gewiss«, sagte sie leise und rang um Atem. Die Hitze, David, der in der Sonne wie eine Götterstatue leuchtete, eine weitere Einladung, die abschlägig beantwortet wurde …

Er ließ sie nicht aus den Augen. Regungslos stand sie da, wirkte verloren, so als ob die Hitze und diese Tafel des Elfenbeinhändlers sie aller Energie beraubt hätten. Sein Herz flog ihr zu. Aber er unterdrückte sein Begehren. Sie war für einen anderen Mann bestimmt und er für das Amt des Rabs der Bruderschaft.

»Ich wünschte, ich könnte lesen«, sagte Leah unvermittelt. »Es muss wunderbar sein, einen Blick auf die Zeichen zu werfen und ihre Bedeutung zu verstehen.«

Wenn er bislang an Frauen gedacht hatte, dann ausschließlich in Verbindung damit, dass sie über ein Hauswesen geboten, Söhne austrugen und einem Ehemann gegenüber ihre Pflicht erfüllten. Frauen und ihre Welt waren für ihn ein Geheimnis. Nie hatte er überlegt, was sie wohl dachten, worüber sie sprachen, welche Ansicht sie vertraten. Bislang. Leah hatte seine Neugier geweckt – er ertappte sich dabei, dass er sich fragte, was sie sich erhoffte, was sie sich erträumte, ob sie ehrgeizig, und sogar, ob sie glücklich war. Zum ersten Mal kam ihm der Gedanke, dass Frauen Verstand besitzen könnten.

»Als ich ein Junge war«, hob er an, um ihr seine Leidenschaft verständlich zu machen und ihr, auch wenn sie sich niemals näher kommen würden als hier und jetzt, zumindest diesen Teil seiner Seele zu offenbaren, »war mir der Unterricht zuwider. Ich wollte kein Schriftgelehrter werden. Andere Jungen spielten und gingen fischen, mir dagegen, einem Prinzen des königlichen Hauses, der ein gelehrter Mann zu werden hatte, war so etwas untersagt – ich musste mich mit meinen Tontafeln beschäftigen. Die Zeichen sagten mir nichts. Ich schrieb von Vorlagen ab, drückte meinen Stift mal so und mal so in den Ton, wie es unsere Lehrer eben vormachten. Aber einen Sinn ergaben die Zeichen für mich nicht, waren lediglich dekorative Keilformen in Ton. Jeden Tag beklagte ich mich bei meinem Vater, bis er mich eines Tages in seinem Wagen zur Stele der Geier mitnahm, einem Grenzstein außerhalb der Stadt. Ich sollte ihn mir ansehen. Ich langweilte mich, beobachtete, wie ein Habicht über uns flog. Grub meine Zehen in den Sand. Mein Vater jedoch wollte nicht eher gehen, als bis ich der Stele nicht meine volle Aufmerksamkeit gewidmet hätte. Also tat ich ihm, schon weil ich hungrig war und nach Hause wollte, schließlich den Gefallen. Er wollte von mir wissen, was darauf geschrieben stand. Das konnte ich nicht lesen. Die Zeichen in dem Stein sagten mir nichts … Und dann … urplötzlich fügte sich alles zusammen!« Hastig sprach er jetzt, lächelte, gestikulierte mit den Armen, und seine Augen leuchteten. Seine Begeisterung war ansteckend. Leah lächelte, so als wäre sie es, die gerade ein Zeichen im Ton erkannt hatte.

»Ich las Worte von Männern, die längst tot und zu Staub geworden waren. Sie sprachen zu *mir*! Meine Leidenschaft war geweckt. Und ein neuer Glaube an die Götter, denn an jenem Nachmittag mit meinem Vater begriff ich, dass Worte etwas Kostbares sind. Keineswegs nur menschliche Laute, mit Lippen und Zunge gebildete bedeutungslose Äußerungen. Worte werden im Herzen geboren. Sie sind die Poesie der Seele. Was jemand sagt, Leah, ist ein Teil von ihm, das er weggibt. Wie ein Stück seines Herzens, etwas von seiner Seele. Ich würde Worte niemals leichtnehmen oder sie schmähen oder einem anderen zutragen, wenn sie vertraulich geäußert wurden. Die Worte eines anderen vertraulich zu behandeln ist mir heilig.«

Er lächelte sie an und war selbst verwundert über diesen unerwarteten Seelenausbruch gegenüber einer jungen Frau, die er

– 153 –

kaum kannte. Aber zu beobachten, wie gebannt sie dem lauschte, was er sagte, wie sie seine Worte aufnahm und sie festhielt, weckte in ihm den Wunsch, weiterzusprechen – immer weiter und sie in die Arme zu nehmen, sie irgendwie spüren zu lassen, was er empfand. Ja, ging es ihm durch den Kopf, ja, es ist eine Schande, dass sie niemals Lesen und Schreiben gelernt hat, weil er wusste, wie sinnlos sein eigenes Leben ohne Worte wäre.

»An besagtem Nachmittag spürte ich hier tief drinnen«, fuhr David leise fort und klopfte sich auf die Brust, »so etwas wie einen Ruf, eine Berufung. Ich kann nicht beschreiben, wieso mir das klarwurde, aber als wir die Stele der Geier verließen, wusste ich, dass Shubat mich für eine große Aufgabe auserwählt hatte. Ich glaube, dieser Ruf bezieht sich auf die Bruderschaft der Schriftgelehrten hier in Ugarit und darauf, eines Tages in das Amt des Rabs aufzusteigen.«

»Von Shubat habe ich noch nie gehört«, sagte sie und wünschte sich, er würde ewig so weitermachen, ihr sämtliche Geschichten aus seiner Jugend erzählen. Sie hätte sich gern ein Bild von seiner Stadt gemacht, dem Palast, seinen Eltern. Sie war begierig darauf, alles über diesen Prinzen zu erfahren.

Als er sich vorbeugte, um einen der Pfandscheine zu prüfen, verfolgte sie die Bewegungen von Sehnen und Muskeln unter seiner straffen Haut. »Vor der Großen Flut, die die Menschheit auslöschte«, hob er wieder an, »waren alle des Lesens und Schreibens unkundig. Sie kannten weder Zeichen noch Tafeln, weder Tinte noch Papyrus. Noch nie hatte jemand auch nur eine einzige Hieroglyphe gemalt oder einen keilförmigen Stift in Ton gedrückt. Für die Götter war das der Grund, weshalb die Menschen von den Gesetzen abgefallen und weshalb sie sündigten und widerspenstig geworden waren und weshalb sie vernichtet werden sollten, damit anschließend eine neue Welt erstehen konnte. Ein paar Menschen überlebten in einer riesigen Arche, und als das Wasser zurückging und die Arche auf einem Berg aufsetzte, berieten sich die Götter untereinander und beschlossen, einen von ihnen zur Erde zu schicken und die Menschen die Kunst der schriftlichen Verständigung zu lehren, auf dass ihre Gesetze in Stein gemeißelt und sie nie wieder in Ungnade fallen würden.«

Er deutete auf die kleine Statue. »Die Wahl fiel auf Shubat. Er kam auf die Erde und nahm menschliche Gestalt an. Er zog durch das Land, suchte sich gute und ehrenhafte Menschen aus und erteilte ihnen Unterricht. Als sie alle Schriftzeichen und Hieroglyphen verinnerlicht hatten und die Kunst des Malens und Beschriftens beherrschten, entledigte er sich seiner sterblichen Hülle und kehrte ins Land der Götter zurück. Zuvor aber bedachte er jeden der dreizehn Schriftkundigen mit einem besonderen Geschenk: einem geheimen Symbol, an dem sie einander erkennen würden, wenn sie in die Welt hinauszogen und andere im Schreiben unterwiesen. Im Laufe der Jahrhunderte jedoch ging das geheime Symbol verloren. Wir sind eine zersplitterte und in alle Himmelsrichtungen verstreute Bruderschaft, die erst wiedervereint werden kann, wenn wir dieses Symbol finden.«

Spontan erwiderte Leah: »Vielleicht solltest du ein neues erschaffen.«

Er sah sie entgeistert an. »Das wäre vermessen, denn das steht allein Shubat zu.« Auch wenn er das sagte, verriet das Funkeln in seinen Augen, dass Leahs Anregung ihm zu denken gab.

»Ich muss gehen«, sagte sie zögernd. »Großmutter dürfte schon ungeduldig sein.«

»Einen Augenblick noch.« Er wusste nicht, warum er das gesagt hatte, er wusste nur, dass er sich wünschte, sie würde noch bleiben. »Wie entwickelt sich dein Garten?« Seit er vor drei Monaten per Zufall diese abseits gelegene Ecke des Anwesens entdeckt hatte, war er nicht mehr dort gewesen.

Sie lächelte. Er hatte ihr etwas ganz Persönliches offenbart, etwas, das ihm wichtig war. Dass er etwas Ähnliches von ihr erwartete, ließ ihr das Herz aufgehen. »Ich hielt die Maulbeere für tot, aber dann entdeckte ich einen jungen Trieb, der sich entwickelt hatte, obwohl er nicht gegossen worden war und niemand darauf geachtet hatte, dass er genug Sonne bekam. Ich glaube, das ist ein Zeichen von Asherah, damit ich ein persönliches Ziel verfolge, obwohl mir Großmutter genau das untersagt hat. Durch meine Pflege hat sich der Trieb weiterentwickelt, und wenn ich sehe, wie er wächst, weiß ich, dass Asherah zu mir spricht und mich darin bestätigt, dass ich auf dem richtigen Weg bin. Eines Tages, David von Lagasch, wird aus meinem Setzling ein großer Baum werden und süße Früchte tragen. Ich hoffe … dass du dann noch in Ugarit bist und unsere süßen Maulbeerfeigen verkosten kannst.«

David war sprachlos. Sie hatte so wenig gesagt – und doch so viel.

»Jetzt muss ich aber wirklich gehen«, sagte sie. Sie trat einen Schritt zurück, deutete nochmals auf die Tafeln, die in der Sonne erhärteten. »Ich wünsche dir viel Glück mit deinen Pfandscheinen, David von Lagasch. Bestimmt gibt es in Ugarit Männer, die stolz darauf sein werden, für dich bei der Bruderschaft zu bürgen.« Sie wandte sich zum Gehen.

»Leah …«

Als sie sich nochmals umdrehte, sah er Tränen in ihren Augen. »Ach, David …«, flüsterte sie.

Mit zwei Schritten war er bei ihr. Er fasste sie an den Armen, zog sie an sich und küsste sie stürmisch auf den Mund.

Sie seufzte auf, und gleich darauf schlang sie die Arme um ihn, klammerte sich an ihn, je länger der Kuss dauerte und je leidenschaftlicher er wurde. Seine Zunge erforschte ihren Mund, schmeckte die Süße ihrer Zunge und entfachte in ihnen beiden ein ungekanntes Feuer. Die Sonne umgab sie mit einem goldenen Schein, in gegenseitigem Verlangen gaben sie sich den Empfindungen ihres Körpers hin, schwelgten in der Berührung des anderen.

Doch dann zwang sich David, von ihr abzulassen. Seine Augen glänzten dunkel, als er mit gepresster Stimme sagte: »Ich habe mit meinen Gefühlen für dich gerungen, liebste Leah, weil du mir versagt bist. Nicht einmal aussprechen sollte ich das, aber es muss sein, dieses eine Mal und dann nie wieder. Ich liebe dich, Leah Bat Elias, und werde dich auch dann noch lieben, wenn du Leah Isha Caleb bist. Ich werde immer für dich da sein, ich werde deinem

Ruf antworten, wann immer du mich brauchst und wo immer ich bin.«

Leah schluchzte auf. Sie war drauf und dran, ihm zu sagen, dass sie Caleb nicht heiraten, sondern mit ihm fortgehen und für immer bei ihm bleiben wollte. Als sie jedoch zum Sprechen ansetzte, musste sie daran denken, was sie Asherah versprochen hatte, und auch daran, dass sie eine schwere Gehorsamsprüfung auf sich zukommen fühlte, wobei ihre größte Angst war, dass sie, ohne zu wissen, wann diese Prüfung bevorstand, versagen würde. Aber sie hatte sich getäuscht. Sie erkannte die Prüfung – hier war sie …

Deshalb behielt sie die Worte, die für sie und David und auch für ihre Familie verhängnisvoll sein würden, für sich, bewahrte ihr Schweigen, weil sie wusste, dass dies die letzte Gelegenheit war, mit ihm zusammen zu sein. Ab morgen würde sie einem anderen angehören.

❧

»Mein Sohn, das können wir uns nicht leisten.«

Selten genug erhob Elias die Stimme gegen seine Mutter, aber jetzt tat er es. »Die Götter sind meine Zeugen! Die erste Hochzeit, die ich als Vater ausrichte, wird keine armselige Feier sein! Davon wird mich Jotham nicht abhalten! Bei Tamar können wir bescheidener sein. Aber meine älteste Tochter soll ein Hochzeitsfest erleben, das ganz Ugarit in Erinnerung bleiben wird!«

»Wie kann es ›ganz Ugarit‹ in Erinnerung bleiben, wenn höchstwahrscheinlich überhaupt niemand kommt? Ach, Elias, mein Sohn, ich würde dir ja gern beipflichten, aber wegen dieses grauenhaften Jotham schrumpft das Vermögen der Familie zusehends. Jetzt verlierst du auch noch Kunden, die neuerdings lieber sauren Wein trinken, nur um Jotham nicht zu vergrätzen.«

»Mein Entschluss steht fest, Mutter. Ich lasse mich nicht davon abbringen. Meine Tochter wird die Hochzeit bekommen, die sie verdient.«

Avigail wusste, dass er das mehr für Hannah tat als für Leah und deshalb nicht umzustimmen war. »Na gut«, seufzte sie. »Schon weil danach nur noch eine Hochzeit ansteht. Da Esther mit ihrem entstellten Gesicht nie heiraten wird, können wir Tamars Feier bescheidener gestalten. Sofern wir dann noch ein Haus haben, in dem wir sie abhalten können.«

David und Nobu standen vor dem ersten Haus auf der Liste der in Frage kommenden Bürgen. David hatte seine besten Gewänder aus roter und blauer Wolle und goldenen Fransen angelegt, dazu trug er einen mit Silber beschlagenen breiten Gürtel. Nobu war schlichter, wenn auch eindeutig als höhergestellter Sklave erkennbar gekleidet. Zwei Taschen baumelten an seiner Schulter: Die eine enthielt die kleine Shubat-Statue, die andere die Pfandscheine, die David zu verteilen gedachte.

Der Besitzer dieses großen Hauses im nördlich gelegenen Stadtviertel unweit des königlichen Palastes war ungemein wohlhabend und einflussreich. Mit seiner Unterstützung wäre Davids Aufnahme in die Bruderschaft so gut wie sicher.

Während er darauf wartete, dass auf sein Läuten hin ein Verwalter erschien, bemerkte er das in den steinernen Torpfosten gravierte Wappen. Es wies den Bewohner als Hersteller und Vertreiber von kostspieligem Purpur zum Färben von Textilien aus. David war das Wappen bekannt; er hatte es auf einer der Tafeln gesehen, die mit einer Absage der Einladung zur Hochzeit bei Elias eingetroffen waren.

Unerwartet sah sich David in einem Gefühlskonflikt. Diese Leute gingen Elias aus dem Weg, bereiteten dadurch Leah viel Kummer. Es wäre somit alles andere als loyal, bei diesem Mann um Befürwortung und Bürgschaft nachzusuchen. Andererseits würde allein dessen Name David den Eintritt in die Bruderschaft sichern.

Noch vor vier Monaten, als er Lagasch verließ, hätten sein Selbstbewusstsein und seine Entschlossenheit nicht größer, seine

– 158 –

Zukunftsplanung nicht durchdachter sein können. Jetzt jedoch erschien nicht nur seine Zukunft ungewiss, auch Selbstzweifel und ein Loyalitätskonflikt machten ihm zu schaffen. In diesem Haus hier um Fürsprache zu bitten kam eigentlich einem Verrat an Elias gleich. Und an Leah. Was sollte er tun?

Sie wurden von der Herrin des Hauses empfangen, einer molligen Frau namens Hadar, die ihnen sagte, ihr Ehemann halte sich in seinem Betrieb im Norden der Stadt auf. David kannte dieses übelriechende Gelände, auf dem sich, über dampfende Bottiche und Feuerstellen gebeugt, Sklaven abmühten, aus stacheligen Meeresmuscheln einen seltenen und entsprechend teuren purpurnen Farbstoff zu gewinnen. Die Sklaven wurden streng bewacht, um sicherzustellen, dass nichts von dem kostbaren Farbstoff nach draußen geschmuggelt wurde. Ein hartes Los und ein früher Tod.

»*Shalaam* und der Segen der Götter, hohe Frau«, sagte David. »Ich bin gekommen, um deinen Ehemann um einen Gefallen zu bitten.« Er überreichte ihr eine Tafel, die Hadar interessiert betrachtete. Ihr Mann wetteiferte gegenwärtig mit Herstellern von Färbemitteln in Tyros und Sidon um das Handelsmonopol für Lagasch. Pfandscheine dieses jungen Mannes, von keinem Geringeren denn der königlichen Familie einzulösen, würden ihrem Mann einen Vorteil in diesem Konkurrenzkampf verschaffen.

»Um welche Gefälligkeit suchst du denn nach?«, fragte sie und nahm an, es handle sich um eine Unterkunft oder eine Empfehlung. Möglicherweise sogar um eine Stellung im Betrieb ihres Mannes. Alles leicht zu gewähren!

David dachte an die Bruderschaft, an das schöne Gebäude, in dem sie untergebracht war, an die Gärten, an das trauliche Zusammensein mit den Brüdern, an die große Schriftrollensammlung und die Archive, in denen sich dem Vernehmen nach die ältesten Geheimnisse der Menschheit befanden – vor allem dachte er daran, seinem Gott auf die seiner Meinung nach höchste und vornehmste Weise zu dienen –, und auf einmal waren Verstand und Herz nicht länger in Konflikt, waren alle Selbstzweifel und Verunsicherungen verschwunden, als ihm klarwurde, was er zu tun hatte. »Ich möchte dich und deinen Ehemann zu einer Hochzeitsfeier einladen«, sagte er.

Die dreizehnjährige Esther rannte den Pfad entlang zum Tor, um einmal mehr nach Gästen aus der Stadt Ausschau zu halten. Aber die Straße lag im Dunkeln.

Kam denn *niemand* zur Hochzeit?

Die Küchensklaven hatten zwei Tage lang alle Hände voll zu tun gehabt, um ein Festmahl vorzubereiten, über das man, wie Elias hoffte, noch jahrelang sprechen würde: grüne Bohnen in Essig, gedünstete Kohlrabi mit Pinienkernen, Kohl in saurer Sahne, Krabbensalat, gedämpfte Kammmuscheln, Spanferkel, gebratener, mit Nüssen und Knoblauch gefüllter Fisch, Blutwurst, Walnusspastete, gesalzene Wassermelonen, Feigentörtchen in Honig, Dattelpudding. Brotlaibe verschiedener Größen und Formen, serviert mit Granatapfel- und Birnensirup, warmes Olivenöl, geschäumte Ziegenbutter. Dazu die erlesensten Weine aus eigenem Anbau sowie aus Jericho importiertes Bier.

Wider alle Vernunft hatte Avigail eine Tanz- und Akrobatiktruppe sowie Musikanten und Sänger verpflichtet. Sie hatte zusätzliche Lampen, Kerzen und Fackeln gekauft, weshalb jede Ecke der Villa in hellem Licht erstrahlte. Der Duft von teurem Weihrauch hing in der Luft. Zusätzliche Tische und Sitzkissen waren überall verteilt worden, frische Rosen und Lilien standen für die Gäste bereit. Im oberen Stock legte Leah letzte Hand an ihr Hochzeitskleid, während Elias und David so gut wie möglich die männliche Verwandtschaft von Caleb vertraten, der sich ebenfalls in sein bestes Gewand hüllte.

Alles war bereit. Die hell erleuchtete Villa summte erwartungsvoll. Was jetzt noch fehlte, waren die Gäste.

Niedergeschlagen kam Esther zurück. Da hatte sie vor Aufregung nicht schlafen können und dann zu Ehren der Schwester

– 160 –

nicht nur ihr schönstes safrangelbes Gewand mit dem dazu passenden Schleier angelegt, sondern zudem die Erlaubnis erhalten, ihre Augen zu schminken und Wangenrot aufzulegen – und was sie jetzt sah, waren leere Tische und Sitzkissen, niederbrennende Kerzen, Musiker, die über ihren Instrumenten eingenickt waren!

Tamar saß bereits am Familientisch und brütete verdrossen vor sich hin. Sie hatte die Auseinandersetzung zwischen Großmutter und Vater mit angehört, an deren Ende feststand, dass für Leah eine prächtige Hochzeit ausgerichtet werden sollte, sie selbst sich hingegen mit einer bescheideneren zu begnügen hätte! Wie ungerecht! Umso schadenfroher war sie jetzt, dass die Gäste ausblieben und Leah somit keine Zeugen haben würde, wenn sie bei der Hochzeitszeremonie unter dem Baldachin stand, zusammen mit Caleb, und ihm Gehorsam versprach.

Eine bescheidene Hochzeit für Tamar …

Sie hatte versucht, ihre Wirkung als Frau an Caleb auszuprobieren, um herauszufinden, ob es stimmte, was Baruch bei ihrem letzten Zusammensein gesagt hatte – dass die Männer ihr zu Füßen liegen und ihr jeden Wunsch erfüllen würden. Caleb lächelte sie zwar mit blitzenden Zähnen an und schien sie charmant zu finden; da er sich aber allen anderen Familienmitgliedern gegenüber ebenso verhielt, konnte sie sich ihrer Sache keineswegs sicher sein. Als die Hochzeit dann näher rückte, hatte Tamar beschlossen, ihre Verführungskünste bei Leahs Verlobtem nicht länger zu erproben.

Jetzt aber durchfuhr sie ein neuer Gedanke.

Wenn ihr schon zu gegebener Zeit lediglich eine bescheidene Hochzeit zugestanden wurde, wollte sie, sozusagen als kleine Entschädigung dafür, den Ehemann ihrer Schwester verführen. Damit könnte sie beweisen, dass Baruch recht hatte, könnte sich selbst beweisen, dass sie nicht die unwichtige kleine Schwester war, sondern sehr wohl über Macht und Ausstrahlung verfügte. Und sie könnte sich an Leah für dieses Unglück, das sie über das Haus gebracht hatte, rächen.

Klingklang! Klingklang!

Tamar reckte den Kopf so rasch in die Höhe, dass sich vereinzelte Blumen aus ihrem Schleier lösten. Die Glocke am Tor, nirgendwo im Haus zu überhören. Avigail in der Küche erstarrte. Leah, die sich mit ihrer Mutter und Tante Rakel oben aufhielt, hielt inne und lauschte. Elias warf einen Blick über den Balkon.

War doch noch jemand gekommen?

Der Verwalter öffnete das Tor und glotzte erstaunt auf die Menge, die sich davor eingefunden hatte: elegant gekleidete Männer und Frauen, die, begleitet von Sklaven, die Fackeln und Geschenke trugen, in Sänften, zu Pferd und in Wagen den Weg hierher zurückgelegt hatten. *Shalaam!*, hörte man es rufen, gefolgt von traditionellen Hochzeitswünschen.

»Sie sind eingetroffen, Herrin«, konnte der Verwalter, als er Avigail im Garten aufsuchte, nur noch fassungslos stammeln. »Es dürften Hunderte sein!«

Sie strömten herein, wurden von Avigail und Elias begrüßt und zu ihren Plätzen geleitet – festlich aufgeputzte Männer und Frauen, deren Goldschmuck im Licht der Lampen funkelte. Da sich alle untereinander kannten, hob munteres Plaudern in Vorfreude auf das Festmahl an.

Anmutig lächelnd nahm Avigail die Weihrauchkugeln entgegen, die viele der Gäste mitgebracht hatten, dann zündete sie in jedem Raum das Gummiharz an, dessen parfümierter Rauch sich im ganzen Haus ausbreiten sollte, um die bösen Geister von der Trauungszeremonie fernzuhalten.

Als alle Platz genommen hatten, kam Leah, begleitet von ihrer Mutter und Rakel, zu den Klängen von Zimbeln und eingehüllt in Schwaden von Weihrauch in einer feierlichen Prozession, in der Erregung und Freude mitschwang, die Treppe herunter. Sie trug ein kunstvoll besticktes Gewand aus mehreren farblich aufeinander abgestimmten Lagen; ihre Hände und das Gesicht waren mit schützenden Symbolen aus Henna verziert, und um ihren Hals hingen nicht nur verschiedene Amulette, die Ugarits Götter symbolisierten, sondern auch Glücksbringer und ein kleiner, mit

Kräutern gefüllter Beutel zur Abwehr von Dämonen, denen man Eifersucht auf Liebende nachsagte.

Aus einer Nebentür traten jetzt Caleb, David und Elias. Sie hielten vor dem Baldachin inne, unter dem zwei zu Thronen umdekorierte Stühle standen. Elias hob die Arme und rief: »Gepriesen seien die Götter von Kanaan, denn sie sind heute Abend zugegen! Bewahrt die Namen von Asherah und Baal und Dagon auf euren Lippen, auf dass sie diese Verbindung segnen und beschützen.« Dann forderte er das Brautpaar auf, unter den Baldachin zu treten, wo sie ihre Gelöbnisse sprachen, worauf Elias ihre Handgelenke mit einem lockeren Knoten aus Hanf zusammenband und verkündete, dass sie nun miteinander verheiratet seien. David, der in der Nähe saß, hielt das Geschehen auf Ton fest.

Die Gäste brachen in Hochrufe aus. Caleb und Leah nahmen auf den Thronen Platz. Elias gab den Musikanten das Zeichen, mit ihrem Spiel zu beginnen, während Avigail den Obersten Verwalter anwies, das Festmahl auftragen zu lassen.

Hannah nahm mit einem stolzen und zugleich erleichterten Lächeln am Familientisch Platz. Ihre Tochter war nicht länger Bat Elias, sondern Isha Caleb. Mit dem Zutun der Götter würde sie vor Ablauf eines Jahres Em Yosia oder Em Avran heißen und ihr Status gesichert sein. (Und vielleicht werden die Götter auch mir noch einen Sohn für meinen geliebten Elias schenken, hoffte sie.) Tamar, die neben ihrer Mutter saß, ließ Leah, die wie eine Königin unter dem Baldachin thronte, nicht aus den Augen. Sie dachte an Baruch, den jungen Mann, den sie wegen Leah verloren hatte, sie dachte an die »bescheidene« Hochzeit, mit der sie selbst sich abfinden sollte, sie dachte daran, wie viel Ungerechtigkeit in der Welt herrschte. Dunkle Entschlossenheit überkam sie, ihren neuerlichen Vorsatz in die Tat umzusetzen – Caleb zu verführen.

Von ihrem Thron aus, unter einem mit Münzen überladenen Kopfputz – dem Hochzeitsgeschenk ihres Vaters – und auch ansonsten mit reichem Schmuck behängt, ließ Leah die Feier wie betäubt über sich ergehen. Sie hatte mit dem Ausbleiben jeglicher Gäste gerechnet und konnte es jetzt nicht fassen, dass mehr oder weniger die gesamte Crème der Gesellschaft erschienen und sie nun mit dem Mann verheiratet war, der schweigend neben ihr saß und ihr noch immer fremd war.

Caleb dagegen war hellwach. Er zwang sich, unablässig zu lächeln, während er die kostbaren Gewänder musterte, die Juwelen, das Gold und Silber. Für die Familie seiner Braut hatte er nur Verachtung übrig. Alle waren sie gutherzig und schwach und obendrein dumm. Überall hatte sich herumgesprochen, dass in der Hafengegend ein reicher Mann, der nicht aus Ugarit stammte, *sondern aus Damaska,* und sein Sklave ermordet worden waren. Aber Elias und seine ahnungslosen Frauen hatten keine Verbindung zu ihm hergestellt. Dennoch gedachte Caleb, aus seinem Leben hier das Beste für sich herauszuholen. Er sah in die lachenden Gesichter seiner neuen Verwandtschaft und blieb an einem hängen, hinter dem er boshafte Gedanken vermutete. Das war die schöne, sechzehnjährige Tamar, in deren Augen ein schwarzes Feuer loderte. Dieses Mädchen mochte er am allerwenigsten, weil er erkannt hatte, dass ihr Herz so dunkel war wie sein eigenes.

Nobus Aufmerksamkeit galt den Sklaven, die den Wein ausschenkten. Seine Götterstimmen hatten keine Ruhe gegeben, seit sein Meister aus Mitleid für ein Mädchen unbezahlbare Pfandscheine verschleudert hatte. *Nobu, du erbärmlicher Wicht, auf diese Weise schaffst du es nie in die Bruderschaft, wirst niemals etwas von dem Ansehen und Luxus des Lebens im Hause des Goldes kennenlernen. Du bist dazu verdammt, der Sklave eines gewöhnlichen Schreiberlings zu sein.* Er griff nach dem erstbesten Becher Wein, dessen er habhaft werden konnte, und leerte ihn bis zur Neige, worauf die Stimmen erstarben.

Unter den Feiernden befanden sich auch Hadar und ihr Ehemann, die nach langem Debattieren und Überlegen nicht hatten widerstehen können, drei Pfandscheine aus dem königlichen Haus in Lagasch anzunehmen. Hadar plante bereits, zu gegebener Zeit der höchstwahrscheinlich empörten Zira zu erklären, sie habe vor allem anderen an das Wohl ihres Mannes denken müssen, dessen Chancen für den Abschluss eines Handelsabkommens mit Kaufleuten in Lagasch, die sein Purpur beziehen wollten, jetzt gestiegen seien.

Auch der Importeur von afrikanischem Elfenbein war mit Ehefrau und Töchtern erschienen, zusammen mit all den anderen, die von Jotham und Zira direkt oder anderweitig angehalten worden waren, an diesem Abend zu Hause zu bleiben. Ugarits Oberschicht war übereingekommen, dass Jotham unmöglich alle für ihre Teilnahme an dem Fest bestrafen konnte. Und sie besaßen jetzt alle kostbare Pfandscheine aus Lagasch.

Unter den Gästen befand sich des Weiteren der blasshäutige Spitzel mit den hängenden Schultern, der für Jotham als Kundschafter tätig geworden war. Bislang hatte er nichts Anrüchiges über Caleb aus Damaska in Erfahrung bringen können, aber er wollte weiter herumschnüffeln und sich, wenn es sein musste, sogar nach Damaska begeben.

Und auch wenn Davids Herz schwer war, dankte er im Stillen Shubat. Er war froh, dass die Pfandscheine ihren Zweck erfüllt hatten. Dafür, dass so viele gekommen waren, hatte sich sein Opfer gelohnt. Mehr Pfandscheine herzustellen war ausgeschlossen, weil zu viele den Wert der anderen mindern würden. Und bestimmt gab es eine Obergrenze dafür, wie viele sein königlicher Vater einlösen würde.

Jetzt musste er auf andere Weise einen Bürgen gewinnen.

Der Gedanke, dass Leah, die dort auf ihrem Brautthron neben ihrem lächelnden Bräutigam saß, schon bald mit Caleb allein sein würde, war ihm unerträglich. Auch wenn sie nun für immer unerreichbar für ihn geworden war, würde er seine Liebe zu ihr im Herzen bewahren und der Bruderschaft, den Wächtern der heiligen alten Bibliothek im Haus des Goldes, hingebungsvoll dienen.

Es war bereits spät. Das Festmahl war beendet, die Gäste brachen auf, nicht ohne vorher das neue Paar unter dem Baldachin erneut mit Glückwünschen und Geschenken zu bedenken. Während Hannah und Rakel und Avigail Leah in ihre Brautkammer geleiteten, nahm Elias David beiseite, legte ihm die Hand auf die Schulter und sagte: »Ich weiß, was du getan hast, David. Ich weiß um das Opfer, das du für meine Tochter gebracht hast. Mit diesen Pfandscheinen hättest du dir einen Bürgen für die Bruderschaft sichern können. Das werde ich dir nicht vergessen. Jetzt, da ich einen starken Schwiegersohn im Haus habe – und einen Schreiber mit scharfem Verstand«, fügte er lächelnd hinzu, »wird Jotham uns nicht länger behelligen. Schon gar nicht, wenn er erfährt, wie viele Freunde sich heute Abend auf meine Seite gestellt haben. Das habe ich dir zu verdanken. Ich stehe tief in deiner Schuld.«

Im oberen Stock, in der Kammer, die sie mit ihrem neuen Ehemann teilen würde, machte sich Leah für die Nacht zurecht. Sie war nicht in Caleb verliebt, aber das waren nur wenige Frauen zu Beginn der Ehe. Liebe, so hatte man ihr gesagt, stelle sich erst später ein.

Nachdem sie gebadet und mit wohlriechenden Essenzen eingerieben worden war, entließ sie die Sklavinnen mit dem Auftrag, Caleb zu rufen, und schlüpfte unter die Decken. Sie wusste, was auf sie zukam, Großmutter hatte sie darauf vorbereitet. Außerdem kannte sie die Geräusche, die beim Liebesakt aus dem Schlafzimmer ihrer Eltern drangen und bei denen Hannah dann ausrief: »Komm zu mir, mein geliebter Elias. Fülle mich mit deiner Stärke.«

Und dann war da noch das Liebesgedicht aus Tante Rakels Eichentruhe, das David ihr vorgelesen hatte: »Mein Liebster gleicht dem Zedernbaum. Er ist hart und dauerhaft …«

Aber mit Caleb war alles ganz anders. Weder küsste er sie, noch schloss er sie in die Arme, noch liebkoste er sie. Ohne etwas zu sagen, griff er nach ihrer Hand und legte sie sich auf seinen Penis, bog ihre Finger um den Schaft, bis er hart war. Dann drehte er sie um, auf den Bauch, schob ihr Nachthemd hoch und drang von hinten in sie ein. Sie spürte, wie das Jungfernhäutchen zerriss, und dann den Schmerz, als er heftig und immer wieder zustieß, so lange, bis er sich mit einem Aufstöhnen ergoss. Dann ließ er von ihr ab, rollte sich auf die andere Seite und schlief ein.

Leah blinzelte in die Dunkelheit. Caleb hatte sie nicht umarmt.

Hatte sie nicht gestreichelt, um das Feuer in ihr zu entfachen. Statt leidenschaftlich zu sein, hatte er sich gierig wie ein Tier über sie hergemacht. Ohne ihren Namen auszusprechen. Wenn ihre Eltern sich liebten, dann mit Lauten, die Leidenschaft ausdrückten, Sehnsucht, *Begehren*. Caleb hatte gegrunzt. Wie ein Schwein. Nicht einmal ins Gesicht hatte er ihr gesehen.

Sie stand auf, um sich zu waschen. Blut von dem zerrissenen Hymen klebte auf den Innenseiten der Schenkel. Sie zog sich ein frisches Nachthemd an. Das, was sie vorher getragen hatte, würde sie morgen verbrennen.

Sie lauschte der nächtlichen Stille und versuchte, nicht an David zu denken, versuchte, nicht einer verlorenen Liebe nachzutrauern, verlorenen Gelegenheiten und dem, »was hätte sein können.« Jetzt war dies hier ihre Realität. Jungmädchenträume gehörten der Vergangenheit an, auch die Erinnerung an einen leidenschaftlichen Kuss auf dem Dach, unter einer goldenen Sonne.

Sie war keine Jungfrau mehr, spürte aber keinen Unterschied an sich. Mochte sich auch in ihrem Körper eine Veränderung vollzogen haben, ihr Herz jedenfalls blieb dasselbe. Trotzdem würde sie sich morgen wie eine zufriedengestellte Frau verhalten. Morgen würde man sie mit Isha Caleb ansprechen. Und, den Willen der Götter vorausgesetzt, würde sie bald, nach ein paar weiteren Morgen, ein Kind in sich tragen, und die Erinnerung an diese Nacht würde verblassen.

6

Die Legende berichtet von einem uralten Volk, das auf einer Insel inmitten des Großen Meers lebte und unsterblich war, weil es sich die Formel für ewige Jugend angeeignet hatte und eine besondere Zauberkunst ausübte, die Al-Chemie genannt wurde und die Menschen in die Lage versetzte, eine gewöhnliche Substanz in etwas sehr Kostbares zu verwandeln. Bei einem schweren Erdbeben wurde die Insel zerstört, und ihre Bewohner fanden den Tod – bis auf einige wenige, die sich retten konnten und an die östliche Küste des Großen Meers gelangten. Hier lebten sie so lange, bis auch sie zu den Göttern gingen, nicht ohne vorher ihre wundersamen Geheimnisse auf Tontafeln festgehalten zu haben.

Diese Tafeln, auf denen das Geheimnis für ein Leben ohne Krankheit und Kümmernis vermerkt war, sollten sich, wie es hieß, in der großen Bibliothek von Ugarit befinden, deren Wächter die Bruderschaft der Schriftgelehrten war.

Leider waren diese Aufzeichnungen in einer längst ausgestorbenen Sprache abgefasst, die noch niemand hatte entziffern können.

Diese Gedanken gingen David im Kopf herum, als er sich ehrfürchtig dem Haupteingang des Gebäudekomplexes näherte, in dem die Bibliothek untergebracht war, das königliche Archiv und das innere Allerheiligste der Bruderschaft. Da gab es also einen legendären Schatz und die Möglichkeit, der Menschheit zu dienen, wenn er diese antiken Aufzeichnungen entschlüsselte und die Geheimnisse der Götter aufdeckte.

Er war bereits im Haus des Goldes gewesen und hatte dort gesehen, wie studierte Männer in einem großen Hof saßen und ganz normale Bürger berieten oder behandelten. Eine Art der Berufsausübung, die es in den Städten im Osten nicht gab. Er hatte bereits vor Tagen schon einmal vorgesprochen, um sich in die Namensliste der Schriftgelehrten einzutragen und seine Absicht kundzutun, in einem Jahr als Mitglied aufgenommen zu werden.

Diesmal musste er bescheidener auftreten.

Nachdem es ihm nicht gelungen war, einen Fürsprecher aufzutreiben, hatte er beschlossen, sich direkt an die Bruderschaft zu wenden, sich ihrer Gnade anzuvertrauen, seine Situation und die besonderen Umstände darzulegen und um Verzicht auf einen Bürgen zu bitten. Bestimmt würde ihm Verständnis entgegengebracht werden, immerhin war dies doch eine Bruderschaft.

»Meister«, quengelte Nobu neben ihm, »was wird eigentlich dann aus mir?«

Bis nach Lagasch und darüber hinaus war die Bruderschaft in Ugarit bekannt für ihre karge Lebensweise und ihre strengen Vorschriften in Sachen Abstinenz und Mäßigung. Vor allem im ersten Jahr, dem Noviziat, in dem zusätzlich Keuschheit verlangt wurde. Da David bezweifelte, dass man ihm gestatten würde, einen persönlichen Sklaven mitzubringen, wandte er sich an seinen Gefährten, dessen Augen unter den schweren Lidern leicht blinzelten, legte ihm beruhigend die Hand auf den Arm und sagte: »Keine Sorge, alter Freund, ich werde schon etwas für dich finden. Du weißt ja selbst, dass die Brüder kein Fleisch essen, keinen Wein trinken und großen Wert auf ein keusches Leben legen. So viel Selbstverleugnung würde dich nicht glücklich machen. Vielleicht kann ich es einrichten, dass du bei Elias bleibst und er dich im Haushalt beschäftigt.« Wenn David sich einzureden versuchte, dass er dabei nur das Wohl seines Gefährten im Auge hatte, musste er ehrlicherweise zugeben, dass ihm diese Regelung als Vorwand dienen konnte, dem Haus seines früheren Dienstherrn von Zeit zu Zeit einen Besuch abzustatten, um nicht nur seinen alten Freund Nobu wiederzusehen, sondern sich auch nach Leah zu erkundigen oder ihr sogar über den Weg zu laufen, sich davon zu überzeugen, dass es ihr gutging …

»Geh jetzt nach Hause, Nobu. Diese Sache hier muss ich allein hinter mich bringen. Wahrscheinlich bin ich erst spät zurück, weil es vermutlich mit meinen Brüdern hier viel zu besprechen gibt.«

Er sah Nobu hinterher, sah, wie er sich langsam und schildkrötengleich entfernte und vor sich hin murmelnd den Götterstimmen antwortete. Wahrscheinlich würde ihm der Gefährte entsetzlich fehlen.

Als er dann aber die Säulenhalle entlangging, wo Männerstimmen zur marmornen Decke hochstiegen, schweiften seine Gedanken von Nobu ab, sogar von der Bruderschaft und hin zu Leah. Wie gut, dass sie verheiratet war, sagte er sich, denn die Bruderschaft würde nicht nur einen Großteil seiner Zeit beanspruchen, er musste auch mit ganzem Herzen dabei sein. Auch nach dem Noviziat würde ihm wenig Zeit für anderes bleiben.

Sobald er an Leah dachte, ging ihm einmal mehr das Herz auf. Wenn er sie sich vorstellte … sich an den Kuss vor einem Monat unter einer goldenen Sonne erinnerte. Er dankte den Göttern, dass sie ihnen diesen einen Moment gewährt und sie damit für den Rest ihres Lebens gestärkt hatten.

War das genug?, überlegte er jetzt.

Düstere Gedanken stiegen in ihm hoch, wenn er an Leahs Ehemann dachte. Er fand es seltsam, dass Caleb ihm noch keinen Brief an seine Familie in Damaska diktiert hatte. Anders als Avigail, die ihre Cousine informiert hatte, dass Caleb gut angekommen und inzwischen mit ihrer Enkelin verheiratet sei, dass sich ihre Familie über den Zuwachs freue und die Cousine doch mal zu Besuch kommen solle. Von Caleb dagegen keinerlei Diktat (obwohl er Elias gesagt hatte, er habe seiner Familie die bevorstehende Hochzeit mitgeteilt, worauf man ihm als Antwort etwas von Krankheit und finanziellen Schwierigkeiten mitgeteilt habe. Möglicherweise hatte er ja die Dienste eines Schriftgelehrten hier im Hause des Goldes in Anspruch genommen).

Er gelangte zum Eingang, zwei hohen Holztüren, die sich in

ihren Angeln bewegten und öffneten. Laut der Inschriften in Keilschrift zu beiden Seiten befanden sich hier die Bibliothek und die Archive. David sah einen langen, entlang der Wände von Fackeln in Halterungen spärlich erhellten Korridor. Der Fußboden glänzte. Vor Stolz erschauernd trat er über die Türschwelle. Gewöhnliche Bürger durften diesen heiligen Bezirk nicht betreten. Und heilig war er in der Tat, barg er doch die Aufzeichnungen der ältesten Worte, niedergeschrieben von den Göttern selbst zu Anbeginn der Zeit. Genau hier gedachte David eines Tages, wenn er das höchste Amt erreicht hatte, Shubat Ehre zu erweisen.

Durch eine Nebentür erschien ein Schriftgelehrter, gekleidet in das Einheitsgewand der hier lebenden Brüder: ein eng anliegendes Hemd aus weicher brauner Wolle über einem knöchellangen Rock aus weißem Leinen. Sein gekräuselter langer Bart und der goldene Reif um die Stirn wiesen ihn als studierten Mann aus.

David stellte sich vor und nannte den Grund seines Besuchs. »*Shalaam*, Bruder, und der Segen Dagons«, sagte der Mann und nickte. »Folge mir.«

Beim Passieren der vielen offenen Türen erblickte David riesige Säulen, deren Kapitelle in Form von Blüten gemeißelt und bunt bemalt waren – majestätische Blumen, die die hohe Marmordecke stützten. Er erblickte Schriftkundige, die auf Hockern saßen und im Schein von Messinglampen geschickt mit Stift und Ton hantierten. David nahm an, dass einige von ihnen Studenten waren, andere für die Regierung arbeiteten; sich mit den geschäftlichen Belangen einer Stadt abzugeben oblag Männern, die des Lesens und Schreibens mächtig waren. Zuzusehen, wie diese brüderlichen Schriftkundigen ihrer heiligen Aufgabe nachgingen, ließ Davids Herz vor Stolz schwellen. Er konnte es kaum erwarten, dem reglementierten Leben einer Bruderschaft beizutreten, wo man ihm Opferbereitschaft abverlangen würde, wo ihm Rücksicht auf seine Mitbrüder auferlegt, sein Glaube immer wieder auf die Probe gestellt werden würde.

Ob es sich wohl einrichten ließ, überlegte er, dass er auf der

Stelle der Bruderschaft beitrat und weiterhin Elias zu Diensten war?

Am Ende des Korridors übergab ihn sein Begleiter einem anderen, dessen Goldbänder um Ober- und Unterarme, die vielen goldenen Ringe an seiner Hand und der kunstvoller gearbeitete Reif um seinen Kopf ihn als um einiges hochrangiger auswiesen. »*Shalaam*, mein Bruder«, sagte er und stellte sich vor, aber David war dermaßen beeindruckt von der Größe des inneren Heiligtums und der Tatsache, dass er seiner Bestimmung so nahe war, dass er nur mitbekam, dass der Mann seinen Namen mit Yehuda angegeben hatte. Entsprechend verblüfft war er, als er diesen Schriftgelehrten fragte, ob er zufällig mit Jotham dem Schiffbauer verwandt sei, und zur Antwort erhielt: »Ich bin sein Neffe.«

Obwohl er mitbekommen hatte, dass der Neffe von Elias' Feind Schriftgelehrter war, war er doch höchst überrascht, nun einem Mitglied der Familie leibhaftig gegenüberzustehen, die die Familie, der David diente, in den Ruin treiben wollte.

Über Zira, seine Mutter, wusste er nur, dass Elias' Dienerinnen sie als »eselsgesichtige Vettel« bezeichneten. Auch der Sohn hatte ein fliehendes Kinn und einen ausgeprägten Überbiss. Er war hochgewachsen, und anhand der Schatten unter seinen tief eingebetteten Augen erinnerte sich David daran, dass Leah gesagt hatte, er leide an der Fallsucht. Dennoch habe er hochfliegende politische Ambitionen und spekuliere sogar auf den Thron.

»Was wünschst du, mein Bruder?«, fragte Yehuda in näselnd tiefem Tonfall.

»Dürfte ich den Rab kennenlernen?«

»Er schläft gerade.«

David runzelte die Stirn. »Es geht ihm hoffentlich gut? Wo es doch erst Mittag ist …«

»Er ist alt«, sagte Yehuda und fügte hinzu: »Beim nächsten Aufgang des Morgensterns im Sommer wird ein neuer Rab ernannt werden.« Irgendetwas in seiner Stimme, vielleicht auch wie er sich in Positur warf, schien darauf hinzudeuten, dass Yehuda dessen Nachfolger werden wollte.

»Edler Yehuda«, hob David an und verspürte sofort Gewissensbisse – einerseits setzte der Onkel dieses Mannes alles daran, Leahs Familie zu vernichten, andererseits war er ein Schriftgelehrter, und als solchem hatte David ihm Anerkennung und Respekt zu zollen. »Ich möchte in acht Monaten dieser Bruderschaft beitreten.« Wohlweislich sah er davon ab, Elias als seinen gegenwärtigen Dienstherrn anzugeben. »Aber da ich in Ugarit fremd bin, habe ich niemanden, der für mich bürgt.« Er hatte gehofft, dass er als Prinz des Königshauses von Lagasch leichter Aufnahme in dieser Bruderschaft finden würde, aber jetzt musste er darauf achten, Lagasch nicht zu erwähnen, weil Yehuda bestimmt erfahren hatte, dass Elias' neuer Schreiber von dort stammte.

»Ausnahmen können gewährt werden.« Um sie herum flackerten Lichter in Wandleuchten, warfen in Abständen Schatten auf das schmale Gesicht des Schriftgelehrten. Was es ausdrückte, war schwer zu ergründen. Und da Yehuda es bei dieser Antwort beließ, fragte David nach: »Welche Ausnahmen?«

»Wir haben in unserer Gemeinschaft Brüder, die ebenfalls keine Bürgen hatten.«

»Tatsächlich?« Davids Interesse war geweckt. Umging man hier die Tradition der Bürgschaft etwa dadurch, dass man Schriftkundige aufnahm, die mittels einer Prüfung den Beweis erbrachten, dass sie anstellig und flink, von hoher Moral und Ehrsamkeit waren? Eine solche Prüfung würde er ganz bestimmt bestehen!

»Erlaube mir, dich herumzuführen«, sagte Yehuda liebenswürdig, »und wenn du dann wirklich bei uns eintreten möchtest, werde ich dir sagen, wie das geregelt werden kann.« Er legte eine Pause ein, musterte Davids nackten Arm. »Eine Frage«, sagte er. »Was hat dieser Dolch zu bedeuten? Bist du ein Schriftgelehrter und Krieger? Eine solche Kaste gibt es bei uns nicht.«

»Ich kämpfe nicht«, sagte David wahrheitsgetreu. »Der Dolch ist rein symbolisch.«

Sie betraten die Wohnstätte der Brüder, ein zweigeschossiges Gebäude mit Privatzimmern. Durch die geschlossenen Türen war Musik und das Lachen von Frauen zu hören. David hätte schwören können, dass es darüber hinaus nach gebratenem Fleisch – Schwein und Lamm – roch. Als sie an einem Schrein vorbeikamen, auf dessen Altar ein Gott thronte, stellte er fest, dass die reinigende Flamme erloschen und der Weihrauch erkaltet war, und er meinte seinen Augen nicht zu trauen, als ihnen ein Schriftkundiger entgegenkam, auf dessen Rock eindeutig ein Weinfleck prangte.

Sie betraten ein Archiv mit verstaubten Regalen und Tischen, auf denen Federn und Tinte, Papyrus, Stiften und Ton lagen. Welch ein heilloses Durcheinander! Die Tafeln in den Regalen türmten sich kreuz und quer aufeinander, einige waren sogar zerbrochen! Jetzt schlurfte ein ungemein dicker Schreiber herein und schmiss eine Tontafel auf einen bereits überladenen Stapel im Regal, ohne darauf zu achten, wo sie landete. Nichts hier schien geordnet zu sein. Tafeln lagen auf dem Boden, schienen einfach dort fallengelassen worden zu sein. David war empört. Eine Schande war das!

Das Schändlichste jedoch war, wie mit dem berühmten Emblem der Bruderschaft umgesprungen wurde, einer Scheibe, aus deren Umkreis gleich einer feurigen Sonne überall Flammen aufloderten und aus deren Mitte ein großes menschliches Auge starrte. Ein Symbol, das so alt war, dass seine Herkunft und Bedeutung im Dunkel lag. David mutmaßte, dass es eine Sonnengottheit darstellte. Diese wurde allerdings nicht verehrt, wie er beobachten konnte. Während seines Rundgangs mit Yehuda hatte er dieses Symbol überall gesehen, an Säulen, auf Wänden und Türpfosten, alle verstaubt, abgesplittert, vernachlässigt und demnach nicht respektiert.

Er war bestürzt. In Lagasch waren die Schriftgelehrten stolz auf ihr Symbol und erwiesen ihm, wann immer sie daran vorbeikamen, durch eine Geste oder ein ehrerbietiges Wort Respekt. Das Symbol einer Bruderschaft war wie der Mittelpunkt eines weit gespannten Netzes, in dem alle Fäden zusammenliefen. Sobald dieser Mittelpunkt eine Schwachstelle aufwies, zerfiel das Netz.

Aber es bedeutete noch mehr als das. Wie das geschriebene Wort besaß ein Symbol – ob in Ton oder Stein geritzt oder auf

– 174 –

Holz gemalt – eine eigene Macht. Bereits beim Ausgestalten eines Symbols wurde das, was ihm innewohnte, geweckt und übertrug seine Macht auf den, der es zu würdigen wusste. Beim Sonnenauge der Bruderschaft hingegen schien es so zu sein, dass die Brüder in ihm nicht mehr sahen als Ton oder Stein oder bemaltes Holz.

Wie gelähmt war David vor Entsetzen. Wo blieb der Respekt vor ihrer heiligen Berufung? Deshalb beantwortete er Yehudas Frage: »Möchtest du noch mehr sehen?« mit der Gegenfrage: »Zu welchem Gott beten die Brüder vor Beginn des Diktats?«

»Zu welchem sie wollen oder zu gar keinem. Derart strenge Regeln gibt es hier nicht. Den Brüdern steht es frei, so zu leben, wie es ihnen beliebt. Eine Regel jedoch muss eingehalten werden: Wenn ein Schriftkundiger für seine Dienste entlohnt wird, hat er einen Teil des Honorars an die Bruderschaft abzuführen.«

»Wie ist der Tag eingeteilt?«

Yehuda hob eine Braue.

»Wann wird gebetet?«, hakte David nach. »Wann stehen die Brüder morgens auf? Wann ist Essenszeit? Wann beginnt die Nachtruhe?«

»Bei uns geht es nicht so zu wie in anderen Häusern, wo man die Brüder einem militärischen Reglement unterwirft. Jeder lebt so, wie er möchte.«

»Wird mir gestattet sein, die heilige Bibliothek aufzusuchen, sobald ich Mitglied bin?«

»Du warst bereits dort.« Yehuda deutete auf den Raum, den sie eben verlassen hatten.

David war es, als hätte man ihm einen Schlag in die Magengrube versetzt. Dieses verstaubte Durcheinander von Tafeln und Papyrus sollte die *geheiligte Bibliothek* sein? »Aber wo«, fragte er und spürte, wie sich seine Brust verkrampfte, »würde ich dort zum Beispiel die Chronik der Schöpfung finden? Ich habe keinerlei Beschriftung, keinen Katalog gesehen.«

Yehuda zuckte mit den Schultern. »Keine Ahnung. Ich habe noch nie danach gesucht.«

»Wem untersteht denn die Bibliothek?«

»Mehr oder weniger uns allen.« Er musterte David eingehend. »Möglicherweise ist unsere Bruderschaft nicht das, was du suchst. Du scheinst ein strukturierteres Leben zu bevorzugen.«

»Bei Shubat! Nein, nein, ich möchte noch immer bei euch eintreten. Wenn ich mich qualifiziere.«

»Qualifiziere? Wie meinst du das?«

»Nun, die Prüfungen, die ich sicherlich ablegen muss …«

Yehuda lächelte. »Prüfungen gibt es nicht. Erforderlich für die Aufnahme ist einzig und allein ein Maß Gold.«

»Gold? Ihr wollt nicht meine Befähigung überprüfen?«

Wieder zuckte Yehuda mit den Schultern. »Wir haben hier alle möglichen Talente und Bildungsstufen. Manche sind geschickter als andere. Wenn du zu uns kommst, werden wir dir Arbeiten zuweisen, für die du dich am besten eignest.«

David hätte am liebsten laut aufgeschrien. Stattdessen fragte er: »Aber woher willst du wissen, ob ich überhaupt schreiben kann?«

Yehuda sah ihn lediglich aus seinen tiefliegenden Augen vielsagend an, und David überlief es kalt, als ihm klarwurde, dass die Mitgliedschaft der elitären Bruderschaft käuflich war – von Männern, die kaum oder überhaupt nicht dazu befähigt waren!

Ihm wurde übel. Wo waren Ehre und Stolz abgeblieben? Wo die unerlässlichen Voraussetzungen, die diese Bruderschaft über alle anderen erhob? *Das Symbol der feurigen Scheibe, vernachlässigt und entehrt.*

»Verzeih mir«, würgte er heraus, »ich muss zu einer Verabredung … Ich werde darüber nachdenken.« Fast taumelnd trat er den Rückzug durch die Säle und Korridore an, durch die Essensgerüche und Parfümdüfte waberten, Flötenspiel und Lachen zu hören waren, vorbei an beleibten Männern, die so stanken, als hätten sie wochenlang nicht gebadet. Bloß nicht mehr an die verwahrloste Bibliothek denken, an den Staub und die Spinnweben, an die zerbrochenen Tafeln, an das Durcheinander schriftlicher Aufzeichnungen, die die alte Sammlung der Prophezeiungen sein konnten oder die Besitzurkunde eines Schafzüchters!

Er stolperte hinaus in die blendende Sonne auf dem Hof, wo

Ärzte und Anwälte und Schriftkundige gegen Gold ihren Beruf ausübten, wo einfache Bürger mit ihren Nöten und Anliegen vorsprachen, ahnungslose Männer und Frauen, die diese Gelehrten als ehrenhaft und von hoher Moral erachteten – waren die Anwälte und Ärzte etwa besser als die des Schreibens und Lesens Kundigen? –, und bahnte sich einen Weg durch die Menge. Alles um ihn herum schien über ihm zusammenzustürzen, sein Traum zerbrach vor seinen Augen, der Schmerz, seinen Gott zu enttäuschen, griff ihm ans Herz.

Er fand die Straße, die aus Ugarit hinausführte, und schlug sie ein. Dunkelheit nistete sich in seiner Seele ein. Gab es etwas Schlimmeres als Ernüchterung, den Zusammenbruch seiner Ideale zu erleben? Tränenblind, wie er war, schwor er sich, nach seiner Lehrzeit bei Elias das korrupte Ugarit zu verlassen und mit Nobu und Shubat in eine Stadt zu ziehen, in der niemand ihn kannte. Ich werde mein Schild aushängen, gelobte er, und mir einen Kundenkreis von ausschließlich Wohlhabenden und Einflussreichen aufbauen. Ich werde ein reicher Mann werden und nie wieder jemanden »Bruder« nennen.

⁝

Was hatte David heute Morgen vorgehabt, als er in seinem besten Gewand aufgebrochen war?, fragte sich Leah. Nobu war nach kurzer Zeit allein zurückgekommen, was ungewöhnlich war. Sie versuchte, nicht weiter an ihn zu denken und sich als gute Ehefrau zu erweisen. Aber das war schwer. Wenn Caleb wenigstens leidenschaftlich wäre, Gefühl zeigte, *irgendetwas*. Aber er verhielt sich ihr gegenüber gleichgültig, so als wäre sie ein Tisch oder ein Stuhl.

Sie näherte sich dem Gartentor. Heute Morgen, als Tante Rakel ihr tägliches Tonikum zu sich nahm, hatte sie gesagt: »Myrrhe eignet sich am besten, um böse Geister davon abzuhalten, eine Wunde zu infizieren. Die Pflanze ist heilig, deshalb ist ihr Gummiharz das richtige Pflaster, um die Heilung zu beschleunigen.« Deshalb spielte Leah mit dem Gedanken, einen Myrrhenstrauch anzupflanzen. Entsprechenden Samen oder Setzlinge wollte sie in der Stadt besorgen.

Sie waren auf Molochs Traum gestoßen. Rakel hatte die Pflanze sofort erkannt, obwohl der Händler sie als *Cannabis* bezeichnete. Wenn es also diese Heilpflanze in Ugarit gab, hatte Leah überlegt, sei nicht auszuschließen, dass Zira die entsprechende Medizin bereits ihrem Sohn verabreicht habe. Worauf Rakel erwidert hatte: »Nur mein Ehemann wusste um ihre heilenden Kräfte gegen Fallsucht. Er fand es zufällig heraus, hat es aber niemandem erzählt.« Um sicherzugehen, hatte Leah den Pflanzenverkäufer nach den heilenden Eigenschaften von Cannabis gefragt, worauf der zwar eine lange Liste aufzählte, derzufolge die Pflanze unter anderem Linderung bei Schmerz verursachenden Dämonen versprach, bei Verstopfung, Gliedersteife und Schlaflosigkeit, Fallsucht dagegen mit keinem Wort Erwähnung fand. Deshalb glaubte Leah, Zira tatsächlich ein Mittel anbieten zu können, von dessen heilsamer Wirkung sie nichts wusste.

Zusammen mit Rakel hatte sie die junge Pflanze gesetzt und seither Molochs Traum wie auch alle anderen Heilkräuter in ihrem privaten Garten gehegt und gepflegt.

Sie schickte sich an, das alte Holztor zu öffnen, nicht ohne dabei mit einer Hand ein Medaillon zum umfassen, das sie im Tempel der Asherah erworben hatte – einen flachen, runden hellrosa Stein, in den so etwas wie ein Baum eingraviert war, das heilige Symbol Asheras –, und von dem sie hoffte, seine Kraft würde sich auf ihre Pflanzen übertragen.

Als sie durch das Tor trat, musste sie einen Augenblick innehalten, um den Anblick zu begreifen, der sich ihr bot. Der Garten, gestern noch voller junger Pflanzen, neuem Efeu, blühenden Blumen und zartem Gras, schien trotz seiner geschützten Lage innerhalb dieser Mauern vom Wind gebeutelt worden zu sein, der sich irgendwie Zugang verschafft haben musste: Alles, was hier gegrünt hatte, war herausgerissen und lag verstreut herum. Molochs Traum seiner Wurzeln beraubt und zerrupft. Und erst ihr Setzling! Die »Tochter«, die im Schatten der toten »Mutter«

um ihr Leben kämpfte, lag entwurzelt in der hinteren Ecke. Nein, Wind hatte hier nicht gewütet. Diese Verwüstung war von Menschenhand angerichtet worden. Aber wer hatte das getan?

Und dann entdeckte sie zwischen Zweigen und Blättern auf dem Boden eine elfenbeinfarbene Blüte, die keine echte Blume war, sondern Tamars Lieblingskamm. Er musste sich aus ihrem Haar gelöst haben, ohne dass sie es bemerkt hatte.

Die Erkenntnis traf Leah wie ein Schlag. Ja, Tamar hasste sie und warf ihr verständlicherweise vor, ihr das Herz gebrochen zu haben, weil Baruch aus Angst vor Jothams Drangsalierungen gegen seine Familie in eine andere Stadt gezogen war und dort geheiratet hatte. Aber auch wenn Leah einsah, dass sie Unheil über die Familie gebracht hatte – musste die Schwester derart bösartig handeln?

Sie machte sich auf die Suche nach Tamar, erst unten, dann im oberen Stock. Ihr anfänglicher Zorn wandelte sich in Mitleid, als ihr bewusst wurde, wie sehr sie die Schwester verletzt hatte. Jetzt, da sie in David verliebt war, verstand sie, was Tamar für Baruch empfunden hatte.

Durch meinen Ungehorsam hat Tamar Baruch verloren. Irgendwie muss ich das wiedergutmachen …

Sie klopfte an die Schlafkammertür der Schwester, trat auf deren Ruf hin ein. Und dann blieb sie wie angewurzelt stehen.

Da lagen sie.

Tamar und Caleb …

Die Kammer verschwamm vor ihren Augen. Die Wände schienen über ihr zusammenzustürzen. Wie durch einen Nebel hörte sie Tamars hämisches Lachen, sah die Kälte in Calebs Augen. Beide waren aneinandergepresst, die nackten, schweißglänzenden Gliedmaßen ineinander verschränkt, kaum bedeckt unter einem Laken, ohne den geringsten Anschein von Betroffenheit oder Beschämung oder Schreck.

Leah schlug eine Hand vor den Mund, wandte sich ab und rannte davon.

Auf dem Rückweg von Ugarit war David dermaßen in seine Verbitterung und Enttäuschung verstrickt, dass er zunächst gar nicht wahrnahm, wie Leah durch das Eingangstor stürmte und die Straße entlanghastete.

Er schmiedete bereits Pläne für die Zeit, nachdem er seine Lehre in Elias' Haus beendet hätte. Er wollte in Erfahrung bringen, in welchen Städten der Bedarf an Schriftgelehrten am größten war, aber auch wo besonders viele wohlhabende Familien lebten. In eine Stadt mit vornehmlich Schafzüchtern und Bauern würde er nicht ziehen, und in ein Dorf erst recht nicht. Schon eher in eine florierende Stadt wie Damaska oder Jericho, vielleicht sogar noch südlicher, vielleicht sogar bis nach Ägypten, wo Schriftgelehrte ehrenhafte Männer waren und nach einem Kodex der Ethik und Moral lebten!

Er blieb stehen, als er Leah mit wehendem Haar auf sich zukommen sah, rief ihr entgegen, und sie lief auf ihn zu, hinein in seine Arme, wo sie schluchzte und zitterte.

»Was ist denn? Was ist geschehen?«

Sie schnappte nach Luft, keuchte. »*Halla!*«, rief sie aus. »David, ich kann nicht mehr atmen! Hilf mir!«

Er zog sie unter einen Baum an der nördlichen Mauer der Villa. Wie eine Ertrinkende schnappte sie nach Luft. »Ich kann nicht …« Aus ihrer Kehle rasselte es beunruhigend. Ihre Brust hob sich, aber keine Luft gelangte in ihre Lungen. Verkrampfte Schluchzer bahnten sich den Weg, die Adern an ihrem Hals traten hervor.

Wie um sie zu schütteln, umfasste David ihre Schultern. »Leah!«

Aus ihrer Kehle drang ein Röcheln. Sie öffnete den Mund. Konnte nicht atmen. Er schloss sie in die Arme und drückte sie ganz fest, spürte, wie sie am ganzen Körper bebte. »Einatmen, Leah!«

Sie warf den Kopf zurück. »Ich ka…«

David beugte sich über sie, drückte seinen Mund auf ihren, ließ in kurzen Abständen und sanft seinen Atem in ihren Mund strömen, bis ihre Kehle sich entspannte und Luft in ihre Lungen drang. Sie klammerte sich an ihn, während er für sie atmete, ihr Luft einblies und dann den Atem aus ihr heraussog, bis er merkte, dass ihr Körper sich allmählich entkrampfte und das Röcheln verschwand.

Schließlich hob er den Kopf und sah auf sie hinunter. »Geht es wieder?«

Sie schaute ihm in die Augen, bohrte die Finger in das blaue Tuch seines Umhangs und flüsterte: »Ja.«

»Was ist vorgefallen?«

»Mein Garten ... Tamar ... mein Ehemann ...« Stockend berichtete sie von der Verwüstung, sprach von Hass und Ehebruch und Verrat.

Als sie geendet hatte, wusste David nicht, was er sagen sollte. Was sollte er ihr raten, wie sie trösten? Und wie hätte er jetzt, angesichts ihres Elends, von seiner eigenen Enttäuschung bei der Bruderschaft erzählen können? Als sie erneut in seinen Armen zu weinen begann, jetzt ganz ruhig, und er ihren zitternden Körper spürte, fielen Davids Pläne, in eine andere Stadt zu gehen, in sich zusammen. Er wusste, dass er Ugarit, dass er Leah niemals verlassen würde.

Mit vom Weinen geschwollenen Augen löste sie sich schließlich von ihm. »Wie sollen wir uns bloß Caleb und Tamar gegenüber verhalten?«

»Sag vor allem noch nichts zu Elias oder deiner Großmutter. Ich muss erst einmal nachdenken. Der Ruf deiner Familie ist bereits zu beschädigt, um einem weiteren Tiefschlag standzuhalten. Ich achte deinen Vater, ich möchte ihm nicht weh tun. Möglich, dass ich mir Caleb vorknöpfe.«

Aber Leah wusste, dass der eigentliche Übeltäter nicht Caleb war. Ihr Ehemann war ohne Liebe, ohne Leidenschaft oder Wärme, wahrscheinlich auch ohne Sehnsüchte. Ihm machte sie den geringeren Vorwurf; offenbar gab es Menschen, die von Natur aus kühl waren. Nein, was vorgefallen war, ging eindeutig auf Tamar zurück. Sie hatte Caleb benutzt, um ihr, Leah, eins auszuwischen, sie zu verletzen. Und sie würde es wieder tun.

»David«, sagte Elias, »würdest du bitte deinen Sklaven wegschicken? Was ich dir zeigen möchte, ist nicht für seine Augen bestimmt.«

Nobu wartete gar nicht erst den Befehl seines Meisters ab. Er streckte seinen Schildkrötenkopf nach vorn und verzog sich mit der Bemerkung: »Ich muss mich um deine Garderobe kümmern.«

Der persönliche Diener eines Schriftgelehrten zu sein entbehrte nicht der Widersprüche. Einerseits wurde er in Familienangelegenheiten eingeweiht, die gewöhnlichen Haushaltssklaven vorenthalten wurden. Andererseits musste er, wenn der Schriftgelehrte von der Familie ins engste Vertrauen gezogen wurde, zwangsläufig das Feld räumen.

Derlei Probleme machten Nobu nicht zu schaffen, als er den Weinschuppen verließ und den Pfad zurück zum Haus einschlug. Seit sein Meister ihm gestern eröffnet hatte, dass er nun doch nicht gedenke, der Bruderschaft beizutreten, wenngleich er noch keine Ahnung habe, was nach Ablauf der Lehrzeit aus ihnen werden solle, hatten ihm seine Götterstimmen zwar mächtig zugesetzt, aber zum Glück lebten er und David ja bei einem Winzer, wo es ausreichend Mittel und Wege gab, diese Götterstimmen zum Schweigen zu bringen.

Indessen folgte David seinem Dienstherrn tiefer in den Lagerschuppen hinein, in dem erlesene Jahrgänge in Holzfässern darauf warteten, auf Flaschen gezogen und zur Verschiffung bereitgestellt zu werden. Obwohl er versuchte, Elias' Ausführungen zu folgen, kreisten seine Gedanken nur um Leah. Sie hatte sich gestern Abend frühzeitig zurückgezogen und Kopfschmerzen vorgeschützt, um der Gesellschaft ihrer Großmutter oder ihren Schwestern zu entfliehen, die sicherlich gemerkt hätten, dass etwas nicht stimmte. David war die ganze Nacht über wütend und verstört auf dem Dach auf und ab gelaufen und hatte versucht, die Gefühle, die ihn nach den Ereignissen tagsüber umtrieben, in den Griff zu bekommen – erst die schwere Enttäuschung, die er bei der Bruderschaft erlebt, dann als er von Calebs und Tamars ungeheuerlichem Verhalten erfahren hatte. Was die beiden Letzteren betraf, wollte er sich, wie er Leah versprochen hatte, etwas einfallen lassen. Aber er hatte keine Lösung gefunden.

Sollte er Elias von dem schamlosen Verhalten seines Schwiegersohns unterrichten?, überlegte er, während er zwischen den Weinfässern umherwanderte und Elias' neuem Plan zur Rettung der Familienehre und des Weinhandels lauschte.

Zur Abwicklung von Geschäften bedienten sich gestandene Kaufleute wie Elias und Jotham der Wechselstube, die neben dem Haus des Goldes lag. Hier boten Geldverleiher sichere Verwahrung von Gold und Silber an, hier konnten Kreditgeber und Händler Wechsel präsentieren und einlösen. Den Großteil des Vermögens bewahrte man aber stets bei sich zu Hause auf, wo man ein Auge darauf haben konnte.

»Ich habe einen Mann ausfindig gemacht, der bereit ist, mit seinem Schiff meine Weine die Küste entlang bis hinüber nach Zypern zu bringen«, sagte Elias und blieb vor einem großen Weinfass stehen. »Außerdem vier Besitzer von Karawanen, die meine Weine nach Norden und Osten transportieren. Allerdings fordern sie Vorauszahlung, anstatt die Versandkosten vom Verkauf am Zielort abzuziehen. Darüber hinaus werde ich die letzten meiner Gläubiger bezahlen, um alle weiteren üblen Tricks von Jotham zu unterbinden.«

Er wuchtete das Fass zur Seite. Auf dem Boden wurde eine hölzerne Falltür sichtbar. Er nahm eine brennende Fackel aus der Wandhalterung, ging in die Hocke und öffnete die Falltür, durch die eine Treppe hinunter in einen Keller führte. »Folge mir«, sagte er zu David.

»Da ich bei der Wechselstube kein Geld mehr habe, muss ich jetzt mein persönliches Vermögen angreifen. Das ist zwar bitter, aber damit soll der Talfahrt, die Jotham ausgelöst hat, ein für alle Mal ein Ende bereitet werden. In diesem Kellergewölbe ist genug, um uns Jothams Drohung vom Halse zu schaffen, und es bleibt immer noch so viel, um …« Seine Stimme erstarb, als sie die letzte Stufe erreichten und die Fackel einen unterirdischen Raum erhellte.

Der Raum war vollständig leer.

David schaute sich verständnislos um, Elias stand wie versteinert da. Auf dem staubigen Fußboden zeichneten sich unverkennbar Rechtecke ab, wo einstmals Truhen gestanden haben mussten. Leere Regale zogen sich die Wände entlang, die eingelassenen Nischen waren ebenfalls leer.

»Halla!«, stieß Elias aus und ging tiefer in den Raum hinein. »Dagon beschütze uns! Was soll das? Erst vor einem Monat war ich hier unten, und da war dieses Gewölbe von oben bis unten gefüllt.« Mit weit aufgerissenen Augen starrte er fassungslos in die Leere. Wo waren die polierten Steine abgeblieben – Onyx, Achat, Karneol, Türkis? Wo die Juwelen, die sich seit Generationen in seiner Familie befanden, kunstvoll gefertigt aus Perlen, Kristall und Korallen? Die silbernen Vasen aus Babylon, die Teller aus feinstem Gold, eine hübsche mit Bernstein eingelegte Urne aus Malachit – unendlich kostbar!

Eine Figurine aus Sumer – eine auf ihre Hinterläufe aufgerichtete Ziege beim Abknabbern der Blätter von einem Baum, alles aus purem Gold gefertigt und mit poliertem Lapislazuli überzogen. Eine goldene Statue von Damuzi aus Ur, die Augen Rubine, die Krone aus Elfenbein. Ein Bronzeschild aus einer berühmten Schlacht vor fast hundert Jahren, ein Schwert mit Edelsteinen am Griff.

Tränen stiegen Elias in die Augen. Eine Sammlung von Kostbarkeiten, seit mehr als einem Jahrhundert zum Wohle kommender Generationen zusammengetragen.

Alles verschwunden.

»Herr«, sagte David, »wer außer dir wusste von diesem geheimen Gewölbe?« Aber noch ehe Elias antworten konnte, ahnte er, dass nur Caleb in Frage kommen konnte, der neue Schwiegersohn. Als derjenige, der nach Elias Oberhaupt der Familie werden und den Weinhandel übernehmen würde, musste er Bescheid wissen.

»Ich war vor kurzem mit Caleb hier unten«, erwiderte Elias tonlos. »Ich schwor ihn auf Geheimhaltung ein. Ich sagte ihm, eines Tages würde dies alles seinen Söhnen und Enkelsöhnen gehören.«

»Wie konnte er das alles wegschaffen? Solche Vermögenswerte müssen doch ein ungeheures Gewicht haben?«

Da Elias nicht weiterzusprechen vermochte, zog David seine eigenen Schlüsse. Caleb musste ein paar Sklaven bestochen haben, die nur allzu gern ein paar goldene Ringe dafür in Empfang genommen hatten und dann unauffindbar verschwunden waren. Und wo immer Caleb den Schatz hingeschafft hatte, würden Elias und seine Familie ihn nie wiedersehen.

Ein kalter Schauer überrieselte ihn, als ihm das volle Ausmaß dieser Schurkerei bewusst wurde: Der letzte Rest von Elias' Vermögen war weg. Die Talfahrt würde sich fortsetzen.

Die Frauen saßen im Sonnenzimmer über ihrer Näharbeit. »Ich war heute im Ägyptischen Viertel …«, merkte Hannah an.

Avigail schnaufte verächtlich durch.

Hannah nahm es gelassen hin. Im Gegensatz zu ihrer Schwiegermutter fand sie die Waren, die die Ägypter auf dem Markt anboten, ungemein verlockend und nützlich, und die Verkäufer, mit denen sie sich unterhielt, waren ihr ausgesprochen sympathisch. »Und dort hat man herumerzählt, dass Königin Hatschepsut krank sein soll. Ich frage mich, ob das stimmt, und wenn ja, was sein wird, wenn ihr Stiefsohn den Pharaonenthron besteigt.«

»Es ist hinlänglich bekannt, dass Prinzregent Thutmosis darauf aus ist, die Welt zu erobern.« Erschöpft aufseufzend, machte Avigail einen Stich auf und korrigierte ihn. Allein schon beim Gedanken an Ägypter konnte sie ihre Nadel nicht mehr richtig gebrauchen. Zwei Generationen war es her, seit Thutmosis I. in Kanaa einmarschiert war, Städte wie Jericho eingenommen, befestigte Garnisonen unter militärischer Führung erbaut, eigene Verwaltungen eingerichtet und die dort ansässigen Könige zu Vasallen des Pharaos degradiert hatte. In der Folgezeit jedoch hatte Ägypten die Kontrolle über die Städte im Norden, darunter auch

Ugarit, verloren und musste sich mit jährlichen Tributzahlungen zufriedengeben.

»Wird es zum Krieg kommen, wenn Hatschepsut stirbt, Großmutter?«

Aber ein Krieg war doch längst im Gange, dachte Avigail. Die Anzeichen dafür waren seit Jahren zu beobachten – die Zeichen des Wandels. Mehr und mehr bürgerten sich ägyptische Mode und Gebräuche, importierte Waren, ja sogar eine Gottheit in der kanaanäischen Gesellschaft ein. Dies sei auf die kluge Auslandspolitik von Hatschepsut zurückzuführen, hieß es allgemein. Sie setze auf friedliche Handelsbeziehungen, um Ägypten zur reichsten Nation auf Erden zu machen. Statt Streitwagen zu fertigen und Waffen zu schmieden, ließ Königin Hatschepsut Handelsschiffe bauen und Exportartikel herstellen, um sie in alle Länder transportieren zu lassen. Damit befriedigte und bestärkte sie eine noch nie dagewesene Nachfrage nach ägyptischen Erzeugnissen, bis man schließlich im Ausland glaubte, auf ägyptisches Glas, Parfüm, Papier und Türkise nicht mehr verzichten zu können.

Sogar die Priesterinnen Asherahs waren nicht dagegen immun. Da hatten die Frauen im Hause des Elias seit Generationen die elegante Kleidung für die Dienerinnen im Tempel der Asherah beigesteuert und bekamen jetzt zu hören, dass ihnen Gewänder aus Leinen angenehmer waren – und Leinen war ausschließlich aus Ägypten zu beziehen!

Das ist die Art und Weise, wie man uns erobern wird, befürchtete Avigail. Die Waffen unserer Feinde sind billiger Tand und schöner Schein. Invasion durch Verführung. Ein Volk ergibt sich, ohne sich dessen bewusst zu sein!

Leah, die an ihrem Webstuhl saß, ließ geschickt das Schiffchen auf und ab durch die Kettfäden gleiten. Keine der Anwesenden bemerkte etwas von ihrem Gefühlschaos. Tamar und Caleb im Bett … Sie hatte auf Davids Rat hin keinem etwas davon erzählt. Vergangene Nacht hatte sie in der dunklen Bettkammer auf Caleb gewartet, aber er war nicht aufgetaucht. Und wo hatte David heute Morgen gesteckt? Sie hatte ihn sprechen, von ihm hören wollen, wie sie sich seiner Meinung nach verhalten sollten, aber er war nirgendwo im Haus zu finden gewesen.

Avigail wäre es lieber gewesen, Hannah wäre nicht auf Ägypten zu sprechen gekommen. Sie musste dann unwillkürlich an ihr Elternhaus in Jericho denken und auch an ihre Mutter, die aus Ugarit stammte und ihr die Blutlinie von König Ozzediah vererbt hatte. Die Familie ihres Vaters hingegen hatte seit Generationen in Jericho gelebt, in dem Haus, das ihnen in einer einzigen grauenvollen Nacht genommen worden war. Deshalb hatte sich Avigail geschworen, sich nie wieder aus ihrem Zuhause vertreiben zu lassen. Nicht von Ägyptern und ganz gewiss nicht von Jotham und Zira.

»Ist es wahr«, fragte Hannah, »dass Ägypter die Vorhaut ihrer männlichen Säuglinge beschneiden? Bei den Habiru soll das auch üblich sein.«

Avigail warf ihrer Schwiegertochter einen beschwörenden Blick zu. »Hannah, Liebes, könnten wir bitte das Thema wechseln? Wo steckt eigentlich Tamar? Sie vernachlässigt ihre Weberei. Esther, schau doch mal nach deiner Schwester. Sie drückt sich in letzter Zeit vor der Arbeit.«

»Ich geh sie suchen, Großmutter.«

»Hannah, Liebes«, fuhr Avigail fort, »Wie kannst du nur …«

»*Caleb!* Caleb, verdammt nochmal, wo steckst du?«

Erschrocken drehten sich die beiden Frauen in die Richtung um, aus der der wütende Ruf gekommen war. »*Halla*, was ist denn in meinen Mann gefahren?«, wunderte sich Hannah.

Elias stürmte herein, gefolgt von David dem Schreiber.

»Wo steckt Caleb? Wo ist dieser Schuft?«

Avigail legte ihre Stickarbeit beiseite. »Mein Sohn, rufe die Götter an. Du siehst aus, als hätte dich etwas zu Tode erschreckt. Warum willst du Caleb sprechen, und warum nennst du ihn einen Schuft?«

»Ich komme gerade aus dem Gewölbe. Es ist unfassbar! Die Kostbarkeiten unserer Familie sind weg! Alle! Und außer mir kannte nur Caleb das Versteck.«

Hannah und Leah sprangen auf.

»Sprich ein Gebet, mein Sohn. Du meinst doch nicht im Ernst …«, fing Avigail an. »Dein Schwiegersohn würde nie und nimmer wagen, uns zu bestehlen!« Aber noch während sie dies sagte, überkam sie ein so unangenehmes Gefühl, dass sie eilends das Sonnenzimmer verließ. Verwundert schauten die anderen ihr nach, und kurz darauf vernahmen sie einen Aufschrei.

»Mutter! Was ist denn?«

Mit allen Anzeichen des Entsetzens tauchte Avigail wieder auf. »Bete für uns, Elias! Meine goldenen und silbernen Ringe! Mein gesamter Schmuck ist verschwunden.«

»Großmutter!« Esther kam zurück. »Tamar ist nirgends zu finden. Ihre Kleider sind nicht mehr da. Auch ihre Schuhe und ihre Kämme sind weg. Ihr Zimmer ist völlig *leer*!«

»Wo Tamar ist, ist mir egal!«, brüllte Elias. »Ich will wissen, wo Caleb ist!«

Leah fasste sich ein Herz. Ruhig und bedacht sagte sie: »Er wird ebenfalls fort sein, Vater.«

»Was?! Was sagst du da?«

»Ich habe sie gestern … miteinander im Bett überrascht«, sagte Leah.

Elias schwankte und wurde gerade noch rechtzeitig von David aufgefangen. Er half seinem Herrn auf einen Stuhl.

»Die Ringe hat mir dein Vater geschenkt«, sagte Avigail gepresst und verschränkte die Hände so fest ineinander, dass die Knöchel weiß wurden. Sie zitterte. »Asherah! Dagon! Baal! Helft uns! Mein Sohn, deine Tochter und Leahs Ehemann …« Ihre Stimme stockte. »Sie haben uns bestohlen und sind geflohen.« Sie schlug sich die Hände vors Gesicht. »Gnädige Asherah, womit haben wir das verdient!«

»David«, sagte Elias grimmig, »ich muss sofort mehrere Briefe diktieren. Auch meine Mutter wird einen schreiben lassen.«

»Ich?«, fragte Avigail.

»Du wirst deine Cousine in Damaska informieren, dass sie uns einen Dieb und Ehebrecher geschickt hat und dass ich eine

– 188 –

Entschädigung fordere! Seine Familie soll mir meinen Verlust in Geld ersetzen. Sie soll herkommen und sich in aller Form bei uns entschuldigen! Sobald dieser Vorfall bekannt wird – und das wird er, schon weil man unseren Bediensteten nicht den Mund zunähen kann –, werden wir zum Gespött von ganz Ugarit. Und am höhnischsten wird Jotham lachen!«

Eine Woche verging. Längst waren die Briefe unterwegs, sowohl an die Freunde, die Elias treu geblieben waren, als auch an die Wechselstube, an Geldverleiher und Gläubiger, vor allem aber auch an die Cousine in Damaska, die Avigail mit Vorwürfen überschüttet und von der sie einen finanziellen Ausgleich gefordert hatte.

David hingegen hatte sich auf eine Wanderung begeben. Während er über den Schotterpfad stapfte, überlegte er, ob das ehebrecherische Paar wohl den Weg zurück in Calebs Heimat angetreten hatte und von seiner Familie aufgenommen worden war – dann war mit einer Entschädigung nicht zu rechnen –, oder ob die beiden weit weg in eine fremde Stadt geflohen waren und jetzt munter und vergnügt Elias' Vermögen verprassten.

Welch ein schwerer Schlag für Elias' Familie. Ein ehrenhafter und gradliniger Mann wie Elias hatte einen derartigen Schicksalsschlag nicht verdient.

Wenn David nur helfen könnte! Aber noch verfügte er in Ugarit weder über Freunde noch gute Beziehungen. Und seine Pfandscheine hatte er für Leahs Hochzeit verwendet.

Am meisten Mitgefühl empfand er mit Leah, die sich nicht unterkriegen ließ und darauf bestand, weiterhin zum Markt zu gehen, obwohl sich die Nachricht, wie Elias vorausgesagt hatte, wie ein Lauffeuer verbreitet hatte, weil man sich über nichts lieber das Maul zerriss als über Niederlagen der Reichen und Mächtigen. Um sicherzugehen, dass Leah unbehelligt blieb, war David ihr ein Stück weit gefolgt, hatte dann aber beobachtet, wie

–189–

sie hoch erhobenen Hauptes mit zwei Dienerinnen von einem Marktstand zum andern schlenderte, hin und wieder stehen blieb, um die Waren zu prüfen und sogar mit dem einen oder anderen einen kurzen Plausch zu halten, ohne auf die vielsagenden Blicke um sie herum zu achten, auf süffisantes Grinsen, auf Getuschel. Eine betrogene und verlassene Ehefrau.

Bei all dem Unglück, das über Elias' Haus hereingebrochen war, bedrückte David ebenso schwer, was er bei der Bruderschaft im Haus des Goldes erlebt hatte. Aber diese Enttäuschung konnte er mit niemandem teilen.

Weil seine innere Unruhe überhandnahm, hatte er diesen entlegenen Ort auf dem freien Land aufgesucht. Hier hoffte er, sich ungestörter seinem Gott anvertrauen zu können und Antworten zu finden. Es war ihm schleierhaft, wie den Göttern die Gebete der Menschen überhaupt zu Gehör kommen konnten, wenn sie inmitten von Lärm und Ablenkung in Tempeln oder an Hausschreinen geflüstert wurden. Hier dagegen, in der Wildnis von Kanaan, weit weg von Menschen, Mauern und Wagen, hier draußen, unter der reinigenden Sonne und in frischer Luft, umgeben von Bäumen und Büschen und Blumen, konnte er die direkte Verbindung zu seinem Gott finden und ihm sein Herz öffnen.

Er hatte Nobus Begleitung abgelehnt und nur Shubat mitgebracht, den er jetzt aus seinem schützenden Gehäuse herausnahm und auf einen der Felsblöcke, die die Landschaft durchzogen, stellte, ihn sozusagen auf seinen Thron setzte, von dem aus der Gott ihn mit weit geöffneten Augen ansah.

Er kniete nieder und begann zu beten.

Eine ganze Weile war verstrichen, als ihn ein plötzlicher Windstoß aus seiner Konzentration herausriss. Aus den Augenwinkeln nahm er wahr, dass sich etwas bewegte, und gleich darauf sah er, wie sich langsam eine ockerfarbene Schlange mit einem dunkelbraunen Muster, den dreieckigen Kopf leicht erhoben, durch das Gras wand. David erkannte sie als nicht giftig, dennoch hielt er den Atem an, als sie sich auf ihn zu schlängelte, bis sie an einem Stein anstieß, wo sie, statt kehrtzumachen, verharrte und dann anfing, ihren Kopf an der harten Oberfläche zu schaben. Die Schlange ging daran, sich zu häuten! David war fasziniert.

Wenn allein die Begegnung mit einer Schlange als glückverhei-ßend angesehen wurde, brachte es dem Vernehmen nach – schon weil es nur wenigen vergönnt war – allerhöchstes Glück demje-nigen, der Zeuge einer Häutung wurde. Noch immer sprach ganz Ugarit von dem lahmen Bettler, der, nachdem er der Häutung einer Schlange beigewohnt hatte, über einen Beutel mit goldenen Ringen stolperte, der offenbar niemandem gehörte.

David ließ die Schlange nicht mehr aus den Augen. Da sie nur wenige Fingerbreit von seinem Fuß entfernt war, konnte er jede Einzelheit der kunstvollen Zeichnung auf ihrem langen, schup-pigen Körper, diesem Wunder der Natur, der Schöpfung Gottes, erkennen. Umsummt von Fliegen und Bienen, ohne sich zu bewe-gen und nur verhalten atmend, überließ sich der junge Schriftge-lehrte aus Ugarit diesem stillen Naturereignis.

Wie gebannt sah er zu, wie die Schlange ihren Kopf immer wieder an dem Stein rieb, bis sich die erste farblose Haut löste und zwei glänzende braune Hörner mit schmalen Schlitzen zum Vorschein kamen, wie eine weitere Schicht alter Haut makellose neue darunter freilegte. So schön das Tier an sich bereits war, trat jetzt nach und nach ein noch atemberaubenderes darunter zutage.

Die Sonne neigte sich bereits dem westlichen Horizont zu, die Schatten der Bäume und Felsbrocken wanderten und wurden län-ger, die sanften grünen Hügel färbten sich golden und dann vio-lett, während David weiterhin gebannt dieses Wunder verfolgte. Gemächlich und dennoch zielstrebig streifte die Schlange in hyp-notisierend wellenartigen Bewegungen ihre äußere Haut zum Körperende zurück, wo sie sich zusammenrollte und zusehends dicker wurde, gleich einem Stoffband aus mehreren Lagen, das man sich um den Kopf schlingt. Die Hitze des Tages schwand. Die Blumen schlossen sich langsam. Es dunkelte bereits. Und der Wulst aus toter Haut wurde dicker, je weiter er sich über den Schlangenkörper nach hinten schob.

Mit angehaltenem Atem verfolgte David, wie die Schlange das

letzte Stück ihres alten Lebens von dem schimmernden Körper ihres neuen abstreifte und dann langsam, so als wäre sie stolz oder erschöpft, unter einem Busch verschwand und er mit den Überresten eines unsterblichen Wesens zurückblieb.

Eine ganze Weile lang hatte er das Gefühl, zwischen Wirklichkeit und dem Übernatürlichen gefangen zu sein. Wie lange er dort gestanden und das Wunder mitangesehen hatte, vermochte er nicht zu sagen. Aber anstatt sich steif oder müde oder hungrig zu fühlen, war er unerwartet von Euphorie erfüllt.

Es war, als hätte Shubats Hand ihn berührt.

Er wollte die abgestreifte Haut aufheben – was für eine wertvolle Trophäe! –, hielt aber jählings inne. Weil man Schlangen für unsterblich hielt, waren sie heilig. Dementsprechend war auch ihre Haut heilig und musste liegengelassen werden, um sich zu zersetzen und zur Erde zurückzukehren.

Er wandte sich der Statue auf dem Stein zu, die in der zunehmenden Dunkelheit kaum noch auszumachen war. »Ich danke dir, hochverehrter Gott, dass du mir diesen Tag voll neuer Hoffnung geschenkt hast. Ich war niedergeschlagen, und du hast mich mit einem Wunder wieder aufgerichtet.«

Da hatte sich eine Schlange unter den Augen eines menschlichen Wesens gehäutet, sich einem eingeschworenen Feind gegenüber verletzlich gezeigt – sie war ja nicht weggekrochen, um im Stillen ihr Werk zu verrichten, sondern hatte die Anwesenheit eines Menschen zugelassen, der sie hätte erschlagen können!

Zweifellos ein Zeichen von Shubat.

Und David wusste es zu deuten: Wie auf den Winter das Frühjahr folgt, hatte Shubat ihn an die ständige Erneuerung des Lebens erinnert, an den großen und heiligen Zyklus des Lebens. Und so, wie die Erde starb und wie die Schlange wiedergeboren werden musste, wie ein Tag von der Nacht verschlungen wird und als Tag wiedersteht, musste auch anderes der Verderbnis anheimfallen, ehe es neues Leben empfing.

Die Bruderschaft.

Dies war seine Berufung. Er sollte der Bruderschaft dazu ver-

helfen, sich zu erneuern. Shubat gab ihm zu verstehen, dass es
nicht genügte, der Rab der Bruderschaft und Wächter der heiligen Bibliothek zu sein, sondern dass es Davids Aufgabe war, die
Bruderschaft wieder zur Rechtschaffenheit zurückzuführen, zur
Reinheit und Redlichkeit. Dass sie wie die Schlange wiedergeboren werden musste.

Sie stand oben auf dem Dach und schaute auf die Lichter der Stadt.

Nach Sonnenuntergang wurden in jedem Haus, von der ein-
fachsten Hütte bis hin zum königlichen Palast, Fackeln, Kerzen
und Lampen entzündet, um den gefürchteten Geistern zu verstehen zu geben, dass die Häuser, an denen sie nachts vorbeikamen,
bewohnt und für sie tabu waren. Dementsprechend funkelte ganz
Ugarit, als wären die Sterne vom Himmel gefallen, um die Stadt
zu erhellen.

Während Leah vom Dach des Hauses auf die Lichter hinunter-
blickte, lastete das Unglück, das ihrem Vater, das der Familie zugestoßen war, bleischwer auf ihr. In der Stadt lästerte man über
sie. Esther weinte jeden Tag. Avigail stritt sich ohne Unterlass mit
Elias. Und Leah selbst war von ihrem Ehemann verlassen worden.

Auf ein Geräusch hin drehte sie sich um. David!

Seine Augen glänzten eigenartig, als er auf sie zukam. »Leah«,
sagte er leise, »ich habe dir etwas zu erzählen.« Langsam, fast stockend berichtete er ihr von seinem enttäuschenden Besuch bei
der Bruderschaft und seinem zerbrochenen Traum. Dann, mit
wachsender Überzeugung, sprach er von der Schlange und der
Botschaft von Shubat. »Ich war außer mir, als ich die Bruderschaft
verließ. Aber Shubat hat mir die Augen geöffnet, und jetzt weiß
ich, dass meine schriftgelehrten Brüder vom Weg abgekommen
sind und jemanden brauchen, der sie zurück in ein Leben voller
Respekt und Ehrsamkeit führt. Sobald mir gelingt, ein Treffen mit
dem Rab zu erwirken, werde ich mit ihm darüber sprechen.«

Er schwieg einen Moment, dann sah er Leah direkt an. »Und
selbst wenn das Gespräch mit dem Rab erfolglos sein sollte«, fuhr
er leidenschaftlich fort, »werde ich der Bruderschaft beitreten und

alles tun, um selbst Rab zu werden und als Oberster dieser Gemeinschaft meine schriftgelehrten Brüder wieder zu Aufrichtigkeit, Lauterkeit und Ehrsamkeit zurückzuführen.«

Er umfasste ihre Schultern. »Leah«, sagte er leise, »bis heute waren wir nicht frei, es stand mir nicht zu, von meiner Liebe zu dir zu sprechen. Aber ich liebe dich, und wenn ich es vermag, wenn mein Noviziat beendet ist, möchte ich dich an meiner Seite haben.«

»Das steht dir aber nicht zu, David«, schluchzte sie, »und mir auch nicht, so gern ich mit dir zusammen sein möchte. Ich bin verheiratet. Caleb ist mein Ehemann, ganz gleich, wo er sich aufhält. Und es ist meine Pflicht, meinem Vater einen Enkelsohn zu schenken, was nur mit einem Ehemann möglich ist. Ich muss dafür beten, dass Caleb wiederkommt.«

Über Davids Gesicht legte sich ein Schatten. »Du meinst, dein Vater nimmt diesen Kerl wieder bei sich auf?«

»Ja, David. Wenn Caleb ehrlich bereut und verspricht, den Schaden, den er angerichtet hat, wiedergutzumachen, dürfte mein Vater ihn wieder aufnehmen, schon im Hinblick auf einen Enkelsohn und um den Ruf der Familie zu wahren.«

David grub die Finger in ihre Schultern. Wie sehr er Leah begehrte! Am liebsten hätte er sie an sich gezogen und geküsst, hätte sie unter dem Mond geliebt und wäre mit ihr eins geworden. Aber das war unmöglich. Er konnte und wollte die Frau, die er liebte, nicht entehren. »Dann bleibt mir nur übrig zu beten«, sagte er düster, »dass Caleb nicht wiederkommt. Und denke daran: Wenn er nach Ablauf von sieben Jahren noch immer nicht zurück ist, bist du dem Gesetz nach frei, Leah. Dann kannst du heiraten, wen immer du möchtest. Und ich hoffe inständig, liebste Leah, dass ich das sein werde.«

7

Hannah strich dem bereits schlummernden Elias übers Haar.

Sie hatten sich geliebt, und wie immer konnte sie danach nicht gleich einschlafen. Ihr Mann hatte sie mit so viel Liebe und Wohlsein erfüllt, dass sie dieses Gefühl noch auskosten wollte.

Elias war ein gutaussehender Mann, hochgewachsen und breitschultrig, gutmütig und verständnisvoll. Jeder mochte ihn, selbst die, die aus Angst vor Jotham keine Geschäftsbeziehungen mehr zu ihm unterhielten, ihn nicht mehr besuchten, ihn sogar geflissentlich übersahen, wenn sie ihm auf der Straße begegneten. Hannah war stolz darauf, wie ihr Ehemann mit dieser Situation umging. »Mach dir nichts draus, meine Liebste«, beruhigte er sie ein ums andere Mal. »Ewig kann Jotham nicht so weitermachen. Die Götter sind mit uns. Wir werden siegen.«

Werden wir das wirklich? Zum ersten Mal in ihren zweiundzwanzig Ehejahren fragte sie sich, ob es ihm gelingen würde, die Familie sicher durch diesen Sturm zu geleiten. Einen Monat war es jetzt her, dass Tamar mit Caleb durchgebrannt war. Niemand wusste, wo sie steckten. Hannah wäre nicht traurig, wenn Caleb ihr nie wieder unter die Augen treten würde; ihre Tochter dagegen fehlte ihr. Sie konnte nur beten, dass sie wohlauf war. Und seit Caleb verschwunden war, war auch die Hoffnung, Leah könnte schwanger werden, dahin.

Alles nur wegen dieses rachsüchtigen Jotham und seiner Schwester! Wie lange konnte man derart in Groll verharren? Hannah hatte sich erboten, Zira öffentlich um Entschuldigung zu bitten, was aber abgelehnt worden war. Und Jotham ihre Tochter

Leah anzubieten war auch keine Lösung mehr, da er, wie er sich ausgedrückt hatte, nicht daran interessiert sei, die Hinterlassenschaft eines anderen Mannes zu übernehmen. Das hinderte ihn jedoch nicht daran, seinen Rachefeldzug gegen Elias fortzusetzen. Es ging schon lange nicht mehr um jene verunglückte Brautwerbung. Jotham hasste das Haus des Elias, er wollte diese Fehde gewinnen und sich an nichts weniger als dem Untergang von Elias erfreuen.

Aber jetzt, da Tamar fort war, Leah in einer Situation steckte, die eine Wiederverheiratung nicht zuließ, und Hannah ihrerseits in das Alter kam, in dem ihr Mondfluss allmählich versiegen und sie nicht länger fruchtbar sein würde, gab es im Hause des Elias keine mehr, die einen männlichen Erben liefern könnte.

Hannah verließ das Bett, hüllte sich in ein wollenes Gewand – die Herbstnacht war kühl und feucht – und trat auf die Galerie, die zur unten gelegenen Empfangshalle hinausging, in der das Unheil damals seinen Anfang genommen hatte – Ziras unselige Bemerkungen, Avigails Frage nach Yehudas Fallsucht, das vorzeitige Einsetzen der Wehen bei Hannah, die Frühgeburt. Im Haus war es still, dafür flackerte in jedem Zimmer zumindest eine kleine Öllampe.

Letztendlich würde Leah eine Wiederverheiratung gestattet sein, allerdings erst nach Ablauf von sieben Jahren. Eigentlich ein unrealistisches Gesetz, das vermutlich auf ein lange zurückliegendes Ereignis zurückging, bei dem es wohl darum gegangen war, dass ein Ehemann nach einer Reise, die sich durch widrige Umstände über Jahre hingezogen hatte, zurückkehrte und feststellen musste, dass seine Frau inzwischen einen anderen geheiratet hatte. Sieben Jahre erschienen den damaligen Gesetzgebern als Wartezeit angemessen, in der Annahme, ein Ehemann könne, wenn er denn wirklich nach Hause wollte, dies ungeachtet aller Hindernisse, die sich ihm in den Weg stellten – Gefängnis oder Piratenbeute –, in sieben Jahren fertigbringen.

Hannah seufzte. Gesetz war nun einmal Gesetz. Und da keine anderen Töchter ihr und Elias Enkelkinder schenken würden, lag es an ihr selbst, für männliche Erben in diesem Haus zu sorgen.

Sie hatte gehofft, diesen Weg vermeiden zu können. Aber Männer verlustierten sich ständig mit Sklavinnen. Seit Menschengedenken war das gang und gäbe. Wenn sich Nachwuchs einstellte, blieb es dem Mann überlassen, ob er das Kind anerkannte und ihm alle Rechte eines in Freiheit Geborenen zugestand – oder nicht. Ein weibliches Kind wurde nur selten anerkannt. Und selbst wenn es ein Junge war, hing die Entscheidung von vielen Faktoren ab.

Elias der Winzer hatte noch nie an einer Sklavin oder an anderen Frauen sinnliches Vergnügen gefunden, und so hatte er auch nie eine derartige Entscheidung treffen müssen. Seit er im Alter von neunzehn Jahren Hannah geheiratet hatte, gehörte sein Herz nur ihr, hatte er nur Augen für sie. Er war verrückt nach ihr, wie seine Mutter Avigail zu sagen pflegte. Anfangs gefiel es ihr. Vom Partner angebetet zu werden war himmlisch, solange das Familienleben nicht zu kurz kam. Aber dieses Haus verlangte nach Söhnen, und wie Avigail Hannah zu verstehen gegeben hatte, hielt sie Elias für einen ausgemachten Egoisten. Er, der allgemein als großzügig und unvoreingenommen gelte, sei, wenn es darauf ankomme, knauserig und engstirnig. Ohne Umschweife hatte sie ihrer Schwiegertochter gegenüber bedauert, dass Elias seinen Samen nur in seine Ehefrau ergieße, anstatt auch noch andere Furchen zu befruchten. Wenn eine Konkubine ihm einen Sohn gebären würde, könnte er das Kind zu einem freien Bürger von Ugarit und seinem Erben erklären. Dann bestünde keine Gefahr mehr, dass Elias' Blutlinie erlöschen könnte.

Eine Blutlinie, die, wie Avigail eigens betont hatte, durch sie selbst von König Ozzediah abstammte.

Da Hannah wusste, dass ihr Ehemann sich von sich aus niemals eine Konkubine zulegen würde, hing es von ihr ab, tätig zu werden.

Sie stellte sich vor, ihr geliebter Mann würde eine andere Frau in sein Bett nehmen. Der Gedanke brach ihr zwar das Herz, aber um das Überleben der Familie zu gewährleisten, bedurfte es männlicher Nachkommen. Eine weibliche Blutlinie galt nichts.

Diese Vorstellung fand Hannah eigentlich rückständig. Sollten Blutlinien nicht vielmehr durch Frauen entscheidend geprägt werden? Wusste eine Mutter nicht immer, welches Kind ihres war, während der Vater sich dessen nie sicher sein konnte und manche von ihnen deshalb mit der Anerkennung der Vaterschaft warteten, bis das Kind alt genug war, um Ähnlichkeit mit der Familie – *seiner* Familie – aufzuweisen?

Hannah seufzte! Welch abstruse Gedanken! In der kanaanäischen Kultur waren Söhne ein Muss, und nur ein Weg führte dorthin. Weil Tamar und Caleb durchgebrannt waren – und Hannah bezweifelte, dass sie je zurückkommen würden, genauso wie sie bezweifelte, dass man je einen Mann überreden oder bestechen konnte, die arme Esther zu heiraten –, war die Aussicht auf männliche Kinder fast gleich null. Und weil Elias nichts dagegen unternehmen würde, blieb es wohl oder übel ihr, Hannah, überlassen, diese unangenehme wie schmerzvolle Aufgabe anzugehen.

Sie musste eine Konkubine für ihren Ehemann finden.

✵

Die Zeit der Weinlese war angebrochen. Im Schuppen, wo die Trauben zerstampft wurden, ging es hoch her. Männer, die sich an Stangen festhielten, um nicht in die Maische zu fallen, trampelten auf den Trauben herum, auf und nieder und im Takt der Stöcke, die zwischen den Bottichen hockende Frauen und Kinder singend aneinanderschlugen.

In den Wirtschaftsgebäuden am Hang des Weinbergs herrschte emsiger Betrieb: Sklaven schleppten Körbe voller Trauben herbei, kippten den Inhalt in die hölzernen Zerstampfwannen. Im Hauptlager – einem Lehmziegelbau, der jeweils im Frühjahr frisch getüncht wurde – war Elias dabei, die für die Abfüllung bereitstehenden Amphoren zu zählen. David neben ihm notierte die Anzahl.

Die neue Ernte bereitete Elias Sorgen. Es war üblich, dass die reifen Trauben in Stampfbottiche gekippt wurden und die Mai-

– 198 –

sche anschließend in Fässern die erste Gärung durchlief, in wiederum anderen Fässern dann die zweite, bis das ausgereifte Produkt in Behälter abgefüllt wurde, die zum Versand an Kunden aus der Umgebung, an Karawanen oder Schiffe bereitstanden. Diese Vorgehensweise hatte sich bewährt, auch wenn sie bedingte, dass die Maische beziehungsweise der Wein bis zum Ende des Prozesses immer wieder umgelagert werden musste. Jetzt aber fehlten Elias Abnehmer für seine früheren Jahrgänge, die noch in den Kellern lagerten, damit für den neuen genügend Fässer zur Verfügung standen. Zwangsläufig hatte er bereits zusätzliche Amphoren gekauft (von Thalos dem Minoer, er hatte sie ihm diesmal sofort bezahlt, statt wie bislang auf Kredit – was angesichts seines von seiner eigenen Tochter gestohlenen Vermögens nicht leicht gewesen war!); aber wenn er seinen Kundenstamm nicht vergrößerte, würde er bald nicht mehr wissen, wohin mit seinem Wein.

Er dankte den Göttern für Kapitän Yagil, der als Einziger seine Weine noch die Küste entlang und über das Meer transportierte. Yagil war ehrenwert und nicht gut auf Jotham zu sprechen. Mit dem Gewinn aus diesen Exporten würde sich die Familie über Wasser halten können.

David, der den Restbestand an leeren Weinbehältern notierte, dachte weder an leere Amphoren noch an ein Zuviel an Wein. Seine Gedanken weilten bei Leah.

Wie sie an seiner Brust geweint, wie sie um Luft gerungen, wie sie in seinen Armen gezittert hatte! Zorn hatte ihn übermannt, eine blinde Wut, Caleb aufzuspüren und ihn umzubringen. Und jetzt, da dieser widerliche Schuft das Weite gesucht hatte, lästerte man in Ugarits besserer Gesellschaft über die verlassene Leah, wobei es sich anhörte, als läge die Schuld bei ihr, als sei sie die Böse – ein glücklicher Ehemann rannte nicht einfach auf und davon.

David wollte ihr und ihrer Familie helfen. Der Bruderschaft beizutreten war jetzt mehr als ein persönliches Ziel, sollte auch dazu beitragen, die Position dieser Familie wieder zu stärken. Als Rab werde ich erklären, dass Elias mein Freund ist und seine Fa-

– 199 –

milie meine Familie. Dann wird keiner mehr wagen, sich gegen sie zu stellen.

Mit diesem erneuerten Entschluss, der Bruderschaft beizutreten, ging auch der Vorsatz einher, sich nicht, wie von Yehuda nahegelegt, durch Schmiergeld in die einst ehrwürdige Gemeinschaft einzukaufen. Da er seine Laufbahn dort nicht mit unredlichem Verhalten beginnen wollte, suchte er seither verstärkt nach einem Bürgen.

Der Oberste Verwalter betrat das Lagerhaus und händigte seinem Herrn eine Tontafel aus, die soeben eingetroffen war. Elias gab sie an David weiter, der, nachdem er sie gelesen hatte, stirnrunzelnd sagte: »Dies ist eine Nachricht von Kapitän Yagil. Er teilt dir mit, dass er deine Waren nicht länger transportieren kann. Du sollst zum Hafen kommen und deine Amphoren wieder abholen.«

»Bei Dagon! Das kann doch nicht wahr sein!«, entfuhr es Elias. »Yagil ist bekannt dafür, dass er Wort hält. Und dass er Jotham nicht ausstehen kann. Er hat zugesagt, meine Weine mitzunehmen!«

»Ich bin ebenfalls überrascht, Herr, aber so steht es hier.«

Elias nagte an seiner Unterlippe. »Ist das wirklich sein Siegel? Ich weiß genau, dass Kapitän Yagil zurzeit in Sidon eine Ladung Gerstenbier aufnimmt und erst in einigen Wochen zurückkommt.«

»Ich müsste es vergleichen. Hast du noch andere Verträge mit dem Kapitän?«

Elias schüttelte den Kopf. »Dahinter steckt bestimmt Jotham«, knurrte er. »Er gibt sich nicht mehr damit zufrieden, meine Schuldscheine aufzukaufen, sondern verlegt sich jetzt auch noch aufs Fälschen.«

»Das müssten wir beweisen«, gab David zurück. »Das ist eine schwerwiegende Unterstellung. Du benötigst einen Anwalt.«

Elias winkte ab. »Ein Anwalt zieht weitere Anwälte nach sich, und die kann ich mir nicht leisten. Gibt es denn keinen anderen Ausweg?«

David dachte an die Schriftgelehrten in der Bruderschaft. Es wäre doch anzunehmen, dass sie die Unterschrift auf dieser Tafel mit anderen vergleichen konnten, die Kapitän Yagil im königlichen Archiv hinterlegt hatte. Ob sie aber ehrlich Auskunft geben würden? Der Rab hingegen, von dem man wusste, dass er sich bei der Ausübung seines Amts an strengste Maßstäbe hielt, wäre über jeden Verdacht erhaben. David hatte sich bislang vergeblich um eine Audienz bei ihm bemüht; aber da dieser Mann im Rang gleich nach dem König kam, war er entsprechend stark beschäftigt. »Ich werde den Rab bitten, einen Blick auf diese Tafel zu werfen«, sagte David jetzt zu Elias. »Du bleibst hier. Du wirst im Weinberg benötigt. Dies ist die arbeitsintensivste Zeit des Jahres. Sobald ich eine Antwort habe, komme ich zurück.«

In den zurückliegenden dreißig Tagen hatte er viermal bei der Bruderschaft vorgesprochen. Jedes Mal hatte Yehuda ihm erklärt, der Rab habe keine Zeit, und dabei immer wieder vielsagende Pausen eingelegt, um David die Möglichkeit zu geben, Unausgesprochenes zu ergänzen. Ziras Sohn erwartete zweifellos eine finanzielle Entschädigung für die Erlaubnis, beim Rab vorzusprechen. In Lagasch standen Schriftgelehrte allen Bürgern zur Verfügung, auch wenn es dauern konnte, bis man zu einer Audienz vorgelassen wurde. David hingegen schaffte es nicht einmal auf den Terminkalender des Rabs. Nicht ohne Bestechung!

Immerhin hatte er sich bei allen seinen Besuchen im Haus des Goldes die Räumlichkeiten und Korridore eingeprägt und das Kommen und Gehen der Schreiber verfolgt. Er hatte beobachtet, wie Yehuda sich verhielt, wenn er, David, an bestimmten Türen vorbeiging – an einer eher unauffälligen Tür hatte er sich ihm einmal regelrecht in den Weg gestellt, wie um davon abzulenken, dass sich jenseits davon etwas oder jemand von großer Bedeutung befand.

Da allen eingetragenen Schriftkundigen in Ugarit der Zugang zur Bibliothek freistand, schritt er selbstbewusst und so, als hätte er dort etwas zu erledigen, durch den Hauptkorridor, lächelte und nickte denen, an denen er vorbeikam, zu, nicht ohne dabei

Ausschau nach Yehuda zu halten. Vor der unauffälligen Tür blieb er stehen, sah sich um. Niemand hielt sich im Korridor auf. Da außer den Männerstimmen, die aus anderen Räumen drangen, und den flackernden Flammen in den Messinglampen nichts auszumachen war, drückte David auf den Türriegel aus Bronze und schlüpfte in das Zimmer.

Es war geräumig und erstaunlich dunkel, nur eine einsame Messinglampe hing an Ketten von der Mitte der Decke. Sie warf ihr Licht auf ein Bett, einen Teppich, auf Stühle und einen Tisch. Wenn ein Schriftkundiger hier wohnte, würde er unbedingt mehr Licht benötigen! Wohlwissend, dass er sich widerrechtlich hier aufhielt, und weil er vermutete, dass dies ein besonderes Zimmer war, lauschte David mit angehaltenem Atem. Seltener und dementsprechend kostspieliger Weihrauch hing in der Luft und verriet ihm, dass dies die Unterkunft keines gewöhnlichen Mannes war.

»Ist da jemand?«, kam eine Stimme aus dem Dunkel. Da nur die Mitte des Raums schwach erhellt war, lag alles dahinter in tiefem Schatten. »*Shalaam* und der Segen Dagons«, rief David leise. »Verzeih mir mein Eindringen. Ist dies die Kammer des Ehrenwerten Rabs?«

»*Shalaam*. Tritt näher, mein Sohn.«

David ging auf die Stimme zu. »Verzeih, aber ich kann nichts sehen«, sagte er.

»Ich auch nicht, mein Sohn. Komm bitte noch näher.«

Als sich Davids Augen an die Dunkelheit gewöhnt hatten, erkannte er einen Mann, der in einem Armstuhl auf einer Art Podest saß. Seine Füße ruhten auf einem Schemel. Er hatte schütteres weißes Haar und einen langen weißen Bart. Auch sein Gewand war weiß, leuchtete im Dunkel beinahe gespenstisch. An der Wand hinter ihm schimmerte eine in Gold gehämmerte Scheibe, über deren Rand Flammen herausdrängten, während aus der Mitte ein einzelnes menschliches Auge starrte. Das heilige Emblem der Bruderschaft.

»Bist du der Rab?«, fragte David.

»Der bin ich«, sagte die sitzende Gestalt mit einer Stimme wie trockenes Laub.

David suchte nach Worten. Er stand vor dem Rab von Ugarit – jahrelang hatte er von einer solchen Begegnung geträumt! »Verzeih mir mein Eindringen, Rabbi«, sagte er, wobei er sich der kanaanäischen Anrede bediente, die »mein Meister« bedeutete. »Ich suche seit langer Zeit schon um Audienz bei dir nach. Ich überbringe dir Grüße von meinem Meister in Lagasch und den Segen Shubats.« Davids Herz klopfte zum Zerspringen. Seine Handflächen waren feucht. Was sagte man zu dem, den man verehrte?

»Wenn dich die Dunkelheit stört, mein Sohn, und du es heller haben möchtest – dort sind Wachskerzen und ein Feuerstein. Da ich blind bin, wäre Licht für mich nur Verschwendung.«

»Die Dunkelheit stört mich nicht, Rabbi, meine Augen gewöhnen sich daran.« War etwa die Blindheit des Rabs die Ursache für den Verfall der Bruderschaft? Möglich, dass die Brüder ihn als alt und krank ansahen. Ein angeschlagener Anführer büßt den Respekt seiner Anhänger ein. Wenn die Brüder ihn nicht länger respektierten, verloren sie auch den Respekt vor sich selbst und ihrem Beruf. Zitternd vor Wut angesichts einer derartigen Ungeheuerlichkeit hätte David am liebsten aufgeschrien, hätte die Brüder an den Ohren gepackt und sie hierhergeschleppt, auf dass sie sich ihrem erhabenen Führer zu Füßen warfen. Wie konnten sie ihrem Rab derart schamlos den Respekt versagen? Ihren ehrenwerten Beruf und ihre Götter entehren?

»Du bist ein Schriftgelehrter, mein Sohn?«

Alle Scheu war von David abgefallen. Wie war es um die Ehre in dieser Bruderschaft bestellt?, tobte es in ihm. Warum ließ man diesen erhabenen Führer allein im Finstern sitzen? *Während sich die Brüder an Musik und Frauen, Fleisch und Wein ergötzen?* Mit gepresster Stimme sagte er: »Ja, Rabbi, das bin ich. Ich bin im Verzeichnis der Schriftgelehrten hier in Ugarit eingetragen. Meine Ausbildung habe ich in Lagasch erhalten, wo mein Vater König ist.«

Der Rab nickte. Beifällig, wie David in dem alten Gesicht wahrzunehmen meinte. »Du kommst mit einem Anliegen zu mir?«

David berichtete von der Tafel, die seiner Vermutung nach eine Fälschung war. »Bringe sie zu einem deiner Brüder«, meinte der Rab. »Er kann sie mit Aufzeichnungen im Archiv vergleichen.«

David zögerte. Sollte er dem Rab berichten, was außerhalb dieses abgeschiedenen Raumes vor sich ging? Er wollte nicht als Verräter angesehen werden, der seine eigenen Brüder anschwärzte, entschied aber dann doch, dass die Integrität der Bruderschaft wichtiger war als das, was der Rab von ihm halten mochte. Und deshalb berichtete er dem alten Mann von den Bestechungen, der mangelnden Disziplin, dem Verlust von Moral und ethischen Werten, dem Chaos in der Bibliothek. Mit tränennassem Gesicht würgte er alles an Verabscheuungswürdigem heraus.

Als er fertig war, versank der Rab in dumpfes Brüten. »Dass meine Blindheit ein Problem werden könnte, hatte ich befürchtet. Jetzt habe ich die Bestätigung dafür. Früher hatte ich sehr gute Augen und konnte den Anforderungen meines Amts entsprechen. Blind bin ich erst seit kurzer Zeit, aber der Verlust meines Augenlichts wirkt sich jetzt eindeutig zum Nachteil auf diese Bruderschaft aus.« Der Rab legte eine Pause ein. »Es entgeht mir nicht, dass du erzürnt bist, David von Lagasch. Du bist weit gereist, um dich uns anzuschließen, und jetzt musst du feststellen, dass die Bruderschaft nicht dem entspricht, was du dir erwartet hast.«

»Ich bin enttäuscht, Ehrwürdiger Rabbi.«

»Würdest du etwas verändern, wenn du Rab wärst?«

Auch wenn die Frage ihn überrumpelte, antwortete David spontan: »Das würde ich, Rabbi, bei dem Eid, den ich Shubat geschworen habe.«

»Dann sollst du wissen, dass ich nicht immer blind war. Mein Augenlicht erlosch langsam, nach und nach. So war es auch bei meinem Vorgänger und dessen Vorgänger. Das ist der Preis, den wir für unser hohes Amt bezahlen. Jedes Mal, wenn wir uns eine Tafel ansehen, einen Brief lesen, einen Vertrag aufsetzen, eine Bestandsaufnahme machen – jedes Mal, wenn wir ein Wort aufschreiben oder einen Satz lesen, büßen wir ein wenig von unserem Augenlicht ein. Keiner weiß, warum das so ist. Das Augenlicht ist ein kostbares Gut. Wie Blut. Wenn du jeden Tag eine Ader anritzt und ein wenig Blut heraustropfen lässt, hast du eines Tages kein Blut mehr. Das Gleiche trifft auf das Sehvermögen eines Schreibers zu. Bist du bereit, dein Augenlicht hinzugeben für die Ehre, deinem Beruf zu dienen?«

Früher hätte David spontan mit Ja geantwortet. Jetzt dachte er an Leah. Wie gern er sie ansah, wenn sie es nicht merkte. Diese einzelne Locke, die geringelter war als ihr übriges Haar und einfach nicht hinter ihrem linken Ohr bleiben wollte, so als wäre sie ein Inbild von Leah selbst – nicht unbedingt widersetzlich oder stur, aber eigensinnig und nicht zu bändigen. Wenn sie über ihrer Näharbeit saß, strich Leah in Abständen unbewusst die Strähne unter ihren Schleier zurück, und kurz darauf machte sie sich bereits wieder selbständig. Ja, genauso war Leah! Sich fügen wollen, gehorsam sein, aber nichts unversucht lassen. Unbewusst allem auf den Grund gehen wollen.

Wenn er erblinden würde, würde ihm das fehlen.

»Du zögerst, mein Sohn.«

»Das ist aber auch eine schwierige Frage, Rabbi.«

Der Alte nickte. »Bitte deinen Gott, dir beizustehen. Und was die Tafel anbelangt, die du auf ihre Echtheit hin überprüfen möchtest, geh selbst ins Archiv und such zum Vergleich ein Dokument heraus, das von demselben Mann unterzeichnet ist. Wenn du nicht fündig wirst, such dir im öffentlich zugänglichen Hof einen vertrauenswürdigen Anwalt.«

David grinste. Beliebte der Rab zu scherzen? Anwälte genossen nun mal kein Vertrauen. »Hab Dank für die Zeit, die du mir eingeräumt hast, Ehrwürdiger Rabbi. Ich hoffe, abermals Gelegenheit zu einer Begegnung mit dir zu bekommen. Ich wünsche dir den Segen Dagons und Gesundheit für viele Jahre.«

Der alte Mann lachte tatsächlich auf. Krächzend, aber fröhlich. »Sei gesegnet, mein Sohn, meine Tage sind gezählt. Vielleicht weist mein Nachfolger die Bruderschaft zurück auf den Weg der Ehre und Integrität.«

David zögerte. Durfte er sich die Frage erlauben? War denn

aber der Rab nicht selbst darauf zu sprechen gekommen? »Hast du bereits einen Nachfolger bestimmt?«

»Heißt das, dass *du* eines Tages dieses Amt übernehmen möchtest?«

In unbewusstem Stolz straffte David die Schultern. »Wie ich bereits sagte, Ehrwürdiger Rabbi, bin ich ein Prinz aus dem königlichen Haus in Lagasch. Siebzehn Jahre lang wurde ich in den namhaften Schulen am Euphrat ausgebildet. Ich beherrsche vier Sprachen, schriftlich wie mündlich, von Babylonisch bis Ägyptisch. Drei Versionen der Keilschrift sind mir geläufig, außerdem die Hieroglyphen, die klassischen wie die hieratischen. Ich hänge dem alten Gott Shubat an und habe mein Leben in seinen Dienst gestellt. Ich liebe meinen Beruf und halte an hohen moralischen Vorstellungen und Normen fest. Ich bitte dich, Ehrenwerter Rabbi, dass du mir gestattest, mich zu beweisen. Ich würde gern dazu beitragen, die Bruderschaft auf den rechten Weg zurückzuführen. Um dies zu erreichen, werde ich alles tun, um einen Fürsprecher zu finden, der sich für meine Aufnahme in diese Vereinigung verbürgt.«

»Mein Nachfolger steht bereits fest«, sagte der Rab. »Kennst du einen Bruder namens Yehuda, den Sohn von Zira und Neffe von Jotham dem Schiffbauer? Er verdient es, meinen Platz einzunehmen. Obwohl mir kürzlich zu Ohren gekommen ist, dass Yehuda an der Fallsucht leiden soll. Sollte dies zutreffen, ist er für dieses Amt nicht geeignet. Sollte es sich jedoch nur um ein Gerücht handeln, muss ihm dieses Amt zufallen, ungeachtet dessen, welcher Abstammung und wie gebildet du bist, David von Lagasch. Denn Yehuda stammt aus Ugarit.«

»Ich weiß von dem Gerücht«, sagte David enttäuscht. »Mit eigenen Augen habe ich nicht gesehen, dass Yehuda einen dieser Anfälle erlitten hätte.«

Mit gekrümmten Fingern winkte der Alte David näher zu sich heran. »Mein Sohn, ich möchte dir etwas anvertrauen, was diese Wände nicht hören sollen.«

Als David sich vorbeugte, flüsterte der Rab ihm etwas zu.

»*Shubat!*«, war alles, was er mit angehaltenem Atem nur noch ausstoßen konnte.

Hannah verabscheute den Sklavenmarkt.

Den Kauf von Haushaltssklaven hatte sie bislang Elias überlassen. Sie setzte sich lieber dafür ein, dass sie sich im Laufe der Zeit freikaufen konnten. Obwohl es für einige von ihnen das einzige Leben war, das sie kannten, und obwohl Sklaverei auch die Strafe für ein Verbrechen sein konnte, war es für viele der einzige Ausweg aus bitterster Not. Für gewöhnlich waren es finanzielle Engpässe, die einen Mann zwangen, sich mit seiner Familie in die Sklaverei zu begeben, um mit dem Erlös des Verkaufs seine Schulden zu begleichen. Oder Väter hatten zu viele Töchter und verkauften die Mädchen, um sich dieser Belastung zu entledigen. Gründe gab es genug. Als sie an den Verschlägen mit den Männern, Frauen und Kindern vorbeiging, während der Sklavenhändler die Vorzüge dieses Mannes oder jenes Mädchens anpries, hatte Hannah keine Ahnung, wie sie sich die Konkubine, die sie suchte, vorstellen sollte.

Schließlich erklärte sie dem Verkäufer, zu welchem Zweck sie eine Sklavin brauchte, worauf der sie zu einem Verschlag führte, in dem jüngere Frauen und heiratsfähige Mädchen mit zarter Haut für anspruchsvolle männliche Kunden eingesperrt waren.

»Hast du besondere Wünsche?«, fragte er und befingerte die Geldtasche an seinem Gürtel, rechnete schon damit, ihren Inhalt zu verdoppeln.

Hannah überlegte und sagte dann: »Das Mädchen darf keine Ägypterin sein.«

Er nickte. Diese Einschränkung war ihm nicht neu.

»Und eine Habiru auch nicht«, ergänzte Hannah eingedenk eines weiteren Vorurteils ihrer Schwiegermutter.

Er rümpfte die Nase. »Habiru-Frauen kommen erst gar nicht in diese gesonderte Absperrung.« Vor einem schlanken Mädchen, das etwas abseits hockte, blieb er stehen. »Hier ist eine, die für dich in Frage kommen könnte, Herrin.« Die Sklavin trug ein einfaches Gewand, ein fahlbrauner Schleier bedeckte ihr Haar. Sie schien reinlich und gesund zu sein. »Ihr Name ist Saloma«, sagte der Sklavenhändler. »Sie ist siebzehn, makellos von Kopf bis Fuß, Jungfrau. Kommt aus einer Familie von Schafhirten, die ja bekannt für ihre weichen Hände sind.«

Er erklärte, dass das Mädchen von ihren fünf Brüdern verkauft werde, weil deren Ehefrauen der hübschen jungen Schwägerin ihr Aussehen neideten. Hannah tat das Mädchen leid. Besaßen die Brüder denn überhaupt kein Rückgrat? Sie stellte ein paar Fragen und erfuhr, dass das Mädchen aus einer männerreichen Familie stammte.

Sehr gut. Hannah war dennoch unschlüssig. Über die äußere Erscheinung der Konkubine, die sie ins Haus zu holen beabsichtigte, hatte sie noch gar nicht nachgedacht. Jetzt sah sie sich gezwungen, sich für ein Mädchen zu entscheiden, das reizvoll genug war, um in Elias die Lust zu schüren, mit ihr das Bett zu teilen; andererseits weckte genau dies Hannas Eifersucht. Sie selbst war ja nicht unbedingt eine Schönheit; ihre Eltern hatten sich seinerzeit verzweifelt um einen Ehemann für sie bemüht, bis zum Glück ein junger Weinhändler aus Ugarit in die Stadt gekommen war und sich in ihre Tochter verliebt hatte. Bisher war sich Hannah der Liebe von Elias sicher gewesen, aber jetzt überlegte sie zum ersten Mal, wie es sein würde, wenn sich Elias in Saloma verliebte.

»Ich nehme sie«, sagte sie und streifte sich die goldenen Armreife, die ihr Elias zur Hochzeit geschenkt und die niemals abzulegen sie geschworen hatte, vom Handgelenk. Sie waren alles, was sie noch an Kostbarkeiten besaß, um eine zweite Frau für ihren Ehemann zu kaufen.

✻

»Warum, weiß man nicht«, sagte Tante Rakel, die mit Leah im Garten arbeitete, »aber wenn man Thymianblätter zerstampft und mit Fett vermischt auf eine frische Wunde aufträgt, hält das die Dämonen der Infektion ab.«

Sie hatte mehrere Zweige von dem Busch abgeschnitten und so hingelegt, dass sie die Blättchen mit einem kleinen Messer in eine hölzerne Schale schaben konnte. Ein köstlicher Duft breitete sich aus.

»Noch wirksamer ist ätherisches Öl. Wir werden diese Blättchen destillieren, Rebekka, bis wir Thymianöl haben, dem ein ungemein heilsamer Geist innewohnt.«

Sie waren von üppigem Grün umgeben, das Leah neu angepflanzt hatte, nachdem Tamar den Garten so böswillig verwüstet hatte. Gegen ein paar kleine Krüge Wein aus dem Keller ihres Vaters hatte sie Stecklinge und Schösslinge erstanden, junge Pflanzen und bereits ältere, weil Samen bis zum Keimen zu lange brauchten und sie von Rakel rasch so viel wie möglich erfahren wollte, ehe das Erinnerungsvermögen der Tante für immer versiegte.

Von der Heilkraft des Thymians hatte sich Leah bereits überzeugen können – sie hatte die entsprechende Salbe erfolgreich auf die Wunde einer Sklavin aufgetragen, die sich bei der Küchenarbeit geschnitten hatte. Jetzt ging es ihr um Wichtigeres, nämlich darum, was von Molochs Traum für eine Medizin verwendet wurde. Die Blätter? Die Samen? Die Wurzeln? Wie wurde was verarbeitet? Wie war die Medizin einzunehmen? In einem Getränk? Ins Essen gemischt? Fragen über Fragen, die sie Rakel nicht zu stellen wagte.

Erst heute Morgen hatte die Großmutter gesagt: »Mir fällt auf, dass Tante Rakel in letzter Zeit häufig von Jericho spricht. Bedrängst du sie etwa mit Fragen aus der Vergangenheit, Leah? Vergiss nicht, was du versprochen hast. Asherah ist unsere Zeugin, Leah, lass Tante Rakel in Ruhe.«

Da Leah somit die Hände gebunden waren, musste sie sich auf andere Weise diese kostbaren Informationen verschaffen. »Entschuldige mich kurz, Tante Rakel«, sagte sie und stand von der Marmorbank auf. »Ich bin gleich zurück.«

Als das Gartentor hinter ihr zufiel, blieb sie stehen und umfasste das Medaillon der Göttin, das sie an einem Lederband um den Hals trug, und schloss die Augen. »Vergib mir, Asherah, wenn ich dich jetzt enttäusche«, murmelte sie, »aber unsere missliche Situation zwingt mich, dem Gedächtnis meiner Tante auf die Sprünge zu helfen.«

Sie wartete noch kurz, ehe sie wieder den Garten betrat. »Tante Rakel?«

»Ja, Liebes?«

»Ein Bote aus Molochs Tempel ist gekommen. Er sagt, die Priester benötigen Molochs Traum. Können wir welchen entbehren?«

Rakel runzelte die Stirn. »Molochs Traum?« Sie warf einen Blick auf die junge Pflanze in der Ecke. »Er ist noch nicht voll entwickelt. Erst im Frühling, wenn die harzigen Knospen milchig weiß werden und die feinen Härchen bereits eine goldgelbe bis rosa Farbe angenommen haben, ist es an der Zeit, Molochs Traum zu ernten. Und selbst dann müssen wir behutsam vorgehen und die Blätter trocknen. Die Priester verbrennen sie in einer Schale, und wenn sie dann den Rauch einatmen, überkommen sie Visionen, und sie halten Zwiesprache mit den Göttern.«

Leah lächelte. »Danke, Tante Rakel. Ich werde dem Boten Bescheid sagen.«

***

Als Hannah mit der Konkubine nach Hause kam, fand sie Elias in seinem Betrieb, wo er die Lagerung der Amphoren überwachte, die er vom Hafen hatte zurückbringen lassen müssen. »Ich weiß nicht, was ich tun soll, Hannah. Es mangelt an Platz, um sie zu lagern. In die Sonne dürfen sie nicht, weil sonst der gesamte Jahrgang verdirbt.«

»Dann schaff sie ins Haus«, schlug Hannah vor. »Wir haben genügend Räume, die nicht benutzt werden. Dort ist es kühl, kein Sonnenstrahl dringt hinein. Du kannst sie als Lager benutzen, bis du das Problem mit Yagil gelöst oder einen anderen Schiffseigner gefunden hast. Und jetzt möchte ich dir jemanden vorstellen. Komm mit.«

Sie gingen in die Empfangshalle, wo das Mädchen vom Sklavenmarkt völlig verschüchtert zurückgeblieben war. »Ihr Name ist Saloma«, stellte Hannah sie vor. »Sie übernimmt meinen Platz, bis sie dir einen Sohn gebiert.«

»Hannah …«

Sie hob die Hand. »Elias, du darfst mir glauben, dass mir das schwerfällt. Mach es also nicht noch schlimmer. Ich weiß, wozu ich der Familie verpflichtet bin. Weil ich bislang versagt habe, kam es mir zu, für Abhilfe zu sorgen. Saloma erhält eine Kammer am Ende der Halle, neben unserer. Sie wird in unsere Familie eingegliedert. Wir werden sie respektvoll behandeln. Und die Götter bitten, uns einen Sohn zu schenken.«

Nachdem sie Saloma dem Verwalter übergeben und ihn entsprechend unterwiesen hatte, suchte sie Tamars Zimmer auf.

Wehmut überkam sie. Kein eigener Sohn. Und von drei Töchtern nur eine, die ihr keinerlei Kummer bereitete. Wie unberechenbar das Leben doch ist, befand sie, als sie sich auf das nicht bezogene Bett setzte. Als ich mich mit meinem Elias hier niederließ, schwebte mir ein Haus voller lebhafter und gesunder Kinder vor. Jetzt besteht die Familie nur noch aus einem Mann und fünf Frauen.

Sie warf einen Blick auf die nackten Wände, auf die Haken, an denen keine Kleider mehr hingen, auf die leere Truhe, auf die verwaisten Nischen, in denen einmal Götterstatuen und Lampen gestanden hatten. Wie war es möglich, dass drei Kinder derselben Mutter so verschieden sein konnten? Leah in sich gekehrt. Esther so entstellt, dass sie nur selten das Haus verließ, aber ihrem Wesen nach ein Sonnenschein. Tamar wiederum – seit sie laufen und sprechen konnte, war alles, was sie tat, irgendwie berechnend. Woher diese Habgier stammte, konnte sich Hanna nicht erklären. Hatte sie selbst im Verlauf ihrer Schwangerschaft etwa einen Anflug von Gier verspürt und dies unwissentlich auf ihr ungeborenes Kind übertragen? Es hieß ja, dass alles, was eine werdende

Mutter erlebt, Auswirkungen auf das Kind hat. Man brauchte sich ja nur Esther anzuschauen. Hannah gab sich die Schuld für Esthers verunstaltete Lippe – sie war damals auf dem Markt mit einem Mann zusammengeprallt, der ebenfalls eine gespaltene Lippe gehabt hatte.

Als sie mit Leah schwanger gewesen war, hatte Hannah das Haus nicht verlassen, hatte sich mit Näharbeiten beschäftigt, nachmittagelang in der Sonne gedöst. Dementsprechend war ihre Älteste eine gefügige Tochter – abgesehen von dem Abend vor einem Jahr und sieben Monaten. Aber selbst Leahs damaliges Verhalten war keinesfalls egoistisch gewesen; sie hatte die Gäste doch nur aus Sorge um ihre Mutter verlassen!

Tamar dagegen. Ihre gesamte Kindheit hindurch und auch als junges Mädchen auf ihren Vorteil bedacht, ränkeschmiedend, selbstsüchtig. Hannah liebte sie dennoch und machte sich große Sorgen um sie. Die eigene Familie zu bestehlen! Mit diesem grässlichen Mann wegzulaufen!

Ach Tamar, mein Kind, wo steckst du …

※

Sieben Monate war es her, dass sie im Olivenhain seines Vaters in Baruchs Armen gelegen und in Glückseligkeit geschwelgt, die reinste und zärtlichste Liebe erfahren hatte – bis er gesagt hatte, dass er sie nie wiedersehen werde.

Tamar hatte gedacht, der Schmerz würde nie vergehen. Aber die Zeit hatte die Wunden geheilt – die Zeit und ihr Zusammensein mit Caleb. Von dem Moment an, da er das Haus der Familie betrat, hatte sie gespürt, dass er irgendetwas verschleierte und dunkle Absichten verfolgte. Genau das hatte sie gereizt. Und je eifriger sie sich um den Verlobten aus Damaska bemüht hatte, desto mehr war Baruch aus ihrer Erinnerung verschwunden. Als Caleb dann endlich ihren Reizen erlag, wusste sie, dass Baruch recht gehabt hatte: Sie verstand es in der Tat, Macht über Männer auszuüben.

Als sie mit Caleb in den Weinkeller geschlichen war, um die

versteckten Wertsachen ihres Vaters wegzuschleppen, hatte sie lächelnd ihre Rache ausgekostet und sich genüsslich ausgemalt, wie erschüttert ihr Vater sein würde, wenn er das Gewölbe leer vorfand. Und als sie dann auch noch Großmutters goldene Ringe eingesackt hatten! Welch ein Spaß, sich vorzustellen, wie entsetzt alle sein würden! Sie hatte es ihnen allen gezeigt!

Das Hochgefühl hatte angehalten, solange sie mit Caleb auf der Suche nach einer Karawane in Richtung Süden unterwegs gewesen war. Sie hatten sich Esel zugelegt, am Wegesrand genächtigt, sich leidenschaftlich und begierig unter den Sternen geliebt.

Mittlerweile jedoch war sie seiner Gesellschaft überdrüssig geworden. Jetzt, da sie wusste, wie geschickt sie einen Mann zu verführen verstand, und ihr klarwurde, dass sie alle Männer haben konnte, die ihr gefielen, wollte sie eigene Wege gehen. Nach Norden, überlegte sie, in die sagenhafte Stadt Ebla. Oder vielleicht weiter nach Osten, wo viele reiche Männer zu finden waren.

Stattdessen aber folgten sie weiter der Küstenstraße nach Süden, in Richtung Sidon und zu weiter im Landesinneren gelegenen Städten – Har Megiddo, Jerusalem, Jericho –, wo sie gar nicht hinwollte! Deswegen war sie heute Morgen gleich nach dem Aufwachen aufgestanden – ohne Caleb zu wecken, mit dem sie sich in einem Gasthof am Hafen ein Zimmer teilte – und hatte sich zur Karawanserei im Norden der Stadt aufgemacht, wo sie einen Händler ausfindig machen wollte, der nach Norden zog und dann weiter nach Osten. Zu einem neuen Leben.

Ihre Suche war erfolgreich gewesen! Händler aus Jerusalem, die Papier, Leinen und Lapislazuli aus Ägypten mit sich führten, waren bereit, sie mitzunehmen. In Jerusalem, dem nördlichen Endpunkt mehrerer Handelsrouten aus Ägypten, wurden Waren mit weiter nach Norden ziehenden Karawanen getauscht. Auch Nachrichten brachten die Karawanen mit – Gerüchte über die besorgniserregende Verschlechterung von Königin Hatschepsuts Gesundheitszustand. Es sei nicht auszuschließen, hieß es, dass ihr Stiefsohn die Krone Ägyptens übernehmen werde. Und dass der junge Thutmosis die Unterwerfung Kanaans ins Auge fasse.

Für Politik hatte Tamar nichts übrig. Übermütig eilte sie zum Gasthof am Hafen zurück, wo, wie sie annahm, Caleb noch immer schnarchte. Er schlief oft sehr tief, vor allem, wenn er am Abend zuvor zu viel trank – und sie hatte dafür gesorgt, dass gestern sein Becher nicht leer wurde! Auf ihrer Flucht aus Ugarit hatte er die Schätze ihres Vaters an Kaufleute verhökert, die keine Fragen stellten, und die sperrigen Pokale und Teller und Statuen in handlichere Ringe aus Gold und Silber eingetauscht. Diese Ringe wollte Tamar an sich nehmen, wieder zurück zur Karawane eilen und längst auf dem Weg nach Norden sein, wenn Caleb wach wurde!

Da der Herbstwind, der vom Meer kam, kalt war, zog sie ihren Umhang fester um sich. Beim Weitergehen warf sie einen Blick auf die Boote und Schiffe in dem kleinen Hafen, der zu einem Fischerdorf gehörte, dessen Namen sie nicht kannte, und hielt inne, als sie ein vollbeladenes Schiff aus dem Hafenbecken ausfahren sah. Vierzig Ruder, zwanzig auf jeder Seite, hoben und senkten sich im Takt einer Trommel. Breitbeinig an der Reling stand ein Passagier und schaute direkt zu Tamar hinüber, ohne zu lächeln oder die Stirn zu runzeln oder sie irgendwie zu beachten.

War das etwa Caleb? Nein, das konnte nicht sein, auch wenn die Ähnlichkeit mit ihm verblüffend war. Diese breiten Schultern, die mächtige Brust …

Sie rannte auf einen Mann zu, der einigen Hafenarbeitern, die mit dem Löschen von Ladung beschäftigt waren, Befehle zubellte. »Wohin fährt dieses Schiff dort?«, fragte sie ihn.

Er sah in die Richtung, in die ihr Finger deutete. »Zur Insel Minos.«

»Minos! Aber da muss es ja über das Große Meer!«

Als der Hafenaufseher ihr bekümmertes Gesicht sah und dann zu dem Mann an Deck des auslaufenden Bootes schaute, zuckte er mit den Schultern und wandte sich ab. Eine im Stich gelassene Frau mehr, befand er nüchtern. So ging es nun mal in Hafenstädten zu. Ein Mann hatte es nicht schwer, sich abzusetzen …

Als Tamar zum Gasthof zurückkam und die Treppe hinauflief, sah sie, dass die Tür zu ihrer Kammer sperrangelweit offen stand.

Drinnen hielt sich der Wirt auf und fegte den Boden. Erstaunt sah er sie an. »Ich dachte, du wärst mit ihm fortgegangen. Das Zimmer ist bereits wieder vergeben. Du musst dir was anderes suchen.«

Caleb hatte alles mitgenommen, sogar ihre Kleidung. Nichts mehr war Tamar geblieben.

Eine eiskalte schwarze Welle braute sich tief in ihr zusammen, wallte auf, überflutete sie, ließ ihr das Blut gerinnen, presste ihr Herz zusammen. Wie kann er es wagen, mich zu verlassen!, empörte sie sich, ohne daran zu denken, dass sie ihrerseits das Gleiche vorgehabt hatte. Sie ballte die Fäuste, atmete heftig. Erneut betrogen! Diesmal von einem anderen.

Tamar taumelte die Treppe hinunter, blind vor Zorn und Tränen. Alles um sie schien sich zu drehen. Eine Zeitlang stand sie regungslos da und rang um Fassung.

Dann richtete sie sich auf, strich sich die Haare aus dem Gesicht und verschloss ihre Wut tief in ihrem Herzen.

So etwas wird nie wieder vorkommen, schwor sie sich. Nie wieder! Baruch und Caleb mochten gewonnen haben, aber keinem anderen würde das mehr gelingen. Das nächste Mal würde sie siegen. Sie würde diejenige sein, die Entscheidungen traf.

Gegenwärtig jedoch sah sie sich vor das Problem gestellt, dass sie völlig mittellos war und keine Unterkunft hatte.

Sie begab sich wieder zur Anlegestelle und beobachtete, wie Calebs Schiff nach Minos immer kleiner wurde, bis es schließlich nur noch ein winziger Punkt am Horizont war. Gut, dass ich ihn los bin, sagte sie sich. Ich bin noch immer die Tochter von Elias dem Winzer, Enkelin von Avigail aus Jericho, die von Ugarits geliebtem König Ozzediah abstammt. Meine Mutter kann keine Kinder mehr bekommen, Leah hat keinen Ehemann mehr, und an Esther ist keiner interessiert.

Sie lächelte, als sie kühl berechnend überlegte und Klarheit in ihre Gedanken brachte. Ein neuer Plan stand ihr vor Augen, der Sicherheit und Geld und Ansehen versprach. Und vor allem garantierte er ihr Überleben.

Im geschäftigen Hafen hantierten Männer weiter mit Tauen und Segeln, schleppten Lasten, lachten oder stritten sich oder stolperten aus Tavernen. So viele, die in ihrer Statur und Hautfärbung Caleb ähnelten. Es würde ganz einfach sein. Wenn ich mit einem dicken Bauch nach Hause zurückkomme – schwanger mit dem ersten Enkel –, wird Vater nichts anderes übrigbleiben, als mich wiederaufzunehmen. Ich werde ihm unter Tränen berichten, dass Caleb mich gezwungen hat, mit ihm zu gehen, dass er sich meiner bemächtigt und mich dann sitzengelassen hat.

Leichten Schritts schlenderte sie durch das Hafenviertel, wo Tavernen auf durstige Seeleute warteten. Sie würde wählerisch sein, sich nur Männer aussuchen, die sich mit vielen Brüdern oder Söhnen brüsteten. Ich werde mich bezahlen lassen und mich so lange in einem Gasthof einmieten, bis ich mein Ziel erreicht habe.

Die Familie wird mich mit offenen Armen aufnehmen. Und wenn ich ihrer überdrüssig bin, werde ich mich auf die Suche nach einem Leben in Wohlstand und Annehmlichkeiten begeben.

⁑

Nobu war derart aus dem Häuschen, dass er völlig vergaß, dem Wein zuzusprechen. Deshalb lagen ihm die göttlichen Stimmen lauter denn je in den Ohren. Es war ihm egal. Er hörte ihnen weder zu, noch antwortete er ihnen. Eine wunderbare Nachricht für seinen Meister war eingetroffen, und Nobu konnte es kaum erwarten, sie ihm mitzuteilen.

Während er sich mit Davids Garderobe beschäftigte, dachte er bereits ans Essen. Elias und seine Familie behandelten ihren Schreiber derart zuvorkommend, dass er jeden Abend mit an ihrem Tisch saß und folglich auch Nobu gut verköstigt wurde. Welche Speisen wohl heute aufgetragen wurden?, sinnierte er, während er sorgfältig Davids hübsche dunkelblaue Tunika mit den goldenen Fransen und dazu einen schwarzen Umhang aus bester Angorawolle bereitlegte. Gut würde sein Meister darin aussehen. Auch durch sein Äußeres musste ein Prinz zeigen, dass er ein Prinz war.

Und dass David ein Prinz war, würde er ab sofort allen in Ugarit verdeutlichen. Dessen war sich Nobu mehr als sicher.

David, der sich auf dem Heimweg befand, war derart freudig erregt, dass er sich zwingen musste, nicht im Laufschritt auf die Villa zuzusteuern.

Er wollte sofort mit Leah sprechen, ihr erzählen, was ihm der Rab zugeflüstert hatte. Zuvor aber musste er Elias Bericht erstatten. Nach seiner Begegnung mit dem Rab hatte er im Archiv Unterlagen zu Kapitän Yagils geschäftlichen Vereinbarungen gesucht, um die Siegel, mit denen sie unterzeichnet waren, vergleichen zu können. In den Archiven herrschte, wie er befürchtet hatte, jedoch ein derartiges Durcheinander, dass er noch nicht fündig geworden war; er musste deshalb weitersuchen, bis sich die Angelegenheit klären ließ.

Da er vor dem Treffen mit seinem Dienstherrn ein Bad nehmen und die Kleider wechseln wollte, suchte er seine Kammer auf, wo er von einem bestens gelaunten und wie eine Glucke um ihn herumschwänzelnden Nobu erwartet wurde. Was war bloß in seinen Sklaven gefahren? Zu viel Wein, um die inneren Stimmen in die Schranken zu weisen? »Meister! Ruf Shubat an! Dein Verwandter, der Juwelenhändler, hat sich gemeldet. Er ist aus Goshen zurück und möchte dich so schnell wie möglich sprechen. Meister, ich glaube, du hast deinen Bürgen für die Bruderschaft gefunden!«

Eine gute Nachricht fürwahr, befand David, während er sich wusch und frische Kleider anzog. »Ich muss sofort mit Elias sprechen«, sagte er zu Nobu. »Ich sehe dich dann beim Abendessen.«

In der Empfangshalle, auf dem Weg zu seinem Dienstherrn, wäre er um ein Haar mit Leah zusammengeprallt. »David!«, rief sie aus. »Ich habe wunderbare Neuigkeiten!«

»Ich ebenfalls!« Ohne darauf zu achten, ob jemand sie beobachtete, griff er nach ihrer Hand, zog sie zur Treppe und hinauf aufs Dach, wo sie ungestört waren. Die gleißenden Strahlen eines herbstlich goldenen Sonnenuntergangs glänzten in Leahs Haar auf, und es war, als wolle eine kühle Brise sie ihm schier in die Arme drängen. David umfasste ihre Schultern. Wie gern hätte er Leah geküsst! Er wunderte sich selbst, dass er den Willen aufbrachte, seine Lippen nicht auf die ihren zu drücken. Ihre Augen strahlten, und auch er fühlte sich vor Freude emporgehoben, so als könnte er auf die goldenen Strahlen des Sonnenuntergangs klettern und auf ihnen tanzen. »Nun, was hast du mir denn so Wunderbares zu berichten?«, fragte er und hätte gern »Liebes« oder »Liebste« hinzugefügt, was er jedoch nicht wagte, weil sie noch verheiratet war und er dies bis zum Ablauf von sieben Jahren zu respektieren gedachte.

Leah berichtete ihm von ihrem Zusammensein mit Tante Rakel heute Vormittag. »Sie hat mir ungemein Wichtiges anvertraut! Aber erst zu dir, David. Was gibt es bei dir Neues? Erzähl doch!« Die wundersame Stimmung hatte auch sie ergriffen, sie genoss das Gefühl der letzten Sonnenstrahlen auf ihrem Körper, sah, wie sich der Himmel hinter David gelb und orange und rot färbte, so als würde sich die Sonne selbst vor diesem Prinzen von Lagasch verneigen.

»Ich hatte eine Zusammenkunft mit dem Rab, und kurz bevor ich ihn verließ, raunte er mir etwas zu. Leah, der Rab persönlich will sich für meinen Eintritt in die Bruderschaft verbürgen! Und ich weiß, dass ich mich in seinen Augen bewähren werde, denn er sagte, dass ›Blut von außen‹ genau das ist, was die Bruderschaft braucht, um zu Rechtschaffenheit zurückzufinden. Nur Yehuda steht mir im Weg, aber sollte er tatsächlich an der Fallsucht leiden, werde ich es sein, der in das Amt des Rabs berufen wird. Aber genug von meinen Angelegenheiten. Was hat dir deine Tante Wichtiges verraten?«

Leahs Lächeln erstarb, auf einmal erschien der sich neigende Tag kühl und still. »Sie nannte mir das Heilmittel gegen die Fallsucht. Teilweise zumindest. Grundlage sind die Blätter einer Pflanze, die sich Molochs Traum nennt.«

Auch David spürte die heraufziehende Kälte. Wie böse Geister huschten Schatten über das Dach, als er Leah in die Augen sah. »Bei Shubat«, stieß er fassungslos aus. »Der Rab erachtet mich für geeignet, seine Nachfolge anzutreten, wenn feststeht, dass Yehuda die Fallsucht hat. Wenn du sie aber heilen kannst …«

»Das muss ich tun.« Tränen drängten sich in ihre Augen. »Nur so kann ich Zira umstimmen, Jotham von seinem Rachefeldzug abzubringen, und damit meine Familie vor dem sicheren Ruin bewahren.«

David trat zurück, rammte die rechte Faust in seine linke Handfläche. »Yehuda darf nicht der neue Rab werden! Er ermuntert zu Bestechung und Schmiergeld! Er verschließt die Augen vor laschem Verhalten, die Schriftkundigen missachten die Regeln ihrer heiligen Gemeinschaft und begehen Gotteslästerung!«

»David, es tut mir leid …«

»Shubat ist mein Zeuge, Yehuda wird die Korruption derart ausufern lassen, dass die Bruderschaft von innen heraus verfault und auseinanderbricht, bis niemand ihr länger angehören möchte. Das wäre ihr Untergang! Was soll dann aus Ugarits Männern werden, die den Wunsch haben, lesen und schreiben zu können? Wo sollen sie unterrichtet werden? Von wem? Die Kunst des Schreibens, die Bewahrung der Archive könnte völlig verkommen. Leah!«, rief er so laut, dass seine Worte weithin zu vernehmen waren, »es ist meine heilige Pflicht, Yehuda im Auge zu behalten, und sobald ich Zeuge eines Anfalls werde, muss ich den Rab benachrichtigen, damit er Yehuda nicht zu seinem Nachfolger macht!«

»Und ich muss das Mittel gegen Yehudas Fallsucht finden, damit Zira meine Familie verschont«, sagte Leah unter Tränen. »Wir halten nicht mehr lange durch. David, ich kann meine Familie unmöglich im Stich lassen.«

»Und ich nicht meine Berufung«, erwiderte er grimmig.

Sie lehnte sich an seine Brust, ihre Tränen netzten seine Tunika. »David, was sollen wir denn tun?«

Er legte die Arme um sie, seine Kehle war wie zugeschnürt, kein Wort brachte er heraus. Wie grausam die Götter sein konnten! Da fühlte er sich verpflichtet, Yehudas Fallsucht aufzudecken, und Leah, sie zu heilen.

8

»Der König leidet unter dem Dämon, der die Luftröhre einschnürt, Em Yehuda. Das Atmen, so heißt es, bereite ihm Schwierigkeiten. Zeitweise könne er nur noch keuchen, und wenn es dann so schlimm wird, dass er fast gar keine Luft mehr bekommt, soll sein Gesicht vor Anstrengung rot anlaufen. Priester und Ärzte sind um ihn bemüht, und in allen Tempeln der Stadt werden Opfer dargebracht. Die Bewohner beten für ihn.«

Zira wusste, wie beliebt der Monarch in Ugarit war. König Shalaaman war ein weiser König, ein geschickter Diplomat, der es verstand, Frieden und Ordnung und das gute Einvernehmen mit fremden Mächten aufrechtzuerhalten. Dank ihm waren die Schatzkammern voll, die Steuern niedrig, das Volk zufrieden, und wenn er über Schwerverbrecher zu Gericht saß, fiel sein Urteil gerecht aus, so dass kaum jemand seine Entscheidung kritisierte. Shalaaman war nicht sein richtiger Name; geboren als Jedaijah, wurde er vom Volk so geliebt, dass man ihn »den Friedvollen« nannte – Shalaaman.

Als der Spitzel, der dafür bezahlt wurde, sich im königlichen Palast umzuhören, seinen Bericht beendet hatte, starrte Zira durch die lichtdurchlässigen Vorhänge vor dem Balkon, von dem aus man über das Meer blickte. Sie nahm weder den wolkenverhangenen Frühlingstag, der Regen ankündigte, zur Kenntnis noch den Lärm, der vom Hafen heraufdrang, als sie tief in Gedanken versunken auf ihrer Lippe herumkaute. Die Zeit drängte. Yehuda musste zum Rab ernannt werden, bevor der König starb.

Mit einem Fingerschnippen entließ sie den Spitzel – ein Dank erübrigte sich, da er gut entlohnt worden war – und beschloss, auf der Stelle ihren Sohn aufzusuchen und ein Machtwort zu sprechen.

Sie fand Yehuda in seinem privaten Garten, in dem er Söhne aus reichen Familien Unterricht erteilte, wobei er sich darauf beschränkte, den Knaben, die keineswegs die Absicht hatten, den Beruf eines Schriftkundigen auszuüben, lediglich Grundkenntnisse im Lesen und Schreiben beizubringen. Fernab von dem Druck, unter dem er bei seiner Arbeit für die Bruderschaft stand, wie er das nannte. Die Knaben zu unterrichten war nicht schwer, sie brauchten nur gerade genug zu lernen, um den Erwartungen ihrer Väter gerecht zu werden. Yehuda war gern mit ihnen zusammen, er fand ihr Lachen hinreißend, war entzückt, wie jung sie waren, wie unschuldig. Zira dagegen war alles andere als erbaut, dass der dreißigjährige Yehuda sich mit Studenten abgab, von denen keiner älter als fünfzehn war. Ihrer Meinung nach klopfte er zu oft aufmunternd auf deren Schultern, drückte ihren Arm. Gelegentlich ließ er sie sogar bei sich übernachten.

Sie schob diese Überlegungen beiseite. Die Welt der Schriftgelehrten interessierte sie nicht. Ihr ging es um Wichtigeres. Seit sie denken konnte, brannte sie darauf, dereinst im königlichen Palast zu leben, und jetzt schien dieses Ziel zum Greifen nahe. Sie hatte ihren Sohn schon häufig darauf angesprochen, aber Yehuda hatte stets abgewinkt. Und als seine Mutter – als Em Yehuda – hatte sie zu gehorchen. Diesmal jedoch würde sie nicht lockerlassen!

»Schick sie weg«, sagte sie und deutete auf die Knaben. Zögernd kam er ihrer Bitte nach, sagte aber: »Du hast ihren Unterricht gestört.«

»Der Gesundheitszustand des Königs verschlechtert sich. Mein Sohn, du kannst es nicht länger aufschieben, mit dem Rab über deine Ernennung zu sprechen.«

Er erhob sich von der Bank, hochgewachsen und knochig stand er in seinem engen braunen Wollhemd über dem knielangen weißen Rock vor ihr. Eine elegante Erscheinung, befand sie, wenn auch ein wenig mürrisch. »Mutter, das ist eine ungemein heikle Angelegenheit, die Takt und diplomatisches Geschick erfordert. So einfach, wie du glaubst, ist das jedenfalls nicht.«

»Du weißt doch, dass der Weg zum Thron über das Amt des Rabs führt. Warum bist du nur so starrsinnig!«

»Und seit wann bist du so ein Drachen?«

Sie schluckte. Als Yehuda sah, wie sehr er sie getroffen hatte, verzog er schuldbewusst den Mund zu einem Flunsch. Der Thron war ihre Idee. Er war zufrieden, mit seinen Schülern zusammen zu sein. Warum war sie so versessen auf die Rolle der Königinmutter? Warum wollte sie dieser Furie in Ägypten nacheifern, der bösen Hatschepsut, die zweifelsohne ihren bedauernswerten Neffen und Stiefsohn genauso herumkommandierte wie seine Mutter ihn? Was haben Mütter und Söhne miteinander zu schaffen? Könnt ihr uns nicht in Ruhe lassen? Ich wollte nie Schriftgelehrter werden! Ich hatte meine Freunde, meinen Streitwagen, Pfeil und Bogen für die Jagd und meinen geliebten Enoch, den du fortgeschickt hast …

»*Aahh!*«, schrie er unvermittelt auf.

Zira eilte an seine Seite. »Was ist, mein Sohn?« Aber sie kannte die Antwort bereits. Die verdrehten Augen, die gurgelnden Laute, das zu Bodenstürzen, das Zappeln seines Körpers wie ein Fisch auf dem Trockenen. Der Schaum vor dem Mund. Der feuchte Fleck, der sich auf seinem knielangen Rock abzeichnete. Die geschwollenen Adern und die gerötete Haut.

»Mein Sohn! Mein Sohn!«, rief sie und warf sich auf ihn. Mit ansehen zu müssen, wie Yehudas Kopf immer wieder auf die marmornen Bodenplatten schlug, war unerträglich. Seine Muskeln zuckten und verkrampften sich. Erbrochenes rann ihm von den Lippen. Und ein weiterer, noch unansehnlicherer Fleck breitete sich auf dem weißen Rock aus …

Sein eigens dafür ausgebildeter Diener eilte mit einem Kissen sowie mit Bändern zum Fixieren der Handgelenke hinzu. Mehr als abzuwarten, bis der Anfall vorbei war, und zu verhindern, dass Yehuda sich verletzte, konnte man nicht tun. Danach würde der

Diener ihn baden, frisch einkleiden und zu Bett bringen. Den Rest des Tages würde Yehuda im Tiefschlaf verbringen.

Zira ließ sich auf eine Marmorbank sinken und schlug die Hände vors Gesicht. »Asherah, beschütze meinen Sohn«, schluchzte sie. Doch selbst jetzt, da sie Zeuge eines dieser grauenhaften Anfälle geworden war, blieb ihr Verstand scharf und klar: Wenn Yehuda nicht bald mit dem Rab sprach, würde sie eben selbst um Audienz bei ihm nachsuchen, um zu erreichen, dass Yehuda umgehend seine Berufung erhielt, andernfalls würde sie ihre über die Jahre hinweg beträchtlich angewachsene Unterstützung zur Finanzierung der Bruderschaft zurückverlangen.

Zuvor aber wollte sie zum Tempel des El, dem Allmächtigen Vater, um ihm ein Opfer darzubringen und den Großen Gott zu bitten, ihren Sohn von diesem grässlichen Leiden zu erlösen.

⁂

Misstrauisch beäugte Avigail den Hausierer. Dass durchziehende Händler am Tor der Villa vorsprachen, war nicht ungewöhnlich, da das Haus an der Verbindungsstraße zu südlicher gelegenen Städten lag. Meist hatte Avigail sie abgewiesen, weil die Waren ihren Ansprüchen nicht genügten. Inzwischen war sie nicht mehr so wählerisch, weshalb sie sich das Angebot des Hausierers ansah, der an diesem feuchtkühlen Frühjahrstag mit seinem zerzausten langen Bart und in einer zerlumpten rot und schwarz gestreiften Robe vor ihr stand. Im Gegensatz zu billigem Tuch oder einfachem Käse bot er ein paar höchst eigenartige Vögel zum Verkauf an.

»Man nennt sie Hühner, Herrin«, sagte der Mann in einem Kanaanäisch mit starkem Akzent, was darauf schließen ließ, dass er von weit her kam. »Sie legen täglich Eier und können nicht fliegen, brauchen also nicht in einen Käfig gesperrt zu werden.«

»Kein Vogel legt jeden Tag Eier. Nur zu einer bestimmten Jahreszeit. Wo kommen sie her?«

»Aus dem Tal des Indus.«

»Noch nie davon gehört.« Stirnrunzelnd schaute sie die fetten braunen Kreaturen in dem Käfig zu seinen Füßen an. Sie waren rundlicher als normale Vögel und gaben komische Laute von sich, die sich wie *took-tock-tock* anhörten.

»Und essen kann man sie auch. Ihr Fleisch ist saftig und schmeckt köstlich.«

Avigail überlegte. Vögel, die unentwegt Eier legten, würden sich rasch bezahlt machen. Dann aber sah sie, dass der Händler mit einer Familie unterwegs war, einer Frau und zwei Kindern, die auf einem ausgemergelten Esel am Ende des Pfads warteten.

Sie erkannte sie als Habiru, die heimatlos von einem Ort zum anderen zogen und ihren Gott in einem Zelt verehrten! Darauf stand für sie fest, wie viele Eier auch immer die dicken Vögel lieferten, sie würde mit solchen Leuten keinen Handel treiben. Mit einem »Schönen Tag noch« eilte sie ins Haus zurück. Wie viel Arbeit dort wartete!

Seit Caleb und Tamar mit dem Schatz aus Elias' geheimem Gewölbe und ihrem eigenen Schmuck durchgebrannt waren, musste Avigail zusehen, wie sie genug Essen auf den Tisch brachte und die Kleidung für die Familie in Ordnung hielt. In der neben der Küche gelegenen Wäschekammer griff sie nach einem Bündel Kleidungsstücke, die verschlissen oder eingerissen waren und normalerweise an die Armen gegangen wären, jetzt aber geflickt und weiterhin getragen wurden. Ausgaben einzusparen war für Avigail oberstes Gebot.

Zwar fanden sich alle klaglos mit den Einschränkungen ab, aber auf ihre Leibwache verzichten zu müssen fiel Avigail doch schwer. Auch das Haus in den Bergen hatte sie verkaufen und das Gold, das sie dort für den Notfall versteckt hatte, ausgraben müssen. Nichts mehr von dem, was den Schutz und die Sicherheit der Familie gewährleisten sollte, war geblieben.

Aber Avigail ließ sich nicht unterkriegen. Obwohl sie einer der wohlhabendsten Familien in Jericho entstammte und in ihren Adern königliches Blut floss, hatte man sie von Kindesbeinen an darauf eingeschworen, wie wertvoll ehrliche Arbeit und ein erfinderischer Geist waren. Keine der Frauen im Hause – ob Hannah, Esther, Leah, selbst die betagte Rakel – blieb tagsüber untätig; entweder saßen sie am Webstuhl oder über einer Flickarbeit, kümmerten sich um die Gemüsegärten, melkten ihre Ziegen. Da Elias sich gezwungen gesehen hatte, Sklaven zu verkaufen und Lohndiener zu entlassen, musste die Familie notgedrungen deren Aufgaben übernehmen. Den Göttern sei Dank, dass Saloma, die Konkubine, die im sechsten Monat schwanger war und von der sich alle einen Sohn erhofften, sich überraschenderweise als sehr geschickt darin erwiesen hatte, Wolle zu feinen festen Fäden zu spinnen. Selbst die minderwertigste Wolle verwandelte sich unter ihren Händen zu bestem Garn.

Etwas jedoch gab es, wofür Avigail keine Ausgabe scheute. Wer immer an Hausierern und Händlern mit Amuletten, Zaubersprüchen, Weihrauch und Öl am Tor vorsprach, fand in der ungemein abergläubischen Avigail eine bereitwillige Abnehmerin. Jedes ihrer Mädchen trug inzwischen zusätzliche Amulette zur Abwehr von Unheil, und sie drang auch darauf, dass alle in der Familie morgens und abends zu Asherah und Baal beteten.

Auf dem Weg ins Sonnenzimmer dachte sie darüber nach, ob man nicht versuchen könnte, die eine oder andere der hübschen bunten Ketten, wie sie Esther aus billigen Perlen anzufertigen verstand, zu Geld zu machen. Vielleicht über den Mittelsmann, der bereits Avigails Kostbarkeiten unter der Hand verkauft hatte? Natürlich durfte niemand erfahren, woher Esthers Perlenschmuck stammte.

In dem Garten, der an das Sonnenzimmer grenzte, war vor langer Zeit ein kleiner Teich angelegt worden. An dessen Rand sah Avigail jetzt Esther knien und ins Wasser blicken. Fische befanden sich nicht im Teich. Was um alles in der Welt betrachtete das Mädchen dann?

Sie blieb abrupt stehen, als sie merkte, dass Esther ihr eigenes Spiegelbild studierte. Esther, die sich stets weigerte, einen Blick in den Spiegel zu werfen! »Liebes Kind, was machst du denn da?«, fragte sie und ging auf sie zu.

Esther stand auf – und Avigail war verblüfft. Wie groß ihre

Enkelin war! Und gertenschlank. Wann war sie so in die Höhe geschossen? Wann hatte sie sich zu einer jungen Frau entwickelt? *Halla*, durchfuhr es Avigail, ich war so damit beschäftigt, das Haus in Ordnung und meine Familie zusammenzuhalten, dass ich nicht mitbekommen habe, wie erwachsen meine jüngste Enkeltochter geworden ist.

Und obendrein bildhübsch.

Anders konnte man die junge Dame, die anmutig auf sie zukam, nicht beschreiben. Um ihren Mund und ihr Kinn abzudecken, hatte sie ihren Schleier unterhalb der Nase befestigt. Wie Avigail zum ersten Mal auffiel, sah sie Leah ungemein ähnlich, und darüber hinaus war sie, wenn sie die gespaltene Lippe verbarg, eine veritable Schönheit!

»Tante Rakel hat mich auf die Idee gebracht«, sagte Esther und löste die Ecke ihres Schleiers. »Sie sagte, damals in Jericho hätten die Frauen ihr Gesicht verdeckt, wenn sie außer Haus gingen. Ich wollte sehen, wie das aussieht.«

»Ja«, gab Avigail gedehnt zurück. Es schmerzte, an vergangene Zeiten erinnert zu werden. »Wann … hat Rakel dir das erzählt, Liebes?«

Esther zuckte mit den Schultern. »Sie spricht doch ständig von Jericho.«

Avigails Stirn kräuselte sich. »Wirklich? Ich habe nichts dergleichen mitbekommen. Jedenfalls nicht in letzter Zeit.«

»Sie unterhält sich mit Leah. In dem kleinen Garten, in dem sie immer arbeiten. Wo sie Kräuter anpflanzen und Heilmittel herstellen.«

Avigail starrte ihre Enkelin an, deren entstellter Mund jetzt, ohne Schleier vor dem Gesicht, wieder zu sehen war. »Esther, was redest du da?« Doch sie schöpfte bereits Verdacht.

»Leah möchte wissen, wie man die Fallsucht heilt. Deshalb ist sie mit Tante …«

Avigail ließ das Bündel mit den Flicksachen fallen und stürzte davon. Esther konnte ihr nur noch verdutzt hinterhersehen.

»Wir lassen Molochs Traum nicht in der Sonne trocknen, das mindert seine Wirksamkeit«, sagte Tante Rakel, während sie Leah unterwies, wie man die gefächerten Blätter von den langen Stängeln entfernte, so dass nur die Knospenbüschel am Stängel verblieben. »Wir trocknen ihn langsam, indem wir die Knospen verkehrt herum für eine Woche oder zwei an einem dunklen, luftigen Ort aufhängen. Wenn der Stamm aufplatzt, ist es an der Zeit, die Knospen abzulösen. Diese Büschel stopfen wir dann in Gefäße, die luftdicht verschlossen und im Abstand von wenigen Stunden immer wieder geöffnet werden müssen, damit die Feuchtigkeit entweicht. Wenn wir das ein paar Tage lang wiederholen, bis die Knospen getrocknet sind und sich keine Feuchtigkeit mehr im Gefäß ansammelt, dann steht der Verwendung von Molochs Traum nichts mehr im Wege.«

Leah saß in der Frühjahrssonne und zupfte die gefächerten Blätter ab, um die medizinisch so wirkungsvollen Knospen freizulegen. In wenigen Tagen, jubelte sie innerlich, würde das Heilmittel gegen Fallsucht bereitstehen, und sie könnten es Zira als Friedensangebot überbringen.

Was sie jetzt noch in Erfahrung bringen musste, war, in welcher Menge und in welcher Form die getrockneten Knospen zu verwenden waren, hatte doch Tante Rakel mehrfach darauf hingewiesen, dass zu viele davon bewirken konnten, dass die Seele den Körper für immer verließ, ohne dass der Patient starb.

Es machte ihr Freude, jeden Tag mit Tante Rakel herzukommen und inmitten der grünen Büsche und Blätter, der roten, weißen, rosa und gelben Blumen zu arbeiten, dem Summen der Bienen zu lauschen, sich an den um sie herum tanzenden Schmetterlingen zu erfreuen, wenn sie Kräuter und Wurzeln bearbeitete, um Salben und Cremes und Tees zur Linderung von körperlichen Beschwerden ihrer Familie herzustellen. An diesem Morgen jedoch, als sie mit Tante Rakel Molochs Traum erntete, war ihr Herz schwer.

David würde sie bald verlassen.

Seit jenem Abend auf dem Dach, als sie, eingehüllt in die Strahlen eines goldenen Sonnenuntergangs, erkannt hatten, dass ihre Wege im Widerspruch zueinander standen, waren Monate vergangen. Sie hatte David nur selten gesehen, schon weil er viel Zeit mit seinen schriftgelehrten Brüdern verbrachte und nach und nach Freundschaft mit Gleichgesinnten schloss, die wie er eine Reform für nötig erachteten. Auch wenn er offiziell noch immer in diesem Haus wohnte und ihrem Vater als Schreiber diente, ließ er sich nur noch sporadisch blicken. Seine Gegenwart aber war für Leah auf Schritt und Tritt zu spüren. Bald würde sich das Haus leer anfühlen.

»Tante Rakel«, sagte sie jetzt, »wie verabreicht man einem Patienten Molochs Traum? Muss man ihn wie die Priester in Jericho einatmen? Oder als Tee trinken?«

Sie erhielt keine Antwort. Die alte Frau beugte sich plötzlich nieder und besah sich die winzigen rosa Blüten eines gefiederten Pflänzchens. »Bei meiner Seele, das ist ja Kreuzkümmel! Rebekka, Kreuzkümmel, aufgekocht in Gänsefett und Milch, wirkt Wunder bei Magenbeschwerden. Mein Yacov leidet unter Magenbeschwerden. Ich habe wohl zu scharf gewürzte Speisen gegessen, als ich mit ihm schwanger war.«

»Tantchen, wer in Jericho litt eigentlich unter Fallsucht? Und wie wurde ihm Molochs Traum verabreicht?«

In diesem Augenblick knarzte das Tor, Avigail trat ein und starrte verwundert auf die beiden auf der Marmorbank – die schlanke Enkelin in einem cremefarbenen Gewand und Schleier, die verhutzelte alte Tante in Dunkelgrau. »Leah! Was muss ich da hören! Sprich ein Gebet! Habe ich dir nicht verboten, die arme Tante Rakel mit deinen Fragen zu quälen?«

Leah stand auf. »Verzeih, Großmutter, ich wollte dir keinen Kummer bereiten, aber ich …«

»Mir Kummer bereiten! Leah, ruf unverzüglich die Götter an! *Widersetzt* hast du dich mir! Heimlich! Wohl damit ich nichts merke, wie?« Vor Zorn schlug ihre Stimme um, wurde schrill. »Was in Asherahs Namen ist bloß in dich gefahren!«

»Rebekka«, mischte sich Tante Rakel ein, »rasch, sprich ein

Gebet. Wie oft habe ich dir gesagt, dass man nicht herumschreit.«
Sie legte den Kreuzkümmel aus der Hand, sah sich um. »Ich muss
etwas holen. Es dürfte in meiner Bettkammer sein …«

»Rakel, Liebes«, sagte Avigail, als sie die gebrechliche Frau zum
Tor begleitete, »warum legst du dich nicht ein wenig hin?«

Kaum war die Tante außer Sichtweite, fuhr Avigail Leah an.
»Siehst du? Sie hat sich deinetwegen aufgeregt. Warum hast du
dich nicht an meinen Befehl gehalten, Rakel nicht mit Fragen zu
bestürmen?«

»Großmutter, schau doch mal dort drüben, an der Mauer.«
Leah deutete auf die üppig wuchernde hohe Pflanze mit den spitz
zulaufenden gezackten langen Blättern und den dazwischen dicht
an dicht angeordneten Knospen. »Wir haben sie vor ein paar Monaten gepflanzt, und jetzt ernten wir den Teil, der einen medizinischen Wirkstoff enthält und Molochs Traum genannt wird.
Tante Rakel zufolge kann er Fallsucht heilen. Wir könnten ihn
Zira anbieten, wenn sie sich im Gegenzug dafür verwendet, dass
Jotham uns in Ruhe lässt.«

Avigail presste erbost die Lippen zusammen. »Das hättest du
vorher mit mir besprechen müssen.« Zusätzlicher Kummer, weitere Sorgenfalten zeichneten sich auf ihrem Gesicht ab. »Großmutter«, sagte Leah, »warum lässt du mich nicht nach dem Mittel
gegen Fallsucht forschen, um diesen Streit aus der Welt zu schaffen?«

Avigail rang die Hände, suchte nach Worten, nach einer Rechtfertigung. Aber genau erklären konnte sie ihr Zögern – ihre
Furcht – nicht. Alles hing irgendwie mit Rakels Vergangenheit
zusammen. Mit Jericho. Sie wusste nicht, warum es sie so erschreckte, dass Leah in der Vergangenheit der Tante herumstocherte. Sie wusste nur, dass Rakel Geheimnisse hatte und dass es
besser war, wenn einige davon Geheimnisse blieben.

»Weil ich meine, dass die Erinnerung an die Vergangenheit
schmerzvoll für sie sein könnte, Kind.«

»Ich tue das ja nicht für mich, sondern um unsere Familie zu
retten. Ach, Großmutter!« Leah wandte sich ab, verschlang die

Hände ineinander. »Wie froh wäre ich, die Tante nicht ständig bedrängen zu müssen! Und wie froh, nichts über ein Heilmittel gegen Fallsucht herausfinden zu müssen! Asherah, vergib mir, aber am liebsten würde ich mit alldem überhaupt nichts zu tun haben!«

Niedergeschlagen schaute sie ihre Großmutter an, die verdutzt meinte: »Dann lass es doch bleiben. Vergiss das Heilmittel …«

»Großmutter, weißt du eigentlich, dass David uns demnächst verlässt? Seine Lehrzeit bei uns geht zu Ende. Dann tritt er der Bruderschaft der Schriftgelehrten bei.«

Avigail blinzelte. David? Der Schreiber? Was hatte denn der damit zu tun? »Gewiss doch, das ist mir bekannt. Und auch dass er sich erboten hat, Elias bei Bedarf zur Verfügung zu stehen.«

»Weißt du auch, dass er sich geschworen hat zu verhindern, dass Ziras Sohn in der Bruderschaft die Nachfolge des Rabs antritt?«

Verblüfft schaute Avigail ihre Lieblingsenkelin an, diese junge Frau von inzwischen zwanzig Jahren, die Ish Caleb genannt wurde, obwohl ihr Ehemann sich davongemacht hatte. Avigail wusste, wie sehr ihre Enkelin darunter litt, verlassen worden zu sein, und wie demütigend es für sie sein musste, wenn man über sie herzog und sie mitleidig von der Seite her ansah, weil ihr Ehemann mit ihrer Schwester durchgebrannt war. Aber das hier … In Leahs Gesicht zeichnete sich ein ganz besonderer Kummer ab, so als wäre ein Schleier entfernt worden und offenbarte einen persönlichen, tiefgehenden Schmerz. »Was ist denn, Leah?«, fragte sie leise. »Sag es mir. Asherah ist mit uns. Was bedrückt dich so?«

»David hat mir von Problemen in der Bruderschaft berichtet. Er sagt, der Rab sei erblindet, und die Brüder verhielten sich unmoralisch und gleichgültig gegenüber ihren Pflichten.«

»*Halla*«, flüsterte Avigail und malte ein Schutzzeichen in die Luft. »Wie ist das möglich?« Die Bruderschaft stand für die Ehre, Integrität und Beständigkeit von Ugarit selbst. »Bist du dir sicher, Leah?«

– 231 –

»David hat es mit eigenen Augen gesehen. Die Brüder lassen sich für ihre Dienste bezahlen, sie entehren die Götter, sind nachlässig in ihrer Pflege der Schriftrollen geworden, nehmen es mit der Moral nicht so genau. David zufolge wird es noch schlimmer werden, wenn Yehuda der neue Rab wird, und deshalb achtet er bei Yehuda auf Anzeichen von Fallsucht, um gegebenenfalls den Rab darüber zu unterrichten, und sollte Yehuda deswegen von der Nachfolge ausgeschlossen werden, kann David endlich die Rettung der Bruderschaft angehen.«

Mit welcher Anteilnahme Leah gesprochen hatte! Avigail begriff sofort. Es konnte nur einen Grund dafür geben: Ihre Enkelin hatte sich in den Schreiber verliebt. Warum sonst wäre Leah bei ihrer Suche nach einem Heilmittel gegen die Fallsucht derart hin und her gerissen?

Erschöpft ließ sich Avigail auf die Marmorbank sinken. Sie hatte sich so auf das materielle Wohl der Familie konzentriert, dass sie nicht bemerkt hatte, wie unter ihrem eigenen Dach eine verbotene Liebe erblüht war.

»Großmutter«, sagte Leah und nahm neben Avigail Platz, »wenn ich ein Heilmittel für Yehuda finde, ist die Bruderschaft dem Untergang geweiht. Und wenn ich es nicht finde, ist unsere Familie verloren! Was soll ich nur tun?«

Noch ehe Avigail antworten konnte, fügte Leah hinzu: »Und alles ist allein meine Schuld. Ich habe Unheil über unsere Familie gebracht. Deshalb kommt es mir zu, alles wieder in Ordnung zu bringen. Aber das bedeutet, dass ich David hintergehen muss. Daran zu denken bricht mir das Herz, andererseits kann ich nicht zulassen, dass Vater weiterhin derart schuften muss.«

Avigail umfasste Leahs Hände. »Hör zu«, hob sie an, »zum einen ist ehrliche Arbeit keine Schande. Und was soll das heißen – alles sei allein deine Schuld! Warst du an besagtem Abend etwa allein im Haus? Ich war ebenfalls da. Genauso wie dein Vater. Wie Esther, Tamar, Rakel. So vieles ist damals passiert. Zira hätte sich beherrschen und den Mund halten können. Ich hätte deiner Mutter befehlen können, ihre Kammer aufzusuchen und sich hinzulegen.

Ich hätte mich nicht so direkt nach Yehudas Krankheit erkundigen sollen. Und dein Vater hätte sich bei Jotham entschuldigen können. Asherah ist unsere Zeugin, Leah, uns allen ist unser Verhalten vorzuwerfen. Und jetzt müssen wir alle danach trachten, das wiedergutzumachen.« Sie seufzte. Wie ihre Enkelin stand sie jetzt vor einer schwierigen Entscheidung: Entweder ließ sie die Vergangenheit weiter wegen ihrer unbestimmten Ängste ruhen, oder sie musste sich zum Wohle ihrer Familie über diese Ängste hinwegsetzen. »Wenn es darum geht«, sagte sie, »das Heilmittel gegen die Fallsucht zu finden und es Zira anzubieten …«

»Was wird dann aus David?«, rief Leah aus. »Wenn wir Yehuda heilen, wird die Bruderschaft untergehen!«

Avigail spürte, wie ihre Schultern unter der Last so vieler Sorgen, dem Schicksal dieser Familie, dieses Hauses zusammensackten. »Ruf die Götter an, Kind. Für die Bruderschaft bist du nicht verantwortlich. Auch David nicht. Du liebst ihn. Aber du bist ihm nicht verpflichtet. Du bist noch immer mit Caleb verheiratet, und für dich muss deine Familie Vorrang haben. Es tut mir leid, liebes Kind, dass du diese Bürde bislang allein getragen hast. Bring das Heilmittel gegen die Fallsucht in Erfahrung. Frag Tante Rakel so lange, bis sie es dir verrät, und dann übergebe ich es Zira persönlich, als Friedensangebot.«

»Ach, Großmutter, ich bin völlig durcheinander!« Leah brach in Tränen aus und warf sich ihr in die Arme.

Während Avigail ihre Enkeltochter tröstete und darüber nachdachte, wie kompliziert und ungerecht das Leben doch sein konnte, wurde ihr klar, dass sie sich die ganze Zeit über eingebildet hatte, alles im Griff zu haben, in Wirklichkeit aber keine Rede davon sein konnte!

Der Hausverwalter betrat den Garten. Da zusehends immer mehr Sklaven verkauft und Diener entlassen wurden, kam er den ihm zusätzlich auferlegten Pflichten von Tag zu Tag missmutiger nach. »Herrin, da ist jemand, der dich sprechen möchte.«

»Wer denn?« Etwa Jotham mit weiteren unverschämten Forderungen? Oder Zira, um sich am Unglück der Familie zu weiden?

Ein Unbekannter aus einer anderen Stadt, der es leid war, immer wieder Zahlungsaufforderungen zu verschicken?

»Es ist die mittlere Tochter des Hauses, Herrin, Tamar Bat Elias.«

Nach dem Verschwinden von Tamar und Caleb hatte Avigail überall behauptet, Elias habe seinen Schwiegersohn auf eine Geschäftsreise geschickt, während ihre mittlere Tochter auf dem Weg nach Jericho sei, um dort einen Verwandten zu heiraten. Dass man ihr nicht glaubte, kümmerte sie nicht. Man erwartete von ihr, die Form zu wahren.

Als sie nun in heller Aufregung durch das Haus hastete – Tamar war zurück! –, überlegte sie, was sie den Leuten jetzt erzählen sollte!

»Hallo, Großmutter«, sagte Tamar leise, als Avigail die Empfangshalle betrat. Für die Heimreise hatte Tamar mit Bedacht schlichte Kleidung gewählt, die ihre zur Schau getragene Bescheidenheit und Demut unterstrich – ein knöchellanges Gewand in Dunkelbraun mit einer locker gebundenen Schärpe unterhalb des Busens, einen beigefarbenen, an der Taille geschlossenen Umhang sowie einen hellbraunen Schleier ohne jegliche Verzierung. Als einzigen Schmuck trug sie eine Halskette aus Kupfer und ein aus Hanf geknüpftes Armband.

»Wo ist Caleb?«, fragte Avigail ohne Umschweife.

»Ich bin ihm entwischt, Großmutter, sobald sich mir die Gelegenheit dazu bot. Er hatte mich gezwungen, mit ihm zu gehen.« Diese Geschichte hatte sie auf dem Weg eingeübt. Besser nicht zu erwähnen, dass er nach Minos gesegelt war. Lass ihnen die Hoffnung, dass er wiederkommt.

Avigail hob eine Hand. »Sei still. Ich glaube dir sowieso nicht. Du bist nicht mehr meine Enkelin, und dieses Haus ist nicht länger dein Zuhause. Geh und komm nicht wieder.«

Aber anstatt kehrtzumachen, öffnete Tamar ihren Reiseumhang. Als Avigail den geschwollenen Leib sah, entrang sich ihr ein »*Halla*! Asherah steh uns bei!«.

Ehebrecherin, war ihr erster Gedanke. Und der zweite: Elias' Enkel. *Und mein erster Urenkel.* Saloma kam zwar in drei Monaten nieder, aber es war nicht auszuschließen, dass sie ein Mädchen bekam. Wenn dagegen Tamars Kind ein Junge ist …

Hoffnung keimte in Avigail auf. War dies ein Zeichen der Götter, dass sich alles zum Guten wendete? Ein Enkel für Elias. Man würde vorbeikommen und gratulieren, ihm Geschenke bringen, alles Gute wünschen, Freundschaften ließen sich neu besiegeln, ehemalige Kunden könnten feststellen, dass jetzt, da bei Elias wieder das Glück eingezogen war, seine Weine wohl doch recht gut waren. So viel Freude würde in diesem Hause herrschen, dass sie allmählich wieder zu dem Leben wie vor jenem unseligen Abend vor zwei Jahren zurückfinden würden.

Avigail presste die Hände so fest zusammen, dass ihre Finger schmerzten. Früher, als alles in der Familie aufs Beste bestellt war, hätte sie diese Entscheidung nicht treffen müssen – Tamar wäre ohne Umschweife des Hauses verwiesen worden. Jetzt lag die Situation völlig anders. Die Götter erfüllen unsere Gebete auf höchst unerwartete Weise, befand sie. »Also gut«, sagte sie, »du kannst bleiben.« Würde man ihr glauben, wenn sie allen erzählte, Tamars Ehemann sei bedauerlicherweise gestorben, worauf Caleb in Erfüllung seiner Pflicht der Familie gegenüber die junge Witwe als Konkubine unter seinen Schutz gestellt und geschwängert habe, ehe er Piraten in die Hände gefallen sei?

Ob man ihr diese Version abnahm, scherte sie nicht. Asherah sei gesegnet, betete sie leise, und allmählich schlugen ihre zarten Hoffnungen in Freude um. Wenn Tamara mit einem Jungen niederkam, war das Haus von Elias gerettet!

»Was höre ich da – Tamar soll hier sein?« Mit hochrotem Gesicht und schmutzigen Händen, Zeichen seiner Schufterei als einfacher Arbeiter, betrat Elias die Empfangshalle. »Die Götter sind meine Zeugen – sie kann nicht unter diesem Dach bleiben. Sie hat Schande über die Familie gebracht! Sie ist eine Hure!«

Avigail versuchte ihn zu beschwichtigen, strich ihm über die Schultern. »Elias, mein Sohn, sprich rasch ein Gebet. Wenn das

Kind ein Junge ist, wird er dein Enkel sein. Überleg doch, was das bedeutet!«

Elias starrte seine Tochter an. Unbeweglich wie eine Statue stand er da, überrascht, überwältigt von widersprüchlichen Gefühlen. Eigentlich wollte er seinem Zorn auf Tamar freien Lauf lassen, ihre Schande anprangern, aber wie konnte er das angesichts der unerwarteten Chance auf einen Enkel, die sich ihm bot? Hin- und hergerissen zwischen dem Wunsch nach einem Stammhalter und der verletzten Ehre seines Hauses rang er um Haltung. Ein Mann hatte nun mal seinen Stolz.

Inzwischen war auch Hannah verständigt worden. Mit wehendem Schleier stürzte sie herein. Als sie Tamar erblickte, drängte es sie, die Tochter in die Arme zu schließen. »Liebster Mann«, beschwor sie Elias, »Tamar ist unser Fleisch und Blut. Wir waren es, die sie gezeugt haben.«

»Sie hat Schande über uns gebracht. Sie hat mich bestohlen und dem Ehemann ihrer Schwester beigelegen.«

»Aber sie ist zurückgekommen! Die Götter sind mit uns. Sie bereut, und sie erwartet ein Kind. Elias, denk doch mal praktisch. Tamar wäre uns eine zusätzliche Arbeitskraft.«

»Und ein weiterer Mund zu stopfen!«

»Sie stickt wunderschön. Wir können ihre Handarbeiten verkaufen, Elias. Sie kann für ihren Unterhalt bezahlen.«

Als Elias schwieg, fuhr Avigail fort: »Ich werde sofort meiner Cousine in Damaska schreiben. Dort wird man sich über die gute Nachricht freuen.« Und möglicherweise Geschenke schicken, dachte sie bei sich. Gold und Silber für Calebs Erstgeborenen …

»Nein!«, widersprach Elias energisch. »Caleb hat uns bestohlen. Er hat mit der Schwester seiner Frau Ehebruch begangen. Seine Frau verlassen. Seine Familie muss gewusst haben, was für ein übler Bursche er ist. Sie haben uns wissentlich einen Dieb, einen Schurken geschickt. Als wir ihnen schrieben, dass er uns betrogen hat, haben sie sich taub gestellt. Sie haben jeden Anspruch auf das Kind verwirkt. Du wirst ihnen nicht schreiben.«

Er drückte die Schultern durch und reckte das Kinn. »Weib«,

wies er ungewohnt streng seine Ehefrau an, »sag unserer Tochter, dass sie bleiben kann. Aber sie soll mir nie wieder unter die Augen treten oder das Wort an mich richten. Bring sie und das Kind irgendwo abseits im Haus unter. Ich möchte sie nie wiedersehen.«

Er machte kehrt und verließ hastig den Saal. Tamar hielt sich ihren Schleier vor das Gesicht, um ihr triumphierendes Lächeln zu verbergen.

Sie hieß Edrea, und Jotham war in sie verliebt.

Als er zärtlich über das polierte Holz des Großbaums fuhr, verebbte der Lärm im Hafen – das Geschrei der Möwen, die Rufe der Matrosen und Schauerleute, der steife Wind, der vom Großen Meer her wehte. Jotham hatte nur Ohren für den Klang von Edreas Segeln, ihren Leinen und ihrer Takelage.

Heute war ihr Geburtstag, der Tag ihrer ersten Ausfahrt. Jotham war bei der Taufe jedes seiner Schiffe zugegen, gab ihnen persönlich ihren Namen und liebte sie alle. Wenn er einen Kapitän oder Matrosen erwischte, der mit einer seiner Schönheiten nicht einfühlsam umging, wurde er auf der Stelle ausgepeitscht.

»Das ist unnatürlich«, warf ihm seine Schwester vor. Aber was wusste Zira oder welche Frau auch immer schon von der persönlichen Beziehung eines Mannes zu den Schiffen, die er baute? »Das kommt daher, dass du keine Kinder hast«, meinte sie. Sie mochte damit recht haben. Aber er war nun mal am glücklichsten, wenn er auf seiner Werft darüber wachte, wie Planken verlegt, Leinen und Segel vermessen und die Glückssymbole auf Bug und Heck gemalt wurden. Und bei der Namensgebung achtete er sehr darauf, nur solche auszuwählen, die einen guten Einfluss auf das Schiff versprachen. Edrea war kanaanäisch und bedeutete »mächtig«.

Sie wird weite Reisen zurücklegen, sagte er sich voller Vorfreude. Sie wird nach Minos segeln und nach Mykene, an die nördliche Küste von Afrika. Meine Schöne wird Öl und Wein mit sich führen, Elfenbein und Korn. In jedem Hafen der Welt wird man sie willkommen heißen, und wenn sie auf den Wellen des Meers unter vollen Segeln dahinfliegt, wird sie allen die Tränen in die Augen treiben.

Er trat vom Großbaum zurück und musterte das neue Schiff von vorn bis hinten, das spiegelblanke Deck, die perfekt ausgerichteten Ruder, die zusammengerollten Segel aus Flachsgewebe. Und spürte …

Er runzelte die Stirn. Da war es wieder. Diese unbestimmte Rastlosigkeit, die ihn in letzter Zeit überkam.

Er spähte über die schimmernde Wasserfläche im Hafen, atmete die Seeluft ein, genoss die angenehm wärmende Sonne auf seinem Rücken – und verspürte dennoch wieder diesen eigenartigen Hunger. Wann das begonnen hatte, konnte er nicht sagen, nur, dass dieser Hunger immer größer wurde. Und jetzt hatte er das Gefühl, als würden Schiffe allein ihn nicht ausreichend befriedigen.

Wonach es ihn hungerte? Nach einer Frau jedenfalls nicht. Da Jotham inzwischen einer der reichsten Männer in Kanaan war, konnte er jede Frau haben, die er wollte. Und da sie so leicht zu haben waren – wie viele Mütter ihm ihre unverheirateten Töchter andienten! –, hatte sich sein Liebesleben erschöpft. Leah, die Tochter von Elias, war die Letzte gewesen, die er wirklich begehrt hatte, aber seit sie einen Verwandten namens Caleb geheiratet hatte, war Jothams Interesse an ihr – und wie es schien, an Frauen allgemein – versiegt.

Er kratzte sich unter der Achsel, und während er noch überlegte, ob dieses unbestimmte Gefühl Langeweile sein könnte, sah er einen seiner Spitzel, bekleidet mit einem Lederrock unter einem braun-schwarz gestreiften Umhang, über den Landungssteg auf sein neues Schiff zukommen – derselbe Mann, den Jotham beauftragt hatte, Erkundigungen über Elias' Verwandten Caleb einzuholen, als der gekommen war, um Leah zu heiraten. Der Spitzel hatte damals keine interessanten Neuigkeiten geliefert. Als dieser Narr Caleb dann mit Leahs Schwester Tamar durchgebrannt war, hatte Jotham die weitere Verfolgung der Angelegenheit eingestellt und seinen Späher mit einer dringlicheren Aufgabe betraut: die mysteriösen Hatti im Norden zu bespitzeln.

Jotham hob die Hand, um dem Mann Einhalt zu gebieten. Wie alle, die zur See fuhren, war Jotham sehr abergläubisch. Niemand durfte an Bord, ehe die Edrea nicht getauft war, Priester nicht ihre Zaubersprüche angebracht und sich das Großsegel nicht mit dem Atem der Götter selbst gebläht hatte.

»*Shalaam* und Segen, Herr«, rief der Mann.

Jotham betrat die Schiffsplanke zum Kai. Als er ahnte, was in dem Paket, das der Mann bei sich trug, sein konnte, war sein Interesse geweckt. »*Shalaam* und Segen, mein Freund, die Götter sind mit uns. Hast du mir etwas mitgebracht?«

»Gewiss, Herr. Aber ich muss es dir im Geheimen zeigen.«

Sie zogen sich in den zurückgesetzten Eingang eines Lagerhauses zurück, das Jotham gehörte. Nachdem der Spitzel sich überzeugt hatte, dass niemand sie beobachtete, löste er die Schnur von dem Paket und streifte den Stoff ab, mit dem es umhüllt war.

Jothams Augen traten ihm schier aus den Höhlen. »*Halla!*«, stieß er leise aus. »Rufe die Götter an, mein Freund! Es stimmt also, was man sich erzählt?«

»So ist es, Herr«, bestätigte der Ermittler. »Ich habe mein Leben aufs Spiel gesetzt, um dies hier aus Hatti herauszuschmuggeln. Hat mich außerdem sämtliche Kupferringe gekostet, die ich besaß.«

Jotham nahm dem Kundschafter das schwarze Metallmesser aus der Hand, staunte über diesen greifbaren Beweis für ein regelrechtes Wunder.

Seit einigen Jahren waren Gerüchte in Umlauf, denen zufolge es in den nördlichen Bergen versteckte Schmieden gab, in denen nach einem geheim gehaltenen Verfahren Waffen hergestellt wurden. Dem Vernehmen nach waren sie aus Eisen. Wo doch jeder wusste, dass Eisen nur als Gewicht zu verwenden war! Und dennoch hielt Jotham jetzt eine aus Eisenerz geschmiedete Waffe in der Hand! Wie war das möglich?

»Das Geheimnis, Herr, ist Hitze. Das Eisenerz wird in riesigen

Steinöfen derart hohen Temperaturen ausgesetzt, dass sich das Metall vom Erz scheidet. Das Eisen wird flüssig, und diese Flüssigkeit wird dann in Formen gegossen und mit Hammerschlägen in die gewünschte Form gebracht. Ob das nun ein Schwert ist oder ein Dolch oder Speer- und Pfeilspitzen. Ein Material, das härter ist als Kupfer und Bronze. Ich habe den Beweis dafür.« Damit griff er an seinen Gürtel und zog aus einem Futteral, das von seinem Umhang verdeckt wurde, einen Dolch aus Bronze.

»Führe einen Hieb mit dem Messer aus Eisen, Herr.«

Jotham war skeptisch. »Meinst du das im Ernst? Mein Arm ist stark, aber dein Bronzedolch noch stärker.«

»Schlag damit zu!«

Jotham hob den Arm und ließ die Waffe niedergehen – und der Dolch aus Bronze, mit dem der Ermittler zur Parade angesetzt hatte, wurde in zwei Hälften gespalten.

»*Halla!*«, entfuhr es dem Schiffbauer. Er wog den eisernen Dolch in seiner Hand ab, hob und senkte ihn, spürte sein Gewicht, seine Stärke – seine *Macht.* »Mögen uns die Götter beistehen«, murmelte er.

Und in Jothams Herz war eine neue Begierde geweckt.

Tamar machte sich nichts aus dem Kind, das sie austrug. Das Ungeborene war für sie lediglich Mittel zum Zweck, denn es sicherte ihr das Überleben. Sobald es da war, würde sie es ihrer Mutter und der Großmutter überlassen. Oder wem auch immer. Wenn sie an die Zukunft dachte, dann nur daran, wie reich sie einmal sein würde. Jetzt, da sie wieder ein Zuhause und den Schutz von Elias' Namen hatte, konnte sie daran denken, sich einen Mann zu suchen und ihm den Kopf zu verdrehen – einen wohlhabenden Mann, der sie in ein herrliches Leben in einem exotischen Land entführen würde.

Sie war froh, als die Wehen einsetzten. Sie fand es schrecklich, wie dick und behäbig sie geworden war, dass ihre Knöchel anschwollen und sie hundertmal am Tag Wasser lassen musste! Bei der zweiten Wehe sagte sie Avigail Bescheid, die daraufhin die Frauen der Familie zusammenrief, um Weihrauch zu entzünden, zu den Göttern zu beten und bei der Geburt Hilfestellung zu leisten.

Fünfzehn Stunden lang dauerten die Wehen, immer wieder schrie Tamara: »Holt es endlich aus mir raus!«, und dann kam das Kind – ein gesunder Knabe mit kräftigen Lungen, und in dem Augenblick, da er ihr auf die Brust gelegt wurde, vollzog sich in Tamar eine grundlegende Veränderung. Als sie das blutverschmierte und zerknautschte Gesichtchen sah und die winzigen, unruhigen Händchen, als sie das jämmerliche Quäken hörte, überwältigte sie ein nie gekanntes Gefühl. Liebe. Mütterliche Zuneigung. Weinend drückte sie den Kleinen an ihre Brust. Welch ein hinreißendes kleines Geschöpf!

Nachdem sie sich etwas erholt hatte, kostete sie ihren Sieg aus, gratulierte sich zu dem, was sie erreicht hatte. Das ist wahre Frauenmacht, sagte sie sich. Ich habe Leben erschaffen. Und keiner konnte sie mehr aus dem Haus jagen. Sie hatte ihnen den heiß ersehnten Enkel geliefert. Schaut sie nur an, wie glücklich sie lächeln, wie schnell sie mir vergeben. Großmutter ist bereits dabei, sämtliche Freundinnen zu informieren, das Fest für seine Namensgebung zu planen, die Götter zu preisen, dass sie ihnen diese Freude beschert haben.

Einen Monat war es her, dass Tamar nach Hause zurückgekehrt war und ihr Vater befohlen hatte, sie dürfe ihm nie wieder unter die Augen treten – und jetzt kam er jeden Tag an ihr Bett, bewunderte das kleine Wesen, das sie stillte, den Jungen, den sie zur Welt gebracht hatte. Seine Augen verrieten Stolz. Ich wurde zwar nicht als Junge geboren, hätte sie ihm gern gesagt, aber ich habe dir einen geschenkt. Sie wusste, dass er ihr vergeben hatte und dass sie in absehbarer Zeit wieder als vollwertige Tochter der Familie angesehen werden würde. Vielleicht sogar als die am meisten geachtete *Frau*, wo doch nicht einmal ihre eigene Mutter einen Sohn vorzuweisen hatte.

Mein Sohn …

Mit mütterlicher Liebe, der innigen Verbundenheit, die sie für dieses neue Wesen, das aus ihrem Blut entstanden war, empfand, hatte sie nicht gerechnet. In dem namenlosen Fischerdorf damals waren so viele Männer gewesen! Sie hatte ihre Gesichter vergessen und wie sie gerochen hatten. Sie hatten nichts mit der Entstehung dieses wunderschönen Kindes zu tun. *Er ist aus mir entstanden. Nur aus mir.*

Ich werde dich Baruch nennen, und von jetzt an bin ich nicht mehr Bat Elias, sondern werde bis an mein Lebensende den ehrenwerten Namen Em Baruch tragen …

✝

Hannah brachte etwas zu essen. Trotz Mutter Avigails Freude, endlich ein männliches Kind im Haus zu haben, hatte allein Hannah ihrer Tochter verziehen. Einer Mutter stand schließlich das Recht zu, die Sünden ihrer Kinder zu vergessen und sie mit Liebe zu überschütten.

Als sie das Tablett neben dem Bett abstellte – mit einer großzügigen und kostspieligen Auswahl an Blutwurst, Schweinekoteletts und Wein –, sagte sie: »Deine Großmutter und ich bereiten die Feier zur Namensgebung des Kleinen vor. Welch eine Freude bei all den Sorgen! Viele Freunde haben uns bereits wissen lassen, dass sie kommen und an unserem Glück teilhaben möchten. Über den Namen haben wir ebenfalls gesprochen. Da es in der Familie in Damaska Brauch ist, den erstgeborenen Sohn Uriel zu nennen, werden wir diese Tradition beibehalten.«

»Das werden wir nicht«, kam es ruhig und bestimmt von Tamar, die sich an ihrem wundervollen kleinen Jungen nicht sattsehen konnte. »Das ist mein Kind. Ich habe ihn geboren. Er ist meiner Seele entsprungen. Über seinen Namen entscheide ich.«

»Unsinn.« Hannah wollte nach dem Kind greifen, aber Tamar ließ es nicht zu. »Nein! Er gehört mir. Du wirst nicht seinen Namen bestimmen. Du wirst ihn nicht aufziehen. Nicht einmal anfassen wirst du ihn.«

»Ich bin seine Großmutter!«

»Vaters Konkubine ist schwanger. Du kannst das Kind von Saloma übernehmen. Meins jedenfalls nicht.«

Von dem lauten Wortwechsel alarmiert, stürzte Avigail in die Kammer. »Tamar, sprich rasch ein Gebet! Du wirst tun, was wir sagen. Wir müssen ihm einen Namen aus Calebs Familie geben.«

Tamar schüttelte heftig den Kopf. »Er ist nicht Calebs Kind.«

Zwei entsetzte Gesichter starrten sie an. Trotzig schob Tamar die Unterlippe vor und zupfte gleichzeitig an den Windeln des Säuglings herum. Wie sehr sie ihre selbstgerechte Großmutter und die so leicht zu beeinflussende Mutter verachtete! Wie sie sich aufspielten! Sich wichtig vorkamen. Sie würden ihr *nicht* ihren Sohn wegnehmen.

Deshalb wiederholte sie: »Dieses Kind ist nicht von Caleb«, und ergötzte sich an den ungläubigen Mienen der beiden, ehe sie, kühner jetzt, fortfuhr: »Ich bin ihm nicht weggelaufen, sondern Caleb hat mich verlassen. Er ist nach Minos gesegelt, ich sah ihn auslaufen. Da war ich noch nicht schwanger. Weil ich aber wusste, dass ich nur unter einer Bedingung wieder nach Hause konnte, habe ich mit allen möglichen Männern geschlafen – mit Seeleuten, Bauern, Reisenden, Hufschmieden. Als feststand, dass ich schwanger war, kam ich zurück. Er gehört ganz allein mir. Ihr dürft ihn nicht anfassen.«

Schweigen breitete sich aus. Eine verirrte Wespe aus dem Garten summte herum, fand nicht wieder hinaus. Avigail verzog sich stillschweigend und kam kurz darauf mit Elias zurück. Sein Gesicht drückte etwas aus, was Hannah noch nie gesehen hatte und was ihr wie ein kalter Hauch ans Herz griff. »Tamar«, brach es aus ihr heraus, »nimm zurück, was du behauptet hast. Sag, dass das Kind von Caleb ist. Sag es dreimal und flehe den Schutz der Götter an.«

Aber noch ehe Tamar die Zusammenhänge begriff, brüllte der Vater: »Meinst du vielleicht, dass ich dich, nur weil du einen Sohn hast, nicht vor die Tür setzen kann?«

»Mich vor die Tür setzen?« Sie schüttelte den Kopf und umklammerte ihren kleinen Sohn. »Wovon sprichst du?«

»Du bist eine ganz gewöhnliche Hure, und ich lasse nicht zu, dass du meinen Enkel aufziehst.«

»Würdest du wirklich deinen einzigen Enkel der Mutter berauben?«

»Er hat eine Mutter!«, brauste Elias auf. »Ihr Name ist Leah!«

Hannah und Tamar starrten Elias fassungslos an, als er fortfuhr: »Du warst Calebs Konkubine, so wie Saloma die meine ist. Und wie das Kind, das Saloma gebiert, Hannahs Kind sein wird, ist dein Sohn der von Leah. So ist es per Gesetz festgeschrieben.«

Als ihr dämmerte, welch folgenschweren Fehler sie eben begangen hatte, schrie Tamar auf: »Nein! Seine Mutter bin ich!«

»Du hast Leah des Ehemanns beraubt. Du wirst ihr nicht versagen, die Mutter des Sohnes ihres Mannes zu sein.«

»Er ist nicht der Sohn von Caleb! Ich habe mit Seeleuten geschlafen, mit Bauern, mit jungen und alten Männern – sogar mit *Ägyptern*!«

»Bei den Göttern, du Teufelin!« Elias entwand ihr das Kind und reichte es der kreidebleichen Avigail. Dann packte er Tamar bei den Haaren, zog die unaufhörlich kreischende und um sich schlagende Tochter aus dem Bett, schleifte sie durch die Kammer und hinaus in die Halle. »Nicht doch, Elias!«, schrie Hannah und lief hinterher, »halt ein! Nimm mir nicht meine Tochter weg!« Sie zerrte an seiner Kleidung, bis er ihr einen so heftigen Stoß versetzte, dass sie rückwärts zu Boden stürzte.

An der Haustür angelangt, riss er sie auf und schleuderte Tamar auf den mit Steinen gepflasterten Weg. Auf Händen und Knien landend, blickte sie zu ihm auf.

»Geh mir aus den Augen!«, brüllte Elias. Tränen der Wut standen in seinen Augen. »Du hast Schande genug über uns gebracht. Es reicht!«

Die ganze Nacht über und während sie dumpf vor sich hin brüteten, mussten sie sich anhören, wie Tamar draußen vor den Mauern um Einlass und um ihr Baby flehte. Elias ließ sich nicht

– 244 –

erweichen, sondern bestimmte Leah zur Mutter des Kindes. In jedem Raum entzündete er Weihrauch, bis allen vom vielen Qualm die Augen brannten. Er betete zu Dagon und Baal und rief den Namen jedes Gottes an, der ihm in den Sinn kam. Er bestellte David ins Haus und diktierte ihm ein Dokument, mit dem er seine Tochter Tamar für tot erklärte. In einem weiteren hielt er fest, dass das Kind das von Leah war. David nahm jedes der mit so viel Verbitterung ausgesprochenen Worte zu Protokoll. Als er fertig war, schickte er ein stummes Gebet zu Shubat.

Auf diesem Haus lag ein Fluch. Es war dem Untergang geweiht. Und er sah sich außerstande, die Familie zu retten.

Am Morgen war nichts mehr aus dem Vorgarten zu hören. Als Leah nachschauen ging, war Tamar verschwunden.

Trotz der Anordnung des Vaters, »der Hure« den Zutritt zum Hause zu verwehren, ihr weder Essen zukommen zu lassen noch Unterkunft zu gewähren und ihren Namen nie wieder zu erwähnen, begab sich Leah auf die Suche nach der Schwester und entdeckte sie schließlich zusammengekauert im Olivenhain von Baruchs Vater.

»Bitte überrede Vater, mich wieder aufzunehmen«, flehte Tamar. »Sag ihm, dass es mir leidtut.« Sie war schmutzig, in ihrem langen Haar hatten sich Blätter verfangen, Tränenspuren zogen sich über ihr Gesicht. »Asherah ist meine Zeugin. Ich kann es nicht ertragen, von meinem kleinen Sohn getrennt zu sein.«

»Ich komme heute Abend wieder«, sagte Leah mitfühlend, »und bringe dir etwas zu essen, Kleidung und was immer an Kupferringen ich auftreiben kann. Aber Vater tobt vor Zorn und wird nicht zulassen, dass du dein Kind wiedersiehst.«

Als in dieser Nacht der Mond aufging, irrte eine verzweifelte Tamar hungrig und durstig zwischen den gespenstisch fahlen Bäumen herum, schürfte sich an tiefhängenden Ästen das Gesicht auf. »Baruch, mein Liebster, bist du hier? Wo denn? Das Baby ist deins, Baruch. Er ist unser Sohn. All diese Männer …« Ihre Stimme wurde brüchig. »Sie haben mir nichts bedeutet. Als sie auf mir lagen und ihr dreckiges Geschäft verrichteten, habe ich nur an dich gedacht. Das Baby ist unser Kind. Unserer Liebe entsprungen. Ach, Baruch, wo bist du nur?«

Sie sah zum Mond hinauf und erblickte Baruchs Gesicht. Das Gesicht ihres Liebsten. Sie hatten sich ewige Treue geschworen. Und dann war er fortgegangen. Ihr Herz pochte wie wild, verkrampfte sich dann schmerzhaft. »Ich ertrage das nicht länger!«, schrie sie zu den kalten Sternen empor.

Schluchzend zerrte sie sich ihr Nachthemd über den Kopf, warf es zu Boden. Sie sank auf die Knie, umklammerte den Stoff, spürte die Säume, brach sich die Fingernägel ab, als sie entlang der Stiche, mit denen die einzelnen Teile zusammengenäht waren, zu reißen anfing. Sie nahm die Zähne zu Hilfe, um das feine Wollgewebe zu zerfetzen, zerrte Fäden auseinander, durchweichte alles mit ihrem Speichel und ihren Tränen und rief immer wieder Baruchs Namen.

»Ich werde nie einen anderen so lieben wie dich!«, rief sie und rupfte so lange an dem Stoff herum, bis er sich in einzelne Streifen auflöste. Sie spürte nicht die Kieselsteine unter ihren Knien, die Zweige, die sie zerkratzten. Mondlicht fiel auf ihre nackte Haut, ihr Nachthemd war nur noch ein Häufchen zerfetzter Streifen. Zitternd versuchte sie, sie wieder zusammenzufügen, das mit ihren Tränen durchfeuchtete feine Wollgewebe zu verknoten.

»Warum hast du mich verlassen, Baruch? Ich habe dir mein Herz geschenkt. Du hast es mir gebrochen. Du hast mich getötet.«

Mit zerschundenen Fingern knotete sie Streifen um Streifen zusammen, bis sie ein langes Seil ergaben. »Baruch! Baruch!«, rief sie und sprang auf, suchte in den Ästen über ihr, ob er sich vielleicht dort verbarg. Sie warf die miteinander verknoteten Streifen über einen kräftigen Ast und schaute sich dann wie gehetzt nach einem Trittstein um. Unweit entdeckte sie einen kleinen Felsblock, den sie nicht ganz bis unter den Ast rollte, dann band sie die beiden Enden des Seils zusammen, verknotete sie zu einer Schlinge.

»Die Götter werden uns eines Tages wieder vereinen«,

schluchzte sie, als sie auf den Felsblock stieg und sich die Schlinge über den Kopf zog. »Ach, Baruch. Mein Geliebter.«

Sie schloss die Augen und beugte sich so weit vor, dass sie nur noch mit den Zehen auf dem Felsblock stand und ihr Gewicht jetzt von der Schlinge abgestützt wurde. »Asherah steh mir bei«, schluchzte sie und schob den Felsbrocken unter sich weg. Ihr Körper pendelte in den freien Raum. Sie hörte, wie der Ast ächzte. Die Schlinge um ihren Hals zog sich zu. Und dann …

Mein kleiner Junge!

Nein! Ich möchte nicht sterben!

Was habe ich getan? Asherah!

Sie griff sich an die Kehle, versuchte mit den Beinen den Felsbrocken zu ertasten. Wo war er?

Lass mich nicht sterben! Ich will leben! Ich will mein Kind!

Ihre Zehenspitzen berührten den Stein. Sie versuchte erneut, Halt zu finden, rutschte immer wieder ab. Sie zerrte an der Schlinge, kratzte sich dabei den Hals blutig. Am Ende des Seil hängend, rang sie nach Luft. Vergeblich.

Asherah … Ich möchte meinen Sohn heranwachsen sehen … Ich wollte das doch gar nicht … Hilfe … So hilf mir doch jemand …

Als Leah am darauffolgenden Morgen in den Olivenhain kam, um Tamar etwas zu essen zu bringen, sah sie die Schwester kalt und tot an einem Baum hängen. Ohne zu wissen, dass dies derselbe Baum war, unter dem sich Baruch und Tamar in einer Frühlingsnacht geliebt hatten, hetzte sie zum Haus zurück, um Hilfe zu holen.

Nach sieben Tagen der Trauer verkündete Avigail, das Neugeborene in den Armen, der versammelten Familie: »Da Tamar am Abend vor ihrem Tod nicht bei Verstand war und nicht wusste, was sie sagte, werden wir nie wieder ein Wort darüber verlieren, was sie damals geäußert hat. Stattdessen werden wir täglich für sie beten und die Götter bitten, ihre Seele bei sich aufzunehmen und sie zu beschützen. Dieses Kind ist Calebs Sohn, ein Sohn des

Hauses Elias. Durch ihn geben uns die Götter zu verstehen, dass sie uns nicht verlassen haben und dass wir niemals die Hoffnung aufgeben dürfen. In ihrer Weisheit haben sie meine Enkelin zu sich genommen und mir dafür einen Urenkel hinterlassen. Um uns an ihre Gerechtigkeit und ihr Mitgefühl zu erinnern. Wir werden das Kind Baruch nennen, wie Tamar es sich gewünscht hätte. Es wird von nun an und immerdar das leuchtende Licht in unserem Hause sein.«

Weil Elias erklärt hatte, das Kind sei von Caleb, und weil ein Sohn nur von Familienmitgliedern aufgezogen werden durfte, konnte Leah im Falle einer Wiederverheiratung nur mit einem Blutsverwandten die Ehe eingehen. Sie war jetzt eine »Em« und somit für David unerreichbar.

»Geh ins Haus des Goldes, David«, sagte sie. »Hier hält dich doch nichts mehr.«

»Außer meine Liebe zu dir«, sagte er traurig, weil ihm bewusst war, dass sie von nun an tatsächlich getrennte Wege gehen und sich vielleicht niemals wiedersehen würden.

»Ich habe ein Geschenk für dich.« Damit überreichte er ihr eine Tontafel. »Bei meiner Suche nach Unterlagen über die Fallsucht bin ich im Archiv auf diese Tafel gestoßen, die so alt ist, dass niemand die einzelnen Zeichen deuten kann. Immerhin ist es mir gelungen, ein Wort zu entziffern: Baldrian. Erwähne deiner Tante gegenüber doch mal Baldrian oder zeige ihr die Pflanze; vielleicht erinnert sie sich dann wieder an die übrigen Ingredienzien dieses Heilmittels.«

»Aber die Bruderschaft, David. Wenn es mir gelingt, Yehuda gesund zu machen …«

»Leah, wenn jemand sehr krank ist und ich weiß, was man dagegen tun kann, dieses Wissen aber für mich behalte, bin ich nicht besser als meine vom Wege abgekommenen Brüder oder Yehuda. Auf Kosten eines anderen möchte ich nicht Rab werden. Forsche also weiter nach dem Heilmittel, Leah, und rette deine Familie.

Sollte dies zur Folge haben, dass ich nicht der nächste Rab werde, werde ich Mittel und Wege finden, die Bruderschaft auf andere Weise zur Rechtschaffenheit zurückzuführen. Alles liegt in Shubats Hand.«

Sie streifte sich ein Amulett über den Kopf und hängte es ihm so um, dass der rosa Stein der Asherah, von dem der Händler beim Tempel gesagt hatte, ihm wohne die Macht der Göttin inne, auf seiner Brust zu liegen kam. »Asherah wird dich beschützen«, flüsterte sie, »denn ich befürchte, dass dir Dunkelheit und Gefahren drohen.«

Er umfasste ihr Gesicht. »Unser Schicksal, geliebte Leah, liegt nicht in unserer Hand, sondern in der der Götter. Wir können hoffen und träumen und unser Bestes geben und uns von ganzem Herzen lieben, aber wenn es darum geht, unsere eigenen Ziele zu verfolgen, müssen wir unseren Göttern vertrauen, Asherah und Shubat, auf dass sie uns auf unserem Weg sicher geleiten. Und damit du es weißt, Liebste, auch wenn wir nie als Mann und Frau zusammenleben können, werde ich dich immer lieben. Solltest du jemals meine Hilfe brauchen, Leah, brauchst du mich nur zu rufen, und ich bin da.«

Als er sie küsste, wusste er, dass dies das letzte Mal war.

9

»Das Mittel gegen die Fallsucht wird als Kuchen verabreicht«, sagte Tante Rakel, über den ausgefransten Saum eines von Elias' Gewändern gebeugt. »Man zerkrümelt die reifen Knospen von Molochs Traum zusammen mit blättrigen Mandeln, Datteln und getrockneten Feigen in einer Schale. Dann fügt man Butter und Honig dazu, rührt alles gut durch und backt dann die Masse im Ofen. Sobald der Kuchen erkaltet ist, schneidet man ihn in Würfel. Wenn diese Würfel regelmäßig morgens und abends eingenommen werden, hören die Anfälle auf.«

»Aber wie viel von Molochs Traum fügt man der Mischung bei, Tante Rakel?«, fragte Leah. »Du hast gesagt, zu wenig bewirke nichts und zu viel sei gefährlich.«

Rakel hielt sich die Näharbeit dicht vor die milchigen Augen, überprüfte ihre Stiche. »Ich werde dir ein Geheimrezept verraten, Rebekka, auf das wir ohne das Wissen unserer Männer in Jericho zurückgriffen: Wenn du der ständigen Schwangerschaften überdrüssig bist, dein Ehemann aber auf weiteren Kindern besteht, nimmst du ein Stückchen Schwamm, tauchst es in Essig und führst es dir ganz tief ein. Das verhindert die Empfängnis, und weil der Schwamm so weich ist, wird der Ehemann nichts merken.« Sie schnitt den Nähfaden ab und fügte hinzu: »Den gleichen Erfolg erzielt man, wenn man eine halbe Zitrone, aus der man das Fruchtfleisch geschabt hat, wie eine Kappe an die Gebärmutter drückt.«

Sie saßen im Sonnenzimmer, beschäftigten sich an diesem warmen Vormittag im Sommer einmal mehr mit ihren Hand-

arbeiten: Leah und Tante Rakel, Esther, Hannah und die hoch-
schwangere Saloma. Es herrschte eine bedrückte Stimmung, war
doch ein Selbstmord das Schlimmste, was passieren konnte. Da
ein solch schreckliches Ereignis die bösen Geister anzog, hatte
Avigail gegen viel Geld einen Priester gerufen, der mit reinigen-
dem Weihrauch und besonderen Gesängen das Unheil vertreiben
sollte.

Was sie tröstete, war, dass im Hause des Elias endlich ein Sohn
das Licht der Welt erblickt hatte. Avigail hatte für Tamars Baby,
das momentan zwischen Wollekörben in einer Wiege schlief, eine
Amme eingestellt; sobald Saloma niedergekommen war, würde
sie neben ihrem eigenen Kind auch diesen Kleinen hier stillen.
Gegenwärtig aber war der Winzling Baruch der absolute Mittelpunkt. Die Frauen wechselten sich darin ab, ihn zu halten, mit ihm
auf und ab zu gehen. Sie waren entzückt, wenn er lächelte und
leise quäkte. Er war für sie Verheißung, ihre kleine Flamme der
Hoffnung. Was immer sich gegen sie stellen mochte – die Frauen
von Elias brauchten nur Baruch anzuschauen, um zu wissen, dass
die Götter weiterhin mit ihnen waren.

Die Stillste von ihnen war Hannah. Der Verlust ihrer mittleren
Tochter hatte sie schwer getroffen, und sie ahnte, dass sie wohl nie
darüber hinwegkommen würde. Auch Esther, die die bunten Tonperlen auffädelte, die sie bei einem Hausierer gegen eine Flasche
Wein eingetauscht hatte, beschäftigte sich in Gedanken mit der
toten Schwester. Saloma hingegen, die Tamar nur kurz kennengelernt hatte, konnte, während sie das Wunder vollbrachte, minder-
wertige Wolle zu makellosem Garn zu spinnen, den Göttern für
ihr Glück nicht genug danken. Durch Hannah vor einem Leben
in Sklaverei und harter Arbeit bewahrt, stand sie kurz davor, mit
einem Kind niederzukommen, in dessen Vater sie sich heimlich
verliebt hatte. Es machte ihr nichts aus, dass er sie Hannah nannte, wenn er zum Höhepunkt kam, oder dass er sich nicht mehr
zu ihr legte, seit sie ihm und der Familie eröffnet hatte, dass sie
schwanger war. Umso mehr würde er strahlen, wenn sie ihm ihr
Neugeborenes in die Arme legte. Und wenn es ein Mädchen sein

sollte, würde Elias wieder in ihr Bett kommen und aufs Neue versuchen, einen Sohn zu zeugen.

Leah und Tante Rakel waren die beiden Einzigen, die sich unterhielten – über vergangene Tage in Jericho und einen Kräutergarten, der die Zutaten für bemerkenswerte Heilmittel geliefert hatte. Zum allgemeinen Erstaunen halfen Rakels Rezepturen, deren Zusammensetzung Leah der Greisin abrang, sich einprägte und die sie dann alle gemeinsam einer Prüfung unterzogen, tatsächlich. Salomas allmorgendliche Übelkeit, Hannahs Monatsbeschwerden und ein Winterfieber, das durch Ugarit gefegt war – alles halb so schlimm dank Rakels Kräuterrezepturen.

Jetzt hofften sie, dass Leah die Tante dazu brachte, sich an die genauen Mengen der Zutaten für das Mittel gegen die Fallsucht zu erinnern. Die Situation der Familie hatte sich derart verschlechtert, dass sich Elias bereits mit dem Gedanken trug, das Weingut zu veräußern.

Während Fliegen in der feuchten Luft umherschwirrten, Bienen und gelegentlich auch eine von Blumenduft erfüllte Brise ins Sonnenzimmer drangen, sann Leah darüber nach, wie sie es am geschicktesten anstellte, um der Tante die gesuchte Rezeptur zu entlocken. Aber irgendwie wich die Tante immer wieder aus, sprang von einem Thema zum anderen, manchmal innerhalb eines Satzes. So aufgekratzt und redselig sie sich auch gab, schien sie zusehends abzubauen. Sie nahm nicht länger ihren Morgentrank zu sich, aß weniger, rührte schon seit Tagen keinen Wein mehr an. Dazu wirkte ihre Gesichtsfarbe besorgniserregend fahl, und ihre Augen waren mit einem milchigen Schleier überzogen.

Leah dachte an David, der sich gerade auf die morgige Zeremonie zum ersten Aufgehen des Morgensterns, in der Dämmerung vor Sonnenaufgang, vorbereitete, dem Zeitpunkt, zu dem der alte Rab seinen Nachfolger bestimmen würde. Ganz Ugarit blickte zum Haus des Goldes; jeder wusste, dass sich die Belange der Bruderschaft auf die der Stadt auswirkten. Ohne des Lesens und Schreibens Kundige war ein Regieren undenkbar, und ohne

Regierung würde Chaos ausbrechen. Dementsprechend gespannt war man auf die Entscheidung des alten Rabs. Obwohl mehrere Kandidaten in Frage kamen, rechnete man damit, dass Yehuda das Rennen machen würde. Die letzte Entscheidung lag jedoch bei den Göttern, weshalb sich der alte Rab in Erwartung ihrer Antwort tief ins Gebet und in Meditation versenkt hatte.

Gesegnete Asherah, flehte Leah im Stillen, mach, dass die Götter für David stimmen, damit er die kränkelnde Bruderschaft gesund macht und sie auf den Weg ihres ruhmreichen Wirkens zurückführt. Wenn die Wahl auf Yehuda fällt, wird das schlimme Folgen für sie haben.

»Als Daumenregel«, ließ sich Tante Rakel jetzt vernehmen, »gilt Folgendes: Von der Mischung aus Mandeln, Feigen und Datteln nimmst du jeweils eine Handvoll – das ist eine Maßeinheit. Vier dieser Maßeinheiten vermischst du mit Molochs Traum, dann hast du das Heilmittel gegen Fallsucht.«

Vier verblüffte Gesichter wandten sich ihr zu. Auch Leah war sprachlos. War dies eine Antwort auf ihr eben an Asherah gerichtetes Gebet? Hatte die Göttin dem Erinnerungsvermögen der Tante nachgeholfen? Wenn dies wirklich das Heilmittel ist und ich es umgehend Yehuda zukommen lasse, braucht Vater nicht seine Weinkellerei zu verkaufen. Wenn aber Yehuda dann gesundet, wird David nicht der Nachfolger des alten Rabs, und in der Bruderschaft wird es so korrupt weitergehen wie bisher.

Gesegnete Asherah, was soll ich nur tun?

Während Hannah und Esther und Saloma weiterhin sprachlos verharrten, legte Leah ihre Näharbeit beiseite und wandte sich Rakel zu. »Tante Rakel, und wie viele Maßeinheiten von Molochs Traum mischen wir dann in …«

Avigail, die durch die Reihen der Rebstöcke ging, die sich wie ein Teppich über dem Hang hinter der Villa ausbreiteten, entdeckte ihren Sohn im Gespräch mit einem Kaufinteressenten für den Weinberg – dem achten, der sich das Grundstück ansah. Und der jetzt den Kopf schüttelte.

– 253 –

Als sie näher kam, sagte der Fremde gerade: »Was ist mit dem Haus?«

»Das Haus behalten wir«, sagte Elias zu dem Mann aus Ebla. »Ich verkaufe nur die Weinberge und die Kellerei.«

»Tut mir leid, mein Freund, aber warum sollte ich ein Anwesen kaufen, auf dem ich nicht wohnen kann? Wie kann ich da ein Auge auf die Rebstöcke haben, mir Diebe vom Leib halten, unbefugtes Betreten unterbinden? Solltest du dich wegen des Hauses anders besinnen, kannst du mir ja in die Taverne Zum Blauen Reiher am Hafen eine Nachricht zukommen lassen.« Damit ging er.

Mit sorgenvollem Gesicht blieb Elias zurück. Avigail sah, wie er in der gleißenden Sonne zu den weißen Mauern blinzelte, die die verschiedenen Gebäude umgaben. Sein Zuhause. Sein Blut und sein Schweiß wie auch das Blut und der Schweiß von acht Generationen vor ihm hatten diesen Boden getränkt. In diesem Haus war er geboren worden, hier hatte er seine Kindheit und seine Jugend verlebt. Er hatte Hannah hierhergebracht, seine Töchter hatten hier das Licht der Welt erblickt und jetzt auch sein Enkel Baruch.

Als er seine Mutter auf sich zukommen sah, drückte er die Schultern durch und gab sich zuversichtlich. »Mutter! Schön, dass du hier bist. Ich muss etwas Wichtiges mit dir besprechen. Der Mann aus Ebla hat sich zwar gegen eine Übernahme entschieden, aber deshalb geben wir uns noch nicht geschlagen! So weit wird es nicht kommen! Ich habe nämlich eine wichtige Entscheidung getroffen. Wie du weißt, habe ich es bislang abgelehnt, bei der königlichen Schatzkasse um ein Darlehen nachzusuchen. Jetzt aber werde ich morgen früh als Erstes zur Bank im Haus des Goldes gehen und einen Kredit beantragen.«

Er verscheuchte eine Biene vor seinem Gesicht, räusperte sich. »Ich werde«, fuhr er fort, »in einen Betrieb investieren, den Freunde und ich am Rande der Stadt errichten wollen.«

Sie verengte die Augen zu Schlitzen. »Was für ein Betrieb?«

»Ein Betrieb, in dem eine neue Art von Waffen hergestellt wird.«

»*Halla!*« Avigail hob die Hände, presste sie an ihren Busen.

»Mutter, Ugarit kann nicht die Augen verschließen vor den Wolken, die sich im Süden zusammenbrauen. Wenn Hatschepsut stirbt, wird ihr Neffe die Herrschaft an sich reißen, und es heißt, er habe vor, wieder Anspruch auf die Landstriche zu erheben, die sein Großvater einst erobert hat. Eine Handvoll Männer mit Weitblick, ich eingeschlossen, wissen, dass wir darauf vorbereitet sein müssen. Die Hattier in den nördlichen Bergen haben ein Verfahren entwickelt, mit dem sich Eisenerz in das widerstandsfähigste Metall überhaupt umwandeln lässt. Daraus schmieden sie Schwerter, die denen aus Kupfer und Bronze weit überlegen sind. Wir müssen es ihnen gleichtun. Die Welt verändert sich, Mutter, wir dürfen uns dem nicht verschließen. Wenn Ägypten in Kanaan einfällt, müssen wir gewappnet sein.«

Als er sah, wie erschrocken sie war, fügte er beschwichtigend hinzu: »Schau, es gibt genug Winzer. Ich möchte mit der Zeit gehen. Wenn es zutrifft, dass die Hattier dem Krieg ein ganz neues Gesicht geben, dann müssen wir an dieser Revolution teilhaben.«

»Dieses Gerede von Krieg gefällt mir ganz und gar nicht.« *Herandonnernde Streitwagen, Männer hoch zu Ross, Fackeln, die die Nacht erhellen, Kanaaniterblut, das in den Sand sickert …*

»Wir profitieren davon, Mutter. Du wirst schon sehen. Ich werde der Bank den Weinberg und die Weinkellerei als Sicherheit überlassen und das Darlehen, das man mir dafür gewährt, in den neuen Betrieb stecken. Die Schwerter und Messer und Schilde, die man dort herstellt, werden reißenden Absatz finden. Dann sind wir reich, Mutter.«

Avigail rang die Hände. »Ach, Sohn, doch nicht auf diese Art …«

»Papa! Großmutter!«

Mit wehendem Haar kam Esther auf sie zugerannt.

»*Halla*, Kind! Was ist denn in dich gefahren!«

»Großtante Rakel«, keuchte das Mädchen. »Sie hat Leah das Heilmittel gegen die Fallsucht verraten!«

Sie eilten ins Haus. »Tante Rakel«, sagte Leah gerade, »bitte

sprich etwas langsamer. Sind es vier Einheiten der Kuchen-
mischung auf eine Einheit Molochs Traum oder umgekehrt? Du
hast das jetzt mehrmals so und dann wieder andersherum gesagt.«

Flickarbeiten und Spindel waren vergessen; alle lauschten mit
gespannter Aufmerksamkeit, waren von einem einzigen Gedanken beseelt – Zira wird sich erkenntlich zeigen. Und für jeden lag
eine andere Hoffnung in dieser Idee. Esther: Wir werden genug
Geld haben, um einen Ehemann für mich zu kaufen. Saloma:
Mein Kind wird in die allerschönsten Decken gewickelt werden.
Hannah: Wir können einen guten Ehemann für Esther kaufen.
Avigail: Dann brauchen wir die Weinkellerei doch nicht zu veräußern, und mein Sohn wird keine Pläne mehr machen, Kriegs-
waffen herzustellen!

Nur Leah befand sich in einem Zwiespalt: Wenn Yehuda geheilt
wurde, würde David keinesfalls zum neuen Rab ernannt werden.

»Also wie stellt man nun das Heilmittel her?« Avigail ließ nicht
locker und rieb sich bereits in Erwartung ihres Besuchs bei Zira
die Hände. Soll ich ihr das Rezept sofort verraten oder erst eine
Gegenleistung verlangen? Wie verhalte ich mich am geschicktesten? Sollte ich darauf bestehen, dass Jotham bei dem Gespräch
zugegen ist?

»Sie hat es wohl schon verraten, Großmutter, aber sie schweift
ständig ab«, sagte Leah enttäuscht. »Sobald ich nachhake, spricht
sie von einer ganz anderen Rezeptur! Ich kenne mich schon gar
nicht mehr aus!«

Mit geschürzten Lippen dachte Avigail angestrengt nach. Jetzt,
so kurz vor der Lösung ihrer Probleme, war ein kühler Kopf gefragt. »Sprich weiter mit ihr«, sagte sie schließlich. »Wir dürfen
uns diese Gelegenheit nicht entgehen lassen. Ich werde David
rufen, damit er alles aufschreibt, was Rakel sagt.«

»Das geht nicht, Großmutter«, entgegnete Leah. »David bereitet sich auf den Aufgang des Morgensterns vor, den Zeitpunkt,
zu dem der neue Rab ernannt werden soll. Er betet und fastet
und widmet sich seinem Gott. Es wäre unangebracht, ja sogar ein

Sakrileg, ihn davon abzuhalten. Ich werde mir gut einprägen, was Tante Rakel äußert.«

⚜

»David!« Leah, die an Rakels Bett saß, schaute überrascht auf. »Was führt dich denn hierher?«

»Man sagte mir, du hättest nach mir geschickt.«

»Das habe ich nicht. Ich weiß doch um deine Vorbereitung auf ...« Sie unterbrach sich. »Das muss Großmutter gewesen sein«, sagte sie dann. »Obwohl ich ihr deutlich gesagt habe, dass wir dich nicht stören dürfen.«

Den Blick auf die im Bett liegende Frau gerichtet, kam er näher. »Was ist denn so dringend?«

Leah berichtete, was am Vormittag vorgefallen war, insbesondere, dass Rakel das Rezept für das Heilmittel gegen die Fallsucht zwar verraten hatte, aber derart konfus und in Verbindung mit anderen Heilmitteln, dass Leah keine Gewissheit hatte, wie genau die Zusammensetzung lautete. »Großmutter meinte, wir sollten dich rufen, um alles aufzuzeichnen. Aber dann erklärte die Tante, sie sei müde und wolle sich hinlegen.«

Als David sah, wie flach Rakels Atem ging, wie blass sie war und wie ausdruckslos ihre Augen blickten, sagte er: »Ihr hättet mich früher rufen sollen. Jetzt könnte es zu spät sein.«

Aber er hatte seinen Kasten und alles Erforderliche mitgebracht und traf rasch die nötigen Vorbereitungen, um ein Diktat aufzunehmen. »Nobu ist mitgekommen. Er wartet unten. Ich werde ihn zurück zur Bruderschaft schicken, damit er dort auf mich wartet.«

Die Hände zu einer Schale gewölbt, beugte sich Nobu leise stöhnend vor, um Wasser vom Springbrunnen aufzufangen. Hundeelend fühlte er sich. Völlig ausgetrocknet. Geräuschvoll schlürfte er die erste Handvoll, streckte dann erneut die Hände dem Wasser entgegen.

»*Du Narr, das ist die Quittung dafür, dass du versuchst, uns mundtot zu machen. Aber mit Wein ist das nicht zu schaffen. Was wir zu sagen haben, werden wir sagen.*«

»Lasst mich in Ruhe, ich bitte euch«, murmelte er, von der Morgensonne im Garten geblendet. Die Nachwirkungen auf seinen Weinkonsum wurden immer schlimmer. Er hätte gern dem Alkohol entsagt, aber dann würden die Götterstimmen Tag und Nacht in seinem Schädel herumspuken.

»Geht es dir gut?«

»Lasst mich in Ruhe, hab ich gesagt!« Aber dann merkte er, dass die Stimme von einem jungen Mädchen kam, genauer gesagt von Esther, Elias' jüngster Tochter. »Bitte verzeih mir. Meine ruppige Aufforderung galt den Dämonen in meinem Kopf.«

Beim Näherkommen raschelte ihr das lange Kleid um die Beine. Ein blumiger Duft umwehte sie. Sie hielt sich den Schleier vor ihren entstellten Mund, aber trotz seiner Kopfschmerzen und seiner Magenbeschwerden entging Nobu nicht, dass das Mädchen wunderschöne Augen hatte. »Fühlst du dich nicht wohl?«, fragte sie. »Deine Gesichtsfarbe ist so eigenartig.«

Sie nahm auf der Marmorbank Platz, neben Nobu, dessen Kleidung von dem Wasser, das ihm durch die Finger gelaufen war, einiges abbekommen hatte. »Das ist nur, weil ich gestern Abend zu viel Wein getrunken habe. Es wäre schön, wenn ich es fertigbrächte, nie wieder auch nur einen Schluck zu trinken, aber ich schaff es einfach nicht!«

»Wieso nicht?«, fragte sie verwundert.

Spontan erzählte er ihr von den Götterstimmen, die ihn seit seiner Kindheit quälten. »Bislang hat Wein sie ruhiggestellt, aber seit einiger Zeit klappt das nur, wenn ich wesentlich mehr als sonst trinke, und dann fühle ich mich am nächsten Tag schrecklich.«

»Aber warum wehrst du dich gegen deine eigenen Gedanken?«

»Wie? Meine Gedanken? Nein, nein. Es sind Dämonen, die mich Tag und Nacht bedrängen. Oder boshafte Götter, Shubat beschütze mich!«

»Armer Nobu. Weißt du denn nicht, dass das, was du hörst,

deine eigenen Gedanken sind? Ich höre ebenfalls Gedanken in meinem Kopf. Und ihnen zu antworten ist doch nicht verkehrt. Ich kenne viele, die Selbstgespräche führen, und halte das keineswegs für einen Fluch, sondern für einen Segen, Nobu. Viele sind nicht in der Lage, ihre eigenen Gedanken zu verstehen. Weil ihr Verstand verwirrt ist. Du aber scheinst mir einen sehr klaren Verstand zu besitzen.«

Er blinzelte sie mit seinen Schildkrötenaugen an. Was für eine ebenmäßige Stirn sie hatte! Welch exquisite Wangenknochen! Und die schwarzen Haarsträhnen, die unter ihrem orangefarbenen Schleier hervorspitzten, weckten in Nobu urplötzlich den Wunsch, sie zu berühren.

»Warum verzichtest du nicht mal ein paar Tage auf Wein und hörst auf deinen Verstand?«, sagte sie. »Wenn du meinst, du müsstest viel Wein trinken, kannst du das ja immer noch tun, aber wie kannst du feststellen, wie du dich fühlst, wenn du nicht probehalber mal darauf verzichtest?«

»Du meinst, ich soll den Stimmen *lauschen* anstatt versuchen, sie auszuschalten?«

Sie nickte. Als er das Lächeln in ihren Augen sah, wünschte er sich, sie würde ihren Schleier sinken lassen. Denn eigentlich, überlegte er, fiel der kleine Makel um ihren Mund herum kaum ins Gewicht.

»Bete für mich, liebes Mädchen, ich werde es versuchen.«

Sie erhob sich. »Das werde ich. Und jetzt der Grund, weshalb ich hergekommen bin. Dein Meister wird eine Weile hier aufgehalten werden. Er möchte, dass du zur Bruderschaft zurückgehst.«

Nobu, der aufmerksam zugehört hatte, ohne Esther aus den Augen zu lassen, musste sich eingestehen, dass es seinerzeit falsch gewesen war zu behaupten, er hielte es nicht einen Tag länger in diesem Hause aus. Jetzt wollte er unbedingt bleiben.

Den ganzen Nachmittag lang drängte Leah die Tante unendlich behutsam, von ihrem Leben in Jericho zu erzählen, nicht ohne sie immer wieder auf den Garten mit den Heilkräutern anzusprechen, sobald Rakel auf ein anderes Thema abschweifte. Während die alte Frau in Erinnerungen schwelgte, glitt Davids flinke Hand über seine feuchten Tonbrocken, hielt Rakels Wissen und Kenntnisse fest. Sie verriet zahlreiche Heilbehandlungen – von Kuren gegen Ohrenschmerzen bis hin zur Stabilisierung eines verstauchten Knöchels –, aber sie auf das Thema Fallsucht zurückzubringen erwies sich als Ding der Unmöglichkeit.

Bei Sonnenuntergang nickte sie ein. Leah entzündete die Lampen und Kerzen in der Kammer und meinte dann zu David: »Für dich wird es höchste Zeit, ins Haus des Goldes zurückzukehren.«

Er jedoch behielt Rakel im Auge, die im Laufe des Tages noch kleiner geworden zu sein schien. Ihr Gesicht war entspannt, ihre Haut völlig farblos geworden, und um ihre Augen zeichneten sich dunkle Ränder ab. Er wusste, was das bedeutete. Er war in Lagasch oft genug ans Bett von Sterbenden gerufen worden, um deren letzte Worte aufzuzeichnen, ihr Testament zu beurkunden und ein abschließendes Dokument aufzusetzen. Würde Rakel die Nacht überleben? »Noch nicht«, gab er zurück. »Ich muss erst bei Tagesanbruch zurück sein.«

»Dann hole ich uns ein wenig Wein und etwas für Tante Rakel.«

Sie wollte schon gehen, als ihr Blick auf die Tontafeln fiel, auf denen Rakels medizinische Rezepturen festgehalten waren. Ihre Stirn kräuselte sich. Was sollte sie nur mit all diesen unverständlichen Strichen und Punkten und Dreiecken anfangen? Wie sollte sie das alles, wenn es erst einmal getrocknet war, lesen? Wie wissen, welches das Elixier gegen Magengeschwüre war, welche Salbe bei Verbrennungen Linderung versprach?

»David«, sagte sie, »was fange ich mit diesen Tafeln an? Wie weiß ich, welche was beinhaltet?«

»Du musst sie dir von einem Schriftkundigen vorlesen lassen.« Aber noch während er das sagte, wurde ihm die Sinnlosigkeit seiner Worte bewusst. Da hatte er Rakels Kenntnisse auf Tontafeln festgehalten, aber nicht bedacht, dass sie ohne einen Schriftkundigen für Leah und ihre Familie zu nichts nütze waren. Wenn jemand im Hause krank wurde, waren sie auf die Gnade eines Mannes angewiesen, den sie womöglich auch noch bestechen mussten. Er stellte sich Yehuda vor, wie er seelenruhig darauf wartete, dass Gold in seine Handfläche wanderte.

Zum ersten Mal wurde er sich der Macht eines Schriftkundigen in vollem Umfang bewusst. Wenn er seinen Beruf bisher als *Dienstleistung* für andere erachtet hatte, verhielt es sich in Wahrheit doch so, dass Bürger auf Gedeih und Verderb auf ihn und seine Brüder angewiesen waren. Nicht umsonst unterlagen Schriftkundige einem strengen Moralkodex, der ihnen untersagte, Hilflose auszunützen.

»Könntest du mich nicht im Lesen unterweisen?«, fragte Leah unvermittelt.

Die Frage überraschte ihn. »Ich kann dir nicht in einem Tag das beibringen, wozu ich siebzehn Jahre benötigt habe. Schreiben ist sehr schwierig. Es gibt Hunderte von Zeichen, und jedes von ihnen hat viele verschiedene Bedeutungen.«

Sie legte die Hand auf seinen Arm. »Geh zurück ins Haus des Goldes, David. Das Ritual mit dem Rab beginnt bald.«

»Ich muss hier sein, wenn deine Tante aufwacht. Ich werde aufs Dach gehen und als Vorbereitung auf die Begegnung mit dem Rab unter den Sternen meditieren. Sag mir Bescheid, wenn Rakel wieder ansprechbar ist.«

Er küsste sie – züchtig auf die Wange – und verließ die Kammer.

Als er das Dach erreichte und, vom Licht des Mondes umgeben, den Duft der Sommerblumen einatmete, als er die Lichter der Stadt in der feuchtschwülen Nacht glitzern und funkeln sah, musste er wieder an das Problem mit den Tontafeln denken, die er für Leah beschriftet hatte – und mit denen sie überhaupt nichts anfangen konnte. Genauso wenig wie er ihre einfachen Fragen beantworten konnte. Er musste daran denken, wie er als Junge einen Lehrer gefragt hatte, weshalb ein Schriftzeichen so viele verschiedene Bedeutungen habe.

»Wenn es nicht so wäre, würden wir statt Hunderten Tausende von Schriftzeichen benötigen, und derart viele kann sich kein Mensch merken.«

Ein Gedanke flackerte in ihm auf. Hunderte statt Tausende. Könnte diese Menge nicht verkleinert werden? Vielleicht auf *weniger* als Hunderte?

Ein verwirrendes Gedankenspiel hob an. Analytisches Denken, ein Problem logisch zu begründen, war für David etwas Ungewohntes. Ein Schriftgelehrter hatte zu lernen und dann das Gelernte anzuwenden. Etwas Neues zu erarbeiten war ihm fremd, trotzdem nahm er es jetzt in Angriff, schon weil ihn diese Herausforderung reizte und er das Gefühl hatte, nach einer langen Wanderung an eine unerforschte Grenze zu stoßen.

Weniger Schriftzeichen …

Was wäre, wenn ein Zeichen nur eine einzige Bedeutung hätte?, fragte er die Nacht. Wenn es nicht ein Laut *und* eine Silbe *und* ein Wort *und* ein Verb *und* ein Substantiv *und* ein Begriff wäre, sondern *nur eins* davon?

Mit zittrigen Händen öffnete er die Schachtel mit seinen Schreibutensilien und entnahm ihr einen Klumpen feuchten Tons. Ohne genau zu wissen, was er tat, nur beflügelt von einem nie gekannten Impuls, drückte er den Ritzstift so in den Ton, dass er zwei parallele Keile bildete, die von einem dritten mit zwei Dreiecken an der rechten Ecke geteilt wurden. Er besah sich, was er gerade geschrieben hatte. Das Zeichen konnte für den O-Laut stehen, aber auch Ochse heißen, weil diese Keile einem alten Piktogramm entstammten, das wie ein Ochse ausgesehen hatte. Allerdings konnte es auch »Macht« und »Stärke« bedeuten sowie »ziehen« oder »tragen« und außerdem Teil eines Wortes sein, das die Silbe »Ochs« enthielt. David hatte vergessen, wie ungemein schwierig Schreiben war.

Wenn er aber die Wahl hätte …

Er sah nach Osten. Der Himmel wurde bleich. Es würde nicht mehr lange dauern, bis der neue Tag anbrach. Bald musste er sich zum Haus des Goldes aufmachen.

Er konzentrierte sich wieder auf das vielschichtige Problem, das es irgendwie zu lösen galt. Wenn er einem Zeichen nur einen einzigen Begriff zuordnen dürfte, welcher sollte es dann sein? Eigentlich war es doch sinnvoll, wenn ein Zeichen für einen Begriff stand. Das Zeichen für einen Ochsen sollte nur für einen Ochsen stehen. Das für einen Baum nur für einen Baum.

Er runzelte die Stirn. Tausendmal Tausende Zeichen müsste man sich dann einprägen.

Wenn er andererseits die Wahl hätte, lediglich …

Wenn ein Zeichen für einen Laut steht und diese Laute zu einem Wort verbunden werden könnten, wie viele Zeichen wären dann nötig?

Nur so viele, wie es Laute gibt.

Mit erregt pochendem Herzen griff David nach seinem Stift und wählte ein Zeichen, das für Wasser, Regen, kalt, sauber oder einfach für »D« stand, und ritzte es in den Ton. Dann ließ er das Zeichen für »Ochse« folgen, verwendete es aber jetzt nur als »O«. Dann drei Keile und ein Dreieck, das Zeichen für »Reihe« oder »grasen« oder »Herde«, das er aber nur als ein »R« gebrauchte, und zu guter Letzt das Zeichen für »Fläche«, »Haus« und »Mauer«, nämlich das »F«, und sah, dass er das Wort »Dorf« geschrieben hatte.

Er war selbst überrascht über seine Erfindung, die keine andere Deutung zuließ. Auch keinen Zusammenhang erforderte. Eine einfache Abfolge von Buchstaben, die jeder, der sie einmal gelernt hatte, lesen konnte.

Verdutzt starrte er auf den Ton. Bei Shubat, war so etwas möglich?

Er griff erneut nach seinem Stift, meinte, alles um ihn herum würde in Bewegung geraten, als er mit zitternder Hand vier Zeichen in den Ton ritzte, die eigentlich verschiedene Bedeutungen hatten, von denen er aber nur ihren jeweiligen Laut verwendete – und schrieb das Wort »Baum« nieder.

So einfach, jubelte er innerlich, und doch wirkungsvoll! Warum war noch niemand auf diese Idee gekommen?

Es waren die Götter, denen die Menschheit die Schrift zu verdanken hatte, und zu verändern, was von den Göttern stammte, war Frevel.

Im Alter von elf Jahren war David mit den Zeichen spielerisch umgegangen, hatte sie auf Ton zu Mustern angeordnet, als er unvermittelt auf seinem Arm einen stechenden Schmerz verspürte. Mit erhobener Rute stand sein Lehrer vor ihm. David kämpfte mit den Tränen. »Worte sind heilig!«, brüllte der Lehrer. »Mit ihnen zu *spielen* ist verwerflich!« David hatte nie wieder mit den Symbolen der Keilschrift experimentiert, sondern sich an die strengen Weisungen für Schriftgelehrte gehalten.

Aber die Götter haben uns doch Verstand gegeben, lehnte er sich jetzt auf, die Fähigkeit, nachzudenken und Probleme zu lösen. Sie haben uns mit Phantasie ausgestattet.

Er dachte an den moralischen Verfall der Bruderschaft, der eingesetzt hatte, weil die Schriftkundigen zu mächtig geworden waren. Weil sie ein Monopol auf Lesen und Schreiben besitzen, sagte er sich. Selbst Ärzte und Anwälte verlassen sich auf sie. Diese Macht hat sie korrumpiert. Das muss anders werden, beschloss er und reckte sein Gesicht dem Morgenwind entgegen.

Es war ihm zu Ohren gekommen, dass man in Ugarit davon sprach, Eisenerz schmelzen und daraus noch tödlichere Waffen herstellen zu können – nach einem von den Hattiern im Norden bislang geheimgehaltenen Verfahren, von dem man Kenntnis erlangt hatte. Wenn sich die Art und Weise, Kriege zu führen, ändert, überlegte David jetzt, kann sich dann nicht auch die Art und Weise des Nachrichtenaustauschs ändern? Die Ägypter haben eine effizientere Form des Schreibens erschaffen, die hieratische Schrift. Sind sie deshalb Eroberer und wir Kanaaniter nicht? Alles, was wir tun, ist archaisch und schwerfällig. Ugarit beharrt wie Lagasch auf Bräuchen und Traditionen, die nichts mehr mit der Realität zu tun haben. Eine eingängigere Schrift, eine, die weitaus mehr Menschen in die Lage versetzen würde, sie lesen und schreiben zu können, dürfte Regierung und Volk nur von Nutzen sein. Und Schriftgelehrte würden durch den Verlust ihres Monopols ihre Vormachtstellung verlieren, was letztlich ihrem korrupten Verhalten den Garaus machen würde.

Mit Blick auf den Himmel im Osten beschloss er zu beten. Ich werde dieses Problem Shubat zu Füßen legen und tun, was immer mir mein Gott befiehlt.

Er hielt sein Gesicht in den kühlen Wind, der vom Großen Meer wehte, roch die salzige Luft, die sich bei ihm stets mit Hoffnung und Neubeginn verband. Er schloss die Augen und öffnete Shubat sein Herz, spürte, wie sich unsichtbare Wesen und Geister um ihn herum scharten, so als stiegen die verblassenden Sterne am Himmel als Schutzengel, als Götterboten herab zur Erde. Bitte gebt mir Antwort, betete David. Offenbart mir eure kosmische Weisheit.

Und dann ... etwas anderes, eine Höhere Gegenwart ...

David erschauerte. Schweiß brach auf seiner Stirn aus. »Wer bist du?«, fragte er leise. Shubat war es jedenfalls nicht. Er spürte das Gewicht des Himmels auf ihm lasten, sein Körper kribbelte, als würden die verblassenden Sterne seine Haut kitzeln. Mit weiterhin geschlossenen Augen öffnete David sein Herz. »Sprich zu mir, Erhabener ...«

Und plötzlich ahnte er, wer oder was es war.

Konnte das sein?

El galt als der älteste aller Götter – er war der Vater – und wurde von Kanaan bis Lagasch und selbst im fernen Babylon und in Ur verehrt. Es hieß sogar, El sei der namenlose Gott der umherziehenden Habiru, denn El war kein Name, sondern die semitische Bezeichnung für »Gott«. Und weil die Sprache, deren man sich in Lagasch bediente, der kanaanäischen ähnlich war, sprach David die alte Gottheit jetzt mit El Schaddai an, was Allerhöchster Gott hieß.

»Ich flehe dich an, der Bruderschaft deine Elohim zu bringen«, flüsterte er. Elohim war Semitisch und bedeutete volle Konzentration der vielen göttlichen Stärken von El. David wusste, dass es im Universum keine größere Macht als die Elohim gab. Er hatte sie noch nie angerufen, und dementsprechend verschüchtert tat er es jetzt.

Schweiß rann ihm übers Gesicht. Er zitterte vor Angst. Es hieß, das El Berge zum Einstürzen bringen könne. El hatte die Große Flut veranlasst, die fast die gesamte Menschheit ausgelöscht hatte. Niemand richtete das Wort an einen so hohen und mächtigen Gott. David von Lagasch wagte es dennoch.

Und viel mehr als sie zu hören, spürte er, wie eine Stimme flüsterte: *Um mich zu kennen, muss die Menschheit lesen und schreiben können. Das geschriebene Wort wird sie zur Rechtschaffenheit anhalten und dazu, meine Gebote zu befolgen … Es darf nicht länger sein, dass Worte in den Händen von gierigen und korrupten Männern verbleiben. Der Tag des Buches wird kommen. Meine Söhne müssen vorbereitet sein …*

»Ich verstehe nicht, Erhabener. Der Tag des Buches, was ist das?«

Keine Antwort.

David öffnete die Augen, blinzelte verunsichert. Befahlen ihm die Götter, ungehorsam zu sein? Bildete er sich das etwa ein?

Am Horizont zog ein neuer Tag herauf, eine neue Sonne, ein neuer Lebensabschnitt. Der Himmel klarte auf. Wenn David auf der Stelle zum Haus des Goldes aufbrach, blieb ihm, wenn er sich beeilte, gerade noch Zeit, ein Bad zu nehmen und sich umzuziehen, um dann vor den Rab zu treten.

Er dachte an Rakel, die jeden Augenblick aufwachen konnte und dann möglicherweise einmalige medizinische Kenntnisse offenbarte, so viel Wissen und weise Ratschläge, wie Leah sie sich unmöglich merken konnte.

Er kehrte der rosa Dämmerung den Rücken, verschloss die Ohren vor den Jubelrufen und Trompetenklängen aus der Stadt – verdrängte jedweden Gedanken an Feierlichkeiten und Festtagsgepränge und die Benennung des neuen Rabs –, wusste nur, dass er mit dem, was er vorhatte, zum ersten Mal den Eid des Gehorsams, den er in Lagasch als Schriftgelehrter abgelegt hatte, missachtete. Er nahm zwei frische Tonklumpen und machte sich daran, zwei neue Tafeln herzustellen. Als er fertig war, eilte er vom Dach die Treppe hinunter.

Leah wachte am Bett ihrer Tante. »David! Du bist noch hier! Die Bruderschaft …«

»Leah, es war kein Zufall, dass ich mich aufs Dach zurückzog und die Schrift mit anderen Augen zu sehen begann. Ich glaube, es war eine noch größere und noch ältere Macht als Shubat, möglicherweise El der Allerhöchste selbst, der mich dort hinaufwies, zu einer Begegnung mit ihm unter den Sternen. Seltsame neue Überlegungen drängten sich mir auf, Überlegungen, wie ich sie noch nie angestellt habe! Schau«, sagte er und deutete auf eine noch feuchte Tafel. »Dies hier sind die dreißig Zeichen für die dreißig Laute, die wir beim Sprechen äußern. Sie sind alles, was wir brauchen! Wenn du sie dir einprägst, kannst du alles lesen, was ich hier geschrieben habe.«

»Wie …?«

Er zog die andere Tafel heraus. »Das hier ist eines der Rezepte deiner Tante. Ich habe es in meiner neuen Schrift notiert. Sieh dir mal dieses Zeichen an.« Er deutete auf einen Buchstaben auf der anderen Tafel, der lang und schmal war und neben anderen Zeichen in einer Reihe stand. »Das ist der ›M‹-Laut. Kannst du dieses Zeichen irgendwo auf der Tafel entdecken, die ich umgeschrieben habe?«

Sie studierte die Tafel mit dem Rezept. In der Ferne war der Klang eines großen Bronzegongs zu hören, der nicht nur das Öffnen der Tore zum Haus des Goldes ankündigte, sondern auch die Einwohner zusammenrief, um in ihrem Beisein den Namen des neuen Rabs zu verkünden. Leah deutete auf ein Zeichen. »Da«, flüsterte sie.

»Und jetzt der hier«, sagte David und deutete auf den nächsten Buchstaben, ohne auf den Gong zu achten, der, wie er sich einredete, nichts weiter war als ein Geräusch wie jedes andere. »Das ist ein ›I‹. Siehst du so eins auf der anderen Tafel?«

Leah suchte und wurde fündig. »Hier, gleich neben dem M.«

Er deutete auf drei weitere, L, C und H, und forderte sie auf, sie zu suchen.

»Sie stehen neben dem M und dem I.«

»Kannst du mir sagen, was sie zusammen ergeben?«

»Nein.«

»Sprich sie laut aus, Leah. Diese fünf Laute. Sage sie dir vor, bilde sie mit Lippen und Zunge, dann erhältst du ein Wort.«

»M ...«, hob sie an, krauste die Stirn. »I ... I, nein! Ich schaff's nicht.«

»Noch einmal.« Er deutete auf das M, ließ sie den Laut aussprechen, dann das I, dann das L, dann das C und das H.

»Mmmmm-i-lllll-cc-hh. Milch! David! Das Wort heißt Milch! Richtig?« Sie sah von der einen Tafel zur anderen und wieder zurück, und auf einmal sprang ihr das Wort mit den fünf Zeichen entgegen.

»Milch ist eine der Zutaten in diesem Heilmittel gegen Hautausschlag. Leah, das wird unser geheimer Code sein. Wenn du dir diese dreißig Zeichen und wie sie ausgesprochen werden einprägst, wirst du alles, was ich für dich niederschreibe, lesen können. Sämtliche medizinischen Rezepturen deiner Tante. Du brauchst keinen Schriftkundigen, der sie dir vorliest! Leah, wir können sofort damit anfangen. Sobald deine Tante wach und ansprechbar ist. Alles, worüber ihr beide euch unterhaltet, werde ich aufschreiben und anschließend in die neue Schrift übertragen.«

Leah sah auf ihre friedlich schlafende Tante. Die Morgenluft trug ihnen Jubelrufe aus der Stadt zu, verkündeten die Ernennung des Nachfolgers des alten Rabs. »Tante Rakel?«, sagte Leah und berührte die Schulter der Schlafenden.

Rakel rührte sich nicht, nur ihre Brust hob und senkte sich beim Atmen. »Tante Rakel?«, fragte Leah eindringlicher und rüttelte die Schulter der Tante.

»Tante Rakel? *Tante!* David, etwas stimmt nicht. Sie will einfach nicht aufwachen.«

10

»Großmutter, warum darf ich eigentlich nicht heiraten, wen ich will?«, fragte Leah. In ihren Armen schlief der kleine Baruch, inzwischen zwei Monate alt, seine winzigen Lider zuckten traumverloren. Leah sprach ein stummes Gebet für Tamar, mit dem sie die Götter anflehte, der Seele ihrer Schwester Frieden zu schenken.

»Als Mutter von Calebs Sohn«, gab Avigail mürrisch zurück, »darfst du nur einen Blutsverwandten heiraten.« Sie saß auf einem Hocker, hatte eine große Holzschüssel auf dem Schoß und mahlte Linsen zu Mehl. In der Küche arbeiteten nur noch wenige Sklavinnen, und keine von ihnen war für diese Arbeit kräftig genug.

»Aber *warum*?« Leah ließ nicht locker. »Steht das so im Gesetz? Ist diese Anordnung in den heiligen Büchern niedergeschrieben?«

»Weil es seit jeher so ist«, schnappte Avigail. »Musst du denn immer so verbohrt sein und für alles eine Begründung verlangen? Ein junges Mädchen hat das, was ältere Menschen sagen, nicht in Frage zu stellen. Ruf die Götter an, Kind, deine vorlauten Worte sind geradezu frevelhaft!«

Avigail versuchte, sich nicht anmerken zu lassen, wie unangenehm ihr derlei Gespräche waren, deuteten sie doch darauf hin, dass sich ein Wandel anbahnte. Am Vormittag hatte sie bereits erleben müssen, wie ein Mann und eine Frau über den Markt geschlendert waren, miteinander getuschelt, sich liebevoll an den Händen gehalten und sich Ehemann und Ehefrau genannt hatten. Normalerweise hätte das frisch verheiratete und sichtlich verliebte junge Paar ein Lächeln auf Avigails Lippen gezaubert, nur dass es sich bei dem Ehemann um einen Ägypter gehandelt hatte, während seine Ehefrau eine Kanaaniterin war! Avigail war nicht die Einzige gewesen, die entgeistert dieses gemischte Paar angestarrt hatte. Besaßen die beiden denn überhaupt keinen Anstand? War es das, worauf die Welt zusteuerte – mit Traditionen und fest verwurzelten Gepflogenheiten zu brechen?

Sie dachte an ihren Sohn. Elias hatte von der Bank im Haus des Goldes ein Darlehen eingeräumt bekommen, das er zusammen mit dem Geld anderer für den Bau einer Waffenschmiede zu verwenden gedachte. Waffen! Wo die Familie sowieso schon tief verschuldet war. Die Traubenlese fand erst in zwei Monaten statt, und die gefüllten Weinamphoren im Lager warteten noch immer auf Abnehmer. Wo sollte Elias dann den neuen Wein aus den Gärbottichen lagern? Er sprach von Gewinnen, die die Waffenschmiede abwerfen würde – dabei war noch kein einziger Stein für die Grundmauern gesetzt worden.

Avigails sorgenvolle Gedanken gingen zu Saloma, deren Niederkunft bevorstand. Neben Tamars kleinem Waisenkind würden sie sich also bald um ein weiteres Baby kümmern müssen. Und was war mit Esther? Die Vierzehnjährige griff zu den fadenscheinigsten Ausreden, um in die Stadt zu gehen, wo sie, den unteren Teil ihres Gesichts mit einem Schleier abgedeckt, durch die Straßen schlenderte und die Aufmerksamkeiten fremder Männer genoss. Die arme Tante Rakel hingegen hatte sieben Tage in einem »Dämmerschlaf« verbracht und zwischendurch gerade so viel Bewusstsein wiedererlangt, um Wasser zu trinken, aber kein Essen zu sich zu nehmen, ehe sie wieder in einen Schlaf fiel, der kein Schlaf war.

Und Hannah … Seit man Tamars Leiche im Olivenhain gefunden hatte, war die Ehefrau von Elias in sich gekehrt; auf ihre Mithilfe beim Flicken, Weben oder Brotbacken konnte man sich nicht mehr verlassen. Ganze Nachmittage lang saß sie einfach da und starrte ins Leere.

So vieles, um das man sich kümmern musste!

Jetzt kam noch das Gerücht hinzu, dass der König von Ugarit sehr krank sei, dass man ranghohe Priester gerufen habe, dass Schriftgelehrte Tag und Nacht bereitstünden, um seine letzten Worte schriftlich festzuhalten. Der Palast hüllte sich in Schweigen. Die Minister des Königs schwiegen sich über seine Krankheit aus, weil befürchtet wurde, jemand könnte daraus Nutzen ziehen und schwarze Magie gegen ihn verwenden.

»Die Ahnen haben nicht ohne Grund Regeln aufgestellt«, sagte sie jetzt zu Leah. »Wo kämen wir denn hin, wenn es uns einfiele, sie zu missachten …«

»Großmutter! Großmutter!«, rief Esther aufgeregt an der Tür. »Tante Rakel ist aufgewacht!«

Es wurde nach einem Sterbepriester geschickt und auch nach David. Er hatte sich im Hause des Goldes den rituellen Vorbereitungen für den Eintritt ins Noviziat unterzogen, aber darum gebeten, ihn zu rufen, sobald Rakel aufwachte.

Leah empfing ihn an der Haustür. »Plötzlich wachte sie auf und verlangte nach ihrem Tonikum. Sie glaubt, wieder in Jericho zu sein und den Besuch ihres Verlobten zu erwarten. Gehen wir.«

David legte die Hand auf ihren Arm, und nach einem Blick in die Halle und zu den Korridoren sagte er leise: »Du hast mir gefehlt.«

»Und du mir.«

Er nahm ihre Hand und drückte etwas hinein. »Nein, David, das kann ich nicht annehmen«, wehrte sie ab, als sie die silbernen Ringe sah.

»Das ist das Honorar für ein rechtskräftiges Dokument, das ich ausgestellt habe. Einen Teil davon habe ich bereits an die Bruderschaft abgeführt. Ich brauche die Ringe nicht.«

Tränen stiegen ihr in die Augen. Mit dem Silber konnten sie dringend benötigtes Brot und Salz kaufen. »Danke«, sagte sie, und im Stillen fügte sie hinzu: Ich liebe dich.

In Rakels Bettkammer entzündete Avigail die Lampen und Kohlebecken und ließ zusätzliche Weihrauchschalen hereinbringen, deren parfümierter Rauch alsbald ein Stechen in den Augen verursachte. Alle versammelten sich um das Bett, um Rakels Erzählungen aus der Vergangenheit zu lauschen. Nur Saloma, deren Füße infolge der Schwangerschaft geschwollen waren, saß auf einem Stuhl in der Ecke, in ihren Armen hielt sie den kleinen Baruch.

Leah beobachtete, wie Davids Hand über die Tontafel huschte, mit dem Stift einmal so, dann wieder so in den Ton ritzte. Er trug an diesem Abend eine andere Kleidung als sonst. Nachdem der alte Rab Yehuda als Nachfolger benannt hatte, war David der Bruderschaft als Novize beigetreten, weshalb er nicht mehr die einärmeligen Tuniken aus Lagasch trug, sondern das eng anliegende braune Hemd aus weicher Wolle und den knielangen weißen Rock der Schriftgelehrten von Ugarit. Man hatte ihm gestattet, weiterhin den symbolischen Degen des Zh'kwan-eth am linken Arm zu tragen, und weil er sich auch nicht das Haar hatte stutzen lassen müssen, fielen ihm die langen schwarzen Locken noch immer über die Schultern und machten ihn für Leah zum bestaussehenden Mann der Stadt.

»Mein Ehemann hatte die Lust an sinnlichen Freuden verloren«, merkte Rakel gerade an. Sie saß aufrecht im Bett, nippte an ihrem Tonikum aus Selleriesaft, vermischt mit Wacholderbeeren, Petersilie und Karotten, Mohn und Kreuzkümmel. Sie schien weder den Priester zur Kenntnis zu nehmen, der mit einer Rassel klapperte und leise sang, noch den jungen Schriftgelehrten, der jedes ihrer Worte aufzeichnete. Sie lächelte Avigail und Leah, Esther und Hannah zu, sprach sie mit allen möglichen Namen aus der Vergangenheit an. »Derart lustlos war er, dass er sagte, er würde es mir nicht übelnehmen, wenn ich mich scheiden ließe. Dabei liebte ich ihn doch! Deshalb nahm ich mir vor, seiner Sinnlichkeit wieder auf die Beine zu helfen. Ein Weiser auf dem Markt wusste von einer stimulierenden Pflanze, die nur auf der Insel Minos inmitten des Großen Meers wachse – eine Minze mit purpurfarbenen Blüten, Diptam genannt. Sie sei schwer zu finden und deshalb sehr teuer, meinte er, aber das konnte mich nicht abschrecken. Sobald ich im Besitz dieses Diptams war, brühte ich es als Tee auf und verabreichte es meinem Liebsten. Innerhalb von Tagen kehrte seine volle Manneskraft zurück, und von da an beglückte er mich ohne Ende.«

Alle Versuche, gezielt Fragen an sie zu richten – die genaue Formel für die Behandlung der Fallsucht –, verliefen im Sande. Rakel sprach nur über das, worüber sie sprechen wollte. Avigail, die ihr fasziniert zuhörte, stellte fest, dass das Erinnerungsvermögen ihrer Tante erstaunlich klar war. Dies schien häufig der Fall zu sein, wenn sich die Seele anschickte, den Körper zu verlassen. Dann fielen die Fesseln dieses Lebens wie die Schichten einer Zwiebel ab, und zum Vorschein kam die Vergangenheit.

Betend und eingehüllt in Weihrauchduft harrte die Familie die Nacht hindurch aus, lauschte den wundersamen Geschichten von einst.

Um Mitternacht, als Geister unterwegs waren und ganz Ugarit Lampen entzündete und beschützende Amulette an die Türpfosten heftete, schloss Rakel die Augen und holte tief, wenngleich flatternd Luft. »Als Avigail zur Welt kam …«, flüsterte sie, und ihre Stimme klang seltsam abgeklärt, wie die einer längst Verschiedenen, »… war ihr Vater, mein Bruder, mit einer Frau aus Ugarit verheiratet, die angeblich königliche Vorfahren hatte. Einen König von Ugarit, glaube ich …« Ein weiterer Atemzug, ein weniger tiefer. »Aber sie war unfruchtbar … In unserem Haus gab es eine Habiru-Sklavin, Sarah hieß sie. Mein Bruder warf ein Auge auf sie und nahm sie zu sich.«

Avigail zog die Stirn in Falten. Diese Geschichte war ihr neu. Höchstwahrscheinlich stimmte sie nicht. Rakels Verstand schien es mit tatsächlichen Ereignissen nicht mehr so genau zu nehmen.

»Als die Habiru meinem Bruder sagte, sie sei schwanger, zog die Familie in die Berge, um der sommerlichen Hitze zu entgehen. Mein Ehemann und ich schlossen uns ihnen an. Wir blieben sechs Monate. In Jerusalem, hoch in den Bergen westlich des Salzmeers, kam die Sklavin Sarah nieder …«

Rakels Stimme erstarb. Alle warteten auf die Fortsetzung. Nur

Avigail schien die Tragweite dessen zu ahnen, was folgen würde. Sie merkte, wie sie den Boden unter den Füßen verlor. Nein, durchzuckte es sie. Sprich es nicht aus.

»Als wir wieder in Jericho waren«, sagte Rakel nach einem weiteren mühsamen Atemholen, »verkündete Avigails Vater, dass seine Frau niedergekommen sei. Mit einem Mädchen, das sie Avigail nannten. Er schickte Sarah fort und verpflichtete uns alle zum Schweigen. Niemand durfte erfahren, dass Avigail nicht von König Ozzediah abstammt, sondern das Blut einer Habiru in sich trägt. Und dann heiratete Avigail Yosep und ging mit ihm nach Ugarit, bekam Elias. Der wiederum heiratete Hannah, die ihm drei Töchter schenkte – Leah, Tamar und Esther. Ich würde gern wissen, was aus ihnen geworden ist.«

Rakels Brust hob und senkte sich nur noch schwach, und wenn sie Atem holte, dann in zusehends längerem Abstand. Wie gelähmt vor Entsetzen, die Gesichter abwechselnd vom Licht der vielen Lampen erhellt, dann wieder in Schatten getaucht, starrten alle auf Avigail, ihre verehrte Matriarchin, die ebenfalls von Rakels letzten Worten, die noch in der vom Rauch geschwängerten Luft hingen, völlig überrumpelt worden war.

Dies also war die unbestimmte Angst, der sich zu stellen sie nie über sich gebracht hatte. Der Grund, warum sie hatte verhindern wollen, dass Leah in Rakels Erinnerungen herumstocherte, und warum ihr die Gegenwart von Angehörigen der Habiru, dieser Nomaden, die in Zelten lebten und kein Zuhause hatten, irgendwie unangenehm war.

Hatte sie als Kind den Gesprächen der Erwachsenen entnommen, dass sie nicht von Ugarits geliebtem König Ozzediah abstammte, sondern einer Verbindung ihres Vaters und einer Habiru-Sklavin entsprungen war? Wenn dem so war, hatte sie derlei Unterhaltungen längst vergessen, das Entscheidende aber musste sich heimlich in ihre Seele eingebrannt und zu einer Abneigung geführt haben, die sie nie hatte begründen können.

Hatte sie als Fünfzehnjährige in der Nacht, da sie aus Jericho flohen, nicht gesagt: »Die Habiru sind ein ungehobeltes Volk, das sich nur darauf versteht, Zelte aus Ziegenhäuten zu errichten. Aber doch nie und nimmer Gebäude aus Stein!« Und hatte Tante Rakel sie nicht sofort zurechtgewiesen: »Es gehört sich nicht, abschätzig über ein Volk zu reden, von dem du nichts weißt.«

Avigail presste sich die Hand an den Magen. Jetzt verstand sie, was die Tante damals gemeint hatte und warum Rakel die Nomaden verteidigte, die überall nur ungern geduldet wurden. *Ich habe mein eigenes Blut geschmäht ...*

»Es ist vollbracht«, erklärte der Sterbepriester feierlich und schloss Rakels ausdruckslose Augen. »Lasset uns beten, auf dass die Götter die Seele dieser Frau aufnehmen.«

Während David das Geschehen schriftlich festhielt, stimmte die Familie in den Gesang des Priesters ein und bemühte sich gleichzeitig, das, was sie als Letztes von Tante Rakel vernommen hatte, zu verdauen. Avigail hatte das Gefühl, als würde alles um sie herum in Bewegung geraten. Die Wände rückten näher zusammen, der Qualm drang in ihre Lungen ein, beengte ihre Brust. Mit gespenstisch kreideweißem Gesicht starrte Elias über das Totenbett hinweg seine Mutter an.

Gesegnete Asherah!, nahm Avigail Zuflucht zu der Göttin. Wir stammen gar nicht von den Königen Ugarits ab. Wir sind Habiru, deren Gott weder einen Namen noch eine Gestalt hat und den sie in einem gewöhnlichen Zelt anbeten.

Mein Sohn! Elias!, flehte sie ihn im Stillen an. Kannst du mir verzeihen? Da habe ich dich angehalten, stolz auf deine königliche Blutlinie zu sein, und bin doch nur die Tochter einer Habiru-Sklavin!

Ihre Enkelinnen wagte sie nicht anzuschauen – Esther, die trotz ihrer Deformation auf einen Ehemann hoffte, jetzt aber noch weniger Chancen besaß, dass dieser Wunsch in Erfüllung ging, und Leah, die sich bis vor wenigen Augenblicken durchaus hätte wiederverheiraten können, was aber jetzt ausgeschlossen war.

All dies ging Avigail durch den Kopf, weil ihr der Gesichtsausdruck des Priesters nicht entgangen war. Er drückte Verblüffung aus. Abscheu.

Ein Geheimnis, das achtundfünfzig Jahre lang gewahrt worden war. Und das dieser Mann jetzt ausplaudern würde ...

Nur gut, dass dem Sterbepriester durch ein Gelöbnis Verschwiegenheit auferlegt war und er nichts von dem, was er an einem Sterbebett gehört oder mitangesehen hatte, preisgeben durfte. Allerdings galt diese Vorschrift nicht für Priester untereinander, weshalb er seinen Mitbrüdern bedenkenlos von der erstaunlichen Beichte im Hause des Elias berichten konnte. Ein einziger Priester, der sich beim neuen Rab einschmeicheln wollte, genügte, um Yehuda den brisanten Klatsch zu hinterbringen, worauf dieser zweifellos seine Mutter unterrichten würde, und sobald Zira es wusste, würden es alle wissen.

Und so kam es auch. Als sich die Bewohner von Ugarit im großen Zeremoniensaal zur Amtseinführung des neuen Rabs der Schriftgelehrten einfanden, geschah dies weniger, um Yehudas Nachfolge in das erhabene und angesehene Amt zu feiern, sondern um mitzuerleben, ob Avigail und ihr Sohn es wagen würden, ebenfalls zu erscheinen.

Der Zeremoniensaal grenzte an das Haus des Goldes. Er war weitläufiger als selbst der königliche Palast und durchzogen von mächtigen Säulen, deren Kapitelle in Form von Blumen gestaltet und bemalt waren – majestätische Blütenkränze, die die marmorne Decke stützten. Der Saal musste so geräumig sein, da alle wichtigen Rituale, religiöse wie weltliche, hier abgehalten wurden und ganz Ugarit daran teilnehmen durfte. David stand mit seinen Mitbrüdern in einem eigens ihnen vorbehaltenen Bereich. Da die Zuschauer von allen Seiten hereindrängten, war nicht auszumachen, wo Leah mit ihrer Familie sein könnte.

Wenn sie überhaupt gekommen waren. Schämten sie sich etwa, sich in der Öffentlichkeit zu zeigen? Bei Rakels Tod hatten die jungen Mädchen der Familie bitterlich geweint, aber ob über das Hinscheiden der Tante oder über deren verhängnisvolle Offenbarung vermochte er nicht zu sagen. Habiru-Blut statt königlichem! Selbst David war fassungslos gewesen und hatte erschüttert mit angesehen, wie Leah versucht hatte, die Großmutter und die Schwester zu trösten. Wie würde sich dieses Geständnis auf die Familie auswirken? Im Allgemeinen straften Kanaaniter wie auch Ägypter die Habiru mit Verachtung.

War dies etwa der finale Tiefschlag, der die Familie endgültig ins Elend stürzte?

Während sich die Säulenhalle zusehends mit lärmenden und drängelnden Menschen füllte, hielt David weiterhin Ausschau nach Leah.

Nobu, der hinter ihm stand, lauschte aufmerksam seinen Götterstimmen. Oder waren es, wie Esther gemeint hatte, vielmehr seine eigenen Gedanken? *Diese Zeremonie ist für Ugarit kein gutes Omen. Wir trauen Ziras Sohn nicht. Er lässt sich für seine heiligen Dienste mit Geld bestechen. Gestattet seinen Brüdern, ein unmoralisches Leben zu führen. Er unternimmt nichts, um dem heiligen Emblem der Bruderschaft – der flammenden Sonnenscheibe mit dem menschlichen Auge – wieder mit Ehrfurcht zu begegnen. Er lässt Fälschungen zu. Die Bruderschaft wird von Lug und Trug beherrscht. Und jetzt wird er sich mit seinen Knaben verlustieren und den Schriftgelehrten zugestehen, sich ihr Leben nach Lust und Laune einzurichten, was zur Folge hat, dass gewöhnliche Bürger ihren Launen ausgeliefert sind. Lass uns zurückkehren nach Lagasch, wo Ehre noch etwas bedeutet.*

»Bei Shubat«, zischelte David. »Musst du selbst hier so brabbeln? Ruf die Götter an und halt deine Zunge im Zaum.«

Nobu ließ den Schildkrötenkopf hängen. »Mögen die Götter sich meiner jämmerlichen Seele erbarmen«, murmelte er. »Ich werde schweigen, Meister.«

Die Amtseinführung eines neuen Rabs, des Meisters aller, die des Lesens und Schreibens kundig waren, kam fast einer Krönung gleich und ging mit viel Pomp und Zeremonie vonstatten. Da sich gleichzeitig die Gelegenheit bot, alte Freunde wiederzusehen, Neuigkeiten und Tratsch auszutauschen, war die Halle von schier ohrenbetäubendem Lärm erfüllt – man sprach über Politik und was dieser Mann für Ugarit bedeutete und warum König Shalaaman nicht anwesend war, schon weil man sich nicht erinnern konnte, dass er je bei einem bedeutenden Ereignis gefehlt hätte.

Endlich sah David, wie Elias und seine Mutter in der der Aristokratie Ugarits vorbehaltenen Sektion Platz nahmen. Leah und auch ihre Mutter entdeckte er nicht, dafür bemerkte er die Blicke, mit denen die Reichen und Mächtigen der Stadt Elias bedachten – wie sie hinter vorgehaltener Hand tuschelten, wie einige hämisch grinsten, andere angewidert das Gesicht verzogen.

Auf allen Lippen lag das Wort *Habiru* …

Als Oberhaupt einer der tonangebenden Familien in Ugarit – wenn auch in einer finanziell schwierigen Lage – stand Elias das Recht zu, sich in dem Bereich unweit des Throns aufzuhalten. Avigail als seine Mutter genoss ebenfalls dieses Privileg. Weil sie wusste, dass sich inzwischen die gesamte Stadt über ihre wahre Blutlinie das Maul zerriss, hatte sie mit dem Gedanken gespielt, zu Hause zu bleiben, dann aber beschlossen, sich nicht unterkriegen zu lassen. Sie hatte ihr schönstes Gewand und ihren besten Schleier angelegt, und obwohl weder Gold- noch Silbermünzen ihre Stirn zierten und sie auch sonst keinerlei Schmuck trug (während die anderen Damen vor Geschmeide nur so funkelten), stand sie hoch erhobenen Hauptes an ihrem Platz. Es sei keine Schande, hatte sie ihrem Sohn gesagt, schwere Zeiten durchmachen zu müssen. Schändlich sei vielmehr, solchen Schwierigkeiten zu erliegen. Man dürfe nie vergessen, wer man sei. Nie das Gesicht verlieren.

Zu Hause wurde jetzt zweifach getrauert. Kaum zwei Monate waren seit Tamars Selbstmord vergangen, Tante Rakel war vor sechs Tagen zur letzten Ruhe gebettet worden. Das Heilmittel gegen die Fallsucht hatte sie mit ins Grab genommen. Egal. Avigail bezweifelte sowieso, dass es ein solches Heilmittel überhaupt gab, und jetzt, da Yehuda offiziell in das Amt des Rabs der Bruderschaft eingeführt werden sollte und er den höchsten Rang der Schriftgelehrten der Stadt innehaben würde, war er, Fallsucht hin oder her, auch unmittelbarer Anwärter auf den Thron. Der unermüdliche Einsatz seiner Mutter, Yehuda die Krone zu sichern, die Zusagen, die sie gemacht, die Gefälligkeiten, um die sie mit mehr oder weniger sanftem Druck nachgesucht hatte, ließen den Schluss zu, dass der junge Mann, der niemals lächelte, der nächste König sein würde.

Schon bald sogar, wenn man den Gerüchten glauben durfte. Zum ersten Mal in der Geschichte nahm der König von Ugarit nicht an der Einführung des neuen Rabs teil. König Shalaamans Abwesenheit gab Anlass, über seine mysteriöse Krankheit zu spekulieren. Manch einer wähnte ihn bereits auf dem Sterbelager und meinte, es könne sich nur noch um Tage handeln, bis der so sehr verehrte König zu den Göttern gehen würde.

Avigail zog es vor, sich nicht mit derlei Trübsinn zu befassen. Lieber dachte sie an ihren Urenkel Baruch, der so vergnügt krähte und einen derartigen Heißhunger an den Tag legte, dass sie dies als gutes Omen für die Zukunft wertete. Wenn jetzt auch noch Saloma mit einem Sohn niederkam und somit *zwei* männliche Kinder im Haus waren, würden neben ihnen alle Probleme und Sorgen verblassen, wäre dies doch ein Zeichen, dass die Götter Elias und seiner Familie wohlgesinnt waren.

Trompetenschmettern ließ die Menge verstummen. Sämtliche Köpfe wandten sich dem Ende des Saals zu, wo sich zwei turmhohe Türflügel aus poliertem Zedernholz öffneten. Weißgewandete Priester mit Weihrauchfässern, die beißende Schwaden verbreiteten, führten eine Prozession an, gefolgt von jungen Priesteranwärtern, auf deren Schultern die Statuen von Ugarits Schutzgöttern thronten, sowie von Musikanten, die auf Lyren, Flöten und Trommeln spielten. Hinter ihnen schritt barfüßig, demütig und ohne jegliche Begleitung Yehuda auf den erhöhten Thron am Ende des Zeremoniensaals zu, wo der blinde alte Rab ihn erwartete.

Als Yehudas Verwandte genossen Zira und Jotham das Vorrecht, zu Füßen des Rabs zu stehen. Sie strahlten vor Stolz, als die Prozession sich näherte, die Priester, Stelenträger und Musikanten nach genau einstudiertem Plan Aufstellung nahmen. Zira hatte für diesen Anlass ein atemberaubendes Gewand in Purpur mit einem darauf abgestimmten Schleier angelegt, was allgemeines Erstaunen hervorrief, da man sie nur in Schwarz kannte. Sie reckte ihr knochiges Kinn so übertrieben, als müsste sie alle Kraft aufbieten, um das Gewicht der Unmenge von Münzen zu tragen, die ihren Kopf zierten. An ihren Armen glitzerten goldene Reifen, und auf ihrer flachen Brust funkelten schwere Juwelen.

Yehuda stellte sich vor den alten Rab und schwor Ehrsamkeit und Gehorsam gemäß der Eidesformeln, die vor so langer Zeit niedergeschrieben worden waren, dass niemand mehr wusste, von wem. Und während seine sonore Stimme zu den bunt bemalten Säulen emporstieg, dachte Zira an den Tag, da er den Eid als König ablegen würde ...

Als die Vereidigung beendet war, stieg der scheidende Rab, gestützt von zwei Helfern, die Stufen hinunter. Jetzt wurden die Schriftgelehrten nach vorn gerufen – die Novizen wie auch die Älteren –, und gemeinsam gelobten sie dem neuen Rab Gefolgschaft, Gehorsam und Verehrung ein Leben lang.

Daraufhin brach die Menge in Beifall und Jubel aus, die Namen der Götter wurden angerufen zum Zeichen dafür, wie sehr man die göttliche Wahl des Rabs begrüßte. Die Schriftkundigen hatten ein neues, ein junges Oberhaupt. Ugarit blieb weiterhin stark. Einmal mehr zum Wohlgefallen der Götter.

David wurde in die Gemächer des alten Rabs gerufen, dorthin, wo sie sich vor zehn Monaten schon einmal unterhalten hatten. Eingehüllt in Schatten und Rauch, weshalb auch das goldene Sonnenemblem über dem Haupt des alten Mannes kaum zu erkennen war, eröffnete der hochbetagte Schriftgelehrte das Gespräch. »Du hast mich maßlos enttäuscht, David von Lagasch. Du hast meine Hoffnungen genährt, nur um sie dann zu zerschmettern. Als du nicht vor mich getreten bist und ich mich deshalb gezwungen sah, Yehuda zu meinem Nachfolger zu bestimmen, erkannte ich, dass meine Bedenken gerechtfertigt waren: Es gibt keine Ehre mehr.

– 280 –

Die alten Werte sterben aus. Du bist der Beweis dafür. Ich verlasse die Bruderschaft in einem geschwächteren Zustand, als ich sie seinerzeit übernahm. Hoffnung auf Rettung gibt es nicht.«

Tief getroffen sank David auf die Knie. »Ich hatte meine Gründe, nicht vor dich zu treten, Ehrwürdiger Rabbi«, sagte er mit erstickter Stimme. »Gründe, die nichts mit dir oder der Bruderschaft zu tun haben. Mein Herz musste einem anderen Ruf folgen. Aber ich bitte nicht um Vergebung. Ich habe dich und meinen heiligen Beruf in der Tat entehrt, und schon weil ich dies nie wiedergutmachen kann, wird es mir auf ewig leidtun. Und ich verspreche dir, Ehrwürdiger Rabbi, sofern dir ein Versprechen von mir noch irgendetwas bedeutet, dass ich von jetzt an der Bruderschaft dienen und sie beschützen werde. Ich werde Yehuda dienen, wie ich dir gedient habe. Ich sehe es als meine Pflicht an, diese Bruderschaft zu retten. Ehrwürdiger Rabbi, ich *werde* meine Brüder zur Rechtschaffenheit zurückführen.«

»Und was ist«, hörte David die müde Stimme fragen, »wenn dich erneut ein Herzensbedürfnis überkommt? Wenn du einem ›anderen Ruf‹ folgen und deinen Schwur brechen musst?«

»Das wird nicht mehr vorkommen. Bei der Ehre meiner Familie, bei diesem Siegel an meiner Hand, bei meiner Liebe zu meinem Beruf und dem geschriebenen Wort schwöre ich ...«, stammelte David unter Tränen, »bei meiner Verehrung für dich, Ehrwürdiger Rabbi, und vor allem bei meiner Liebe zu meinem persönlichen Gott, dem alten Shubat, schwöre ich, dass ich nie wieder ein Versprechen, das ich der Bruderschaft gegeben habe, brechen werde.«

Der Rab schloss die Augen. Mit letzter Kraft sagte er: »Dann kann ich also wieder hoffen, David von Lagasch. Denn ich befürchte, dass unter der Leitung von Yehuda unsere Bruderschaft dem Untergang geweiht ist. Ich gehe in Frieden zu den Göttern, mein Sohn, weil ich dir glaube ...«

Der Bankkaufmann im Haus des Goldes hieß Isaak, und das, wozu Jotham ihn nötigte, missfiel ihm.

Als sie zu später Stunde – die Angestellten waren bereits nach Hause gegangen – in seinem Büro goldene Ringe abwogen, verfluchte Isaak im Stillen den Tag, an dem er Jotham aufgesucht und ihn um einen Gefallen gebeten hatte, mit der Zusage, sich dafür seinerseits erkenntlich zu erweisen. Jetzt ging es um die Einlösung dieses Versprechens. In Form von unredlichem Geschäftsgebaren.

Geldtransaktionen waren vertraulich, die Unterlagen wurden verschlossen aufbewahrt. Und obgleich Isaak geschworen hatte, niemals das Vertrauen eines Kunden zu missbrauchen, blieb ihm jetzt nichts anderes übrig. Der Kunde war Elias der Winzer, und bei der vertraulichen Information, die er preisgab, handelte es sich um das Hypothekendarlehen, das dieser auf seine Villa und seine Kellerei aufgenommen hatte, um in ein neues Eisenerzverhüttungswerk zu investieren. Wie Jotham von dem Darlehen Kenntnis erhalten hatte, wusste Isaak nicht; umso heftiger hatte er seine eigene Schwäche verflucht, die Stunde seiner Geburt und selbst die Götter, als der Schiffbauer vor einer Stunde mit einer bis obenhin mit goldenen und silbernen Ringen gefüllten Kiste an seiner Tür auftauchte.

»Jetzt!«, stellte Jotham befriedigt fest, als sich die beiden Waagschalen auf gleicher Höhe einpendelten und seine goldenen Ringe dem Gewicht der Goldbarren entsprach, die Isaak zum Abwiegen verwendete. »Das ist genau der Betrag, den Elias der Bank schuldet. Zuzüglich Zinsen.« Er streckte die Hand aus.

Isaak fühlte sich hundeelend. Die Wände seines Büros waren bestückt mit Regalen, in denen sich Tontafeln stapelten, auf denen finanzielle Vereinbarungen, Darlehen und Zahlungen, Handelsabkommen, zur Sicherheit hinterlegte Besitzurkunden von Grundstücken schriftlich festgehalten waren. Dort lag auch die Tafel mit den Einzelheiten über Elias' Hypothekendarlehen. Für dieses Darlehen hatte Jotham soeben den Gegenwert hingelegt, und jetzt erhob er Anspruch auf die Tafel. Das war nicht unbedingt illegal, aber unmoralisch und sittenwidrig. Weil aber Isaak Gefahr lief, seines lukrativen Postens in der Bank enthoben zu werden, wenn dies herauskam, würde er, wie Jotham wusste, kein Wort darüber verlieren.

Nur zögernd gab er die beidseitig beschriebene Tafel heraus, auf der in Keilschrift die Einzelheiten von Elias' Vereinbarung mit der Bank vermerkt waren, einschließlich der unterzeichneten Zusage, den gesamten Betrag auf Anforderung zurückzuzahlen. Da Isaak besser als jeder andere um die finanzielle Situation des Winzers wusste, konnte er sich vorstellen, welch ein Tiefschlag dies für Elias bedeuten würde. Wahrscheinlich das endgültige Aus.

Jenseits der unsinnigen Fehde zwischen Jotham und Elias – um eine Tochter! – wusste Isaak auch, dass Jotham zu dieser späten Stunde im Hochsommer eine Gier umtrieb, die von keiner Frau gestillt werden konnte: Er wollte sich die Mehrheitsbeteiligung an dem neuen Eisenerzverhüttungswerk sichern, das mehrere Geschäftsleute gemeinsam zu errichten gedachten. Durch den Aufkauf von Elias' Anteilen hatte er dieses Ziel jetzt erreicht, und darüber hinaus vernichtete er seinen Feind ein für alle Mal.

Für Isaak den Bankier war es die schlimmste Nacht seines Lebens, als er Jotham mit der kostbaren Tafel abziehen sah. Er wandte sich der Statue des Dagon in einer Wandnische zu, entzündete ein neues Weihrauchbällchen und fing an zu beten.

Vor dem Haus von Elias angelangt, forderte Jotham, vorgelassen zu werden. Ohne Umschweife wies er eine Tontafel vor und sagte: »Dies ist ein Wechsel mit meiner Unterschrift und der meines Neffen, Rab Yehuda, der das Dokument ausgefertigt hat. Es besagt, dass der Bankwechsel, den du für das Darlehen in Höhe von fünf Gewichten Gold unterzeichnet hast, mir gehört. Besagten Bankwechsel, der sich in meinem Besitz befindet, händige ich dir aus, wenn du mir den Gegenwert bezahlst. Die Villa und die Weinkellerei, die du der Bank als Sicherheit verpfändet hast, fallen dann natürlich wieder an dich zurück. Wenn du mir aber diesen Betrag nicht unverzüglich bezahlst, gehen dieses Haus und die Weinkellerei in meinen Besitz über, und dann kannst du zusehen, wo du mit deiner Familie bleibst.«

Fassungslos starrte Elias die Tafel an. Auch wenn er nicht richtig lesen konnte, verstand er sich doch auf Unterschriftensiegel und konnte Zahlen erkennen. Da er keinen Grund sah, Jothams Worte anzuzweifeln, ließ er David gar nicht erst rufen. Nur: Im Haus gab es nichts mehr, was er verkaufen konnte, nicht einmal die Weinkellerei ließ sich veräußern, da sie ja eigentlich Jotham gehörte.

»Gib mir einen Tag Zeit«, brachte er stockend hervor. Als er einen eigenartigen Schmerz in der Brust spürte, musste er unwillkürlich an seinen Großvater denken, der gestorben war, weil sich ein Dämon in seinem Herzen eingenistet und es ausgequetscht hatte.

»Einen Tag?«, sagte Jotham. »Einverstanden, dann komme ich morgen um die gleiche Zeit wieder.« Wenn Elias das Geld nicht aufbrachte, wollte Jotham das Anwesen sofort zum Verkauf anbieten. Auf jeden Fall würde ihm ausreichend Kapital zur Verfügung stehen, um die Mehrheitsanteile an dem Eisenerzverhüttungswerk zu übernehmen.

Kaum war Jotham zufriedenen Schrittes davongegangen, hörte Elias Frauenstimmen durchs Haus schwirren – Avigail, die Hannah und Leah, Esther und Saloma zu Arbeiten antrieb, die einstmals von Sklavinnen und Dienerinnen verrichtet worden waren. Und er wurde sich der entsetzlichen Tatsache bewusst, dass es nur eine Möglichkeit gab, seine Schulden zu begleichen, damit seine Familie weiterhin unter diesem Dach leben konnte.

Er musste sich in die Sklaverei verkaufen.

*

Bis zum Abend war es nicht merklich kühler geworden, der Duft von Spätsommerblumen erfüllte die Luft. Elias war wegen dringender geschäftlicher Angelegenheiten noch in der Stadt, Avigail und Hannah hielten Wache in der Schlafkammer von Saloma, deren Niederkunft bevorstand. Um Baruch, Tamars Baby, kümmerte sich eine Amme.

Leah und David hatten sich aufs Dach geflüchtet, wo die feuchte Hitze besser zu ertragen war. Nobu war auf Davids Geheiß in der Unterkunft der Bruderschaft geblieben, um für seinen Meister Federn und Ritzstifte zuzuspitzen und Ton vorzubereiten.

Durch seinen Besuch bei Leah wollte David zeigen, dass er der Familie in ihren schweren Zeiten beistand. Jetzt jedoch drängte es ihn, Leah von seinen eigenen Problemen zu erzählen. »Wenn Yehuda König wird, wird sich die Korruption innerhalb der Bruderschaft auf andere Bereiche ausdehnen. Er muss daran gehindert werden, den Thron zu besteigen.«

»David, in Ugarit weiß man nichts von Yehudas Lastern. Man hat Gerüchte über seine Fallsucht gehört, mehr aber nicht. Zira hat es meisterhaft verstanden, allen vorzugaukeln, Yehuda sei der Inbegriff von Moral und Ehre. Du und ich wissen es besser, aber wir sind die Einzigen! Du musst die Leute informieren. Wenn die führende Schicht von Ugarit die Wahrheit über Yehuda erfährt, wird sie ihn nicht zum König wählen.«

David schüttelte den Kopf. »Das ist unmöglich, Leah. Sobald bekannt wird, wie korrupt es innerhalb der Bruderschaft zugeht, könnte jeglicher Respekt, der jetzt noch herrscht, vollkommen zusammenbrechen. Und vom Rande eines solchen Abgrunds könnte selbst ich die Brüder nicht zurückreißen. Ich habe dem alten Rab hoch und heilig versprochen, alles in meiner Macht Stehende zu tun, der Bruderschaft zu helfen, ohne dass sie an Ansehen verliert.«

»Aber wenn du Yehudas Machenschaften nicht anprangerst, wird er zum König gekrönt, und dann geht es mit dem moralischen Verfall der Bruderschaft – und von Ugarit insgesamt – noch rapider bergab!«

David ging zu der Mauer, die in Hüfthöhe das Dach einfasste. Er beugte sich vor, legte die Hände auf die von der Tageshitze noch warmen Lehmziegel. »Es muss einen anderen Weg geben.«

Leah trat neben ihn. »Ist es denn wirklich so, dass der König im Sterben liegt?«

– 285 –

»Es heißt, er werde die nächste Woche nicht mehr erleben. Mögen die Götter ihn beschützen.«

»Was fehlt ihm eigentlich? Bis vor kurzem war er doch noch gesund und munter.«

»Angeblich quält ihn der Dämon, der die Luftröhre einschnürt.«

Leah krauste die Stirn, dachte lange nach und sagte dann: »Hat uns nicht Tante Rakel ein Heilmittel dafür verraten?«

»Daran kann ich mich nicht erinnern.«

»In Jericho nennt man diese Krankheit Lungenbrand. Das scheint mir aber genau das Gleiche zu sein.«

Er schaute sie an. Wegen der Hitze hatte sie auf einen Schleier verzichtet. Ihr Haar war im Nacken mit Kämmen zusammengesteckt. »Bist du dir sicher?«

»Kannst du mir in etwa die Symptome des Königs beschreiben?«

»Es heißt, der Dämon schlägt zu, wenn es kalt und feucht ist und wenn es regnet. Aber auch wenn der König zornig oder erregt ist. Dann dringt der Dämon in seinen Körper ein und schnürt ihm die Kehle ein, was zur Folge hat, dass der König keine Luft mehr bekommt und zu keuchen anfängt. Seine Brust schmerzt. Früher hatte er diese Attacken relativ selten, erfreute sich danach über längere Zeit wieder bester Gesundheit, aber jetzt leidet er zusehends an Atemnot. Nach Meinung der Priester und Magier setzt ihm der Dämon neuerdings immer heftiger zu, so dass sein Tod absehbar ist.«

»Meine Tante hat mir mal erzählt, dass eine Cousine von ihr an solchen Anfällen litt und sich die Familie deshalb zum Salzmeer begab, das für die Heilung aller möglichen Krankheiten berühmt ist. Während ihres Aufenthalts dort besserte sich ihr Zustand tatsächlich, aber zurück in Jericho, stellten sich die Anfälle wieder ein. Den Ägyptern zufolge verlangt es die bösen Geister, die die Lungen verstopfen, die Gelenke anschwellen lassen und die Luftröhre einengen, nach Sonnenlicht und trockener Luft. Deshalb werden an trüben und regnerischen Tagen manchen Menschen die Hände steif und schmerzen, sie bekommen nur mühsam Luft und ihre Kehle ist wie zugeschnürt – weil die Dämonen auf ein warmes Plätzchen und nach sauberer, nicht von Rauch geschwängerter Luft aus sind.«

»Und der Zorn, die Erregung?«

»Dazu kommt es, wenn der König nicht ausreichend darauf achtet, sich vor übelwollenden Geistern zu schützen. Er vergisst zu beten und die Götter anzurufen, und prompt dringen die Dämonen bei ihm ein. Ganz bestimmt!«

In Windeseile verließ Leah, gefolgt von David, das Dach. Unten in ihrer Kammer zog sie ein elfenbeinernes Kästchen, in dem sie früher Schmuck und Wertgegenstände aufbewahrt hatte, hervor, öffnete es und holte die Tafeln heraus, die David damals, als die beiden bei Rakel gewacht hatten, auf die ihm eigene Weise beschrieben hatte. »Den Göttern sei Dank, dass Großmutter nach dir geschickt hat, um die Worte meiner Tante aufzuzeichnen. Bei so vielen Rezepturen hätte ich mir dieses eine unmöglich merken können. Hier ist es! Es stammt aus Ägypten«, fuhr sie fort, während David las, was er selber geschrieben hatte. »Rakel zufolge pflegte ihre Familie freundschaftliche Beziehungen zu Ägyptern, bis dann Thutmosis I. Kanaan überfiel und sie ihr angestammtes Zuhause aufgeben mussten. Diese Heilmethode hat, wie die Tante sagte, ihre Mutter von einem ägyptischen Arzt übernommen. Ich bin überzeugt, dass sie wirkt!«

David überlegte. »Es dürfte schwierig sein, zum König vorgelassen zu werden. Abgesehen von der Palastwache und den Soldaten, ist Shalaaman von Ärzten, Priestern, Ministern und Höflingen umgeben. Obwohl alle die Gerüchte kennen, machen sie aus seiner Krankheit ein derartiges Geheimnis, dass das gesamte Areal hermetisch abgeriegelt sein wird. Leah, da liegt möglicherweise das Schicksal von ganz Ugarit in unserer Hand – nur: wie verschaffen wir uns Zutritt zum Palast?«

Als der Sklavenhändler den nächtlichen Besucher erkannte, war er nicht sonderlich überrascht. Wie alle Welt wusste auch er von der Notlage, in die Elias der Winzer geraten war, und dass er deshalb in den zurückliegenden Wochen nach und nach seine Sklaven hatte verkaufen lassen. Waren ihm denn überhaupt noch welche geblieben, die er jetzt versteigern lassen wollte? Die Konkubine vielleicht?

»*Shalaam*, mein Freund und Bruder.« Damit erhob er sich von seinem Schreibtisch, auf dem er Geld gezählt hatte. »Und die Segnungen Dagons.«

»*Shalaam* und der Segen der Götter. Ich möchte mit dir verhandeln.«

»Zu deinen Diensten«, sagte der Sklavenhändler und verbeugte sich. »Wen soll ich diesmal verkaufen?«

»Mich.«

Der Sklavenhändler riss die Augen auf, die alsbald zu funkeln begannen. Elias würde ein hübsches Sümmchen einbringen. Er war gut gebaut und kräftig, und er kannte sich wie kaum ein Zweiter mit Trauben und Wein aus. »Wie viel verlangst du?«

Elias reichte ihm Jothams Wechsel, worauf der des Lesens kundige Sklavenhändler angesichts des Goldgewichts, das Elias benötigte, die Lippen kräuselte. »Ist zwar ein enormer Preis, aber du bist ihn wert. Nur sage ich dir gleich, mein Freund und Bruder, jemand aus Ugarit wird dich nicht kaufen. Aber ich habe da ein paar wohlhabende Interessenten von außerhalb an der Hand, die auf Sklaven deines Formats erpicht sind und dieses Gewicht in Gold aufbringen dürften.«

»Dann komme ich also morgen Mittag wieder«, sagte Elias, wohlwissend, dass dann die allwöchentliche Sklavenversteigerung abgehalten wurde.

Einen König zu ermorden war das schwerste Verbrechen überhaupt. Wurde der Mörder gefasst, drohte ihm eine qualvolle Hinrichtung: Erst hackte man ihm Hände und Füße ab, dann die Genitalien, und zu guter Letzt wurde er lebendigen Leibes gehäutet.

Sosehr Rab Yehuda sich auch wünschte, Shalaaman würde sterben, so sehr fürchtete er sich vor einer derartigen Strafe. Seit

Tagen hielt er sich in einem der Nebenräume des Thronsaals auf, bemühte sich einerseits aus Angst vor den Göttern, die er ebenso fürchtete wie Hinrichtungen, nicht für Shalaamans rasches Ableben zu beten, und wartete andererseits ungeduldig darauf, dass man ihn rief, um Shalaamans letzte Worte schriftlich festzuhalten. Gelassen auszuharren war Yehudas Stärke jedoch nicht. Es fing bereits an zu dämmern, die Ärzte und Magier hatten die ganze Nacht hindurch ihre Rituale durchgeführt. Warum konnte Shalaaman nicht einfach sterben?

Rab Yehudas frühmorgendliche Grübeleien über Leben und Tod, Kronen und Könige wurden vom Erscheinen eines Dieners unterbrochen, der Besucher meldete, die darauf drängten, vorgelassen zu werden. Sie warteten bereits seit Stunden und behaupteten, über Kenntnisse zu verfügen, die den König gesund machen würden. »Ein Schriftgelehrter namens David und eine junge Frau, die vorgibt, von einer ägyptischen Heilmethode zu wissen«, fügte er spöttisch hinzu.

»Eine *ägyptische* Heilmethode, sagst du?« Yehuda rieb sich das fliehende Kinn, der Blick aus seinen tiefliegenden Augen wurde nachdenklich. Ein ägyptisches Heilmittel ... Seine Lippen verzogen sich spöttisch. »Führ sie herein.«

»*Shalaam* und die Segnungen der Götter, Ehrenwerter Rabbi«, sagte David, als er und Leah eintraten.

»Du behauptest, die Krankheit des Königs heilen zu können?« Yehudas gab sich ernst und anteilnehmend.

Als David die Symptome der Krankheit beschrieb, die man in Jericho Lungenbrand nannte, und dass er und Leah eine erprobte ägyptische Heilmethode dafür hätten, konnte Yehuda sein Glück kaum fassen. Da hatte er sich eben noch gewünscht, der König würde sterben, und jetzt sprachen diese beiden da von einem Verfahren, das für Shalaaman mit Sicherheit den Tod bedeutete, zumal hinlänglich bekannt war, dass ägyptische Medizin in Kanaan wirkungslos war. Na gut, befand er, sollen doch diese beiden zu Königsmördern werden ...

Weil David ein Prinz von Lagasch war und Leah die Tochter

einer angesehenen Familie, durften sie die königliche Schlafkammer betreten, in der zahlreiche Weihrauchfässer und Kohlebecken einen derart stechenden Qualm verbreiteten, dass sie kaum atmen konnten.

Was sie zu sehen bekamen, war verblüffend.

Die Behandlung einer verengten Luftröhre verlief nicht anders als alle anderen Behandlungen auch. Priester und Ärzte verkleideten sich auf furchterregende Weise, um die Dämonen, die Krankheiten verursachten, zu erschrecken. Da man annahm, dass der Dämon, der die Luftröhre einschnürt, vor Löwen Angst hatte, stürzten zwei als Löwen verkleidete Priester unter schaurigem Gebrüll auf das königliche Bett zu, wo sie mit ihren Pranken wie wild in der Luft herumfuchtelten, dann zurückwichen, um gleich darauf erneut anzugreifen.

Leah meinte ihren Augen nicht zu trauen. Die Männer hatten sich jeweils das Fell eines ausgewachsenen Löwen samt Schädel, Tatzen und Schwanz übergeworfen. Die Schädel mit den gewaltigen schwarzen Mähnen waren auf ihren eigenen Köpfen befestigt und tief über ihre Gesichter gezogen, die Vorderläufe der Löwen dienten den Priestern gleichsam als Ärmel, während Hinterläufe und Pranken hinter ihnen herschleiften. Eine wahrlich virtuose Vorstellung, bei der abwechselnd vorwärtsgeprescht, angegriffen und geknurrt wurde – allerdings ohne die Dämonen in der Brust des Königs groß zu beeindrucken. Seine Majestät rang verzweifelt nach Luft. Als sich seine Lippen auch noch blau zu verfärben begannen, sagte Leah: »Wir müssen ihn in die Sonne bringen. Unverzüglich.«

Yehuda besprach sich mit den königlichen Ärzten und Magiern, die David und Leah skeptisch beäugten. David befürchtete für Shalaaman bereits das Schlimmste, als Yehuda endlich den Befehl gab, den König aufs Dach zu bringen, wo auf Lehmziegeln und Steinen ein paradiesähnlicher Garten angepflanzt worden war. Priester und Magier beteten und sangen und schwenkten weiterhin Glücksamulette und Zauberstäbe, während Leah an der Seite des Königs ausharrte, um in seinem Gesicht nach

– 290 –

Zeichen von Atemnot oder Erleichterung zu forschen. Leise und beschwichtigend sprach sie auf ihn ein, versuchte ihn zu beruhigen. Nach einiger Zeit unter dem Einfluss der warmen Sonne und der frischen Brise begann das Husten und Keuchen nachzulassen.

Und dann war der Hustenanfall ganz vorbei, war der König in der Lage, tief Atem zu holen. Je öfter er einatmete, desto mehr beruhigte sich seine Brust, das Keuchen hörte völlig auf – die bösen Geister waren geflohen.

Der König sah endlich befreit um sich und lächelte. Sein Blick fiel auf Leah. Der Anfall war überstanden.

※

»Mein Sohn! Mein Sohn!«, rief Avigail aus, als sie den Sklavenmarkt erreicht hatten. »Bitte tu es nicht!«

»Rufe die Götter an und sei unbesorgt, Mutter. Stark und gesund wie ich bin, werde ich einen guten Preis erzielen, dazu kommt, dass ich ein guter Geschäftsmann bin und viel vom Weinanbau verstehe. Ich werde also als Sklave keine Peitsche zu spüren bekommen, sondern …« Er suchte nach Worten, die sie trösten würden. »… so etwas sein, wie David bei uns war.«

»Er war kein Sklave!«

»Er war vertraglich zu Dienstleistungen verpflichtet. Das ist fast das Gleiche. Vertrau mir, Mutter, Winzer in ganz Kanaan bis hinunter nach Jerusalem und selbst nach Osten zu, bis Lagasch, überall kennt man mich und meinen guten Leumund. Weinbauern und Winzer werden sich gegenseitig überbieten, um mich für sich zu gewinnen. Das Geld geht sofort an Jotham, aber dir bleibt noch genug übrig, um das Anwesen zu behalten. Verkauf den Weinberg, wenn du kannst, aber auf keinen Fall das Haus.«

Hannah hätte auf Avigails Anordnung hin eigentlich bei Saloma bleiben sollen; da sie aber unbedingt ihren Mann begleiten wollte, wachten jetzt Esther und Leah bei der Hochschwangeren.

Für den Sklavenmarkt empfand sie seit jeher Abscheu, und

jetzt, da sie das umzäunte Gelände betraten, auf dem eine erregte, lärmende Menge auf den Beginn der Versteigerung wartete, fragte sie sich, ob sie nicht schon immer diesen entsetzlichen Tag vorausgeahnt habe. Unter Tränen sah sie mit an, wie ihr Mann in der Absperrung verschwand, hinter einer Art Bühne, auf der die Sklaven nacheinander vorgeführt werden würden.

Unter den Zuschauern hatte sich auch Jotham eingefunden. Keine Frage, er war hier, um den Erlös vom Verkauf des Elias einzustreichen.

Der Sklavenhändler trat vor, ein stämmiger Kerl mit behaarter Brust, bekleidet mit einem knielangen ledernen Rock, in der Hand eine Peitsche, das Symbol seines Berufs. Er rief die Götter an, über den Verlauf der heutigen Versteigerung zu wachen, die er gleich darauf mit dröhnender Stimme für eröffnet erklärte. Als die Sklaven nacheinander herausgebracht wurden, setzte lebhaftes Bieten ein – Männer mit breiten Rücken wurden für harte Arbeit auf den Feldern, auf dem Bau und im Hafen ersteigert; Frauen für die Arbeit in der Küche und für andere niedere Aufgaben; Kinder für leichte Tätigkeiten oder für den Einsatz an Orten, die für Erwachsene zu beengt waren. Je später es wurde, desto lärmender ging es zu, wusste man doch, dass die interessanteren und teureren Sklaven erst gegen Ende versteigert wurden.

»Und hier, verehrte Kunden, hab ich etwas Besonderes«, tönte der Sklavenhändler, als Elias vorgeführt wurde.

»Asherah, steh uns bei!«, rief Avigail und schlug die Hände vors Gesicht.

Nur in seinem Lendenschurz, die Handgelenke gefesselt, stand ihr Sohn auf der Bühne. Aber wie aufrecht und stolz wirkte er! Gegen sonstige Gewohnheiten verstummte die Menge nach und nach. Ein wohlhabender und einflussreicher Mann bot sich zum Kauf an! Und dann begann das Tuscheln, man warf sich verständnislose Blicke zu. Einige wandten sich ab und verließen den Platz. Jotham dagegen, der sich etwas abseits an der seitlichen Umzäunung aufhielt, blickte unverwandt seinen einstigen Freund an, der nun Sklave werden würde.

Der Sklavenhändler hob an, die Vorzüge des Mannes aufzuzählen. Das Bieten begann.

Nobu eilte in Davids Unterkunft im Haus des Goldes. »Es wird Zeit, Meister«, drängte er. »Gleich beginnt die Versteigerung. Wir dürfen nicht zu spät kommen.«

Mit einer ehrerbietigen Geste beendete David sein Gebet zu Shubat und erhob sich. So vieles ging ihm im Kopf herum, dass ihm nicht auffiel, wie sehr seinem Sklaven neuerdings das Wohlergehen von Elias und seiner Familie am Herzen lag. Wie konnte er auch ahnen, dass sich Nobu verliebt hatte?

»Ich bin bereit«, sagte er, ohne recht zu wissen, inwieweit seine Anwesenheit bei der Sklavenversteigerung Elias helfen konnte. Dennoch wollte er seinen geschätzten Dienstherrn dort oben auf dem Podium nicht ohne freundschaftlichen Beistand seinem Schicksal überlassen. Und sollte zufällig jemand in der Lage sein, vorzutreten und Elias vor einer solchen Katastrophe zu bewahren, wollte David zur Stelle sein, um Rat anzubieten oder Briefe vorzulesen, Verträge zu prüfen – was immer, um den Mann zu unterstützen, in dessen Diensten er ein Jahr lang gestanden hatte.

Vor allem aber wollte er da sein, um Leah zu trösten. Mit ansehen zu müssen, wie ihr Vater verkauft und in Ketten abgeführt wurde, würde ihr das Herz zerreißen.

Am Ende des Ganges, den er und Nobu entlangeilten, sahen sie Rab Yehuda im Gespräch mit zwei Schriftgelehrten. »Wohin des Weges, David?«, fragte er, als sich die beiden näherten.

»Zu einer privaten Verabredung, Ehrenwerter Rabbi.«

»Es gibt Arbeit für dich«, sagte Yehuda. »Auf der Aprikosenplantage eines gewissen Xylus. Er möchte mehrere Briefe diktieren und zwei Urkunden ausfertigen lassen.«

»Aber die Plantage von Xylus liegt weit im Süden, Ehrenwerter Rabbi. Dort hinzugelangen dürfte viel Zeit in Anspruch nehmen, abgesehen von der umfangreichen Schreibarbeit …« Er ließ den Kopf sinken. »Ich werde sofort aufbrechen, Ehrenwerter Rabbi.«

Dennoch wollte er mit Nobu zuvor zur Sklavenversteigerung gehen und erst dann die Stadt verlassen.

»Du wirst dort auch übernachten«, fügte Yehuda hinzu.

Nobu wollte Einspruch erheben, aber ein Blick von David ließ ihn verstummen.

Rab Yehuda wandte sich bereits zum Gehen, blieb dann aber nochmals stehen. »Du brichst sofort auf«, wies er David an, »ohne vorher persönliche Angelegenheiten in der Stadt zu erledigen. Xylus erwartet dich.«

David verneigte sich. »Sehr wohl, Ehrenwerter Rabbi«, murmelte er, während er die Fäuste ballte. »Die Götter seien mit dir.«

»*Halla!*«, stieß Saloma aus und griff sich an den Leib. Leah und Esther waren sofort zur Stelle, redeten ihr gut zu, netzten ihre Lippen mit Wein und bereiteten sich laut betend auf die Niederkunft der Sklavin vor.

Kaum hatte sich in der Stadt die Kunde verbreitet, dass sich Elias der Winzer zum Verkauf anbot, drängte es immer mehr Schaulustige zur Sklavenversteigerung. Entweder um sich selbst zu überzeugen, ob das, was man gehört hatte, stimmte, oder um Mitgefühl zu bekunden – oder sich hämisch zu freuen. Freunde berieten untereinander, ob sie gemeinsam genug Geld zusammenkratzen könnten, um Elias zu kaufen. Aber was dann? Er war ruiniert – wie sollte er ihnen den Kaufpreis zurückerstatten?

»Wie viel wollt ihr für diesen prächtigen Sklaven bezahlen?«, brüllte der Sklavenhändler.

»Zehn Gewichte Silber!«, rief ein Kaufinteressent aus Sidon.

»Ein Bettel ist das!«, entgegnete der Sklavenhändler, auch wenn er das Angebot als erfreulich wertete. »Wer bietet mehr?«

»Zwanzig Gewichte Silber!«, kam es von einem Mann, der seiner Kleidung nach aus dem fernen Jerusalem stammte.

»Die Götter blicken auf uns nieder«, mahnte der Sklavenhändler. »Seid also vernünftig. Seid besonnen!«

»Ein Gewicht Gold!«, rief ein Mann, dessen mit Fransen besetzte Gewänder sowie der kegelförmige Hut ihn als Babylonier auswiesen.

Jotham grinste in sich hinein. Nicht mehr lange, und das Eisenverhüttungswerk würde ihm unterstehen.

Saloma hockte sich auf den Gebärschemel, rief bei jeder Wehe die Namen der Götter an. Schweiß rann ihr übers Gesicht. Vor ihr kniete Leah mit ausgestreckten Händen, bereit, das Baby aufzufangen, während Esther beruhigend Salomas Handgelenke umfasste. »Asherah ist mit uns«, sagte sie. »Ruf sie an, Saloma.«

Rempelnd und schubsend versuchten sich Schaulustige auf dem bereits überfüllten Sklavenmarkt vorzudrängeln. Wer nicht mitbot, schloss mit anderen Wetten ab, an wen Elias der Winzer schlussendlich versteigert werden würde.

»Zwei Gewichte Gold!«

»Drei Gewichte!«

»Meine Freunde, die Götter lächeln uns zu! Höre ich vier Gewichte?«

»Sprich ein Gebet, Saloma, es ist fast da!«

»Pressen, Saloma!«

»Asherah sei mit uns!«

»Verkauft!«, rief der Sklavenhändler und deutete auf den Babylonier. »Für fünf Gewichte Gold. Die Götter sind hocherfreut.«

»Asherah!«, jauchzte Leah, als das Neugeborene in ihre Hände glitt. »Es ist ein Junge! Die Segnungen der Götter seien mit dir, Saloma. Du hast unserem Vater einen Sohn geschenkt!«

✝

Wo Yehuda nur blieb? Nervös trippelte Zira zwischen dem Dunkel draußen und der Helligkeit im Hause hin und her. Ein warmer Abend senkte sich über Ugarit, im Hafenbecken spiegelten sich die Lichter der Stadt. Musik stieg zu den Sternen empor, die Aromen manch kulinarischer Köstlichkeit, die Düfte aus vielen Gärten und die Parfüms von Liebespärchen erfüllten die Nacht. Zira war indes nicht in Stimmung, dies zu genießen. Sie wartete ungeduldig auf die Rückkehr ihres Sohnes.

Als er das Zimmer betrat, eilte sie auf ihn zu. »Und? Wie steht es um ihn?«

»Der König ist wieder gesund.«

»Im Ernst?«

»Die Behandlung, wie sie von David dem Schriftgelehrten und einer von Elias' Töchtern bei ihrem Besuch im Palast vorgeschlagen wurde, war erfolgreich. Die Erstickungsanfälle des Königs hörten auf und haben sich seither nicht wieder eingestellt.«

»Warum im Namen Dagons und Baals hast du sie zum König vorgelassen?« Ihre Stimme überschlug sich fast.

Yehuda presste die Lippen zusammen. Ja, da hatte er sich ins eigene Fleisch geschnitten. Er war sich so sicher gewesen, dass ägyptische Heilmethoden wirkungslos waren. »Ich war ja dagegen«, redete er sich heraus, »aber die Priester und die königlichen Ärzte bestanden darauf, den beiden zu gestatten, ihre Fähigkeiten unter Beweis zu stellen. Und sie hatten Erfolg damit.«

Sie musterte ihren Sohn. »Wie ist der jetzige Gesundheitszustand des Königs?«

»Shalaaman hat sich bemerkenswert gut erholt.«

»Bei Dagon!«, schrie sie und sprang auf. Wie war das nur möglich? Sie hatte so fest damit gerechnet, dass der König noch vor dem nächsten Vollmond sterben würde, dass sie vor ihren Freundinnen geprahlt hatte, das nächste Mal könnten sie sie im Palast besuchen.

Wie man jetzt über sie spotten würde!

»Eine von Elias' Töchtern?«, fragte sie. Das konnte nur Leah sein, das Mädchen, das sie und ihren Bruder vor zwei Jahren beleidigt hatte!

Ein kalter Windhauch verscheuchte die Wärme, den Duft dieses Abends, ließ Ziras bereits kaltes Herz noch mehr erkalten.

Das wird ihnen noch leidtun …

»Es gibt eine Tafel«, sagte sie zu ihrem Sohn, »es ist der Vertrag für ein Darlehen, den dein Onkel von der Bank erworben hat. Weißt du davon?«

»Ich kenne ihn.« Yehuda selbst hatte Jotham von der Existenz dieser Vereinbarung berichtet.

»Mein Bruder hat der Familie des Elias bereits einen Wechsel vorgelegt. Ich möchte einen weiteren ausstellen.«

Yehuda hob eine Braue.

»Stell keine Fragen«, schnappte Zira. »Schaff mir dieses Dokument herbei. Und hol dein Schreibzeug. Avigail Em Elias soll Zira Em Yehudas Macht in vollem Umfang zu spüren bekommen.«

✦

Am nächsten Morgen – Avigail entzündete vor dem Hausschrein kostbaren Weihrauch, um Asherah für einen weiteren Sohn zu danken – wurde die Tafel überbracht. Enthielt sie vielleicht die gute Nachricht, dass der Verkauf von Elias an den Babylonier fehlgeschlagen war, dass seine Freunde das Geld für ihn aufgebracht und ihn somit gerettet hatten? Sie erhoffte sich alles Mögliche, nur nicht das, was auf der Tafel stand. »Das ist ein Wechsel«, sagte der eilends gerufene David, kaum dass er von Xylus' Aprikosenplantage im Süden zurückgekehrt war.

»Wie kann das sein? Elias hat unsere gesamten Schulden beglichen. Das Geld aus seinem Verkauf wurde Jotham vom Sklavenhändler übergeben. Es muss sich um einen Irrtum handeln.«

David sah sich die Tafel ganz genau an. »Nein, das ist kein Irrtum. Dies hier ist die Aufforderung, das Darlehen, das Elias von der Bank erhalten hat, zurückzuzahlen. Aber …« Er sah Avigail an. »Dürfte ich einen Blick auf die Ausfertigung der Vereinbarung werfen, die deinem Sohn übergeben wurde?«

Nachdem Avigail das Gewünschte aus Elias' Büro geholt hatte, verglich David die beiden Dokumente und befand sie für übereinstimmend.

Mit einer Ausnahme.

»Hier«, sagte er und deutete auf ein Zeichen in Keilschrift auf Elias' Ausfertigung des Darlehensvertrags, »hier steht, wie viel Gold sich Elias vom Haus des Goldes geliehen hat. Es ist in Gewicht angegeben. Der Wechsel, das bei der Bank verbleibende Dokument für die Absicherung des Darlehens, stimmt in allem überein, nur nicht im Gewicht des Goldes, das hier als zehnmal so viel vermerkt ist.«

»Zehnmal so viel! Was soll das heißen?«

»Das heißt, Em Elias, dass Jotham versucht, euch abermals zu betrügen.«

»Bei Dagon, das werden wir auf keinen Fall bezahlen!«

Konzentriert und mit angespannten Lippen sah David mal auf die eine, dann auf die andere Tafel. Keiner sprach, weder Avigail noch Leah, auch Esther nicht, die nur die Hände rang. Wie konnte nach der Geburt ihres Brüderchens tags zuvor alle Freude dahin sein?

»Das dürfte schwierig werden«, sagte David schließlich. »Em Elias, du müsstest diesen Fall vor Gericht bringen, und dann stünde dein Wort gegen das von Yehuda, der dieses Dokument ausgefertigt hat. Hier ist sein Siegel. Und als Rab verfügt Yehuda jetzt über sehr viel Macht. Du dagegen hättest gar nicht das Geld für die Anwälte, die du dir nehmen müsstest. Schon weil sich ein solcher Fall jahrelang hinziehen kann.«

»Aber *du* könntest es den Richtern erklären! Sie werden dir glauben, David.«

Er schüttelte den Kopf. »Gegen Yehuda gilt mein Wort nichts. Man wird mir gar nicht zuhören.«

»Aber die Richter brauchen doch nur das Original des Darlehensvertrags mit diesem Wechsel zu vergleichen.«

»Für Yehuda wird es ein Leichtes sein, die Tafel, die die Bank für den Darlehensvertrag zurückbehalten hat, zu vernichten.«

»Wir haben die Ausfertigung, die Elias erhalten hat. Die Bank wird die Echtheit bestätigen.«

Abermals schüttelte David den Kopf. »Das bezweifle ich, Em Elias. Die Bank hat sich zwar unkorrekt verhalten, als sie die Unterlagen, mit denen sie sich für das deinem Sohn gewährte Darlehen abgesichert hat, an Jotham verkaufte. Aber um seinen Kopf zu retten, wird der betreffende Beamte nicht zu Elias' Gunsten aussagen. Verehrte Avigail«, sagte er leise, »dein Sohn ist jetzt ein Sklave. Sein Wort ist vor Gericht ohne Bedeutung. Es dürfte unmöglich sein, dies anzufechten.«

»Warum nur tut Jotham uns so etwas an?«, brach es aus ihr heraus.

Um ihr weiteren Kummer zu ersparen, blieb David ihr eine Antwort schuldig. Er vermutete, dass dieser erneute Racheakt nicht Jotham anzulasten war, sondern vielmehr seiner Schwester. Schließlich hatten er und Leah das Leben des Königs gerettet, und es hieß jetzt, Shalaaman ginge es so gut, dass er noch sehr viele Jahre auf dem Thron sitzen könne. Damit waren Ziras ehrgeizige Pläne für ihren Sohn auf absehbare Zeit gescheitert.

»Würdest du …« Avigail bemühte sich, die Tränen zu unterdrücken. »David, würdest du meinen Sohn informieren? Ich bringe es nicht über mich …«

Gemeinsam machten sie sich zum Sklavenmarkt auf, Avigail und Hannah – jede mit einem Baby auf dem Arm – sowie Leah und David. Um Esther und Saloma nicht schutzlos zurückzulassen, war an Nobu der Befehl ergangen, im Hause zu bleiben – eine Aufgabe, der er nur allzu gern nachkam.

Auf dem Markt angekommen, begaben sie sich zu den Verschlägen, in denen die Sklaven untergebracht waren und wo auch Elias darauf wartete, seinem neuen Herrn, einem Weinbauern aus Babylon, übergeben zu werden.

Wegen des hohen Ansehens, das er genoss, und weil der Sklavenhändler nicht die Götter beleidigen wollte, war der Winzer getrennt von seinen Leidensgenossen in einem tragbaren Käfig untergebracht worden, dessen Boden mit frischem Stroh bedeckt war und so geräumig, dass Elias, jetzt wieder bekleidet und ohne Fesseln, hin und her gehen konnte.

Als er das Neugeborene erblickte, brach er schluchzend zusammen. »Mein Sohn, endlich! Er soll Aaron heißen.« Er schob seine große Hand durch die Gitterstäbe des Käfigs und legte sie, ein Gebet flüsternd, erst auf das zarte Köpfchen seines Sohnes, dann auf das von Baruch, dann an Hannahs tränenfeuchte Wange. »Ich liebe dich, meine treue Frau«, sagte er. »Von jetzt an bist du nicht mehr Isha Elias, sondern trägst den ehrenvollen Titel Em Aaron. Du gereichst unserem Haus zur Ehre.«

»Liebster«, flüsterte Hannah, »es schmerzt mich, auf freudige Ereignisse eine unangenehme Nachricht folgen zu lassen, aber du musst hören, was David dir zu sagen hat.«

Nachdem er die neuesten Neuigkeiten vernommen hatte, fragte Elias ungläubig: »Heißt das, ich habe mein Haus verloren und meinen gesamten Grund und Boden?«

»Alles, Herr. Alles fällt an Jotham.«

»Bei den Göttern, wie kann das sein? Ich bin betrogen worden.« Er umklammerte die hölzernen Stäbe seines Verschlags. »Das ist ungerecht!«, rief er. »Holt den Sklavenhändler! Diese Ungerechtigkeit muss aus der Welt geschafft werden.«

Der Sklavenhändler erschien. »Ich verstehe deinen Unmut, mein Freund«, hob er zu seiner Rechtfertigung an, »aber die Götter sind meine Zeugen, dass du und ich eine gültige Vereinbarung getroffen haben. Der Babylonier hat dich auf Treu und Glauben gekauft. Ich kann ihm nicht sein Geld zurückgeben und unseren Vertrag brechen. Das ist eine Sache zwischen dir und Jotham.«

Voller Verzweiflung wandte sich Elias an David. »David, du musst mein Haus für meine Familie zurückgewinnen! Bring Yehuda vor Gericht. Versprich es mir!«

Kurz darauf kam der Babylonier. Es war Zeit zum Aufbruch. David sicherte zu, er werde sich der Frauen in Elias' Familie sowie der beiden Säuglinge annehmen – wie er das als Novize der Bruderschaft bewerkstelligen sollte, war ihm allerdings schleierhaft.

Als Elias ihm dann noch seinen Siegelring zur sicheren Verwahrung anvertraute, sagte er unendlich traurig: »Ich werde gut auf ihn achtgeben, verehrter Meister.«

Elias umarmte erst seine Mutter, dann seine Ehefrau, küsste beide. »Ich habe mich zwar in die Sklaverei verkauft«, sagte er, »aber ich hoffe, dass es nicht für immer ist. Ich werde mir die Freiheit erkaufen und irgendwann zu euch zurückkehren. Das gelobe ich.«

Worauf Avigail, die den zwei Tage alten Aaron in den Armen hielt, meinte: »Ach, mein Sohn, ich bin voller Kummer über die Trennung von dir. Und doch bin ich auch voller Freude darüber, dass ich meinen Enkelsohn in den Armen halte. Mein Sohn, verzweifle nicht. Baruch und Aaron sind der Beweis, dass die Götter mit uns sind. Diese Söhne verleihen mir Kraft und Mut, und solltest du Momente der Verzagtheit durchleben, dann denk an diese beiden Kleinen – sie sind uns von den Göttern geschickt als Botschaft, dass wir niemals die Hoffnung aufgeben dürfen.«

Weinend sahen sie mit an, wie Elias weggeführt wurde. Ungeachtet der Fesseln um Fußknöchel und Handgelenke folgte er seinem Besitzer hocherhobenen Hauptes und mit dem stolzen Gang, den man seit jeher an ihm kannte.

Gemeinsam erwarteten sie die Ankunft von Jotham – Avigail und Hannah, Leah und Esther und Saloma. Sie hatten keine Ahnung, was er jetzt, da ihm das gesamte Anwesen gehörte, vorhatte. David konnte an der Zusammenkunft nicht teilnehmen; er war ins Haus eines Bäckers gerufen worden, für den er ein Testament aufsetzen sollte.

Zu Avigails Verblüffung erschien nicht Jotham, sondern Zira. Mit starrem Gesicht und ohne Elias' Frauen eines Grußes zu würdigen, rauschte sie an ihnen vorbei, so als wären sie gar nicht da, inspizierte die Räumlichkeiten der Villa, warf überall einen Blick hinein, auch in die Truhen und Kisten, stöberte in den Kleidern an den Haken herum, nahm dies und jenes zur Hand, um es sich genauer anzusehen, beschnüffelte leere Parfümflaschen, stieß abgetragene Sandalen beiseite.

Welche Demütigung, dachte Avigail.

Zurück in der Empfangshalle, hob Zira die lange schmale Nase. »Ihr werdet eure Bettkammern räumen«, sagte sie, »sie sauber machen und für neue Bewohner bereitstellen.«

»Neue Bewohner?«, fragte Avigail ungläubig.

»Mieter. Wir werden das Haus vermieten.«

»Bei Asherah, warum tust du uns das an?«

»Mein Bruder braucht das Geld. Er investiert in ein Eisenverhüttungswerk und hat sich durch den Ankauf von Elias' Schuldscheinen fast völlig verausgabt.«

»Mein Sohn hat alles zurückbezahlt, bis auf das letzte Kupfer, so schwer es auch war!«

»Kann er auch das hier bezahlen?« Aus den Falten ihres Gewands zog Zira den gefälschten Wechsel über das zehnmal höhere Goldgewicht des Bankdarlehens.

»Du weißt genau, dass er das nicht kann. Mein Sohn …« Avigail brachte es nicht über sich, es auszusprechen. Elias, in Ketten abgeführt …

»Dann gehört das Haus dem Gesetz nach mir. Ich selbst werde es jedoch nicht bewohnen; es soll vermietet werden. Möglich, dass ich bereits einen Interessenten habe. Ihr werdet dann seine Dienerinnen sein.«

»Dienerinnen!«, rief Avigail. Sie tippte sich ans Kinn. »Wir sind keine Dienerinnen.«

»Als Habiru, die ihr seid, taugt ihr nicht zu mehr. Es sei denn, ihr zieht es vor, unverzüglich zu gehen – und zwar alle.« Sie blickte von Avigail zu Leah, zu Hannah, Esther und Saloma, die beide Babys auf dem Arm hatte. »Ihr könnt auf der Stelle das Haus verlassen, so wie ihr seid, und euer Glück in den Straßen von Ugarit versuchen.«

Avigail schloss die Augen. Jericho, die Streitwagen, die Flucht aus ihrem Haus mitten in der Nacht. Ihre Mutter, niedergemäht wie Weizen. Der lange, beschwerliche Marsch nach Norden.

Nein. Nicht noch einmal. Dieser Tortur werde ich meine Enkelinnen und die Babys nicht aussetzen. Wir können dieses Haus
unmöglich aufgeben. Es gehört uns. Und mit der Hilfe der Götter
wird es mir gelingen, es zurückzubekommen.

Sie senkte den Kopf.

Als David die Villa erreichte, half Leah bereits ihrer Großmutter
und den anderen, ihre Habe in den leerstehenden Sklaventrakt zu
schaffen, den Zira ihnen zugewiesen hatte.

Als sie ihn erblickte, stürzte sie auf ihn zu. Er schloss sie in
die Arme und küsste sie innig. Mit feucht schimmernden Augen
schaute er sie an, strich ihr übers Haar. »Ich habe meinem Bruder
in Lagasch geschrieben und ihn um Geld gebeten. Ob er welches
schickt oder wie viel, weiß ich nicht, aber wenn es eintrifft, gehört
es dir, Leah, der gesamte Betrag. Und alles, was ich als Schriftkundiger verdiene, geht ebenfalls an dich.«

Als Novize in der Bruderschaft schob man ihm die undank-
baren und unbeliebten Aufträge zu. Nach Ablauf eines Jahres
jedoch würde er ein offiziell zugelassener Schriftgelehrter mit
allen Rechten und Privilegien sein, konnte sich seine Kunden
aussuchen und ein eigenes Geschäft eröffnen. Und dann, dachte
er im Stillen, würde er endlich Leah bitten können, ihn zu heiraten.

»Aber möglicherweise ist Geld von meinem Bruder gar nicht
nötig.« Er grinste. »Leah, ich habe eine wunderschöne Überraschung für dich. Wir sollen vor dem König erscheinen! Liebste,
ich glaube, er will sich dafür, dass wir ihm das Leben gerettet haben, erkenntlich zeigen.«

Augenblicklich wandte sich Leah an Avigail. »Gib die Hoffnung
nicht auf, Großmutter«, sagte sie. »König Shalaaman ist bekannt
für sein Mitgefühl und seine Güte. Sollte er mich fragen, was ich
mir als Belohnung wünsche, werde ich ihn bitten, dass wir unser
Haus zurückbekommen. Er ist ein kluger Mann, Großmutter, er

wird sich sagen, dass sein Leben sehr viel wertvoller ist als nur ein Haus! Sprich ein Gebet!«

Sie standen vor dem König, in einem Raum, der Privataudienzen vorbehalten war. Neben Shalaaman, der in schlichtes Weiß gewandet und mit einem schmalen Goldreif bekränzt war, hatten sich Priester versammelt, Ärzte sowie mehrere königliche Ehefrauen. Obwohl sich seine Gesichtsfarbe gebessert hatte, machte er auf Leah noch immer einen geschwächten Eindruck.

»Im Namen der Götter von Ugarit«, sagte König Shalaaman in schleppendem Tonfall, »danke ich euch, dass ihr das Leben eures Herrschers gerettet habt. Die Götter möchten euch dafür belohnen. Tragt also eure Wünsche vor.«

David sprach als Erster. »Euer Majestät, ich bitte lediglich darum, der Bruderschaft unter Umgehung des einjährigen Noviziats als vollwertiges Mitglied beitreten zu dürfen.«

Der König besprach sich mit seinen Beratern, darunter dem missmutig aussehenden Yehuda, und sagte dann: »Ich gewähre dir ein verkürztes Noviziat, David von Lagasch. Weil du deinem König zu Hilfe gekommen bist, brauchst du nur sechs Monate zu dienen; danach wird dir die volle Mitgliedschaft zuerkannt.«

»Und ich, Ehrwürdiger Herrscher«, sagte Leah, als sich der König ihr zuwandte, »bitte darum, dass unser Haus meiner Familie zurückgegeben wird.« Ihr Herz pochte wie wild, als sie Yehudas verschatteten Blick auf sich ruhen fühlte.

Shalaaman beriet sich erneut, um dann Leah großherzig anzulächeln. »Als ich zu ersticken drohte, vernahm ich eine Stimme, eine ruhige und schmeichelnde Stimme, die den Dämon aus mir herauslockte. Du bist eine Dämonenbetörerin, Leah Isha Caleb, die Götter haben dich geschickt, um Ugarits Monarchen zu beschützen. Deshalb ist es uns eine Freude, Leah Isha Caleb, dir eine größere Belohnung zukommen zu lassen als nur ein Haus – nämlich die Freude, deinem Monarchen zu dienen. Von heute an wirst du im königlichen Palast wohnen, um deinem Herrscher jederzeit beizustehen. Die Götter haben gesprochen.«

Völlig überrascht starrte Leah den König an. Sie sah sein groß-
herziges Lächeln, seine erwartungsvolle Haltung. Ihr Blick glitt
von Shalaaman zu den einflussreichen Männern, die seinen
Thron umstanden. Sie bemerkte den Anflug eines Lächelns um
Yehudas Lippen. Ihr wurde bewusst, dass ein Wunsch, den der
König äußerte, keinen Widerspruch duldete. Da sie noch nie mit
einer hochgestellten Persönlichkeit gesprochen hatte, konnte sie
jetzt nur stammeln: »Danke, Majestät. Die Götter haben dich weise und großmütig gemacht.«

Shalaaman schnippte mit den Fingern, worauf ein wichtig aus-
sehender Bediensteter vortrat. »Dieser Mann wird dich zu deinen
neuen Gemächern bringen. Und wenn du dich eingerichtet hast,
wirst du hier in diesem Saal mit der königlichen Familie speisen.«

David und Leah wurden über den langen Korridor zu einem
kleinen Raum in unmittelbarer Nähe der königlichen Schlafkammer geführt. Es sah ganz danach aus, als würde Leah hier als eine
Art Gefangene gehalten werden, zwar umsorgt und verwöhnt,
aber dennoch als Gefangene.

»Der König scheint zu glauben, er sei allein dadurch, dass du
bei ihm warst, gesund geworden«, meinte David bestürzt. »Als
der Dämon aus seiner Brust ausfuhr, sah Shalaaman dich neben
sich stehen, und jetzt hält er dich für jemanden, der allein durch
seine Anwesenheit böse Geister fernzuhalten vermag.«

»Aber wenn man mich hier einsperrt, wie kann ich mich da um
meine Familie kümmern? Wie soll ich dafür kämpfen, unser Zuhause zurückzubekommen?«

»Als Novize muss ich zwar in der Unterkunft der Bruderschaft
wohnen, aber ich werde deine Familie jeden Tag aufsuchen und
dafür sorgen, dass sie anständig behandelt wird. Wenn ich kann,
werde ich ihnen Geld zukommen lassen. Es ist ja nur für sechs
Monate.«

»David, du musst alles tun, damit das Haus wieder an uns zu-
rückfällt. Zira darf es uns nicht wegnehmen!«

»Ich liebe dich, Leah, ich liebe dich von ganzem Herzen und
werde tun, was in meiner Macht steht, um …«

– 305 –

»Du verfügst bereits über diese Macht!«, unterbrach sie ihn scharf. »Nutze sie! Du weißt doch, dass der Wechsel, den Zira vorgewiesen hat, eine Fälschung ist. Deck Yehudas Machenschaften auf, dann bekommen wir unser Haus zurück!«

David schwieg einen Moment. Dann sah er Leah ernst an. »Bei Shubat, bei allen Göttern, bitte mich nicht, so etwas zu tun. Auf dem Sterbebett habe ich meinem Rabbi versprochen, die Bruderschaft zu beschützen. Yehuda zu denunzieren würde ihr Ende bedeuten.«

»David!«, flüsterte sie. »Du musst uns retten!«

Er fasste sie an den Armen. »Leah, ich kann meinen Eid nicht brechen. Das geht gegen meine Ehre. Wenn ich die verliere, verliere ich meine Seele.«

»Was ist mit dem Versprechen, das du mir gegeben hast? Dass du uns beschützen wirst?«

»Yehuda ist mein Rabbi«, stieß David mit rauer Stimme aus. »Ich darf sein geheimes Treiben nicht aufdecken. Aber ich *werde* euch beschützen, Leah. Ganz bestimmt. Ich werde deiner Familie Geld zukommen lassen und sie besuchen, wann immer ich es ermöglichen kann.«

»Das ist nicht genug! David, der König wird dich anhören. Du musst meine Familie und unser Zuhause retten.«

»Leah!«, rief er verzweifelt aus, »ich kann das Versprechen, das ich dem Rab gegeben habe, unmöglich brechen.«

»Bei Asherah«, flüsterte sie, »soll sich mein Vater für *nichts und wieder nichts* in die Sklaverei verkauft haben?«

Seine Hände glitten von ihren Armen. »Ich bin nun mal so, wie ich bin. Ich fühle mich meinem Berufsstand und meinem Gott zur Treue verpflichtet.«

Leahs Augen wurden dunkel. »Ich dachte, du liebst mich.«

»Das tue ich auch, von ganzem Herzen. Zira wird das Haus wieder hergeben, das verspreche ich dir.«

»So viele Versprechen, David! Du kannst sie nicht alle halten. Mein Vater ist nicht mehr da. Wir haben unser Haus verloren. Und jetzt verliere ich auch noch dich!«

»Sag das nicht, Leah. Du weißt doch, du bist mein Leben! Ich werde eine Lösung finden.«

Sie trat einen Schritt zurück. »Nein, das wirst du nicht. Die Bruderschaft wird stets an erster Stelle stehen.« Ihr Atem ging heftig, als sie weitersprach: »Wenn du uns jetzt im Stich lässt, David, werde ich dir das nicht verzeihen. Dann muss ich dich verachten. Auf ewig.«

Entsetzt sah David sie an. Plötzlich schien sich die Welt um ihn herum zu drehen. Schatten hüllten ihn ein. Alle Wärme wich aus seinem Körper. Er sah sich inmitten eines schwarzen Strudels, aus dem er nicht hinausfand. »Leah«, flüsterte er erstickt, »sag nicht, dass du mich verachtest …«

In diesem Moment erschienen königliche Wachen und teilten mit, Seine Majestät wünsche Leah zu sehen. Ehe sie sie wegführen konnten, packte David sie am Arm. »Bitte, nimm zurück, was du gesagt hast! Sprich rasch ein Gebet und widerrufe, denn wenn du das nicht tust, tötest du meine Seele.«

»Komm schon!«, bellten die Wachen und trennten die beiden. Als einer von ihnen Leah in Richtung Thronsaal zog, versuchte David ihnen zu folgen, aber ein Speer versperrte ihm den Weg. Und als Leah sich nochmals umschaute und Davids aufgewühltes Gesicht sah, erkannte sie wie er, dass sich ihre Welt für immer verändert hatte. Ihre Träume lagen in Trümmern. Die Götter hatten sie im Stich gelassen.

Erneut erschien Zira in der Villa, diesmal in Begleitung eines Anwalts, der Avigail mitteilte, seine Mandantin habe einen Mieter gefunden.

Nach dieser Eröffnung rauschte Zira an Avigail vorbei und betrachtete den steinernen Türpfosten, auf dem Elias' Siegel eingelassen war: ein Mann, der unter einer Weinranke saß. »Das werde ich mit dem Siegel meines Bruders überdecken, um kenntlich zu machen, dass das Haus ihm gehört«, sagte sie. »Und ihr werdet die Räumlichkeiten für den neuen Mieter herrichten.«

Zusammen mit dem Anwalt und gefolgt von Avigail ging sie

daraufhin durch Zimmer und Gänge, bis sie zu Elias' Gemach gelangte, wo sie Truhen öffnete und die Regale durchstöberte. Als sie sich einen Stapel Tontafeln vornehmen wollte, erhob Avigail Einspruch: »Die fasst du mir nicht an! Das sind persönliche Dokumente meines Sohns!«

»Jetzt gehören sie mir«, meinte Zira und reichte die Tafeln zur Begutachtung an den Anwalt weiter. Mit der Bemerkung »Das ist die, die du suchst« gab er ihr eine Tontafel zurück, die Zira daraufhin auf den Boden warf und zu Staub zertrat.

Sprachlos vor Entsetzen starrte Avigail auf den Scherbenhaufen. Um welche Tafel es sich handelte, war klar: um Elias' Kopie der Darlehensvereinbarung mit der Bank.

»Das wirst du mir büßen.« Eiskalt klang Avigails Stimme. Jetzt ging es nicht mehr nur um sie oder die Mädchen, sondern um ihren Enkel Aaron, dem dieses Anwesen als Erbe zustand.

»Leg dich ruhig mit mir an. Dann verkaufe ich euch alle in die Sklaverei«, meinte Zira nur. »Dazu bin ich befugt, also glaube nicht, ich würde es nicht tun. Und jetzt bereitet euch auf den neuen Mieter vor. Einen Ägypter.«

Avigail wurde totenbleich, presste die Hand auf den Magen und wiederholte ungläubig: »Einen *Ägypter?*«

»Euer neuer Herr kommt aus dem Niltal. Ihr habt ihm zu gehorchen, oder ihr werdet hinausgeworfen und dürft dieses Haus nie wieder betreten.«

Avigail senkte den Kopf. Sie hatte verloren.

ZWEITES BUCH

11

Der Lärm herankommender Streitwagen und galoppierender Pferde riss sie aus dem Schlaf. Zum Schutz vor der morgendlichen Kälte in warme Umhänge gehüllt, eilten Avigail und ihre Familie zum Tor, von wo aus sie beobachten konnten, wie von Süden her Soldaten über die Hauptstraße auf die Stadt zustürmten. Ihr lederner Brustschutz über den rauen grünen Tuniken und die vertrauten Zweispänner wiesen sie als kanaanäische Krieger aus

»Was ist vorgefallen?«, rief Avigail ihnen zu.

Ein Reiter zügelte sein Pferd, hielt am Straßenrand an. »Megiddo ist gefallen!«

An seinem Kupferhelm erkannte Avigail ihn als Hauptmann. Zwei Bogen und ein Köcher mit Pfeilen hingen ihm über den Rücken. »Der Pharao hat die Stadt eingenommen, seine Armee marschiert jetzt nach Norden! Es hat viele Tote gegeben, Plünderungen haben stattgefunden. Wenn ich dir einen guten Rat geben darf – sollte der Pharao bis hierher kommen …« Mit zusammengekniffenen Augen spähte er nach Süden, so als könnte er dort bereits die Banner und Streitwagen der Ägypter ausmachen, »… dann zieh dich mit deiner Familie in den Schutz der Stadtmauern zurück. Dieses Haus und die Weinberge werden sie sich sofort vornehmen.«

Mit Blick auf die drei Frauen und die beiden Knaben, die sich verschreckt hinter Avigail drängten, fügte er hinzu: »Der Pharao nimmt alle gefangen, die sich außerhalb ihrer Wohnungen aufhalten. Er hat ein unsichtbares Netz über das Land geworfen und fängt Menschen wie Fische. Die Habiru, diese Wüstenwanderer, soll es gleich als Erste getroffen haben. Jetzt sind sie Gefangene des Thutmosis.«

Avigail schluckte. Genauso war es damals in Jericho gewesen.

»Es heißt, der Pharao braucht Arbeiter zum Bau einer neuen Stadt. Er greift sich jeden, den er erwischen kann, auch Frauen, und lässt sie nach Ägypten bringen. Die Götter seien mit euch, und beherzigt meine Worte: In der Stadt seid ihr sicherer.« Er grüßte kurz und galoppierte davon.

Avigail schaute zum grau verhangenen Himmel empor. Die feuchte Luft dieses Frühlingsmorgens verhieß Regen – wie damals vor sieben Jahren, als das Unheil über sie hereingebrochen war.

Als sie ihr Gesicht dem Wind zuwandte, der vom Großen Meer her wehte, spürte sie, wie sich ihre kleine Familie wie Entenküken um sie scharte – Hannah, Esther, Saloma und die beiden vierjährigen Knaben Baruch und Aaron, die im Abstand von zwei Monaten geboren worden waren. Sie zog die Kleinen an sich und richtete den Blick erst nach Nordosten, wo schwarze Rauchschwaden zum Himmel wallten und einen widerlichen Gestank verbreiteten – Jothams Eisenverhüttungswerk, in dem Waffen geschmiedet wurden –, dann auf die mächtigen Mauern der Stadt Ugarit. Der Krieg kommt zu uns, sagte sie sich.

Und sie und ihre Familie waren auf sich allein gestellt. Schutzlos.

Der Ägypter, der in den vergangenen vier Jahren die Villa und die Kellerei gemietet hatte, war in seine Heimat zurückgekehrt, nachdem vor drei Monaten der Tod von Königin Hatschepsut in Ugarit bekannt geworden war. Dass ihr Neffe, jetzt Thutmosis III., als neuer Pharao über Ägypten herrschte, hatten die Könige von Kadesch und Megiddo für einen günstigen Zeitpunkt erachtet, Kanaan dem Einfluss Ägyptens zu entziehen, weshalb sie eine Allianz mit anderen Herrschern gebildet und einen Aufstand angezettelt hatten. Kaum hatten die Ägypter, die in Ugarit wohnten, davon Wind bekommen, packten sie, um ihr Leben fürchtend, ihre Sachen zusammen und zogen weg.

Und jetzt war Megiddo gefallen. Nichts mehr konnte den Marsch des Pharaos nach Norden aufhalten, und zweifellos würde Thutmosis seine Truppen nach Ugarit führen, dem Tor nach Norden und Osten, eine Drehscheibe für die bedeutendsten Handelswege und ein wichtiger Hafen für alle Schifffahrtsrouten. Thutmosis, der, wie man überall hörte, beabsichtigte, die Welt zu erobern, musste Ugarit in der Hand haben. Und offenbar war er entschlossen, Ugarit um jeden Preis einzunehmen.

Avigail fröstelte es. Wie sollte sie ihre Familie beschützen?

Die Villa stand leer. Solange der ägyptische Winzer mit seiner Familie hier gelebt hatte, waren sie zumindest nicht allein gewesen. Und als Tyrann hatte er sich zum Glück auch nicht erwiesen. Als sie einzogen, hatte Avigail das zwar kaum ertragen, sie hatte nicht mehr schlafen können und war immer mehr abgemagert. Aber im Laufe von Wochen und Monaten, als sie allmählich einsah, dass sie ihrer Familie zuliebe und um zu überleben die Anwesenheit dieser verhassten Fremden ertragen musste, lernte sie, sich in ihr Schicksal zu fügen.

Was sie nur ungern zugab, war, dass der Ägypter den Weinberg erweitert und den Weinhandel wieder in Schwung gebracht hatte. Und obwohl er für sie und ihre Familie keinerlei Interesse zeigte, sich ihre Namen nicht merkte und ihre Gegenwart kaum zur Kenntnis nahm, hatte er sie durchaus nicht schlecht behandelt oder absichtlich erniedrigt. Sie hatten genug zu essen bekommen und durften sich ihre eigenen Kleider aus den hauseigenen Beständen an Schafwolle und Ziegenhaar fertigen.

Jetzt aber waren sie allein, eine kleine Schar hilfloser Frauen und zwei Kinder.

Hannah die Schweigsame. Seit vor sieben Jahren ihr Baby gestorben war, beteiligte sie sich zusehends weniger an Gesprächen. Tamars Selbstmord im Olivenhain hatte sie noch mehr verstummen lassen, und das letzte Mal, dass sie ihre Gefühle herausgerufen hatte, dürfte gewesen sein, als Elias in Ketten abgeführt worden war – vor etwas mehr als vier Jahren. Kein Wort hatten sie seither von ihm gehört, wussten nicht, wo er war, ob er überhaupt noch lebte. Umso inbrünstiger beteten sie tagtäglich zu den Göttern für seine Rückkehr. Der kleine Aaron, ein pfiffiger Junge, der von seinem Vater das aufgeschlossene Wesen geerbt hatte, bedeutete für Hannah keinen Trost, denn auch wenn sie dem Gesetz nach seine Mutter war – und jetzt Em Aaron genannt wurde –, stammte er aus Salomas Leib.

Saloma selbst war dagegen gesund und stets darum bemüht, ihre Gefährtinnen aufzumuntern. Sie kümmerte sich nicht nur um Aaron, sondern auch um Baruch, weil seine Mutter Leah vor über vier Jahren in den Palast aufgenommen worden war und sie sie seither nicht einmal hatten sehen dürfen. Esther, inzwischen neunzehn Jahre alt, versuchte die Familie immer wieder daran zu erinnern, dass die Götter trotz allem weiterhin mit ihnen waren.

Avigail strich den Knaben, die ihre Schenkel umschlangen und sich schutzsuchend an sie drückten, über den Kopf. »Habt keine Angst, meine Engel«, beschwichtigte sie sie. Als sie ihre weichen Löckchen spürte, richtete sie ein stummes Dankgebet an Asherah. In diesen dunklen Zeiten waren Baruch und Aaron zwei strahlend helle Leuchttürme. Wann immer Avigail zu verzagen drohte, brauchte sie nur dem Jauchzen der beiden zu lauschen, wenn sie durchs Haus tobten, und schon schöpfte sie neuen Mut. Sie war froh, dass Tamar seinerzeit nach Hause zurückgekehrt war und ihnen Baruch geschenkt hatte. Und ihre Schwiegertochter Hannah segnete sie für ihren mutigen Entschluss, eine Konkubine ins Haus zu holen. Für eine Ehefrau war das keinesfalls ein leichter Schritt. Aber zum Wohle der Familie hatte Hannah selbstlos ihre eigenen Gefühle hintangestellt, und jetzt waren zwei stramme Knaben auf dem besten Weg, sich zu Männern zu entwickeln.

Bei Tag und bei Nacht rankten sich Avigails Träume um die Zukunft dieser beiden Söhne aus dem Haus des Elias. Sie war dagegen, dass beide Winzer wurden. Vielleicht würde der kluge kleine Aaron ja den Anwaltsberuf ergreifen?

Ach, Elias, mein Sohn, wenn du nur hier wärst, um diese Jungen heranwachsen zu sehen! Wie viel Freude würde es dir bereiten, ihnen das Laufen beizubringen, mit ihnen zu spielen, sie zum Lachen zu bringen! Wo bist du nur, mein Sohn? Wirst du zu uns zurückkehren? Behandelt man dich gut? Mit einem erneuten Blick zu den dunklen, regenverheißenden Wolken hinauf fragte sie sich, wie es um den Himmel über Babylon bestellt sein mochte. Arbeitete ihr Sohn in einem sonnenübergossenen Weinberg? Waren die Götter Babylons ihm wohlgesinnt? Avigail wollte niemals die Hoffnung auf ein Wiedersehen aufgeben. Hatte Elias nicht selbst gesagt, irgendwann würde er sich seine Freiheit zurückkaufen und nach Hause kommen?

Nicht nur ihn hoffte sie wiederzusehen. Auch um Leahs Rückkehr betete sie täglich.

Die geliebte Enkelin zog mit König Shalaaman und seinem Hofstaat durch das Land. Es galt mit Regenten im Norden und Osten Bündnisse zu schließen, Abkommen zu treffen und Verträge zu vereinbaren. Die Berater des Königs hatten dringend empfohlen, Ugarits Stellung durch Bündnisse zu stärken, für den Fall, dass sich der junge Thutmosis entschloss, Anspruch auf die Gebiete zu erheben, die sein Großvater vor vierzig Jahren erobert hatte. Shalaaman war daraufhin mit seinem Hofstaat – einem riesigen Tross, der sich aus seiner Ehefrau, der Königin, und seinen Konkubinen zusammensetzte, aus zahlreichen Prinzen und Prinzessinnen, Ministern und Höflingen, Ärzten, Priestern, Sehern, Schriftgelehrten, Musikanten, Köchen und Artisten – zu einer Rundreise von Stadt zu Stadt aufgebrochen, während deren er um Freundschaft und Kooperation warb. Zu dem innersten Kreis des Trosses gehörte auch Leah. Seit jenem Morgen vor vier Jahren glaubte Shalaaman fest daran, sie halte den Dämon, der die Luftröhre einschnürt, von ihm fern. Und er war überzeugt, dass er ohne sie dem Dämon erliegen und sterben würde.

Deshalb hatte die Familie Leah seit über vier Jahren nicht mehr gesehen, dafür aber durch Briefe aus großen und kleinen Städten mit fremdartig klingenden Namen von ihr gehört. Trafen solche Tafeln ein, schickte Avigail nach David. Der jedoch stand nicht immer zur Verfügung; manchmal mussten sie tagelang warten, bis er sich von seinen vielen Pflichten innerhalb der Bruderschaft freimachen konnte. Wenn er dann aber erschien, war die Freude groß. Avigail empfing ihn in der Küche, setzte ihm Wein und Honigkuchen vor – beides ohne Wissen ihrer ägyptischen Dienstherrschaft beiseitegebracht –, und dann saßen sie alle David zu Füßen und lauschten Leahs Grüßen und den Neuigkeiten, die er ihnen vorlas. Avigail fehlte die Enkelin sehr, und voller Sorge fragte sie sich, ob sie sie je wiedersehen würde. Daran bin ich schuld, sagte sie sich, alles wäre anders gekommen, wenn ich an jenem verhängnisvollen Abend vor sieben Jahren Zira nicht derart brüskiert hätte.

Sie seufzte. Es brachte nichts ein, Vergangenem nachzuhängen. Außerdem – wenn es denn stimmte, dass Megiddo gefallen war, brach König Shalaaman doch bestimmt seine Reise ab, um nach Ugarit zurückzukehren. Und mit ihm käme auch Leah wieder!

Sie wollte schon ins Haus gehen, als sie nochmals innehielt und nach Süden schaute. Megiddo ist also gefallen, sinnierte sie vor sich hin. Und erst in diesem Moment begriff sie die volle Tragweite des Geschehens. Was ist, wenn auch Ugarit fällt? Nehmen dann die Ägypter unser Land ganz in Besitz? Werden wir bald nicht mehr wissen, wer wir sind? Werden wir die Namen unserer Vorfahren vergessen und die Traditionen, die sie vor so langer Zeit für uns niedergelegt haben, auf dass wir ein ehrenhaftes und erfülltes Leben führen und in den Augen der Götter als rechtschaffen bestehen können? Jericho sollte uns eine Lehre sein! Eine kanaanäische Stadt, überrannt von Thutmosis I., der dort eine Garnison mit ägyptischen Soldaten eingerichtet hatte, während Stellvertreter des Pharaos sich in den Häusern von Kanaanitern eingenistet und deren Geschäfte übernommen hatten. Wie viele in Jericho wissen denn noch, von wem sie abstammen oder wer sie sind? Inzwischen sollen sich die Kanaaniter in Jericho bereits in ägyptisches Leinen kleiden, die Männer sich ihre Bärte abrasieren und Schminke benutzen und die Frauen Enten und Gänse nach ägyptischer Art zubereiten, anstatt Schweinefleisch und Zicklein auf den Tisch zu bringen. In die Tempel sollen ägyptische Gottheiten eingekehrt sein – sogar das ägyptische Ritual der Beschneidung soll von Kanaanitern übernommen worden sein! Wenn Ägypten Ugarit erobert, wird unser Volk verschwinden, und dann wird es sein, als hätte es uns nie gegeben.

Diejenigen jedoch, die damals aus Jericho geflohen waren, wussten noch sehr wohl, wer sie waren. Schon weil Avigail den Mädchen immer und immer wieder einschärfte: »Ich bin die Mutter von Elias, du bist die Ehefrau von Elias, du bist die Tochter von Elias, diese Knaben sind zum einen der Sohn, zum anderen der Enkelsohn von Elias. Und dies ist das Haus des Elias.« Und zu Baruch sagte sie: »Dein Großvater ist Elias«, zu Aaron: »Du bist der *Sohn* von Elias. Wir sind Kanaaniter und stammen von Sem ab, Noahs Sohn. Wir verehren Asherah und Baal. Vergesst das niemals.«

Als sie sich jetzt anschickte, in die Villa zurückzugehen, sah Avigail eine Gruppe von Sklaven aus der Stadt näher kommen. Sie hatten eine Sänfte geschultert, die mit kostbarem purpur- und goldfarbenem Tuch verhängt war und zweifelsfrei zum Hause des Jotham gehörte.

Auf weichen Kissen sitzend und in ein warmes Bärenfell gehüllt, an den Füßen Pantoffeln aus Schafwolle und die Hände in dicken Wollfäustlingen, verwünschte Zira im Stillen das kühle Frühjahrswetter. Ihre Gelenke schmerzten. Auch die heißen Steine, die man ihr kurz vor dem Verlassen ihrer Villa am Meer in die Sänfte gelegt hatte, trugen kaum dazu bei, die Kälte in ihren Knochen zu vertreiben.

Bei Zira machte sich das Alter bemerkbar. Die Jahre vergingen schneller als zuvor und gemahnten sie daran, dass sie mit ihren fünfundfünfzig Jahren noch immer nicht im königlichen Palast von Ugarit residierte.

Dennoch hatte sie ihre Absicht nicht aufgegeben, Yehuda auf Ugarits Thron zu verhelfen. Nachdem Elias' Tochter sich eingemischt und Shalaaman von seinen Erstickungsanfällen geheilt hatte, war Zira mehr denn je bei einflussreichen Familien vorstellig geworden, die das Richtige tun würden, wenn sie merkten, woher der Wind wehte. Bei jeder Gelegenheit wies sie ihre Freunde darauf hin, dass Shalaaman ein König war, der in Ugarit durch Abwesenheit glänzte und seine Regierungsgeschäfte aus weiter Ferne wahrnahm. »Er lässt uns allein, bar jeden Schutzes. So etwas käme meinem Yehuda nie in den Sinn. Er ist sich seiner Pflicht bewusst. Außerdem hat er als Rab der Schriftgelehrten Einsicht in den gesamten königlichen Schriftverkehr sowie in alle Dokumente. Er weiß, wie Regierungsgeschäfte geführt werden, er versteht sich auf Diplomatie. Sollte Shalaaman dem Dämon, der die Luftröhre einschnürt, unterliegen, könnte mein Sohn in seine Fußstapfen treten, ohne dass man den Übergang wahrnehmen würde. Wer kann so etwas von sich behaupten?« Ziras Freunde stimmten ihr zu, meinten aber, Shalaaman erfreue sich doch bester Gesundheit. Seit das Mädchen, das sich darauf verstand, derartige Dämonen fernzuhalten, in seinen inneren Kreis aufgenommen worden war, habe der König keinen einzigen Anfall gehabt. Seit über vier Jahren nicht mehr!

Das änderte aber nichts daran, dass sich Ziras Gedanken Tag und Nacht darum drehten, wie man Shalaaman endlich loswerden könne. Ihn durch einen Staatsstreich abzusetzen kam angesichts der im Süden rasselnden ägyptischen Schwerter nicht in Frage. Und aus Furcht vor den Göttern wagte sie keinen Königsmord. Das Problem musste auf andere Weise gelöst werden.

Und Zira hatte bereits einen Plan.

Die Sklaven blieben stehen und setzten die Sänfte ab. Durch purpurne Vorhänge stieg Zira hinunter auf einen von zwei knienden Sklaven gehaltenen gepolsterten Fußschemel, was sie größer machte, so dass sie auch auf Elias' Mutter herabsah.

»Die Villa steht leer«, sagte sie unter Umgehung jeglicher Etikette, um Avigails niedrige Stellung zu betonen: Sklaven wurden weder gegrüßt, noch wünschte man ihnen die Segnungen der Götter. »Jetzt, da Megiddo an Ägypten gefallen ist, wird niemand dieses Anwesen mieten wollen. Alle möchten innerhalb der Stadtmauern leben. Deshalb kann ich es mir nicht länger leisten, dich und deine Familie durchzufüttern und zu kleiden.«

Avigail hob stolz das Kinn. »Es war der Ägypter, der für unser Essen und unsere Kleidung aufgekommen ist.«

»Und wo ist dieser Ägypter, der das, was du behauptest, vor Gericht bestätigt? Ich sehe nur vier faule Weiber und zwei nichtsnutzige Knaben, die sich auf meine Kosten den Wanst vollschlagen.« Sie legte eine Pause ein, um die Wirkung ihrer Worte zu genießen. »Ich werde euch alle auf dem Sklavenmarkt versteigern lassen.«

Die drei Frauen hinter Avigail hielten den Atem an. »Du kannst uns nicht verkaufen!«, empörte sich Avigail. »Wir sind in Freiheit Geborene!«

Zira lächelte süffisant. Noch bevor der König vor vier Jahren Ugarit verließ, hatte sie in seinen inneren Kreis einen Spion eingeschleust, der sie regelmäßig schriftlich über den Gesundheitszustand des Königs informierte. Von ihm wusste sie auch, dass diese Dämonenbetörerin Leah jahrein, jahraus den König anflehte, wieder nach Hause zu dürfen, und dass der König dieses Ansinnen jedes Mal abschlägig beschied. Jetzt, da Megiddo gefallen war und die Ägypter sich im Vormarsch befanden, würde Shalaaman vorzeitig nach Ugarit zurückkehren – und mit ihm dieses Mädchen Leah. Zira brauchte also nichts weiter zu tun, als Leah von ihm wegzulocken, um den König für den Dämon, der Erstickungsanfälle auslöste, angreifbar zu machen, so dass er in absehbarer Zeit zu husten und zu keuchen beginnen und an Atemnot sterben würde. Und dann konnte Yehuda seinen Platz einnehmen.

»Ihr seid Teil der Einrichtung, die zum Anwesen gehört. Vergesst nicht die zehn Gewichte Gold, die ihr meinem Bruder schuldet. Könnt ihr die aufbringen? Jetzt sofort?«

»Du weißt, dass wir das nicht können!«

»Dann bestehe ich auf Rückerstattung, indem ihr als Sklaven zum Verkauf gebracht werdet.« Sie hatte mit dem Sklavenhändler bereits vereinbart, den Verkauf in einer anderen Stadt durchzuführen. Sobald Leah davon erfuhr, würde sie alles daransetzen, um sich dem Zugriff des Königs zu entziehen, und sich auf die Suche nach ihrer Familie begeben. Und dann war es nur eine Fra-

– 319 –

ge der Zeit, dass sich Shalaamans Erstickungsanfälle wieder einstellten. »Meine Anwälte kommen morgen vorbei, um das Haus zu inspizieren und dann zu schließen.«

Als Zira auf den Schultern von Sklaven entschwand, wandte sich Avigail an Esther: »Rasch, geh zum Haus des Goldes und frag nach David. Bitte ihn, sofort herzukommen. In einer ungemein dringenden Angelegenheit!«

Wenn Nobu das Herz noch schwerer wurde, würde es ihm die Brust sprengen. Noch nie hatte er solche Qualen ertragen müssen, ein derartiges Elend. Hatte sich nicht vorstellen können, wie erbärmlich man sich fühlte, wenn man verliebt war.

Er hätte ebenso gut in den Mond verliebt sein können. In den vierzig Jahren, die er auf dieser Erde weilte, hatte Nobu, seines Zeichens königlicher Sklave, die Sinnesfreuden spendenden Talente von Huren, leichten Mädchen in der Taverne, Tänzerinnen, Tempelprostituierten und einsamen Hausfrauen genossen. Und obwohl er ihnen beim Paarungsakt körperlich größtmögliche Aufmerksamkeit und die ihm eigene Kunstfertigkeit hatte zukommen lassen, hatte er nie sein Herz verschenkt.

Bis jetzt.

Wann genau war das geschehen?, überlegte er, während er Vorbereitungen für das Bad für seinen Meister traf. Seit wann war Esther für ihn nicht länger entstellt und launisch, sondern entzückend und bildhübsch?

Er legte die Kämme und scharfen Messer für den Haarschnitt seines Meisters zurecht, die Seife und das Lockenöl, und dachte daran, wie er vor sechs Jahren mit David im Haus von Elias dem Winzer Einzug gehalten hatte.

Anfangs hast du die jüngste Tochter überhaupt nicht beachtet. Sie war dreizehn Jahre alt, knochig und still und hatte eine gespaltene Lippe, die ihre Zähne auf unschöne Weise entblößte. Und dann dieses ständige Durcheinander mit David, der sich be-

– 320 –

mühte, in die Bruderschaft aufgenommen zu werden, aber keinen Bürgen mehr hatte und dann seine wertvollen Pfandscheine verwendete, um Bürger aus Ugarit zu bestechen, zu Leahs Hochzeit zu erscheinen. Hilflos hast du mit ansehen müssen, wie dein Meister sich in ein Mädchen verliebte, das ihm auf ewig verboten ist und einer Familie angehört, die in den sicheren Ruin trudelt. Der Prinz von Lagasch! Die mittlere Tochter, die mit Leahs Ehemann durchgebrannt und geschwängert wieder heimgekehrt ist und sich dann erhängt hat. Ein verfluchtes Haus sondergleichen. David, der sich entschied, Leah beizustehen, als ihre Tante im Sterben lag, obwohl zum selben Zeitpunkt die Zeremonie zur Benennung des nächsten Rabs stattfand. Dann die grausame Wahrheit über die Blutlinie der Familie ...

Nobu goss kochend heißes Wasser in die Waschschüssel aus Bronze, fügte ein paar Tropfen Jasmin hinzu, den Lieblingsduft seines Meisters.

Bei all dem, was sich da ereignete, Nobu, du begriffsstutzige Schildkröte, war Esther da, im Hintergrund, ein stilles Mädchen mit verschleiertem Gesicht. Du hast keinen Gedanken an sie verschwendet. Nicht mal angesehen hast du sie. Bis wann? Was? Es geschah im Laufe der letzten vier Jahre, jedes Mal, wenn David zu Avigail gerufen wurde und ihr beide in dieses verwünschte Haus eiltet – das von Ägyptern bewohnt wurde! Jede Begegnung ließ etwas anwachsen, was du nur nicht verstanden hast. Oder geschah es doch an jenem Tag, als sie sich zu dir setzte, als du mit einem Brummschädel am Springbrunnen saßest und auf David wartetest und sie mitbekam, wie du Selbstgespräche führtest, und als du ihr erklärtest, warum, sie gemeint hatte, es müsse wunderbar sein, seine eigenen Gedanken derart klar und deutlich zu verstehen?

Nobu hielt inne in seiner Rückbesinnung, um den Schritten draußen auf dem Gang zu lauschen. In der Stadt, jenseits der dicken Mauern, hinter denen die Bruderschaft lebte, schien Aufregung zu herrschen. Es gab wohl irgendwelche Neuigkeiten.

Sie hat die Stimmen als meine eigenen Gedanken bezeichnet.

Konnte das sein? Dessen war sich Nobu vorher noch nie bewusst gewesen, aber vielleicht hatte sie ja recht, denn die Stimmen meldeten sich jedes Mal, sobald er zu denken aufhörte. War es wirklich er selbst, dem er lauschte, und nicht irgendwelche boshaften Götter, die ihn schikanieren wollten?

Auf Esthers Vorschlag hin hatte Nobu seither Wein und andere alkoholische Getränke nur noch in Maßen getrunken und dafür seinen Stimmen Gehör geschenkt. Verwundert hatte er festgestellt, dass das, was die Stimmen sagten, klug und logisch war. Sie berieten ihn gut, beobachteten, was in der Welt geschah, äußerten ihre Meinung zu allem, was um ihn herum geschah. Sollten dies tatsächlich seine eigenen Gedanken sein, befand er erstaunt und stolz, dann war er eigentlich ein ungemein kluges, wenn nicht sogar ein brillantes Kerlchen. Dieser Augenblick gab Nobus Leben eine dramatische Wende: Er lernte an sich zu schätzen, was er bisher immer verachtet hatte. Und er hatte sich verliebt.

Seit Elias als Sklave in Ketten abgeführt worden war, hatte Nobu mit angesehen, wie dessen Mutter, Ehefrau, Konkubine und Tochter im Sklaventrakt ihres eigenen Hauses leben und Ägyptern zu Diensten sein mussten. Wenn Avigail nach David schickte, wurden er und Nobu von Avigail und Hannah, Esther und Saloma und selbst von den beiden kleinen Jungen wie sehnsüchtig erwartete Soldaten empfangen, die aus der Schlacht zurückkehren. Wie Helden wurden sie behandelt. Als Held hatte sich Nobu noch nie gefühlt.

Jedes Mal, wenn David einen Brief vorlas oder Avigail ihm einen diktierte, hat dein Blick den von Esther gesucht. Du hast dich bemüht, ihr nicht zu lange in die Augen zu schauen, um deine Gefühle nicht zu verraten. Wenn sie ihren Schleier sinken ließ, hast du nicht länger einen entstellten Mund gesehen, sondern einen Mund, den ein Lächeln umspielte. Ihre Augen schimmerten so verlockend. Und sie war groß geworden. Sie füllte deine Gedanken aus. Verlieh deiner Seele Flügel. Beherrschte deine Träume. Du möchtest sie vor allem Bösen bewahren. Aber sie wird dich nie so lieben wie du sie. Sie wird für dich unerreichbar bleiben.

Der Lärm draußen schwoll an. Auf den Straßen schrien Menschen. Schriftgelehrte hetzten die Gänge entlang. Irgendetwas war geschehen …

»Rufe die Götter an, Bruder David, es geht noch korrupter zu als befürchtet!«

Sie waren zu einem Geheimtreffen zusammengekommen – vier junge Schriftkundige mit mutigem Herzen, aber bangem Blick – die Brüder David, Efram, Eli und Yosep. Freunde, die David umsichtig ausgesucht und ausgebildet hatte, junge Männer, die an Ehre glaubten und an die Wiederherstellung der Integrität der Bruderschaft.

»Gnädiger Shubat, steh uns bei«, sagte David. »Was hast du herausgefunden, Bruder Efram?«

Efram warf seinen wollenen Umhang ab und rückte näher an das Kohlebecken heran, das gegen den kalten Frühlingstag anbrannte. Er rieb die ausgestreckten Hände aneinander und sagte dann leise: »Gewisse Männer haben mir berichtet, dass Yehuda persönliche Informationen über Richter Uriah besitzt.«

Davids Gesicht verfinsterte sich. Richter Uriah war Shalaamans Schwager und in Abwesenheit des Königs die höchste richterliche Autorität im Lande. »Welche Art von persönlichen Informationen?«

»Uriah soll ein Verhältnis mit der unverheirateten Tochter einer angesehenen Familie hier in Ugarit gehabt und sie geschwängert haben. Die Familie war entsetzt, und als das Mädchen ihn auch noch als Vater angab, geriet Uriah in Bedrängnis. Seine Ehefrau durfte nichts von dem Bastard erfahren, weil Geld und die Blutlinie von *ihr* stammen, nicht von ihm. Er übergab der Familie des Mädchens eine bestimmte Summe und fälschte dann einen Ehevertrag zwischen dem Mädchen und einem Mann, den es gar nicht gibt, um ihre Ehre zu bewahren und das Kind zu legitimieren. Das hat Rab Yehuda irgendwie herausgefunden und setzt seither Uriah mit diesem Wissen unter Druck. David, jeden Tag sucht Yehuda die Archive auf. Dort liest er die gesamte Korrespondenz, insbesondere alle Verträge und juristischen Dokumente.«

»Als Rab ist er dazu berechtigt.«

»Aber er benutzt diese Informationen, um andere einzuschüchtern oder zu manipulieren. Er wird immer mächtiger. Bald wird ihn niemand mehr aufhalten können, nicht einmal der König.«

Bruder Eli ergriff das Wort. »Hast du gehört, was man sich hinter vorgehaltener Hand über Yehuda und seine Einstellung zu Shalaamans diplomatischer Mission erzählt?«

David nickte. Es hieß, Yehuda sei dafür, dass Ugarit die Städte im Norden überfalle und sie statt zu Verbündeten zu Vasallen mache. Einen Krieg an zwei Fronten zu führen war wahnwitzig. Aber Yehuda schien von seiner Macht verblendet – einer Macht, die ständig zunahm.

»Wir müssen ihm irgendwie Einhalt gebieten«, sagte Bruder Yosep, der Jüngste der vier und noch im Noviziat. Idealismus und Leidenschaft drückten sich in seinem Blick aus. Und er war es auch, der Efram und Eli in Davids Geheimzirkel gebracht hatte.

David sah auf die Wasseruhr in der Ecke – eine große Urne, bis zum Rand mit Wasser gefüllt, das nach und nach vertropfte; der jeweilige Wasserstand war in Stunden unterteilt – und sagte dann: »Geht jetzt wieder an eure Arbeit, meine Brüder. Wir kommen heute nach den Abendgebeten erneut zusammen.«

Als er allein war, sah sich auf dem Gang um. Bevor er zu Shubat betete, musste er ein Bad nehmen. Ein arbeitsreicher Tag lag vor ihm. Wo blieb Nobu mit dem Badewasser?

Gestern Abend hatte man ihn beauftragt, bei einem Silberschmied dessen letzten Willen und ein Testament aufzunehmen. Nachmittags sollte er zwei Eigentumsnachweise ausfertigen sowie eine schriftliche Vereinbarung zwischen Schweinezüchtern, die sich über die Begrenzungslinie zwischen ihren Grundstücken nicht einig werden konnten. Das entsprach zwar kaum der gottgefälligen Arbeit, der nachzugehen er sich hier in der Bruderschaft erhofft hatte, aber es machte ihm nichts aus. Worte waren Worte, Briefe waren Briefe, und alle waren heilig. Außerdem konnte er dadurch, dass er in der Bruderschaft lebte und alltägliche Aufträge erfüllte, in aller Ruhe seiner Leidenschaft nachgehen: seiner neuen Schrift.

Und zwischendurch gab es immer wieder die Chance, dem Haus von Elias einen Besuch abzustatten und Briefe von Leah vorzulesen …

Noch immer spürte er den bohrenden Schmerz, den ihre letzten Worte vor mehr als vier Jahren ausgelöst hatten. Damals, als sie, statt vom König belohnt zu werden, Shalaamans Gefangene geworden war, hatte sie zu ihm gesagt: »Ich werde dich verachten …«

Seither hatten sie nicht mehr miteinander gesprochen. David hatte zwar bei verschiedenen Anlässen einen kurzen Blick auf sie erhascht – bei einem Mondritual im großen Zeremoniensaal und nochmals bei einer Prozession zur Feier des Tages, an dem der König empfangen worden war, aber beide Male hatte Leah neben dem Monarchen gestanden, war somit unerreichbar gewesen.

David hatte ihr Briefe geschrieben und diese Männern anvertraut, die dorthin ritten, wo der König sich gerade aufhielt, um ihm die inzwischen eingegangene Korrespondenz und Notizen über die Regierungsgeschäfte zu überbringen. Leah, so hatte er angenommen, würde die Dienste des königlichen Schriftgelehrten in Anspruch nehmen, um sich vorlesen zu lassen, was er ihr geschrieben hatte, und dann ihrerseits dem Schriftgelehrten einen Brief diktieren. Aber kein einziges Mal in diesen mehr als vier Jahren war eine Antwort von ihr gekommen, und es schmerzte ihn, dass sie noch immer wütend auf ihn war.

Wie er versprochen hatte, half er Leahs Familie nach Kräften, steckte ihnen Geld zu, schaute nach ihnen, gab damit dem ägyptischen Winzer zu verstehen, dass Avigail und ihre Familie im Haus des Goldes einen Freund hatten. Der Ägypter schien jedoch ein umgänglicher Mann zu sein, dem in erster Linie seine Weinberge am Herzen lagen, der aber seine Bediensteten durchaus freundlich behandelte. Größere Summen konnte David allerdings nicht erübrigen, da Yehuda ihm nur kleinere Aufträge zuschanzte und ihm nicht einmal gestattete, Unterricht zu erteilen. Er hatte seinen Bruder in Lagasch gebeten, ihm Geld zu schicken. Doch dieser antwortete, die Beamten und Militärberater ihres Vaters forderten, Lagasch müsse seine Abwehr stärken, für den Fall, dass Hatschepsut starb und ihr Neffe die Invasion Kanaans in die Tat umsetzen würde. Das Geld in der königlichen Kasse werde für Waffen benötigt, für Streitwagen, Pferde und für die Aufstockung der Armee.

Wenn König Shalaaman nur ebenso denken würde! Dann bliebe er in Ugarit und könnte Armee und Abwehr verstärken, anstatt weite Reisen zu unternehmen, um Bündnisse zu schmieden. Und dann könnten David und seine gleichgesinnten Brüder ihm auch ihr Ersuchen vortragen – die Bitte, die Bruderschaft zu reformieren.

Und wenn Shalaaman hier wäre, wäre auch Leah hier.

Während David seine Schreibutensilien überprüfte, ob alles ausreichend vorhanden war – feuchter Ton und Papyrus, Federn und Tinte, Pinsel und Ritzstifte –, beschloss er, dass er, sollten er und Efram und Eli und Yosep beim König nichts erreichen, einen anderen Weg einschlagen würde, einen, von dem selbst seine Mitverschwörer nichts wussten.

Er wollte den König in der von ihm entwickelten Schrift unterweisen.

König Shalaaman war bekannt dafür, aufgeschlossen und an neuen und ungewöhnlichen Ideen interessiert zu sein. Wenn David Seiner Majestät seinen Code von lediglich dreißig Zeichen vorstellte, würde Shalaaman bestimmt den Wunsch verspüren, unbedingt Lesen und Schreiben zu lernen.

David hatte versucht, die neue Schreibweise seinen Mitbrüdern zu vermitteln, aber die waren in zu viel verschiedene Grüppchen zersplittert und alles andere als die geschlossene Bruderschaft, als die man sie von außen sah. Nur wenige begriffen, wie bahnbrechend seine dreißig Zeichen sein konnten, andere fürchteten Yehuda, der ausdrücklich jedes Experimentieren mit anderen Schreibarten untersagt hatte. Bevor David also seine Brüder überreden konnte, den Code zu akzeptieren, musste er ihre Verbundenheit untereinander stärken, in ihnen wieder das Gefühl erwecken, eine wahre Gemeinschaft von Brüdern zu sein. Nur wie?

Stark und fest brannte in ihm die Hoffnung, dass seine neue Schrift ein Instrument für eine Reform sein konnte. Er dachte an die Schlange, die sich gehäutet hatte, und an die Erkenntnis, die sich für ihn daraus ergeben hatte: dass man sich in Abständen von Althergebrachtem lösen musste, damit Lebendiges fortdauerte. Die Gesamtheit der Bruderschaft ist wie der Körper der Schlange, sagte er sich. Wenn wir alte Sitten nicht abstreifen wie die Schlange ihre Haut, dann werden diese Sitten uns ersticken, und wir werden sterben. Und genauso müssen wir uns von der archaischen Schreibweise trennen, um zu überleben. Haben nicht auch unsere Feinde, die Ägypter, ihre eigenen Hieroglyphen durch die hieratische Schrift modernisiert? Die Schriftgelehrten Kanaans vermögen das ebenfalls!

Für David stand fest, dass die Götter ihn an dem Tag, da Avigail ihn gerufen hatte, um Rakels Erinnerungen aufzuschreiben – am Vorabend vor der Ernennung des nächsten Rabs –, einer Prüfung unterzogen hatten, denn jetzt hatte er der Bruderschaft und auch Schriftgelehrten und allen Menschen etwas Besonderes, etwas Wunderbares anzubieten. In jener Nacht, als er gen Osten blickte, hatte er vor einer Entscheidung gestanden. Er hätte ins Haus des Goldes eilen können und wäre dort zum neuen Rab bestimmt worden. Dann hätte er seine Aufgabe darin gesehen, die Brüder auf den alten Weg der Tradition zurückzuführen. Aber weil er sich stattdessen dafür entschieden hatte, Leah zur Seite zu stehen, hatte er eine neue Art des Schreibens erschaffen. So lassen die Götter Wunder geschehen.

Vielleicht nicht die Götter, überlegte er, sondern ein Gott. Es war El, der zu mir sprach ... El Shadai, der Allerhöchste.

»Meister! Hast du gehört!« Nobu kam hereingestürmt. »Megiddo ist gefallen! Der König von Kadesch soll über eine Mauer geklettert und den Soldaten von Thutmosis entkommen sein! Jetzt ist er auf der Flucht!«

»Megiddo! Dann befindet sich Ägypten im Krieg mit Kanaan.«

– 327 –

David hatte von der vom König von Kadesch angeführten Fürstenkoalition und ihrer geplanten Revolte gegen Ägypten gehört. Ganz Ugarit, David eingeschlossen, hatte fest an ihren Sieg geglaubt, allein schon wegen der Stärke der zusammengezogenen Armeen. Ihre Niederlage konnte nur bedeuten, dass die Armee des Pharaos zahlenmäßig enorm überlegen war. »König Shalaaman muss jetzt nach Ugarit zurückkehren.« Genau das ist es, worauf wir gewartet haben. Auf die Gelegenheit, uns gegen Yehuda zu stellen …

»Meister«, stotterte Nobu käsebleich, »Herrin Avigail hat nach uns geschickt. Es scheint äußerst dringend zu sein.«

»Das ist alles?«, fragte Yehuda den Schriftgelehrten.

»Wort für Wort, Rabbi«, sagte Bruder Yosep in Erwartung einer anerkennenden Geste. Nichts war ihm wichtiger, als sich der Gunst seines Meisters zu versichern. Schon dessen leisestes Lächeln kam einem kostbaren Geschenk gleich.

»Wer sind die anderen Verschwörer?«

»Neben David sind das Bruder Efram und Bruder Eli.«

»Und du bist dir sicher, dass sie in dir nicht einen Informanten vermuten?«

»Das schwöre ich bei den Göttern. Sie halten mich für einen Gleichgesinnten und glauben, dass ich ihrem verräterischen Geschwätz zustimme.«

Yehuda nahm diese Bemerkung mit beifälligem Nicken zur Kenntnis. »Gut gemacht, Bruder.«

»Was soll ich als Nächstes tun, Rabbi?«

»Triff dich weiterhin mit ihnen. Lass keinesfalls verlauten, dass du mir Bericht erstattest. Dann ist dir eine Belohnung sicher, Bruder Yosep.«

Kaum hatte sich sein Informant verdrückt, beschloss Yehuda, dass es an der Zeit war zu handeln. David wird mir zu selbstsicher, befand er, als er sich seinen Umhang griff und hinauseilte. Er schließt zu viele Freundschaften. Yehuda wusste inzwischen von zwölf Brüdern, die David in seinem Bestreben, die Bruderschaft

– 328 –

zu reformieren, unterstützten. Sie wollten als Gruppe dem König eine Eingabe vorlegen, und Yehuda war sich nicht sicher, ob sein Einfluss ausreichte, das zu verhindern.

Und viel schlimmer noch, David wollte Shalaaman unbedingt seine neue Art des Schreibens vorführen. Bei den anderen Schriftgelehrten hatte er mit seinen Überlegungen, dass eine Schrift, die nur dreißig Zeichen umfasste, jeden, ob Schafhirte oder der König selbst, in die Lage versetzen würde, lesen und schreiben zu können, nicht viel Erfolg gehabt. Wenn jedoch Shalaaman, der für alles Neue und Außergewöhnliche zu begeistern war, Interesse bekundete, stand zu befürchten, dass die Macht der Schriftgelehrten schwinden würde und man womöglich bald keine berufsmäßigen Schreiber mehr brauchte.

Es galt also unbedingt zu verhindern, dass der König Kenntnis von Davids neuester Torheit erhielt.

Ein kalter Wind blies vom Meer her. Yehuda wickelte sich fest in seinen ledernen Umhang und tauchte in die Nacht ein. Weit brauchte er nicht zu gehen. Er stemmte sich gegen den Wind und folgte dem Weg hinunter zum Hafen, wo Boote und Schiffe auf dem aufgewühlten Wasser dümpelten, Laternen hin und her schwankten und Fackeln sprühten. Durch den Regen spähte er nach einem Schild über einer Tür, das anzeigte, welche die Taverne »Zu den Segnungen der Götter« war.

Obwohl David unbedingt aus dem Weg geräumt werden musste, war selbst Yehuda nicht skrupellos genug, deswegen einen Mord zu begehen. Was er stattdessen vorhatte, lehnte sich an eine der wirksamsten militärischen Strategien von Thutmosis an: die Entführung wichtiger Personen, beispielsweise die von Söhnen von Monarchen. Wie es hieß, waren Häschertrupps des Pharaos bereits nach Sidon und Tyros und Kadesch unterwegs, um die Söhne der jeweiligen Könige zu ergreifen, war doch anzunehmen, dass ihre Väter den ägyptischen Streitkräften keinen Widerstand leisten würden, solange sich ihre Kinder in der Hand von Thutmosis befanden.

An dem Tag, da der König gesundet war, war Yehuda Zeuge

– 329 –

des hitzigen Streits zwischen David und Leah geworden; auch die sehnsüchtigen Blicke, die sich die beiden bei verschiedenen späteren Anlässen zugeworfen hatten, waren ihm nicht entgangen. Wie das alles zusammenhing, hatte er dann ihrer Korrespondenz entnommen, den Briefen von David an Leah und von Leah an David, die voller Entschuldigungen und Bitten um Verzeihung und Liebeserklärungen waren. Yehuda hatte sie gelesen und anschließend vernichtet. Warum auch nicht? Die beiden verdienten es nicht anders. War ihm nicht dadurch, dass sie das Leben des Königs gerettet hatten, der Weg zum Thron versperrt worden? Jetzt aber, Ironie des Schicksals, lag die Lösung von Yehudas Problem in genau diesen Briefen.

Der Wirt der Taverne »Zu den Segnungen der Götter« war ein jovialer, rundlicher Mann namens Kaptah, in dem man niemals einen ägyptischen Spion vermutet hätte. Nur Yehuda wusste davon, fing er doch jedweden Schriftwechsel ab, ehe er ihn weiterleitete, darunter auch den zwischen Pharao Thutmosis' Spionageführer und Kaptah. Yehuda kannte Kaptahs Bericht über die militärische Stärke und die Spitzel von Ugarit.

Von einer Windbö begleitet, trat Yehuda ein. Er musste sich gegen die Tür stemmen, um sie zuzudrücken und sich dann den Regen abzuschütteln. Nur kurz wandten sich ihm in dieser verrauchten Kneipe, in der sich bevorzugt erschöpfte Matrosen und heruntergekommene Huren aufhielten, ein paar Köpfe zu und gleich darauf gleichgültig wieder weg.

Der Schankraum war mit Hockern und niederen Tischen bestückt, Kohlebecken und Lampen und einer Theke, auf der Bier- und Weinkrüge standen, Teller mit Käse und Oliven, ein Korb mit altbackenem Brot. »*Shalaam*, und der Segen der Götter, mein Freund und Bruder!«, begrüßte Kaptah von der Theke aus, die er gerade abwischte, den Fremden überschwänglich. »Komm, wärm dich auf und lass dir den besten Wein von dieser Seite des Euphrats munden!«

»Bist du Kaptah?«, fragte Yehuda, noch immer in seinen Umhang gewickelt und die Kapuze über den Kopf gezogen.

»Der bin ich! Und wie darf dieser bescheidene Diener der Götter deinen Abend angenehmer gestalten? Mit einer Frau vielleicht?«

Yehuda hob abwehrend die Hand. »Ich weiß, dass du den Auftrag erhalten hast, einen Prinzen zu entführen.«

Die vollfleischigen Hände hielten inne. Kaptah blinzelte. »Wie bitte?«

Da Yehuda keine Antwort gab, musterte Kaptah das so traurig wirkende schmale Gesicht des Fremden. Eiskalte Augen, die nicht blinzelten, und seine hervorstehenden Zähne ließen an ein Pferdegebiss denken.

Kaptah rümpfte abschätzig die Nase. »Du liest vertrauliche Briefe?«

»Ich lese alles.«

Kaptah zuckte mit den Schultern und wischte weiter. Er dachte fieberhaft nach, was diese Drohung für ihn bedeuten konnte.

»Deine Gleichgültigkeit verfängt bei mir nicht«, sagte Yehuda. »Mir ist egal, was ihr vorhabt. Entführt so viele Prinzen, wie ihr wollt, meinetwegen den König selbst, wenn ihr euch das traut. Damit hab ich nichts zu schaffen. Mir geht es vielmehr um eine junge Frau aus dem persönlichen Gefolge des Königs. Wenn du die zusätzlich zu den Königssöhnen entführen könntest, würde ich davon absehen, dich, einen feindlichen Spion, festnehmen und hinrichten zu lassen.«

Um darüber nachzudenken, was der Fremde gesagt hatte, und um Zeit zu gewinnen, tunkte der Wirt erst einmal den Lappen ins Wasser und wischte dann weiter. Schließlich fragte er leise: »Eine Prinzessin?«

»Eine Hexe, die allein durch ihre Gegenwart Krankheiten abwehrt. Seine Majestät kann nicht mal seine Notdurft verrichten, ohne dass das Mädchen in seiner Nähe ist. Er befürchtet, dass, sollte sie ihn verlassen oder entführt werden, der Dämon, der ihm die Luftröhre einschnürt, zurückkehrt und ihn umbringt. Sie wäre die wertvollste Geisel, die sich dein Pharao wünschen könnte, wertvoller als Shalaamans eigene Söhne. Ihr Name ist Leah.

Ich werde sie dir zeigen. Ich kann doch wohl annehmen, dass du Männer bereitstehen hast?«

Kaptah schürzte die Lippen und schaute sich um.

»Vergeude nicht meine Zeit, Mann. Deine Entführer sind bereit, zuzugreifen?«

»Sie sind es.«

»Wie wollt ihr vorgehen?«

Kaptah sah das schmale traurige Gesicht mit den tiefliegenden Augen und den großen Schneidezähnen seines Gegenübers lange an. Ein unsympathischer Kerl, dieser Fremde, befand er. Aber seine Kenntnisse wiesen ihn als Mann von hohem Stand und Einfluss aus, weshalb sich die Zusammenarbeit mit ihm als nützlich erweisen konnte. Leise sagte er: »Wie du weißt, hat sich Shalaaman, als er auf seine Reise zu den Fürsten der Region ging, eine weitere Ehefrau zugelegt, eine Prinzessin aus königlichem Hause. Im Jahr darauf kam sie mit Zwillingen nieder. Nicht nur Shalaaman träfe es tief, die beiden zu verlieren, sondern auch den Vater der Prinzessin, den König einer mächtigen Stadt. Auf einen Schlag zwingt Thutmosis zwei seiner Feinde in die Knie.«

»Ein kluges Vorgehen. Umso klüger, zwei auf einen Streich zu erwischen. Wann soll das stattfinden?«

»Zur mitternächtlichen Stunde am ersten Abend, den der König wieder im Palast verbringt. So kurz nach der Rückkehr dürfte es bei ihm und seinem Gefolge ein wenig drunter und drüber gehen; außerdem ist damit zu rechnen, dass alle nach der langen Reise sehr müde sind und tief schlafen. Meine Männer werden sich in die Kinderstube der kleinen Prinzen schleichen und sie zusammen mit ihren Kinderfrauen entführen. Bis die Tat entdeckt wird, haben wir Ugarit weit hinter uns gelassen.«

Aus den Tiefen eines Lederbeutels an seinem Gürtel zog Yehuda einen goldenen Ring heraus. »Wenn sich deine Leute der Zwillinge bemächtigen, soll ein weiterer deiner Männer die junge Frau, Leah, entführen. Meinem Informanten zufolge schläft sie in einem Alkoven neben der königlichen Bettkammer. Lass sie um Mitternacht entführen. Aber gib acht! Bis sie vor dem Pharao steht, muss sie gut behandelt werden. Kein Leid darf ihr zugefügt werden, sonst ist sie nichts mehr wert. Versprichst du mir das?«

Der Wirt grinste. »Die Götter lächeln auf uns herab, mein Freund!« Er stellte geräuschvoll einen Becher Bier auf den Tisch. »Lass uns darauf anstoßen.«

Aber der Rab mit dem traurigen Gesicht warf ihm nur den goldenen Ring hin und ging.

Als David und Nobu eintrafen, führte Avigail sie an das Feuer in der Küche, damit sie sich dort aufwärmen konnten. Anbieten konnte sie ihnen nur wenig – Brot und Käse und gepökelten Fisch, die Verpflegung der Familie für eine Woche. David lehnte dankend ab, drückte ihr stattdessen ein paar Kupferringe in die Hand, die sie mit Tränen in den Augen annahm, um ihm dann von Ziras Drohung zu berichten.

Während sein Meister zuhörte, ließ Nobu Esther nicht aus den Augen. Wie blass sie war! Wie eine geisterhafte Gestalt, den Schleier vors Gesicht gehalten, verharrte sie im Hintergrund. Nobu tat sie so leid. Wie gern hätte er sie in die Arme genommen und getröstet. Aber das stand ihm nicht zu, und er wollte sie auch nicht erschrecken. Sie wirkte derart schüchtern, dass sie die zärtlichen Gefühle, die er für sie hegte, bestimmt nicht als solche deuten würde.

Und jetzt – da er von Ziras neuestem Plan erfuhr, diese Familie zu quälen! – konnte er vor Zorn kaum noch an sich halten.

David hingegen blieb gelassen. »Keine Sorge, verehrte Avigail«, sagte er beschwichtigend. »Es mag Zira zwar von Rechts wegen zustehen, euch in die Sklaverei zu verkaufen, uns aber steht das Recht zu, dagegen vorzugehen. Seit ich in der Bruderschaft bin, habe ich mich mit vertrauenswürdigen Anwälten angefreundet. Die werde ich aufsuchen und mit ihrer Hilfe Ziras Vorhaben so lange hinauszögern, bis ich euren Fall vor Gericht bringen kann.«

»Asheras Segen sei mit dir, lieber David«, sagte Avigail und umarmte ihn. »Und gesegnet seien die Götter, dass sie dich vor

– 333 –

sechs Jahren in dieses Haus geführt haben. Wir werden für deinen Erfolg beten.«

†

Man nannte sie die Dämonenbetörerin, und nichts, was Leah sagte oder tat, vermochte etwas daran zu ändern. Wenn sie dem König zu erklären versuchte, dass es nur die Sonne und die Wärme waren, die den Dämon, der Erstickungsanfälle auslöste, daran hinderten, von seinem Körper Besitz zu ergreifen, winkte Shalaaman nur ab. »Ich habe doch selbst gehört, wie deine Stimme den Dämon betört und ihn aus meiner Brust gelockt hat. Du kannst nicht zu deiner Familie. Deine Belohnung ist, bei deinem Herrscher zu bleiben.«

Jahrelang hatte sie ihrem König gehorcht und sich seinem Befehl gebeugt. Aber jetzt blieb ihr nichts anderes übrig als die Flucht.

Es war Mitternacht, und der König schlief. Schon um zu vermeiden, dass man ihre Familie zur Rechenschaft zog, hatte Leah gar nicht vor, ein für alle Mal zu verschwinden. Sie wollte vor Tagesanbruch zurück sein, ehe Shalaaman aufwachte. Ein gefährliches Unternehmen, aber sie wollte unbedingt ihre Familie wiedersehen. Ihr Anliegen duldete einfach keinen Aufschub!

Und sie musste ein sicheres Versteck für ihre Tafeln finden.

Während ihrer Reise mit König Shalaaman hatte sie ihre reich bemessene Freizeit dazu genutzt, sich, wenn auch mühsam, Davids neue Schrift anzueignen. Und sobald sie den Ritzstift in den Ton zu drücken verstand, hatte sie achtzehn medizinische Heilmethoden und ihre magische Wirkung auf Tontafeln festgehalten und sie, nachdem sie getrocknet waren, ihrem persönlichen Gepäck hinzugefügt.

Jetzt aber sorgte sie sich um deren Sicherheit, da sie in einer Wandnische schlief und jeder, der vorbeikam, Zugriff auf ihre Habe hatte. Im Hause ihres Vaters würden die Tafeln gut aufgehoben sein, weshalb sie sie dorthin mitzunehmen gedachte.

Als sie sich im Dunkeln ankleidete, klopfte ihr Herz wie verrückt vor Aufregung und Vorfreude, sie alle wiederzusehen – Großmutter und Mutter, Esther und die kleinen Jungen. Selbst Saloma hatte ihr gefehlt.

Am meisten aber David … Keine Briefe, keine Antwort auf ihre Briefe an ihn. Hatte er sie überhaupt erhalten? Wo es ihr doch so schrecklich leidtat, was sie damals, als sie den König von seinen Erstickungsanfällen geheilt hatte, im Zorn geäußert hatte. Davids schmerzvoll verzerrtes Gesicht, als sie gesagt hatte, sie werde ihn auf ewig verachten. Wie oft hatte sie sich auf ihrer Reise diese entsetzliche Szene ins Gedächtnis gerufen und sich gewünscht, sie ungeschehen zu machen! Sie hatte David Tag und Nacht in ihrem Herzen bewahrt, für ihn gebetet, von seinen dunklen Augen geträumt, seinen starken Armen, seinem leidenschaftlichen Kuss. Und jetzt war sie wieder in Ugarit.

Bald, mein Liebster, bald …

Mit weichem Stoff umhüllt, legte sie ihre kostbarste Habe in ihre Tasche – alles Dinge, die sie beim Herumziehen von einer fremden Stadt zur anderen begleitet hatten und sie mit ihrem Zuhause und ihren Lieben verbanden: die Tafel mit der Baldrianrezeptur, die David ihr gegeben hatte, das Liebesgedicht, das sie zwischen Tante Rakels Sachen gefunden hatte, das goldene Fruchtbarkeitsamulett, das ihr vor sieben Jahren hatte Glück bringen sollen.

Sie schloss die Augen und sprach ein Dankesgebet. Ihre Sehnsucht nach Ugarit und ihrer Familie war grenzenlos gewesen. Täglich hatte sie an sie gedacht, ihnen so oft wie möglich Nachrichten zukommen lassen und für sie gebetet. Jetzt war sie endlich wieder in der Stadt, in der sie geboren war, und ihr Zuhause lag nur wenige tausend Schritt in südlicher Richtung. Bitte, flehte sie Asherah an, gib dem König ein, mich heimkehren zu lassen – wenigstens für eine Weile.

Sie hatten in Mitanni im Norden und Osten viele große und kleine Städte besucht, waren sogar bis nach Karkemisch, an den nördlichen Nebenflüssen des Euphrats gelegen, gekommen. Mit allen hatte Shalaaman Friedensverträge geschlossen, Allianzen,

Pakte und Handelsabkommen, die auf Hunderten von Tontafeln aufgezeichnet worden waren und jetzt zur sicheren Aufbewahrung in das Archiv der Bruderschaft wanderten. Als weiser Herrscher hatte Shalaaman einen sich abzeichnenden Konflikt mit Ägypten vorausgesehen und starke Bündnisse geschaffen. Er hatte sogar eine Prinzessin geheiratet, die ihm zwei Söhne geschenkt hatte – ein noch stärkeres Band zwischen ihm und einem anderen Königreich. Nachdem man erfahren hatte, dass Thutmosis Megiddo erobert hatte, und kaum Zweifel mehr daran bestand, dass er weiter gen Norden ziehen würde, fand Shalaaman, dass er mit seiner Allianz gut vorbereitet war. Für alle Fälle hatte der König jedoch, als sie noch drei Tagesreisen von Ugarit entfernt waren, zusätzlich den Befehl erteilt, die Befestigungsanlagen der Stadt zu verstärken, die Armee in voller Stärke einzuberufen und jeden körperlich einsatzfähigen Mann zur Verteidigung der Stadt zu rekrutieren.

Am kommenden Morgen sollte mit der Arbeit an den Stadtmauern begonnen werden, Vorräte an Nahrungsmitteln, Wasser und Gerätschaften für den Fall einer Belagerung angelegt werden. Furcht breitete sich aus, gepaart mit gespannter Erwartung. Und darin lag der eigentliche Grund, weswegen Leah zu mitternächtlicher Stunde heimlich ihre Familie aufsuchen wollte. Es war nicht nur, weil sie Sehnsucht nach ihnen hatte – eine kaum noch zu bezähmende Sehnsucht! –, sondern weil sie sie dazu bringen wollte, ihre schutzlose Villa, an der alle Wege aus dem Süden vorbeiführten, zu verlassen und sich in der Stadt eine Unterkunft zu suchen, bis die ägyptische Bedrohung vorbei war.

Auf Zehenspitzen schlich Leah aus ihrem Alkoven in der königlichen Bettkammer über geheime Flure, hielt zwischendurch inne, um zu lauschen, ob auch niemand ihre Flucht bemerkte. Sie wollte die Strecke bis zur Villa im Dauerlauf zurücklegen, ihr Herz würde ihren Füßen Flügel verleihen. Sobald sie ihre Familie gesprochen und die achtzehn Tafeln an einem sicheren Ort verwahrt hatte, wollte sie herausfinden, wie sie David eine Nachricht zukommen lassen konnte. Allein schon um ihn zu fragen, warum er ihr niemals geschrieben, warum er keinen ihrer Briefe beantwortet hatte.

Die Schatten, die sich aus einer Türöffnung lösten, bemerkte sie in ihrem Eifer nicht und hörte auch nicht, wie sie sich verstohlen näherten. Als sich eine große Hand über ihren Mund legte, versuchte sie zu schreien, aber die Hand presste sich zu fest auf ihre Lippen, und gleichzeitig packte sie ein starker Arm um die Mitte und quetschte ihr den Atem ab. Als ihr Entführer sie hochhob, keilte sie mit den Beinen aus. Sie gewahrte einen zweiten Mann, versuchte, ihm mit dem Fuß einen Tritt zu versetzen.

Sie sah die Faust. Sah sie auf sich zukommen. Spürte einen dumpfen Schlag, dann wurde es um sie herum schwarz.

※

Bei Tagesanbruch wurden alle Bewohner im Haus des Goldes sowie im königlichen Palast vom Aufruhr geweckt.

Der König war außer sich. Die zwei kleinen Prinzen waren entführt worden – und seine Dämonenbeschwörerin!

Es war aber auch zu einfach gewesen. Der Zeitpunkt zu perfekt gewählt. Die Zielpersonen zu leicht ausfindig zu machen. Erst als man die leeren Betten entdeckte, war das dreiste Verbrechen offenkundig geworden. Die Berater des Königs vermuteten sofort, dass dies das Werk von Ägyptern war. Eilig wurde ein Suchtrupp losgeschickt, aber niemand wusste, wo genau die Entführten sein mochten.

Als David von dem Vorfall hörte, keimte ein dunkler Verdacht in ihm auf. Er überlegte, woher die Entführer so genau hatten wissen können, wo die Prinzen zu finden waren. Und warum hatten sie Leah entführt? Wer, so fragte sich David, wusste denn, welche Bedeutung sie für den König hatte. Schlagartig wurde ihm klar, wer tatsächlich dahintersteckte.

»Wo ist sie?«, brüllte er, als er in Yehudas Gemächer stürmte, in denselben Raum, in dem er sich einst mit dem alten Rab getroffen hatte. »Wohin hat man sie gebracht?«

Yehuda sah nicht von seinem Frühstück – Haferbrei mit Honig, Brot und Ziegenmilch – auf. »Wie kommst du darauf, dass ich das weiß?«

David ließ die Faust auf den Tisch krachen, dass die Schüsseln schepperten. »Du weißt alles, was in dieser Stadt vor sich geht! Also, wo ist sie?«

Yehuda trank seelenruhig die Milch, betupfte sich anschließend die Lippen mit einem Tuch und hob erst dann den Blick. »Natürlich weiß ich es nicht genau, das habe ich auch dem König so gesagt. Aber da es dich derartig zu interessieren scheint: Sie sind mit ihr wohl nach Süden gezogen, in das Lager des Pharaos, auf ein Plateau namens Har-Megiddo. Allerdings«, fügte er hinzu, »rate ich dir davon ab, ihre Spur zu verfolgen. Der König hat bestimmt, dass jeder körperlich einsatzfähige Mann in Ugarit, der das zwölfte Lebensjahr vollendet hat, in die Armee einzutreten hat. Ab sofort darf kein Mann die Stadt verlassen; wer sich dem widersetzt, wird als Deserteur hingerichtet.«

David machte kehrt und eilte hinaus. Yehuda, der von vornherein gewusst hatte, dass David seinen Rat nicht befolgen, sondern sich auf die Suche nach Leah machen würde, widmete sich lächelnd wieder seinem Frühstück.

Auf dem Pferdemarkt außerhalb der Stadtmauern erstanden sie zwei schnelle Stuten sowie zwei Packtiere.

»Meister«, erhob Nobu Einspruch. »Wenn wir ohne Erlaubnis losziehen, wird uns der König nachstellen und uns als Deserteure einen Kopf kürzer machen. Und wenn nicht, dürfen wir uns in Ugarit nie wieder sehen lassen. Überleg dir also gut, worauf du dich einlässt!«

David erwiderte nichts darauf. Rasch verstaute er ihr Gepäck auf einem Pferd, streifte sich dann alles an Gold und Edelsteinen von seinen Armen und der Stirn, zog auch seinen Siegelring aus Karneol vom Finger und stopfte den Schmuck in einen Sack, zusammen mit Brot, Nüssen und gepökeltem Fisch.

Nobu startete abermals einen Versuch. »Meister, ich muss ge-

– 338 –

stehen, dass ich mein Herz an Esther verloren habe. Wenn du und ich nach Süden ziehen, ist niemand mehr da, der die Familie beschützt!«

»Dann bleib doch hier! Ich jedenfalls mache mich auf die Suche nach Leah!«, rief David, während er seinen Umhang aus edlem Angora in die Decke einschlug, die ihm als Schlafunterlage dienen würde, und ihn gegen einen grob gewirkten braunen vertauschte, den er sich, um weniger aufzufallen, auf dem Markt besorgt hatte. Dann stieg er auf.

Nobu besah sich das für ihn bestimmte Pferd. Das letzte Mal, dass er auf einem solchen Ungetüm gesessen hatte, war vor sechs Jahren gewesen, als sie von Lagasch nach Ugarit gezogen waren. Mit größtem Widerwillen hievte er sich auf den Pferderücken. Seit seiner Geburt war Nobu dem königlichen Haus von Lagasch ergeben, hatte ihm loyal gedient – und würde es auch weiterhin so halten. Mit einem stummen Gebet zu jedem Gott, der ihm einfiel, eingeschlossen die, die vielleicht keinen Namen hatten, flehte er inständig darum, sie mögen Esther und ihre Familie beschützen. Dann nahm er die Zügel auf und hoffte, sich bis zur Rückkehr nach Ugarit nicht den Hals zu brechen.

Unter Yehudas wachsamen Blicken durchsuchten drei Schriftkundige Davids Unterkunft, wobei sie jede Tafel, die sie in seiner neuen Schrift fanden, zerschmetterten.

»Das wär's dann, Rabbi«, vermeldeten sie inmitten des Scherbenhaufens. »Wir haben alles auf den Kopf gestellt. Es gibt keine weiteren Tafeln. Die Schrift des Ketzers existiert nicht mehr.«

Yehuda lächelte. Bei seinem Bemühen, Leah zu retten, würde David sterben und sein kostbarer neuer Code mit ihm.

Vom Ende des Pfads aus beobachtete Avigail die Hauptstraße. Ein kalter, beißender Wind fuhr ihr in den Umhang, die ersten Regentropfen fielen. Sie sah David und Nobu der Stadt den Rücken kehren und nach Süden reiten.

Sie hatten kurz an der Villa haltgemacht, um Avigail zu informieren, dass sie die Suche nach Leah aufnehmen wollten. David hatte Avigail noch einen goldenen Armreif übergeben und gesagt: »Ich würde dir ja gern mehr geben, aber das, was ich noch habe, brauche ich vielleicht als Lösegeld für Leah.« Leise fügte er hinzu: »Bete für uns. Wir kommen mit ihr zurück.« Dann war er wieder aufgesessen.

Zu ihrer Verblüffung war Nobu, der sie mit seinem hervorstehenden Kopf oft an eine Schildkröte erinnerte, noch herausgeplatzt: »Richte Esther aus, sie soll sich keine Sorgen machen!« Dann hatten sie ihre Pferde einen schnellen Galopp anschlagen lassen und waren Richtung Süden entschwunden.

Jetzt sah Avigail, wie die Straße nach und nach im Nachtdunkel versank. Wenn die beiden Leah nicht fanden, was dann? Was, wenn sie nie wieder zurückkam? Würden dann wirklich nur noch sie selbst, Hannah und Esther, Saloma und die beiden Knaben übrig bleiben – allein und schutzlos und auf dem Weg in die Sklaverei?

12

»Ich bin nicht eine der Kinderfrauen«, versuchte Leah erneut klarzustellen. »Ich gehöre nicht hierher. Bitte lass mich gehen.«

Ohne zu antworten, verteilte der ägyptische Soldat weiter Becher mit Wasser und Schalen mit Haferbrei und Honig an die Insassen des Planwagens. Im Morgenlicht sah Leah, die das Essen in Empfang nahm und an ihre Gefährtinnen weitergab, wie über die Staubstraße eine verlotterte Horde Kinder und Frauen auf die Soldaten zukam. Immer zahlreicher wurden sie, diese bedauernswerten Menschen, die der vorrückenden Armee des Pharaos zu entkommen suchten. Sie waren Flüchtlinge, hatten ihre Männer und ihr Zuhause verloren und wussten nicht, wo sie hinsollten. Als eine der Frauen um etwas zu essen bat, zog ihr ein Soldat eins mit der Peitsche über und verscheuchte damit auch die anderen.

Der Verschlag hinten am Planwagen wurde wieder geschlossen, und Leah sowie die verschreckten Kinderfrauen im Halbdunkel sahen sich ihrem ungewissen Schicksal überlassen.

Seit zehn Tagen waren sie jetzt unterwegs – eine anstrengende Reise in dem schwankenden und rumpelnden Wagen, der nur anhielt, um den Frauen zu gestatten, sich entlang der Straße ein Plätzchen zur Verrichtung ihrer Notdurft zu suchen. Ihr Aufbruch aus dem Palast war in aller Eile erfolgt; Wagen und Wachen war daran gelegen, bis zum Anbruch des Tages Ugarit so weit hinter sich zu lassen, dass nach Entdeckung der schändlichen Tat die Soldaten des Königs Shalaaman nur schwer die Verfolgung aufnehmen konnten, allein schon deswegen, weil sich nach Passieren des Gebirges im Süden mehrere Routen öffneten und man nicht sicher wusste, welche die Entführer eingeschlagen hatten.

»Wo bringen sie uns hin?«, fragte eine der Kinderfrauen. Dunkle Ringe zeichneten sich inzwischen um ihre Augen ab, sie hatte Gewicht verloren, rührte auch jetzt ihren Haferbrei nicht an. »Das wissen wir erst, wenn wir da sind«, meinte eine der anderen, die einen der kleinen Prinzen aus ihrer eigenen Schale fütterte. »Töten werden sie uns jedenfalls nicht. Sie brauchen uns für die Versorgung der Prinzen. Wenn sie sterben, hat der Pharao keine Geiseln, um sie gegen unseren König einzusetzen. Die Götter sind mit uns.«

Die Erste senkte den Kopf. »Ägypter fressen kleine Kinder«, murmelte sie. »Das weiß doch jeder.«

Leah tätschelte dem Mädchen die Hand. »Iris hat recht. Die Ägypter werden euch anständig behandeln. Bete zu Asherah und hab keine Angst.«

Trotz ihrer beruhigenden Worte fühlte sich Leah alles andere als optimistisch. Obwohl sie den Wachen erklärt hatte, dass ein Fehler vorliegen müsse, ahnte sie, warum sie entführt worden war: Sie war für den König unverzichtbar, und wenn der Pharao sie als Geisel behielt, konnte Ägypten ohne große Gegenwehr Ugarit einnehmen.

Ständig lauerte sie auf eine Gelegenheit zur Flucht. Dreimal hatte sie bereits einen Versuch unternommen, war aber jedes Mal umgehend wieder eingefangen und zurückgebracht worden. Sie musste es weiter versuchen, auch wenn sie keine Ahnung hatte, wie sie nach Ugarit zurückkam. Blieb sie Gefangene des Pharaos Thutmosis, dann stand zu befürchten, dass sie ihre Familie oder David niemals wiedersehen würde. Durch Erfahrung klug geworden, wurde sie besonders streng bewacht; wenn die Wachen die Frauen in Abständen aus dem Wagen ließen, damit sie sich erleichtern konnten, banden sie Leah ein Seil um den Knöchel und befestigten es am Wagen.

Wann würden sie an ihrem Ziel ankommen? Leah hob die Lederklappe vor dem kleinen Fenster des Planwagens und sah, dass sie nicht länger Wald und Hügel umgaben, sondern sich eine offene Ebene vor ihnen ausbreitete. Und dann merkte sie, dass der Wagen seine Fahrt verlangsamte, vernahm jetzt, da er zum Halten kam und hinten die Klappe aufgerissen wurde, Stimmen und ein Wirrwarr anderer Geräusche.

Beim Aussteigen bot sich Leah und den Kinderfrauen ein atemberaubender Anblick.

So weit das Auge reichte, dehnte sich auf dem Plateau zwischen zwei Bergen ein riesiges, lärmendes Lager aus, mit Zelten, Männern und Tieren. Es wimmelte von Soldaten. Alles war von derart viel Rauch umwirbelt, dass die Mittagssonne kaum durchdrang. Die Entführten selbst befanden sich auf ihrem Wagen inmitten von Koppeln mit Hunderten von Pferden; unweit davon sah man unzählige Kamele und hinter ihnen reihenweise einsatzbereite Streitwagen. Ägyptische Soldaten, Wagenlenker und Pferdeknechte gingen mit einem derartigen Geschrei ihren Aufgaben nach, dass Leah sich am liebsten die Ohren zugehalten hätte.

Es stimmte also, was gemunkelt wurde: Das ägyptische Heer war größer als alles, was es je an Streitmacht gegeben hatte.

Die Kinderfrauen mit den beiden kleinen Prinzen wurden weggebracht, dann trat ein Soldat, dessen Brustschutz und Helm aus Bronze ihn als Offizier auswies, zu Leah, sagte etwas auf Ägyptisch und schlug sodann einen Pfad zwischen Zelten und Lagerfeuern ein. Offenbar sollte sie ihm folgen.

Verwundert schaute sie sich um. Auf dem Plateau unweit der Stadt Megiddo sah sie das Meer von Zelten und Hütten, gezimmerten oder behelfsmäßigen Unterkünften, jeweils mit einem Lagerfeuer davor, dessen Rauch zum Himmel stieg. Durch die vernebelte Luft klangen Gelächter und Rufe, Schreien und Weinen, Musik, Wiehern und Muhen, das Klirren von Metall bei den Waffenschmieden. Sie sah Männer, die Bogen und Pfeile herstellten, Metzger, die Tiere ausnahmen, Frauen, die Wasserkrüge auf dem Kopf balancierten. Eine richtige kleine Stadt, befand Leah. Auf Büschen und Felsbrocken war Wäsche zum Trocknen ausgebreitet. Der Duft der Zubereitung von Tausenden Mahlzeiten lag in der Luft. Sie sah Männer aufmarschieren, Reiter, die mit ihren Pferden Kampfmanöver übten, Streitwagen, die repariert wurden. Eine Soldatenstadt, berichtigte sie sich. Und dann machte sie in der Ferne, auf der anderen Seite eines kleinen Flusses, ein weiteres, noch größeres Lager aus, das sich bis zu den Ausläufern der Berge hinzog, und dort sah sie Kinder und alte Männer und Frauen, die über Kochstellen in Töpfen herumrührten. Gefangene? Sie wusste ja, dass Thutmosis Flüchtige und Wüstenbewohner und jeden, der kein Heim besaß, zusammengetrieben hatte, auf dass sie in Ägypten neue Bauwerke für den Pharao errichteten.

Vor einem Zelt, größer als die übrigen, das aus leuchtend blauem Material gefertigt und von schwerbewaffneten Wachen umstellt war, blieb der Offizier stehen und bedeutete ihr zu warten, um sie gleich darauf mit ausgestreckter Hand in einem Ton zu rufen, der wie ein Befehl klang.

Als Leah ihm andeutete, dass sie seine Sprache nicht verstehe, zerrte er an dem Riemen ihrer Tasche, die sie quer über Schulter und Brust trug. Sie überlegte kurz, ob sie sich wehren sollte, hielt es dann aber für besser, sich zu fügen, und übergab ihm die Tasche mit den Tontafeln und ihren anderen Schätzen.

Er verschwand im Zelt. Leah nutzte seine Abwesenheit, um sich umzusehen – bot sich etwa eine Möglichkeit zur Flucht? Aber um das große Zelt und auf der freien Fläche davor waren jede Menge Wachen in besonderer Rüstung postiert. Welch hochrangige Persönlichkeit mochte sich in diesem Zelt aufhalten? »Gnädige Asherah«, flüsterte sie. »Beschütze mich.«

David und Nobu waren seit zehn Tagen unterwegs, hatten zwischendurch nur kurz Rast gemacht, um zu schlafen, rasch etwas hinunterzuschlingen und den Pferden eine Ruhepause zu gönnen. Je näher sie auf Har-Megiddo zugeritten waren, desto mehr Flüchtlinge waren ihnen entgegengekommen. Als sie einen Landstrich namens Galiläa durchquerten, waren ihnen ganze Familienverbände begegnet, die sich mit ihrer gesamten Habe auf der

Flucht vor der Armee des Pharaos befanden. Nach dem Durch-
queren eines Flusses hatten David und Nobu dann den Rauch von
gut und gern tausend Lagerfeuern erblickt, und jetzt saßen sie
auf einem kleinen Hügel, der sich über einem Plateau erhob, und
schauten erschüttert auf ein Megiddo – diese uralte, berühmte
und reiche Stadt –, das lichterloh brannte. Sie sahen durch den
rauchgeschwängerten Dunst ägyptische Soldaten durch die Stadttore drängen. Sie beobachteten, wie die Plünderung des hochherr-
schaftlichen Megiddo vonstatten ging, als die Meute der Soldaten
mit edlen Pferden, goldenen Statuen und Frauen, die sie sich wie
Kornsäcke auf die Schultern geladen hatten, abzogen.

»Meister«, sagte Nobu. »Mir schwant nichts Gutes. Sämtliche
Handelsrouten treffen hier zusammen. Und jetzt ist alles in ägyptischer Hand!«

David antwortete nicht. Er musste daran denken, dass Ugarit
ebenfalls eine Drehscheibe wichtiger Handelsrouten war und dass
Ugarit obendrein über einen bedeutenden Hafen verfügte. Um
wie viel begehrenswerter diese nördliche Stadt sein musste. Pharao Thutmosis gab sich mit Megiddo bestimmt nicht zufrieden.

Auch Nobus Gedanken drehten sich um Ugarit. Seit ihrem
Aufbruch machte er sich ständig Sorgen um Esther. Ging es ihr
gut, oder hatte Zira sie bereits als Sklavin verkauft? *Sobald wir
zurück sind, werde ich zu ihr gehen, und wenn sie nicht da ist,
werde ich mich auf die Suche nach ihr machen – bis ans Ende der
Welt, wenn es sein muss.*

Sie ritten den Hügel hinunter bis zur westlichen Begrenzung
des riesigen Lagers, wo eingezäunte Schafe und Ziegen grasten.
Dort stiegen sie ab, legten ihre beste Kleidung an, und David
streifte sich seinen königlichen Siegelring über den Finger. »Wir
müssen Leah finden«, sagte er, ohne sich vorstellen zu können,
wo sie inmitten dieses Durcheinanders und Menschengewirrs damit anfangen sollten. »Weit kann sie nicht sein. Sie dürfte gestern, vielleicht auch erst heute Morgen hier eingetroffen sein.«

Als sie ihre Pferde durchs Lager führten, sahen sie Menschen
unterschiedlicher Völker mit fremdartiger Kleidung, und alle

möglichen Sprachen drangen an ihr Ohr – ein Beweis für das weitgespannte Netz des Pharaos.

»Wir müssen das Hauptlager des Königs finden«, sagte Nobu, der mit wachsender Verzweiflung mal hierhin, mal dorthin spähte. Wie gedachte der Pharao die Kontrolle über eine derart zusammengewürfelte Menge zu wahren? *Wie sollen wir da Leah finden? Tage, ja sogar Wochen kann das dauern! Und inzwischen wird die arme Esther in die Sklaverei verkauft …*

»Da oben«, sagte David und deutete über einen kleinen Fluss hinweg. »Das muss das Militärlager sein. Diese Leute hier sind Gefangene.«

Nachdem sie den schlammigen kleinen Fluss durchquert hatten, wies David auf einen Soldaten, der ein kupfernes Kettenhemd trug und einen Schlagstock mit einem Pferdeschwanz in der Hand hielt. »Eindeutig ein Offizier«, sagte er.

Zehn Tage lang hatten David und Nobu beratschlagt, wie sie Leah zu retten gedachten. Zunächst war ihnen das recht einfach erschienen: herausfinden, wo sie festgehalten wurde, sich im Schutze der Nacht anschleichen, sie packen und wegreiten. Ein kurzlebiges Phantasiegespinst. Je mehr Flüchtlingen sie begegnet waren, desto genauer erfuhren sie, wie riesig die Armee des Pharaos war. Umso mehr war sich David bewusst geworden, wie ahnungslos er sich mit Nobu auf den Weg gemacht hatte.

»Du da!«, rief er jetzt den Offizier in der Sprache des Niltals an. »Hauptmann! Auf ein Wort!«

Der Offizier warf den beiden Fremden einen misstrauischen Blick zu. Als er dann ihre Pferde – Prachtexemplare wie diese konnten sich nur Wohlhabende leisten – und ihre erlesene Garderobe musterte, das Gold und die Juwelen und vor allem die stolze und aufrechte Haltung des Jüngeren der beiden und dessen selbstbewussten, autoritären Ton bemerkte, befand er sie für würdig, ihnen seine Aufmerksamkeit zuzuwenden.

»Ich wünsche mit deinem Vorgesetzten in einer dringenden Angelegenheit im Rahmen internationaler Diplomatie zu sprechen.«

Der Hauptmann, der nie eine Schule besucht hatte und nur darin ausgebildet war, Soldaten in der Kriegsführung zu drillen, sah ihn verständnislos an.

Deshalb wies David seinen Siegelring vor. »Dies ist das Siegel der königlichen Familie von Lagasch. Ich bin ein Prinz jener Stadt und wünsche, zu deinem König, dem großen und verehrten Pharao Thutmosis, gebracht zu werden.«

Das verstand der Hauptmann. Er starrte die Fremden einen Moment lang an und brach dann in ein schallendes Gelächter aus. »Zwei Einfaltspinsel aus Lagasch«, grölte er, »die sich einbilden, ihre Ärsche sind besser als alle anderen!« Er klopfte sich auf seine mit einem Kettenhemd bewehrte Brust und sagte: »Ich bin der Oberste Befehlshaber der königlichen Wachen, und selbst *mir* wird keine Audienz mit dem Heiligen und Ewigen Thutmosis, dem Sohn der Götter, der Herrlichkeit der Sonne, gewährt!« Er spuckte auf den Boden und fuhr sich dann mit der Hand über den Mund. »Ich werde dir eine Audienz mit den Gitterstäben eines Käfigs verschaffen, und morgen stelle ich dich meinen Männern als Zielscheibe zur Verfügung.«

Er winkte zwei mit Speeren bewaffnete stämmige Soldaten herbei. Nobu schrie empört auf, aber David ließ sich nicht einschüchtern. »Bei euch sind kürzlich mehrere Geiseln eingetroffen, hab ich recht, Hauptmann? Aus Ugarit? Ich bin vom König jener Stadt beauftragt, mit deinem Pharao über diese Geiseln zu verhandeln.«

Dem Hauptmann verging das Grinsen, mit zusammengekniffenen Augen taxierte er den Fremden. Ein Edelmann, zweifellos. Und wohlhabend. Obendrein gebildet, denn er sprach perfekt Ägyptisch.

»Du tätest gut daran, meinem Ersuchen nachzukommen«, fügte David noch hinzu.

»Meister«, warnte Nobu erschrocken. »Es steht dir nicht zu, für König Shalaaman zu sprechen. Das könnte uns den Kopf kosten.«

»Sei still«, wies David ihn zurecht. Selbst wenn der Hauptmann mit Sicherheit kein Kanaanäisch verstand, war dies hier

– 347 –

ein riskantes Spiel. Sollte der Schwindel auffliegen, war ihnen die Hinrichtung gewiss. Wenn David jedoch mit seinem Trick Erfolg hatte und er Leah heil nach Ugarit zurückbrachte, würde Shalaaman nicht verstimmt sein, sondern ihnen sogar eine Belohnung zukommen lassen.

»Ich muss mich mit meinem Vorgesetzten besprechen«, sagte der Hauptmann schließlich.

Leah konnte nicht abschätzen, wie viel Zeit vergangen war, seit der königliche Wachhabende sie zu diesem prächtigen blauen Zelt gebracht hatte. Die Sonne war hinter den Bergen verschwunden. Überall im Lager brannten Fackeln. Noch immer überlegte sie, ob sie weglaufen sollte, aber angesichts der vielen bewaffneten Soldaten, einige davon hoch zu Ross, würde sie nicht weit kommen.

Endlich trat ein Mann aus dem Zelt. Seine langen Gewänder aus weißem Leinen, die schwarze Perücke und die mit grüner Schminke umrandeten Augen erinnerten sie an den ägyptischen Arzt, mit dem sie sich vor sechs Jahren im Haus des Goldes unterhalten hatte. Beeindruckend sah er aus mit seinem langen Stab aus Ebenholz und Gold und seinem mit Lapislazuli besetzten Halskragen. Überraschend für sie war, dass er in perfektem Kanaanäisch ausrief: »Erbitte die Gnade der Götter und erniedrige dich vor dem, der über Blut und Winde Seiner Majestät wacht, der Seiner Majestät Eingeweide gesund erhält, der für Verdauung und die Gemütsruhe Seiner Majestät Sorge trägt. Erweise Demut gegenüber dem Obersten Arzt Ägyptens, der rechten Hand Seiner Majestät – dem Ehrwürdigen Reshef. Erflehe die Gnade der Götter!«

Ein zweiter Mann erschien. Er war hochgewachsen und schlank und trug ebenfalls eine schwarze Perücke und lange weiße Leinengewänder. Seine Augen waren blau umrandet, seine wulstigen Lippen rot angemalt. Das Auffälligste an ihm war seine Nase, die groß und knochig und schnabelförmig gekrümmt war.

Als der Oberste Arzt Ägyptens Leah gegenüberstand, hob er rasch die Hand, hielt sie sich mit der Handfläche nach außen vors

Gesicht und flüsterte etwas auf Ägyptisch. Dann ließ er die Hand sinken und fragte, ebenfalls auf Ägyptisch: »Du bist die Dämonenbetörerin?«, was der Mann mit dem Stab für Leah auf Kanaanäisch übersetzte.

»So nennt man mich zwar, hoher Herr, aber das bin ich nicht«, erwiderte Leah und schloss aus der Frage des Arztes, dass einer der ägyptischen Kundschafter, denen ihre Entführer unterwegs begegnet waren und mit denen sie sich besprochen hatten, zurück in dieses Lager geritten sein und Reshef von der wertvollen Geisel unterrichtet haben musste. »Ich habe König Shalaaman nach einer Methode geheilt, die aus Jericho stammt. Dämonen zu betören, vermag ich nicht.«

Er schüttelte abwehrend den Kopf. »Es geht nicht darum, ob du Dämonen betörst oder nicht. Tatsache ist, dass dein König *glaubt*, dass du ihn am Leben hältst, und darauf kommt es meinem Pharao an. Du wirst unsere Gefangene sein, bis ein Frieden mit Ugarit ausgehandelt ist.«

»Wann wird das geschehen?«

»Das kann ich nicht beantworten. In ein paar Monaten vielleicht oder in ein paar Jahren. Oder es kommt zum Krieg, und du kehrst nie wieder in deine Stadt zurück. Das hängt von deinem König ab.« Er schnalzte mit den Fingern, worauf ein Wachhabender mit Leahs Tasche erschien und sie Reshef übergab.

Reshef griff hinein und zog die Tafeln heraus. »Was bedeuten sie?«, ließ er durch den Dolmetscher mit dem langen Stab fragen.

»Auf einer steht ein Gedicht, hoher Herr. Auf der zweiten wie man den Dämon behandelt, der die Luftröhre einschnürt. Und auf der dritten eine Rezeptur, für die man Baldrian benötigt. Allerdings ist sie in einer alten Sprache abgefasst, und alles konnte ich noch nicht übersetzen.«

»Bist du eine Heilerin?«

»Nein, Herr, in Ugarit ist es Frauen nicht gestattet, sich ärztlich zu betätigen.«

Gefärbte Brauen wölbten sich über blau umrandeten Augen. »Dann ist dein Volk in der Tat rückständig. In Ägypten gibt es viele weibliche Ärzte, von denen auch einige im Haus des Lebens Unterricht erteilen. Was kannst du mir zu diesen anderen Tafeln hier sagen?«

Reshef konnte zwar lesen und schreiben, aber nur in seiner eigenen Sprache. Da ihm jedoch genug Korrespondenz aus fremden Ländern untergekommen war, war er in der Lage, auf der Tafel, auf der es um Baldrian ging, das alte Sumerisch zu erkennen. Die anderen achtzehn Tafeln aus der Tasche waren dagegen mit ihm unbekannten Zeichen beschriftet. »Was für eine Sprache ist das?«

»Ugaritisch«, erwiderte sie, und als sich daraufhin seine Stirn kräuselte, fügte sie hinzu: »Es ist eine ganz neue Schrift.«

Dunkle Augen unter dicken schwarzen Brauen sahen sie durchdringend an. »Eine *Geheimschrift*?«

Ihr Herz krampfte sich zusammen. Die Eiseskälte in seiner Stimme gemahnte sie daran, dass sie eine Gefangene war und sich in einem Militärlager befand.

Noch ehe sie antworten konnte, wurde das Gespräch von einem Boten unterbrochen, der sich hastig mit Reshef besprach und mit einem Auftrag wieder entlassen wurde. Dann wandte sich Reshef an den Dolmetscher, der Leah informierte, dass ein Vertreter von König Shalaaman eingetroffen sei, um über ihre Freilassung zu verhandeln.

Leah folgte dem Arzt und dem Stabträger zu einer Sänfte, überglücklich und erleichtert darüber, dass Shalaaman so rasch jemanden entsandt hatte, um sie zurückzuholen. Es fragte sich nur, wer dieser Jemand war.

Sie machten sich auf den Weg – Reshef in der Sänfte, Leah und der Dolmetscher zu Fuß. Vor ihnen lag das lichterloh brennende Megiddo, das den nächtlichen Himmel blutrot färbte. Obwohl Leah die vielen Toten auf den umliegenden Feldern nicht sehen konnte, nahm sie den Geruch der verwesenden Leichname wahr. Erlaubte man den Angehörigen denn nicht, ihre Gefallenen zu bestatten?

– 350 –

Sie kamen an den noch rauchenden Ruinen von niedergebrannten Landsitzen vorbei, die Leah unwillkürlich an das Geburtshaus ihres Vaters denken ließen, das ebenfalls dem Pharao zum Opfer gefallen war. Wo waren die Bewohner dieser Trümmerlandschaft hier abgeblieben? Ein Frösteln überkam sie, als sie sich vorstellte, wie es ihnen ergangen sein mochte.

Als sie durch die Stadtmauern und von dort aus durch die Straßen zogen, die mit Schutt und Leichen übersät waren und wo aus dunklen Behausungen Wimmern und flehentliche Bitten zu hören waren, ahnte Leah noch immer nicht, wen Shalaaman zu ihrer Befreiung entsandt hatte und ob die Verhandlungen erfolgreich sein würden. Würde Pharao Thutmosis auf Ugarits bedingungsloser Kapitulation bestehen, ehe er Shalaamans Dämonenbetörerin freigab? Und würde Shalaaman auf derart harte Bedingungen eingehen? Was, wenn ihm die Sicherheit Ugarits wichtiger war und er sich entschloss, Ägypten herauszufordern, anstatt zu kapitulieren? Würde Leah dann auf ewig die Gefangene des Thutmosis sein? Oder schlimmer noch …

Gnädige Asherah, lass nicht zu, dass er mich hinrichten lässt, um ein Zeichen zu setzen!

Am Fuße der Treppe zum Palast, wo die zertrümmerten Statuen von Megiddos Göttern und Königen Zeugnis von Ägyptens Sieg ablegten, setzten die Sklaven Reshefs Sänfte ab. Von hier aus stieg er die Stufen zu den mit Elfenbein und Bronze beschlagenen schweren Türen hinauf, die offen standen und von ägyptischen Soldaten bewacht wurden. Nachdem Reshef mit seinem Gefolge eingetreten war, führte er Leah zu einer schlichten Holztür, die ihnen ein Wachhabender dienstbeflissen öffnete. Wo war der König von Megiddo abgeblieben?, fragte sich Leah. War er geflohen wie der König von Kadesch, der angeblich über die nördliche Mauer geklettert und um sein Leben gerannt war? Dann waren zwangsläufig jedwede Prinzen, die er zurückgelassen hatte, jetzt Gefangene des Pharaos.

Sie folgten kalten Gängen, deren Steinwände von Leuchten erhellt wurden. Erst als sie eine Treppe hinunterstiegen und an verschlossenen Türen vorbeikamen, durch die Schreie und Bitten um Freilassung drangen, wurde Leah bewusst, dass sie sich mittlerweile im Gefängnis der Stadt befanden. Eine Gänsehaut überlief sie. Diplomatische Verhandlungen pflegten im Thronsaal stattzufinden, aber doch nicht in einem Kerker!

Sie betraten einen großen unterirdischen Raum, an dessen feuchten Wänden sich Moos gebildet hatte. Leah stockte der Atem. Ketten und Fesseln waren zu sehen, Folterinstrumente. Arme Teufel, die, in für sie viel zu kleine Käfige gepfercht, außer der Bitte um Wasser kaum noch ein Lebenszeichen von sich gaben. Da waren Gefangene, die bewusstlos und stöhnend auf dem Boden lagen – manche hatten keine Hände mehr, andere keine Füße, ihre Arme und Beine endeten in Stümpfen, die mit einer schwarzen Substanz überzogen waren.

Ägyptische Soldaten gingen beim Auftauchen von Reshef in Habtachtstellung. Wo blieb Shalaamans Gesandter? Warum war sie an diesen schrecklichen Ort gebracht worden?

Und dann trat ein Mann in einen Lichtkreis. Er war hochgewachsen und breitschultrig, seine einärmelige Tunika ließ den linken Arm unbedeckt, sein tiefblauer Umhang reichte ihm bis zu den Waden. Als Leah das lange schwarze Haar und den kurz gestutzten Bart sah, traute sie ihren Augen kaum. Wie war das möglich? Dann stürzte sie mit einem Aufschrei auf ihn zu. »David!«

Er schloss sie in die Arme und küsste sie. »Leah, meine Leah, Shubat sei Dank, dir ist nichts passiert.«

»Was soll das?«, fragte Reshef auf Ägyptisch, so dass der Dolmetscher die Frage auf Kanaanäisch wiederholen musste.

»Deine Geisel ist meine Ehefrau«, erwiderte David auf Kanaanäisch, was der Dolmetscher wiederum übersetzte. Warum, fragte sich Leah, sprach David Kanaanäisch, wo er doch Reshefs Sprache beherrschte? Aber dann überlegte sie, dass es für David von Vorteil sein konnte, wenn er dies verschwieg.

»Du behauptest, ein Prinz von Lagasch und ein Vertreter des Königs Shalaaman von Ugarit zu sein. Entspricht dies der Wahrheit?«

»Gewiss doch.« David streckte die Hand aus, damit Reshef den Karneol mit den in den Stein gekerbten geflügelten Engeln sehen konnte. »Meine Ehefrau Leah stammt von Ozzediah ab, einem zu seiner Zeit hochverehrten König von Ugarit.« Da er im Lügen nicht versiert war, beobachtete er das Mienenspiel des Arztes. Hatte er ihn überzeugt?

Aber Reshef fuhr unbeeindruckt fort: »Und du bist ein Schriftgelehrter?« Er deutete auf Davids Kasten mit den Schreibutensilien, die dem von zwei Wachen flankierten zitternden und im Gesicht aschgrauen Nobu über der Schulter hing.

»Das bin ich.«

»Nun, dann bist du in die militärischen Pläne deines Königs eingeweiht und kannst sie uns jetzt zur Kenntnis bringen.«

Zwei Wachen packten David an den Armen und zerrten ihn zu einem blutverkrusteten Hackblock. Entsetzt verfolgte Leah, wie sie seine rechte Hand auf den Block drückten und der Oberste Arzt Reshef sich neben einem Kessel mit flüssigem Pech aufbaute, jener schwarzen Substanz, mit denen auch die Stümpfe der anderen Gefangenen bestrichen worden waren.

»Wir wissen von einer Anlage, in der Eisenerz geschmolzen und Metall gewonnen wird. Wie viele Waffen aus diesem Material sind bisher geschmiedet worden?«

Reshefs Frage wurde wiederum durch den Helfer mit dem langen Stab aus Ebenholz ins Kanaanäische übersetzt. Ein weiterer Wärter hielt eine Axt bereit, um auf Kommando Davids rechten Arm am Handgelenk durchzutrennen.

»Bitte nicht!«, flehte Leah. »Er weiß überhaupt nichts.«

Der Dolmetscher erachtete es als überflüssig, ihren Einwurf zu übersetzen, schon weil Reshef mit seiner Befragung fortfuhr: »Mit welchen Königen hat Shalaaman Pakte unterzeichnet? Was haben sie für den Kriegsfall abgesprochen? Plant die Allianz einen Angriff auf die ägyptischen Streitkräfte?«

Er legte eine Pause ein und musterte Davids Gesichtsausdruck. Dann wies er auf eine von Leahs Tontafeln. »Was ist das für ein Geheimcode? Wem wurde diese Nachricht überbracht? Deine

Ehefrau hatte sie bei sich. Befindet sich unter den Beratern des Pharaos ein kanaanäischer Spion?«

»Hoher Herr«, sagte Leah. »Das ist kein Geheimcode. Ich kann das erklären.«

Der Oberste Arzt winkte ab. »Mich interessiert nicht, wie andere schreiben. Ägyptisch ist das einzig Wahre, werden doch unsere geheiligten Hieroglyphen ›Sprache der Götter‹ genannt.« Er wandte sich an David. »Und jetzt rück sie raus, Shalaamans Angriffspläne.«

Leah, die hilflos zusehen musste und sich gleichzeitig das Gehirn zermarterte, wie sie David die Folter ersparen konnte, überkam plötzlich das eigenartige Gefühl, beobachtet zu werden. Ihr Nacken begann zu kribbeln. Langsam drehte sie sich um und spähte in den im Schatten liegenden Teil des Verlieses. Irgendetwas war da. Lag auf der Lauer. Beobachtete sie.

Ihre Blicke tasteten sich weiter durch die Dunkelheit, bis sie eine Gestalt ausmachen konnten – ein grotesk aussehendes Männlein, das sie aus glänzenden Knopfaugen angaffte. Ob dieses Wesen ein Mensch war, vermochte sie nicht zu sagen. Es erinnerte sie an eine Begebenheit aus ihrer Kindheit. Auf dem Marktplatz hatten sich eine Menge Leute um die Zurschaustellung seltener exotischer Tiere geschart, die ein fremdes Schiff aus Afrika mitgebracht hatte. Da war ein Tier mit einem langen Hals, das Giraffe genannt wurde, zwei Löwen, ein schwarz-weiß gestreiftes Pferd und ein absurd missgestaltetes Wesen, das aufrecht ging und von Kopf bis Fuß behaart war. Der Händler hatte es als Schimpansen bezeichnet.

Obwohl ihr die bohrenden Blicke unangenehm waren und Angst einjagten, wandte sie sich wieder Reshef zu, vernahm seine Fragen, sah, wie stoisch David in Schweigen verharrte. Da ihr dennoch die missgebildete Gestalt in der Dunkelheit nicht aus dem Kopf ging, warf sie nochmals einen Blick über die Schulter. Aber das groteske Männlein war verschwunden.

»Wie stark ist die Armee von König Shalaaman?«, drängte Reshef erneut.

Als David noch immer nicht antwortete, gab der Oberste Arzt

dem Soldaten mit der Axt ein Zeichen, worauf dieser seinen Griff um das Werkzeug verstärkte. »Ich frage dich nur noch einmal«, sagte Reshef zu David. »Wenn du dann nicht antwortest, verlierst du deine Hand.«

»Vertrauen, das man mir entgegengebracht hat, werde ich niemals missbrauchen«, sagte David schließlich. »Das habe ich beim Abschluss meiner Ausbildung zum Schriftgelehrten meinem persönlichen Gott geschworen. Lieber gebe ich mein Leben hin, als dass ich einen Eid breche.«

»Also gut.« Reshef nickte dem Mann mit der drohenden Axt zu. »Wir werden ja sehen, wie gut du mit nur einer Hand als Schriftgelehrter zurechtkommst.«

»Halt ein!«, rief Leah. »Ich kann dir sagen, was du wissen möchtest, Hoher Herr.«

»Nein, Leah!«

»David, *ich* habe keinen Eid geschworen.«

»Leah, nur um mich zu retten, kannst du nicht deine Stadt und dein Volk verraten!«

Als sich auf ein Zeichen von Reshef hin die Axt senkte, fiel Leah dem Soldaten in den Arm. Ein anderer Soldat sprang hinzu, versetzte ihr mit dem Schaft seines Speers einen Schlag gegen das Schulterblatt, so dass sie auf den modrig stinkenden Fußboden stürzte.

»Hoher Herr«, sagte David, »bitte lass sie gehen. Ich bin eine weitaus wertvollere Geisel. Mein Vater ist der König von Lagasch. Der Pharao kann mit dieser Frau nichts anfangen. Mit mir schon eher. Ich stelle mich freiwillig zur Verfügung, wenn du im Gegenzug diese Frau entlässt. Keine Sorge, ich werde keinen Fluchtversuch unternehmen.«

Inzwischen hatte sich Leah wieder aufgerichtet. »Ich werde dir sagen, was du wissen willst!«, erklärte sie. »Ich habe mich vier Jahre lang an der Seite von König Shalaaman aufgehalten!«

Als Reshef zögerte und dann Leah skeptisch musterte, beeilte sich David einzuwerfen: »Glaube ihr nicht, Hoher Herr. Sie ist doch nur eine Frau. Während ihr Ägypter dafür bekannt seid, dass ihr euren Frauen zu viel Macht zugesteht, dass sie Eigentum erwerben, Geschäfte führen, sogar Lesen und Schreiben lernen dürfen, und eurer letzten Königin, die kürzlich zu den Göttern gegangen ist, gestattet habt, sich König zu nennen, sind die Männer in Kanaan weit weniger unbesonnen. Wichtige Angelegenheiten hätte König Shalaaman nie und nimmer in Gegenwart dieser Frau erörtert.«

Argwöhnische Blicke hefteten sich auf David. »Ich frage mich, ob ich dir das abnehmen soll. Also raus mit der Wahrheit, Prinz von Lagasch, dann verschone ich deine Hand. Berichte mir von Shalaamans militärischen Plänen.«

Auf Davids Stirn bildete sich feiner Schweiß, alle Farbe wich aus seinem Gesicht. »Das kann ich nicht.«

»Wie du meinst«, sagte Reshef, »mögen die Götter dir gnädig sein.«

Auf sein Zeichen hin senkte sich die Axt. David biss die Zähne zusammen. Leah schrie auf. Die Klinge fuhr blitzend nieder.

Aber dicht über seinem Handgelenk hielt die Axt inne.

In die atemlose Stille trat ein in Weiß gekleideter Mann mit einem Leopardenfell über den Schultern aus dem Dunkel. In der Hand hielt er eine lange weiße Reiherfeder, die er in rote Tinte tauchte, um dann damit, begleitet von einem beschwörenden Zauberspruch, einen roten Strich über Davids Handgelenk zu ziehen.

»Dies ist die Feder der Wahrheit«, rief Reshef mit sonorer Stimme. »Mit ihr trennen wir die Hand von Falschheiten ab. Von Lügen. Wir schneiden die Hand von Unwahrheiten ab. Siehe, der Große Gott Thutmosis nimmt dir deine Hand weg! Siehe, der Große Gott Thutmosis gibt dir deine Hand zurück!«

Die beiden Wachen ließen David los. Seine Knie gaben nach. Leah eilte zu ihm und stützte ihn, schluchzte auf, als er sich an den Hackblock lehnte und tief durchatmete. »Shubat sei Dank!«, rief Nobu und brach gleich darauf in Tränen aus.

Reshef rümpfte die riesige Nase. »Es ist hinlänglich bekannt«, sagte er, »dass Kanaaniter nicht baden. Es wäre eine Zumutung, derart stinkende Kreaturen vor meinen König treten zu lassen.«

»Wir sind seit zehn Tagen unterwegs«, jammerte Nobu. »Reit du mal so lange und dann schau mal, ob du noch wie eine Rose duftest.«

»Nobu!«, kam es mit schwacher Stimme von David.

Aber Reshef blieb gelassen. »Bereitet sie für Seine Majestät vor«, wies er die Wachen an. Die drei wurden abgeführt.

Wie benommen ließ sich Leah, gefolgt von David und Nobu und einem Wachhabenden, durch die feuchten Korridore führen. Als sie das obere Ende der Treppe erreicht und eine weitere Tür passiert hatten, sah sie, dass sie sich im Palast befanden, in einer gut erleuchteten Säulenhalle. Höflinge und Sklaven eilten hin und her, Soldaten und Wachen sprachen miteinander. Megiddo war jetzt das militärische Hauptquartier eines Eroberers und Königs.

Der Wachhabende blieb vor einer Tür mit in Gold eingelegtem Muster stehen, deren beide Flügel sich nach dem Anklopfen auftaten. Leah wurde der Obhut von Frauen anvertraut, die sie offenbar erwartet hatten und ins Innere zogen. Sie begriff, wo sie sich befand. Die parfümierte Luft, weibliche Stimmen, die goldenen Säulen und marmornen Stühle und Liegen, die Wandbehänge aus Leinen, das Lachen der Kinder – sie war im Harem.

Der Raum war überfüllt. Wo, fragte sie sich, als sie allmählich wieder Fassung gewann und die Schrecken des Kerkers verblassten, wo schliefen all diese Mädchen und Frauen, wie schaffte man es, so viele zu verköstigen? Sie sah sich um. Ein paar Mädchen lachten über einem Brettspiel, eine weinte, andere brüteten vor sich hin, manche erteilten Befehle, und an einem Springbrunnen, der duftenden Nebel versprühte, fand sogar eine hitzige Auseinandersetzung statt. Alle Altersklassen waren vertreten und alle Rassen, man sah schlanke und dicke Frauen, gekleidet in die unterschiedlichsten Gewänder. Als man Leah zu einem tiefer gelegenen Bassin führte und ihr die Kleider abstreifte, kam sie zu dem Schluss, dass es sich bei einem Teil dieser Frauen wohl um Gefangene des Pharaos handelte und bei einem anderen um die Ehefrauen und Konkubinen und Kinder des Königs von Megiddo.

Welch ein Chaos, wie viel Zorn und Verbitterung und Eifersucht hier herrschen mussten! Leah wusste um die Hierarchien in Harems, wusste, dass es innerhalb dieser abgeschiedenen Mauern eine fest umrissene Ordnung gab. Neue Frauen mit eigenem Statusbewusstsein vermochten die Hackordnung einer strukturierten Welt zu sprengen.

Sie zwang sich, den Lärm und das Treiben um sie herum ebenso auszublenden wie die Schrecknisse, die sie gerade erlebt hatte. Im Moment blieb ihr nur der Genuss, sich baden und parfümieren und ölen zu lassen, in kostbares Leinen gekleidet und mit einem ägyptischen Kragen und goldenen Armreifen geschmückt zu werden. Sie wollte gar nicht darüber nachdenken, wem das, was man ihr anlegte, gehört haben mochte. Sie wollte nur wieder mit David zusammen sein und irgendwie diesem Albtraum entfliehen.

Als sie bereit war, öffneten ihr zwei Eunuchen – übergewichtige Kanaaniter mit dicken Wänsten und fetten Brüsten und nicht weniger parfümiert als die Frauen im Harem – das Hauptportal, das sie bewachten. Sie wurde bereits von Reshef sowie von David und Nobu erwartet, beide gewaschen und frisiert. Ihre Körper dufteten nach parfümierter Seife, und bekleidet waren sie mit den reich bestickten schweren Gewändern der Kanaaniter aus Megiddo. »Wie geht es dir? Besser?«, fragte Leah ihren Liebsten.

Aber es war Nobu, der antwortete. »Sie wollten sich an der Frisur meines Meisters erproben, dabei weiß doch jeder, dass die Ägypter sich den Schädel rasieren und eine Perücke tragen und ihre Barbiere sich nur darauf verstehen, Kinnladen und Schädel glatt abzuschaben! Keinen von denen hab ich an meinen Meister rangelassen.«

»Nobu«, seufzte David, »dein loses Maul bringt uns noch mal um Kopf und Kragen. Reiß dich gefälligst zusammen und halt den Mund, wenn wir jetzt vor den Pharao treten.«

Da sie während der letzten vier Jahre als Teil von Shalaamans Hofstaat vielen Anlässen in Thronsälen beigewohnt hatte, wusste Leah, dass nur Mitglieder des Königshauses und des Adels ausersehen waren, als Ehrengäste vor dem König zu erscheinen. Es waren also Davids königliches Blut und Leahs berühmter Vorfahr

Ozzediah, die ihnen diese Audienz ermöglichten. Wenn aber die Wahrheit über ihre eigene Herkunft herauskam – dass sie nicht von Ozzediah abstammte, sondern eine Habiru war? Dann werden unsere Nacken auf dem Hackblock liegen, und diesmal wird es keine in roter Farbe gezogene symbolische Linie geben.

Wie im Harem – vermutlich wie im gesamten Palast und auch in der Stadt – herrschte im Thronsaal ein unbeschreibliches Durcheinander. Da waren Abgesandte aus nahe gelegenen Städten und Provinzen, die um Aufmerksamkeit buhlten und darauf aus waren, sich vor dem Eroberer zu verbeugen. Hofschranzen, die wichtigtuerisch mit Schriftrollen und Tontafeln hin und her eilten. Generäle, die mit ihresgleichen diskutierten. Auf dem Boden kniende nackte Kriegsgefangene, ihre auf dem Rücken gefesselten Hände mit ihren Fußknöcheln verbunden.

Nicht zu übersehen waren die neuen Götterstatuen, die man gegen die Götter von Megiddo ausgetauscht hatte; sie standen auf Sockeln, zu ihren Füßen wurde Weihrauch verbrannt, und ihre Köpfe waren die von Schakalen und Katzen und Käfern. Einer der Götter war als Flusspferd in aufrechter Haltung dargestellt; dann gab es da noch eine barbusige Frau, aus deren Kopf Kuhhörner wuchsen, sowie Abbildungen von Falken, Habichten und Geiern, von Pavianen und Krokodilen. Die drei Besucher aus Ugarit vermuteten, dass dies hier nur die erste von vielen Städten war, die dem ägyptischen König zufallen würden. Letztendlich zielte sein Kriegszug wohl auf Babylon. Und das Tor zu dieser sagenhaften Stadt im Osten war Ugarit. Mochte Thutmosis jetzt auch auf dem Thron von Megiddo sitzen – in Ugarit, dem Endpunkt jener Handelsstraßen, die sich bis Mitanni und Hatti und dem Golf zogen, in den sich der mächtige Euphrat ergoss, hätte er einen Hafen, in dem Schiffe von überall her anlegten, unter seiner Kontrolle.

Es war, so ging es Leah durch den Kopf, nur eine Frage der Zeit, bis all diese fremdartigen ägyptischen Götter Dagon, Baal und Asherah ersetzten.

Megiddos königlicher Thron stand auf einer steinernen Estrade, zu der eine Treppe aus Marmor und Gold führte. Der Thron selbst war aus Ebenholz geschnitzt und so reich mit Gold verziert, dass er einen im Schein der Fackeln schier blendete. Neben ihm aufgereiht waren ausnahmslos in weiße Leinengewänder gekleidete Männer mit den für Ägypter typischen schwarzen Perücken sowie Militärs in glänzendem Bronzehelm und Brustschutz. Die Wand hinter dem Thron schmückten farbenprächtige Szenen von Schlachten und Eroberungen früherer Könige von Megiddo. Auf dem Thron selbst, auf dem Haupt die Doppelkrone von Ober- und Unterägypten, in den überkreuzten Händen den symbolischen Dreschflegel und Hirtenstab, saß Pharao Thutmosis, Nachfolger der berühmten Hatschepsut. Seine Arme und Fußknöchel strotzten vor Goldreifen, sein Halskragen glänzte in Gold und Edelsteinen. Sein Gewand war aus feinstem Leinen und umfloss fast elegant seine gedrungene Gestalt. Hinter ihm standen Sklaven mit ausladenden Fächern aus Straußenfedern.

Verblüfft starrte Leah den König an – der kein anderer war als das groteske Wesen, das Davids Verhör im Kerker belauscht hatte! Sie konnte es schier nicht fassen, dass der mächtigste Mann der Welt derart klein war, ihr schätzungsweise kaum bis zur Schulter reichte. Außerdem war er der hässlichste Mann, der ihr je begegnet war. Geradezu als abscheuerregend empfand sie ihn. Die Stirn von Pharao Thutmosis war so schmal und flach, dass sie über den dichten Brauen und den tiefliegenden Augen kaum vorhanden zu sein schien. Seine kurze Nase sah aus wie plattgedrückt, und sein Kinn wirkte im Verhältnis zu seinem Schädel eigentlich zu groß. War das überhaupt ein Mensch?, fragte sie sich, bis sich sein großer Mund bewegte.

»Man führe die Abgesandten aus Ugarit vor«, sagte er, und auch er vollführte diese eigentümliche Geste: Er hielt sich die Hand mit der Handfläche nach außen vors Gesicht und flüsterte etwas, was nicht ins Kanaanäische übersetzt wurde.

Daraufhin rief ein Höfling mit einem langen Stab: »Verbeugt euch vor dem Herrn der beiden Länder, vor dem, der Sonne und Wind befehligt, dem Beherrscher der Welt, dem König des Himmels und der Erden, dem in Pracht Strahlenden.«

»Blick senken«, zischelte Reshef den dreien in seiner Obhut zu. »Es ist verboten, dem Lebenden Gott Ägyptens ins Antlitz zu schauen.«

Pharao Thutmosis wandte sich an David, seine Worte wurden vom Dolmetscher ins Kanaanäische übersetzt: »Die Feder der Wahrheit hat dich für würdig befunden, Prinz David von Lagasch und Ugarit.«

Für einen so jungen Pharao, der, wie man wusste, kaum zwanzig Jahre alt war, klang seine Stimme überraschend tief. »Du hast uns von deinem Anstand überzeugt, Prinz David von Lagasch und Ugarit«, fuhr er fort. »Es erfüllt uns mit Befriedigung, dass du eher dein Leben hingeben würdest, als deinen Treueeid zu brechen. Deshalb betrachten wir dich als Freund und werden uns anhören, was du uns im Namen deines Königs zu sagen hast. Wenn deine Bedingungen annehmbar sind, werden wir Schriftstücke aufsetzen lassen und dich und die Geisel in Begleitung von ausgewählten hochrangigen Vertretern nach Ugarit zurückschicken. Es wäre mir eine Freude, mit König Shalaaman eine friedliche Allianz zu schmieden.«

»Majestät«, erwiderte David auf Kanaanäisch, was gleich darauf ins Ägyptische übersetzt wurde. »Meinem Herrscher ist sehr daran gelegen, mit Ägyptens mächtigem König in einen Dialog zu treten. Er ist überzeugt, dass ein freundschaftliches Abkommen erreicht werden kann. Allerdings benötigt König Shalaaman dringend seine Dämonenbetörerin, weshalb er sehr dankbar wäre, wenn deine Majestät, die für großes Mitgefühl und Wohltätigkeit bekannt ist, gestatten würde, dass diese Frau hier König Shalaaman wieder zur Seite gestellt wird.«

Leah konnte sich des Eindrucks nicht erwehren, dass sich des Pharaos tiefliegende Augen unter der gewölbten Stirn wie zwei boshafte, dunkel glänzende Nadelstiche in Davids Gesicht bohrten. Sie traute Ägyptens hässlichem König nicht. Genauso wenig wie sie dem Arzt Reshef traute oder den anderen an diesem Hof. Gefahren umgaben sie hier überall. Wie sollte es ihr nur gelingen, mit David und Nobu den Ägyptern zu entkommen?

»Das Ersuchen ist verständlich«, sagte Thutmosis. »Wir werden uns an die Götter wenden und Weisung erbitten.«

Er deutete auf den Dolch, der um Davids nackten Arm geschnallt war. »Was hat es mit dieser Waffe auf sich?«

»Sie ist ein Symbol vergangener Zeiten, Majestät«, sagte David so wahrheitsgemäß wie nötig.

»Du bist kein Kämpfer?«

»Ich kämpfe nicht, Majestät.«

Thutmosis schlenkerte mit dem Handgelenk, worauf Reshef mit zwei Wachen neben die drei aus Ugarit trat, und nachdem der Pharao den Dolmetscher angewiesen hatte, das Folgende nicht zu übersetzen, besprach er sich mit dem Obersten Arzt Reshef.

Als er geendet hatte, vollzog Reshef eine tiefe Verbeugung und forderte dann David, Leah und Nobu auf, das Gleiche zu tun und sich zurückzuziehen. In der Vorhalle dann ließ er ihnen durch den Dolmetscher mitteilen, dass sie für ihre Unterkunft die freie Wahl hätten. »Es stehen ausreichend Zimmer zur Verfügung. Sucht euch selbst aus, was euch genehm ist. Wir sind noch immer dabei, uns hier einzurichten, vieles liegt noch im Argen. Sobald Seine Majestät seine Minister bestimmt und einen verlässlichen Stab zusammengestellt hat, wird im Palast jedoch Ruhe und Ordnung einkehren und alles nach altbewährter ägyptischer Weise laufen. Wachen kann ich euch heute Nacht nicht stellen. Aber für die Sicherheit jedes Einzelnen hier drinnen ist gesorgt: Keiner kommt nachts hier herein und keiner hinaus. Mögen euch die Götter beschützen.« Damit ließ er die drei stehen und verschwand mit seinem Begleiter.

Kaum war er außer Reichweite, wandte sich Leah an David: »Was hat der Pharao gesagt, was uns nicht übersetzt wurde?«

»Er sagte, dass wir den Palast nicht verlassen dürfen. Dass wir Gefangene bleiben, bis Thutmosis Ugarit zerstört und seinen König zum Sklaven gemacht hat.« Er klopfte auf das Stilett an seinem Arm. »Deshalb habe ich ihm nicht die volle Wahrheit über meine Waffe erzählt. Für den Fall, dass sie gebraucht wird.«

– 362 –

»Du hast gut daran getan, Meister«, sagte Nobu, als sie durch die vielen Gänge und Korridore hasteten, die den Eindruck vermittelten, der Palast von Megiddo sei ein riesiger Kaninchenbau, »den Ägyptern nicht zu verraten, dass du ihre Sprache beherrschst. Wirklich klug war das. Aber wie lange kannst du das geheim halten? Früher oder später werden sie merken, dass du verstehst, was sie untereinander besprechen, und dann sind wir geliefert!«

»Bis es so weit ist, haben wir Megiddo hoffentlich längst den Rücken gekehrt, mein Freund.«

»Ich traue den Ägyptern nicht«, murrte Nobu.

»Ich auch nicht. Eins steht jedenfalls fest: Wir sind Kriegsgefangene.«

Sie stießen auf leerstehende Räume und solche, in denen sich viele Menschen aufhielten. Und wie Reshef gewarnt hatte, war jede Tür, die nach draußen führte, versperrt und schwer bewacht. David aber gab nicht auf. Sie mussten fliehen.

Als sie über eine lange Marmortreppe nach oben gelangten und David eine Tür aufstieß, fanden sich die drei unvermittelt auf dem Dach des Palasts wieder, unter dem Mond und den Sternen und inmitten eines üppigen Gartens mit Büschen, kleinen Bäumen, Blumen und einem plätschernden Springbrunnen. David begab sich schnurstracks zum Rand des Daches, wo in Hüfthöhe eine Mauer den Garten begrenzte und von wo aus er unten die Wachen sehen konnte, die den Palast umstanden.

Er kam zu Leah und Nobu zurück. »Keine Chance. Fürs Erste sitzen wir hier fest.«

»Ich werde einen Weg nach draußen ausfindig machen, Meister«, sagte Nobu und klopfte sich an die Brust. Keinem war mehr daran gelegen als ihm, schnellstmöglich nach Ugarit zurückzukehren.

Und schon hastete er die Treppe wieder hinunter, so dass David und Leah zum ersten Mal seit ihrer hitzigen Auseinandersetzung im Palast von Ugarit wieder allein waren. Vier Jahre hatten sie sich nicht gesehen.

Leahs Herz hatte einen freudigen Satz gemacht, als sie ihn

heute erblickt hatte. Dann hatte die Angst um ihn alle anderen Gefühle fast erstickt. Jetzt aber, da sie ihm auf diesem kleinen Dachgarten gegenüberstand, war sie verlegen, wusste nicht, was sie sagen sollte.

»Ich hatte so große Angst, dich nicht wiederzufinden«, sagte David. »Nobu und ich sind Tag und Nacht geritten, nachdem ich erfuhr, dass man dich entführt hat ...«

»Ach, David, ich bin so glücklich, dich zu sehen, aber ... du hast dich um meinetwillen doppelt in Gefahr gebracht. Du bist hier den Ägyptern ausgeliefert, die dir beinahe die Hand abgehackt hätten. Und dann hast du gegen König Shalaamans Erlass zum Waffendienst verstoßen.« Leah presste die Hände zusammen, damit sie nicht so zitterten. »Hier kann alles Mögliche passieren, und selbst wenn wir es schaffen zu entkommen, ist es für dich zu gefährlich, nach Ugarit zurückzukehren. Shalaaman könnte deine Hinrichtung verfügen, noch ehe du Gelegenheit hättest, dich zu rechtfertigen.« Sie kam einen Schritt auf ihn zu, die Augen angstvoll geweitet. »Aber ob wir überhaupt aus Megiddo herauskommen? Was passiert denn, wenn Reshef merkt, dass du ihn belogen hast? Nicht nur einmal, sondern dreimal.«

David legte ihr zärtlich die Hand an die Wange. »Hab keine Angst, Leah. Ich habe nicht gelogen, ganz im Einklang mit dem Eid, den ich geschworen habe. Ich habe dich ihm gegenüber als meine Ehefrau bezeichnet, und das entspricht der Wahrheit, denn in meinem Herzen hast du diese Stellung inne. Und dass du von Ugarits legendärem König Ozzediah abstammst, stimmt auch. Dem Namen nach jedenfalls. Jeder in Jericho wird das bestätigen. Und«, lächelte er, »König Shalaaman hat mich zwar nicht ausdrücklich geschickt, damit ich über deine Freilassung verhandle, aber ich nehme mal an, er hätte es getan. Wenn wir zurück sind, dürfte er mir sogar eine Belohnung dafür zukommen lassen. Also sorge dich nicht zu sehr um mich.«

Er sah sie an, strich sanft mit dem Daumen über ihren Hals. Unwillkürlich trat sie näher an ihn heran, atmete tief ein. Er sagte leise: »Oh, Leah, wie lange habe ich mich danach gesehnt, dich wiederzusehen. Vier Jahre … und ich wusste nicht, ob du noch an mich denkst. Sag, Leah – warum hast du keinen meiner Briefe beantwortet? Immer habe ich darauf gewartet.«

Leah riss die Augen auf. »*Halla!* Du hast mir geschrieben? Ich habe keinen einzigen Brief erhalten! So viel Kummer habe ich mir deswegen gemacht. Und du? Hast du meine Nachrichten bekommen? Ich habe so oft geschrieben.«

Er schüttelte den Kopf. »Nein, kein einziges Wort hatte ich von dir. Aber es kann nur eine Antwort geben: Ich nehme an, Yehuda hat sie abgefangen. Das scheint zu seinem Plan zu gehören, mich zu schwächen und mir zu schaden. Aber lass uns das vergessen. Das Wichtigste an alldem ist doch – du hast mir unendlich gefehlt.«

Sie sah, wie sich das Licht der Sterne in seinen dunklen Augen spiegelte. »David, was ich damals zu dir gesagt habe, tut mir unendlich leid.«

Wie verzaubert stand er da, konnte sich nicht sattsehen an ihrer Gestalt, dem schönen Gesicht, ihrem offen herabhängenden Haar. Nur ganz selten hatte er Leah ohne Kopfbedeckung erlebt. »Man hat mir eine ägyptische Perücke angeboten«, sagte sie, als sie seinen Blick bemerkte. »Als ich um einen Schleier bat, wurde mir bedeutet, dass Ägypterinnen so etwas nicht tragen.«

Leah ohne Schleier – der Anblick war überwältigend. Ein freier Geist kam darin zum Ausdruck, eine Natürlichkeit, rein und nicht eingezwängt in Mode oder Tradition oder die Vorschriften der Männer, die aus Besitzansprüchen heraus von ihren Frauen verlangten, sich zu verschleiern.

Er neigte sich zu ihr hinunter und presste seine Lippen auf ihre. Sein Mund erkundete den ihren, unendlich zart und doch voller Begehren. Als er nach dem Kuss den Kopf hob, flüsterte er: »›Die Brüste meiner Liebsten sind wie zwei Monde. Sie sind mein Entzücken. Sie sind mit Honig gefüllt. Ich erwarte meine Liebste unter dem Tamariskenbaum. Warte auf ihre Küsse und ihre Umarmung. Sie hält mich die ganze Nacht über in ihren Armen. Und dann leert sie mich. Wenn sie geht, ist dies der kälteste

Tagesanbruch. Kummer begleitet mich, bis mit ihr erneut Freude einkehrt.‹«

Sie lachte leise auf. »Und ich hätte dem Arzt Reshef beinahe erklärt, wie man dieses Gedicht liest.« Sie legte den Kopf an seine Brust, hörte das gleichmäßige und beruhigende Pochen seines Herzens. »Ich würde so gern deine Ehefrau sein, Liebster. Ich wünschte, wir könnten heiraten. Aber dem Gesetz nach bin ich noch immer Calebs Frau.«

David fuhr ihr mit den Fingern durchs Haar, hob ihr Gesicht zu seinem empor. »Du *bist* meine Ehefrau. Fast vom ersten Moment an, da ich dich sah, bist du die Frau meines Herzens, und keine Gesetze oder Traditionen werden mich von dir fernhalten.« Er küsste sie wieder lange und zärtlich, dann immer begehrlicher. Nur zögernd gab er ihre Lippen frei, um zu sagen: »Die Welt verändert sich, Leah. Das wird mir jetzt, da wir Zeugen der größten Staatsmacht auf Erden sind, bewusst. Keine Armee ist größer als die des Pharaos. Er wird nach Ugarit marschieren und dann weiter nach Babylon und damit das Ende der alten Ordnung einläuten.«

»Ich liebe dich«, flüsterte sie. Als David sich zu einem weiteren Kuss über sie neigte, hörten sie Schritte und Keuchen, gleich darauf wurde die Tür zu der Treppe aufgestoßen, und Nobu stürmte aufs Dach.

»Du hattest recht, Meister!«, platzte er heraus. »Dieser Palast ist hermetischer verschlossen als der Arsch dieses verdammten Obersten Arztes!«

Davids Blick verdüsterte sich. »Morgens, wenn sich die Tore des Palasts öffnen, dürfte reges Kommen und Gehen herrschen – Besucher, Kundschafter, Generäle und Diplomaten, die alle vom Pharao angehört werden wollen. Dann können die Wachen unmöglich jede Tür und jedes Fenster im Auge behalten. Das sollte uns eine Gelegenheit bieten, hier rauszukommen.«

Nobu hatte Brot und Oliven mitgebracht, Feigenkuchen, Mandeln und Käse. »Ich geh jetzt wieder runter, Meister, und bewache die Treppe«, sagte er, musste dabei aber so heftig gähnen, dass klar war, wie schwer es ihm nach dem hinter ihnen liegenden Zehntageritt und den unangenehmen Überraschungen heute fallen würde, gegen den Schlaf anzukämpfen.

Als er gegangen war, bot David Leah etwas zu essen an. Sie aber schüttelte den Kopf. Obwohl sie seit dem Morgen nichts mehr zu sich genommen hatte, spürte sie keinen Hunger. Die grausigen Erinnerungen an den Kerker und die Drohungen der Palastwachen verflüchtigten sich in ihren Gedanken, denn sie spürte nur die überwältigende Gegenwart des geliebten Mannes, den sie so lange vermisst hatte.

Über ihr spannte sich der sternenklare Himmel mit einem blassgelben Vollmond, die Luft war von Blumenduft erfüllt, die sanfte Brise auf ihrem Gesicht kündete vom Frühling. Und David stand vor ihr. Wie sollte sie noch daran denken, dass sie mitten in einen Krieg hineingezogen worden war?

David fasste Leah bei den Armen. »Du bist mein Gegenstück, meine Entsprechung«, sagte er heiser. »Ohne dich bin ich nur ein halber Mensch.«

Er trat beiseite und zog seine Tunika aus, trug jetzt nur noch seinen knielangen Rock. Als Leah auf seiner nackten Brust das Medaillon mit dem Symbol von Asherahs heiligem Baum erblickte, das sie ihm geschenkt hatte, lächelte sie. »Die Göttin hat dich in der Tat beschützt. Mein Leben lang werde ich ihr dafür dankbar sein.«

Auch den noch immer an seinem Oberarm befestigten Dolch sah sie im Mondlicht aufblitzen. Sie wusste, dass er ihn nicht ablegen würde, da die elitäre Kaste der in Selbstverteidigung geschulten Schriftgelehrten heilige Eide schwor, dies niemals zu tun.

Ihr Atem ging schneller, als David auf sie zu trat und sie wieder in die Arme schloss. Leah schmiegte ihren Körper so eng an seinen, dass sie von seiner Wärme und Vitalität durchdrungen wurde. Als sie spürte, wie seine Hände über ihren Rücken strichen, wie sein Mund ihre Halsbeuge erkundete, konnte sie kaum noch atmen. Er presste die Lippen fest auf die ihren, und sie bog sich ihm entgegen. Niemals hatte sie sich so lebendig gefühlt. Niemals ein derartiges Begehren verspürt. Heftig schlang sie die Arme um seinen Nacken und klammerte sich an ihn, schwor sich, ihn nie wieder loszulassen. Was auch immer nach dieser Nacht geschehen, welche Widerstände auftreten, welche Gefahren ihnen drohen mochten, David gehörte ihr und sie ihm. Nie wieder würden sie getrennt sein.

Auf dem Dachgarten des Königs bot ein hölzerner Pavillon Schutz vor der Sonne und neugierigen Blicken. Dorthin führte David seine Liebste jetzt, dort breitete er seinen Umhang auf dem Boden aus und ließ sich mit Leah darauf nieder.

Nun, endlich, nach all der Zeit, durfte sie ihn berühren, durfte spüren, wie er ihren Körper, ihre Schönheit feierte, alles in ihr zu vibrierendem Leben erweckte. Sie gab sich ihm ganz hin, rückhaltlos, voller Begehren, das endlich in der Vereinigung mit ihm Erfüllung fand. Gemeinsam fanden sie in eine Ekstase, die sie aufstöhnen ließ, wieder und wieder.

Danach flüsterte David Liebesworte, bis er einschlief. Leah blieb hellwach, immer noch durchpulst von Erregung. Sie konnte es schier nicht fassen, mit welcher Leidenschaft sich ihre Vereinigung vollzogen hatte. Jetzt lagen sie beide auf der Seite, David an ihrem Rücken geschmiegt, sein rechter Arm unter ihr ausgestreckt, ihre Hand auf seiner ruhend. Sein linker Arm lag locker auf ihr. Als sie seinen gleichmäßigen Atemzügen lauschte, seinen warmen Atem an ihrem Hals und der Wange spürte, wusste sie, dass dies der Augenblick war, für den sie geboren worden war und der ihr auf ewig erhalten bleiben würde.

David, ihr süßer Geliebter, das Licht ihres Herzens, der Mann, dem ihre Seele gehörte.

Es war noch dunkel, als sie aufwachte. David hatte sich auf einen Ellenbogen aufgestützt und blickte auf sie nieder. Lächelnd strich er ihr eine Haarsträhne aus dem Gesicht, küsste sie, dann wurde er ernst. »Ich weiß noch nicht, wie wir hier herauskommen. Je länger die Ägypter uns festhalten, desto gefährlicher wird es für uns. Aber es gibt noch einen weiteren Grund, weswegen wir unbedingt nach Ugarit zurückmüssen. Yehuda agiert zusehends korrupter. Jetzt, da Shalaaman wieder in seinem Palast ist, kann ich vor ihn treten und ihm alles offenbaren. Gerade jetzt, da Ugarit Krieg droht, darf Yehuda nicht ungehindert das Recht mit Füßen treten.«

»Wenn du Shalaaman überzeugst, dann wird er dich zum Rab berufen, nicht wahr?«

»Nur wenn du zustimmst, die Ehefrau eines Rabs zu sein.« Er küsste sie zärtlich. »Ich habe so oft schon darüber nachgedacht. Wir müssten nicht im Haus der Bruderschaft leben, vielmehr könnten wir ein schönes Anwesen kaufen. Schließlich brauchen wir ausreichend Platz für all die Kinder, die wir bekommen werden. Und du, liebste Leah, wirst mir dann nach und nach meine Augen ersetzen.«

Sie sah ihn verständnislos an. »Deine Augen?«

»Das ist das Opfer, das ein Schriftgelehrter bei der Ausübung seines Berufs zu bringen hat. Der alte Rab war blind und seine Vorgänger ebenfalls. Wie er mir sagte, habe jeder Rab im Lauf der Zeit das Augenlicht eingebüßt, das sei seit Generationen so.«

»*Halla*, einen solchen Preis dafür zu bezahlen, finde ich ungerecht«, entgegnete Leah. Weshalb versagten die Götter des Schreibens ihren Dienern die Gabe des Lesens?

»Eigentlich hätte ich Yehudas Machenschaften schon längst aufdecken sollen. Aber meine Treue zur Bruderschaft hat mich blind gemacht. Es war falsch von mir anzunehmen, meine Brüder beschützen zu können, wenn ich Yehudas Ansehen hochhielte. Stattdessen habe ich ihnen nur noch mehr geschadet. Und deiner Familie auch. Dass ich mich nicht für sie eingesetzt habe, ist unverzeihlich, Leah, aber ich verspreche dir hiermit hoch und heilig, das wiedergutzumachen.«

»Wir werden unser Haus zurückbekommen«, sagte sie und schmiegte sich eng an ihn. »Sobald du den Beweis vorlegst, dass der Wechsel, den Zira besitzt …«

»Ich spreche nicht von dem Haus«, unterbrach er sie und setzte sich auf. »Weißt du denn nicht …? Leah, wann hast du das letzte Mal von deiner Familie gehört?«

Sie dachte nach. »Wir waren in Harran, kurz bevor Nachrichten über Megiddo eintrafen. Ich erhielt einen Brief von meiner Großmutter, in dem stand, dass es ihnen gutgehe und dass ihr ägyptischer Herr ein umgänglicher Mann sei.«

»Bei Shubat!« David sprang auf. »Ich nahm an, du wüsstest …«

Sie sah zu ihm auf, betrachtete seine vom Mondlicht sanft konturierte, muskulöse Gestalt. »Was soll ich wissen?«

»Der ägyptische Mieter hat Ugarit wegen der Kriegsgefahr längst verlassen, weshalb Zira die Villa verkaufen will. Leah, sie hat vor, deine Familie auf dem Sklavenmarkt versteigern zu lassen.«

»*Halla!*«, zischte sie und sprang ebenfalls auf. »Rasch, ruf in ihrem Namen die Götter an.« Großmutter und Mutter, Esther und Hannah, Klein-Baruch und Klein-Aaron … Sklaven! »Wir müssen sofort zu ihnen!«

»Selbst wenn ich jemanden bestechen muss oder im Namen von König Shalaaman Zusagen mache, die er unmöglich einhalten kann – wir müssen es nach Ugarit schaffen.«

Sie kleideten sich rasch an. Der östliche Himmel wurde bereits eine Spur heller, was bedeutete, dass das Leben im Palast langsam erwachte. Als David den Ledergürtel um seine Taille schlang und nach seinem blauen Umhang griff, sprang die Tür zur Treppe auf, und Nobu erschien, gefolgt von vier Soldaten mit Speeren und Schilden.

»Meister, der Pharao sucht dich!«, keuchte er, »König Thutmosis wünscht, dass du ihn begleitest. Diese militärische Eskorte soll dich umgehend zu ihm bringen.«

David runzelte die Stirn. »Ihn begleiten? Wohin?«

»Meister, wie ich erfahren habe, wird Thutmosis umgehend mit fünf Divisionen Infanterie und Streitwagen zu einem Berg namens Karmel aufbrechen. Die Rede ist von einer Invasion. Ach, Meister, man befiehlt dir, in die Schlacht zu ziehen!«

13

Da stand sie, am Ende einer von Bäumen gesäumten Straße. Eine Privatvilla, die sich Hathors Lustgarten nannte. Avigail konnte nicht lesen, aber die Zeichnungen auf den weißen Mauern und am Tor waren eindeutig: graphische Darstellungen von männlichen und weiblichen Genitalien.

Hathors Lustgarten war ein Hurenhaus.

Weil es praktischer war, hatte Avigail Davids goldenen Armreif gegen Ringe aus Kupfer, Silber und Gold eingetauscht und dann mit Hilfe eines Beamten am Obersten Gerichtshof eine Fristverlängerung durchgesetzt, um Ziras Besitzanspruch auf ihre Familie anzufechten. Inzwischen war die Gnadenfrist jedoch verstrichen. Und heute sollte Zira mit dem Sklavenhändler erscheinen und sie alle abholen.

Avigail hatte gehofft, dass David inzwischen zurück sein würde. Die Freunde, die sie um Hilfe gebeten hatte, hatten alle mit Bedauern abgelehnt. Somit war die Familie ohne jedweden männlichen Beschützer. Zira hatte sie in die Enge getrieben. In ihrer Verzweiflung war Avigail inzwischen bereit, nach jedem Strohhalm zu greifen, um ihre Familie und ihr Zuhause zu retten.

Tagelang hatte sie versucht, einen Anwalt ausfindig zu machen, der sich ihres Falles annehmen würde, war jeden Morgen in den großen Hof des Hauses des Goldes gegangen, hatte einen nach dem anderen gefragt, war aber immer wieder abgewiesen worden, weil sie weder deren Dienste bezahlen konnte noch ihr Fall Aussicht auf Erfolg hatte. Zwei Anwälte schließlich hatten Mitleid mit ihr gehabt und sie an einen gewissen Faris verwiesen, der ihrer Meinung nach über den schärfsten juristischen Verstand in ganz Kanaan verfüge. Sie hatte bei ihm zu Hause vorgesprochen und dort vom Verwalter erfahren, dass sich Faris in Hathors Lustgarten im nördlichen Viertel der Stadt aufhalte.

Und jetzt stand sie vor der Tür dieses Etablissements und versuchte, Haltung zu bewahren. Wegen ihres ausgeprägten Gefühls für Stolz und Schicklichkeit wäre sie am liebsten auf der Stelle umgekehrt. Aber jetzt galt es, ihre eigenen Vorstellungen von sittsamem Verhalten beiseitezulassen und ohne männliche oder sonstige Begleitung bei einem Fremden vorzusprechen – und was vielleicht das Schlimmste war, zu diesem Zweck ein ägyptisches Bordell zu betreten! Nicht alle Ägypter hatten Ugarit verlassen. Eine Frau namens Nefer-Merit war geblieben. Ihr Name und ihr Haus waren bis nach Tyros im Süden und Karkemisch im Norden ein Begriff.

Man hatte nicht versäumt, ihr besagten Faris als ehrlosen Kerl hinzustellen, der aus der Bruderschaft der Anwälte ausgeschlossen worden war, weil er sich hatte bestechen lassen und einen Richter bespuckt hatte. Unter anderen Umständen hätte sich Avigail niemals mit einem derart zwielichtigen Gesellen eingelassen; aber nun griff sie grimmig entschlossen nach dem Seil, um die Türglocke zu betätigen.

Mit wild pochendem Herzen hoffte sie, von Vorübergehenden nicht erkannt zu werden. Das einzig ihr verbliebene gute Gewand und der entsprechende Schleier waren dank Salomas geschicktem Umgang mit der Spindel aus fein gesponnener Wolle gefertigt, die mit dem Saft von zerstoßenen Wacholderbeeren eingefärbt worden war; anschließend hatte Avigail aus der Wolle den Stoff gewebt und aus diesem Gewänder für den Tag angefertigt, da Elias zurückkehren würde, denn dann wollte sie sich zu Ehren ihres Sohnes so schön wie möglich kleiden.

Ob dieser Tag je kommen würde? Lebte Elias überhaupt noch? Hatte es Sinn, auf seine Rückkehr zu hoffen? Avigail schüttelte den Gedanken ab. Heute galt es erst einmal, der Familie zuliebe diesen schweren Gang anzutreten. Deshalb trug sie ihre neuen

Kleider mit Stolz. Klopfenden Herzens stand sie vor dem Tor des berüchtigten Bordells und flehte zu Asherah, sie möge ihr Mut verleihen, und gleichzeitig hoffte sie, dass der Fremde, den sie um einen Gefallen bitten wollte, nicht bemerken würde, dass sie barfuß war.

Ein ägyptischer Türsteher, bekleidet mit einem knielangen Rock aus Leinen, Sandalen und Lederkragen, öffnete das Tor. Seine Augen waren blau umrandet und seine Lippen rot gefärbt. Seine schwarze Perücke reichte ihm bis auf die nackten Schultern. Nachdem Avigail ihr Anliegen vorgetragen hatte, ließ er sie ein und schloss wieder das Tor.

Sie meinte ihren Augen nicht zu trauen. Hinter den schlichten hohen Mauern von Nefer-Merits Haus verbarg sich ein atemberaubendes Paradies. Dass die ägyptischen Gärten die schönsten überhaupt seien, davon hatte Avigail bereits gehört, diesen Berichten aber, da sie Ägypter nun mal für schmutzig und grob hielt, keinen Glauben geschenkt. Auch der ägyptische Winzer und seine Frau, die auf Etikette und Sauberkeit geachtet hatten, waren für sie untypische Ausnahmen gewesen. Jetzt aber, da sie mitten in diesem großen, üppig blühenden und herrlich anzusehenden Garten stand, fragte sie sich, ob sie die Ägypter nicht vielleicht unterschätzt hatte.

Das aufwendig gestaltete rechteckige Bassin war mit klarem Wasser gefüllt, in dem sich farbenprächtige Fische tummelten und auf der Oberfläche Seerosenblätter schwammen. An den Rändern erhoben sich majestätischer Schilf und Papyrus. Laubbäume waren so gesetzt, dass sonnenbeschienene Flecken sich mit schattengesprenkelten abwechselten. Saftige Früchte reiften an den Zweigen, der Boden war mit Blütenblättern übersät, im Laubwerk schwirrten rote und blaue Vögel mit prächtigen Schwanzfedern herum. Der Duft von Weihrauch und Parfüm hing in der Luft, in die sich der süße Klang von Musikinstrumenten mischte.

Das Erstaunlichste aber waren die Menschen – Männer, die sich auf Liegen räkelten und von bildhübschen Frauen bedient wurden. Zu ihrem Entsetzen bemerkte Avigail, dass sie nicht alle Essen und Wein servierten, sondern dass auch viel liebkost und geküsst wurde. Und geradezu empört war sie, als sie im Schatten einer Tamariske einen nackten Mann sah, der sich mit vier Frauen verlustierte.

Rasch wandte sie den Blick ab und fragte sich, wie sie in diesem Garten der Ausschweifungen den gesuchten Faris ausfindig machen sollte. Obwohl viele der Kunden nackt beziehungsweise halbnackt waren, fiel ihr schließlich ein voll bekleideter Mann auf, der sich im Schatten einer Sykomore auf einer Liege ausgestreckt hatte und mit beiden Händen irgendwelchen Leckerbissen zusprach. Von der Beschreibung her, die sie erhalten hatte, musste dies der Gesuchte sein, hatten die beiden Anwälte ihn doch zudem als zügellosen Freigeist bezeichnet, dessen röhrendes Gelächter eine Schneelawine auf dem Berg Libanon auszulösen vermochte.

Zwei junge Mädchen, die nicht mehr als Armreifen und Ketten und lange schwarze ägyptische Perücken trugen, hatten die Arme um seinen mächtigen Leib geschlungen und streichelten ihm unter katzengleichem Schnurren Leiste und Schenkel. Sie bedachten Avigail mit einem belustigten Blick, als sie sich näherte und fragte, ob sie ihn sprechen dürfe.

Faris biss herzhaft in ein fettes Hammelkotelett und musterte sie von oben bis unten. Seine ungewöhnlich langen und dichten Wimpern ließen ihn fast feminin wirken, wäre da nicht der schwindende Haaransatz gewesen und der Schatten auf seinem Kinn. Er schien weder über die Störung ungehalten zu sein noch darüber, dass diese Frau, die eindeutig nicht hierhergehörte, ihn ansprach. Pflegte er etwa seinen Geschäften immer in dieser Umgebung nachzugehen? »Wer schickt dich?«

Avigail bemühte sich, das betrunkene Gelächter und die Beischlafgeräusche aus nächster Nähe nicht zur Kenntnis zu nehmen. »Zwei Anwälte aus dem Hof des Hauses des Goldes.«

Er grinste. »Ja, ja, ich bin kein unbeschriebenes Blatt unter Anwälten oder bei den Gerichten. Auch die Richter kennen mich

– 374 –

gut!« Er brach in schallendes Gelächter aus. »Trag mir dein Problem vor.«

Avigail schilderte ihre Situation, und als sie Jotham und Zira erwähnte, bellte er trocken auf. »Diese beiden! Ein schleimiges Schlangenpaar. Sie wollen dich und deine Familie also in die Sklaverei verkaufen.«

»Kannst du mir helfen?«

Faris schüttelte den Kopf. »Rufe die Götter an, gute Frau, denn kein juristischer Rat der Welt kann dich retten. Gegen Zira kann man nicht gewinnen. Sie und ihr Bruder sind zu mächtig. Die Vettel und ihr Bruder haben hier in Ugarit auch die Richter im Griff. Der älteste dieser Richter, Uriah, würde definitiv gegen dich stimmen, schon weil Yehuda brisante Informationen über ihn hat. Mit einer gerechten oder unvoreingenommenen Anhörung kannst du nicht rechnen. Die Richter hätten bereits gegen dich entschieden, noch ehe du vor ihnen erscheinst. Die Götter mögen mir verzeihen, aber ich bedaure.«

Trotz seines groben Auftretens spürte Avigail, dass ihm seine Absage ehrlich leidtat. Und obwohl er noch fettleibiger war als Jotham und seine Tage in einem Bordell verbrachte, schien er ein wohlmeinendes Herz zu besitzen, hatte er ihr doch aufmerksam zugehört, hin und her überlegt und ihr beim Sprechen in die Augen geschaut. Am besten jedoch gefiel ihr sein Lachen.

»Ich muss aber meine Familie und mein Haus retten«, sagte sie.

Faris schürzte die Lippen, sah das noch verbliebene Fleisch auf seinem Hammelknochen prüfend an, blickte dann zum Himmel und zur Sonne und zu den Blättern der Sykomore über ihm und sagte schließlich: »Allerdings gäbe es doch etwas, was ich unternehmen könnte, aber ich muss auf Bezahlung bestehen. Ohne Geld kann ich mir meine kleinen Freuden hier nicht leisten.«

Als Avigail einen Beutel herauszog, in dem es, als sie hineingriff, klimperte, sagte er: »Alles.«

»Aber ich muss davon noch Brot für meine Familie kaufen.«

»*Alles.* Wenn nicht, dann geh.«

Sie schüttete den Inhalt des Beutels auf den Tisch, der mit Fleischresten, Brotkrumen, Fischgräten und Schalen von Granatäpfeln übersät war. Faris überschlug in Windeseile den Gesamtwert. »Mehr hast du nicht?«

»Wie ich schon sagte, kann ich jetzt nicht einmal mehr einen Laib Brot kaufen.«

»Das hier entspricht bei weitem nicht meinem üblichen Honorar. Ich verlange sehr viel mehr, und man bezahlt es gern, weil ich der gerissenste Anwalt westlich von Babylon bin.« Er legte eine Pause ein, um einer seiner Begleiterinnen über die Wange zu streicheln. Dann wandte er sich wieder an Avigail. »Was hast du mir sonst noch anzubieten?«

Avigail überlegte, dann richtete sie sich kerzengerade auf. »Die Götter seien gepriesen, da gibt es tatsächlich noch etwas – etwas, was dir sonst keiner anbieten kann.«

Er sah sie zweifelnd an. »Und das wäre?«

»Die Gelegenheit, Zira und Jotham vor Gericht eine Niederlage beizubringen.«

Faris' feminin wirkende Augen hefteten sich auf Avigail und musterten sie durch lange schwarze Wimpern. Schließlich warf er den Kopf zurück und lachte so herzlich und dröhnend, dass Avigail förmlich den Schnee auf dem Berg Libanon die Hänge hinunterdonnern sah.

»Die Götter seien meine Zeugen, wir sind im Geschäft!«, sagte er und griff mit der feisten Hand nach den Ringen, um sie in den Falten seiner weiten Robe zu verstauen. »Drei Dinge gilt es für dich zu beachten, gute Frau. Hör genau zu, denn du musst meine Anweisungen wie vorgegeben und in der von mir festgelegten Reihenfolge befolgen. Halt dich genau daran, sonst geht es schief.«

Sie lauschte mit angehaltenem Atem. Als er fertig war, sagte sie: »Bete für mich, mein Herr, aber das bringe ich nicht über mich. Kannst *du* nicht für mich vor Gericht sprechen? Das Geld dafür werde ich schon irgendwie auftreiben.«

»Ich bin aus Ugarits Gerichtshof verbannt. Das Erbarmen der

Götter sei mit dir, Avigail Em Elias, aber das musst du schon selber durchstehen.«

»Gesegnete Asherah, ich kann nicht! Es ist unmöglich!«

»Dann verlass mit deiner Familie Ugarit und versteck dich. Mehr kann ich für dich nicht tun.«

»Dagon segne dich«, sagte sie mit zitternder Stimme und wandte sich zum Gehen.

»Warte«, erwiderte Faris und reichte ihr einen ölig glänzenden und mit grünen und schwarzen Oliven gespickten knusprigen Brotlaib. »Ich werde für dich beten.«

Avigail stand mit dem kleinen Aaron an der Straße, auf der Fußgänger und Wagen und Pferde vorbeizogen, und wartete auf Zira und die Sklavenhändler. Nur mühsam verbarg sie ihren inneren Aufruhr. Unmöglich, dass sie nicht dem Rat von Faris folgte, stand er doch allem entgegen, woran sie glaubte. Als dann aber auch noch der kleine Baruch zu ihr kam und sie die beiden Knaben fest an sich drückte, wusste sie, was sie zu tun hatte. Es galt, das Geburtsrecht dieser beiden zu sichern. Egal, wie schwer es ihr fiel, sie musste Zira die Stirn bieten.

Sie schaute in Richtung Stadttor.

In Ugarit ging es hektisch zu, Spannung lag in der Luft. Angesichts der vielen Gerüchte, die umherschwirrten, wusste niemand, was wirklich vor sich ging. Kanaanäische Truppen hielten auf den Feldern vor der Stadt Waffenübungen ab, Streitwagen standen in Reihen bereit, Pferde wieherten auf notdürftig eingezäunten Koppeln. Man traf Vorbereitungen für einen Krieg. Wohlhabende Familien rüsteten ihre privaten Schiffe mit Proviant und Sklaven aus, lebten zum Teil auch schon auf dem Wasser im Hafenbecken, um rechtzeitig in See zu stechen, für den Fall, dass sich die ägyptischen Streitkräfte Ugarit näherten. Da man zum Schutz und für eine raschere Flucht männliche Verstärkung benötigte, blühte der Sklavenhandel.

Eins stand für Avigail fest: Sollte es Zira gelingen, sie und ihre Familie auf den Sklavenmarkt zu bringen, würden sie alle verkauft, höchstwahrscheinlich getrennt und in verschiedene Städte gebracht werden.

Dann werden wir uns nie wiedersehen, sagte sie sich, als sie die wohlbekannte Sänfte mit den purpurnen Vorhängen auf den Schultern von Sklaven auf sich zukommen sah. Das werde ich nicht zulassen.

Jothams Schwester stieg als Erste aus, gefolgt von einem Mann in langen, fransenbesetzten Gewändern und einem kegelförmigen Hut auf dem Kopf – Ziras Anwalt –, wohl um zu unterstreichen, dass bei der Übernahme von Elias' Anwesen alles im Einklang mit den Gesetzen vonstatten gegangen war. In ihrer Begleitung befanden sich vier kräftige Männer vom Sklavenmarkt, jeder von ihnen mit einer Peitsche in der Hand.

»Wo sind die anderen?«, fragte Zira ohne weitere Umstände.

»Im Haus. Zira, warum können wir nicht als Diener für den nächsten Bewohner hierbleiben?«

»Weil es keinen nächsten Mieter geben wird.«

»Du hast tatsächlich vor, das Anwesen zu verkaufen?« Avigail hatte noch immer gehofft, Zira würde es sich anders überlegen.

»König Shalaaman leidet in letzter Zeit wieder unter Erstickungsanfällen. Nichts besonders Ernstes, aber sobald sich der Dämon, der die Luftröhre beengt, in der Brust einnistet, dehnt er sich, wie wir alle wissen, immer weiter aus. Es ist also lediglich eine Frage der Zeit, bis der König zu den Göttern geht, und wenn es so weit ist, werden die Generäle der Armee meinen Yehuda zu seinem Nachfolger bestimmen.« Sie breitete die Arme aus. »Mein Sohn erachtet diese Villa als idealen Befehlsstand, von dem aus er seine Verteidigung Ugarits gegen eine ägyptische Invasion beaufsichtigen kann.«

Avigails Augen wurden vor Entsetzen kugelrund. »Einen *militärischen Befehlsstand* will er hier einrichten?« Sie sah bereits Soldaten, raubeinige Gesellen, Pferde durch das Anwesen trampeln. »Bitte tu das nicht. Ich flehe dich an.«

– 378 –

Statt einer Antwort schnippte Zira mit den Fingern, worauf die Sklavenhändler nach Fußfesseln und Ketten griffen und näher kamen.

»Bei Asherah«, stöhnte Avigail. »Ich kann doch nichts dafür, dass meine Enkelin damals König Shalaaman geheilt hat.«

Ziras Augen verengten sich zu Schlitzen. »Mein Sohn sollte bereits vor vier Jahren den Thron besteigen. Aber jetzt ist der König erneut von dem Dämonen besessen, und diesmal ist deine Tochter nicht hier, um sich in das ihm von den Göttern bestimmte Schicksal einzumischen.«

Avigail reckte die Schultern und drückte ihr Rückgrat durch. »Gib dein Vorhaben auf, Em Yehuda, und lass uns ab sofort in Ruhe. Es liegt in deinem wie in meinem Interesse, dass wir diesen Konflikt beenden. Solltest du aber nicht einlenken, werde ich gegen dich vorgehen.«

Zira lachte. »Gegen mich vorgehen? Du hast keine Beschützer, keine Freunde, kein Zuhause, und du bist mittellos. Die Frist für den Aufschub, um den du nachgesucht hast, ist abgelaufen. Nichts ist dir geblieben. Wie willst du da gegen mich vorgehen?« Sie tauschte einen süffisanten Blick mit ihrem Anwalt.

Avigail reckte das Kinn. »Indem ich mich auf meinen Status als Bürgerin von Ugarit berufe. Ich weiß, dass ich nach dem Gesetz keine Klageschrift einzureichen brauche, auch keine Honorare bezahlen oder gar Anwälte beschäftigen muss. Es ist mein Recht, vor Gericht gegen deinen Anspruch auf mein Anwesen Widerspruch einzulegen.«

»Das ist nun aber wirklich unter deiner Würde, Avigail. Eine Verzögerungstaktik, mit der du nicht durchkommen wirst.«

»Ich will nichts verzögern. Ruf auf der Stelle die Richter zusammen. Du bist reich und besitzt genug Einfluss, um ihnen umgehend deinen Fall vorzutragen. Mir ist ebenso wie dir daran gelegen, diesen Zwist ein für alle Mal zu beenden.«

Ziras Augen verengten sich. »Du hast keine Argumente. Du kannst unmöglich gewinnen. Warum also noch mehr Zeit vergeuden?«

»Ich kenne meine Rechte.«

»Sicher kennst du sie. Wie mir zu Ohren gekommen ist, hast du dich ja tagelang im Haus des Goldes mit Anwälten besprochen. Auch das ist unter deiner Würde, Avigail.« Sie seufzte auf. »Also gut. Vom Gericht bis zum Markt ist es ja zum Glück nicht weit. Ich rate dir nur, mit deiner gesamten Familie zu erscheinen, damit wir euch dann zügig in den Sklavenbereich überstellen können.«

14

»Der Anführer der Elefantenkarawane hat eingewilligt, dich und deine beiden Gefährten bis Ugarit mitzunehmen.«

»*Halla!* Welch gute Nachricht!«, sagte Leah. »Der Segen der Götter sei mit dir, Pakih. Weiß man denn schon Genaueres über Pharao Thutmosis und seinen Feldzug nach Karmel?« Zwanzig Tage war es her, dass sie und David sich auf dem Dach des Palastes geliebt hatten, zwanzig lange Tage der Ungewissheit, seit er sie zum Abschied geküsst hatte und dann in die Schlacht gezogen war. »Ich habe aus Nordwesten Kundschafter kommen gesehen. Was weißt du darüber?«

»Noch nichts, Herrin, aber solange keine schlechten Nachrichten eintreffen, sind das doch gute Nachrichten, findest du nicht?«

Wie Leah festgestellt hatte, waren in jedem Palast die Eunuchen des Harems die zuverlässigste Quelle für Informationen, Neuigkeiten, Gerüchte und Klatsch. Pakih stammte aus Afrika und war der Erste seiner Art, dem Leah begegnet war. Bis dahin hatte sie nicht gewusst, dass die Haut eines Menschen derart schwarz sein konnte. Pakih war hochgewachsen und dickbäuchig. Er trug einen bunten Turban und einen langen weißen Rock, der um den Bund von einem breiten Ledergürtel gehalten wurde. Statt eines Hemds oder einer Tunika waren die kräftigen Schultern mit einem eigenartigen Schal aus weißer Wolle bedeckt, der vorne geknotet war und ihm über die schwabbeligen Brüste hing.

Pakih erinnerte sich nicht an den Namen seines Volkes oder an das Land, in dem er geboren worden war. Ägyptische Händler für exotische Tiere, Elfenbein und Sklaven hatten ihn im Kindesalter am Oberlauf des Nils entführt und per Schiff und über Land nach Beersheba gebracht. Dort war Pakih zusammen mit weiteren entführten Knaben kastriert worden, um fortan Haremsdienste zu versehen. Nicht dass er sein Leben oder sein Schicksal verfluchte. Er verfluchte einzig und allein alle Ägypter.

Vor allem hasste er die Ägypterinnen im königlichen Harem von Megiddo – die Ehefrauen und Konkubinen von Pharao Thutmosis. Arrogante Weiber, die einfach eingezogen waren und sich jetzt groß aufspielten, die ihre eigenen Eunuchen mitgebracht und damit eine seit langem bestehende Hierarchie durchbrochen hatten. Deshalb war Pakih, der einst etwas zu sagen gehabt hatte und jetzt ein Kuli war, nur allzu gern bereit, Thutmosis eins auszuwischen, selbst wenn es nur darum ging, einer Geisel zur Flucht zu verhelfen. »Die Karawane soll am Tage des Mittsommerfests aufbrechen.«

Wie alle weisen Heeresführer war Thutmosis darauf bedacht, Handelskarawanen ungeachtet ihrer nationalen Zugehörigkeit weiterhin den ungehinderten Durchzug durch das von ihm eroberte Territorium zuzusichern. Schließlich drang er in dieses Land ein, um dessen Reichtümer abzuschöpfen. Wenn er den Handelsverkehr behinderte, flossen weder Waren noch Geld. Da infolgedessen Karawanen als neutral betrachtet und dementsprechend von seinen Truppen nicht belästigt wurden, sah Leah eine Chance, auf diese Weise zu entkommen. Es drängte sie nach Hause, sie wollte zu ihrer Familie, wollte sie aus der Sklaverei erlösen und sie wieder in der Villa bei den Weingärten vereinen. Wenn aber David bis dahin nicht zurück war? Ohne ihn wollte sie nicht aufbrechen.

Bei ihrem Abschied vor zwanzig Tagen hatte er seinen Siegelring abgestreift und ihn ihr in die Hand gedrückt. »Solange sich dieser Ring in deinem Besitz befindet«, hatte er gesagt, »werde ich immer zu dir zurückkommen.« Diesen Ring hielt sie fest in der Hand, als sie jetzt ans Fenster trat, das den Blick über die Mauern der Stadt freigab.

Der Harem war in einem für sich stehenden hohen Turm untergebracht, von dem aus die darin lebenden Frauen freie Sicht auf die für sie unerreichbare Welt hatten. Man sah die Baumstümpfe, die Megiddo umgaben – die Wälder waren abgeholzt worden, weil man Brennmaterial für die unzähligen Lagerfeuer benötigte –, und jenseits davon erstreckte sich Marschland mit einem Bergbach, der sich in kleine Flüsse verzweigte, die alle dem großen Fluss zuströmten. An den Ausläufern ockerfarbener Berge waren zwei riesige Lager errichtet worden – eins für die Soldaten, eins für die Gefangenen.

Durch ein Fenster in diesem Turm konnte Leah das große Militärlager überblicken, an dessen Rand sich einheimische Kanaaniterinnen, die ihre Männer und ihr Zuhause verloren hatten, niedergelassen und sich mit ihren Eroberern auf eine Weise zusammengetan hatten, die so zeitlos zu sein schien wie der Krieg selbst. Die Frauen dienten als Köchinnen oder Wäscherinnen oder Beischläferinnen. Sie waren ebenso Opfer des Krieges wie die Soldaten, denen die Truppen des Pharaos die Schädel eingeschlagen hatten. Sie hatten sich verbündet, um zu überleben.

Da Leah ungeduldig darauf wartete, Megiddo zu verlassen, hatte sie sich mit niemandem verbündet. Zwar schlief sie im Harem und nahm auch ihr Essen dort ein, aber sie hielt sich von den anderen fern. Schon weil zwischen den Ehefrauen und Konkubinen des gefangen gesetzten Königs von Megiddo und den Ehefrauen des Pharaos große Rivalität herrschte. Von Pakih wusste sie, dass Ägypter von einem Feind ein Abbild anzufertigen pflegten und dieses dann verstümmelten oder irgendwie »verletzten«, um die Macht dieses Feindes zu schwächen. Leah selbst hatte erlebt, wie die Ehefrauen von Thutmosis in ihren Eifersuchtskämpfen wiederholt schwarze Magie einsetzten, was für die Eunuchen, die die Wachspuppen und lange Nadeln einschmuggelten, ein lukratives Geschäft bedeutete. Da sich Leah nicht in diese heftigen Konflikte hineinziehen lassen wollte, hatte sie sich unter den Frauen weder Freunde noch Feinde gemacht.

Die Bewohnerinnen des Turms verbrachten ihre Zeit damit, sich gegenseitig stundenlang das Haar zu flechten, vor dem

Spiegel zu sitzen und sich das Gesicht zu schminken oder sich den Körper mit einer zuckrigen Paste zu beschmieren, um auf diese Weise jedes einzelne Haar zu entfernen. Wenn sie ein Bad nahmen, gaben sie sich damit eher dem Müßiggang hin denn dem Trachten nach Sauberkeit. Sie liebten ein Brettspiel, für das sie Stäbchen und Würfel benutzten; es nannte sich Hunde und Schakale und war dem in Ugarit so beliebten Fünfundfünfzig-Löcher-Spiel nicht unähnlich. Sie hörten Musik und verspeisten Delikatessen, tranken Wein, amüsierten sich mit ihren Babys und Kindern und warteten darauf, dass abends der Pharao erschien und sich eine von ihnen für sein Bett aussuchte.

Wie Vögel in einem Käfig, befand Leah. Verwöhnt und abgeschoben, während da draußen, jenseits der verkohlten Felder und des Marschlands, hungrige Gefangene in einfachen Zelten um ihr Überleben kämpften. Weniger als tausend Schritt entfernt und doch unendlich weit weg. Bisher hatte Leah noch nie darüber nachgedacht, wie ungerecht es im Leben zugehen konnte und wie unterschiedlich es allein dadurch verlief, wo man zufällig geboren wurde. Kinder, die in diesem Turm das Licht der Welt erblickten, sahen einem Leben in Luxus und Wohlergehen entgegen, während ein Neugeborenes da draußen von Glück sagen konnte, wenn es überhaupt durchkam.

Während die Ehefrauen des Königs von Megiddo Kanaaniterinnen waren und sich an Sitten und Gebräuche hielten, wie sie auch Leah vertraut waren, waren die Ägypterinnen hier Fremde und in vielerlei Hinsicht verblüffend. Sie sprachen hastig, wenn auch mit vielen Unterbrechungen, erhoben die Stimme und gestikulierten. Wie bereits beobachtet, hatten auch sie die merkwürdige Angewohnheit, sich unvermittelt die rechte Hand mit der Handfläche nach außen wie einen Schild vors Gesicht zu halten und dann irgendeinen Schwur zu murmeln. Pakih, der die ägyptische Sprache recht gut beherrschte, hatte gesagt, dass die Bewohner des Niltals ständig eine Vielzahl von Zaubersprüchen gebrauchten. »Diese Zaubersprüche äußern sie immer und immer wieder, so als wollten sie einen unsichtbaren Schutzmantel um sich weben. Die vor das Gesicht gehaltene Hand wehrt böse Geister ab. Ihre bevorzugte Beschwörung scheint die zu sein: ›Ich kenne dich – ich kenne deinen Namen.‹ Ich glaube, Zweck dieser Beschwörung ist, die Gunst aller Geister zu gewinnen, die sich in der Nähe herumtreiben, ob das nun gute sind oder böse. Ägypter glauben, Geistern ist daran gelegen, dass sie erkannt werden, das gefällt ihnen. Handelt es sich um Dämonen, nimmt man an, dass sie bei jemandem, der weiß, wer sie sind, weniger Unheil anrichten.«

Die schwarze Nase rümpfend, hatte Pakih hinzugefügt: »Ägypter sind ein abergläubisches Volk, ihr Kanaaniter dagegen seid gottesfürchtig. Was ein Unterschied ist.«

Vom Fenster aus konnte Leah beobachten, wie Kundschafter ins Lager ritten, von ihren Pferden sprangen und in den blauen Pavillon eilten. Sie hatte Divisionen unter Bannern ausziehen sehen, um kleine Aufstände zu unterdrücken, die in der Region auszubrechen drohten. Gerüchte von pharaonischen Truppen, die grausam straften, machten die Runde. Aufständische wurden entweder sofort erschlagen oder ins ständig anwachsende Lager der zukünftigen Bauarbeiter des Pharaos zurückgeschleppt.

Wenn er Ugarit erreicht, wird dort das Gleiche geschehen, dachte Leah.

Über die verkohlten Felder hinweg sah sie eine Gruppe von Frauen, die an dem kleinen Fluss hockten und Wäsche ins Wasser tauchten, um sie dann mit Steinen zu schrubben. Wahrscheinlich handelte es sich um Kanaaniterinnen oder Habiru, denen in Ägypten ein Leben in Knechtschaft bevorstand. Sie dachte an die Habiru-Konkubine Sarah, von der Rakel auf ihrem Sterbebett gesprochen hatte, Avigails leiblicher Mutter, die nach der Niederkunft zu ihrem Volk zurückgeschickt worden war. Hatte sie noch mehr Kinder geboren? Befanden sich Nachkommen dieser Habiru etwa in diesem Gefangenenlager? Diese zerlumpten und halb verhungerten Frauen – sind das meine Cousinen?

»Sprich ein Gebet«, murmelte Pakih. »Da kommt der ägyptische Hund.«

– 385 –

Sie wandte sich ab. Um diese armen Kreaturen da unten am Wasser konnte sie sich nicht kümmern, sie musste sich darauf konzentrieren, zusammen mit David irgendwie aus Megiddo heraus und zurück nach Ugarit zu kommen. Je häufiger sie erlebte, wie Familien auseinandergerissen wurden, desto wichtiger wurde es für sie, ihre eigene wieder zu vereinen. Als Pharaos Oberster Königlicher Arzt hatte Reshef freien Zutritt zum Harem, in dem er tagtäglich auftauchte, um sich nach dem Befinden der Ehefrauen und Konkubinen und Kinder von Thutmosis zu erkundigen und Leah über den Inhalt der achtzehn Tafeln zu befragen.

Den königlichen ägyptischen Schriftgelehrten war es zwar gelungen, die Tafel mit der Baldrian-Rezeptur und auch das Liebesgedicht zu entziffern, nicht aber die restlichen Heilbehandlungen, darunter die für die Austreibung des Dämons, der die Luftröhre einschnürt, die David vor vier Jahren aufgezeichnet hatte. Weil all ihre Versuche, die neue Schrift zu entschlüsseln, fehlgeschlagen waren, erschien Reshef jeden Tag und bat Leah, ihm den Inhalt der Tafeln zu übersetzen.

Rein aus Neugier, behauptete er, jeder wisse doch, dass die ägyptische Medizin allen anderen überlegen sei. Leah indes schwieg sich aus. Als sie Reshef von ihrem Bemühen berichtet hatte, eine Heilbehandlung gegen die Fallsucht in Erfahrung zu bringen, und dass sie deswegen bei Heilern in den großen und kleinen Städten entlang des Euphrats vorstellig geworden war, hatte er sie gebeten, ihm ihre dort erworbenen Kenntnisse zu vermitteln. Ein paar Rezepturen hatte sie ihm verraten, dann aber gemerkt, dass Reshef gar nicht daran dachte, ihr im Gegenzug etwas über ägyptische Heilmethoden zu verraten, und von da an Vergesslichkeit vorgeschützt. So wie David verheimlichte, dass er die Sprache der Ägypter beherrschte, damit seine Häscher in seiner Gegenwart ganz ungezwungen miteinander redeten, fand auch Leah, dass es sich irgendwann auszahlen könnte, wenn sie die medizinischen Formeln, die sie auf ihren Reisen mit König Shalaaman gesammelt hatte, für sich behielt.

Der Oberste Arzt näherte sich so leise, dass Leah sich fragte, ob er das Anpirschen auf Zehenspitzen übte, um andere belauschen zu können. Jetzt führte er sich die Hand mit dem Handteller nach außen vors Gesicht und sprach Worte, die Pakih mit »Ich bin vor Unbill geschützt« übersetzte. Dann sagte er: »Du hast mir berichtet, dass du anlässlich deines Besuchs beim König von Harran von einem seltenen Heilkraut erfahren hast, das auf einer Insel im Euphrat wächst.«

Während Pakih übersetzte, betrachtete Leah das Auge des Horus auf Reshefs Brust, über das Pakih sie aufgeklärt hatte. »Die Ägypter glauben«, hatte er gesagt, »dass vor langer, langer Zeit der böse Gott Seth dem Horus die Augen auskratzte und er blind wurde. Man rief Thot den Heiler, und der schenkte Horus das Augenlicht wieder. Seither gehören Thot der Heiler und Horus der Geheilte zu den am meisten verehrten und mächtigsten Göttern. Männer tragen das Auge, um bösen Dämonen kundzutun, dass sie unter dem Schutz des Geheilten stehen.«

Ein schönes Symbol, das Auge des Horus, befand Leah. Gefertigt aus Gold und herrlich blauem Lapislazuli, wies das Auge ein kleines unteres und ein gewölbtes oberes Lid auf; die anmutig geschwungene Augenbraue verlief parallel zum Oberlid, und aus dem inneren Augenwinkel löste sich, einen eleganten Aufwärtsbogen beschreibend, eine Träne. Ein Hinweis darauf, wie kostbar das Augenlicht war.

Genau dieses Augenlicht drohte David, wie er angedeutet hatte, zu verlieren, wenn er Rab wurde, so wie alle Rabs der Bruderschaft mit der Zeit ihr Augenlicht einbüßten.

Deshalb sagte Leah jetzt: »Ich habe vergessen, wie sich dieses Heilkraut nennt. Aber vielleicht fällt es mir wieder ein, wenn du mir das Heilmittel gegen Blindheit verrätst, das in Ägypten wohlbekannt und bei der Behandlung von Augenkrankheiten unübertroffen ist …«

Nachdem Pakih dies übersetzt hatte, holte Reshef durch seine große knochige Nase tief Luft. »Wie heißt das seltene Heilkraut, das auf einer Insel im Euphrat wächst?«, wiederholte er.

Während Leah noch überlegte, wie weit sie den arroganten Arzt herausfordern konnte, kam ein Bote hinzu und besprach sich hastig mit Reshef.

Sofort stand der Oberste Arzt auf und verließ mit dem Boten den Harem.

»Pakih, was ist los?«

»Sehr ungewöhnlich«, sagte der Eunuch. »Reshef wurde zu Seiner Majestät gerufen.«

»Zu Seiner Majestät? Bist du sicher?«

»Mein Ägyptisch ist tadellos. Der Bote hat gesagt: ›Seine Majestät befiehlt dein sofortiges Erscheinen.‹«

»Aber niemand hat die Rückkehr von Thutmosis gemeldet!«

»Niemand, Herrin.«

»Was soll das also?«

»Ich vermute, dass Thutmosis aus Gründen, die nur ihm bekannt sind, die Stadt gar nicht verlassen hat.«

Leah eilte ans Fenster und beobachtete, wie Reshef und der Bote durch die Stadttore auf das Militärlager zueilten und schließlich in dem blauen Pavillon verschwanden.

Sie blinzelte verwirrt. Wenn sich Pharao Thutmosis wirklich in diesem großen Zelt befand – *wo war dann David?*

***

Seit Reshef am frühen Nachmittag dort eingetreten war, hatte Leah den blauen Pavillon nicht aus den Augen gelassen. Jetzt war es bereits dunkel, und er schien noch immer dort zu sein. Warum war er so dringend zu Seiner Majestät gerufen worden? War der König etwa krank? War Thutmosis im Kampf verwundet und umgehend nach Megiddo zurückgebracht worden?

Gnädige Asherah, lass David nicht tot auf einem Schlachtfeld liegen …

Sie machte sich auf die Suche nach Pakih. Als sie ihn traf, raunte sie ihm zu: »Ich brauche einen Umhang. Ich muss raus.«

»Das darfst du nicht.«

»Ich muss in Erfahrung bringen, was meinem Ehemann und seinem Sklaven zugestoßen ist.«

»Wenn ich dich begleite, Herrin, kannst du den Palast verlassen.« Da die Weisung, Leah im Palast festzuhalten, von dem verhassten ägyptischen König ergangen war, war Pakih nur allzu gern bereit, sich ihr zu widersetzen.

Nachdem sie sich unter den vielen erlesenen Gewändern im Harem einen schlichten Umhang ausgesucht hatte, um keine Aufmerksamkeit zu erregen, folgte Leah dem Eunuchen durch die vielen Gänge bis zu einer Nebentür. Ein paar Kupfermünzen für den Soldaten, der dort Wache hielt, und die beiden standen auf der dunklen Straße und eilten dem blauen Pavillon zu.

Das festgefügte Zelt, von Fackeln und Lampen erhellt, ragte schimmernd zu den Sternen empor. In seinem Inneren waren Gestalten auszumachen, die sich bewegten. Reshefs untergeordnete Ärzte vielleicht? Thutmosis unterschied sich bestimmt nicht von Shalaaman oder anderen Regenten, die Leah kennengelernt hatte: Wenn er krank oder verwundet war, bemühte sich sicher ein großer Stab von Ärzten, Priestern und Magiern um ihn.

Sie erreichten den Pavillon, schlüpften an zwei Wachen vorbei und suchten nach einer Möglichkeit, ins Innere zu gelangen. Als Leah die blaue Stoffwand berührte und feststellte, dass sie aus schwerem Leinen gefertigt worden war, fiel ihr ein lang zurückliegendes Treffen ihres Vaters mit einem Geschäftsmann ein. Der Importeur hatte gehofft, Elias den Handel mit Leinen schmackhaft zu machen. »Die Ägypter besitzen gegenwärtig das Monopol auf Leinen«, hatte er gesagt, »eine Industrie, deren wirtschaftliche Bedeutung nur noch vom Bier übertroffen wird. Sie verstehen sich derart gut auf Leinen, dass sie daraus hauchdünne, geradezu durchsichtige Stoffe herstellen können oder aber ein so dickes und strapazierfähiges Material, um es als Schiffssegel zu verwenden.«

»Ich befürchte, dass wir da nicht reinkommen«, flüsterte Pakih, der bereits bedauerte, mitgegangen zu sein. Als lästige Stechmücke den Pharao zu umschwirren war eine Sache, beim Herumschnüffeln auf diesem geheiligten Boden erwischt zu werden, eine ganz andere!

»Ruf die Götter an, Pakih«, gab Leah ebenso leise zurück und suchte die Leinenwände weiter nach einer Öffnung entlang einer Naht ab, »auf dass uns deine Worte kein Unglück bringen. Weiter vorn geht es vielleicht.«

Sie umrundeten die Ecke. Entsetzt sah Leah hoch: ein grimmig dreinblickender Reshef stellte sich ihnen in den Weg.

Wachen ergriffen die Eindringlinge, und als Reshef etwas auf Ägyptisch knurrte, sagte Pakih: »Der Oberste Arzt sagt, jeder, der sich unberechtigt Zutritt zum Zelt Seiner Majestät verschafft, wird mit dem Tode bestraft.«

»Frag ihn, ob sich Seine Majestät da drin aufhält.« Sie deutete auf das Zelt.

Pakih tat wie geheißen. Mit flackernden Augen antwortete Reshef mit einem Ja.

»Frag ihn nach David.«

Wieder übersetzte Pakih, worauf Reshef den Kopf schüttelte. »Dein Ehemann ist nicht da drin«, sagte Pakih. »Der Oberste Arzt weiß nicht, wo er ist.«

Sie versuchte sich loszureißen und auf den Eingang zuzurennen. »Du dummes Weib!«, zischte Reshef, als man sie wieder einfing. Und dann sagte er etwas auf Ägyptisch, worauf Pakih weiche Knie bekam. »Der Oberste Arzt sagt«, übersetzte er, »dass unsere Hälse auf dem Block landen, wenn wir es wagen sollten, da reinzugehen. Bitte, Herrin, ich flehe dich an. Erniedrigen wir uns und sagen wir ihm, dass es uns leidtut, ihn verärgert zu haben, und bitten wir ihn, in den Harem zurückkehren zu dürfen.«

Stattdessen sagte Leah zu ihm: »Danke für deine Hilfe, mein Freund. Mögen dich die Götter mit reichem Segen bedenken. Und jetzt bitte Reshef, mir eine Audienz mit Seiner Majestät zu gewähren und dich zu deinen Pflichten im Harem zurückzuschicken. Sage ihm bitte, dass ich dich gezwungen habe, mich zu begleiten.«

Der Eunuch tat wie geheißen und übersetzte dann Reshefs Antwort: »Ihm zufolge ist mir nichts vorzuwerfen, zumal ich nur ein Sklave bin und als solcher den Launen einer einfältigen Frau willfahre. Ich darf gehen. Er sagte aber auch, dass er dir diese Audienz nur gewährt, weil Seine Majestät sich für die Tontafeln interessiert, die in deinem Geheimcode geschrieben sind. Und dass du, da du dich weigerst, die Fragen des Obersten Arztes zu beantworten, vielleicht die Seiner Majestät beantwortest. Du darfst allerdings mit niemandem über das sprechen, was du heute Abend in diesem Zelt siehst.«

»Sag ihm, dass ich das bei meinen Göttern feierlich verspreche.«

Auf das, was Pakih übersetzte, erwiderte Reshef etwas in spöttischem Ton.

»Was hat er gesagt?«

»Der ägyptische Hund sagt, dass die Kanaaniter bekannt dafür sind, abergläubisch zu sein und ihre Götter nicht so wie die Ägypter respektieren. Bei den heiligen Geistern meines Volkes in Afrika! Was für eine rückwärts gerichtete Welt das doch ist!«

Auf Reshefs Befehl hin wurden die beiden in den prächtigen blauen Pavillon gebracht, wo sie ein angenehm süßer Duft und das einladende Licht vieler Fackeln und Lampen empfingen.

Nur wenige Personen hielten sich in dem Zelt auf – Offiziere verschiedener Ränge. Sie standen in der Mitte, in einer Art Kreis, blickten zu Boden und redeten alle durcheinander. Was ihre Aufmerksamkeit fesselte, war eine riesige Landkarte, auf der die Generäle mit Hilfe langer Stäbe Figuren hin und her schoben.

So etwas hatte Leah schon einmal gesehen – im Palast in Harran, nördlich des Euphrats. Dieser Raum hier war ein Konferenzzimmer, in dem man militärische Strategien entwickelte und Truppenbewegungen anhand der geographischen Lage von Städten und Schlüsselpositionen durchspielte. Winzige Soldaten, in Divisionen aufgereiht, zusammen mit Pferden und Streitwagen. Hier und dort standen einzelne Figuren, die größer waren als die übrigen und Kronen trugen – die Könige fremder Städte. Jeder war von einem Pfeil durchbohrt – ähnlich wie die Wachspuppen, in die die eifersüchtigen Ehefrauen von Thutmosis Nadeln stachen, um die Macht einer Rivalin zu schwächen.

Und dann hob Leah den Blick …

Sie keuchte und hielt sich rasch den Mund zu.

Auf einem hohen Thron saß jemand, der den Generälen Befehle erteilte, Berichte von Kundschaftern in Empfang nahm und auf Punkte auf der Landkarte deutete. Was gesagt wurde, verstand Leah nicht, aber sie wusste, wer diese Gestalt war.

Es war nicht Pharao Thutmosis.

Leah stand wie gelähmt da. Hypnotisiert. Obwohl für tot erklärt, konnte die Frau, die dort auf dem hohen Thron saß, niemand anderes sein als Hatschepsut persönlich.

Oder vielleicht doch nicht? Königlich gekleidet war sie zumindest nicht. Weißes Leinen umhüllte sie, und dazu trug sie einen schlichten, auf der Brust zu einem Knoten geschlungenen Schal, eine schwarze, auf Schulterhöhe in gerader Linie abgeschnittene Perücke und um die Stirn einen goldenen Reif mit einer Kobra in der Mitte.

Und jetzt fiel Leah ein, dass damals bei jenem schicksalhaften Besuch vor sieben Jahren Jotham über Ägyptens Pharaonin gesagt hatte, er habe gehört, dass sie darauf bestehe, mit »*Seine* Majestät« angesprochen zu werden.

Mit offenem Mund starrte sie jetzt in das Gesicht unter der gleichmäßig geschnittenen Ponyfrisur der Perücke. Eine Ähnlichkeit mit Thutmosis war anhand des kräftigen Kinns und der tiefliegenden Augen durchaus zu erkennen, aber während der Neffe hässlich war, wirkte die Tante majestätisch.

Leah schätzte die Königin auf um die fünfzig, und auch wenn sie körperlich robust zu sein schien, deuteten Falten und Schatten auf Erschöpfung und gesundheitliche Probleme hin. Deshalb also Reshefs unaufhörliches Fragen und Drängen nach dem Inhalt der achtzehn Tafeln!

Fast mit Händen zu greifen war die Macht, die diese Frau über die in diesem Pavillon Versammelten ausübte. Noch nie war

Leah einer Frau begegnet, von der eine solche Stärke ausging. Als König Shalaaman dem König von Karkemisch seine Aufwartung gemacht und ihm Geschenke überreicht hatte, hatte die Königin steif und stumm wie eine Statue daneben gesessen. In der im Norden gelegenen Stadt Harran, wo Avram, der Urvater der Semiten, sein Vieh geweidet hatte, war die Königin nicht einmal zugegen gewesen, als sich im Thronsaal hundert prächtig gekleidete Höflinge zwischen mit Gold, Malachit und Türkisen verkleideten Säulen versammelt hatten. In der wunderschönen Stadt Mari war die Königin mit ihrem Gefolge im Harem geblieben, während ihr Gemahl König Shalaaman und seinen Hof empfangen hatte. Nur in der Wüstenstadt Palmyra hatte Leah eine eigenständige Königin zu Gesicht bekommen, allerdings war sie von männlichen Beratern umgeben gewesen, die ihre Schritte gelenkt hatten.

Hatschepsut war ein Wunder sondergleichen. Das Charisma, das sie ausstrahlte, war förmlich zu spüren wie eine körperliche Energie, die von ihr ausging und diese Männer beeinflusste, die doch selbst über große Macht verfügten. Jeder von ihnen verneigte sich und hob den rechten Arm zum Gruß, als ihre Königin sich jetzt erhob. Und kaum hatte sie den ersten Schritt getan, wichen die Männer in Helmen, in priesterlichen Gewändern und Leopardenfellen einen Schritt zurück.

Woher kam eine derartige Macht? War Hatschepsut wirklich der körperlichen Vereinigung ihrer irdischen Mutter und dem Gott Amon-Re entsprungen, wie sie behauptete? Es gab so viele Geschichten, in denen Götter menschliche Gestalt annahmen, um sich mit Sterblichen zu paaren, aber ob sie der Wahrheit entsprachen, wusste Leah nicht zu sagen.

Konnte es nicht auch sein, dass diese Frau einfach nur über eine so starke Persönlichkeit verfügte, über ein so unerschütterliches Selbstbewusstsein, dass niemand wagte, ihre Autorität anzuzweifeln?

Als Reshef jetzt ein paar Worte mit der Königin wechselte, antwortete Hatschepsut mit einer tiefen, kehligen Stimme, die durch das große Zelt hallte. Ein Schauer überlief Leah. Hatte die Königin etwa gerade ihre Hinrichtung angeordnet?

Leah wollte nicht sterben. Nicht jetzt, da sie zum ersten Mal den betörenden Rausch des Lebens durch Davids Liebe erfahren hatte. Sie durfte es nicht zulassen. Ihre Zukunft war an Davids Seite. Und ihre Familie brauchte sie. Es war nicht ihre Absicht gewesen, bei der höchsten Herrscherin überhaupt einzudringen – denn zweifelsohne lag alle Befehlsgewalt bei Hatschepsut und nicht bei Thutmosis.

Ich muss mit ihr sprechen, sagte sich Leah. Ich muss ihr sagen, dass ich sie nicht belästigen wollte, und sie um Gnade für mein unüberlegtes Handeln bitten.

Aber vor lauter Angst brachte sie keinen Ton heraus.

Wenn ich damals, als mich König Shalaaman, kaum dass er wieder gesund war, in seinem Palast festsetzte, sofort Einspruch erhoben hätte, hätte er mich vielleicht gehen lassen. Dann hätte ich möglicherweise verhindern können, dass Zira meine Familie in die Sklaverei verkauft. Weil ich aber geschwiegen habe, ist Unheil über meine Familie hereingebrochen.

Wie gebannt betrachtete Leah die Pharaonin vor ihr. Hatschepsuts Stärke kommt von innen, aus ihrer Seele, erkannte sie auf einmal. Ihre Stärke ist das Entscheidende an ihr. Eine Stärke, die von ihren Göttern kommt …

Asherah!, flehte Leah im Stillen. Gewähre mir ebensolche Stärke. Wenn einer Sterblichen göttliche Stärke eingeflößt werden kann, kann sie dann nicht auch einer weiteren gewährt werden? Verleih mir Kraft, gnädige Asherah. Sei mit mir, jetzt, du Mutter Aller. Erhöre die Bitte deiner ergebenen Tochter. Ich muss mich verteidigen, aber ich habe Angst.

Sie merkte, dass Hatschepsut sie anschaute; es war unmöglich, sich dem durchdringenden Blick der tiefliegenden Augen, die, einem Habicht gleich, starr auf sie gerichtet waren, zu entziehen. Ihr Blick war beeindruckend. Es schien, als könne die große Königin ihr durch Haut und Fleisch und Knochen hindurch direkt in die Seele schauen. Leah stand im Auge der Sonne.

Sie will, dass ich spreche. Sie gibt mir die Kraft, mich zu rechtfertigen.

Um sich zu beruhigen, atmete sie tief durch: »Du Strahlende«, hob sie dann an, »du Tochter des Amon-Re, Tochter der Sonne, Trägerin der Doppelkrone Ägyptens …« Sie wusste nicht, wie sie fortfahren sollte, hatte aber genügend Zusammenkünfte zwischen König Shalaaman und anderen Monarchen erlebt, um zu wissen, dass zu Beginn überschwängliche, ausführliche Huldigungen erwartet wurden.

Zunächst übersetzte niemand. Nach einem kollektiv entsetzten Schnappen nach Luft erstarrten die Versammelten und warteten auf eine Reaktion der Königin. Nicht einmal Reshef sagte etwas, rührte sich ebenso wenig wie die Wachen zu beiden Seiten des unverschämten Eindringlings.

»Deine Strahlkraft blendet mich«, fuhr Leah fort. »Dein Ruhm blendet die Welt, große und herrliche Tochter der Götter. Es war nicht meine Absicht, es deiner erhabenen Gegenwart an Respekt fehlen zu lassen. Ich bin gekommen, um dem lebenden Gott Ägyptens Ehrerbietung zu erweisen.«

Dass Hatschepsut schwieg, ihre Augen aber weiterhin unbeweglich auf ihr ruhten, verriet Leah, dass die Königin jedes ihrer Worte verstand.

Mit wachsendem Mut fuhr sie deshalb fort: »Ich bin keine Bürgerliche, Majestät. Ich bin keine gewöhnliche Frau. Mein Urgroßvater war mit einer Tochter des großen Königs Ozzediah verheiratet. Ich selbst bin die Ehefrau eines Prinzen aus dem Königshaus von Lagasch.« Und indem sie sich tief verneigte, sagte sie: »Dennoch erniedrige ich mich vor deiner herrlichen und glorreichen Majestät.«

In dieser tiefen Verbeugung verharrte sie, den Blick auf den erlesenen Teppich zu ihren Füßen gerichtet. Die Militärs, die Priester und Magier und die in geheiligte Leopardenfelle gehüllten Berater schwiegen beharrlich. Leah spürte die Blicke aller auf sich ruhen. Aus den Augenwinkeln konnte sie das Flackern der Fackeln in der weihrauchgeschwängerten Luft wahrnehmen. Mit angehaltenem Atem erwartete sie jeden Augenblick den Befehl zur Hinrichtung, um dann die kehlige Stimme auf Kanaanäisch sagen zu hören: »Ich kenne dich, ich kenne deinen Namen.«

Verwirrt schaute Leah auf und sah, wie sich Hatschepsut eine Hand mit der Handfläche nach außen vors Gesicht hielt. Sie wiederholte, was sie eben gesagt hatte, und fügte dann hinzu: »*Au-à rekh kua-ten. Rekh kua ren-ten.*« Was nach Leahs Vermutung die Übersetzung ins Ägyptische war.

»Ich komme mit Geschenken, du Strahlende«, sagte Leah, von neuem Selbstvertrauen durchdrungen. »Meine Tante Rakel erreichte das hohe Alter von siebenundachtzig Jahren; bis zu dem Tag, da sie zu den Göttern ging, war sie kerngesund. Sie maß ihr langes Leben einem Tonikum bei, das sie jeden Morgen einnahm und dessen Zusammensetzung mir bekannt ist.«

Sie hielt inne, während ihre Gedanken rasten. Warum, so fragte sie sich, hätte Hatschepsut ihren eigenen Tod inszenieren sollen? Andererseits: Obwohl sich die Königin als König bezeichnet und sich ihrem Volk in Männerkleidern und mit einem falschen Bart gezeigt hatte, gab es offenbar Grenzen für ihre Hybris. Überall auf der Welt wurden Monarchen auf ihren Monumenten stets als heldenhafte Eroberer abgebildet, und die ägyptischen Könige machten da keinen Unterschied. Hatschepsut hatte wohl eingesehen, dass ihr Volk kaum das Bild einer Frau akzeptieren würde, die eine Keule schwingt und ihren Feinden die Schädel zertrümmert. Um in die Schlacht zu ziehen, musste sie im Verborgenen bleiben. Also hatte sie gewartet, bis ihr Neffe alt genug war.

»Weise und mächtige Tochter des Amon-Re, deren Strahlkraft diese demütige Dienerin aus Kanaan blendet, ich befürchte, dass, sollte dein Stiefsohn mit einer Armee Ugarit überfallen, mein König alles, was von Wert ist, zerstören wird, um zu verhindern, dass es in feindliche Hände fällt. Ich denke unter anderem an unsere berühmte Bibliothek. Die Hunderte von medizinischen Rezepturen, die dort gesammelt und verzeichnet sind, würden dann zu Staub.«

Und, kühner geworden: »Bedenke, du Strahlende, dass Ugarit

ein internationaler Seehafen ist, unsere Ärzte folglich mit Heil-
kundigen aus der ganzen Welt gesprochen und sich deren Wissen
zu eigen gemacht haben. Männer hoch aus dem Norden mit wei-
zenfarbenem Haar und Augen in der Farbe von Lapislazuli kamen
mit ihren fremdartigen Rezepturen und berichteten von Heilverfahren, die sich in ihrer Heimat bewährt haben. Vor allem diese
werden von unseren Ärzten geschätzt, Majestät, denn nie haben
sie gesündere oder robustere Menschen erlebt.«

Immer noch herrschte gespannte Stille. Leah überlegte, ob sie
weitersprechen sollte, aber da erklang ein Befehl aus Hatschepsuts
Mund. Sofort packten die beiden Wachen Leah an den Armen und
hielten sie fest. Und Pakih übersetzte mit zittriger Stimme, was
Reshef kundtat: »Dein Übermut kostet dich das Leben. Weil du es
gewagt hast, die Augen zur heiligen Herrlichkeit Seiner Majestät
zu erheben, weil du es gewagt hast, zum großen König Hatschepsut zu sprechen, musst du, Leah die Kanaaniterin, sterben.«

*

Seine Gefährten kannten ihn als Gozer, seinem sechsten Namen
in ebenso vielen Jahren. Mal hatte er sich Dathan genannt oder
Yafet oder noch anders und sich als Maurer ausgegeben, als Bäcker,
als Abrichter von Kamelen, als Seemann, als Wollfärber. Heute
Abend, am Lagerfeuer, an dem sich Männer mit den unterschiedlichsten Lebensläufen versammelt hatten, um Schutz zu suchen
und ihr Essen zu teilen, war er Aram der Silberschmied. Während
sich seine Kumpel über Krieg und Politik verbreiteten und über
das, was es sonst noch an Neuigkeiten gab, überlegte Aram, wohin
er von hier aus ziehen sollte. Ugarit fiel ihm ein; dort hatte man
ihn als Caleb gekannt, und dort hatte er auch noch eine Ehefrau
und eine Familie, die in einer Villa neben einem Weinberg lebte.

Er brauchte dringend Geld und ein Versteck. War es klug, erneut dort aufzutauchen? Was mochte Tamar der Familie erzählt
haben? Sie war doch bestimmt wieder nach Hause zurückgekehrt,
nachdem er gen Minos in See gestochen war.

Trotz seines Umhangs fröstelte er und blickte zu den Sternen empor. Eine gottverlassene Gegend, dieses Bergland. Die Einheimischen nannten es Jerusalem, was »Wohnsitz des Shalem« hieß. Shalem war ein alter kanaanäischer Gott. Nur dass Caleb in diesen Bergen keine Götter entdecken konnte, sondern lediglich ein paar aus Holz gefertigte Hütten, Steinhäuser, niedrige Zelte, Gehege für Schafe und Ziegen und an der Straße weiter unten ein nüchternes Garnisonsgebäude, die Unterkunft der Soldaten des einheimischen Stammesfürsten, eines ungehobelten Kerls namens Haddad. Am Fuße der Festungsmauern hockten Fahrensleute an ihren Lagerfeuern, aßen, lachten, grölten, schnarchten im Vertrauen darauf, dass Haddad sie in diesen gefährlichen Zeiten beschützte.

Caleb saß mit fünf Männern zusammen, deren Namen und Berufe ihm gleichgültig waren. Da er nicht lange bleiben wollte, verhielt er sich ruhig, spitzte aber die Ohren und wartete darauf, dass sich ihm ein lohnenswertes Ziel bot, um weiterzuziehen.

Auf der Insel Minos war es für eine Weile sehr angenehm gewesen – bis die Blauen Teufel ihn aufgespürt hatten und er bei drei Schwestern eingebrochen war, sie gefesselt und nacheinander zum Quieken gebracht hatte, bis sie verstummt waren und die Blauen Teufel von ihm abgelassen hatten. Weil er seine Spuren nicht ausreichend verwischt hatte, war er am Hafen gefasst worden. Der dort heimische Prinz hatte ihn fast zu Tode gefoltert. Erst nach Monaten hatte er fliehen und auf einem Schiff entkommen können ...

In Erinnerung daran blickte er finster in das Lagerfeuer. Drei Mädchen, die allein in einer Hütte am Rande eines Olivenhains gelebt hatten. Woher sollte er denn wissen, dass sie heilige Stiertänzerinnen waren, die sich mit Leib und Seele einem Gott verschrieben hatten, der in einem unterirdischen Labyrinth lebte? Die gesamte Insel war mit Waffen gegen ihn ausgezogen.

»Nach der Unterwerfung von Megiddo«, sagte einer seiner Kumpel gerade, »und den Gebieten im Norden, Osten und Westen von Megiddo wird der Pharao den Blick nach Süden richten und nach Ägypten zurückkehren, und wir liegen genau auf seinem Weg.«

Megiddo lag ein gutes Stück weit entfernt im Norden. Die Armee des Pharaos war entlang der Küste nach Norden gezogen und hatte die unbedeutende Ansiedlung Jerusalem links liegen gelassen, um Lohnenderes zu erobern. Da Reisende aus dem Norden berichteten, der Pharao sei mit mehreren Divisionen ins nördlich von Megiddo gelegene Karmel aufgebrochen, war die Region, in der Jerusalem und kleinere Städte und Dörfer lagen, die von diversen Stammesfürsten und Kriegsherrn regiert wurden, vorläufig sicher. Was aber nicht hieß, dass dies noch lange so bleiben würde.

Die Männer verstummten, versanken ins Grübeln. Als sie das Klappern von Hufen und das Ächzen von Wagenrädern hörten, schauten sie auf und sahen einen Mann, der einen Eselskarren über den holprigen Weg führte. »Seid mir gegrüßt!«, rief er in drei Sprachen aus. »Ich komme, um eure Leber zu erfreuen! Das beste ägyptische Bier! Wein aus Jericho! Was darf's denn sein?«

Sie sahen die Fässer auf dem Karren, die seitlich herabhängenden Weinschläuche. Calebs Gefährten kramten bereitwillig Kupferringe heraus, worauf der Fuhrmann ein Fass ablud und es unweit des Lagerfeuers aufstellte. Als er den Deckel aufstemmte, überlegte Caleb, ob es sich lohnte, dafür seinen letzten Kupferring auszugeben. Aber ohne etwas zu trinken, konnte er schlecht hier sitzen bleiben; andererseits musste er den Unterhaltungen der Männer lauschen, um zu entscheiden, wie es mit ihm weiterging und mit wem.

Er opferte dann doch seinen Kupferring und nahm dafür das lange Schilfrohr entgegen, das der Verkäufer jedem der durstigen Männer reichte, die die hohlen Halme in das Fass steckten und eifrigst zu saugen begannen.

Bald schon wurden sie ungemein gesprächig. Und Caleb hörte zu.

Einer von ihnen fuhr sich mit dem Ärmel über den Mund, deutete dann mit dem Daumen in Richtung der Garnison und sagte:

»Angeblich soll sich Fürst Haddad vor Pharao Thutmosis derart fürchten, dass er freiwillig seine jüngste Tochter als Geisel nach Megiddo schicken will, um den Pharao seiner Loyalität zu versichern und um ihm zu zeigen, dass er keinen Widerstand leisten wird, sollte Ägypten beabsichtigen, Jerusalem zu einem Vasallen zu machen.«

»Alle kanaanäischen Kriegsherren fürchten den Pharao. Keiner von ihnen hätte gedacht, dass Megiddo fallen würde, und jetzt bangen sie um ihren eigenen elenden Hals«, meinte ein anderer.

Der, der zuerst gesprochen hatte, genehmigte sich einen langen Zug aus dem Bierfass, schmatzte mit den Lippen und sagte dann: »Thutmosis soll seine Geiseln ja anständig behandeln. Sie leben im Palast, erhalten das gleiche Essen und werden genauso verwöhnt wie die königliche Familie. Ein Prinz von Jabneel und seine Ehefrau werden als sogenannte Gäste betrachtet. Sie wurden aus ihrem Palast entführt, und jetzt wollen sie angeblich gar nicht mehr nach Hause! Zwei kleine Prinzen aus Ugarit samt ihren Ammen, die der Pharao in seine Gewalt gebracht hat, leben ebenfalls im Harem in Megiddo und werden bestens versorgt.«

Als der Name Ugarit fiel, merkte Caleb auf.

»König Shalaaman soll, wie ich gehört habe, außer sich sein«, sagte ein Dritter, »weil sie nämlich auch eine Frau entführt haben, die dem Vernehmen nach seine persönliche Dämonenbetörerin ist. Die Tochter eines wohlhabenden Winzers, die Shalaaman von einer Krankheit geheilt hat.«

Calebs Gedanken wirbelten durcheinander. Die Tochter eines Winzers ...

Konnte das sein? Während seines kurzen Aufenthalts im Hause des Elias hatte Caleb von Leahs Kräutergarten erfahren und dass die alte Tante Kenntnisse über Heilmittel besaß. Ein solches Mädchen sollte Shalaaman geheilt haben? Eigentlich unwahrscheinlich, dass es mehrere Töchter eines Winzers gab, die über Heilkräfte verfügten.

Er nahm einen kräftigen Schluck Bier, wischte sich über den

Bart und sagte: »Freund, ich habe eine Weile in Ugarit gelebt. Weißt du, wie diese Frau heißt? Diese Dämonenbetörerin?«

Der Mann zuckte mit den Schultern. »Wen interessiert's schon, wie sie heißt? Wenn sie aber wirklich eine Dämonenbetörerin ist, wird Thutmosis sie in seiner Nähe behalten, und sie wird ein angenehmes Leben führen.«

Auf seiner Reise von der Küste aus nach Osten hatte Caleb viele Geschichten über die Eroberung von Megiddo und die Belagerung durch den Pharao gehört. Es hieß, er habe seine eigenen ägyptischen Ehefrauen in den dortigen Harem bringen lassen. Höchstwahrscheinlich waren dort auch Shalaamans kleine Prinzen und diese Dämonenbetörerin untergebracht.

Ein Leben in Luxus und Annehmlichkeiten, überlegte Caleb, in einer Frauen vorbehaltenen Umgebung. Niemand käme auf die Idee, dort nach ihm zu suchen. Ein Leben, das ihm ausreichend Opfer zuführen würde, wenn die Blauen Teufel wieder zuschlugen. Ein Harem voller Frauen und Kinder, bewacht von fetten, verweichlichten Eunuchen.

»Heute Nachmittag«, sagte wiederum ein anderer, »wurde mir zugetragen, dass Fürst Haddad Schwierigkeiten hat, vertrauenswürdige Männer zu rekrutieren, die seine Tochter nach Megiddo begleiten. Er befürchtet, dass sich seine Leute von der Karawane absetzen, sobald Jerusalem hinter ihnen liegt, weil ihnen nicht nach Kampf zumute ist und sie die Ägypter fürchten.«

Unter dem Vorwand, urinieren zu müssen, stand Caleb auf und entfernte sich leicht schwankend vom Lagerfeuer. Als er sich den schwerbewachten hölzernen Toren der Garnison näherte, drückte er den Rücken durch und schritt geradewegs auf die Wachen zu, denen er erklärte, Aram der Silberschmied müsse in einer geschäftlichen Angelegenheit dringend mit ihrem Vorgesetzten sprechen. Er erhielt Zutritt zu dem Gelände, auf dem Soldaten an Feuern vor sich hin brüteten und den Eindringling argwöhnisch beäugten.

Das Hauptquartier von Fürst Haddad war das einzige aus Stein errichtete Gebäude innerhalb der Festung; eine Treppe führte hinauf ins Dachgeschoss, einem spärlich erhellten Raum. Dort saß Haddad an einem Tisch und versuchte ebenso wie zwei Männer, beide in knielangem Rock und lederbewehrter Brust, die Landkarte vor ihm zu interpretieren.

»Dagon soll den Mann holen, der mir diese Karte angeschleppt hat!«, polterte Haddad. »Sie ist völlig untauglich!«

Er schaute auf. Der schweinsgesichtige Mann mit den rötlichen Lippen, der Oberste Feldherr der Gegend, beeindruckte Caleb keineswegs. »*Shalaam* und die Segnungen der Götter«, hob er großspurig an.

»Wer bist du?«

»Ich bin die Antwort auf deine Gebete, edler Haddad. Wie ich gehört habe, möchtest du deine Tochter nach Megiddo schicken, findest aber keine zuverlässigen Männer zu ihrer Begleitung. Vor dir steht der ehrsamste Mann der Welt.« Er schlug sich an die Brust. »Aram den Silberschmied rühmt man von hier bis Babylon. Da ich zufällig geschäftlich nach Megiddo muss, wäre es mir eine Ehre, deine entzückende Tochter zu begleiten und sie sicher dem Pharao zu übergeben.«

Als er Haddads argwöhnischen Blick bemerkte, fügte er mit seinem gewinnendsten Lächeln hinzu: »Natürlich erwarte ich für meine Bemühungen ein großzügiges Entgelt, aber bei Sem, dem Beschützer dieses Ortes, sei versichert, dass du das nicht bereuen wirst.«

Er fand es geradezu irrwitzig, wie nahe Glück und Unglück doch zusammenlagen. Eben noch ein Flüchtiger, der sich verstecken musste, stand ihm nun ein luxuriöses Leben bevor. Und wenn seine Vermutung stimmte, konnte er außerdem noch seinen Anspruch auf Leah als Ehefrau geltend machen.

⁜

»Meister, wirst du kämpfen?«, fragte Nobu und deutete auf den Dolch an Davids Arm. Dass der ägyptische Wagenlenker zuhörte, kümmerte Nobu nicht; der Mann verstand kein Kanaanäisch.

»Wenn es nicht unbedingt sein muss«, gab David zurück, »dann nicht. Allerdings befürchte ich, dass der Pharao mich in seinem Gefolge behält, wenn er von meinen Fertigkeiten im Umgang mit Waffen Wind bekommt. Dann könnte er mich sogar zwingen, seine Männer in den Techniken des Zh'wan-eth zu unterrichten. Um unserer Freiheit willen muss unbedingt geheim bleiben, dass ich in der Kampfeskunst geschult bin.« Zum Glück war bisher unbemerkt geblieben, dass sich David, wann immer sich eine Gelegenheit bot, vom Lager entfernte, um sein entsprechendes Übungsprogramm zu absolvieren. Denn auch wenn er den Kampf auf dem Schlachtfeld ablehnte, wollte er gewappnet sein für den Fall, dass er sich und Nobu verteidigen musste.

Sie folgten den Ausläufern einer Bergkette namens Karmel, was sowohl in Habiru wie auch Kanaanäisch »fruchtbares Land« hieß. Nach Davids Einschätzung musste das Große Meer – ihr Ziel, wie er wusste – vor ihnen liegen. Ein scharfer Wind wehte, vereinzelt sah man eine Möwe am blauen Himmel auftauchen. Über die Gründe, aus denen der Pharao ihn in diese entlegene Garnison mitnahm, konnte David nur Vermutungen anstellen.

Zwanzig Tage waren vergangen, seit er Leah auf dem Dach des Palastes Lebewohl gesagt hatte. Tag und Nacht trug er sie in seinem Herzen, kam ihm ihr Name häufig über die Lippen, wünschte er sich, wieder bei ihr zu sein und sie nie wieder zu verlassen. Und da sich seine Gedanken ständig um sie drehten – wie sie sich in seine Arme geschmiegt, wie bereitwillig sie sich ihm hingegeben hatte, die süßen Küsse und das heftige Stöhnen, die ihn in Ekstase versetzt hatten –, überlegte er auch, wie denn ihre Zukunft aussehen könnte. Wenn es seit jeher sein Traum gewesen war, der Bruderschaft von Ugarit anzugehören, und wenn dieser Traum in dem Wunsch gegipfelt hatte, zum Rab ernannt zu werden, hatte er dabei an sich oder an das Wohl seiner schriftgelehrten Brüder gedacht. Nun aber, da er an der Spitze eines mehr als tausendköpfigen Trupps ritt, wurde ihm bewusst, dass neuerdings all seine Ziele auf Leah ausgerichtet waren. Für *sie* wollte er jetzt Rab werden, *sie* sollte stolz darauf sein, dass ihr Ehemann in Ugarit ein angesehener Mann war, *sie* sollte eine herausragende Stellung unter den Frauen Kanaans einnehmen.

Er konnte es kaum erwarten, nach Megiddo zurückzukehren, Leah nach Hause zu bringen und mit ihr ein gemeinsames Leben zu beginnen. Er wollte nicht Teil dieses wahnwitzigen Feldzugs sein, nicht mit der Versorgungskolonne reiten, Seite an Seite mit Ochsenkarren, die beladen waren mit Korn und Bier und Öl und Zwiebeln. Dem Pharao zufolge war auf den Klippen über dem Meer eine Garnison errichtet worden, ein abgeschiedener Vorposten, für den Nachschub an Verpflegung lebensnotwendig war. Begleitet wurde dieser Tross von fünf Divisionen Infanterie und zwei Divisionen Streitwagen. Mehr als tausend schwerbewaffnete Soldaten, die einem Kampf entgegenfieberten.

David und Nobu fuhren nebeneinander in getrennten Streitwagen, die jeweils von vier Pferden gezogen wurden und zwei Männern Platz boten: dem Wagenlenker und einem Bogenschützen. Nobu, der den Kasten mit Davids Schreibutensilien sowie seinen eigenen mit dem Frisierzubehör um die Schulter hängen hatte, hielt sich krampfhaft fest und verfluchte jeden Stein, jedes Schlagloch, jede Unebenheit, die sein Gefährt erschütterte.

Die ägyptische Armee setzte sich hauptsächlich aus Fußsoldaten zusammen, die im Niltal zwangsrekrutiert worden waren. Ausgerüstet waren sie in erster Linie mit Speeren und kurzen Schwertern, Offiziere zur Unterscheidung mit einem Schlagstock. Um sich zu schützen, trugen viele eng anliegende Helme und wattierte Tuniken, alle jedoch einen mit Ochsenhaut bespannten hölzernen Rahmen, der unten plan und oben abgerundet war und ihnen als Schild diente. Obwohl die Infanterie von Thutmosis hauptsächlich aus Ägyptern bestand, waren seine Bogenschützen Nubier, deren Bogen aus Knochen und Holz raffiniert in mehreren Schichten miteinander verleimt waren. Sie marschierten in Reihen, jede von ihnen ausgewiesen durch farbige Tuchstreifen – blaue, rote, orange, gelbe, weiße und schwarze –, die auf gegabelten Stäben den Reihen vorangetragen wurden.

Inzwischen hatte David eine genauere Vorstellung von Ägyptens Streitmacht gewonnen, konnte er doch jeden Abend den Drill der Fußsoldaten, der Wagenlenker und Berittenen beobachten. Auf Befehl der Feldherren begannen sie dann, mit Schwertern, Krummsäbeln, Äxten und Prügeln aufeinander loszugehen. Er sah Ägypter, die sich an Männern in knielangen grünen Röcken und Lederkrägen – die Uniform der kanaanäischen Armee – erprobten, wobei es sich um Gefangene oder Deserteure aus einer kürzlich stattgefundenen Schlacht handelte, die mitgenommen worden waren, um zum Kämpfen gezwungen zu werden, oder als Objekte zur Ertüchtigung der eigenen Soldaten dienten. Lediglich mit einem um die Taille geschnürten Penisschutz bekleidet, wurden sie dann von Dolchen und Pfeilen durchbohrt oder von Schlingen erdrosselt.

Abend für Abend musste sich David die Prahlereien von Thutmosis und seiner Generäle anhören. Jetzt, da der Pharao wusste, dass David eher bereit war, sein Leben zu verlieren, als etwas Vertrauliches auszuplaudern, wurde vor dem neuen Schriftgelehrten nichts verheimlicht. Er wurde nicht nur in die militärischen Strategien der Ägypter eingeweiht, sondern lernte auch ihre ihm bislang fremden Gebräuche kennen. Und er erfuhr darüber hinaus, dass, wie in den Städten entlang des Euphrats, Ägypten seine internationale Korrespondenz und Vereinbarungen auf Ton aufzeichnete, wobei sich die Ägypter des vor langer Zeit in Babylon entwickelten universellen Systems der Keilschrift bedienten. Warum sie es so hielten, wusste David zwar nicht, aber seiner Vermutung nach hatte es etwas damit zu tun, dass Papier verbrennen konnte, gehärteter Ton jedoch auf ewig Bestand hatte und somit ein Beweis dafür war, wie rasch Herrscher ihre Abkommen und Zusagen vergaßen.

Auf ihrem Weg hatten sie Dörfer überfallen, Lebensmittel, Vieh und Wagen konfisziert und die kampffähigen Männer mitgenommen. Dennoch hatten sie bislang nur glanzlose Scharmützel ohne große Beute für die Truppen geführt, und je länger sie unterwegs waren, umso missmutiger und mürrischer wurden die Soldaten.

Und David? Er war zwar ein Prinz, verstand zu jagen und zu reiten und einen Streitwagen zu lenken und war geübt im Kampfsport Zh'kwan-eth, aber an einem Krieg, an einer Schlacht hatte er noch nie teilgenommen. Dennoch entging ihm nicht, dass die Verdrossenheit der Soldaten des Pharaos immer deutlicher zum Ausdruck kam. Sie waren schließlich nicht freiwillig hier, und nach einem Marsch, der sich über so viele Tage erstreckte, verwandelten sie sich in eine unzufriedene, ständig nörgelnde Armee. Mit hängenden Schultern trotteten die Fußsoldaten dahin, hielten ihre Waffen nach allen Richtungen, und statt im Gleichschritt zu marschieren, wirkten sie kaum noch wie militärisch gedrillte Männer. Wie war es dieser Horde, der es so offensichtlich an Begeisterung und Einsatzbereitschaft mangelte, gelungen, die kanaanäische Armee bei Megiddo zu schlagen? Und wie konnte Pharao Thutmosis darauf bauen, dass sie sich auch gegen die Habiru, die als wild und stolz und blutrünstig galten, als siegreich erweisen würden? David mutmaßte, dass die Ägypter beim ersten Trompetenstoß ihre Waffen fallen lassen und in die Berge flüchten würden.

Bei Shubat, fragte er sich zum ersten Mal seit dem Aufbruch in Megiddo, werden wir die uns bevorstehende Schlacht überleben?

Er wurde aus seinen Gedanken gerissen, als weiter vorn eine Trompete erschallte und der Trupp abrupt zum Halten kam. Um einen Hügel herum sah er Berittene näher kommen – Kundschafter, die der Pharao vorausgeschickt hatte –, die Thutmosis hastig Meldung erstatteten. Befehle klangen über das Feld, die Truppen wurden in Reih und Glied geordnet versammelt, Offiziere trieben die Widerspenstigen in Habtachtstellung. David tauschte einen besorgten Blick mit Nobu, der still neben seinem Wagenlenker verharrte.

Pharao Thutmosis stand in seinem platinbeschlagenen Streitwagen und breitete die Arme aus, bis sich Schweigen über die vielköpfige Armee senkte. Nur noch der Schrei eines Habichts hoch droben am Himmel war zu vernehmen.

»Soldaten Ägyptens!«, rief Thutmosis mit einer für den körperlich so gedrungenen König erstaunlich lauten Stimme, die gleich dem Klang einer riesigen Trompete vom Wind überallhin verbreitet wurde und selbst noch von der Kavallerie am Ende der Kolonne zu vernehmen war.

»Am heutigen Tag führe ich euch in die Schlacht. Meine Kundschafter berichten, dass die Habiru jenseits der Berge ihr Lager aufgeschlagen haben. Zahlenmäßig entsprechen sie den Sandkörnern in der Wüste, den Sternen am Firmament. Sie sind also weit mehr als wir, weshalb es jeder von euch mit zehn Männern aufzunehmen hat. Dennoch sind die Habiru nichts im Vergleich zu euch, den Kriegern des Landes Kem! Sie sind wie Kinder und alte Weiber im Vergleich zu den Kämpfern des Amon-Re, des größten Gottes überhaupt!«

Thutmosis stieß einen Arm gen Himmel. »Heute führe ich euch zum Ruhm! Ab heute werden die Götter eure Namen kennen, sie werden euch als die mächtigsten Krieger weit und breit lobpreisen. Wenn ihr heute fallt, werdet ihr ins Westliche Land übertreten, und Anubis persönlich wird euch den Weg weisen. Eure Herzen werden auf der Waage der Wahrheit für wert befunden werden, eines Nachlebens würdig zu sein, das ihr euch nicht einmal vorstellen könnt!«

Die Soldaten grinsten einander zu und nickten.

»Wenn ihr heute fallt, werdet ihr zu den Strahlen der Sonne emporgehoben werden. Ihr werdet auf ewig im Sonnenschiff verweilen, süßen Wein trinken, wunderschöne Jungfrauen werden sich eurer annehmen. Dies wird eure Belohnung sein, wenn ihr heute Ägyptens Gegner besiegt.«

Eifriges Murmeln der Soldaten untereinander.

»Wenn ihr aber heute nicht fallt«, rief der König, »wenn ihr tapfer kämpft und diese Ebene mit dem Blut der Habiru tränkt, wird euch bei der Rückkehr nach Ägypten ein triumphaler Empfang bereitet. Eure Mütter und Ehefrauen werden euch voller Stolz und Begeisterung zujubeln, bis ihre Stimme versagt. Frauen werden sich euch zu Füßen werfen, euch, die ihr euch in einer siegreichen Schlacht als Helden bewährt habt. Sie werden euch

beiliegen wollen. Nur allzu willig sein, euren Samen in sich aufzunehmen, den Samen der tapfersten aller Männer! Jeder von
euch wird zur Belohnung seinen eigenen Bauernhof erhalten,
Gefäße mit Honig und Weizenfelder. Und ihr werdet auf immer
ehrenvoll sein!«

Die Soldaten brachen in Jubel aus und schlugen mit Schwertern
und Dolchen an ihre Schilde, so dass ohrenbetäubender Lärm das
Tal erfüllte. Selbst David spürte, wie sich ihm vor Begeisterung
unwillkürlich das Herz weitete, wie die mitreißende Stimme und
die Worte des Pharaos seinen müden Geist belebten. Auch Nobu
strahlte, so als könnte er es kaum erwarten, die gegnerischen Habiru zu erschlagen und sich seinen eigenen Bauernhof am Nil zu
verdienen.

Auf ein Signal von Thutmosis hin trugen die Männer an der
Spitze jeder Kolonne ihre mit farbigen Bändern verzierten gegabelten Abzeichen zu einem Ochsenkarren, um unter dessen
Abdeckung neue Stäbe herauszuzerren – lange und polierte, an
deren Spitze jeweils eine goldene Plakette prangte. Damit kehrten
sie auf ihren angestammten Platz zurück.

Dort hoben sie die Stäbe empor, so dass jeder die Plaketten
sehen konnte. Sie zeigten jeweils das Abbild des Gottes, der das
betreffende Regiment beschützte. Hoch auf den langen Stäben
glänzend, konnte man sie auch während der Schlacht erkennen.
Die in Gold dargestellten Falken, Krokodile und Habichte sollten
nicht nur die Truppen der jeweiligen Kompanien zusammenhal-
ten, sondern ihnen auch Mut und Tapferkeit einflößen.

In der Mittagssonne blitzte und funkelte das Gold derart, dass
es die Männer blendete. Sie schrien auf, bedeckten die Augen
und sanken auf die Knie. David, der sich schützend die Hand vors
Gesicht hielt, sah durch die gespreizten Finger, wie gewandt die
Träger die Stangen mal so und mal so in die Sonne drehten und
abwechselnd jede Division mit gleißenden Strahlen bedachten.
Es war ein eindrucksvolles Schauspiel. Und die Wirkung, die die
goldenen Heereszeichen entfalteten, war ungeheuer.

Mit Erstaunen bemerkte David, dass nicht alle Abbilder Götter zeigten, sondern manche so abstrakte Symbole aufwiesen, dass er sie nicht zu interpretieren wusste. Aber diese Männer um ihn, die weder lesen noch schreiben konnten, deuteten sie auf Anhieb richtig, denn auf Befehl des Pharaos hin sprangen die gerade noch entmutigten Soldaten auf, versammelten sich hinter den goldenen Standarten, schwenkten ihre Schwerter, brüllten, brachen in begeistertes Geschrei aus, so dass auf den erneuten Klang der Trompeten hin die Streitwagen mit den Bogenschützen an der Spitze plötzlich vorwärtspreschten, die Kavallerie angaloppierte und die Fußsoldaten losliefen. Unerschrocken stürmten sie dem Feind entgegen, der hinter dem nächsten Hügel lauerte.

Sie waren nicht wenig überrascht, als der Gegner unvermittelt über *sie* herfiel, von den Hügeln herabschwärmte, hinter Felsbrocken und Bäumen, auf galoppierenden Kamelen aus Schluchten auftauchte. Gezückte Schwerter, schwirrende Pfeile und Dolche blitzten in der Sonne auf. David und Nobu, deren Wagenlenker auf die blutrünstige Horde zuhielten, mussten erkennen, dass die Soldaten, die, wie sie vermutet hatten, beim Anblick der Gegner das Weite suchen würden, sich jetzt mit hoch erhobenen Waffen und schier unmenschlichem Gebrüll kopfüber ins Gefecht stürzten.

Die Habiru waren bekannt für ihre Geschicklichkeit im Umgang mit der Schleuder. Sie verstanden sich darauf, Felsbrocken und Steine so zielsicher zu katapultieren, dass es hieß, sie könnten auf diese Weise einen Mann, den sie in ihrem Streitwagen verfolgten, mitten ins Auge treffen. Für David gab es kein Geräusch, das einem mehr das Blut gerinnen ließ als ein Stein, der so dicht an seinem Ohr vorbeipfiff, dass er den Luftzug spüren konnte.

»Meister!«, wimmerte Nobu aus seinem Streitwagen.

»Bete zu den Göttern!«, schrie David zurück, als sein eigener Wagen an einen großen Felsbrocken prallte und abhob, um derart heftig wieder auf dem Boden zu landen, dass David die Luft wegblieb. Sein Wagenlenker schien keine Angst zu kennen, handhabe die Zügel mit starker Hand und muskulösen Armen, lenkte die Pferde dem Feind entgegen, ungeachtet der Pfeile und Steine und Speere, die sie umschwirrten. Besorgt sah sich David um, als er ein schrilles Aufheulen als das von Nobu erkannte und durch wirbelnde Staubwolken in einiger Entfernung seinen Gefährten ausmachte, der sich in seinem Wagen so zusammengeduckt hatte, dass nur noch sein Kopf zu sehen war.

Die Soldaten des Pharaos schienen wie von den Kriegsgöttern beseelt. Wenn der Träger einer goldenen Standarte fiel, ergriff sie sofort ein anderer und schwenkte den goldenen Gott oder das goldene Symbol in der Luft, um die Truppen anzustacheln, das Feuer in ihrem Blut weiterhin lodern zu lassen. Und in der Tat wüteten sie derart grimmig unter den Habiru, dass David nur staunen konnte. Was hatte diese Leidenschaft für den Kampf ausgelöst? Doch sicherlich nicht nur die packende Ansprache des Pharaos?

Nein, überlegte er, während er bei jedem jähen Richtungswechsel seines Streitwagens hin und her geworfen wurde. Es muss etwas anderes sein …

Als er schon meinte, im Hagel der Wurfgeschosse dem sicheren Tod entgegenzurasen, bogen die Wagenlenker plötzlich ab und jagten einen Hang hinauf, von dem aus Thutmosis und seine Generäle den Kampf verfolgten.

Fasziniert und gleichzeitig angewidert blickte David auf das Wüten, das da unten seinen Lauf nahm, wie Männer mit Keulen und Äxten aufeinander losgingen, um sich schlugen, sich den Weg freikämpften. Wie die Schreie von Verwundeten und Sterbenden die Luft erfüllte, wie Pferde und Kamele mit abgehackten Beinen in sich zusammensackten. Der Gestank von Blut breitete sich aus. Der Lärm war ohrenbetäubend, doch vor wirbelndem Staub konnte man kaum noch etwas erkennen. Thutmosis und seine leitenden Offiziere beobachteten schweigend das Geschehen zu ihren Füßen.

Obwohl sich die Habiru verbissen wehrten, wurden sie letztendlich von den leidenschaftlichen Kämpfern des Pharaos überwältigt. Das Schlachtengetümmel ebbte ab, als immer mehr Männer auf dem Boden lagen, und als sich der Staub legte, konnte man erkennen, dass hauptsächlich Habiru gefallen waren. Während am Rande des Schlachtfelds noch vereinzelte heftige Handgemenge ausgefochten wurden, fielen schon ägyptische Soldaten über die Leichen des Feindes her, plünderten sie aus, johlten, wenn sie einen Armreif aus Bronze entdeckten oder eine Kupferbrosche, die einen Umhang zusammengehalten hatte. Vor allem sammelten sie Waffen ein und tanzten ausgelassen zwischen den erschlagenen Habiru herum, bis der Pharao sich erhob und Schweigen gebot. Erneut lobte er seine Truppen, pries ihren Mut und dankte für die Segnungen der Götter. Die Soldaten antworteten mit triumphierendem Gebrüll.

Entsetzt sahen David und Nobu mit an, wie man daraufhin fünf gefangene Habiru zusammenband und ihr langes Haar zu einem sie miteinander verbindenden Knoten schlang, ehe Thutmosis mit einem einzigen Schwerthieb ihre Nacken durchtrennte und dann, als die Körper zu Boden sanken, triumphierend fünf blutende Köpfe schwenkte. Wie einer der Generäle David erklärte, nannte man dieses seit ewigen Zeiten von den Pharaonen zelebrierte Ritual »Flachs ernten«.

Die überlebenden Habiru wurden zusammengetrieben und in Fesseln auf ein rasch eingezäuntes Gelände geschafft. Offenbar brauchte Thutmosis für seine Bauvorhaben im gesamten Niltal jeden körperlich Unversehrten, dessen er habhaft werden konnte. Ob die Macht des unsichtbaren Gottes der Habiru wohl weit genug reichte, um die Gebete seines Volkes im fernen Ägypten zu erhören?

Die Sonne versank hinter den westlichen Bergen. Als sich Schatten über das Schlachtfeld zogen, wurden Lagerfeuer entzündet, Zelte errichtet, und bald darauf begann das Fest zur Feier des heutigen Sieges. Während das Grölen und Singen betrunkener Soldaten, Prahlereien und Streitgespräche die Nacht erfüllten, hielt David alles, was er beobachtet hatte, auf feuchten Tonbrocken fest, nicht nur die Schlacht selbst, sondern auch, was sich danach abgespielt hatte – wie die Ägypter den erschlagenen Feinden Hände und Füße abgehackt und sie als Trophäen dem Pharao zu

Füßen gelegt hatten und damit auch sicherstellten, dass die Geister der Verstorbenen sich nicht in der Gegend herumtreiben und Rache an ihren Bezwingern üben konnten.

Köche schafften Essen und Getränke heran, reichten David und seinem Sklaven Becher mit Dünnbier und Brot, das mit Rindfleisch und Zwiebeln gefüllt war. Den Blick in die Flammen ihres Lagerfeuers gerichtet, trank Nobu seinen Becher leer und lauschte den Stimmen in seinem Kopf.

»Meister«, unterbrach er David bei seiner Niederschrift, »heute bin ich fast gestorben, und niemals ist man klarer bei Verstand als dann, wenn man dem Tod ins Auge blickt. Deswegen muss ich jetzt zu dir sprechen. Meister, ich bin in einer elenden Verfassung. Denn ich bin verliebt. Und ich muss unbedingt zu dieser geliebten Seele, die mein Herz jubeln lässt. Ich muss ihr nahe sein.«

Überrascht musterte David seinen alten Freund. Natürlich wusste er um Nobus nächtliche Abenteuer mit leichten Mädchen und Kneipenbekanntschaften. Aber von Liebe war nie die Rede gewesen. »Wer ist denn die Glückliche?«

Nobu ließ den Kopf hängen, und David sah, wie sich die Flammen des Lagerfeuers auf der kahlen Stelle seines Schädels spiegelten. Eigentlich eine Ironie des Schicksals, dass einem hervorragenden Barbier die Haare ausfielen. »Ich habe dir von ihr erzählt, als wir Ugarit verließen, aber du hast nicht zugehört. Vielleicht schimpfst du mich einen Narren. Es handelt sich um die Schwester der Frau, die du liebst, Meister.« Er hob seinen kummervollen Blick. »Sie braucht meine Hilfe, Meister! Sie wird in die Sklaverei verkauft, wenn ich nicht umgehend nach Ugarit zurückkehre und einschreite. Meister, ich werde die Familie mit nach Lagasch nehmen. Meine Freunde dort werden uns bestimmt helfen.«

David legte dem seit so vielen Jahren treuen Gefährten die Hand auf die Schulter. »Du alter Halunke, da hast du mir aber eine Menge verschwiegen! Nun, ich verstehe durchaus deinen Kummer, Nobu, aber es wäre Wahnsinn, wenn du allein nach Ugarit reiten würdest. Schau dich doch um. Das Land wird von

Kriegswirren geprägt. Gesetzlose treiben sich herum, haben es auf all die abgesehen, die allein unterwegs sind. Du würdest nicht überleben. Halte also durch. Ich verspreche dir, sobald wir sicher nach Ugarit zurückkehren können, mache ich dich zu einem freien Mann. Ich werde ein Dokument aufsetzen, dem zufolge du aus der Sklaverei entlassen bist. Und als freier Mann steht es dir dann zu, dich dem Mädchen zu erklären.«

Aus Nobus Blick sprach so unverhohlene Dankbarkeit, dass David gerührt war. Nobu war beträchtlich älter als Esther und immerhin ein Sklave, auch wenn er nun bald die Freiheit erhielt. Ob sein Werben um Esther überhaupt eine Chance hatte?

Er widmete sich wieder seinen Aufzeichnungen, und während er die Schlacht auf Ton schriftlich festhielt, kreisten seine Gedanken immer wieder um eine Frage. Es war die gleiche Überlegung, die er während der Schlacht angestellt hatte. Auch jetzt fand er keine Antwort. Er kam sich vor wie ein Mann, der durch einen Wald läuft und weiß, dass irgendetwas ihn verfolgt, dieses Etwas aber unsichtbar bleibt.

Woher war der Kampfesmut der Soldaten gekommen? War es die Ansprache des Pharaos gewesen? Er rief sich die Szene in Erinnerung. Nein … erst danach. Es war der Moment, als die Soldaten sahen, wie ihre goldenen Standarten aufgerichtet wurden – die Symbole und Abbildungen der Götter. *Dies* war der Moment gewesen, der ihr Blut angeheizt hatte.

Der Anblick eines Symbols, das sie kannten, das eine Bedeutung für sie hatte, das ihnen Kraft gab, sie zu einer Einheit zusammenschweißte …

David musste an die Bruderschaft denken und an das vernachlässigte Sonnenauge. Wenn doch die Brüder auf das ihnen eigene Emblem so reagieren würden wie die anfangs mürrischen Truppen auf ihre geliebten goldenen Standarten!

Und unvermittelt fiel ihm die Antwort auf die Frage ein, mit der er sich herumgequält hatte: Er hatte sie verkehrt herum gestellt. Seiner Vorstellung nach hatte das Sonnenemblem infolge der Gleichgültigkeit der Brüder Schaden genommen. Aber es war genau umgekehrt! Die Brüder waren vom Pfad der Rechtschaffenheit abgewichen, *weil das Sonnenauge seine Kraft eingebüßt hatte.*

Fast hätte David einen Freudenschrei ausgestoßen. Da hatte er die ganze Zeit über gemeint, die Bruderschaft benötige nur einen stärkeren Anführer, sie sei schwach geworden, weil der vorherige Rab alt und blind gewesen war. Jetzt aber, nachdem er miterlebt hatte, wie sich verzagte Soldaten allein beim Anblick eines Symbols in tapfere Krieger verwandelt hatten, stand für ihn fest, dass auch die Bruderschaft genau dies brauchte.

Ein neues Symbol, um sie zu vereinen.

Er schüttelte verwundert den Kopf darüber, wie der menschliche Verstand arbeitete – und machte eine weitere erstaunliche Entdeckung. Während er sich den Kopf zerbrochen, an Symbole und Männer gedacht hatte, hatten sich seine Hände selbständig gemacht, denn auf dem feuchten Ton, von seinem Stift soeben eingeritzt, prangte ein Symbol, das er kürzlich in einer Ecke von Ugarits altem Archiv entdeckt hatte. Er hatte es nicht deuten, sondern nur Vermutungen darüber anstellen können und die Absicht gehabt, nach seiner Rückkehr aus Megiddo weitere Nachforschungen anzustellen. Was ihn aber jetzt verblüffte, war, dass seine Hände wie von selbst dieses alte, vergessene Symbol eingeritzt hatten, ein Symbol, das sich statt aus den reglementierten Dreiecken und Punkten der Keilschrift aus anmutigen Kurven und Kreisen und Linien zusammensetzte.

Er starrte auf das alte Zeichen und wusste auf einmal, was er damit tun musste. Shubat hatte ihm durch das Kriegsgeschehen und das ägyptische Militär aufgezeigt, was nötig war, um die Bruderschaft wirklich zu retten. Nun galt es, alle Kraft daranzusetzen, dieses Ziel zu erreichen. Er musste nach Ugarit.

Am nächsten Morgen war Nobu verschwunden, ebenso wie sein Reisesack und der Kasten mit dem Frisierzubehör. Auch seine Bettrolle lag nicht mehr auf dem Boden. Und David ahnte, dass, wenn er jetzt nach den Pferden schaute, die sie aus Megiddo mit-

genommen hatten, das von Nobu nicht an seinem Haltestrick an-
geschirrt sein würde.

»Shubat beschütze und bewahre dich vor Unheil, alter Freund«,
flüsterte er. »Ich bete darum, dass du es zurück nach Ugarit
schaffst.«

Die Leichname der ägyptischen Toten wurden auf Schlitten geladen, und die Kolonne marschierte weiter. Als David sich noch
einmal umschaute, sah er auf der in der Morgensonne liegenden
Ebene Hunderte verstreuter Leichen, über die sich bereits die Geier hermachten, ihnen die Augen aushackten und den Brustkorb
ausweideten. Sobald die Ägypter weit genug weg waren, würden
vermutlich die Frauen und Kinder, die sich versteckt gehalten hatten, auftauchen und ihre Männer bestatten.

Wie heißt diese Gegend eigentlich?, fragte er sich, als die Kolonne den Weg zu einem Pass einschlug, der, umgeben von oran-
gerot gleißenden Felsen, steil nach oben führte. Wird man sich
überhaupt an die gestrige Schlacht erinnern? Und was ist mit den
heroischen Kriegern, die jetzt Vögeln und Fliegen als Nahrung
dienten, wie lauteten ihre Namen?

Ich werde das, was ich mit angesehen habe, aufschreiben. Wahrheitsgetreu. Ich werde alles, was ich sehe und höre, für kommende
Generationen aufzeichnen.

Als der Tross auf dem Gipfel eines Berges haltmachte, der
Pass sich verbreiterte und sich ein überwältigender Blick auf den
Ozean vor ihnen öffnete – ein blau funkelndes Meer, das sich
bis zum Horizont erstreckte –, stockte David der Atem. Der ehrfurchtgebietende Anblick der gewaltigen Weite von Himmel und
Meer, der sich da vor ihm ausbreitete, ließ eine Schlacht auf einer
namenlosen Ebene klein und unbedeutend erscheinen.

Und jetzt meinte er auch zu ahnen, warum Pharao Thutmosis
ihn, Prinz David von Lagasch und Ugarit, hinauf auf diesen Berg,
der sich Karmel nannte, mitgenommen hatte.

»Shubat«, stammelte er, als er vom Streitwagen stieg und auf
den Rand der Klippe zuging.

Er wusste, dass die wohlhabenden Bürger Ugarits keine Angst

vor einer Invasion hatten. Ehe er mit Nobu aufgebrochen war, um Leah zu retten, war die Rede davon gewesen, dass die Reichen ihre Privatschiffe in Ugarits Hafen mit Proviant und Gold beluden. Sollte Ägypten angreifen, würden die Kundschafter entlang der von Süden herführenden Straße rechtzeitig Meldung erstatten und ihnen somit genügend Zeit geben, die dem Untergang geweihte Stadt auf dem Seeweg zu verlassen und die Segel zu setzen, um sich in Sicherheit zu bringen.

Jetzt aber erkannte David, dass sich die Bürger von Ugarit, ob sie nun reich waren oder nicht, keinesfalls in Sicherheit wiegen konnten. Wie betäubt dachte er daran, dass König Shalaaman und alle Könige im nördlichen Kanaan keine ägyptische Invasion vom Meer aus befürchteten, weil Ägypter bislang selten weiter als den Nil auf- oder abwärts gesegelt waren und es sich bei den Booten, die sich bis zur Küste von Kanaan wagten, um kleine Schiffe gehandelt hatte, die zum friedlichen Handel bestimmt waren.

Denn was im Naturhafen unterhalb der Klippen des Karmelbergs vor Anker lag, war keine Ansammlung von Handelsschiffen: Während Kanaan Verteidigungsmauern zur Handelsstraße hin hochgezogen hatte, hatte Ägypten klammheimlich eine Flotte von Kriegsschiffen zusammengestellt. Und dieser großen Flotte gut ausgerüsteter Schiffe mit Segeln, wie man sie derart riesig auf dem Großen Meer noch nie gesehen hatte, würden Ugarits Schiffe nicht trotzen können.

»Wie du dich persönlich überzeugen kannst, Prinz von Lagasch, gibt es kein Land der Welt, das über eine derartige Kriegsmarine verfügt«, brüstete sich Thutmosis. »Nicht einmal die Seevölker von Minos und Mykene. Siehst du, wie die Ruderer geschützt sind? Ihre Pfeilspitzen sind mit Pech bestrichen, das in Brand gesteckt wird. Wir sind also in der Lage, Feuersalven abzugeben, ohne dass meine Besatzung von den Pfeilen des Gegners getroffen wird.«

Die Folgen waren absehbar. Als Erstes würden sämtliche Schiffe in Ugarits Hafen in Flammen aufgehen. Dann flögen die brennenden Pfeile auf die vielen Holzhäuser am Hafen. Das Feuer würde

– 416 –

sich, allein schon angesichts der sommerlichen Hitze und zusätzlich beschleunigt durch den vornehmlich auflandigen Wind, über die ganze Stadt ausbreiten. Ugarit könnte zwar Schiffe zur Verteidigung auslaufen lassen, aber aufgrund der Anzahl der Ruder, der besonderen Abschirmung, der zusätzlichen Takelage und des ausladenden Steuerruders, für dessen Handhabung vier Männer vorgesehen waren, konnte sich David vorstellen, wie schnell, wie unschlagbar die ägyptischen Schiffe sein würden. Die Schlacht wäre gewonnen, noch ehe es zu einem richtigen Kampf kam. Der Sieg Ägyptens stand von vornherein fest, genauso wie die totale Vernichtung Ugarits.

David dachte an die Waffen, die in Jothams Werk hergestellt wurden. Sie waren ein Beweis dafür, dass sich in Strategie und Taktik der Kriegsführung eine Veränderung vollzog. Sollte also der Konflikt zwischen Ägypten und den Städten Kanaans in vollem Umfang ausbrechen, würde sich die Landkarte der Welt und ihrer Bevölkerung für immer verschieben.

Jetzt verstand er, warum Thutmosis ihn auf diesen Feldzug mitgenommen hatte: um ihm Ägyptens Macht vor Augen zu führen. »Ich verspreche dir, Großer König«, sagte er, »dass ich, sobald ich nach Ugarit zurückkehre, König Shalaaman von der Überlegenheit Ägyptens unterrichten werde, von der ich mich ja persönlich überzeugen konnte.«

Thutmosis lachte. »Auch ich möchte, dass du, Prinz David, deinen König und deinen Vater in Lagasch über die ägyptische Macht informierst. Und zwar *schriftlich*, nicht mündlich, denn du bist jetzt eine meiner wertvollsten Geiseln, und du wirst auch dann noch bei mir sein, wenn ich in Babylon einmarschiere.«

15

Heute, am Tag des Mittsommerfests, hatte Avigail mit viel Mühe und großem Einsatz endlich einen Termin vor Gericht eingeräumt bekommen. In zehn Tagen sollte sie ihren Fall den Richtern vortragen, und die würden dann entweder zu ihren oder Ziras Gunsten entscheiden.

Jetzt, da sie sich auf dem Heimweg befand, bereitete Avigail der Gedanken Unbehagen, dass der Justizbeamte sie bei der nochmaligen Prüfung des Vorgangs aufgefordert hatte, zu dem Gerichtstermin mit ihrer gesamten Familie zu erscheinen. Einen Grund dafür hatte er nicht genannt, aber Avigail wusste ohnehin, dass man sie, falls Zira gewann, gleich darauf allesamt von den Wachen festnehmen und zum Sklavenmarkt bringen würde, schon um dem vor Gericht Unterlegenen keine Gelegenheit zur Flucht zu bieten.

Obwohl Zira ihr vorgeworfen hatte, sie versuche, den unvermeidlichen Verkauf in die Sklaverei zu verzögern beziehungsweise abzuwehren, war Jothams Schwester überraschenderweise diejenige gewesen, die sich, nachdem Avigail ihren Rechtsanspruch auf Anhörung vor Gericht eingefordert hatte, mit der Einreichung ihrer Klage Zeit gelassen hatte. Avigail vermutete, dass dies mit den Gerüchten um König Shalaamans angegriffene Gesundheit zu tun hatte. Wahrscheinlich hoffte Zira auf sein Ableben, noch ehe sie Avigail vor Gericht gegenübertreten musste, denn dann würde Yehuda bereits zum neuen König gewählt sein und per Gesetz das Recht haben, jedwedes richterliche Urteil zu verwerfen.

Jetzt aber war der Gerichtstermin in zehn Tagen eine beschlossene Sache, und dann lag das Schicksal von Avigail und ihrer Familie in den Händen der Götter.

Oder in denen korrupter Richter, sagte sie sich, als sie sich dem Tor ihrer Villa näherte und sich nochmals ins Gedächtnis rief, was ihr der Anwalt Faris in Hathors Lustgarten offenbart hatte – dass Yehuda geheime, ehrenrührige Informationen über Uriah, den Obersten Richter, besaß. Aber darauf wollte sie erst zu sprechen kommen, wenn alle anderen Argumente ausgeschöpft waren. Erst einmal galt es, ihre Familie aus allem herauszuhalten, vor allem Baruch und Aaron, die beiden Vierjährigen, die ihr ganzes Leben noch vor sich hatten. Sie durften keinesfalls in die Sklaverei geraten!

»*Shalaam* und die Segnungen der Götter, werte Herrin!«

Avigail blieb am Tor stehen und sah dem Fremden entgegen, der strahlend wie die Mittagssonne auf sie zukam. Da er merklich an Gewicht verloren hatte und seine Haut gebräunt war, erkannte sie ihn zunächst nicht. Aber dieser Gang, dieser schildkrötenartig vorgestreckte Kopf – das war unverkennbar …

»Nobu!«, rief sie und hielt gleichzeitig auf der belebten Straße Ausschau nach einem weiteren vertrauten Gesicht.

»Leider sind David und Leah nicht bei mir«, sagte er, als er sie erreichte. »Aber sei versichert, dass deine Enkelin im Palast von Megiddo sicher ist und gut versorgt wird.« Während er sprach, warf auch er einen Blick hinter Avigail, wo er sie erspähte: Esther stand in einer Weinlaube auf, von wo aus sie, neben sich die beiden Knaben, scheu das Wiedersehen beobachtete.

»Komm rein«, sagte Avigail. Auch wenn es sie enttäuschte, dass Leah nicht mitgekommen war, freute sie sich über Nobus Rückkehr. Er war jetzt ein Verbündeter und Freund.

Sie führte ihn in die Küche, wo Hannah und Saloma Lauch und Zwiebeln für das Mittagessen dünsteten. Sie begrüßten Nobu überschwänglich, und auch die beiden kleinen Knaben überwanden nun rasch ihre Zurückhaltung und bestürmten den Besucher mit tausend Fragen. Nobu wäre es zwar lieber gewesen, wenn die

Frauen die beiden kleinen Rangen zurechtgewiesen hätten, aber er wusste ja, dass Baruch und Aaron der einzige Lichtblick in ihrem Leben waren.

Er hatte etwas zu essen mitgebracht. Obwohl er sah, wie begierig Avigail auf den Käse, das Brot und den gesalzenen Fisch starrte, sagte sie: »Die Jüngsten zuerst. Ich esse, was übrig bleibt.«

Sie teilte von dem, was Nobu mitgebracht hatte, eine Portion an Aaron und eine an Baruch aus, ermahnte sie noch, nicht zu schlingen. Dann war die Reihe an Esther, die Nobu leise für sein großzügiges Geschenk dankte. Für Saloma und Hannah blieb nicht mehr viel übrig, dennoch gab jede noch etwas davon an Avigail ab, so dass sie alle nicht viel, aber zumindest etwas zu essen hatten.

»Den Göttern sei Dank«, sagte Avigail, als sie den Geschmack des würzigen Brots und des Olivenöls auf der Zunge zergehen ließ. »Und jetzt sag uns, was es an Neuigkeiten gibt, Nobu. Wir haben uns große Sorgen gemacht.«

Nobu, der sich sicher war, dass die Großmutter das freudige Pochen seines Herzens hören konnte – Esther war noch nicht als Sklavin verkauft worden! –, berichtete, wie er durch die Gunst der Götter auf seinem Weg aus dem südlichen Kanaan auf eine Karawane gestoßen war, die dringend einen guten Barbier benötigte. »Auf diese Weise habe ich für meine sichere Rückkehr nach Ugarit bezahlt, und auch für die Reise nach Lagasch werde ich in dieser Form bezahlen. Ich habe nämlich vor, euch alle in meine schöne Stadt im Osten zu bringen; dort habe ich Freunde, die uns Unterkunft und ein sicheres Versteck zur Verfügung stellen werden. Packt also rasch eure Sachen zusammen. Ich sehe mich inzwischen nach einer Karawane um, die in diese Richtung zieht. Sobald wir dort sind, werde ich David benachrichtigen, damit er Bescheid weiß und nachkommt. Und Leah ebenfalls, sofern der Pharao sich großmütig zeigt.« Um Avigail oder Leahs Schwester nicht zu beunruhigen, erwähnte er nicht, dass weitere Prinzen als Geiseln in Megiddo festgehalten wurden, die zwar ein privilegiertes Leben führten, aber dennoch Gefangene Ägyptens waren und dazu bestimmt, nie wieder in ihre Heimat oder zu ihren Familien zurückzukehren.

Avigail nahm einen Bissen würzigen Käses und kaute darauf herum, so wie sie auch auf Nobus Angebot herumkaute. »Durchaus verlockend«, sagte sie schließlich. »Aber dann wären wir geflohene Sklaven. Kriminelle. Wir wären für den Rest unseres Lebens auf der Flucht, hätten kein Zuhause. Die Götter haben mir nicht diese beiden Knaben zum Geschenk gemacht, damit ich es aus Angst vor der Sklaverei wegwerfe. Außerdem möchte ich den Namen meines Sohnes nicht auf diese Weise entehren, zumal ich hoffe und bete, dass Elias eines Tages zurückkommt. Vergiss nicht, Nobu: Elias hat sich seiner Verantwortung nicht durch Flucht entzogen. Er hat sich hocherhobenen Hauptes in sein Schicksal gefügt, und niemand in Ugarit kann ihn als unehrenhaft bezeichnen.«

Sie aß eine Olive, derweil die anderen schweigend abwarteten, und sagte dann: »Um das Wohl dieser beiden Knaben aber mache ich mir durchaus Sorgen. Deshalb danke ich dir für dein Angebot und meine, wir sollten folgendermaßen verfahren: Da ich aufgefordert wurde, mit meiner Familie vor Gericht zu erscheinen, damit sie meinen Auftritt vor den Richtern bezeugt, bitte ich dich, Nobu, mitzukommen und die Entscheidung des Gerichts abzuwarten. Wenn es zugunsten von Zira ausfällt, verlass auf der Stelle mit Esther und den beiden Knaben Ugarit.«

»Aber ich möchte euch alle mitnehmen, verehrte Herrin.«

Sie schüttelte den Kopf. »Asherah sei gelobt, dass sie dich zu uns geführt hat, guter Nobu. Aber mit Esther und den beiden Jungen kommst du schneller voran. Hannah und Saloma und ich würden dich nur aufhalten. Und wir würden Verdacht erregen, denn Zira dürfte alle Hebel in Bewegung setzen, auf dass man in allen östlich von hier gelegenen Städten nach einem Mann in Begleitung von vier Frauen und zwei kleinen Jungen Ausschau halten würde. Bring Esther und die Knaben nach Lagasch und versuche, David und Leah entsprechend zu benachrichtigen. Ich hoffe zwar, dass es nicht dazu kommt, aber sollte dem so sein, beschütze meine Enkelin und meine beiden Schätze Aaron und Baruch, denn sie sind die Zukunft meiner Blutlinie. Und ich werde dafür beten, lieber Nobu, dass durch das Mitgefühl der Götter meine Familie eines Tages wieder in unserem eigenen Zuhause vereint sein wird.«

16

»Wie kann dieser kanaanäische Hund es wagen, mich zu ignorieren!«

Höflinge und Priester, Magier und Schriftgelehrte sowie Offiziere verharrten in Schweigen, während ihr König tobte, weil
aus Ugarit noch immer keine Antwort eingetroffen war.

Thutmosis, der zwar klein von Gestalt, aber umso jähzorniger
war, schritt in dem blauen Pavillon derart erregt hin und her, dass
sein Zorn die Anwesenden erzittern ließ. Mancher befürchtete
schon, durch seinen Wutausbruch würden Leinwand und Zelt-
pfosten, Möbel und Teppiche und selbst die Kleider, die sie trugen,
Feuer fangen. Wo er doch der Pharao war, der Sohn des Amon-Re,
ein direkter Nachkomme der Sonne.

Er wandte sich an den Obersten Arzt Reshef. »Welche der Geiseln ist für Shalaaman die wichtigste?«

Reshef wägte seine Worte ab. Mit dem kanaanäischen Mädchen war er noch nicht fertig. Sie hatte zwar schließlich doch die
achtzehn in Geheimschrift gehaltenen Tafeln übersetzt, aber es
gab noch so viel, worüber sie sich hartnäckig ausschwieg – Heilmethoden und Zaubersprüche und uralte Weisheiten, die sie in
den Städten am Euphrat gesammelt hatte. »Die beiden jungen
Prinzen, Heiligkeit. Zwillingssöhne einer Prinzessin, die Shalaaman geheiratet hat, um eine Allianz mit einem anderen König zu
schmieden. Sie bedeuten Shalaaman mehr als die Kanaaniterin,
die er als Dämonenbetörerin ansieht.«

Thutmosis kratzte sich zerstreut am Arm und überlegte. Da
er sich nicht in seinem Thronsaal aufhielt, sich weder mit Re-

gierungsangelegenheiten beschäftigte noch ausländische Würdenträger empfing, trug Ägyptens König lediglich einen weißen Faltenrock, der von einem goldenen Gürtel gehalten wurde. Sein Oberkörper war bis auf einen breiten, mit Edelsteinen besetzten Goldkragen nackt, und statt einer Krone schmückte ein goldener Reif mit der geheiligten Kobra seine Stirn. Sein schlichtes Äußeres konnte jedoch nicht darüber hinwegtäuschen, dass Rock und Stirnreif zu dem mächtigsten Mann auf Erden gehörten. Das Leben jedweder Kreatur lag in seinen Händen. Mit einem Wort konnte er sämtliche Männer in seinem Zelt töten. Mit einer Geste Megiddo dem Erdboden gleichmachen.

»Dann schicke ich ihm den Kopf der Dämonenbetörerin«, sagte er zu guter Letzt.

Reshef erschrak. Das hatte er nicht beabsichtigt. Er hatte gedacht, Thutmosis würde sich für einen der beiden Zwillinge entscheiden, um ein Exempel zu statuieren. Aber doch nicht das Mädchen!

Er wollte sie der Frau seines Herzens zum Geschenk machen.

Es war nicht so, dass Reshef Königin Hatschepsut nur anbetete und verehrte und bewunderte – er empfand Liebe für sie. Eine Liebe, die über alles Körperliche hinausging. Niemals hätte er auch nur gewagt, sich vorzustellen, sie beide wären zärtlich Liebende. Gotteslästerung wäre das gewesen. Sie war seine Göttin, und es schmerzte ihn, wenn sie ihr Grab und ihren Totentempel aufsuchte, das Haus der Million Jahre, um den Fortschritt der Bauarbeiten zu überwachen, weil ihm dies ihre Sterblichkeit vor Augen hielt, ihn gemahnte, dass eines Tages das Licht seines Herzens nicht länger auf Erden weilen würde.

Er wollte Hatschepsut etwas schenken, was kein anderer Mann – oder Gott – ihr schenken konnte. Unsterblichkeit.

Das kanaanäische Mädchen hatte sich mit geheimnisvollem Wissen gebrüstet, das sie sich von Magiern, Heilern, Schriftgelehrten und Priestern aus fernen Städten angeeignet habe. Obwohl Ägyptens Medizin und Ärzte allen anderen weit überlegen waren, nährte Reshef die leise Hoffnung, dass ein alter Gott in einem fremden Land einem Sterblichen das Geheimnis des ewigen Lebens offenbart hatte. Und man wusste ja, dass die Götter, wenn sie auf Erden weilten, unsterblich waren. Auch unter den menschlichen Vorfahren sollte es Riesen gegeben haben, die mehrere hundert Jahre alt geworden waren. Irgendwo auf dieser Erde, unter einer feindlichen Sonne, möglicherweise in einer längst vergessenen Höhle oder unter einem alten und namenlosen Berg wartete dieses Geheimnis darauf, wiederentdeckt zu werden.

Dieses Geheimnis wollte Reshef für seine Königin der Sonne. Er wollte, dass Hatschepsut niemals starb. Nicht seinetwegen, sondern für das Wohl Ägyptens. Der Einmarsch in Kanaan ging auf Hatschepsuts brillante Strategie zurück. Als sie beschloss, dass es für Ägypten an der Zeit war, die Welt zu erobern, hatte ihr Neffe und Mitregent Thutmosis für eine sofortige Invasion plädiert. Aber die überaus kluge und schlaue Hatschepsut hielt es für ratsamer, wenn die Kanaaniter von sich aus einen Grund dafür lieferten. Die große Königin, bekannt für ihre friedlichen und höchst einträglichen Expeditionen ins Punt-Gebiet, wollte nicht als Aggressor hingestellt werden, weshalb sie beschloss »zu sterben«. Und wie sie vorausgesagt hatte, war es in den Städten Kanaans, kaum dass die Nachricht von ihrem Ableben bekannt geworden war, zur Rebellion gekommen. Und jetzt hatte die Eroberung der Welt begonnen.

Bald würde Ägypten über alle Länder herrschen und die reichste und mächtigste Macht auf Erden sein. Und Reshefs Wunsch war, Hatschepsut für viele weitere Generationen auf diesem ruhmvollen Thron zu sehen.

»Bringt mir die Dämonenbetörerin«, schnauzte Thutmosis. »Und eine Axt.«

Reshef stieß im Stillen einen Fluch aus. Einwände vorzubringen war zwecklos. Dem Pharao durfte man nicht widersprechen. Die Geheimnisse der Kanaaniterin würden folglich mit ihr sterben.

»Und bringt mir auch diesen kanaanäischen Schriftgelehrten

David«, fügte Thutmosis hinzu, »damit er das Begleitschreiben verfasst, mit dem der Kopf der Dämonenbetörerin nach Ugarit geschickt wird.«

Die Habiru waren nicht mehr da.

Gestern war der Tag des Mittsommerfests gewesen, aber Feiern hatten in Megiddo nicht stattgefunden. Der Pharao war mit großem Gepränge in die Stadt eingezogen, während die Hunderte von Gefangenen in das Lager gebracht wurden, in dem schon so viele Leidensgenossen ein elendes Dasein fristeten. Bei Sonnenuntergang hatte der große Marsch nach Ägypten begonnen.

Wenn Leah jetzt aus dem Fenster im Haremsturm schaute, sah sie im dunstigen Morgenlicht nur noch das Militärlager, in dem es ausgelassen zuging, Musik gespielt wurde und Lagerfeuer brannten und das Johlen und Gelächter von Soldaten zu hören war, die aus der Schlacht zurückkehrten und sich freuten, überlebt zu haben. Vom anderen Lager waren nur noch notdürftige Unterkünfte und schwelende Feuerstellen verblieben. Unter Ägyptens effektiver Organisation hatten sämtliche Habiru-Gefangenen ihre Zelte abgebrochen und ihre Tiere zusammengetrieben, um dann über den Pass zu ziehen, der sie zur Handelsroute nach Ägypten führen würde – ein unüberschaubarer Zug von Männern, Frauen, Kindern, Ziegen und Schafen, Kamelen und Eseln, dazu ägyptische Kavalleristen, Wagenlenker und Fußsoldaten.

Leah fragte sich, wie viele die Strapazen überstehen würden. Wie viele es bis nach Goshen schafften, um dort unter der Peitsche des Pharaos eine Stadt zum Ruhme von Amon-Re erstehen zu lassen.

Leah wartete auf Nachricht von David. Sie hatte ihn nicht in der Prozession durch die Stadt entdeckt, aber beobachtet, wie sich mehrere Generäle von Thutmosis in Höhe des blauen Pavillons von der Kolonne abgesetzt hatten. Andere Männer saßen von ihren Pferden ab, stiegen von Streitwagen herunter und begaben sich eilig ins Militärlager. Hoffentlich befand sich unter ihnen auch David.

»Herrin Merit?«, fragte eine junge Dienerin und trat mit einem Becher süßen Weins auf sie zu.

Leah schüttelte den Kopf. Ihr war nicht nach Wein zumute. Sie wollte einzig und allein David sehen.

»Hat Herrin Merit irgendeinen Wunsch?«

Wie Hatschepsut verfügt hatte, war Leah die Kanaaniterin in der Tat hingerichtet worden. Es war eine symbolische Enthauptung gewesen, begleitet von langatmigen Ankündigungen, dass man nunmehr die schamlosen Augen einer Kanaaniterin, die sich unerlaubt Zutritt verschafft habe, ausstechen, die Luftröhre der lästerlichen Fremden durchtrennen, die Zunge der feindlichen Spionin zum Schweigen bringen werde. Mit einer in rote Tinte getauchten Reiherfeder hatte man eine Linie um Leahs Hals gezogen, dort, wo die Axt niedergegangen wäre, und dann hatten die Magier erklärt, sie sei körperlich unversehrt und wiedergeboren in ägyptisches Leben. Sogar einen neuen Namen hatte man ihr gegeben: Merit.

Auf diese Weise hatte sie erfahren, welche Macht die Ägypter dem gesprochenen Wort beimaßen. Jetzt verstand sie auch das symbolische Abhacken von Davids Hand im Verlies. Reshef und die Priester waren wirklich davon überzeugt, dass durch die laut geäußerte Ankündigung, sie würden David die Hand abhacken, diese Amputation tatsächlich stattgefunden hatte. Eine Vorstellung, die Leah höchst merkwürdig vorkam, aber dies war nur eines von vielen seltsamen Dingen, die sie über ihre Entführer in Erfahrung gebracht hatte.

Sie schickte die Dienerin weg und schaute sich im Harem um, sah Frauen, die sich damit beschäftigten, Frisuren aufzustecken und mit Schminke zu hantieren, sah, wie andere sich auf Sofas ausstreckten oder in den tiefer gelegten Bassins schwammen. Verwöhnte Geschöpfe. Jeder Wunsch wurde ihnen erfüllt, nur der nach Freiheit nicht. Aber wie Leah mitbekommen hatte, wollte sowieso kaum eine weg, denn wo konnte das Leben angenehmer sein als hier? Die Frauen, Konkubinen und Kinder des Pharaos waren verzärtelt und launisch und genossen jeglichen Luxus, darüber hinaus stand ihnen ein Stab von Ärztinnen zur Verfügung, die dafür sorgten, dass diese Frauen weder Schmerz noch Leid zu ertragen hatten.

Die Heilerinnen im Harem faszinierten Leah. Sie trugen lange weiße Leinengewänder und schwarze Perücken und auf ihren Brüsten das Horusauge, dem allein schon große Macht zugeschrieben wurde. Sie wurden zehn Jahre lang im Haus des Lebens ausgebildet und waren derart auf Reinlichkeit bedacht, dass sie viermal am Tag badeten und unter aufwendigen Ritualen ihre Kleidung wechselten.

Leah hatte sich mit ihnen angefreundet, um so viel wie möglich von ihnen zu lernen. Dabei stellte sie fest, dass die ägyptische Medizin in vieler Hinsicht der kanaanäischen entsprach. Die Ägypter verwendeten für ihre Rezepturen ebenfalls Heilkräuter, nur dass jede Rezeptur mit einer Beschwörungsformel begleitet werden musste. Wie kanaanäische Ärzte wussten auch ägyptische Heiler, dass Medizin nur die Symptome linderten, wohingegen Zauberformeln und Beschwörungen von Magiern und Priestern die Ursachen beseitigten. Nur dass die Ägypter ihren heilsamen Verabreichungen ein drittes Element hinzufügten: Sobald sich der Patient auf dem Wege der Besserung befand, bekam er ein schützendes Amulett, um einem Rückfall vorzubeugen.

Als jetzt Pakih, der afrikanische Eunuch, den Harem betrat, stürzte Leah auf ihn zu. »Pakih, hat David etwas von sich hören lassen? Weißt du, ob der Schriftgelehrte aus Lagasch mit dem König zurückgekommen ist?«

Pakihs schwarzes Gesicht wurde aschfahl, seine Augen zuckten hin und her, ohne sie anzusehen. Der Schweiß, der ihm jetzt am Rand seines bunten Turbans auf die Stirn trat, erschreckte sie. »Was ist denn los?«

»Du sollst im blauen Pavillon erscheinen. Unverzüglich. Der Pharao soll sehr wütend sein, weil dein König Shalaaman auf keine seiner Forderungen eingegangen ist. Es heißt, Thutmosis hat vor, etwas zu demonstrieren, was eindrucksvoll genug sein dürfte, um die Aufmerksamkeit von Ugarits widerspenstigem König zu wecken.«

»Was will er denn demonstrieren?«, fragte Leah, obgleich sie befürchtete, die Antwort bereits zu kennen. In den vergangenen zwanzig Tagen hatte sie, wenn auch ungern, ihre achtzehn Tafeln für den Obersten Arzt Reshef übersetzt, hatte sich für jede viel Zeit gelassen und vorgeschützt, ihre eigene Schrift nicht mehr entziffern zu können oder vieles vergessen zu haben, nur um bis zu Davids Rückkehr im Harem zu verweilen. Reshef ließ sie außerdem nie vergessen, dass sie eine Geisel war, ein Pfand in einem tödlichen Spiel, und dass sie es nur Seiner Majestät Pharao Hatschepsut verdankte, noch am Leben zu sein. Da sie aber vor zwei Tagen die letzte Tafel übersetzt hatte, wusste sie, dass ihr Schicksal nicht länger in Hatschepsuts Hand lag, sondern in der ihres mächtigen Neffen.

Dennoch blieb sie ruhig, als Pakih ihr sagte, sie solle enthauptet werden. »Wahrscheinlich ist es nur symbolisch«, meinte sie.

Pakih jedoch schüttelte den Kopf. »Zu befürchten steht, Herrin, dass diesmal weder Reiherfeder noch rote Tinte zum Einsatz kommen.«

Jetzt erschrak Leah, versuchte aber, ihre Angst zu verbergen. »Das werden wir ja sehen«, sagte sie und griff nach ihrem Schleier. »Die Götter sind mit uns.«

Wachen, die vor dem Harem warteten, führten Leah zum blauen Pavillon. Pakih musste draußen warten.

In dem Zelt, in dem sie vor zwanzig Tagen vor Königin Hatschepsut getreten war, drängte sich eine Menschenmenge; der Qualm von unzähligen Weihrauchfässern und Fackeln stach einem in die Augen. Die beiden Wachen, die Leah an den Armen festhielten, zerrten sie vor den Thron und zwangen sie, vor diesem grotesken kleinen Mann, der die Welt beherrschen wollte, niederzuknien. Ein Zittern überlief sie, als er sich erhob und die Stufen hinunterstieg. Je näher er auf Leah zukam, umso deutlicher nahm sie den schwach süßlichen Geruch wahr, den er verströmte. Er erinnerte sie an den Tod.

Thutmosis hob die Hand, die Handfläche nach außen gekehrt, vor sein Gesicht und sprach eine Beschwörungsformel, die Leah bereits vertraut war: »*Au-à rekh kua-ten. Rekh kua ren-ten.*« – »Ich kenne dich – ich kenne deinen Namen.« Während Kanaaniter die Macht der Götter anriefen, glaubten Ägypter, dass allein das gesprochene Wort Macht ausübte. »*Ankh-à en maat*« hieß »Ich lebe in der Wahrheit« und *Au khu-nuà*« »Ich werde beschützt«.

Sie ahnte, dass Thutmosis die Beschwörungsformel »Ich kenne dich« für den Fall gewählt hatte, dass ihre Gabe, andere Dämonen zu betören, von einem Dämon in ihrem Inneren herrührte. Als der hinter dem König postierte Dolmetscher mit dem Stab alles ins Kanaanäische übersetzte, verstand Leah, dass Thutmosis mit seiner Erklärung, er wisse um diesen Dämon, dessen Macht über ihn zunichtegemacht hatte. »Dämonenbetörerin aus Kanaan«, sagte der Pharao jetzt, »wisse, dass deine Macht hier nicht wirkt. Die Götter Ägyptens sind stärker als die Kanaans. Meine Strahlkraft ist die stärkste überhaupt. Ich bin vor Unglück und der Macht des Bösen geschützt. Warum weigert sich dein König, meine Schreiben an ihn zur Kenntnis zu nehmen?«

»Das weiß ich nicht, Herrlichkeit«, erwiderte sie, den Blick zu Boden gerichtet. »Vielleicht ist er krank. Ohne mich wird König Shalaaman ein Opfer des Dämons, der die Luftröhre einengt.«

»Dein König hat Meine Herrlichkeit beleidigt. Selbst auf dem Sterbebett hat er dem Sohn des Amon-Re zu antworten. Das hat er jedoch nicht getan. Deshalb werde ich meine Macht und den Ernst meiner Absicht demonstrieren. Ich werde ihm deinen Kopf als Geschenk zukommen lassen, und dann werden wir ja sehen, wie gut er mit dem einengenden Dämon zurechtkommt.« Er sah sich um. »Wo ist dieser kanaanäische Schriftgelehrte? Prinz David von Lagasch?«

»Hier bin ich, Herrlichkeit!«, rief eine vertraute Stimme durch den Qualm. Leahs Herz machte einen Sprung. David! »Ich musste mich reinigen, ehe ich in deine strahlende Gegenwart treten darf.«

Den Blick noch immer zu Boden gerichtet, spürte Leah, wie

David näher kam, nahm bereits den Duft seiner Seife und seines Haaröls wahr. Als sie aus dem Augenwinkel seine Füße und seine Sandalen erspähte, musste sie sich zwingen, knien zu bleiben.

Mit Hilfe des Dolmetschers sagte er zu Thutmosis: »Herrlichkeit, bevor ich aufzeichne, was du dem König von Ugarit mitteilen möchtest, bitte ich ums Wort. Ich habe alles niedergeschrieben, was ich während des großartigen Marsches Deiner Herrlichkeit gesehen, gehört und erlebt habe. Ich habe dein Loblied gesungen, Worte gefunden, die die militärischen Anführer Ugarits das Fürchten lehren werden. Ich habe von der grenzenlosen Macht des Pharaos gesprochen, von seinem Mut und seiner Tapferkeit und wie die elenden Habiru sofort den Kampf verloren gaben, als sie von deiner Strahlkraft, die die der Sonne übertrifft, geblendet wurden. Ich bin nur ein bescheidener Schriftgelehrter, Majestät, auch wenn es der Wahrheit entspricht, dass ich ein Prinz bin, als der ich auch meinem eigenen Vater gegenüber, dem König von Lagasch, das gleiche und vollauf berechtigte Loblied von Ägyptens Macht anstimmen werde. Nur bitte ich Deine Unübertreffliche Herrlichkeit um eine Gefälligkeit.«

Fast belustigt sah Thutmosis David lange an. »Du bist sehr kühn, Prinz von Lagasch. Weil du aber so treffend meinen brillanten Feldzug in Karmel beschreibst, werde ich deiner Bitte Gehör schenken.«

»Ich bitte dich um das Leben dieser Frau, Hoher Herr.«

Den Versammelten stockte der Atem. Blicke wurden getauscht.

»Warum ist dir das wichtig?«, fragte Thutmosis scharf.

»Sie ist meine Ehefrau, Herrlichkeit. Und es wäre für mich schmerzhaft, sie zu verlieren.«

»Ehefrauen lassen sich leicht ersetzen«, sagte Thutmosis mit einer abschätzigen Handbewegung. »Bereite den Ton für meinen Brief an Shalaaman vor.«

»Großmächtiger Herrscher …«, hob David erneut an, und die Höflinge raunten angesichts einer derartigen Respektlosigkeit, »im Gegenzug für das Leben dieser Frau kann ich dir etwas ungemein Wertvolles anbieten.«

– 431 –

»Es gibt nichts, was du mir anbieten könntest, um mir einen Wunsch zu erfüllen oder was ich mir nicht wann und wo auch immer beschaffen könnte.«

»Was ich anbiete, ist verborgen, und nur ich weiß, wo.«

»Sprich und mach es wahr, oder die Götter werden dich totschlagen.«

»Unser Archiv ist mit Schätzen angefüllt, Herrlichkeit. Die Legende berichtet von einem jungen König namens Ozzediah, der den Thron zu einer Zeit bestieg, da die Städte des nördlichen Kanaan ständig untereinander Krieg führten und kein Frieden herrschte, somit auch der Handel brach lag und Städte und Dörfer dem Untergang preisgegeben waren. Ozzediah war ein Mann mit Weitblick und festem Glauben, der als Zwanzigjähriger eine Expedition in das Gebirge im hohen Norden anführte, um jene Arche zu suchen, die einen Mann namens Noah und seine Familie während der Großen Flut getragen hatte. Ozzediah fand die Arche und nahm zwölf Holzspäne davon mit, um sie anschließend den zwölf Königen im nördlichen Kanaan zu schenken. Da das Holz ungemein heilig und für das Volk eine Bestätigung war, dass El nie wieder eine Große Flut über der Menschheit hereinbrechen lassen würde, schlossen die Könige Frieden untereinander. Den noch immer mit Pech beschmierten Zypressenholzsplittern soll darüber hinaus so viel Magie innewohnen, dass jeder von ihnen dem, der einen berührt, ewiges Leben gewährt.«

»Ewiges Leben erwartet mich bereits«, sagte Thutmosis und hielt sich die Hand mit der Handfläche nach außen vors Gesicht. »Ich werde beschützt.«

»Ferner zu erwähnen wäre da ein durchsichtiger blauer Stein, der dem Vernehmen nach von den Sternen stammt. Es heißt, wer immer ins Herz dieses Steins blickt, könne seine oder ihre Zukunft sehen.«

»Meine Seher deuten mir die Zukunft. Sie sagen mir, dass Ägypten für die nächsten tausendmal tausend Jahre groß und mächtig sein wird.«

»Außerdem befindet sich in Ugarits umfassendem Archiv ein

aus einem unbekannten Material gefertigter alter Dolch, der, wenn man ihn an eine Schnur hängt, stets nach Norden zeigt.«

Thutmosis knurrte ungeduldig.

»Vielleicht würde Deine Herrlichkeit ein runder Kristall erfreuen, der aus einem geheimnisvollen Land jenseits des Tals des Indus stammt und winzige Gegenstände als groß erscheinen lässt und der, wenn man ihn in die Sonne hält, Feuer entfacht.«

»Halte deinen Ton bereit, Schreiber«, wehrte Thutmosis kurzangebunden ab. »Es wird Zeit, deinem König mitzuteilen, dass meine Geduld erschöpft ist. Wenn ich ihm gegenüber nachsichtig war, hat er mir das alles andere als gedankt. Dein König soll mir dafür büßen. Auf Knien soll er vor mir liegen. Und Ugarit wird dem Erdboden gleichgemacht werden.«

»Mein Gebieter«, sagte David, »in unserem Besitz befinden sich die alten sumerischen Schicksalstafeln, die vor Hunderten von Jahren aus jenem Land hergebracht wurden. Bestimmt hast du von der ungeheuren Macht gehört, die diesen Tafeln innewohnt.«

Noch ehe der Pharao ihm Schweigen gebieten konnte, verbreitete sich ein seltsames Geräusch durch die rauchgeschwängerte Luft. Alle wandten sich dem Scheppern der heiligen Handrassel zu, einem Instrument, mit dem die Priesterinnen der Isis die Gegenwart der Göttin verkündeten. Als Leah aufschaute, sah sie, dass sich, wie von einer Brise erfasst, die Leinenvorhänge hinter dem Thron bauschten. Schweigen breitete sich unter den Anwesenden aus, die kollektive Ehrfurcht der Männer war zu spüren. Wieder war die Handrassel zu hören, die Vorhänge teilten sich, und aus der Dunkelheit trat eine Gestalt in das goldene Licht der Fackeln.

Viele der Anwesenden sanken auf die Knie. Nur die Männer, die die höchsten Ränge bekleideten, blieben stehen, verbeugten sich aber tief und hielten die Blicke gesenkt. Als Leah David einen Blick zuwarf, gewahrte sie seinen verblüfften Gesichtsausdruck, die weit aufgerissenen Augen, seinen geöffneten Mund. Kein Wunder – er wusste ja noch gar nicht, dass Königin Hatschepsut am Leben war!

Wie ihr Neffe war die Königin schlicht gekleidet, trug einen knöchellangen Rock, der unterhalb des Busens endete und von zwei breiten Trägern gehalten wurde, die ihre Brüste bedeckten. Ihre schulterlange schwarze Perücke, über die ein goldener Reif mit einer Kobra in Stirnmitte verlief, war so geschnitten, dass sie eine gerade Linie bildete.

Mit einer Stimme, die tief und rauchig war wie die Luft im Zelt, sagte sie: »Wir möchten noch mehr hören.«

David brachte zunächst keinen Ton heraus, starrte wie gebannt diese Frau an, die eine Legende war und die er für tot gehalten hatte. Dann riss er sich zusammen, räusperte sich und sagte: »Ewiglich Strahlende, große Tochter der Sonne, wisse, dass wir in Ugarit unter anderem im Besitz von getrockneten Wurzeln des Lebensbaums sind; auch eine Phiole mit dem Blut Adams, des ersten Menschen, befindet sich unter den Schätzen.«

Als sie nicht beeindruckt zu sein schien, fügte er hinzu: »Ich bin auf einen Skarabäus gestoßen, Majestät, der dem König von Ugarit von deiner eigenen Ahnin, der verehrten Königin Tetischeri, zum Geschenk gemacht wurde. Der Skarabäus lebt noch.«

Hatschepsut hielt sich die Hand mit dem Handteller nach außen vors Gesicht und flüsterte eine Beschwörungsformel. Dann verengten sich ihre Augen zu Schlitzen. »Warum berichtest du uns von diesen geheimen Schätzen?«

»Sie gehören dir, im Austausch für das Leben dieser Kanaaniterin, die demütig vor dir kniet.«

»Warum sollte sich dein König von derartigen Kostbarkeiten trennen?«

»Er weiß nichts von ihnen, Majestät. Als ich der Bruderschaft der Schriftgelehrten beitrat, musste ich leider feststellen, dass sich ihr heiliges Archiv in einem jämmerlichen Zustand befand. In den letzten vier Jahren habe ich mich bemüht, es zu sichten und zu ordnen. Dabei stieß ich auf längst vergessene Schätze. Um zu verhindern, dass sie wieder vergessen oder zerstört werden oder verlorengehen, habe ich sie an einem sicheren Ort verwahrt. König Shalaaman hielt sich in diesen vier Jahren nicht in Ugarit auf, er ist erst kürzlich zurückgekehrt. Ich hatte noch keine Gelegenheit, ihn davon zu unterrichten, was ich alles entdeckt habe. Aber alles soll dir gehören, Majestät, wenn du das Leben dieser Frau verschonst.«

»Wie können wir wissen, dass du die Wahrheit sprichst?«

David deutete auf ein Amulett auf seiner Brust. »Diese Feder der Wahrheit wurde mir überreicht, nachdem ich eine Prüfung unter Aufsicht des Obersten Arztes Reshef bestanden hatte. Sie verbietet mir, jemals Unwahres zu sagen. Zusätzlich bin ich durch eigene heilige Eide zur Wahrheit verpflichtet.«

Hatschepsut wollte etwas erwidern, als plötzlich ein gellender Schrei zu hören war. Alle im Zelt – Wachen, Offiziere, Höflinge, Pharao Thutmosis selbst – fuhren zusammen und erstarrten, warteten die Reaktion der Königin ab. Sie warf Reshef einen Blick zu, woraufhin der Arzt hinter den Vorhang eilte, durch den Ihre Majestät erschienen war.

Gespanntes Schweigen breitete sich aus. Ein erneuter Aufschrei war hinter dem Leinenvorhang zu hören, gefolgt von einem weiteren. Hatschepsuts Gesicht verzog sich schmerzhaft, zwischen den geschminkten Brauen grub sich eine Falte ein, etwas Gehetztes lag in ihrem Blick. Jemand schien krank zu sein. Jemand, der der Königin nahestand.

»Herrlichkeit«, wagte Leah zum Entsetzen aller anzuheben.

Hatschepsut wandte die schwarz umrandeten, dunkel leuchtenden Augen Leah zu, bedachte sie mit einem Blick, der nicht zu deuten war.

»Vielleicht kann ich helfen«, fuhr Leah, mutiger geworden, obwohl ihr das Herz bis zum Halse klopfte, fort. »Auf meinen Reisen im Zweistromland bin ich oft Zeugin verschiedenster Behandlungsmethoden geworden. Nicht dass ich die Götter Ägyptens beleidigen oder den Ruf deiner Ärzte schmähen möchte, aber manchmal erkennt ein weiteres Paar Augen Dinge, die andere nicht sehen.«

Keine Antwort. Nach einer Weile wandte sich Hatschepsut zum Gehen, nicht ohne vorher zwei Wachen ein Zeichen zu geben, die daraufhin Leah beim Aufstehen halfen und mit ihr der Monarchin folgten. Auch David schloss sich an, ohne zurückgehalten zu werden.

Hinter dem Thronzimmer befand sich ein kleinerer Raum, dessen Wände ebenfalls aus schwerer blauer Leinwand bestanden. Auch hier war die Luft vom Duft süßen Weihrauchs durchzogen. Zunächst konnte Leah nichts erkennen, da es im Raum stockdunkel war, nach und nach jedoch stellten sich ihre Augen darauf ein, und sie erkannte die geisterhaften Umrisse von Hatschepsuts weißem Gewand, Männer, die wie Ärzte gekleidet waren, und schließlich ein Bett. Warum brannte kein Licht?, wunderte sie sich und ging langsam auf das Bett zu.

Dort lag jemand und stöhnte vor Schmerzen.

Ein klein wenig Tageslicht drang durch Ritzen im Zelt und von unten, wo die Leinwandbahnen am Boden vertäut waren, genug für Leah, um zu erkennen, dass auf dem Bett ein junger Mann lag. Bekleidet war er lediglich mit einem weißen Lendenschurz, und sein Schädel war bis auf eine lange schwarze Lockensträhne über der rechten Schläfe geschoren. Ein hübscher Jüngling, wie sie fand. War er etwa der jugendliche Liebhaber der Königin?

Nein, berichtigte sie sich, als sie sah, wie sich Hatschepsut über die Gestalt beugte, wie weich ihr Profil wurde und wie besorgt. Kein Liebhaber, sondern ein *Sohn*. Und ihr fiel ein, dass man einstmals gemunkelt hatte, Ägyptens unverheiratete Königin habe ein Kind der Liebe geboren.

»Was fehlt dem Jungen?«, fragte sie, und Reshef antwortete: »Ein Dämon hat von seinem Kopf Besitz ergriffen. Er dröhnt dort ohrenbetäubend herum und verursacht dem Prinzen große Schmerzen.«

»Wie ist der Dämon in seinen Kopf gelangt?«, fragte Leah und trat noch näher an das Bett.

»Durch sein Ohr«, sagte Reshef. »Zeitweise schläft er, und das verschafft dem Jungen dann etwas Erleichterung. Sobald er aber wieder erwacht, ist das Dröhnen noch unerträglicher als die Schmerzen.«

»Herrlichkeit«, wandte sich Leah an die Königin, »in Haran habe ich miterlebt, wie ein ebensolcher Dämon ausgetrieben wurde. Ich könnte das Gleiche versuchen. Dazu brauche ich aber Licht. Eine Kerze oder eine Lampe.«

»Majestät, Licht würde den Dämon nur tiefer in den Schädel des Jungen treiben«, gab Reshef zu bedenken. »Und dann könnte er überhaupt nicht mehr ausfahren. Deswegen muss es um den Prinzen herum dunkel sein.«

Leah ließ nicht locker. »Ich bin zwar medizinisch nicht so versiert wie deine eigenen Ärzte, Herrlichkeit, aber in Ugarit werden wir von mehr Krankheiten bedroht als die Menschen im Land des Kem. Mir ist zum Beispiel bekannt, dass der Dämon, der die Luftröhre einengt, Ägypter nicht heimsucht, weil es in deinem Land trocken und warm und sonnig ist. Im Norden von Ugarit, an der Küste des Großen Meers, ist es zeitweise kalt und feucht, weshalb sich Dämonen auf der Suche nach Wärme in menschlichen Körpern einnisten, ihnen den Atem rauben, bis sie schließlich daran sterben.«

»Aber Dämonen ziehen die Dunkelheit vor«, entgegnete Reshef. »Jeder weiß doch, dass böse Geister dort geboren werden, wo es kalt und dunkel ist.«

»Das glauben wir ebenfalls, aber darüber hinaus glauben wir, dass Dämonen vom Licht angezogen werden. Dann verlassen sie ihre kalte und dunkle Welt und suchen Hitze und Sonne.« Als sie merkte, dass sie ihn noch nicht überzeugt hatte, fügte sie hinzu: »Ich habe von den Ärzten in Kanaan viel gelernt, schon weil es dort mehr böse Geister gibt als in Ägypten.«

Reshef neigte zustimmend seinen gut geschnittenen Kopf. »Das stimmt.«

»Ich glaube, ich kann den Dämon aus dem Schädel dieses jungen Mannes locken.«

Der Oberste Arzt sowie die Pfleger wandten sich der Königin zu. Hatschepsut nickte.

Während eine Kerze geholt wurde, raunte David Leah zu: »Ich habe Angst, was für ein Risiko du eingehst. Wenn du scheiterst, droht dir Gefahr. Aber wenn du Erfolg hast, wird Hatschepsut dich hierbehalten. Denk an Shalaaman.«

»Der Junge leidet, und ihn zu heilen dürfte nicht schwer sein. Außerdem droht mir im Moment sowieso der Tod, mein Kopf als Botschaft an König Shalaaman. Vielleicht kann ich mein Leben retten, vielleicht reagiert Ihre Majestät anders und lässt uns heimkehren.«

Als die brennende Kerze gebracht wurde, sah Leah Davids besorgten Gesichtsausdruck. Er hat recht, sagte sie sich. Hatschepsut hält mein Schicksal in den Händen.

»Die Arme des Jungen müssen fixiert werden. Dreht ihn auf die gegenüberliegende Seite von der, durch die der Dämon eingedrungen ist.«

Sie trat ans Bett und hielt die Kerze, die intensiv nach Bienenwachs roch, dem Jungen in Höhe seines Ohrs ans Gesicht. Der Junge stöhnte und wimmerte und schrie – bis er sich unvermittelt beruhigte, sein Stöhnen verebbte und er tief durchatmete. »Der Dämon ist fort«, flüsterte er.

Leah wich vom Bett zurück, um eine Erfahrung reicher geworden. Sie hatte nämlich als Einzige in dem Raum etwas wahrgenommen, was sie nicht einmal bemerkt hatte, als man damals dem Mann am Euphrat den Dämon der Finsternis ausgetrieben hatte: Als sie dem Jungen die Kerze ans Ohr gehalten hatte, war da ein Insekt herausgeflogen, eine kleine schwarze Fliege, die ihm ins Ohr geflogen, sich dort verfangen und mit ihrem verzweifelten Summen dem armen Jungen zugesetzt haben musste. Erst das Licht der Kerze hatte ihr den Weg in die Freiheit gewiesen. Und jetzt schwirrte sie in der Luft herum.

Allerdings merkte das niemand, denn alle redeten jetzt auf einmal, eilten ans Bett des Jungen, lobten die Götter, dankten ihnen für diese wundersame Heilung.

Ich werde darum bitten, nach Hause zu dürfen, nahm sich Leah in Erwartung der Belohnung vor.

Sie kehrten in den äußeren Raum zurück, während sich die Königin liebevoll um den Jungen kümmerte. Als sie wieder durch den Leinenvorhang zu ihnen trat, sagte sie: »Tatsächlich, Leah von Kanaan, du verstehst zu betören. Woher hast du diese Befähigung?«

Noch ehe Leah antworten konnte, hob Hatschepsut die Hand. »Du schweigst besser. Mir dies zu verraten könnte deine Befähigung zunichtemachen. Was von den Göttern kommt, ist allein ihre Sache, auch wenn ich die Tochter des Amon-Re bin, des größten aller Götter. Wir möchten dich wie auch deine wohlwollenden Geister für dein heilendes Wirken heute belohnen. Was wünschst du dir?«

»Mein Wunsch ist es, nach Ugarit zurückzukehren, Herrlichkeit. So bald wie möglich. Mit meinem Gefährten, David von Lagasch.«

Pharao Thutmosis, der offenbar nichts für das Kind der Liebe seiner Tante übrighatte und mit seinen Generälen in eine halblaute Diskussion über die große Landkarte auf dem Fußboden verstrickt war, mischte sich ein: »Ich habe mit dem Mädchen etwas anderes vor. Sie soll als Warnung für König Shalaaman herhalten.«

Hatschepsut sah ihren Neffen an. Die Blicke des Paares, einstmals Frau-König und Mitregent, jetzt aber Pharao und Königin, kreuzten sich. Es wurde still. So aufrecht und majestätisch Pharao Thutmosis auch dastand, erschien er doch ungelenk im Kontrast zu Hatschepsut. Wie ein Magnet schien sie alle Aufmerksamkeit, alle Energie auf sich zu ziehen. Sie war die Sonne, ging es David durch den Kopf. Alle Strahlen der Macht und des Lebens entfalteten sich aus dieser schmalen Gestalt, dem dunklen, fast hypnotisch intensiven Blick. Die Zeit schien langsamer zu werden, keiner wagte sich unter diesem Blick zu rühren.

Dann wandte sich Hatschepsut von ihrem Neffen ab. Ein Aufseufzen ging durch das Zelt, die Spannung war gebrochen. Die Königin hob die Hand und sagte zu Leah: »Mein Arzt berichtete mir von Tontafeln, die in einer Schrift abgefasst sind, die meinen Schriftgelehrten unbekannt ist und die du für ihn übersetzt hast. Ist das richtig?«

Verblüfft über den plötzlichen Themenwechsel – die Königin hatte noch gar nicht auf ihre Bitte reagiert, nach Hause zu dürfen –, stotterte Leah: »Es handelt sich dabei um eine Schrift, die Prinz David von Lagasch entwickelt hat, Herrlichkeit.« Gleichzeitig warf sie David einen Blick zu und merkte, dass er nicht minder überrascht war.

Hatschepsut wandte sich an David. »Du hast von Schätzen in eurem Archiv gesprochen. Von uralten Beschwörungsritualen und Formeln und Büchern. In welcher Sprache sind sie niedergeschrieben?«

»Majestät?«

»Wie sind sie geschrieben? In dem unverständlichen und umständlichen kanaanäischen Gekritzel?«

»Ich glaube, ja … und in anderen, alten Schriften.«

»Auch in deinem eigenen geheimen Code?«

»Noch nicht, Majestät, aber ich hoffe, eines Tages die kostbaren Schriften in eine einfachere übertragen zu können, ähnlich wie sich die weitaus überlegene ägyptische Schrift aus schwierigen Hieroglyphen zu der praktischen hieratischen Schrift entwickelt hat, deren ihr euch heute bedient.«

»Das stimmt. Die ägyptische Schreibweise ist allen anderen in der Welt weitaus überlegen. Als Herrscher der größten Nation auf Erden empfiehlt es sich dennoch, Kenntnis vom Tun und Treiben unbedeutenderer Staaten zu erlangen. Vielleicht werden ja eines Tages Briefe und Dokumente und Vereinbarungen in dieser neuen, wenngleich minderwertigen Schrift abgefasst. Wir werden dich hierbehalten, damit du derlei Dinge für uns übersetzen kannst.«

»Mich hierbehalten!«, brach es aus David heraus.

»Nicht dich«, sagte Hatschepsut abschätzig. »Die junge Frau Merit, die einmal Leah war. Wir vertrauen ihr, sie soll bei uns bleiben. Es schickt sich nicht, dass ein Mann, noch dazu ein Fremder, ungeachtet dessen, wie hochgeboren er ist, sich in unserer strahlenden Gegenwart aufhält.«

Halla!, erschrak Leah. Jetzt habe ich mein Leben gerettet, und gleichzeitig werde ich die Gefangene eines weiteren Monarchen! Aber ich kann nicht hierbleiben. Meiner Familie droht die Sklaverei!

»Darf ich etwas sagen?«, meldete sie sich zu Wort. »Vielleicht möchte sich Majestät nicht auf meine unzureichenden und fehlerhaften Kenntnisse im Lesen und Schreiben verlassen. Vielleicht würde die Strahlende es vorziehen, in der neuen Schrift abgefasste Briefe und Dokumente selbst zu lesen.«

Den Umstehenden verschlug es den Atem. Tödliches Schweigen breitete sich aus. Blicke wurden getauscht. Hatte das Mädchen soeben den mächtigsten Herrscher der Welt herausgefordert?

»Soll das heißen, *du* machst dich anheischig, *mich* in dieser neuen Schrift unterweisen zu wollen?«, fragte Hatschepsut scharf.

Leah spürte aller Blicke auf ihr ruhen. »Nein, Herrlichkeit, denn ich bin nicht würdig, auf dem Staub unter deinen Füßen zu wandeln. Was ich in meiner unbeholfenen Art sagen wollte, ist, dass niemand auf Erden Deine Herrlichkeit in irgendetwas unterweisen könnte, schon weil die Tochter des großen Gottes Amon-Re ohne jeglichen Zweifel alles beherrscht. Es ist einfach so, dass Deine Göttliche Majestät täglich an so vieles zu denken hat, an mehr, als das Firmament an Sternen zählt, dass Deine Herrlichkeit diesen Code vorübergehend vergessen hat. Es wäre mir in aller Demut eine unfassbare Ehre, die Kenntnisse von diesem Code bei der Göttlichen Majestät *aufzufrischen,* mehr nicht. Und danach wird die Göttliche nicht länger eine derart wankelmütige Person wie mich zur Übersetzung benötigen, wird sie doch eine einzigartige Befähigung besitzen, über die nur noch zwei weitere auf der Welt verfügen – David und ich.«

Stille lastete im Raum, bis Hatschepsut sagte: »Shalaaman kennt den neuen Code nicht?«

»Nein, Herrlichkeit. Allmächtige Königin, dieser neue Code dürfte sich, weil er so einfach und so klar ist, mit Sicherheit in der ganzen Welt verbreiten! Die Könige und Prinzen Kanaans werden erzittern bei dem Gedanken, dass Deine Göttliche Herrlichkeit ihre Briefe *selbst* liest. Ägypten ist wirklich groß, werden

– 441 –

sie sagen, der große Gott Amon-Re ist wirklich groß, wenn seine irdische Tochter einen geheimen Code zu lesen versteht, von dem wir erst jetzt Kenntnis erlangt haben.«

Die dunklen Augen der Königin schienen Leah zu durchdringen.

Mit wild klopfendem Herzen fuhr sie fort: »Die Könige und Prinzen von Kanaan, Mitanni und Babylon und selbst die von Hatti im hohen Norden werden Deine Majestät zum klügsten und allen Regierenden in der Welt überlegenen Herrscher erklären, wäre Deine Majestät dann doch die Einzige, die sich keines Übersetzers bedienen müsste. Ruft Deine Herrlichkeit mit Deinen vorzüglichen Fremdsprachenkenntnissen nicht schon jetzt Bewunderung hervor? Wie viel mehr noch, wenn Deine Herrlichkeit auch fremdsprachige Schriften *lesen* kann. Ist das nicht das Merkmal eines wirklich *allwissenden* Monarchen?«

Sie spürte, wie ihr Nacken kribbelte, als Hatschepsut sie mit unergründlicher Miene anstarrte. Selbst Thutmosis wartete auf Antwort von seiner Tante.

Nach einigem Grübeln meinte die Königin: »Also gut. Du wirst der allwissenden Tochter des großen Gottes Amon-Re helfen, ihre bereits vorhandenen Kenntnisse aufzufrischen.«

Sie befahl etwas auf Ägyptisch, worauf Sklaven ausschwirrten, um gleich darauf mit einem kleinen, mit Elfenbein eingelegten Kästchen wiederzukommen, das sie dem Arzt Reshef übergaben, der es öffnete und eine goldene Kette herausholte, an der das Auge des Horus aus funkelndem Gold und himmelblauem Lapislazuli hing. Dieses Schmuckstück reichte Reshef Ihrer Majestät, die sich die Kette so umhängte, dass das Auge des Horus auf ihrem Busen zu liegen kam und im Licht der Fackeln aufblitzte. »Worte sind Macht«, sagte sie. »Das heilige Auge wird uns beschützen, solltest du unabsichtlich etwas Abträgliches niederschreiben. Fangen wir an.« Damit ging Hatschepsut zurück zu ihrem Thron.

Leah erschrak. »Jetzt?«

Hatschepsut nahm auf ihrem königlichen Sitz Platz, legte die Hände auf die in Form von Pantherköpfen geschnitzten Arm-

stützen aus Ebenholz. »Es gibt nur ein Jetzt. Bringt Ton und Ritz-
stift. Setz dich hier hin, zu unseren königlichen Füßen. Führe der
Tochter des Amon-Re die neue Schrift von Kanaan vor. Schreibe
Worte nieder, und ich werde sie erkennen.«

David hatte bereits seinen Kasten mit den Schreibutensilien
geöffnet und reichte Leah einen Klumpen feuchten Tons sowie
ein dreieckiges Rohr, als Pharao Thutmosis etwas auf Ägyptisch
sagte, was, dem Ton nach zu schließen, ein Kraftausdruck zu sein
schien, ehe er sich mit seinen Generälen wieder der großen Landkarte auf dem Boden zuwandte und mit ihnen Eroberungsstrate-
gien erörterte.

Höflinge und Offiziere hingegen widmeten ihre Aufmerksamkeit weiterhin ihrer Monarchin, schienen nur darauf zu warten,
ihr Beifall zu zollen, wenn die »Erinnerung« an den Code »zurückkehrte«, während Arzt Reshef sich hinter dem Thron aufbaute.

Als sich Leah an den Rand des Podiums hockte, auf dem der
Thron stand, kam David zu ihr, beugte das Knie und raunte ihr
zu: »Ich werde dir helfen. Vielleicht gelingt es uns, der Königin
zu gefallen.«

Aber noch ehe Leah die Tafel mit den dreißig Zeichen vor sich
liegen hatte, um der Königin den Code zu erläutern, sagte Hatschepsut: »Schreibe das Wort für ›Gott‹.«

Leah tat wie geheißen, drückte den Ritzstift in den Ton, hielt
die Tafel dann für Hatschepsut hoch. Die Königin neigte sich vor
und warf einen Blick auf die von der Fackel eines Sklaven be-
leuchtete Tafel.

»Ja«, sagte sie. »Ich erkenne das Wort. Und jetzt schreib ›Vater‹.«

Leah tat es und hielt ihr die Tafel hin.

Hatschepsut nickte. »Die Erinnerung kehrt zurück. Schreib
›Ewigkeit‹.«

Leah drückte den Stift in den Ton, bildete Keile und Dreiecke
und fragte sich bereits, ob Hatschepsut von ihr verlangen würde,
sämtliche existierenden Wörter niederzuschreiben. So eignete

man sich doch keine neue Schrift an! David und ich werden für den Rest unseres Lebens Gefangene sein!

»Wenn ich in aller Bescheidenheit anmerken dürfte, Herrlichkeit«, wagte sich Leah behutsam vor, »umfasst die neue Schrift lediglich dreißig Zeichen. Sobald Majestät diese dreißig Zeichen beherrscht – Verzeihung, sich wieder daran *erinnert* –, kann Majestät uneingeschränkt alles lesen.«

»Schreib ›Macht‹«, herrschte Ihre Majestät sie stattdessen an, und Leah drückte den Ritzstift in den Ton.

»Und jetzt ›Ergebung‹.«

Asherah rette mich! Was Uneinsichtigkeit anging, konnte es die ägyptische Königin durchaus mit König Shalaaman und anderen Herrschern aufnehmen, vor denen Leah gestanden hatte – aber genau diese Eitelkeit und dieses Selbstbewusstsein, allen überlegen zu sein, war es ja, die sie zu gefürchteten und mächtigen Herrschern machte. Aber …

Sie drückte mehrere Zeichen in den Ton und überlegte: Übertriebene Eitelkeit … Vielleicht waren die Charakterzüge, die Hatschepsut so stark machten, ja gleichzeitig auch ihre Schwäche.

Als die Königin ein weiteres Wort erbat, ritzte Leah rasch die dreißig Zeichen von Davids Code in den Ton, und als sie die Tafel hochhielt und Hatschepsut sagte: »Ja, daran erinnere ich mich«, erwiderte sie: »Die Götter dürften mit Sicherheit jubeln, Herrlichkeit, denn was du erinnerst, ist der vollständige Code! Und dass dieser Code nun wieder in deinem Gedächtnis gespeichert ist, verleiht Deiner Majestät die Macht, alles Schriftliche lesen zu können.«

Die Königin verstummte, und Leah war sich sicher, dass jeder das Pochen ihres eigenen Herzens vernehmen konnte. Hatte sie eine Grenze überschritten? Mit demütig geneigtem Kopf musterte sie die Sandalen an den königlichen Füßen – goldene Riemchen, mit Perlen und Edelsteinen besetzt. Sie spürte, dass David regungslos hinter ihr stand, während die Königin wie eine Statue über ihr thronte.

Die Spannung wurde durchbrochen, als ein Wachhabender eintrat und mit einer tiefen Verbeugung vor Thutmosis die Ankunft einer Delegation aus dem Bezirk Jerusalem verkündete. »Mit einem Geschenk von Fürst Haddad für den Pharao.«

Nachdem er einen Blick auf die Landkarte auf dem Fußboden geworfen und das Symbol der kanaanäischen Kriegsherren im Süden gefunden hatte, nickte Thutmosis kurz und nahm auf seinem Thron Platz. Wachen am Eingang des Pavillons zogen die Leinwand an der Tür beiseite, und die Delegation trat ein – acht Männer sowie ein verschleiertes junges Mädchen.

Als sie näher kamen, glaubte Leah, ihre Augen spielten ihr einen Streich. Entsetzt hielt sie den Atem an. Der Mann an der Spitze der Gruppe, das konnte doch unmöglich Caleb sein!

Während seine Begleiter zurückgehalten wurden, geleitete man den großen Mann, der unter einem schwarzen Umhang eine braune Tunika trug, vor das königliche Paar und forderte ihn auf, sich tief zu verbeugen. Während er das vorschriftsmäßig und unterwürfig tat, beobachtete Leah, wie er verstohlen von Hatschepsut zu Thutmosis und wieder zurück zu Hatschepsut spähte. Und dann glitt sein Blick zu Leah, die zu Füßen der Königin saß. Das Aufblitzen in seinen Augen verriet, dass er sie ebenso erkannte wie sie ihn. Es war tatsächlich Caleb, der Ehemann, der sie damals verlassen hatte.

Sie spürte, wie ihr die Zornesröte ins Gesicht stieg. Wie war es möglich, dass dieser abscheuliche Mensch hier auftauchte? War das ein Zufall? Gesegnete Asherah, mach, dass Calebs Auftritt nichts mit mir zu tun hat. Lass nicht zu, dass er mich als seine Ehefrau beansprucht. Verhindere, dass er mich von meinem geliebten David wegreißt …

Durch den Dolmetscher ließ Caleb den Grund für seine Mission vortragen: Er sei gekommen, um der Strahlenden Herrlichkeit Ägyptens die friedlichen Absichten seines demütigen Herrn, des Fürsten Haddad von Jerusalem, kundzutun. Daraufhin erging er sich in überschwänglichen Lobpreisungen für das königliche Paar, verwies auf das Mädchen, das nun eine Geisel der Majestäten sei, und wiederholte, dass Fürst Haddad hoffe, die Erlauchten

– 445 –

Majestäten von Ägypten würden ihn als Freund betrachten. Als es aussah, als wäre er zum Ende seiner Ausführungen gekommen, schickten sich die beiden Wachen auf einen Wink von Thutmosis hin an, ihn wieder hinauszubegleiten.

Caleb jedoch rührte sich nicht vom Fleck. »Wenn ich noch etwas sagen dürfte, Majestät«, hob er an und fuhr, auf Leah deutend, fort: »Diese Frau ist meine Ehefrau. Ich bin gekommen, um Anspruch auf sie zu erheben.«

Thutmosis zog die Stirn in Falten. »Du hast behauptet, sie sei *deine* Ehefrau«, wandte er sich an David. »Ein Mann mit zwei Ehefrauen ist normal, aber eine Frau mit zwei Ehemännern ist verwerflich. Wer von euch beiden spricht die Wahrheit?«

Caleb antwortete sofort: »Ich bin der wahre Ehemann. In Ugarit habe ich zusammen mit dieser Frau die Ehegelübde gesprochen, die *dieser da*« – er deutete auf David, der den Thronbereich verlassen hatte – »bezeugt hat.«

»Stimmt das?«, fragte der Pharao.

»Es stimmt, Majestät, aber dieser Mann verließ …«

Mit einer Handbewegung gebot Thutmosis Schweigen. »Warum trägst du uns das vor?«, sagte er zu Caleb. »Diese Frau ist unsere Geisel. Wie kannst du da Anspruch auf sie erheben? Es dürfte dir doch einleuchten, dass du sie nicht mitnehmen kannst, wenn du zu deinem Fürsten in Jerusalem zurückkehrst.«

»Ich muss nicht nach Jerusalem zurück, Majestät. Meine Begleiter werden Fürst Haddad deine Botschaft überbringen. Ich möchte bei meiner Ehefrau bleiben.«

»Du willst aus freien Stücken unsere Geisel sein?«, mischte sich Hatschepsut ein.

»Wenn das die Bedingung ist, um mit meiner geliebten Ehefrau zusammen zu sein«, erwiderte Caleb. Wie er feststellen konnte, schien Leah gut verpflegt und umsorgt zu werden und war in feines Leinen gekleidet. Die Reisenden in Jerusalem hatten recht gehabt: Die Geiseln des Pharaos wurden gut behandelt.

»Außerdem«, fügte er hinzu, »werde ich alles tun, um zu verhindern, dass sie flieht. Dieser Mann dort« – erneut deutete er auf

David – »würde sie König Shalaaman zurückbringen und Ugarit und seine Streitkräfte gegen Eure Majestäten wenden. Ich werde dafür sorgen, dass diese Frau als deine Geisel hierbleibt und sich Shalaaman dadurch deiner Gnade ausliefert.«

»Majestät«, sagte Leah und erhob sich, »ich möchte nicht mit diesem Mann zusammen sein. David von Lagasch ist der von mir erwählte Ehemann.«

Während der Pharao darüber nachdachte, meldete sich Caleb erneut zu Wort. »Ich bin bereit, für meine Rechte zu kämpfen«, sagte er und richtete sich zu voller Größe auf. Er wirkte kräftig und muskulös und überragte David eindeutig.

Kein Wunder, dass die versammelten Militärs in sich hineinlachten, als David erklärte: »Ich nehme die Herausforderung an.«

»Nein!«, rief Leah. »Das darfst du nicht!« Entsetzt sah sie David an. Wie konnte das alles so schnell geschehen. Bangen Herzens fragte sie sich, ob er sich wohl seine Geschicklichkeit bewahrt, regelmäßig seine Zh'kwan-eth-Übungen absolviert hatte. Er trug zwar noch immer seinen Dolch am Arm, aber inzwischen eher symbolisch. »Dieser Mann aus Jerusalem ist nicht mein Ehemann, Majestät. Er hat mich verlassen …«

Thutmosis bedeutete ihr zu schweigen. »Es wird ein Kampf auf Leben und Tod«, verfügte er gebieterisch. Und mit Blick auf David fügte er hinzu: »Keine Waffen.«

»Majestät, als Schriftgelehrter und Krieger habe ich geschworen, niemals …«

»David von Lagasch«, schnitt Thutmosis ihm das Wort ab und fixierte ihn mit seinem Blick, »als Meine Majestät dich wegen der Waffe an deinem Arm befragte, hast du gesagt, sie sei nur symbolisch. Du wirst deine Symbole ablegen. Und die Kleidung auch. Das gilt für euch beide.«

Alle, die in dem großen Zelt standen, sahen nun zu, wie die beiden Kontrahenten ihre Kleider bis auf ihren Lendenschurz abstreiften. David legte seine Dolche ab. Wie sehr sich die beiden Männer jetzt, da sie fast nackt waren, voneinander unterschieden! Caleb war hochgewachsen, hatte kräftige Arme und einen mäch-

– 447 –

tigen Brustkasten. Die vielen Narben kündeten von Schlägereien und Kämpfen, die er über die Jahre hinweg ausgefochten hatte. David dagegen wies die makellos glatte Haut eines Mannes auf, der seine Zeit über Papyrus und Ton verbrachte. Gegen ihn, der kleiner, wiewohl drahtiger war, wirkte der stämmige Caleb wie ein Riese.

Leah biss sich angstvoll auf ihre Unterlippe. Vielleicht war ja David flinker und landete eher einen Treffer, hoffte sie. Wenn aber nun Caleb einen gut gezielten Hieb anbrachte – wie Keulen wirkten diese Fäuste!

Im flackernden Licht der Fackeln standen sich die beiden im königlichen Pavillon wie Ringkämpfer gegenüber, einer Sportart, der sowohl Ägypter wie Kanaaniter frönten. In leicht gebückter Haltung, die Arme angewinkelt, die Hände geöffnet, begannen sie sich zu umkreisen.

Leah schlug das Herz bis in die Kehle. Als David von Calebs erstem Fausthieb überrascht wurde und rückwärts taumelte, presste sie die Hände auf den Mund.

Das einzige Geräusch im Zelt war das Tänzeln nackter Füße auf dem Webteppich, als die beiden sich erneut umkreisten, sich gegenseitig belauerten. Davids Gesichtsausdruck war ernst und konzentriert, der von Caleb ein selbstbewusstes Grinsen. Er holte wieder aus, aber diesmal wich David dem Schlag aus, duckte sich und rammte seine Faust Caleb in den Bauch. Jetzt ging es Schlag auf Schlag, beide teilten aus und steckten ein, umtänzelten sich, duckten sich, David landete Treffer, Caleb landete Treffer, und noch gelang es beiden, dem Schlag auszuweichen, der sie niederzustrecken drohte.

Die Militärs unter den Zuschauern bewunderten Davids schnelle Reflexe, wie flink er auf den Beinen war, seine Fähigkeit, sich tief zu ducken, unter Calebs muskulösen Armen durchzutauchen und bei seinem Gegner Treffer zu landen. Da Caleb ihm jedoch körperlich überlegen und stärker war, ahnte man, dass Caleb den kleineren David nur zermürben, ihn durch Ausweichmanöver in Bewegung halten musste, bis seine Kräfte erlahmten.

Schweiß rann beiden Männern in die Augen. David versuchte, Caleb durch Wegreißen der Füße zu Fall zu bringen, erreichte aber nur, dass der Gegner zurücksprang. Dem mächtigen Faustschlag der Rechten, der darauf folgte, konnte David nur um Haaresbreite ausweichen.

Der auf die Schläfe abzielende Hieb hätte das Ende für David bedeutet, ihn möglicherweise getötet. Die Generäle dagegen bewerteten die Verteidigung des Schriftgelehrten trotz der Überlegenheit des Angreifers als exzellent.

Die Ellenbogen eng in Höhe der Rippen am Körper, duckte sich David immer wieder und umkreiste Caleb, wich damit den schweren Schlägen aus, die unentwegt erfolgten, und landete wirkungsvolle Treffer in Calebs Rippen und Bauch. Als er mit einem gewaltigen Aufwärtshaken Caleb am Kinn traf und es zu bluten begann, verging dem Gegner das Grinsen. Er konterte mit einem Schlag, der David seitlich am Kopf traf und seinem Schädel eine Platzwunde beibrachte. Blut tropfte ihm auf die Schulter.

Die Arme auf die Knie gestützt, beugte sich Thutmosis vor, ohne David aus den Augen zu lassen.

Ein weiterer blitzschneller Treffer gegen den Hals ließ David zurücktaumeln. Er hielt sich die Hand vor die Augen. Beide Männer waren jetzt in Schweiß gebadet. Auf Calebs Gesicht erschien wieder das Grinsen, als er sah, dass David schwankte und den Kopf schüttelte, ehe ein weiterer Treffer ihn zu Boden schickte und er auf allen vieren landete. Mit angehaltenem Atem verfolgten die Umstehenden, wie Caleb mit dem rechten Fuß zu einem mordsmäßigen Tritt ausholte. Aber David fing geschickt den Fuß ab und riss ihn hoch, so dass Caleb auf den Rücken krachte. Schon aber war er wieder auf den Beinen, während David etwas länger brauchte, um sich zu erheben. Er schwankte. Kniff die Augen zusammen.

Zu Leahs Entsetzen und zum Bedauern vieler Zuschauer, einschließlich Pharao Thutmosis, der Sympathie für den Prinzen von Lagasch empfand, stand so gut wie fest, dass Caleb gewinnen würde. Als dieser jedoch zum letzten und entscheidenden Schlag ansetzte, flitzte David unvermittelt zu einem von Hatschepsuts Schreibern und entriss ihm, noch ehe man begriff, was er vorhatte, die Rohrfeder, wirbelte herum und schnellte die Feder wie einen Pfeil an den Hals des Gegners.

Getroffen schrie Caleb auf, fasste sich an die Kehle und taumelte zurück, während sich die beiden Monarchen, die Höflinge, Generäle und Sklaven verblüfft fragten, was sich da soeben abgespielt hatte.

Schweißüberströmt und keuchend schleppte sich David vor die Königin und ihren Neffen. »Leah ist meine Ehefrau«, sagte er.

Thutmosis bedachte ihn mit einem Lächeln, das Bewunderung ausdrückte. »Noch nie habe ich einen solchen Kampf gesehen!«, sagte er. »Diese Gewandtheit! Und deine Treffsicherheit mit der Feder ist erstaunlich. Ich werde dich zu einem Offizier meiner Armee machen. Du wirst meine Männer ausbilden …«

»Ihr seid frei. Ihr dürft gehen. Beide.«

Alle Blicke wandten sich Hatschepsut zu.

In das Gesicht des Neffen stieg Zornesröte. »Ich werde David hierbehalten und Shalaaman den Kopf des Mädchens schicken, damit er sieht, dass ich es ernst meine.«

Hatschepsut erhob sich betont langsam, blieb auf dem Podest stehen, so dass sie auf ihren Neffen herabschaute. Und Leah verstand plötzlich, wie es sich mit diesem königlichen Paar verhielt: Hatschepsut hatte den Thron Ägyptens eingenommen, als ihr Neffe erst zwei Jahre alt war. Jetzt, da er die rechtmäßige Nachfolge seines Vaters angetreten hatte, musste Hatschepsut ihre einstmalige Macht abtreten. Dieser Verzicht fiel ihr offensichtlich schwer. Thutmosis, das zeigte sich, wurde von Tag zu Tag mächtiger. Aber die Aura der Macht, über die Hatschepsut verfügte, war ihm noch nicht in Fleisch und Blut übergegangen. Und dies war ein Moment, an dem die Königin ihn noch einmal überstrahlte in ihrer Majestät. Nein, Hatschepsut war in ihrem Machtkampf nicht bereit, ihrem Neffen diesen Schriftgelehrten und Krieger zuzugestehen, der Truppen ausbilden sollte, womöglich auch seine eigenen Leibwächter.

Leah erkannte, dass Thutmosis Ägypten genau wie Hatschepsut liebte und ihre Vision, dereinst die Welt zu regieren, in die Tat umsetzen würde. Ihm gehörte die Zukunft. Dies war Hatschepsuts letzter, kleiner Sieg.

»Ihr seid frei. Ihr dürft gehen«, wiederholte die Königin. Thutmosis schwieg.

David verbeugte sich. »Der Großmut Deiner Herrlichkeit ist selbst dem der Götter überlegen.«

Sie traten zurück, und Hatschepsut befahl ihren Wachen: »Macht ein Ende mit ihm.« Sie wies auf Caleb, der stöhnend und blutend auf dem Boden lag.

»Majestät«, wandte David ein, »die Wunde ist nicht tödlich. Ich habe absichtlich ...«

Aber man beachtete ihn nicht, und schon stieß ein Wachhabender Caleb sein Schwert in den Leib. Als man den Leichnam wegschleppte, dachte Leah an die Tage, die sie mit diesem Mann verbracht hatte, und die Nächte in seinem Bett. Dann sah sie zu dem Mann an ihrer Seite, zu David, ihrem wahren Ehemann, der jetzt seine Kleider wieder anlegte. Das Blut an seinem Kopf war bereits geronnen. Und plötzlich fiel ihr wieder etwas ein.

»Majestät, dürfte ich ...«

Wie die Umstehenden wartete auch die Königin ab. Leah überlegte, ob das, was ihr auf dem Herzen lag, nicht vielleicht doch unverschämt war. Aber sie musste es tun. »Dürfte ich dich in aller Demut um einen Gefallen bitten, Herrlichkeit. Es ist hinlänglich bekannt, dass ägyptische Ärzte bei der Behandlung von Augenkrankheiten und Blindheit sehr erfolgreich sind. Mir geht es nur um eine einzige Heilbehandlung, Herrlichkeit. Die der ›Leseblindheit‹. Wenn ich bescheiden um Aufklärung darüber bitten dürfte.«

»Mein Oberster Arzt Reshef wird dich darüber informieren. Als Gegenleistung wirst du ihm den Code mit den dreißig Zeichen erklären, damit er ihn sich einprägen kann und mir die Mühe erspart, alles selbst lesen zu müssen.« Hatschepsut wandte sich an David. »Prinz von Lagasch, sobald du Ugarit erreichst, wirst du dafür sorgen, dass die seltenen Schätze, von denen du sprachst, sicher in meinen Palast in Theben gebracht werden. Ich habe vor, bei Sonnenaufgang nach Ägypten zurückzukehren, um mich um den Beginn der Bauarbeiten zur Errichtung einer neuen Stadt zu Ehren und zur Erhöhung meines göttlichen Vaters Amon-Re zu kümmern. Die Schätze aus Ugarit erwarte ich umgehend.«

David verbeugte sich. »So soll es geschehen, Herrlichkeit.«

Nach langem Schweigen ergriff Pharao Thutmosis wieder das Wort. »Der Prinz von Lagasch kann gehen, aber die Kanaaniterin bleibt als Geisel hier.«

»Wir haben doch die beiden jungen Prinzen«, wandte Hatschepsut ein. »Und ich habe mein Wort gegeben. Diese Frau ist ebenfalls frei.«

Als Thutmosis verärgert reagierte, sagte Hatschepsut: »Megiddo liegt in Schutt und Asche, Neffe, das Volk ist bezwungen, sein Geist gebrochen. Einträglich für Ägypten ist das nicht. Vielmehr sind es festgefügte Allianzen, die Ägypten stark machen. Wir werden Gesandte zu Shalaaman schicken und ihm Handelsvereinbarungen anbieten und Abgaben vorschlagen. Wir werden Priester entsenden, die unsere Götter nach Ugarit bringen. Minister und Landsleute, die sich dort ansiedeln werden. Zu ihrem Schutz werden wir darüber hinaus Soldaten abkommandieren. Jedenfalls werden wir in freundschaftlicher Absicht nach Ugarit ziehen.«

Damit verließ sie den Raum, gefolgt von ihren Höflingen, Priestern und Schreibern.

Missmutig wandte sich der Pharao an David: »Ich werde dich mit Briefen friedlichen Inhalts zurückschicken. Eine bewaffnete Eskorte wird dich begleiten, damit du sicher Ugarit erreichst.«

Wieder verbeugte sich David tief. »Deine Herrlichkeit ist über alle Maßen großzügig. Möge das Glück und wohlmeinende Geister jeden deiner Tage erfüllen.«

Thutmosis entließ ihn, um sich gleich darauf leise mit seinem dienstältesten General zu besprechen. Als David am Eingang des Zelts innehielt, um Leah den Vortritt zu lassen, schaute er sich noch einmal zum Pharao und dessen Offizier um. Bruchstücke ihrer jetzt lauter gewordenen Unterhaltung konnte er noch aufschnappen, ehe er Leah folgte.

Sobald sie draußen waren, rief Leah: »David«, aber bevor sie weitersprechen konnte, zog er sie einfach in die Arme und küsste sie leidenschaftlich.

Leah versank in seiner Umarmung, genoss die Nähe seines Körpers. Erst nach einiger Zeit flüsterte sie: »O David, du lebst, du hast Caleb besiegt. Ich hatte solche Angst um dich.«

»Du warst sehr tapfer und sehr klug vor der Königin. Das hat uns beide gerettet«, antwortete David. Er küsste sie erneut, dann sagte er: »Ich bin so froh, meine Liebste, dass ich dich wiederhabe. Es gibt so viel zu berichten.«

Sie berührte das verkrustete Blut an seinem Kopf. »David, du bist verletzt. Es war ein so harter Kampf. Lass mich die Wunde versorgen.«

Er bemerkte kaum, dass sie ihn von dem Platz vor dem Pavillon wegführte, wo Wachen standen, Soldaten warteten und ständig Boten ein und aus gingen. Fast unwillig wehrte er ab, als Leah mit ihrem Umhang die Wunde reinigte. »Leah, das ist nicht wichtig. Hör mich an.«

»Bestimmt hast du noch weitere Verletzungen …«

»Leah, mir geht es gut. Die kleinen Schrammen sind unbedeutend. Sie können warten. Hör zu, während der letzten vierzig Tage habe ich unendlich viel gesehen und begriffen. Ich weiß gar nicht, wo ich anfangen soll.«

Er umfasste Leahs Gesicht und sagte voller Inbrunst: »Ich habe eine Schlacht miterlebt und ein Meer von Schiffen gesehen. Und mitten in diesen Ereignissen wurde mir klar, dass ich meine Aufgabe bisher falsch verstanden hatte. Längst hätte ich Yehudas korrupte Machenschaften entlarven müssen. Ich war ein Narr anzunehmen, es geschehe zum Schutz der Bruderschaft, wenn ich mich darüber ausschweige. Hätte ich ihn bloßgestellt, als du darum batest, hätte ich sowohl deine Familie als auch die Bruderschaft gerettet. Wie blind ich doch aus fehlgeleiteter Loyalität, aus törichtem Idealismus war! Jetzt aber habe ich auf diesem Feldzug gesehen, liebste Leah, wie kurz das Leben ist und dass wir in dieser unserer so knapp bemessenen Zeit das Wohl aller im Auge haben sollten. Ich schwöre, sobald wir wieder in Ugarit sind, werde ich Yehuda für sein Tun zur Rechenschaft ziehen, die Korruption in der Bruderschaft aufdecken und sie wieder auf den rechten Weg führen. Und jetzt weiß ich auch, wie!«

Er fuhr sich durch das Haar, dann nahm er Leahs Hände.

»Ach, es ist alles noch so neu, mir fehlen fast noch die Worte, um zu beschreiben, was ich erkannt habe. Leah, stell dir vor, eines Abends, nach der blutigen Schlacht mit den Habiru, wurde mir eine Botschaft von Shubat zuteil.« Er berichtete ihr von den lethargischen, mürrischen Soldaten, die nicht hatten kämpfen wollen, und wie euphorisch sie beim Anblick ihrer goldenen Standarten geworden waren. Wie sie sich vor seinen Augen verwandelt hatten. Wie vereint sie auf einmal waren. Nicht mehr an sich gedacht hatten, sondern dass es für sie ab sofort um Ruhm und Ehre gegangen war. »Und da erkannte ich, dass die Bruderschaft so schwach ist, weil das Sonnenauge seine Kraft eingebüßt hat. Ich weiß jetzt, wie ich sie retten kann: indem ich das Sonnenauge durch etwas anderes ersetze.«

Leah spürte, wie sich Davids Energie von seinen Fingerspitzen auf sie übertrug, seine Begeisterung auch sie erfasste. »Womit?«, fragte sie gespannt.

»Als ich in den letzten Monaten die Archive durchsuchte und auf die Schätze stieß, von denen ich sprach, gelangte ich in den ältesten Teil des Gebäudes, der wohl vor tausend Jahren entstand. Und dort fand ich ein uraltes, verworrenes Symbol. Ich hatte es schon einmal gesehen, an einer Mauer in den Ruinen von Sumer, der ältesten Stadt überhaupt: Schlangen, die sich um einen geflügelten Stab nach oben winden. Meinem Vater zufolge war dies das Symbol des Ningishzida, des sumerischen Gottes der Medizin und gleichzeitig Herr über den Guten Baum, der für Wissen steht. Es war dies das erste Symbol, das die Götter der Menschheit gaben und das drei göttliche Elemente verkörpert: Weisheit, ewiges Leben und das Versprechen der Götter, zu uns zu sprechen. Wenn ich mich recht erinnere, habe ich dir bereits von diesem Symbol erzählt, das die Götter der Menschheit gaben, das aber verlorenging, ein Symbol, das für Schreiben und Wissen steht und uns daran gemahnt, dass die Götter uns ständig Botschaften zukommen lassen und wir diese für nachfolgende Generationen niederschreiben sollen. Ich bin überzeugt, dass mich bei alldem Shubat geleitet hat – in das Archiv, zur sumerischen Mauer, in die Ebene von Karmel, wo er mich hat wissen lassen, worum es ihm geht. Leah, nie wusste ich eindeutiger um meine Aufgabe! Denn so werde ich die Bruderschaft mit neuer Stärke und Überzeugung erfüllen, das weiß ich jetzt: Indem ich das kraftlos gewordene Sonnenauge durch den weit mächtigeren alten Baum mit Schlangen und Flügeln ersetze.«

Sein Griff auf ihrem Arm wurde fester, als er sich umsah und sie dann in eine Ecke zog, wo keiner mehr mithören konnte. »Ich würde so gern länger mit dir darüber sprechen, aber wir haben keine Zeit! Wir müssen nach Ugarit«, sagte er leise und drängend. »So schnell wie möglich. Ich habe die riesige ägyptische Kriegsflotte gesehen, von der niemand in Ugarit weiß. Und hast du bemerkt, wie sich der Pharao gerade mit dem General besprach? Ich konnte aufschnappen, worum es ging. Der General erhielt die Order, eiligst an die Küste zu reiten und Admiral Hayna anzuweisen, in Richtung Ugarit Segel zu setzen. Leah, Thutmosis hat dem Admiral und der ägyptischen Flotte den Befehl gegeben, Ugarit dem Erdboden gleichzumachen! Wir müssen sofort aufbrechen. Bete, dass unsere Pferde schnell sind, sonst erreichen Pharaos Kriegsschiffe mit südlichen Winden im Rücken eher ihr Ziel als wir.«

17

Nachdem sie ihrer Familie, besonders den beiden Knaben Aaron und Baruch, eingeschärft hatte, Nobu nicht von der Seite zu weichen, führte Avigail sie in die Stadt und nach dem Passieren der Tore zum Gerichtsgebäude, wo sie von Wächtern die Anweisung erhielt, am Ende eines schmalen Wegs an einer grünen Tür zu klopfen. Sie umarmte die Frauen und die Knaben und sagte zu Nobu: »Die Götter mögen dich segnen, dass du zu uns zurückgekehrt bist. Danke, dass du versprochen hast, auf Esther und die beiden Kleinen aufzupassen. Geht jetzt hinein. Dann könnt ihr gleich meinen Auftritt vor den Richtern miterleben.«

Sie schritt den Pfad entlang und klopfte an der Tür. Ein vor sich hin brummelnder Beamter führte sie in einen Raum, in dem hauptsächlich Männer dicht an dicht auf Bänken hockten oder nervös hin und her liefen. Alle wurden sie von Anwälten begleitet. Avigail blieb an der Seite stehen, verschlang die Hände und hoffte nur, dass sie auch alles richtig aufzählte, was dieser Spitzbube Faris ihr eingeschärft hatte. Nervös, wie sie war, durfte sie nicht vergessen, in welcher Reihenfolge sie ihre Argumente vorzutragen hatte.

Schließlich wurde sie in den großen Gerichtssaal gerufen, einen für Ugarit typischen geräumigen Saal mit hohen Decken und Säulen und spiegelblankem Marmorfußboden. Dort hieß man sie, vor ein Podium zu treten, auf dem drei Richter auf thronähnlichen Sitzen mit hohen Rückenlehnen und löwenköpfigen Armstützen saßen.

Sie trugen verschiedene Schichten mehrfarbiger Gewänder, mit Edelsteinen verzierte Sandalen, und ihre hohen, mit goldenen

Fransen und silbernen Quasten besetzten Kopfbedeckungen nahmen sich fast so majestätisch aus wie Kronen. Die Wand hinter ihnen zeigte Reliefs von Ugarits vielen Göttern, umrahmt von Kolumnen in Keilschrift, die von der Entscheidungshoheit dieses Gerichts über alle zu verhandelnden Angelegenheiten kündeten und dass hier ohne Ansehen der Person der Gerechtigkeit Genüge getan werde.

Ein Mann in einer langen blauen Robe und mit einem Ebenholzstab in der Hand nahm neben dem Podium Aufstellung und rief mit lauter Stimme: »Merkt auf, Bürger von Ugarit, und gedenkt der Götter von Ugarit! Die Segnungen Dagons und Baals und Asherahs sei mit diesen Männern der Gerechtigkeit. Ruft die Götter an und seid demütig!« Er wandte sich an Ziras Anwalt: »Du kannst jetzt dieses Gericht anrufen.«

»Die Segen der Götter, meine Herren«, begann Ziras Anwalt mit fester Stimme. Er hatte zwei weitere Anwälte mitgebracht, die ebenso elegant gekleidet waren wie er und ungemein wichtig wirkten. »Bitte nehmt die tief empfundenen Entschuldigungen meiner geschätzten Mandantin Zira Em Yehuda an. Es war nicht ihre Absicht, eure kostbare Zeit zu vergeuden, aber dass wir euch heute belästigen müssen, ist nicht ihr anzulasten.«

Uriah, der Oberste Richter, bedachte Zira mit einem Lächeln. »Es ist immer ein Vergnügen und ein Privileg, unsere Freundin wiederzusehen, Zira Em Yehuda«, sagte er. »Wie geht es deinem Sohn? Wir hatten seit längerer Zeit keine Gelegenheit, mit ihm das Brot zu brechen. Die Umstände ließen es nicht zu.«

Zira verbeugte sich. »Rab Yehuda ist wohlauf, Ehrwürdiger. Danke der Nachfrage.«

Da das Hohe Gericht öffentlich tagte, erwarteten die vielen Zuschauer, die sich eingefunden hatten, etwas Unterhaltsames geboten zu bekommen. Einige kicherten, als sie sahen, dass die Frau, die es mit Jothams berüchtigter Schwester aufnehmen wollte, barfüßig war. Weitaus mehr waren bestürzt, dass sie gegen Zira, die von drei mit Ringen behängten Anwälten in schmucken Roben eingerahmt wurde, allein auf weiter Flur stand. Wobei ihre

Bestürzung weniger Avigail als vielmehr der Tatsache galt, dass durch den eklatanten Vorteil, den Zira hatte, die Auseinandersetzung nicht nur langweilig werden würde, sondern sich Wetten auf das Ergebnis erübrigten.

Auch Avigails Angehörigen, die unter Nobus umsichtigem Schutz hinten im Saal das Geschehen verfolgten, schwante für das Urteil nichts Gutes.

Richter Uriah wandte sich Avigail zu, so bedächtig, als wiege sein Kopfputz schwerer als alle Gesetze und Verurteilungen in Ugarit zusammengenommen. »Und wer bist du?«

»Die Segnungen Baals, meine Herren. Ich bin die Mutter von Elias dem Winzer, dessen Haus an der südlichen Hauptstraße der Stadt liegt.«

Uriah warf ihr einen finsteren Blick zu. »Wo ist dein Anwalt?«

»Ich kann mir keinen leisten, Herr.«

»Wo ist dann dein männlicher Verwandter, um für dich zu sprechen?«

»Ich spreche für mich selbst, Herr.«

Die drei Richter sahen einander an. »Das verstößt gegen die Regeln. Es muss doch einen entfernten Verwandten geben oder einen gut beleumdeten Nachbarn. Vor diesem Tribunal sprechen für gewöhnlich Männer.«

»Ich habe keinen männlichen Beschützer, keinen Mann, der mich vertreten könnte, meine Herren«, sagte Avigail und hoffte, ihre Stimme verriete nichts von ihrer Unsicherheit. »Ich stehe allein hier. Das ist zwar ungewöhnlich, aber meines Wissens gestattet, denn ich bin eine freie und rechtmäßige Bürgerin Ugarits.«

Die Richter besprachen sich, dann sagte Uriah: »Solche Präzedenzfälle hat es durchaus gegeben, allerdings vor sehr langer Zeit. Also dann, gute Frau. Auch wenn wir empfehlen würden, dass du dich in deinem eigenen Interesse des Beistands eines männlichen Verwandten oder auch eines Wortführers vergewisserst, gestatten wir dir, für dich selbst zu sprechen.« Und zu dem Gerichtsschreiber, der Ton und Ritzstift bereithielt: »Das soll im Protokoll so festgehalten werden.«

Wieder an Avigail gewandt, fragte er: »Was für einen Fall trägst du dem Gericht vor?«

Avigail räusperte sich nervös. »Meine Herren«, hob sie an, »ich bin es nicht gewöhnt, öffentlich zu reden. Ich bin nach alten Sitten und Gebräuchen aufgewachsen und habe derlei Verhandlungen Männern überlassen. Ihr kennt meinen Sohn Elias, und ihr kanntet meinen Ehemann Yosep, beides Ehrenmänner. Schon deshalb bin auch ich ehrenwert. Dennoch bin ich gezwungen, alle Schicklichkeit und Würde beiseitezulassen, um für die Rechte meiner Familie zu kämpfen. Ich bitte euch, über meine mangelnde Erfahrung im Umgang mit diesem erhabenen Gericht gütig hinwegzusehen.«

»Schon gut«, sagte Uriah. »Trage deinen Fall vor.«

»Meine Herren, diese Frau, Zira, und ihr Bruder Jotham haben meinen Sohn betrogen. Sie haben eine Vereinbarung über ein Darlehen von der Bank aufgekauft und meinem Sohn dann eine Zahlungsaufforderung über einen zehnmal höheren Betrag als im Originalvertrag vereinbart vorgelegt. Jetzt hat mir diese Frau mein Haus weggenommen und droht damit, mich und meine Familie in die Sklaverei zu verkaufen.«

Richter Uriahs breite schwarze Brauen wölbten sich. »Dies ist eine schwere Anschuldigung. Was hat Zira Em Yehuda darauf zu erwidern?«

»Das ist Unsinn, meine Herren«, erwiderte Ziras Anwalt. »Die Abrechnung ist völlig korrekt. Weil Elias den Betrag nicht bezahlen konnte, steht dem Inhaber seines Wechsels das Recht zu, sich seinen Besitz anzueignen, also seine Villa, die Weinkellerei und seine Familie. Was seine Mutter hier vorträgt, ist verleumderisch.«

»Das scheint mir auch so zu sein«, sagte der Richter ernst. »Ich rate dir, vorsichtig zu sein und die Götter anzurufen, gute Frau, denn mit deiner Behauptung fichst du Ziras Ruf und den ihres Bruders an, die beide in dieser Stadt hohes Ansehen genießen. Hast du überhaupt einen Beweis für deine Anschuldigung?«

»Das Original der Aufzeichnung des Abkommens über das Darlehen befindet sich im Archiv der Bank.« Avigail holte tief

Luft. Hoffentlich gab sie jetzt wortwörtlich wieder, was Faris ihr gesagt hatte. »Ich bestehe darauf, dieses Original einzusehen und es mit besagter Zahlungsaufforderung zu vergleichen.«

Der Richter runzelte die Stirn. »Das steht dir nicht zu. Keinem gewöhnlichen Bürger ist dies gestattet, schon gar nicht einer Frau. Bankunterlagen dürfen nur vom Leiter einer Bank eingesehen werden. Wäre es anders, würden die Archive von Bürgern gestürmt werden, die sich betrogen fühlen, und das dürften die meisten Bewohner von Ugarit sein.«

Die Zuschauer lachten schallend auf. Als wieder Ruhe eingekehrt war, fragte der Oberste Richter: »Wo ist die Kopie des Darlehenvertrags, die deinem Sohn ausgehändigt wurde?«

»Sie wurde vernichtet, Herr, und die Bankkopie, die Jotham aufgekauft hat, befindet sich in den Händen von Zira. Sie gewährt mir allerdings keinen Einblick, damit ich sie mit der Zahlungsaufforderung vergleichen kann. Nach meinen Informationen besitzt die Bank jedoch ein laufendes Verzeichnis über alle Transaktionen, die dort getätigt werden, mit Namen, Höhe der Beträge und dem Monat, in dem die Transaktionen stattfanden. Diese Aufstellung verlange ich einsehen zu dürfen.«

Avigail tippte sich ans Kinn. »Und ich *habe* das Recht, offizielle Dokumente einzusehen, Hohes Gericht, denn ich bin der Haushaltsvorstand. Außerdem bin ich keine gewöhnliche Bürgerin. Ich gehöre, wie die Herren sehr wohl wissen, einer sehr angesehenen Familie an.«

Einer der anderen Richter beugte sich vor und fragte ungläubig: »Welchem Haus behauptest du vorzustehen?«

»Meinem eigenen.«

Verblüfftes Schweigen. Bis Zira das Wort ergriff. »Du hast kein Haus, Avigail. Du gehörst zum Haus deines Sohnes. Außerdem ist keine Frau ein Haushaltsvorstand.«

»Ich stehe jetzt dem Haus meines Sohnes vor, und weil er nicht da ist, habe ich das Recht, es mein Haus zu nennen.«

Ungeachtet der Ermahnungen ihres Anwalts keifte Zira los: »Und wer hat dich zum Vorstand dieses Haushalts gemacht?«

»Du – durch deinen Druck auf Elias, sich in die Sklaverei zu verkaufen.«

Zira winkte ungeduldig ab. »Du und Haushaltsvorstand, das ist unmöglich. Schon weil Elias durchaus noch am Leben sein und zurückkommen kann.«

»Dennoch stehe ich dem Haus, in dem ich lebe, vor und erhebe deshalb Anspruch darauf.«

Als erhitzte Diskussionen im Saal ausbrachen und wütende Zwischenrufe zu vernehmen waren, schritten Wachen ein und forderten Ruhe.

Zira wandte sich an die Richter: »Meine Herren, müssen wir noch mehr Zeit mit diesem Possenspiel vergeuden? Avigail will doch nur etwas aufschieben, das unvermeidbar ist.«

Einer der anderen Richter pflichtete ihr bei. »Em Yehuda hat recht. Was diese Frau fordert, ist grotesk.«

»Und überhaupt«, schnappte Zira, »ist Elias seit mehr als vier Jahren fort. Wenn du deine Klage für berechtigt hältst, warum trägst du sie dann erst jetzt vor?«

»Die Umstände haben sich verändert«, gab Avigail zurück. Sie besann sich darauf, was Faris ihr als zweites von drei Dingen eingeschärft hatte, und wandte sich wieder an die Richter. »Meine Herren, hat nicht der König verfügt, dass jeder männliche Bürger zur Armee eingezogen wird? Hat der König nicht den Kriegszustand ausgerufen?«

Uriah schürzte die Lippen. »Das hat er.«

»Und gibt es nicht ein altes Gesetz, dem zufolge in Kriegszeiten, wenn ein Haus seiner Männer beraubt ist und nur noch Frauen darin wohnen, die älteste von ihnen Anspruch auf dieses Haus erheben und es ihr eigenes nennen kann?«

Uriah sah sie lange und nachdenklich an, die Lippen unter seinem Schnurrbart zuckten. »Es erstaunt mich, dass du das weißt, Avigail Em Elias, zumal dieses Gesetz alt ist und man sich seit langer Zeit nicht mehr darauf berufen hat. Aber auch wenn wir uns eigentlich noch nicht im Krieg befinden, die Männer jedoch bereits aufgefordert wurden, sich zum Kampf zu rüsten, hat dieses

Gesetz weiterhin Gültigkeit. Es stammt aus der Zeit, da die Städte Kanaans ständig in Kriegshandlungen verwickelt waren und viele Häuser enteignet wurden, wenn die Männer ihr Leben verloren. Deshalb erging damals die Verfügung, dass sich eine Frau als Haushaltsvorstand bezeichnen kann, schon um dem Aussterben von Blutlinien vorzubeugen. Wie nennt sich das Haus, dem du vorstehst?«

»Das der Avigail Isha Yosep.«

»Melde dich zu Wort, Mann«, drängte Zira ihren Anwalt. »Diese Forderungen sind doch lächerlich.«

Ihr Anwalt räusperte sich. »Sie hat recht, Herrin«, widersprach er ihr. »Ein solches Gesetz existiert tatsächlich.«

»Und deshalb fordere ich mein Recht auf Einsichtnahme …«

»Du bist eine Habiru«, keifte Zira. »Nicht einmal eine Kanaaniterin bist du. Du hast vor diesem Gericht keinerlei Rechte.«

Avigail blickte Zira direkt an und erwiderte: »Wieso behauptest du das, wo doch ganz Ugarit weiß, dass ich von König Ozzediah abstamme? Wenn du den Beweis dafür haben willst, können wir ja aus Jericho die entsprechenden Unterlagen anfordern. König Ozzediah war der Ahnherr meiner Mutter.«

Zira trat von einem Fuß auf den anderen. »Aber … ganz Ugarit weiß doch, dass du eine Habiru bist!«

»Worauf stützt sich deine Behauptung?«

Zira wollte antworten, hielt sich aber gerade noch zurück. Die skandalöse Nachricht von Rakels Beichte auf dem Sterbebett war von dem Sterbepriester, der das Gelübde der Geheimhaltung geschworen hatte, verbreitet worden, und Zira wagte nicht, ihn als ihre Quelle anzugeben. »Das hat sich längst rumgesprochen«, sagte sie gereizt.

Avigail wandte sich wieder den Richtern zu und brachte mit fester Stimme die dritte Forderung vor, zu der ihr Faris, der lasterhafte Anwalt, geraten hatte. »In meiner Eigenschaft als Vorstand meines eigenen Hauses und als Nachkomme von König Ozzediah fordere ich das Recht, meinen Fall König Shalaaman vorzutragen.«

»Wage es!«, fauchte Zira.

Die Zuschauer brachen in Beifallsstürme aus, in aller Eile wurden Wetteinsätze getätigt. Wachen griffen ein und drängten die vordersten Reihen mit ihren Lanzen zurück, während hinten Nobu Esther aufmunternd zulächelte.

»Sag, dass das nicht möglich ist!«, herrschte Zira ihren Anwalt an.

Der räusperte sich erneut nervös. »Avigail steht durchaus dieses Recht zu«, raunte er Zira zu. Und zur Richterbank gewandt: »Dürfte ich mich kurz mit meiner Mandantin besprechen?«

Sie traten beiseite und flüsterten erregt miteinander. Avigail schnappte das eine oder andere davon auf. Anwalt: »Du sagtest … kein Widerspruch … Habiru …« Zira: »Ich hätte nicht gedacht, sie würde …«

»Können wir weitermachen?«, rief Uriah, worauf Zira und ihr Anwalt wieder vor die drei Richter traten. »Avigail Isha Yosep, hast du deinen Forderungen noch etwas hinzuzufügen?«

»Das habe ich, meine Herren. Bei Einsicht der falschen Zahlungsaufforderung wird sich herausstellen, dass derjenige, der diese Tafel anfertigte, Ziras eigener Sohn ist. Sein darauf abgebildetes Siegel ist der Beweis dafür.«

Die Richter schluckten und sahen sich entsetzt an. »Gute Frau, ist dir bewusst, dass du den Rab der Bruderschaft beschuldigst?«

»Durchaus.«

Erneut brandete im Saal Beifall für die Frau auf, die sich ohne jeglichen Beistand gegen Zira und ihre drei Anwälte stellte.

»Wie kannst du es wagen!«, kreischte Zira, die leichenblass geworden war.

»Ich ziehe meine Klage zurück, wenn du mir mein Haus zurückgibst und meine Familie in Ruhe lässt«, erwiderte Avigail ruhig.

Ziras Blässe wurde augenblicklich von einer Zornesröte überschwemmt, die sich von ihrem Hals bis zur Stirn ausbreitete. »Sie hat kein Recht, den Ruf meines Sohnes in den Schmutz zu ziehen«, wandte sie sich an die Richter. »Sie hat kein Recht, ihre

Forderungen König Shalaaman zu unterbreiten. Meine Herren, soll dieses Gericht zum Narren gehalten werden? Wollt ihr euch vor all diesen Leuten als Schwächlinge erweisen? Sprecht hier und jetzt euer Urteil über diese verleumderische Frau. Vielleicht sollte ich meinen *Bruder* bitten, mich zu unterstützen«, fügte sie spitz hinzu. Keinem entging die versteckte Drohung. Vor allem Uriah nicht.

Er tauschte einen langen Blick mit ihr, was Avigail daran erinnerte, dass Faris gesagt hatte, Zira und ihr Sohn besäßen brisante Informationen über den Obersten Richter. Die Zuschauer hielten den Atem an. Schließlich wandte er sich von Zira ab und musterte die Gesichter in der Menge, die Wachen an den Wänden, die Schreiber und Beamten und schließlich Avigail. Allen kam es vor, als wäge er etwas ab – etwas, das über die Rechtmäßigkeit des ihm vorliegenden Falles hinausging. Als er nach einer Zeit das Wort ergriff, nahmen die Zuschauer seine Stimme als ungewöhnlich verkrampft wahr. »Die Forderungen dieser Frau sind berechtigt. Es steht ihr zu, vom König angehört zu werden. Wir werden unter Hinzuziehung der Bankunterlagen diesen Fall dem Thron von Ugarit überstellen.«

»Aber meine Herren …«, flehte Zira.

Ohne sie eines weiteren Blickes zu würdigen, sagte Richter Uriah: »Die Götter haben gesprochen.«

Draußen in der Säulenhalle stritt sich eine wutentbrannte Zira mit ihren Anwälten herum, weil ihrer Ansicht nach Avigail nicht das Recht hatte, vor den König zu treten. Als man ihr versicherte, dies sei legal, ging sie auf Avigail los: »Offenbar beharren alte Richter auf alten Gesetzen, dagegen ist wohl nichts zu machen. Aber glaube bloß nicht, du hättest gesiegt. Ich werde Shalaaman den Fall in allen Einzelheiten vortragen und, wenn es sein muss, weitere Anwälte hinzuziehen.«

Sie war entschlossen, die Aufdeckung der Erpressung ebenso zu verhindern wie die Mitwirkung ihres Sohnes daran. Auch wenn Shalaaman Avigail, der Großmutter seiner Dämonenbetörerin, gewogen sein könnte, würde er es nicht wagen, aufgrund dieses Eigeninteresses das Gesetz zu missachten. Schon gar nicht in einem überfüllten Thronsaal. »Wir begeben uns auf der Stelle zum Palast«, sagte sie arglistig zu Avigail, »in die Vorhalle. Wenn es sein muss, werde ich dort sieben Tage ausharren, um den Namen meiner Familie von diesem Dreck reinzuwaschen, mit dem du ihn besudelt hast.« Damit stolzierte sie davon.

Auf ein Zeichen von Avigail hin kämpfte sich Nobu mit der Familie durch die Menge zu ihr. »Audienzen beim König beginnen um die Mittagszeit«, sagte sie gelassen. »Ich werde bleiben, bis ich mit Zira aufgerufen werde. Du, Nobu, gehst mit den anderen erst einmal nach Hause. Wartet dort auf Nachricht von mir. Seid guten Mutes, die Götter sind mit uns.«

Als sich David und Leah nach tagelangem erschöpfenden Gewaltritt der Villa des Elias näherten, verlangsamten sie ihr Tempo und hielten Ausschau nach eventuell dort patrouillierenden Soldaten. Möglicherweise war David als Deserteur gebrandmarkt, was zu Kriegszeiten mit sofortiger Hinrichtung bestraft wurde. Angesichts der Militärlager und der Truppen, die außerhalb der Stadtmauern exerzierten, bereitete sich König Shalaaman zweifelsohne auf einen Krieg vor.

Sie waren mit ihren Pferden und einem Packtier allein unterwegs. Die ägyptische Eskorte hatte sich außerhalb von Kadesch von ihnen abgesetzt und, des Soldatenlebens müde, auf einem Schiff angeheuert, das zu Inseln im Großen Meer aufbrach.

Eine rasche Suche im Haus ergab, dass niemand hier war. »Ich mache mich sofort zum Sklavenmarkt auf«, sagte Leah, die das Schlimmste befürchtete. »Geh du zum Palast und informiere den König über die ägyptische Flotte.«

Um möglichst wenig Aufmerksamkeit zu erregen, ließen sie die Pferde bei der Villa zurück – nur wenige Bürger zeigten sich in der Stadt hoch zu Ross – und schlossen sich den Leuten an, die, schwer bepackt mit all ihrer Habe, auf das Tor zuströmten, um, wie es aussah, innerhalb der Stadtmauern Schutz zu suchen.

Als David und Leah sahen, dass jeder am Tor von Soldaten aufgehalten, befragt und ihr Gepäck durchsucht wurde, schlugen sie einen Weg um die Mauern herum zum östlichen Tor ein. Auch hier herrschte Hochbetrieb, nur dass die Bürger nicht in die Stadt hineindrängten, sondern sie vielmehr verließen. »Sie wollen dem Krieg entkommen«, sagte David, »und fliehen in Städte im Osten.«

»Irgendwie müssen wir an ihnen vorbei«, sagte Leah mit Blick auf die auch an diesem Tor postierten Wachen. Am Nordtor verhielt es sich wahrscheinlich ebenso und nicht anders auf den Straßen, die zum Hafen führten. »Ich werde ihnen erklären, wer ich bin«, sagte sie, als sie sich dem großen Torbogen näherten, der im Ernstfall mit riesigen Holztüren verschlossen werden konnte. »Ich werde behaupten, dass König Shalaaman mich unverzüglich zu sehen wünscht.«

Als sie aber der Wache ihren Namen nannte, überprüfte ein Schreiber eine Tontafel, auf der verschiedene Namen aufgelistet waren. Barsch wies er den diensthabenden Offizier an: »Die beiden sind sofort zu verhaften!«

Vier Wachen mit Speeren und Schilden führten sie durch die Straßen. Gesprächsfetzen flogen Leah zu, immer drehte es sich um Krieg. Wie weit die ägyptische Armee noch entfernt sei, fragte man einander. Verfügte Ugarit über genügend Soldaten, um die südliche Straße zu sichern? Bangen Herzens verfolgte Leah die vielen, die dem Hafen zuströmten, um sich auf dort ankernde Schiffe zu flüchten. Wie sollten sie auch wissen, dass Ägyptens mächtige Flotte Kurs auf Ugarits ungeschützten Hafen nahm!

Das Gefängnis war wie das in Megiddo vor langer Zeit unterhalb des Palastes gebaut worden. Dunkle Steintreppen führten zu einer Vielzahl unterirdisch angelegter feuchter Gänge und Zellen. David und Leah beteuerten ihre Unschuld, verlangten, mit einem Vorgesetzten zu sprechen, und versuchten den Wachen verständlich zu machen, dass sie umgehend zu Shalaaman gebracht werden müssten. Angesichts einer so großen Zahl Inhaftierter, denen man Spionage vorwarf, Verrat, Aufruhr oder Anstiftung zur Revolution, herrschte jedoch ein derart albtraumhafter Lärm, ein solches Durcheinander aus Wehklagen, Geschrei und Unschuldsbeteuerungen, dass David sich kaum Gehör verschaffen konnte – und schon fiel die hölzerne Tür vor seiner Nase zu und der Riegel ins Schloss. Sie waren eingesperrt.

Leah drückte sich gegen die Tür und rief durch die kleine Luke nach draußen, während David rasch die Zelle inspizierte, indem er sich, ungeachtet der Ratten, die ihm über die Füße huschten, an den mit Moos bedeckten Wänden entlangtastete.

»Keine Möglichkeit, hier rauszukommen«, stellte er fest.

Leah konnte kaum sein Gesicht erkennen, derart wenig Licht drang durch die schmale Öffnung in der Tür. David zog sie in die Arme und drückte die vor Angst Zitternde fest an sich.

Er galt als Deserteur. In Kriegszeiten war dies ein Vergehen, das ohne Anhörung im Schnellverfahren mit Hinrichtung geahndet wurde, die jedoch nur der König anordnen konnte. »Diesen Befehl wird Shalaaman nicht geben«, sagte er, »wenn er begreift, dass ich die Stadt verlassen habe, um dich zurückzuholen.«

»Nachricht von Pharao Thutmosis?«, fragte König Shalaaman kurz angebunden, als Rab Yehuda die Kammer betrat.

Der Herrscher bereitete sich auf seine täglichen Audienzen im Thronsaal vor, ließ sich von Sklaven Öl in Haar und Bart massieren und in seine purpurnen Gewänder helfen. Seine Laune war alles andere als gut. Er hatte schlecht geschlafen, und in seiner Brust machte sich eine wohlbekannte Beengung bemerkbar.

»Wo sind meine Söhne?«, schrie er. »Wo ist meine Dämonenbetörerin Leah? Warum schickt der Ägypter keine Briefe mit Lösegeldforderungen?«

Yehuda verneigte sich respektvoll. »Alle königlichen Kuriere sind zurück, Hoheit. Aber noch immer keine Nachricht aus Megiddo.«

Als er sah, wie sich der Gesichtsausdruck des Königs verfinsterte, unterdrückte er ein Grinsen. Rab der Bruderschaft zu sein, sagte er sich, bringt einem eine Menge Vorteile ein. Nicht nur dass ihm diese Position den Weg auf den Thron ebnete. Dass darüber hinaus vom ägyptischen König zahlreiche Angebote für einen Friedensvertrag im Austausch für die Prinzen und die Dämonenbetörerin eingetroffen waren, die Yehuda gelesen und anschließend vernichtet hatte, war ein Privileg, dessen nur er sich erfreuen konnte, da ein untergeordneter Schreiber ein derart kühnes Eingreifen niemals wagen würde. »Bedaure, Hoheit. Vielleicht morgen.«

»Ich will meine Söhne zurückhaben!«, schrie Shalaaman so laut, dass seine Sklaven und Diener, die ihn als ausgeglichen kannten, zusammenzuckten.

»Mein König«, sagte Yehuda, »du solltest Ruhe bewahren. Die Dämonen sind stets auf der Lauer und warten nur darauf, dass du Schwäche zeigst.«

»Ich bin kein Mann, den man missachtet oder beleidigt! Dieser Teufel, der auf dem Thron von Ägypten sitzt, wird mir für diese Kränkungen bezahlen …« Shalaaman fasste sich an die Brust und rang um Atem. Sein Gesicht lief rot an. Seine Augen waren weit aufgerissen. »Ich kann nicht …« Er wölbte die Brust und wimmerte auf. »Ich kann nicht …«

Unverzüglich wurden Ärzte und Magier gerufen. Auch Jotham, der eine persönliche Verabredung mit dem König hatte, war sofort zur Stelle. Als die Heiler und Wundertäter eintrafen, wurden Kerzen und Lampen und Fackeln und Weihrauch entzündet, so dass in kürzester Zeit beißender Rauch die Kammer erfüllte und einem in die Augen stach.

Diener halfen dem nach Luft ringenden Shalaaman ins Bett. Ärzte begannen mit ihrem beschwörenden Singsang; ihr Summen mischte sich in den schweren Duft von Sandelholz und Weihrauch.

Im Hintergrund verfolgte Yehuda das Geschehen. Als ein Diener eintrat und ihm etwas zuflüsterte, verließ der Rab in aller Eile die Kammer.

Kaum vernahm Leah draußen auf dem Gang Schritte, trat sie an das kleine Fenster in der Tür und rief: »Richtet dem König aus, dass seine Dämonenbetörerin hier ist!«

Zu ihrem Entsetzen fiel das Licht der Fackel auf das melancholische Gesicht des Rabs der Bruderschaft. Yehudas Lächeln war unangenehm kalt. »Nur damit du es weißt«, sagte er, »Shalaaman ist erkrankt. Sein Ende ist absehbar. Wenn er dem Dämon erliegt, werde ich König, und mein erster Befehl wird sein, *dich* hinzurichten.«

»Ich muss unbedingt mit ihm sprechen«, mischte sich David ein. »Ich habe brisante Informationen hinsichtlich der ägyptischen Streitkräfte.«

»Nichts, was du anbieten könntest, würde irgendetwas ändern. Sobald ich das Kommando übernehme – was bald sein wird –, werde ich dafür sorgen, dass Ugarit gut geschützt ist. Mein erster Befehl als König und Oberster Feldherr wird sein, die Truppen zurückzurufen, die Shalaaman in seiner Einfalt in Gegenden in Stellung gebracht hat, wo sie völlig überflüssig sind – auf den Klippen über der Küste und zur Bewachung des Hafengebiets –, und sie im Süden der Stadt einsetzen.«

»Das darfst du nicht! Hör zu …«

»Natürlich beten wir alle für Shalaamans Genesung. Mein Onkel Jotham ist an der Seite des Königs und fleht das Erbarmen der Götter an.«

Leah tauschte einen Blick mit David. Und unvermittelt fiel ihr etwas ein.

»Rab Yehuda«, sagte sie, »bitte sag deinem Onkel, dass ich ihm etwas Wichtiges mitzuteilen habe.«

Yehudas Brauen schoben sich nach oben. »Was könntest du schon meinem Onkel Wichtiges zu sagen haben?« Seine Lippen verzogen sich wieder zu einem eisigen Lächeln. »Bilde dir bloß nicht ein, du würdest freikommen, wenn du dich Jotham anbietest. Er hat längst das Interesse an dir verloren.«

»David und ich verfügen über geheime Informationen über das neue ägyptische Verfahren bei der Verhüttung von Eisen.«

Da Yehuda schwieg, fügte sie hinzu: »Hast du etwa geglaubt, die Ägypter kämen nicht hinter dieses Geheimnis? Dass Ägypten, kaum dass bekannt wurde, dass die Hattier herausgefunden hatten, wie man aus Eisenerz Metall gewinnt, ein Metall, das besser ist als Bronze, dies nicht erfahren würde? Allerdings beinhaltet ihr Verfahren etwas, wovon Jotham nichts weiß. Etwas, das ägyptisches Eisen weitaus widerstandsfähiger macht.«

»Das kannst du ja mir erzählen. Schließlich bin ich bald König von Ugarit.«

»Darüber werde ich einzig und allein Jotham Auskunft geben.« Yehuda lachte traurig auf. »Damit erkaufst du dir nicht deine Freiheit. Versuch erst gar nicht, mit meinem Onkel zu handeln. Deine Kenntnisse wird er dir durch die Folter entlocken. Was«, fügte er noch hinzu und wandte sich zum Gehen, »durchaus amüsant sein dürfte.«

In der königlichen Bettkammer herrschte helle Aufregung. Militärkundschafter kamen und gingen, Höflinge liefen händeringend auf und ab, Ärzte und Wunderheiler stimmten laute Gesänge an, Weihrauch verqualmte die Luft. Shalaaman in seinem Bett keuchte und schnaufte, das Ausatmen ging mit einem eigenartiges Pfeifton einher, die Priester beteten und schwangen ihre Rasseln, um den Dämon davon abzuschrecken, sich in der Brust des Königs festzusetzen.

Jotham, der ebenfalls anwesend war, hatte mitbekommen, dass sein Neffe nach Erhalt einer ihm zugeflüsterten Nachricht die Kammer verlassen hatte. Was mochte so wichtig sein, Yehuda in dieser kritischen Stunde mit anderen Dingen zu belästigen? Jotham wusste, wie sehr sein ehrgeiziger Neffe hoffte, der Dämon, der die Luftröhre einschnürte, würde über Shalaaman siegen. Auch andere in der Kammer hegten diesen Wunsch, Männer, die davon profitieren würden, wenn Yehuda König wäre. Jotham selbst war es gleichgültig, wer auf dem Thron saß – der Krieg war ein gutes Geschäft. Selbst wenn Ägypten nicht angriff, würde Ugarit weiterhin Waffen aus Eisen herstellen und sie für den Ernstfall lagern. Er selbst würde sich jedem gegenüber, der die Krone trug, loyal verhalten.

»Bringt mehr heiligen Weihrauch!«, rief der Oberste Arzt,

worauf Bedienstete mit Rauchfässern herbeieilten und die Luft mit noch mehr beißendem Qualm erfüllten.

Yehuda kam zurück und erkundigte sich bei einem der untergeordneten Ärzte nach dem Befinden des Königs. »Sein Zustand verschlimmert sich, Herr«, gab man ihm Auskunft.

Der Rab spähte durch den Rauch zu seinem Onkel, der sich bei Shalaamans militärischen Beratern aufhielt. Jotham war noch immer ungemein einflussreich, und vielleicht zahlte es sich aus, wenn er sich gerade jetzt bei seinem Onkel einschmeichelte. Zumal das Geheimnis der ägyptischen Metallurgie Ugarit zugutekommen würde.

Er ging auf Jotham und die Offiziere zu. »Onkel«, begann er, »es gibt da etwas, was du wissen solltest.«

Während Jotham den Worten seines Neffen lauschte, gingen seine Gesichtszüge von Missmut – er schätzte es nicht, herumzustehen und darauf zu warten, dass ein König starb – erst in Staunen, dann in Neugier über. Ohne sich zu verabschieden, eilte der fette Schiffbauer hinaus.

Im selben Moment nahm das Befinden des Königs eine dramatische Wende. Röchelnd rang er um Luft, seine Augen traten aus ihren Höhlen, ließen an einen Fisch auf dem Trockenen denken. Die Generäle besprachen sich leise. In der Annahme, ägyptische Spione würden bereits diese Entwicklung der Dinge – Ugarits König plötzlich erkrankt, die Stadt somit verwundbar – gen Süden tragen, erließen sie den Befehl, Späher und Truppen von der Küste und dem Hafen abzuziehen und entlang der südlichen Stadtmauer in Stellung zu gehen.

Yehuda lächelte. Es war genau der Befehl, den auch er gegeben hätte.

»Ich befürchte«, sagte Leah in der dunklen Zelle zu David, »dass Yehuda mich nicht zum König vorlässt. Er wird Shalaamans Tod in Kauf nehmen!«

David zog sie an sich. Seine Stärke wirkte tröstend. »Shubat hat mich nicht so weit begleitet – mich nicht vor den Pfeilen und

Schlingen der Habiru gerettet –, damit ich in einem Gefängnis sterbe. Die Götter haben etwas mit uns vor, Liebste. Dessen bin ich mir sicher.«

Eine bekannte Stimme im Gang draußen ließ sie plötzlich aufhorchen. Schritte hallten auf dem Steinfußboden, und in der kleinen Öffnung der Zellentür tauchte ein rundes Gesicht auf.

»Was hast du mir mitzuteilen?«, bellte Jotham ungeduldig.

»Erst lass uns hier raus«, erwiderte David, »dann erfährst du es.«

»Ich lasse nicht mit mir handeln. Meinem Neffen zufolge besitzt ihr Informationen über die Verhüttung von Eisenerz in Ägypten. Also raus mit der Sprache, oder ich überlasse euch den Ratten.«

Noch ehe David antworten konnte, sagte Leah durch die Tür: »Jotham, du kennst mich.«

»Hm. Dagon bewahre mich vor dir. Ich wünschte, ich hätte das Haus des Elias nie betreten.«

»Jotham – David und ich haben das Vertrauen von Pharao Thutmosis gewonnen.«

»Bockmist! Ihr beiden? Hältst du mich für so blöde? Dagon beschütze mich.«

»Wie du sehr wohl weißt, wurde ich entführt und als Geisel festgehalten. David kam nach Megiddo, um mich zu retten. Verschiedene Umstände trugen dazu bei, dass er das Vertrauen des ägyptischen Königs gewann und Gelegenheit bekam, sich mit eigenen Augen ein Bild von Ägyptens Streitkräften zu machen, um Shalaaman darüber Bericht zu erstatten und ihn zu überzeugen, sich friedlich zu ergeben.«

Jotham schürzte die Lippen. »Weiter.«

Jetzt beschrieb ihm David, was er vom Berg Karmel aus gesehen hatte: die gewaltige Flotte, die in einer Bucht an der Küste des Großen Meers ankerte. Kaum dass er auf Schiffe zu sprechen kam, war Jothams Interesse geweckt. Und als David ihm dann noch deren Ausstattung beschrieb, die es, wie er hinzufügte, nirgendwo sonst auf der Welt gebe – Schiffe, eigens für kriegerische Auseinandersetzungen gebaut –, war Jotham tief beeindruckt.

»Kriegsschiffe!«, rief er aus, und seine kleinen Augen glitzerten tatendurstig. Der Krieg war tatsächlich ein lohnendes Geschäft.

»Das ist aber noch nicht alles, Herr«, sagte David. »Thutmosis gab der Flotte den Befehl, Richtung Ugarit Segel zu setzen. Die Schiffe müssten bereits hier sein, und der Admiral hat Order, sämtliche Schiffe in Ugarits Hafen in Brand zu stecken. Jotham, *alle deine Schiffe* werden abgefackelt werden.«

»*Halla!*«, zischte Jotham. »Betet für mich. Im Augenblick sind nur wenige meiner Schiffe unterwegs. Ägypten wird fast meine gesamte Flotte zerstören! Meine kostbaren Schönheiten!« Entsetzt riss er die Augen auf. »Und die Generäle haben angeordnet, allen militärischen Schutz vom Hafen abzuziehen!«

»Bring mich zu Shalaaman«, sagte Leah drängend. »Wenn noch ein Atemzug in seinem Körper ist, kann ich ihn vielleicht retten. Wenn er gesundet, wird er die Anordnung rückgängig machen und den besonderen Schutz des Hafens veranlassen.«

Kaum hatte die Nachricht von der Erkrankung des Königs den Palast verlassen, verbreitete sie sich wie ein Lauffeuer in der Stadt. Im großen Audienzsaal, in dem ausländische Würdenträger, Gesandte mit Geschenken sowie gewöhnliche Bürger mit ihren Forderungen auf Shalaamans Erscheinen warteten, hielten sich in vorderster Reihe auch Zira mit ihren Anwälten sowie Avigail auf. Die Neuigkeiten aus dem Palast wurden von einem zum anderen weitergegeben, bis das Murmeln und Raunen zu einem dumpfen Getöse anschwoll. Selbst die um den Thron versammelten Höflinge tauschten jetzt besorgte Blicke.

Der König war krank.

Als die Tür zur Bettkammer aufging und Jotham, gefolgt von den beiden Gefangenen, eintrat, bellte Yehuda: »Nehmt diese beiden fest!«

Jotham jedoch hob die Hand. Zu Leah sagte er: »Rasch. Tritt vor den König.«

Sie eilte an das Krankenlager und erkannte sofort den erbärmlichen Zustand, in dem sich Shalaaman befand. Sein Gesicht war gerötet, seine Lippen hatten sich bereits blau verfärbt. An seinem Hals und auf der Stirn traten Adern hervor. Sobald er versuchte, Luft zu holen, zog sich die Haut hinter seinem Schlüsselbein zusammen. »Weg mit all diesem Weihrauch«, wies Leah die Priester und Ärzte an. »Schafft Fächer aus Straußenfedern herbei und fächelt damit dem König frische Luft zu.«

Alle verharrten bewegungslos. »Tut, was sie sagt!«, brüllte Jotham. »Dann wird die Dämonenbetörerin den König einmal mehr retten!«

»Keiner rührt sich von der Stelle!«, brüllte Yehuda ebenso laut. »Dieser Mann ist ein Deserteur und soll wegen Verrats hingerichtet werden. Und das Mädchen ist mit ihrem Liebhaber durchgebrannt und hat unseren verehrten König im Stich gelassen.«

Unter denen, die in der Bettkammer für Shalaaman beteten, befand sich auch der Oberste Richter Uriah. Jetzt trat er in seiner prächtigen Robe und der mit Quasten verzierten Kopfbedeckung vor und sagte mit volltönender Stimme: »Noch ist Shalaaman nicht zu den Göttern gegangen, Yehuda, und noch bist du nicht König.«

Die Umstehenden wichen zurück und machten ihm den Weg frei, als er auf Yehuda zuging und sich zu ihm neigte: »Die Tage deiner Erpressungen sind vorbei«, sagte er leise. »Ich lasse mich nicht länger von deinen Drohungen einschüchtern, mein schändliches Geheimnis publik zu machen. Und sollte unser geliebter Shalaaman zu den Göttern gehen, werde ich dafür sorgen, dass du niemals auf dem Thron von Ugarit sitzen wirst.«

Richter Uriah wandte sich an die Wunderheiler, die das Bett umstanden: »Schluss mit dem Weihrauch. Schafft Fächer herbei.«

Während Rauchfässer und Kohlebecken und Duftkerzen entfernt wurden, setzte sich Leah auf die Bettkante und griff nach der Hand des Königs, sprach beruhigend auf ihn ein. Fächer aus Straußenfedern wurden zum Einsatz gebracht, und schon bald klärte sich die Luft. »Der Dämon wird aus deiner Brust ausfahren, Majestät«, sagte Leah leise und umfasste seine Hand.

– 474 –

Nach einer Weile musste sich Shalaaman beim Atemholen nicht mehr derart anstrengen, und staunend verfolgten die Umstehenden, wie sich der Zustand ihres Königs verbesserte.

Auf Leahs Bitte hin halfen ihm die Priester, sich aufzurichten und leicht vorzubeugen. »Bete mit mir, Majestät«, forderte Leah ihn auf. »Lass die Götter dein Gebet hören.«

Aber noch immer rang er zwischendurch um Atem, begleitet von rasselnden Geräuschen, die von dem Dämon verursacht wurden, der sich in der Brust des Königs Leahs Betörung widersetzte.

»Öffnet die Vorhänge und bringt einen Stuhl, damit der König zum Balkon getragen werden kann.«

Sechs eilfertige Höflinge stellten einen mit Gold verzierten Stuhl für den König bereit, trugen ihn damit auf den Balkon, in eine strahlende Morgensonne, die ganz Ugarit mit hellem, warmem Schein aufglänzen ließ.

Shalaamans Atemzüge wurden zusehends regelmäßiger, sein Gesicht nahm wieder Farbe an. Leah setzte sich zu ihm, beschwor ihn in gleichmäßigem Rhythmus immer wieder: »Ganz ruhig einatmen – jetzt ganz ruhig ausatmen. Übernimm die Kontrolle über deinen Körper, Majestät. Zeige dem Dämon, dass du der König bist.«

Nach und nach verebbte das Keuchen und auch das Röcheln, und Shalaaman atmete wieder normal. Als die Ärzte nach einer Untersuchung erklärten, der Dämon sei ausgefahren, pries die Mehrheit der Anwesenden mit lauter Stimme die Götter, während andere unauffällig den Raum verließen.

»Ich danke Dagon«, sagte Shalaaman, der die warme Sonne und die frische Luft, die vom Meer herwehte, genoss, »dass er dich zu mir zurückgeführt hat, Leah. Wie kam es, dass Thutmosis dich hat gehen lassen?«

»Das ist eine lange Geschichte, Majestät. Zunächst aber haben wir dir etwas Wichtiges mitzuteilen.«

David trat hinzu und erstattete Bericht über die ägyptische Flotte. Was er vortrug, wurde von Yehuda als unwahr abgetan; bei den Generälen hingegen machte sich Unruhe breit, weil Davids

Beschreibung der feindlichen Schiffe höchst akkurat war. Woher sonst sollte ein Schriftgelehrter über derlei Dinge Bescheid wissen? Alle erkannten bestürzt, dass ihnen vom Meer her große Gefahr drohte und Ugarits ungeschützte Küste dementsprechend verwundbar war. Befehle wurden erteilt, und mehrere Offiziere verließen eilig die königliche Bettkammer, um die Truppen entlang der Küste wieder zu verstärken und dafür zu sorgen, dass der Hafen bewacht wurde.

Obwohl Shalaaman noch sehr geschwächt war, rief er Jotham zu sich. »Nimm dein schnellstes Schiff und segle der ägyptischen Flotte entgegen. Hisse eine weiße Flagge. Versuche unter allen Umständen zu verhindern, dass unser Hafen in Flammen aufgeht.«

Jotham eilte hinaus, nicht ohne Leah noch einen Blick zuzuwerfen, der sie verblüffte, drückte er doch ... *Bewunderung* aus.

Auf Leahs Anweisung hin wurden Becher mit kaltem Wasser für den König gebracht. Als er wiederum Anzeichen von Atemnot zeigte, war es ihre sanfte Stimme, die ihn beruhigte. »Majestät, solltest in Abständen diese mit Rauch erfüllte Kammer verlassen und die frische Luft hier draußen einatmen. Weil der Dämon, der die Luftröhre einschnürt, Helligkeit und Wärme nicht widerstehen kann, solltest du dich den wohltuenden Strahlen der Sonne aussetzen. Dann wirst du noch lange Jahre gesund bleiben, und falls du mich benötigst, brauchst du mich nur zu rufen, und ich bin zur Stelle. Asherah ist mit uns.«

Die Sonne näherte sich ihrem Zenit, als ein Bote atemlos in die Bettkammer stürzte, auf die Knie fiel, dem großen König Shalaaman einen Gruß entbot und dann mit schreckerfüllter Stimme ausrief, die ägyptischen Streitkräfte hätten den Hafen in ihre Gewalt gebracht und marschierten auf die Stadt zu.

Panik brach in der Bettkammer aus. Shalaaman besaß dennoch die Kraft, Ruhe und Ordnung zu gebieten. Zu Leah sagte er: »Ich werde die Ägypter im Audienzsaal empfangen. Der Feind soll mich nicht in diesem Zustand sehen. Hilf uns, Leah.«

Im Audienzsaal machten immer mehr Gerüchte die Runde. Avigail wusste schon gar nicht mehr, was sie glauben sollte – ob sich der König erholt hatte, ob er tot war, ob er in eine Provinz im Osten geflohen war. Wachen hielten die Menge in Schach, aber die Spannung war schier zum Zerreißen, als der Mittag kam und verstrich und der König sich noch immer nicht gezeigt hatte. Avigail überlegte bereits, ob sie nach Hause gehen sollte, als Trompeten erschallten. Alle Köpfe wandten sich den schweren purpurnen Vorhängen rechts vom Thron zu, durch die Ugarits Könige seit jeher Einzug zu halten pflegten.

Stille breitete sich aus. Zira und Avigail starrten mit angehaltenem Atem auf die Stoffbahnen, durch die jetzt Richter Uriah mit seiner imposanten Kopfbedeckung in Gold und Silber trat. Ihm folgten zwei königliche Wachen mit vergoldeten Schilden, dann die Höflinge und schließlich Shalaaman selbst. Die Zuschauer brachen in Jubel aus, als sie ihres Monarchen ansichtig wurden, der, auch wenn er unsicher auf den Beinen zu sein schien und sehr blass war, in seinen mit Gold eingefassten purpurnen Gewändern und der edelsteinbesetzten Krone Ugarits Ehrfurcht erweckte. Würdevoll und konzentriert schritt er auf seinen Thron zu, und als er innehielt und sich umwandte, sah man ihm nach, dass er leicht schwankte.

Dann erblickten sie die junge Frau an seiner Seite, die viele als seine Dämonenbetörerin kannten, und neben ihr das einigen vertraute Gesicht von David, dem Schriftgelehrten aus Lagasch. Ihnen folgte Yehuda, der Rab der Bruderschaft. Sie nahmen um den Thron herum Aufstellung; Shalaaman selbst ließ sich langsam auf dem ausladenden Sessel nieder, von dem aus Generationen von Monarchen Ugarit regiert hatten. Er hob die Hand, auf dass die Götter diese Versammlung segneten, aber noch ehe er etwas sagen konnte, öffneten sich die beiden hohen Türflügel des Audienzsaals, und ein beeindruckender Mann trat ein.

»Halla!«, flüsterte Avigail und malte das heilige Zeichen Asherahs in die Luft, als sie den Mann als Ägypter, noch dazu als einen von hohem Rang, ausmachte. Gleich darauf tuschelten die

– 477 –

Zuschauer einander zu, dass dieser Mann, der jetzt langsam und würdig über den Marmorfußboden zum Thron schritt, Admiral Hayna war, der Befehlshaber der dem Vernehmen nach größten Flotte der Welt.

War er gekommen, um Ugarit für Pharao Thutmosis zu erobern – oder es zu zerstören?

In seinem Gefolge befand sich Jotham der Schiffbauer, der so gesetzt einherschritt, wie ihm dies seine Körperfülle erlaubte, und ihnen folgten Männer in Leinenröcken und weißen Turbanen, zweifellos Adjutanten des Admirals. Für Ugarit, wo die Temperaturen um einiges niedriger waren als im Land des Nils, schienen sie unzureichend gekleidet zu sein; ihre lederfarben gegerbte Haut verriet, dass sie vornehmlich zur See fuhren.

Im Saal war es so still, dass man das leise Aufsetzen der ägyptischen Sandalen auf dem Boden vernahm. Die Aufmerksamkeit aller war dem Besucher zugewandt, der auch ohne farbenprächtiges offizielles Gewand Ehrfurcht erregte – Ägyptens Macht erfüllte den Saal. Vor dem Thron blieb er stehen, verharrte dort eine Weile, wortlos und ohne sich zu bewegen, um sich dann formvollendet und anmutig zu verbeugen – eindeutig nicht unterwürfig, wie man feststellte, aber immerhin respektvoll – und auszurufen: »Die Götter Ägyptens entbieten den Göttern Kanaans ihren Segen! Der lebendige Gott Ägyptens, Pharao Thutmosis, entbietet seine Grüße dem König von Ugarit, König Shalaaman, dessen Name ›Frieden‹ bedeutet.«

Die Zuschauer meinten ihren Ohren nicht zu trauen. Admiral Hayna sprach Kanaanäisch! Und er hatte sich mit Worten der Freundschaft an Shalaaman gewandt. Außerdem trug er, wie man erst jetzt bemerkte, keinerlei Waffen. Eigentlich sah er gar nicht so aus, als sei er gekommen, um die Stadt zu erobern.

Gespannt wartete man auf Shalaamans Erwiderung. Das Schweigen zog sich hin, derweil eine warme Nachmittagsbrise in den prachtvoll ausgestatteten Saal wehte und die Fächer aus Straußenfedern bewegte, die Säume von Gewändern und Umhängen anhob. Zira und Avigail, die ziemlich weit vorne standen, waren fasziniert, vergaßen vorübergehend sogar ihren persönlichen Zwist angesichts dieser Begegnung, von der man ganz gewiss noch viele Jahre sprechen würde.

Da hatten sie so lange Zeit in Angst und Schrecken vor der ägyptischen Bedrohung gelebt, dass ihnen eine friedliche Lösung gar nicht in den Sinn gekommen war!

Nur Jotham wusste, wie es sich in Wirklichkeit verhielt: Er hatte, als Haynas Befehl erging, brennende Pfeile und Feuergeschosse auf die Stadt zu richten, die weiße Fahne gehisst. Hayna war an Bord von Jothams geliebter Edrea gekommen, so als wollte er das Schiff in Besitz nehmen, und hatte sich die leidenschaftlich vorgetragene Bitte des Schiffbauers angehört, Ugarit zu verschonen, verbunden mit dem zarten Hinweis darauf, dass eine intakte und reiche Stadt für den Pharao gewinnträchtiger sei als eine, die in Schutt und Asche liege – nicht ohne geschickt anzudeuten, dass sich dies auch für Admiräle auszahlen könne. Deshalb hatte Hayna Jothams Einladung angenommen, in seiner Eigenschaft als Diplomat König Shalaaman einen Besuch abzustatten.

Unter Leahs besorgten Blicken erhob sich jetzt der König. Er wirkte zwar etwas unsicher, aber beherrscht, und seine Stimme war kräftig, als er über die Köpfe der Versammelten hinweg rief: »Wir heißen unsere ehrenwerten ägyptischen Gäste willkommen und entbieten unserem Bruder in Ägypten, Pharao Thutmosis, die Segnungen unserer Götter. Dies ist wahrlich ein besonderer Tag!«

Leises Murmeln setzte ein, dann wurde die Menge mutiger und lauter, bis schließlich aus voller Kehle die Segnungen der Götter in dieser denkwürdigen Stunde beschworen wurden. Und schon bald darauf begannen die unendlich erleichterten Bürger Ugarits, Pläne für Festessen zu schmieden und Vorkehrungen zu treffen, um Verwandte und Familienmitglieder, die die Stadt verlassen hatten, zu benachrichtigen. Wildfremde Menschen fielen sich in die Arme, Zira und Avigail seufzten befreit auf. Shalaaman und Hayna – Kanaaniter und Ägypter – blickten sich in dem wortlosen Einvernehmen, wie es zwischen Königen und Militär gang und gäbe ist, an, wie um zu sagen: Wir bezeugen hier erst einmal

Freundschaft, aber anschließend handeln wir die Bedingungen unseres neuen Vertrags aus. Wir sind nicht eure Vasallen, drückte Shalaamans königlicher Blick aus, während aus Haynas dick mit Kajal umrandeten Augen abzulesen war, dass Ägypten und Kanaan niemals »Brüder« sein würden.

Es war ein Frieden auf tönernen Füßen, aber dennoch ein Frieden. Und obwohl alle wussten, dass die ägyptische Flotte im Hafen ankern und damit die Macht des Pharaos veranschaulichen würde, musste Ugarit nun nicht mehr Krieg und Zerstörung befürchten, sondern konnte auf eine neue, durch ein Bündnis untermauerte Ära des Wohlstands hoffen.

Richter Uriah, Jotham der Schiffbauer, Shalaamans Generäle und Berater geleiteten gemeinsam die angesehenen Gäste aus dem Thronsaal in einen angegliederten Raum, in dem Verhandlungen und politische Gespräche beginnen sollten. Die Zuschauer nahmen es gelassen hin. Gefahr hin und her, dem begeisterten Jubel tat dies keinen Abbruch.

Und deshalb hörte auch niemand, dass Yehuda plötzlich aufschrie und zu Boden stürzte. Erst als Zira zu ihm eilte und ihn in die Arme schloss, starrten die Umstehenden angeekelt auf seine rudernden Gliedmaßen und den Schaum auf seinem Mund. Erschreckt wurden sie Zeuge des Anfalls und damit der Krankheit, die viele als Gerücht abgetan hatten.

Als Yehuda endlich zur Ruhe kam, wurde er von Wachen hinausgetragen. Zira und ihre Anwälte folgten ihnen.

Nach einem kurzen Wortwechsel zwischen Leah und Shalaaman nickte der König, worauf sie zu Avigail lief und sie umarmte. »Die Götter seien gepriesen«, sagte die Großmutter, »ich befürchtete schon, dich nie wiederzusehen!« Sie küssten sich, Freudentränen strömten ihnen über die Wangen.

Und dann gebot König Shalaaman Ruhe und rief Leah zu sich. »Die Götter lächeln dir zu, Tochter. Sie haben dich gesund zu mir zurückgebracht. Ich habe dich schon einmal belohnt, weil du mich von dem Dämon befreit hast. Jetzt möchte ich dich erneut belohnen.«

»Asherah ist meine Zeugin, dass ich dir, Majestät, dienen und dir bei deinen Beschwerden beistehen werde«, entgegnete Leah. »Aber ich kann nicht mehr deine Gefangene sein. Du musst mir gestatten, nach Hause zu gehen. Das ist alles, was ich als Belohnung erbitte.«

Die Umstehenden waren entsetzt über ihren Ton und ihr Auftreten – eine junge Frau wagte es, dem König die Stirn zu bieten! Woher sollten sie auch wissen, dass Leah die mächtige Hatschepsut erlebt und gesehen hatte, wie allein die Gegenwart der Königin ihren Untertanen Respekt, Bewunderung und Vertrauen einflößte. Schon deswegen schickte Leah ein stilles Gebet zu den Göttern und dankte ihnen, dass sie sie zur Sonnenkönigin in Megiddo geführt hatten.

⚶

Sie genossen den Sommertag im Garten der Villa. Hannah und Saloma sahen zu, wie Baruch und Aaron ausgelassen zwischen den Blumen herumtobten, Avigail saß zufrieden in der Sonne, David und Leah schlenderten durch den Weinberg. Das Anwesen gehörte wieder ihnen. Zira hatte alle Dokumente, auch die gefälschte Zahlungsaufforderung, zurückgegeben.

Die Soldaten auf den Feldern außerhalb der Stadt waren nach der Unterzeichnung eines Friedensvertrags zwischen Ugarit und Ägypten abgezogen. Von Thutmosis wusste man, dass er Megiddo verlassen hatte, um nach Ägypten zurückzukehren und dort seine neuen Bauvorhaben in Angriff zu nehmen. Admiral Hayna war mit dem Großteil seiner Flotte ebenfalls wieder Richtung Ägypten gesegelt; zurückgeblieben waren lediglich drei bewaffnete Schiffe sowie eine mehrköpfige Vertretung des Pharaos. Auf Veranlassung von König Shalaaman war eine diplomatische Abordnung nach Theben unterwegs, um über die Freilassung der beiden jungen Prinzen zu verhandeln. Als Gegenleistung hatte der König versprochen, in Ugarit einen Tempel zu Ehren von Pharao Thutmosis zu errichten, Ägyptens leibhaftigem Gott.

Die Anwesenheit von Ägyptern in Ugarit störte Avigail nicht länger. Sie hatte erkannt, dass man vor Veränderungen nicht zurückzuschrecken brauchte, weil Veränderungen nicht unbedingt schlecht waren. Sie hatte ihren Prozess gewonnen, weil sie den Mut gehabt hatte, aus ihrer traditionellen Rolle auszuscheren und sich über althergebrachte Verhaltensweisen hinwegzusetzen. Man kann sich Veränderungen anpassen und trotzdem an lang gehegten Traditionen festhalten, befand sie. Die Verschmelzung zweier Kulturen konnte sogar das Beste in diesen Kulturen zum Vorschein bringen, so dass sie zusammengenommen bereichernder waren als jede für sich. Man sehe sich doch nur mal Hannah und Saloma an! Wie elegant und kühl sie ungeachtet der sommerlichen Hitze in ihren neuen Kleidern aus importiertem Leinen wirkten, die so viel angenehmer als Wolle waren!

Nicht bei allen hatte es sich zum Besseren gewendet. Nachdem Yehudas Fälscherei und seine Schmiergeldaffäre ans Licht gekommen waren, hatte man ihn festgenommen. Nur seinem hohen Rang und einem Gnadenakt König Shalaamans hatte er es zu verdanken, dass er für den Rest seines Lebens unter Hausarrest gestellt worden war; es hieß, seine Mutter Zira kümmere sich Tag und Nacht um ihn. Jotham hingegen hielt sich nur selten in seiner Villa am Meer auf. Er zog es vor, seine zunehmend größere Eisenverhüttungsanlage außerhalb der Stadt zu beaufsichtigen und sein neustes Ziel zu verfolgen: Kriegsschiffe zu bauen.

Lächelnd schloss Avigail die Augen. *Nie wieder wird man uns unser Zuhause wegnehmen.* Das Neujahrsfest stand bevor. Das Haus von Elias würde allen Freunden zu einem großen Festmahl offen stehen. Es sollte Schweinekoteletts und Spanferkel und Blutwurst geben.

Zufrieden seufzte sie auf. Lange zurückliegende Ereignisse – die Nacht, in der Jericho fiel – hatten letztendlich zu diesem wundersamen Augenblick der Freude, des Friedens und der Sicherheit geführt. Die Welt war fast wieder in Ordnung. Mit Davids Hilfe hatte Avigail Briefe nach Babylon geschickt, in denen sie sich nach einem Winzer erkundigte, der einen Sklaven namens Elias ersteigert hatte. Bestimmt würden sie bald Antwort erhalten.

In diesem Moment kam Esther, in Rosa gekleidet, aus dem Haus und eilte sofort auf das Tor zu, um auf der Straße, die zur Stadt führte, Ausschau zu halten. Wen ihre jüngste Enkelin erwartete, daran bestand für Avigail kein Zweifel. Die Zuneigung, die zwischen Esther und Nobu entstanden war, war ihr nicht entgangen. Nobu war durch ein von David ausgefertigtes Dokument vor Gericht zu einem freien Mann erklärt worden und hatte jetzt vor, sich als Barbier in der Stadt niederzulassen.

Lächelnd schüttelte Avigail den Kopf. Die Götter – stets hielten sie eine Überraschung für sie bereit! Sie würde sich durchaus nicht wundern, wenn demnächst eine weitere Hochzeit in diesem Haus stattfand …

David und Leah, die durch den Weinberg schlenderten, hielten sich an den Händen und schmiedeten Pläne für ihr gemeinsames Leben. David, inzwischen der Rab der Bruderschaft, wusste, wie schwer es sein würde, Ehre und Rechtschaffenheit innerhalb der Brüder wiederherzustellen, und dass es vermutlich Jahre, wenn nicht Generationen dauern konnte, bis man die von ihm entwickelte neue Schrift akzeptierte. Aber er vertraute darauf, dass sich nach und nach wieder Studenten bei der Bruderschaft einfinden und die schnellere, leichter zu erlernende und damit effizientere Schrift begrüßen würden.

Um ihnen meinen neuen Code beizubringen, überlegte er, sollte ich den Zeichen einen Namen geben, damit sie sie sich gut merken können. Ich fange mit dem Ersten an, und weil es sich wie ein *A* anhört, werde ich es *alep* nennen. Das zweite, das für *B* steht, werde ich *bet* nennen …

Auf einen freudigen Ausruf von Esther hin wandte er sich um und sah Nobu, der erhitzt am Tor anlangte. Der ehemalige Sklave begrüßte Esther und überreichte ihr ein kleines Geschenk, das er in der Stadt besorgt hatte. Dann ging er zu David und Leah. »Du hattest recht, Meister. Es war fertig«, sagte er und händigte David einen kleinen Lederbeutel aus. »Ich habe mir erlaubt, einen Blick darauf zu werfen. Es ist der höchsten Götter würdig!«

David strahlte und reichte Leah den kleinen Beutel. »Die Ehre gebührt dir.«

Er hatte sie in seine Pläne eingeweiht, aber die endgültige Ausgestaltung kannte sie nicht. Was hatte die Kunstfertigkeit des Silberschmieds geschaffen? Gespannt zog sie die Schnur des kleinen Beutels auseinander und nahm den Inhalt heraus.

»*Halla!*«, stammelte sie, als der silberne Gegenstand in der Sonne funkelte. Auf dem handtellergroßen Medaillon zeichnete sich jede Einzelheit des Emblems klar und deutlich ab: der Stab, die Flügel, die sich nach oben windende Schlange. Das alte Symbol von Shubat und Ningishzida, das den Göttern eigene Symbol des Schreibens, der Weisheit und des Heilens, der Menschheit vor Urzeiten in die Hand gegeben. Nun glänzte es, wieder zum Leben erweckt, in diesem hellen Sommer einer neuen Blütezeit für Ugarit, um einer schwindenden Bruderschaft neues Leben einzuhauchen – durch Davids Eingebung auf einem blutgetränkten Schlachtfeld.

»Bei Asherah«, flüsterte Leah. »Es ist wunderschön.«

David umfasste Leahs Wange und küsste sie. »Und es ist ein gutes Symbol, Liebes. Wenn ich es auf Ton verewige und über Türen malen lasse und in Stein ritze, wird sich die Kraft der Flügel und der Schlange und des Baums entfalten, Säle und Hallen und Herzen und den Verstand der Bruderschaft erfüllen. Dann kann es nicht anders sein, als dass Rechtschaffenheit und Ehre bei meinen Brüdern wieder Einzug halten.«

Als er das Schmuckstück wieder in dem Beutel verstaute, sagte er: »Jetzt, liebste Leah, habe ich die Gewissheit, dass alles aus einem bestimmten Grund geschieht. Selbst Tragödien können am Ende zu etwas Gutem führen. Sinn und Zweck meiner neuen Schrift ist es, einer Reform als Instrument zu dienen. Und wie die Bruderschaft nach einem neuen Symbol verlangte, benötigte sie auch eine neue Schrift. Nicht ohne Grund kam mir die Eingebung für den Code bei Anbruch des Tages, an dem der Morgenstern

aufging. Ohne meine neue Schrift hätten die Brüder in Althergebrachtem verharrt und wären weiter für Korruption anfäl-
lig geblieben. Deshalb werde ich Shubat zum Schirmherrn der
Schriftgelehrten erheben.«

Aber nein, sagte er sich und rief sich jenen Tagesanbruch vor
vier Jahren ins Gedächtnis zurück. Es war gar nicht Shubat, der
damals zu mir sprach, sondern der ältere, noch mächtigere El Shadai – der Allmächtige – und sein *Eloah*, der mir diese neue Schrift
vermittelte. Als er sagte, der Tag des Buches stehe bevor.

Was ist ein Buch?, überlegte David und stellte sich vor, ein Buch
müsse so etwas sein wie die Schicksalstafeln oder die Schriftrollen
der Ahnen. Nachdem Shalaaman wieder vollständig genesen war
und sich mit ägyptischen Emissären getroffen hatte, um einen
Friedensvertrag auszuhandeln, hatte David ihn über die Schätze
informiert, die er in den Archiven sicher verwahrt hatte, um zu
verhindern, dass sie gestohlen oder vernichtet wurden: Holzsplit-
ter von der Arche, die ewiges Leben verhießen; einen blauen Stein,
der vom Himmel gefallen war und die Zukunft offenbarte; einen
aus einem unbekannten Material gefertigten Dolch, der stets nach
Norden zeigte – all die wundersamen Schätze, die David Königin
Hatschepsut im Austausch für Leah angeboten hatte. Shalaaman
war von dieser erstaunlichen Sammlung begeistert gewesen und
hatte für ihre Aufbewahrung den Bau eines geheimen Gewölbes
angeordnet. Als Hatschepsut dann Shalaaman daran erinnert hatte, dass diese Schätze rechtmäßig ihr gehörten, war Shalaamans
Antwort höflich, aber diplomatisch ausweichend ausgefallen – ein
Dialog, der sich nach Davids Ansicht noch jahrelang hinziehen
konnte. Ihm persönlich hatte Shalaaman jedenfalls versichert,
dass der Schatz für alle Zeiten Ugarit gehöre.

Vielleicht würde ja eines Tages auch das von El Shadai verspro-
chene Buch, was immer das sein mochte, diesen uralten Schätzen
hinzugefügt werden.

Unter einem mächtigen Rebstock blieb David stehen und zog
Leah an sich. Sie lächelte ihn an. Wie sehr sie diesen starken, tap-
feren und klugen Mann liebte! An David geschmiegt, warf sie

einen Blick über die weißen Mauern der Villa hinaus. Da lag die Straße in der Sonne. Und dann sog sie den Atem ein. Eine Gestalt kam die Straße entlang, die ihr seltsam vertraut erschien – ein breitschultriger Mann in knielanger Tunika und Umhang mit einem langen Holzstock und auf dem Rücken einen Sack.

»Vater!«, rief sie ungläubig aus.

David fuhr herum. »Bei Shubat! Tatsächlich! Elias!«

Jetzt hörten auch die anderen seinen Ausruf. Alle sprangen auf, riefen durcheinander, rannten ihm entgegen, begrüßten ihn so stürmisch, dass Elias beinahe stolperte. »Die Götter sind groß!«, rief er aus. »Sie haben mich zu meiner Familie zurückgebracht.«

Nur Avigail zögerte mit ihrem Jubel. »Mein Sohn, du bist doch nicht etwa weggelaufen?«, fragte sie erschrocken. Entlaufene Sklaven wurden, wenn man sie wieder einfing, sofort hingerichtet.

»Der Mann, der mich gekauft hat, ist ein anständiger Kerl«, sagte Elias. »Als ich für ihn farblosen Wein herstellte und seine Freunde sich darum rissen, ihm alles abzukaufen, bat er mich, ihm das Geheimnis der Herstellung zu verraten. Ich erklärte mich dazu bereit, wenn er mir dafür meine Freiheit zurückgeben würde.« Er wies eine Tafel vor. »Hier ist der Beweis für meine Freilassung.«

Schüchtern näherten sich jetzt auch die beiden Knaben. »Das ist dein Sohn Aaron und das ist Baruch, dein Enkel«, stellte Avigail die beiden vor.

Elias sank auf die Knie. Weinend umarmte er die Kinder.

Als die Familie nacheinander und immer wieder ihren heimgekehrten geliebten Elias – den Vater, Großvater, Ehemann, Sohn – herzte und küsste, musste Leah daran denken, wie ihre perfekte Welt vor sieben Jahren durch Ziras unselige Bemerkungen aus den Fugen geraten war: Sie hatten bei Hannah vorzeitig Wehen ausgelöst, was Leah zum Ungehorsam veranlasst hatte, woraufhin Jotham wütend geworden war und seinen Rachefeldzug begonnen hatte. Sogar dass David nach Ugarit gekommen war, ging auf jenen schicksalhaften Abend zurück.

Vielleicht war doch nicht alles Ziras Worten zuzuschreiben, überlegte Leah jetzt. Eigentlich war sie selbst es gewesen, die diese Ketten von Ereignissen ausgelöst hatte. Durch einen kleinen Ungehorsam. Hätte sie gehorcht, als ihr Vater sie dazu aufgefordert hatte, anstatt aus der Halle zu stürmen, wäre nichts von dem, was darauf folgte, geschehen. Sie hätte Jotham geheiratet. David wäre nie nach Ugarit gekommen. Pharao Thutmosis hätte Ugarit angegriffen und in Schutt und Asche gelegt, weil sie und David Ägyptens König niemals kennengelernt und dann auch nicht die Stadt und die Bewohner von Ugarit gerettet hätten.

Sie wusste, dass ihr seltsamer, vom Glück begünstigter Weg noch nicht zu Ende war. Auf Geheiß von Hatschepsut, sagte sie sich, hat mir Reshef, der Oberste Arzt am Hofe des Pharaos, die Rezeptur für eine medizinische Augenspülung gegeben, mit der man Blindheit abwenden kann, zusammen mit der Zauberformel, die mit dieser Behandlung einhergeht. Ich werde weiterhin derartige Rezepturen für Heilbehandlungen sammeln, überall danach forschen und sie dann in Davids neuer Schrift auf Ton festhalten, damit sie für kommende Generationen aufbewahrt werden können. Und weil das Bild der Schlange, die sich um einen geflügelten Stab ringelt, das Symbol von Ningishzida war, dem sumerischen Gott der Medizin, werde ich dieses Symbol auf meine Rezepte prägen, um zu verdeutlichen, dass auf den Tafeln die Antworten für Gesundheit und langes Leben stehen.

Außerdem, nahm sie sich vor, *werde ich ein Exemplar dieses Symbols aus Ebenholz anfertigen lassen und es dem Obersten Arzt Reshef zum Dank für sein Geschenk schicken.*

Beim Gedanken an den ägyptischen Arzt wandte Leah ihr Gesicht dem Meer zu. Dort lagen bestimmt schon bald weitere Schiffe des Pharaos vor Anker, zum ersten Mal seit Menschengedenken. Ein sichtbares Zeichen für das größte Imperium ihrer Zeit – aber auch ein Zeichen dafür, dass weitere Imperien erstehen würden und die Welt nie wieder sein würde, wie sie einmal war. Und dann blickte sie nach Osten, sah die große schwarze Rauchwolke über der Eisenschmelze, wo neuartige Waffen geschmiedet wurden, die von einem kommenden Krieg kündeten. Davids neues Emblem, sagte sie sich, bezieht sich nicht nur auf die Bruderschaft oder auf seine neue Schrift. Es ist ein Zeichen der Zeit.

Wir sind geboren, um den Sonnenuntergang der alten und den Sonnenaufgang der neuen Welt zu erleben, dachte Leah verwundert. Was mochte noch alles vor ihr liegen? Was immer es war, eines war gewiss: Sie hatte ihre Familie und David an ihrer Seite.

Nachwort

Drei faszinierende Geheimnisse der Geschichte haben mich zu diesem Roman ›Im Auge der Sonne‹ angeregt.

Das erste ist der Äskulapstab oder, ganz ähnlich, der Hermesstab. Der Ursprung dieses bekannten Symbols hat sich im Nebel der Zeit verloren. Mit einer oder zwei Schlangen, die sich einen gelegentlich mit Flügeln dargestellten oder von Engeln oder geflügelten Greifen flankierten Baum oder Stab hochwinden, ist es sehr alt und weitverbreitet. Es ist in Mesopotamien überliefert, lange bevor die Griechen den geflügelten Stab als Symbol des Gottes Merkur übernahmen. Die älteste bekannt gewordene Abbildung ist viertausend Jahre alt und geht auf das antike Sumer zurück, wo wir es in Steinmauern geritzt finden. Niemand weiß, wofür dieses Symbol ursprünglich stand, ehe es nach und nach zum Sinnbild für Heilkunde und Medizin wurde (auch im Alten Testament ist die Rede von einem Bronzestab mit Schlangen, den Moses gegen giftige Schlangenbisse einsetzt). Heute sehen wir die Schlange und den Stab in Krankenhäusern, auf Ambulanzen, Arzneiflaschen, Sauerstoffbehältern, Rezeptblocks. Was David und Leah wohl dazu sagen würden!

Das zweite ist die Herkunft des Alphabets. Allgemein davon ausgehend, dass es seinen Anfang um 2000 vor Christus nahm, wird vermutet, dass das erste Konsonantenalphabet (d.h. statt für Gegenstände oder Begriffe werden Zeichen für die Laute verwendet) die Sprache von semitischen Arbeitern in Ägypten wiedergibt. Im biblischen Sinne wären das die Israeliten zur Zeit Josephs. Tausend Meilen nördlich jedoch, in der syrischen Stadt Ugarit, entstand ein geheimes Alphabet, das nur einer Handvoll Schriftgelehrter in jener alten Stadt geläufig war. Niemand weiß, weshalb oder von wem dieses Alphabet entwickelt oder warum es geheimgehalten wurde. Sowohl in Ägypten wie in Mesopotamien waren die damals gebräuchlichen Schriften umständlich und nur mühsam zu erlernen, weil sie aus Tausenden von Zeichen bestanden, von denen jedes die verschiedensten Bedeutungen hatte. Das Alphabet von Ugarit scheint eine geeignete und ausgereifte Kommunikationsart zu sein – warum es also geheimhalten?

Meiner Ansicht nach lag das daran, dass die Schriftgelehrten ihre Macht über den Rest der Bevölkerung bewahren wollten – schließlich ist ein Mensch, der lesen und schreiben kann, anderen gegenüber, die das nicht können, enorm im Vorteil. Sobald die einfachen Bürger von Ugarit entdeckt hätten, dass auch sie die Macht des geschriebenen Wortes für sich nutzen konnten, hätte sich die Kunde über diesen neuen Code rasch ausgebreitet.

In der Tat haben die Phönizier ein paar Jahrhunderte später das Alphabet von Ugarit noch verfeinert, woraus dann jenes Alphabet wurde, das wir bis heute gebrauchen.

Was die Erfindung des Alphabets angeht, ist ein weiterer Aspekt interessant: Es erscheint mir bedeutsam, dass die allerersten Fragmente, die in dem neuen Code geschrieben waren, medizinische Texte waren, Rezepturen für Heilmittel und Heilverfahren. Nach der alten Erkenntnis, dass Not erfinderisch macht, erscheint es einleuchtend, dass die ersten Menschen, die eine neue, praktische Schreibweise erfanden, insbesondere eine, die weniger Unsicherheiten und Irrtümer zuließ, aus der Welt der Medizin stammten. So wichtig es sein mochte, festzuhalten, wem ein Olivenhain gehörte, wie viele Ziegen einem Gutsherrn zustanden oder welche Güter in einem Ehevertrag übertragen wurden – nichts konnte von so entscheidender, lebenswichtiger

Bedeutung sein wie das richtige Rezept zur Heilung eines kranken Kindes.

Die dritte Anregung für diesen Roman gaben mir bestimmte Personen. Während Elias und seine Familie, David, Jotham und Zira sowie König Shalaaman allesamt von mir erfunden wurden, haben zwei tatsächlich existiert: Pharao Thutmosis (den Ägyptologen als den »Napoleon des alten Ägypten« bezeichnen) und Hatschepsut, seine ehrfurchtgebietende Tante, bekannt durch ihren prachtvollen Tempel in Deir el-Bahari in Ägypten (und ja, sie bestand darauf, mit »Seine Majestät« angesprochen zu werden). Nicht nur dass diese beiden Persönlichkeiten die Geschichte Ägyptens nachdrücklich geprägt haben; mit ihnen verbindet sich zudem ein Geheimnis, das Ägyptologen seit Jahrzehnten beschäftigt und das bis zum heutigen Tag ungelöst ist: die Frage nämlich, warum Thutmosis als legitimer Erbe der Krone seines Vaters seiner Tante gestattete, bis zu ihrem Tode die Herrschaft über Ägypten auszuüben. Eine noch größere Frage (und möglicherweise die Antwort auf die erste) ist: wie starb Hatschepsut? Über diese beiden Größen der Geschichte ist vieles bekannt – und, so paradox es klingt, wiederum sehr wenig. Wurde Hatschepsut von ihrem ehrgeizigen Neffen ermordet, als er nach Erreichen seines zweiundzwanzigsten Lebensjahres nicht länger unter der Fuchtel seiner Tante stehen wollte? Archäologische Funde weisen darauf hin, dass Thutmosis während Hatschepsuts Regentschaft in einer Art Gefangenschaft gehalten wurde. Wie befreite er sich daraus? Thutmosis III. war einer der mächtigsten Könige Ägyptens: Weshalb blieb er zwanzig Jahre lang untätig und ließ eine Frau an seiner Stelle regieren?

Übrigens: Pharao Thutmosis ließ tatsächlich die Söhne feindlicher Herrscher entführen. Sie wurden gut behandelt und in einem Palast erzogen, bekleideten später hohe Ämter. Ihre königlichen Väter schienen dieses Verfahren mit Fassung zu tragen; was die Mütter dieser Prinzen empfanden, darüber schweigt sich die Geschichte aus.

Und schließlich ein Wort zu den Namen im Roman. Um dem Geist und die Atmosphäre der Zeit zu erhalten, habe ich die kanaanäische Schreibweise von Avigail, Avraham und Rakel gewählt, und nicht die uns heute geläufigeren Formen Abigail, Abraham und Rachel.

Barbara Wood
Die Schicksalsgabe
Roman
Aus dem Amerikanischen von Veronika Cordes
Band 18126

Ihre geheimnisvolle Gabe führt die junge Ulrika
bis an die Grenzen der Welt

Sie ist anders. Sie hat Visionen. Sie muss sie verheimlichen. Doch dann folgt die junge Römerin Ulrika dem Ruf ihrer geheimnisvollen Gabe. Mit dem Handelsherren Sebastianus bricht sie auf zu einer abenteuerlichen Suche, die sie von Germanien nach Babylon und China führt. Um ihre Bestimmung zu finden, muss sie alles riskieren – auch ihr Leben ...

»Zeitlos gut und wirklich packend.«
Für Sie

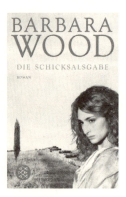

Das gesamte Programm finden Sie unter
www.fischerverlage.de

fi 18126 / 1

Barbara Wood

Das Gesamtwerk im Fischer Taschenbuch Verlag

**Bitteres
Geheimnis**
Roman

**Der Fluch der
Schriftrollen**
Roman

**Dieses goldene
Land**
Roman

**Gesang der
Erde**
Roman

**Haus der
Erinnerungen**
Roman

**Das Haus
der Harmonie**
Roman

Herzflimmern
Roman

Himmelsfeuer
Roman

**Im Auge
der Sonne**
Roman

**Kristall
der Träume**
Roman

**Lockruf der
Vergangenheit**
Roman

Das Paradies
Roman

**Das
Perlenmädchen**
Roman

Die Prophetin
Roman

**Rote Sonne,
schwarzes Land**
Roman

Seelenfeuer
Roman

**Die Schicksals-
gabe**
Roman

**Die sieben
Dämonen**
Roman

**Spiel des
Schicksals**
Roman

**Spur der
Flammen**
Roman

Sturmjahre
Roman

Traumzeit
Roman

B.Wood / G.Wootton
Nachtzug
Roman

Das gesamte Programm gibt es unter
www.fischerverlage.de

fi 555 011 / 12

Barbara Wood
Dieses goldene Land
Roman
Aus dem Amerikanischen von Veronika Cordes
Band 18125

Das neue große Australienepos

Die junge Hannah bricht in die endlosen Weiten Australiens auf, um ihr Glück zu suchen. Ihre Liebe zu dem Naturforscher Neal führt sie in die mystische Welt der Aborigines, mit dem Outlaw Jamie gerät sie auf eine abenteuerliche Schatzsuche. Dort, im Herzen der Wildnis, muss sie ihren Traumpfad finden.

»Hier findet sich von allem etwas:
Viel Gefühl, berührende Schicksale, gefährliche Abenteuer,
Landeskunde und obendrein ein schönes Ende.«
Westdeutsche Allgemeine Zeitung

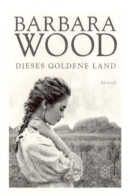

Das gesamte Programm finden Sie unter
www.fischerverlage.de

fi 18125 / 2